달려라 메일

달려라 메일 2

엘리아냥 장편소설

초판 1쇄 찍은 날 | 2017년 7월 21일
초판 3쇄 펴낸 날 | 2019년 12월 6일

지은이 | 엘리아냥
펴낸이 | 권태완 우천제

편집책임 | 박은정
편집 | 김효주 천희진
편집 디자인 | 이즈플러스

펴낸곳 | (주)케이더블유북스
등록번호 | 제25100-2015-43호
등록일자 | 2015. 5. 4
WFN | 제3-019호

주소 | 서울특별시 구로구 디지털로31길 38-9 에이스테크노타워 1차 401호
전화 | 02-867-4626 팩스 | 02-866-4627
E-mail | cl_production@kwbooks.co.kr

ISBN 979-11-293-0072-0
    979-11-293-0070-6 (set)

엘리아냥 장편소설

달려라
메일 2

위치북

Contents

9
알고 싶은

달이 뜬 어스름한 밤, 메일은 홀로 깨어 생각에 잠겨 있었다.

'난 멍청이야.'

자책부터 시작했다.

그녀는 꿈의 내용을 되짚었다. 꿈속에서 메일은 이번처럼 리엘라를 따라 제국으로 오지 않았다. 그래서 볼 수 없었다. 리엘라가 대체 어떻게 황제의 정인을 독살한 건지, 그리고 그녀가 범인으로 지목된 증거는 무엇인지.

누명이더라도 증거는 확실했을 것이다. 아니, 누명이니까 더 그랬을지 모르지. 명백하고 확연한 증거 앞에서 리엘라는 항변 한 번 해보지 못하고 죄인이 되었다. 그리고 그녀의 나라는 불에 타 없어졌다.

머리가 지끈거려서 메일은 바삐 물을 한 잔 따라 마셨다.

'이걸 이제야 깨닫다니. 뭔가를 놓치고 있다고 생각했던 게 이거였어.'

비슷하지만 완연히 다른 두 표현이 있다. 그럴 리 없다와 그럴 수 없다. 놓친 것을 깨닫기 전까지 메일은 리엘라가 그럴 리 없다고 생각했다. 그러나 자각한 지금은 다르다. 메일은 이제 리엘라는 그럴 수 없다는 것을 안다.

범인은 따로 존재했다. 그가 누구인지, 무슨 목적인지는 알 수 없지만.

'대체 왜 그랬을까?'

누구인가에 앞서 그것이 먼저 메일을 궁금하게 만들었다.

독살, 정인의 죽음, 황제의 진노. 전에는 그저 잘못된 투기가 만들어낸 비극이라고 여겼던 그것이 이젠 누군가의 계획된 음모로 바뀌었다. 도대체 범인은 무얼 노리고 그런 흉계를 꾸몄나.

'공주님을 노린 건 아니야.'

태어나 처음으로 발을 들인 제국. 리엘라에게 그만한 은원 관계가 있을 리 없다.

범인은 아마도 황제를 노렸거나 아니면 그의 정인을 노렸을 것이다. 목숨을 앗았으니 정인을 노렸다고 생각하는 편이 더 그럴듯할 텐데, 메일은 이상하게 전자로 자꾸만 마음이 쏠렸다.

'이건…… 그래. 그런 이야기를 들어서.'

메일이 떠올린 것은 연회장에서 들었던 이야기였다. 정확히는 연회장 바깥에서. 거튼 멀그므 백작이 홀로 도취해 늘어놓은 이야기 중에는 결코 그냥 넘길 수 없는 것이 있었다.

"사실 황제 폐하의 생모이신 세 번째 대비께선 산고로 돌아가신 게 아니랍니다. 출산 직후가 아니라 몇 년 뒤 폐하가 어릴 적에 사망하셨는데 폐하께서 그것을 기억하지 못하시는 거라고."

그래, 그는 그렇게 말했다. 저만 아는 사실이나 영애께도 특별히 알려 주겠다며 은밀히, 속삭이듯. 메일은 그것의 토씨까지 기억하고 있었다.

소문이나 낭설을 만들어 내기 좋아하는 사람은 많다. 그러나 그리 치부하고 말기에 위의 이야기는 지나치게 민감한 내용을 담고 있었다. 저건 단순히 황제의 망각을 꼬집는 가십이 아니었다.

저게 사실이라면 세 번째 대비의 죽음은 황궁의 주도 아래 여태 은폐되어 왔다는 소리다.

대중에게 알려진 사실과 어긋나는 실제. 무엇이 실상인지 지금 당장 메일로서는 알 길이 없다. 하지만 그것은 의혹만으로도 그녀의 속을 싸하게 만들기에 충분했다. 메일은 한 가지 가정을 세웠다.

만약 그 사실과 다른 이야기가 꿈속의 참극과 연관이 있다면?

가능성은 만에 하나 정도. 오롯이 감에 의지한 것이니 그마저도 실은 후한 것이다. 그러나 메일은 애초 그 정도 희박한 가능성을 따라 제국까지 왔다. 이번이라고 모른 체 무시하라는 법은 없었다.

메일은 고개를 돌렸다. 그리고 새근새근 잠에 빠진 리엘라를 쳐다보았다. 미동하지 않는 긴 속눈썹과 베개 위로 흐트러진 진한 금발이 인형의 것보다 예쁘다. 한참 동안 바라보다가 메일은 속으로 말했다.

'죄송해요, 공주님.'

그녀를 최우선으로 생각한다면 지금 당장 제국을 떠나야 한다. 그게 옳다. 오르밀은 이미 처분되었고 간택전은 자진해서 탈락하면 그만이니 걸릴 것은 없다. 꿈이 비극이든 흉계이든 그것이 현실에서 어떤 참극으로 실현되더라도 이곳을 떠나기만 한다면 전부 남의 일이 될 뿐이다.

자신과 리엘라를 위해서는 그러는 것이 정답임을 알았다. 그러나 메일은 다른 선택을 했다.

'제가 미련해서.'

누군지 모를 이의 암계는 황제를 노린다. 그 가설을 세우자마자 메일은 속이 싸늘하게 굳어 부서지는 것 같았다.

꿈속에서 황제는 정인의 죽음에 분노해 리엘라와 그녀의 조국을 무참히 짓밟는다.

그러나 암계가 실재한다면 그것이 그의 완전한 끝은 아닐 것이다. 다른 이에게 그랬듯 그의 앞에도 참혹한 끝이 존재하겠지. 그건 메일과 리엘라가 이곳을 떠나 비극에서 벗어나더라도 그에게는 반드시 형태를 바꿔 찾아들 것이다.

메일은 차마 그렇게 둘 수 없었다. 그러고 싶지 않았다. 그녀는 불과 몇 시간 전 상대에게 작별을 고했지만 그것이 그의 불행을 기린다는 의미는 아니었다. 메일은 어쨌든 그가 행복해졌으면 좋겠다고 생각했다. 미래를 그린 그의 청사진에 굳이 제가 자리하지 않더라도.

'물론 공주님도 꼭 지켜드릴게요.'

잠든 리엘라를 보며 메일은 그렇게 들리지 않을 고해를 마쳤다. 사랑이 사람을 어디까지 미련해지게 만들 수 있는지 깨달은 그녀는 이제 더 이상 로맨스 소설을 보며 허무맹랑하다고 비웃지 않기로 했다.

'그럼 이제…….'

행동을 결심했으니 그 행동을 실천할 수 있는 방안을 찾아야 할 때다. 메일은 제게 말을 전달했던 젊은 백작을 다시 만나 봐야겠다고 생각했다.

축하연의 시작은 으리다 백작의 주관이었지만 끝은 황제의 마음이다. 황제는 하루 만에 연회를 끝내 버렸다. 그는 본래 술과 춤이 주인 연회를 즐기지 않는 편이었으나 그렇지 않았더라도 연회는 일찍 막을 내릴 수밖에 없었을 것이다. 주인공인 황제가 도저히 축하연 따위를 즐길 만한 상태가 아니었으니까.

황제는 차라리 침소로 돌아가 쉬시라고 권유하는 반테르의 말을 무시했다. 그는 우두커니 집무실 의자에 앉아 있었다. 시선은 의미 없이 창밖을 향했다.

머릿속에서는 같은 장면이 반복되었다.

"그동안 감사했습니다, 선배님."

그는 그때 돌아서는 몸을 잡지 못했다. 손을 뻗지 못하고, 무어라 말하지도 못 했다. 움직이는 법을 잊은 사람처럼 그저 그 자리에 한참이고 서 있었다.

겨우 손을 내밀 수 있게 되었을 때는 잡을 수 있는 것이 없었다. 가는 몸은 허상으로도 남지 않아서 그는 헛손질조차 하지 못했다. 그 순간 그는 세상에서 제일 무능했다. 그 어떤 무지렁이보다도 더.

'실망했을까.'

그때 그녀의 표정이 어땠지. 로하이덴은 메일의 눈빛이나 내색을 상기하려 애쓰다가 곧 자조하듯 웃었다.

그래서 뭐 어쩌려고. 그녀가 실망했다면 어떻게 할 것이고 실망하지 않았다 한들 어떻게 할 것인가. 그때나 지금이나 정작 아무것도 할 수 있는 게 없는 무능한 치 주제에.

'다신 나를 보지 않을까.'

기만당했다 느끼지는 않는다 했다. 저를 가지고 논 것이라 생각하지는 않는다고. 그러나 그럼에도 그녀가 내뱉은 것은 부정할 수 없는 작별의 말이었다. 그동안 감사했다는 건, 이제 앞으로는 감사할 일이 없을 거란 의미니까.

로하이덴은 묵직하게 내려앉는 가슴의 통증을 느꼈다가 이내 그것을 비웃었다. 무슨 자격으로 아프다 토로할까. 대체 무슨 염치로.

그는 이미 보다 전에 끝을 결심했던 때가 있었다. 그것도 이보다 훨씬 비겁하게. 차마 눈을 마주하고 헤어짐을 입에 올릴 용기가 없어 거짓말쟁이가 되어 가면서.

그래 놓고 이제 와 상대의 선언에 아파하는 건 얼마나 이기적이고 모순적인지. 그는 스스로를 실컷 비웃은 뒤 창가에서 눈을 돌렸다. 눈 밑이 피로하여 거뭇했다.

"여기서 이러지 마시고 제발 처소에서 눈이나 좀 붙이십시오!"

황제의 존안을 마주한 반테르가 기어이 성을 냈다. 이 양반이 왜 이러는지 반테르는 이제 이유를 알았다.

어제 연회장에서 그런 일이 있었고 오늘 황제가 이 지경인데 원인을 유추하지 못한다면 그냥 머리를 떼서 반납하는 편이 낫다.

반테르는 생각했다. 이 미친 사랑의 힘. 생전 안 그러던 사람이 어떻게 저 지경이 되나. 그는 텔리야가 그리 열변을 토했던 진짜 사랑에 대해 아주 약간 알 것 같았다.

"경."

"드디어 말하는 법을 되찾으셨군요. 축하드립니다."

"경이 보기엔 어떻지?"

"폐하의 용안 말입니까? 심각하게 안 좋습니다. 누차 말씀드리지만 여기서 이러지 마시고 지금이라도……."

"내가 왜 이젤린을."

"처소에…… 예?"

"왜 그녀를 곁에 둘까."

"……."

"어떻게 생각하나?"

반테르는 말문이 턱 막혔다. 잠도 안 자고 한참이나 궁상을 떨던 사람이 난데없이 뱉어 놓은 질문은 시점이 갑작스러움은 둘째 치고 내용 자체가 퍽 어처구니없었다.

왜 이젤린을 곁에 두냐니. 이젤린 텐고트는 황제의 정인이지 그의 정인이 아니었다. 제가 어찌 아나.

"……외람되지만 신이 답할 수 없는 부분 같습니다. 텐고트 영애의 어떤 부분이 폐하의 마음에 드셨는지는."

"그런 게 아니야."

"예?"

"나도 전에는 그렇게 생각했다. 그리 믿었어. 이유는 몰라도 지켜야 할 것 같은 기분이 드니 이게 연정인가 보다 했다. 그랬는데."

"……."

"그게 아니야."

황제는 단호했다. 그의 입에서 나오는 부정을 들으며 반테르는 과거 어느 순간을 떠올렸다.

"내가 궁금한 건 한 가지야. 폐하. 혹시 그 영애한테 빚지셨어?"

언제였나, 아마도 후작저에서였다. 의문스럽다는 듯 끝이 올라가던 텔리야의 목소리가 아득히 환청처럼 울렸다.

맙소사. 반테르는 드러나지 않게 기함했다. 제 여동생이 전부터 눈치가 빠른 편이라고 생각하긴 했지만, 설마 그 헛소리가 헛소리가 아니었다니.

"우습지만 그건 연정이 아니었어. 대단히 늦게도 알았지. 하면 나는 왜 그녀를 지키고 싶은 걸까."

"……."

"왜 의무처럼, 그게 이리도 나를 옭아매는가."

"……."

"내게 과연 그 이유를 알려 줄 이가 있을까? 경, 어찌 생각하지?"

"……글쎄요, 영애 본인이라면…….."

반테르는 의식이 흘러가는 대로 대답하다가 멈칫했다. 답을 하다 말고 그는 돌연 반문했다.

"폐하, 그럼 그것이 연정이 아니라는 걸 깨달으신 지는 얼마나 되신 겁니까?"

"의혹이 든 지는 꽤 됐지."

로하이덴이 처음으로 제 마음을 의심하기 시작한 건 후계에 대한 얘기가 나왔을 때였다.

회의석에 앉은 귀족은 이른 후사 문제를 안건으로 올리며 이젤린의 건강을 지적했다. 과연 그 병약하고 마른 몸으로 탈 없이 황실의 씨를 출산할 수 있겠냐는 것이 문제의 요지였다.

그리고 그때 황제는 무의식중에 이젤린과 저의 아이를 상상했다가 치미는 거부감에 입을 틀어막았다. 당혹스러운 일이었다. 아직 상대와 잠자리를 갖지 않은 것은 핑계를 대기에 따라 사랑해서라고 주장할 수 있다. 그러나 아이에 대한 거부감이라니? 그건 도저히 무엇으로 스스로를 납득시켜야 할지 감이 잡히질 않았다.

이젤린을 황후에 올리지 않은 건 한편으론 그래서였다. 옥체 강녕한 젊은 황제와 황후의 사이에 다년간 아이가 없으면 그것은 결국 황후의 흠이 된다. 실상이야 어떻든 석녀라는 꼬리표가 평생 따라붙게 될 가망이 높았다.

거부감 탓에 아이는 원하지 않는다. 그러나 이젤린을 오점이 있는 여자로 입방아에 오르내리게 만들 수도 없다. 그래서 그녀는 황후나 비가 되지는 못 하고 그저 황제의 곁에서 비호만 받았다. 어정쩡한 위치는 적통 문제를 들먹여 후사를 피하기에는 오히려 용이했다.

참고로 황제가 과거 정원에서 메일에게 답해 주지 못 하던 '왜 황제가 정인을 황후로 들이지 않는가'에 대한 남은 이유는 바로 그것이었다.

아무튼 그런 일이 있었으나, 그럼에도 그때까진 막연한 의심에 그쳤을 뿐이었다. 어렴풋이 불가해에 대한 옅은 의문만 품을 뿐 차마 사랑이 아니다 확언하지는 못 했다. 누굴 좋아해 본 적이 없어 비교가 불가능했기에 더욱 그랬을 것이다.

그런데 이제는 아니다.

"확신을 한 것은 최근이지만."

"그럼…… 주제넘은 질문이라면 미리 죄송합니다. 폐하, 텐고트 영애를 곁에 두시는 이유 말입니다. 그것이 알고 싶어지신 까닭을 여쭤도 되겠습니까?"

반테르의 의문은 노골적으로 말하자면 이랬다. 이유를 알고 나면 과연 이젤린 텐고트를 놓을 수 있겠냐는 거다.

황제는 그녀를 지켜야 할 것 같은 감정이 의무처럼 저를 옭아맨다는 표현을 썼다. 의무의 이유를 알게 되면 그 의무에서 벗어날 수 있나?

황제는 그를 어렵지 않게 알아들었다. 뭘 묻고 싶은지 알겠다. 실은 저도 그에 대해 내내 고민했던 것이 불과 최근이니까. 황제의 답은 침묵이 한 바퀴쯤 둘을 휘감고 지나간 이후에 흘러나왔다.

"억울하니까."

"……."

"이대로 아무것도 모르는 채로 간절히 원하는 것을 놓쳐야 한다고 생각하니 속이 뒤틀릴 만큼 억울해서."

"……."

"차라리 이유라도 알면 덜 억울할까, 그리해서."

그는 낙관하지 않았다. 이유를 알자마자 자연스레 이젤린을 끊어 내고 메일을 붙잡을 수 있을 거라고 기대하는 건 아니었다. 붙잡는다고 그녀가 순순히 붙잡혀 줄 거라 염치없이 믿는 것 또한 아니다. 어쩌면 아무것도 달라지지 않을지 모른다.

그러나 그리 생각하면서도 그는 알고 싶었다. 이유가 궁금했다. 궁금함에 절박함이 깃들 수도 있다는 것을 그는 이번에 처음 배웠다. 이대로 무지한 채 가만히 있다가는 속이 뒤틀리다 종내 짓이겨지고 말 것 같았다.

차라리 알면. 이유라도 알면 그렇게 속이 문드러져 죽지는 않겠지.

"……알겠습니다."

반테르는 여러 번의 실연을 겪었으나 그 때문에 아파해 본 경험은 전무했다. 그래서 황제의 고통에 제 것처럼 공감할 수는 없었다. 그러나 그는 친우이자 신하로서 진심을 담아 말했다.

"신을 마음껏 부려 주시죠. 성심껏 돕겠습니다. 얼마나 대단한 이유인지 저도 좀 압시다."

신하라기엔 말투가 불충하여 누가 들어도 친우로서였다. 황제는 피식 웃었다.

✳

한때 제국이 지루하고 심심하다고 불평했던 리엘라는 그새 적응을 한 건지, 아님 재미를 붙인 건지 최근엔 그런 투정을 꺼내는 법이 없었다. 최소 며칠 이상은 더 머무를 결심을 마친 메일에겐 다행인 일이었다.

메일은 로즈를 붙잡고 신신당부했다. 악몽에 관한 이야기까진 할 수 없으니 에둘러서 공주님을 잘 지켜 달라 여러 번 말했다.

로즈는 눈치가 좋다. 메일이 예사로 하는 부탁이 아님을 금방 알아채고 그녀는 과감히 마론과의 모든 약속을 아침으로 미뤘다.

리엘라를 그렇게 로즈에게 맡기고 메일은 외출했다. 갈 곳도 없으면서 무작정 나온 것은 아니다. 그녀는 본궁으로 걸었다.

'반테르 폰 모하임. 그에게 도움을 청하자.'

메일은 거튼 멀그므 백작을 다시 만나길 원했다. 그러기 위해선 그가 지내는 곳을 알아낼 필요가 있다. 이곳이 왕국이었다면 이름과 인상착의를 아는 귀족의 거취쯤 찾는 것이 어렵지 않았을 것이다.

그러나 제국이었다. 제 사람이 없는 이곳에서 원하는 정보를 얻으려면 타인의 도움은 필수였다.

차마 황제를 찾아갈 수는 없다. 반테르는 메일이 고를 수 있는 최선이었다.

'도움만 받는 것 같아서 미안하긴 하지만…….'

안 그래도 리엘라 일로 지속적인 폐를 끼치고 있는 마당이라 메일은 아주 조금, 염치를 아는 제 건강한 양심이 따끔하기는 했다. 그러나 다 황제를 위한 일. 황제를 모시는 그라면 이해해 줄 것이다.

메일은 지체하지 않고 걸었다. 본궁에 들어서고 나서는 알아서 길을 찾아내겠다는 쓸데없는 자립심을 버리고 바로 지나가던 사용인을 붙잡았다. 그러고선 길을 묻다 깨달았다.

아차. 반테르는 황제의 직속이다. 그렇다면 그가 현재 업무를 처리하고 있을 장소란 결국.

"말씀을 전할 테니 잠시만 이곳에서 기다려 주시겠습니까?"

"……고마워요."

시종은 메일이 기별 없이 방문한 것이라 말했음에도 정중했다. 젊은 미인이 찾아왔으니 그녀가 반테르의 연인일 가능성을 염두에 둔 것이다. 메일은 크고 화려한 문을 앞에 두고 마른침을 삼켰다.

문 너머에는 황제가 있을 것이다. 당연하다. 그의 집무실이니까.

메일은 주인의 의지와는 상관없이 쿵쿵거리기 시작하는 심장을 애써 진정시켰다.

'괜찮아. 어차피 장소를 옮길 테니까. 개인적인 용무로 찾아온 것이니 일이 끝날 때까지 기다려야 할지도 모르고.'

그렇지만 업무가 끝나기까지 기다리는 건 너무 늦다. 메일은 잠깐이라도 좋으니 반테르가 되도록 도중에 시간을 내주었으면 좋겠다고 생각했다. 물론 기다리고 뭐고 아예 안 만나 줄 가능성도 있긴 하지만.

'잠깐, 그럼 큰일이잖아.'

지난 만남으로 파악한 상대의 성격상 그럴 것 같지는 않으나 혹시 모르는 일이었다. 과연 상대와 저의 사이에 친분이라고 부를 만한 것이 존재하는지 메일이 뒤늦게 고민할 때였다. 말을 전하겠다고 집무실 안으로 들어갔던 시종이 도로 나왔다.

과연 무슨 답이. 메일이 조금 긴장했다. 시종은 약간 당황한 낯으로 입을 열었다.

"들어오시랍니다."

"네?"

시종은 메일의 반응을 이해한다는 얼굴이었다. 그 또한 놀랐다. 분명 약속도 하지 않고 찾아왔다 했는데 업무 도중에 집무실 안으로 들인다니. 이쪽에서 부름을 받고 온 것이면 몰라도 이런 건 전례가 없는 일이었다.

'대체 누구시기에.'

왕국의 공녀라는 건 이미 신분을 전할 때 들었다. 하나 공녀가 아니라 공주라도 납득이 되지 않는 건 같았다. 애초 신분의 고하로 여부가 정해지는 상황이 아니다. 시종은 궁금함에 자꾸만 상대에게 눈이 가는 것을 참았다.

"……혹시 폐하께서 자리를 비우신 건가요?"

주인이 부재중인 집무실에 함부로 개인적인 방문객을 들이는 것은 더 말이 안 된다. 메일은 그걸 알면서도 저도 모르게 물었다. 그건 반은 놀라서, 반은 현실을 부정하고 싶어서다. 시종은 당연히 고개를 저었다.

"안에 계십니다."

"……."

"들어가시지요."

시종이 문을 열었다. 메일은 헛숨을 삼켰다. 맙소사. 생각할 시간이라도 좀 주지. 문이 열린 이상 들어가지 않으면 그 또한 결례라 메일은 어쩔 수 없이 걸음을 뗐다. 그녀의 발이 조금은 느리게 바깥과 안의 경계선을 넘었다.

걸음을 옮기는 내내 메일의 시선은 바닥을 향했다. 물론 황제의 얼굴을 빤히 보며 입장할 수는 없으니 의도가 무엇이든 그건 예법에 맞는 행위였다.

메일은 순간 웃지 못할 생각을 했다. 이래서야 긴장한 것이 무색하게도 잘하면 땅바닥만 보다가 나가게 될 수도 있겠다.

"존귀하신 황제 폐하를 뵙습니다."

거리를 가늠하여 멈춰 선 그녀가 공손히 읍했다. 아래로 내리깐 시야에 아마도 반테르의 것으로 추정되는 발이 들어왔다.

메일은 아주 잠깐, 이 상황이 그의 탓이 아님을 알면서도 내심 상대를 원망했다. 왜 하필 이곳에서 근무해서.

'진정하자.'

메일은 길게 눈을 감았다 떴다. 요란하게 뛰는 심장 소리가 적막한 가운데 귓가에 선명히 울렸다. 아직 얼굴은 보지도 않았다. 고작 같은 공간에 있다는 것을 인식했을 뿐인데 심장은 혼자 앞서 나가며 그녀의 의사를 무시했다. 제멋대로였다.

"……고개를 들어도 좋다."

아마 과거에도 몇 번쯤은 들었던 말이 메일의 위로 떨어졌다. 황제의 목소리는 잔뜩 잠겨 있었다. 혹은 약간 쉰 것 같기도 했다. 메일은 순간 전날 밤을 떠올렸다.

그동안 감사했다고, 그렇게 인사를 건넨 뒤 돌아섰지. 일부러 뒤를 돌아보지 않았으나 그녀는 그 전부터도 하얗게 핏기가 가시던 황제의 얼굴을 기억했다. 그는 놀라고, 당황하고, 어쩌면 상처받은 것 같은 표정을 지었다. 동작하는 법을 잊어버린 사람처럼 굳어서는 그리 그녀만을 응시했다.

'목소리가…….'

왜 아픈 사람의 것처럼 들리지. 메일은 가슴께가 아릿했다. 간밤에 혹시 앓았을까. 혹 잠을 못 잤나. 갖은 걱정이 뒤죽박죽 떠올라서 머릿속을 채웠다. 그녀는 쓸데없는 소리를 내뱉지 않기 위해 조심했다.

"황송하오나 감히 폐하의 용안을 마주 뵙기에는 소녀의 용기가 따르지 않습니다."

"계속…… 그리 고개를 숙이고 있겠다는 뜻인가."

"허락하여 주신다면."

황제를 대함에 있어 담이 작은 자가 고개를 들지 못하는 일은 흔하다. 메일은 차라리 이러는 편이 낫다고 생각했다. 구태여 얼굴을 봐서 뭐 하겠나. 어제 눈을 마주한 채 작별 인사를 건네는 것도 그리 고역이었는데. 아마 상대도 비슷하겠지. 엄밀히 말하면 어제 그는 그녀에게 차였다. 차여 놓고 얼굴을 마주 보고 싶지는 않을…….

"허락 못 한다."

"……네?"

"허락 못 해. 바닥을 보는 것을 불허한다. 영애는 고개를 들라."

……줄 알았는데.

메일은 당황했다. 당황해서 저도 모르게 그대로 얼굴을 들 뻔했다. 의중이 궁금해서 상대의 표정을 들여다보려다 겨우 참았다. 그녀는 목소리에 제 당황한 심경을 담아내지 않으려 노력하며 입을 열었다.

"이해할 수 없는 명입니다. 따르지 않으면 저를 벌하시렵니까?"

"아니."

"……."

"그럴 수 없다는 걸 알면서 일부러 묻는 건가."

심장이 크게 박동했다. 메일은 제 것임이 분명한 고동 소리를 들으며 눈을 감았다 떴다. 황제의 말은 너무나 노골적이라 지나가던 멍청이가 들어도 그가 메일에게 마음이 있다는 것을 알 수 있을 정도였다.

대체 왜 이러나.

비록 듣는 이가 몇 없긴 해도 아예 없는 것은 아닌데.

메일은 결국 눈을 들었다. 저렇게까지 나오는데 더 버티고 있기도 어려웠다. 녹색 눈이 바닥이 아닌 앞을 담았다. 미동도 없이 이쪽을 바라보고 있는 황제의 얼굴이 다른 모든 전경을 내버리고 거짓말처럼 시야를 채웠다. 속이 울렁였다.

'눈 밑이……. 피곤해 보이네.'

앓은 것은 아니고 잠을 자지 못했나 보다. 설친 정도가 아니라 아예 잠자리에 들지 않은 걸까. 잠이 너무 부족하면 열이 오르기도 하던데.

이마에 손을 대 보고 싶다. 메일의 손이 드러나지 않게 움찔했다. 물론 그럴 수는 없었다.

메일은 황제를 위해 제국에 남기로 결심했지만 동시에 그를 보지 않을 결심 또한 마쳤다. 제 마음이 얼마나 깊든, 혹은 생각보다는 얕든 오래된 정인으로부터 그를 빼앗을 수는 없다. 그건 너무 당연해서 고려조차 해보지 않은 일이다. 그렇게 이기적일 수는 없었다.

황제는 그런 메일을 가만히 쳐다보다가 한숨처럼 웃었다.

"내 망상은 아니었군."

"네?"

"자리에 앉게. 반테르…… 모하임 경에게 용무가 있다고 했으니 그의 시간을 내어주지.”

집무실 한편에는 손님을 접대할 수 있는 간단한 소파와 테이블이 있었다. 황제는 그리 앉을 것을 권했다. 메일은 망설이다가 순순히 감사하다 인사하고 소파에 착석했다. 맞은편에는 반테르가 앉았다.

반테르는 뭐라 형언하기 대단히 어려운 표정을 지었다.

“……어쩐 일로 오셨습니까?”

“공자님.”

“편하게 경이라고 부르셔도 됩니다.”

“경, 부탁드릴 게 있어요.”

부탁. 이때 반테르의 속을 스친 감응이 있다면 당황스러움이다. 그는 곁눈질로 황제를 빠르게 담았다가 다시 상대를 마주 보았다. 예의상 입가는 미소를 그렸으나 속에선 땀이 흘렀다.

‘부탁씩이나.’

명령을 내려도 아니꼬우실 텐데. 황제가 함께 있는 자리에서 그를 뒤로하고 제가 메일의 부탁을 듣는 상황은 썩 속 편하지는 않았다. 처음에는 설마 리엘라의 일인가 했는데 분위기를 보아하니 그것도 아닌 모양이고.

대체 상대가 제게 개인적으로 할 만한 부탁이란 게 뭘까. 부디 사소하고 별것 아닌 것이기를 바라며 반테르가 입을 열었다.

“말씀하십시오.”

“거튼 멀그므 백작님을 만나고 싶어서요. 그분이 내성에서 근무하지 않는다는 건 확인했어요. 백작저의 위치를 알 수 있을까요?”

“예?”

반테르는 반문했다. 예상하지 못한 질문이 나왔다. 이어서 그는 머릿속의 명단을 열심히 뒤졌다. 거튼 멀그므. 멀그므 백작. 아, 있다. 인상착의 같은 세세한 사항은 기억이 안 나도 최근 백작위를 승계받은 젊은 가주라는 것은 어렵지 않게 떠올릴 수 있었다. 그래, 그는 분명 젊은데……

남자였다.

"안 됩니다."

"네?"

대답이 너무 단호히 나와서 메일이 놀랐다. 반테르는 저도 모르게 일단 거절부터 뱉어 놓고 뒤늦게 이유를 찾아 허둥지둥했다.

"죄송합니다. 하지만 알려드릴 수 없습니다. 그건……."

'알려 준다고 하면 폐하께서 날 죽일 것 같기 때문이지.'

"……아무튼 곤란합니다. 혹 백작을 만나시려는 이유를 알 수 있겠습니까?"

시간이 흐르자 반테르의 기억은 더 명확해졌다. 거튼 멀그므는 작위를 승계받은 지 채 일 년도 되지 않았으며 미혼이었다. 이제 보니 사교계에서도 그의 이름을 들은 기억이 난다. 그는 제법 유명 인사였다.

'좋은 쪽은 아니지.'

반테르는 한때 사교계를 뜨겁게 달아오르게 했던 일화를 기억했다. 양다리도 아니고 무려 네 다리를 걸치다가 걸린 한 영식은 그러고도 당당하여 많은 이의 공분을 샀다. 네 다리라니, 팔이라고 달고 다니던 것이 실은 앞다리였다며 갖은 욕이 쏟아졌었지.

그때 그가 바로 거튼 멀그므였다. 당시엔 아직 백작이 아니었지만.

'그런 인간을 왜 만나시려고.'

연이 닿아서 좋을 것이 없어도 너무 없었다. 만약 상대가 제국민이었다면 혹시 친구를 위한 피의 복수를 하려는 것인가 생각했겠지만 그마저도 아니니. 그러한 반테르의 혼란에 메일은 해답을 주지 않았다. 주고 싶어도 줄 수가 없었다.

"개인적인 용무라서요. 꼭 이유를 말씀드려야만 하나요?"

그놈이 황제에 대해 떠들었던 비사를 마저 캐물으러 간다고 털어놓을 수는 없는 노릇이다. 반테르와 마찬가지로 메일의 낯에 곤란한 기색이 어렸다. 반테르는 한층 난감해져서 눈을 굴렸다.

"거창한 일을 하겠다는 건 아니에요. 그냥 잠깐 만나서 대화만 나누었으면 싶은데. 물론 상대의 동의는 구할 거예요.

"그 난봉꾼이야 당연히 좋다고 동의하겠…… 아니, 아닙니다. 아무튼 그를 꼭 만나셔야만 하는 겁니까?"

"네."

반드시, 라고 메일이 덧붙이자 반테르의 낯빛이 즉각 어두워졌다. 정말 안 되는데. 건실한 청년이더라도 남자라는 시점에서 이미 탈락이건만, 거기에 사생활이 난잡하기까지. 되짚고 되짚어도 최악의 인물이었다.

"조심스레 말씀드리자면 거튼 멀그므 백작은 영애께서 가까이 하셔서 좋을 인사가 못 됩니다. 사감이 아니라……."

"알아요. 안면이 있으니까."

"아, 그러시군요. 예?"

"연회에서 우연히 만나 얘기를 나눈 적이 있어요. 건실한 분은 아니더군요. 하지만 저는 그와 친분을……."

쌓으려는 게 아니라.

그때 뭔가가 부서지는 소리가 들렸다. 대단히 크지는 않아도 선명했다. 놀란 메일이 시선을 돌렸고 그보다 빠르게 반테르가 소리의 정체를 확인했다.

"아, 뭘 좀 떨어뜨려서."

황제가 태연하게 말했다. 그의 옆에는 형체를 알아볼 수 없게 변한 무언가가 있었다. 크기와 색으로 추정컨대 펜 따위를 꽂아두던 원형함인 것 같았다.

'저거 나무도 아니고 돌로 만든 것 아니었나.'

반테르의 목 뒤로 식은땀이 흘렀다. 눈이 아니라 코로 봐도 저건 떨어뜨려서 만들어진 형상이 아니었다. 첨탑 위에서 지상으로 던졌다면 모를까. 궁색하다고 하기에도 민망한 황제의 성의 없는 변명에 메일이 미간을 살짝 좁혔다.

'왜 갑자기 돌덩이를 박살 내고 난리야.'

그녀의 눈이 빠르게 황제의 손을 훑었다.

'안 다쳤을까.'

메일의 속내를 모르는 반테르는 그녀의 찌푸려진 미간을 다르게 해석했다. 그는 일부러 과장된 어조로 주의를 끌었다.

"아하, 만나신 적이 있군요! 그러시군요! 네, 음, 용건이 있으시다는 건 알겠습니다. 하지만……."

"정 안 된다는 건가요?"

"그렇습니다."

"그래요, 어쩔 수 없죠."

"부탁을 들어드리지 못해 죄송합니다. 하나 현명한 선택이십니다. 만나 봐야……."

"그럼 상대편에서 저를 찾아올 때까지 기다리는 수밖에."

"시간 낭비…… 예?"

"제가 움직이는 편이 좀 더 빠를 거라고 생각했을 뿐이에요."

메일은 확신했다. 거튼 멀그므는 어젯밤 마치 성공을 목전에 둔 사람처럼 굴었다. 태도나 표정에서 이쪽을 다 잡은 물고기라고 여기고 있던 것이 대놓고 티가 났다.

그런 와중에 황제가 나타나 예기치 않게 도망쳐야 했으니 당연히 아쉬움이 진하게 남았을 것이다.

거튼은 한눈에도 아쉬움을 혼자서 삭일 만한 인물로는 보이지 않았다. 그럼 어떻게 하겠나. 당연히 놓친 것을 다시 잡으려 움직이겠지.

메일이 알면서도 기다리지 않은 건, 말한 것처럼 기다리느니 이쪽에서 행동하는 편이 더 빠를 거라고 판단했기 때문이다.

반테르는 그 말을 듣고 나서야 곧 깨달았다. 머리를 후려치듯 떠오르는 것이 있었다. 그녀가 찾고 있는 거튼 멀그므가 누굴 뜻하는지. 그의 자각은 황제에 비해선 한발 늦었다.

'어젯밤에 바로 그…… 이런.'

반테르의 깨달음이 늦은 것은 어찌 보면 당연했다. 지난밤 연회장에서 있었던 일 중 그의 뇌리에 가장 강하게 남은 건 메일이 거튼과 나란히 사라지던 장면이 아니다. 그는 황제와 달리 리엘라에 대한 기억이 제일 선명했다. 그래서 늦은 것이다.

'일 났군.'

반테르는 침음을 삼켰다. 거튼이 메일에게 적극적으로 들이대던 모습은 그의 뇌리에도 비교적 잘 남아 있었다. 아주 예사롭지 않았지. 메일이 말이 맞았다. 그는 필히 그녀를 찾으려 들 것이다.

마침 때맞춰 또 뭐가 작살나는 소리가 들렸다. 반테르는 돌아보는 대신 대체 뭘 어떻게 하면 이 상황을 타개할 수 있을지 고민했다. 그러는 사이 메일이 소리의 정체를 확인했다.

함에 이어 망가진 것은 펜대였다. 무슨 짓을 했는지 펜대는 부러지다 못해 산산이 조각나 있었다. 메일은 이번에도 얼른 황제의 손을 살폈다. 멀쩡한 것 같았다. 다행히.

'왜 저래!'

앞서는 되도 않은 변명이라도 했던 황제가 이번에는 그저 굳은 낯으로 입만 다물고 있었다.

메일이 눈가를 찡그렸다. 안색이 피로하던 것도 그렇고, 아까부터 연달아 걱정만 끼쳐 대니 도무지 신경을 끌 수가 없었다. 할 수만 있다면 진작 가서 대체 왜 이러냐고 등짝이라도 때렸을 것이다.

'남 속도 모르고.'

좋아하는 사람을 한 공간에 두고 안 보이는 척하는 게 어디 쉬운 줄 아나. 갖은 애를 쓰고 있는데 자꾸만 쳐다보게 만드니 저절로 원망이 일었다. 그리 표정을 찌푸린 메일을 황제가 눈에 담았다. 그의 낯이 아프게 일그러졌다.

"……."

메일은 가까스로 고개를 돌렸다. 철렁 내려앉은 속이 쿵쿵 뛰었다. 정말 왜 저럴까. 진짜 왜. 걱정을 끼치는 것도 이 정도 수준이면 재주가 아닐까.

눈길은 거뒀지만 신경은 여전히 그리로 몰렸다. 그녀는 지금 맞은편에 앉은 반테르가 그녀에게 무슨 말을 하든 귀에 들어오지 않았다. 그때 황제가 입을 열었다.

"그리 내가 싫은가."

"……."

"짐에게 환멸을 느꼈나."

"……."

"그대를 속여서, 이젠, 눈을 마주하는 것도 싫고 얼굴을 보는 것조차 싫은가."

메일은 시선을 탁자 모서리 어림에 고정했다. 뭐라도 응시하지 않으면 당연한 듯 상대를 쳐다보게 될 것 같았기 때문이다. 그녀는 그렇게 억지로 시야를 유지하며 생각했다. 저게 무슨 말이지?

'싫으냐니.'

그럴 리가. 애초에 이 난리를 쳐 가며 백작을 다시 만나려고 하는 게 다 누구 때문인데. 너무나 당연한 말이지만 메일은 거튼이 싫었다. 면전에서 저번처럼 또 물고기 취급을 당한다면 이번에야말로 친절히 욕으로 답해 주고 말지도 몰랐다. 그럼에도 감수하고 만나려는 건 전부.

'아.'

메일은 깨달았다. 황제의 오해를 납득했다. 그의 입장에서 그는 메일을 속이다가 들켰고, 들키자마자 그녀에게 작별의 말을 들었다.

그런 이후 그녀를 마주했는데 상대는 저를 쳐다보려 들지도 않고, 마지못해 눈길을 주더라도 금방 거둬버리느라 바쁘다.

'그래서 싫어한다고……'

그렇구나. 그래, 그런 생각이 들 수도 있었다. 속았다는 사실에 대해 실망하고, 치를 떨고, 환멸을 느끼고, 그래서 한순간에 마음이 식고 말았다고. 그렇게 믿고 있을지도.

그건 순전히 오해를 쌓아 만든 착각뿐인 믿음이었지만 메일은 어쩐지 선뜻 그것을 부수어야겠다는 생각이 들지 않았다.

오히려 충동은 다른 방향으로 길을 잡았다.

'이게 나을지도 몰라. 아니, 이게 나아.'

이미 끝을 다짐한 마당에 상대에게 세 마음이 남아 있다는 걸 알려서 뭘 어쩐단 말인가. 그건 어떤 측면에서든 좋을 것이 없었다.

작별을 고했으니 이대로 전부 끝난 것처럼 구는 게 맞다. 그녀는 앞으로도 한동안 황제를 위해 뛰어다닐 테지만 그것과 이건 별개의 일이었다.

대답하지 않는 메일의 침묵을 어떻게 해석했는지 황제가 웃었다. 웃었으나 웃지 않았다. 그는 마치 우는 사람처럼 보였다.

"그래, 그렇군. 그래."

"……."

"멀그므 백작을 만나도 좋다. 짐이 허하지. 모하임 경이 했던 말은 잊어도 좋아."

"폐하."

부름에 담긴 우려를 황제는 무시했다. 반테르는 걱정스럽게 황제를 바라보았다. 황제가 말을 이었다.

"단 그를 황궁 안으로 불러 주지. 성 밖 제도까지 나가는 것은 위험하니 내성에서 얼굴을 보도록 해. 그 정도는 양보해 주었으면 좋겠군."

"……황송합니다."

메일이 눈을 들지 않은 채로 인사를 올렸다. 지척에서 반테르가 앓는 소리 비슷한 것을 냈다. 황제는 더 이상 메일에게 고개를 들 것을 명하지 않았다.

❋

"하하, 아름다운 레이디! 레이디께서도 어젯밤의 이별이 너무도 아쉬우셨나 보군요. 저를 이렇게 먼저 찾아주실 줄이야!"

가지런한 이를 내보이며 거튼이 하하 웃었다. 난봉꾼에 한량이지만 외모가 반듯한 것 또한 사실이라 그가 자아내는 미소는 퍽 찬연하여 보기에 눈부셨다.

그의 속이 놈팡이인 걸 아는 사람이라도 순간 그 사실을 잊고 빠져들지는 않을까 우려가 절로 들 정도였다.

메일은 한낮의 햇살처럼 환하게 웃는 거튼을 빤히 바라보았다. 그러다 말했다.

"불어."

"포근한 날씨마저 우리의 재회를 축하…… 네?"

"불라고."

그녀는 본래 그를 회유할 생각이었다. 살살 달래어 필요한 단서를 얻어 내겠노라 온건하게 설계를 그렸다. 분명 그럴 심산이었지, 결코 지금처럼 이렇게…….

"묻는 대로 솔직히 불어야 할 거예요. 황실과 폐하에 대한 비사를 바깥에 함부로 나돌게 한 대가로 아늑한 지하 감옥 입주 패키지에 당첨되고 싶지 않으면."

협박을 할 셈은 아니었다.

"예? 영애, 그게 갑자기 무슨……."

"이럴 계획은 아니었지만 이렇게 됐으니 말씀드릴게요. 들었으니 아시겠지만 이건 선언이고 경고이자 협박이에요. 어젯밤 백작님이 경솔하게 입을 놀린 정황이 모조리 폐하께 전해지길 바라는 게 아니라면, 제 말을 허투루 듣지 않으시는 게 좋을 거랍니다."

메일은 상대를 으르는 행위에 딱히 취향이 없었다. 그녀는 평화주의자였고 남의 개소리를 미소로 응대하는 연못처럼 넓은 인내심 정도는 지닌 사람이었다.

그러니 평상시였다면 거튼이 아무리 존재 자체로 폭력을 유발하더라도 협박은커녕 부드럽게 웃으며 대했을 것이다.

평상시였다면.

애석하게도 지금 메일은 평상시와 사뭇 다른 상태였다.

"여, 영애? 왜 그러십니까. 저를 놀리시는 거라면……."

"서론 끝났으니 이제 본론으로. 어제 저한테 늘어놓았던 말 중에 이름 모를 영애한테 들었다고 했던 이야기, 기억나시죠? 기억나실 거예요. 안 난다고 하면 볕과 바람 대신 습기와 곰팡이가 함께하는 환상의 지하 감옥에서 맞춤형 서비스를 제공받게 될 테니까."

"아, 아니, 영애."

"누군가요?"

"……."

"그 이름 모를 영애. 실은 이름을 모를 것 같지가 않은데. 누구죠?"

메일은 화가 났다. 속되게 말하면 기분이 더러웠다. 내가 이런 인간

때문에, 이 인간을 만나자고, 이 작자에게 이런 걸 묻자고 황제의 집무실에 가서 황제를 그렇게.

아프게 하다니.

메일은 처연하게 일그러지던 황제의 얼굴을 기억했다. 웃었으나 우는 것 같던 얼굴 또한 생생했다. 눈꺼풀에 새겨진 듯 눈을 깜박일 때마다 잔상처럼 떠올라 가슴이 아리고 내려앉았다. 그리 아릿하고, 쓰리고, 안타깝고, 또…….

분노가 치밀었다. 거튼에게.

"……영애, 저를 그렇게 협박해도 소용없습니다. 설사 영애가 폐하께 모조리 고한들 폐하께서 그를 믿어주실 거라고……."

"이런, 백작님. 제가 설마 통하지도 않는 수를 가지고 왔을까. 지금 이 응접실의 문밖을 누가 지키고 있는지 아시나요?"

"……?"

"제가 소리를 지르면 그는 당장 문을 열고 들어와 백작님을 포박할 거예요. 백작님은 저항할 수 없을 테고."

"대체 누가……."

"반테르 폰 모하임 경."

"……!"

"그가 문을 지키고 서 있답니다. 폐하의 호위 기사인 그분이 왜 한낱 별궁의 응접실을? 이유는 간단하죠. 제가 그만큼 폐하의 신임을 받는 사람이니까."

"거, 거짓말이라면……."

"다녀오세요. 확인하고 올 시간을 드릴 테니. 문까지 열 걸음 남짓이니 잠깐이면 충분하겠네요."

메일은 친절히 문을 가리켜 주기까지 했다. 거튼이 주춤거렸다. 말마따나 여기서 문까지의 거리는 고작 열 걸음. 구태여 금방 들킬 거짓

말을 할 이유는 없을 것이다.

거튼의 낯이 푸르죽죽해졌다. 이제야 제 처지를 제대로 깨달은 모양이었다. 옛 연인으로부터 깊은 호수 같다고 찬사받았던 그의 연푸른색 눈동자가 갈피를 잡지 못하고 사정없이 흔들렸다.

메일은 그걸 십 초쯤 봐준 뒤 탁자를 내려쳤다.

탕!

"……!"

"백작님, 제가 백작님 눈동자 떠는 거나 구경하자고 협박을 꺼낸 건 아니지 않나요. 아실 텐데."

"그, 그게."

"좋아요. 선택은 백작님의 몫이니까. 그 이름 모를 영애에 대해서는 그냥 계속 함구하세요. 날이 포근하니 지하 감옥 바닥도 나름 따뜻하고 나쁘지 않겠네."

메일이 몸을 일으켰다. 의자가 뒤로 밀리는 소리가 거튼에겐 마치 천둥소리처럼 울렸다. 그가 급히 소리쳤다.

"아, 아뇨! 잠깐! 누가 함구하겠다고 했습니까? 아닙니다, 아니에요."

"그럼 말씀하세요."

"……."

"누군가요?"

"그건……."

거튼의 얼굴이 벌겋게 달아올랐다. 그리 피가 몰린 이유는 다른 게 아니다. 부끄러워서였다. 그렇다면 뭐가 부끄러운가? 상대의 협박에 굴한 것이?

아니다. 거튼은 눈을 질끈 감았다. 그를 민망하게 만드는 것은.

"에, 엘리사……."

"……."

"제도 동쪽 환락가의 에, 에이스."

한낱 작부를 이름 모를 영애로 둔갑시켰다는 부분이었다. 심지어 그는 그 작부에 대해 퍽 소상히도 알고 있었다.

메일은 굳이 표정 관리에 힘쓰지 않았다. 그녀는 황당한 기색을 고스란히 내보였다. 헛숨이 입술을 타고 흘러나왔다.

"에이스?"

"……."

"……."

거튼은 고개를 숙였다. 감도는 침묵이 뼈아팠다. 굴이 있다면 그리로 기어들어갔을 것이고 요가 있다면 그것으로 얼굴을 덮었을 것이다.

메일의 마음속에서 상대에 대한 평가가 수정되었다. 0점이라 더 내릴 일이 없을 거라 여겼는데 마이너스가 있었다.

저 얼굴로 태어나 점수를 이만큼 깎아 먹는 것도 재능이라면 재능이다. 거튼은 그렇게 지하 감옥 입주를 피하고 대신 평가 점수가 지하 깊숙이 처박혔다.

✽

한 가지, 메일이 거튼을 속인 부분이 있다. 업무로 바쁜 반테르는 별궁의 응접실 문을 지키지 않았다. 그건 허풍이었다.

뒤늦게 제가 속아 넘어간 사실을 알게 된 거튼이 허망함에 무릎을 꿇었으나 그뿐이다. 어떡할 텐가. 별궁의 감시는 삼엄했으며 설령 그렇지 않더라도 상대를 어떻게 해볼 수는 없는 일이었다.

힘으로 해코지? 터무니없다. 그는 멍청하고 방탕했지만 그 정도 앞뒤 구분은 할 줄 알았다.

메일은 그런 거튼을 버려두고 복도를 걸었다. 창을 통해 바닥으로 쏟아지는 빛이 붉그스름했다. 해가 지고 있었다.

'엘리사. 제도 동쪽의 환락가라.'

걸으면서 되새긴 사실에 메일은 또 실소를 흘렸다. 거튼이 첫 만남에 그랬듯, 관심을 가지고 상대에게 먼저 접근하는 자들은 보통 자기소개를 한다.

이름 모를 영애라던 그녀 또한 그러지 않았을까 싶어서 거튼을 캐 본 것인데, 설마하니 그 영애의 정체가 환락가의 작부였을 줄이야. 실상을 털어놓을 때 얼굴이 벌게진 이유가 있었다.

'뭐, 아무튼. 그의 사생활이야 알 바 아니고. 그럼 아마도 그 작부가 황제와 대비에 대한 비설을 얻게 된 경로는…….'

손님. 작부를 찾았던 과거의 손님 중 첫 발화자가 있을 테지. 메일은 그 사람이 누군지 알아내고 싶었다.

물론 작부에게 말을 전한 사람이 최초의 화자가 아닐 가능성도 있다. 그러나 메일은 맞을 거라고 반쯤 확신했다.

발원지까지 몇 단계를 더 거칠 정도로 사람의 입을 길게 탄 이야기일 것 같지는 않았다. 그렇다면 그건 중간에 진작 여기저기 퍼졌어야 한다.

'높은 확률로 작부의 손님이었던 치가 비설의 발원이야. 귀족일 테고.'

메일은 걸음의 속도를 늦추며 콧잔등을 찡긋했다. 하는 것마다 일사천리로 진행될 거라 낙관한 건 아니지만 이건 퍽 예상치 못한 난관이었다.

작부를 만나려면 환락가로 가야 한다. 하지만 그곳은 귀족 영애가 혼자 발을 들이기는 너무 위험했다.

'믿을 만한 사람이 함께 가 준다면 좋겠는데.'

고국이었다면 고민 없이 가문의 호위 기사를 대동했을 것이다. 그러나 제국이었다. 누굴 동행으로 삼기에도 여의치 않았다. 로즈를 잠시 떠올렸으나 그녀는 리엘라의 곁을 지켜야 했다.

'비밀도 지켜 주어야 하고, 가능하면 제도의 길을 잘 아는 편이 금상첨화인데…….'

조건이 영 까다롭다. 메일은 제국까지 오는 동안 마차를 호위하며 동반했던 왕실 기사 몇을 떠올렸다가 이내 고개를 저었다.

그들은 왕가의 소속이다. 고국으로 돌아가면 메일을 따로 호위했던 일을 분명 왕에게 보고할 것이다. 그건 그들에게 있어 마땅히 소임을 다하는 일이었으니 메일이 임의로 그들의 입을 막을 수도 없었다.

'다른 곳도 아니고 하필 환락가라. 그것도 귀족을 상대하는 고급 작부가 있는.'

뭐라고 둘러대기도 참 어려운 장소였다. 메일은 골머리를 앓았다. 어쨌든 가긴 가야 하는데 말이다. 겹겹이 쌓인 베일을 들춰 보는 시늉이라도 하려면 무조건 작부를 만나 원하는 얘기를 들어야 했다.

이걸 어쩐다. 생각에 빠지니 걸음은 자연히 더욱 느려졌다. 응접실에서 처소까지는 그리 멀지 않은 거리였지만 거북이처럼 이동하다 보니 도착이 요원했다. 메일은 느릿느릿 모퉁이를 돌았다.

모퉁이를 돈 이후로 얼마나 더 걸었을까? 메일이 돌연 우뚝 멈췄다.

'아.'

떠오른 사람이 있었다.

'텔리야 시클라민!'

메일은 사실 그녀에 앞서 찰나 반테르를 생각했다. 그러나 말할 필요도 없이 안 될 인물이었다. 염치는 둘째 치고 황제의 사람이다. 그를 대동한 채 황제의 비화를 캐낸다니, 그럴 수는 없다. 더구나 그렇게 민감한 내용을.

그래서 떠오른 반테르를 얼른 뇌리에서 지워 버렸는데, 그리고 나자 불현듯 텔리야의 존재가 머릿속을 점령했다.

아마 그녀가 반테르의 여동생이라 자연스레 의식이 그리로 간 모양이다. 그리고 그건 무척 긍정적인 파생이었다. 복도를 걷기 시작한 뒤로 메일의 얼굴에 처음으로 화색이 폈다.

'그래, 그녀가 있었지!'

텔리야는 리엘라에게―보기에 따라 메일에게도―빚을 졌다. 더해서 리엘라와 메일에게 굉장히 호의적이었다.

전에 별궁을 방문했을 때도 떠나기 싫다고 버티고 버티다가 남편에게 업혀서 나갔을 정도이니 말 다했다.

메일은 남편이 도착하기 직전까지 심각한 낯으로 벨티에 이민 요건에 대해 물었던 텔리야를 기억하고 있었다.

그녀라면 분명 부탁을 들어줄 것이다. 개인적인 호감도 호감이지만 빚을 진 마당이니 거절할 것 같지는 않았다. 더구나 뛰어난 마법사였으니 호위로서도 최적이다. 완벽했다.

'왜 진작 떠올리지 못했을까? 좋아.'

난관을 이겨낼 방법을 찾았다. 고무된 녹색 눈농자가 싱그럽게 반짝였다. 메일은 곧바로 시클라민 후작저로 연통을 넣을 방법에 대해 생각했다.

일반 편지를 이용하면 시간이 꽤 걸릴 테니 전서구를 통하는 편이 좋을 것이다. 그러나 황궁의 전서구를 과연 개인이 사적인 용무로 이용할 수 있을지는 모르겠다. 메일은 처소에 거의 다다를 때까지 그 문제를 가지고 씨름했다.

'나는 안 되더라도 후보인 공주님이라면…….'

우선은 그에 기대를 걸어 봐야 하나. 메일은 그렇게 생각하며 처소의 문을 열었다. 그리고 깜짝 놀랐다.

"엥?"

메일이 의도치 않게 얼빠진 소리를 냈다. 텔리야가 손을 흔들었다.

"꺅! 나무 요정님도 오셨네요!"

"……시클라민 후작 부인?"

문을 닫은 메일이 잠시 그대로 서서 눈을 비볐다. 헛것인가 싶어서였다. 오는 내내 그녀에 대해 생각했더니 뇌가 환시를 보여 주는가 하고. 하지만 비빈 눈을 깜박여도 텔리야 시클라민은 사라지지 않았다.

그녀는 처소 안에 마련된 티 테이블 의자에 앉아 있었다. 맞은편엔 리엘라가 자리했다. 리엘라는 케이크 위에 있던 덜 익은 딸기를 골라낸 뒤 말했다.

"놀러 왔어."

"놀러…… 오다니요?"

그래도 되는 거였어? 아니, 그보다 대체 언제? 메일이 혼란스러워하는 사이 텔리야가 웃으면서 입을 열었다.

"정확히는 황궁에 부름을 받고 온 차에 들른 거예요."

그녀는 설명을 시작했다. 그러니까 조금 전이었다.

[텔리야. 바쁜 게 아니라면, 아니, 바쁘더라도 황성으로 잠깐 와 줘야겠다.]

통신구를 통해 들려오는 목소리가 불안정했다. 그건 통신구가 싸구려라서가 아니라 말을 하면서 뱉는 상대의 호흡이 엉망이라 그렇다. 텔리야는 잠시 뜸을 들인 뒤 대꾸했다.

"오라버니, 왜 그렇게 숨을 헐떡거려? 기분 나쁘게."

[…….]

"오라버니가 내 입장이라고 생각해 봐."

[……몸을 좀 움직여서 그래. 대련하느라. 이제 좀 낫냐?]

"응. 앞으로도 내 기분을 위해 호흡에 신경 써 줘. 그런데 대련이라니? 폐하랑?"

[달리 없잖아.]

"그도 그렇지만. 되게 간만이네?"

굉장히 앞서 소개한 적이 있지만 반테르는 공사가 다망한 사람이다. 그는 호위 기사와 업무 보좌뿐 아니라 황제의 대련 상대 또한 종종 겸했다.

물론 안 한다고 버티면 억지로 시키기야 하겠냐만 부지런한 반테르는 여태 안 돼요, 싫어요를 해본 적이 없었다.

어쨌든 그의 여러 임무 중 대련은 퍽 비정기적으로 일어나는 이벤트다. 텔리야의 말처럼 그는 몹시 간만에 황제와 검을 나눴다.

반테르는—텔리야에게는 보이지 않지만—흠뻑 젖은 옷을 벗어 내던지며 대답했다.

[덕분에 죽을 맛이다.]

"약해진 거야? 전에는 대련을 끝내면 몸이 시원해져서 좋다더니."

[그건 적당히 할 때 얘기지…… 아니, 머릿속을 비우고 싶으신 건 알겠는데 나는 대체 무슨 죄…….]

"뭐?"

[아니야. 아무튼 시간 내서 궁에 좀 들러. 얼마나 걸려?]

"가려면 지금 당장에라도 갈 수 있지."

[한가하네.]

"가지 말까?"

[아니, 와 주세요. 와서 너 전에…… 아니다, 그건 만나서 이야기하자. 외성으로 마중 나갈게.]

통신구는 그렇게 끊겼다. 텔리야가 당장에라도 갈 수 있다고 말한 건 그녀가 마침 산책에서 막 돌아온 참이었기 때문이다. 따로 외출 준비가 필요하지 않았다.

텔리야는 잠든 그녀의 어린 딸을 유모에게 맡긴 뒤 곧바로 이동 마법 주문을 읊었다.

잠시 후 황성으로 도착한 그녀는 기다리고 있던 반테르와 만나 뜻밖의 주제로 이야길 나눠야 했다. 반테르는 그녀가 과거에 했던 발언에 대해 상세하게 물었다. 바로 황제와 그녀의 정인 이젤린에 관한 얘기였다.

"근데 왜 묻는 거야?"

텔리야가 왜 이제 와 그걸 캐묻느냐며 의문스러워하자 반테르의 답은 솔직하게 나왔다.

"폐하께서 의심을 품으셨어. 네가 맞아. 그건 연애가 아니었고 그녀 또한 폐하의 정인이 아니야. 그런데 곁에 두시지. 이유는 모르시겠대."

"……이제 그 이유를 알고 싶어지신 거고?"

"그래."

텔리야는 그에 대해서는 왜냐고 묻지 않았다. 그녀는 며칠 전을 떠올렸다. 그때 반테르는 대뜸 통신구로 연락을 해서 황제 폐하를 둘러싼 사랑의 작대기가 심상치 않다며 그녀에게 푸념을 늘어놓았다.

평소라면 무슨 상황인지 얘기나 들어 보았겠지만 당시 텔리야는 하필 남편과 사소한 일로 다투던 중이었다. 지금 생각하면 사랑싸움이지만 그때는 나름 열이 뻗쳤다. 그래서 마침 연락해 온 친오빠에게 조금 화풀이를 했던 기억이 난다.

아무리 텔리야라지만 약간은 미안해지는 기억이었다. 그녀는 뒤늦은 죄책감으로 작게 헛기침을 한 뒤 말했다.

"그래서, 누군데?"

"뭐?"

"궁금하지 않았던 게 궁금해지셨다면서. 심경의 변화는 그냥 오지 않거든. 텐고트 영애가 달리 큰 사고를 쳤단 얘기는 못 들었으니까…… 폐하께 진짜 정인이 생긴 거지. 그렇지?"

보다 정확히는 반테르가 며칠 전 통신구로 징징거렸던 것을 기억하고 있기 때문이었지만, 그때 제가 주었던 구박과 면박을 반테르에게 굳이 상기시키고 싶지 않았기에 텔리야는 그 말을 빼고 둘러댔다. 반테르가 감탄했다.

"정확하네."

"칭찬은 나중에. 그래서 정말 누구야?"

"그것까지 이야기해야 돼?"

"내 눈치 몰라? 알면 당연히 도움이 될 것 같으니까 그러지. 폐하와 텐고트 영애 사이의 의문점에 대해서도 그게 뭔가 단서가 될지도 몰라."

실은 그냥 궁금해서 캐묻고 있는 것이다. 결국 넘어간 반테르가 말했다.

"누구냐면……."

"……뭐, 그렇게 외로워하는 독거청년 오라버니를 위해 착한 여동생이 잠시 놀아주러 온 거랍니다. 심심하다고 가속을 부르다니, 사이가 참 돈독하죠?"

비밀 유지를 당부받은 텔리야가 싱긋 웃으며 차를 들었다. 반테르는 졸지에 자기 심심하다고 여동생을 일터로 부른 공사 구분을 못하는 인간이 됐다.

내온 지 얼마 안 되었는지 찻잔에서는 아직 미약하게 김이 올랐다. 텔리야는 그것을 한 모금 마신 뒤 메일과 눈을 맞췄다.

진한 회색 눈동자에 짧게 스쳐 지나간 이채를 눈치챈 사람은 없었다.

'폐하의 정인이라.'

재미있는 일이었다. 묘하다고 해야 할까. 텔리야는 속으로 남몰래 교차하는 모양의 작대기를 그려 보았다. 리엘라를 모시는 메일은 황제와, 황제를 모시는 반테르는 리엘라와. 호오, 저는 이거 찬성이요.

'나만 찬성한다고 될 건 아니지만.'

텔리야는 반테르가 해준 말을 떠올렸다. 폐하가 그녀에게 마음을 준건 맞는데, 돌아가는 상황을 보니 척애라고 했다. 즉 짝사랑. 사실상 황제는 차였으며 반테르가 오전부터 내내 대련으로 혹사당한 건 다 그것 때문이라는 거다.

'정말일까?'

어쩌다 그 황제가 짝사랑을. 짧은 시간에 수척해진 낯을 보니 확실히 힘들어하는 건 사실인 듯 보였지만 말이다. 텔리야가 찻잔을 내려놓고 턱을 괴었다.

"아무튼 이렇게 다시 봬서 정말 좋아요. 천사님도 그렇지만 나무 여신님도 여전히 아름다우시네요."

뚫어져라 바라보면서 그렇게 말한다. 메일이 그에 다소 멋쩍게 웃었다.

텔리야는 이름 대신 리엘라는 천사님으로, 메일은 나무 요정이나 나무 여신으로 불렀다. 메일의 경우는 리엘라가 메일이 나무를 닮았다는걸 텔리야에게 이야기해 주면서 생겨난 호칭이었다.

나무 요정, 나무 여신이라니. 메일은 들을 때마다 과분한 칭호란 생각에 쑥스러워지곤 했다. 요정이나 여신 때문은 아니고 앞에 나무가 붙어서 그렇다.

"고마워요. 시클라민 후작 부인도 충분히 예쁘신걸요. 후작께선 좋으시겠어요."

"호호! 제가 남편 얼굴을 보고 그를 보쌈하긴 했지만, 확실히 저도 한 미모 하죠. 남편은 저한테 걸려서 운이 좋은 거예요."

텔리야가 입을 가리고도 개구쟁이처럼 웃었다. 메일은 전에 텔리야를 배웅하면서 잠깐 얼굴을 봤던 시클라민 후작을 떠올렸다. 선이 고우면서 눈에 띄는 미남이었지. 메일은 문득 둘의 연애담이 썩 범상치 않을 것 같단 생각을 했다.

"시간이 되면 어떻게 보쌈했는지 들려드릴게요. 보통 기함하고 귀를 의심하긴 하지만."

"역시…… 가 아니라, 네. 흥미로울 것 같네요."

메일은 텔리야의 말에 호응하며 리엘라의 옆자리에 앉았다. 접시 위의 디저트에 닿기 직전인 리엘라의 머리카락을 능숙하게 정리해 주며 메일이 속으로 고민했다.

'언제 이야기하지?'

그녀는 시클라민 후작저로 연락할 방법을 찾던 중이었다. 그런 와중에 텔리야 본인이 알아서 면전에 나타나 주었으니 기회도 이런 기회가 없다. 이 김에 반드시 용건을 꺼내야 할 텐데. 메일은 리엘라를 흘긋 쳐다보았다.

'음…….'

갈등이 일었다. 그냥 여기서 말할까? 리엘라는 기본적으로 남의 행보에 무심한 인간이라 메일이 환락가에 다녀오겠다고 한들 구태여 목적을 캐묻지는 않을 것이다.

메일은 망설이다 로즈에게도 얼핏 시선을 주었다. 로즈라면 물어볼 것 같긴 하지만…….

그때 텔리야가 앉은 채로 눈을 반짝 빛냈다. 그녀는 조금 전부터 줄 곧 메일만 주시하던 중이었다. 표정에 난감해하는 기색이 스미자마자 그것을 어렵지 않게 잡아낼 수 있었다.

아무래도 할 말이 있는 낌새인데. 눈치 빠른 텔리야가 천연덕스럽게 자리에서 일어났다.

"해도 곧 질 테고, 전 이만 가 봐야겠어요. 짧은 만남이었지만 즐거 웠답니다, 천사님."

"잘 가."

"나무 요정님이랑은 너무 금방 헤어져서 아쉬운데. 혹 실례가 안 된다면 별궁의 입구까지만 배웅해 주실 수 있을까요?"

안 그래도 텔리야가 몸을 일으키자마자 내심 깜짝 놀랐던 메일이 냉큼 그러마 했다. 여기서 별궁 입구까지 가는 길은 가깝고 안전하다. 로즈는 굳이 따라 나오지 않았다.

입구까지 바래다 달라더니 텔리야는 대뜸 응접실로 향했다. 별궁의 복도는 경비가 삼엄해진 뒤로 사람이 없는 공간이 없다. 응접실 안으로 들어가 문을 닫고 텔리야가 방긋 웃었다.

"저 잘했죠?"

"후작 부인."

메일이 놀란 낯을 해보였다. 어쩜 이렇게. 완전 잘했다. 그녀가 박수를 쳤다.

"어떻게 아셨어요? 제가 하고 싶은 말이 있다는걸."

"제가 원래 미인의 마음을 읽는 재주가 탁월하거든요."

텔리야가 치명적인 표정을 지으며 윙크했다. 이미 지난번에 십수 번은 더 본 것이라 메일은 당황하지 않았다. 그녀는 어쨌든 고맙다고 인사한 뒤 텔리야에게 착석을 권했다. 두 사람은 곧 테이블을 두고 마주 앉았다.

"그럼 말씀드릴게요."

"가슴이 떨리네요. 저와 나무 요정님 둘만의 이야기라니, 뭘까요?"

"다름이 아니라 부탁이 있어서요."

"부탁이요?"

텔리야는 이때 속으로 계산했다. 천사님이라면 심장까지 떼어줄 수 있고 나무 요정님이라면 간까지는 떼어줄 수 있겠다.

물론 메일이 원하는 건 그녀의 장기가 아니다. 메일의 말이 이어졌다.

"후작 부인의 시간을 하루만…… 아니, 한나절만 제게 주실 수 있을까요?"

목소리나 표정이 간곡했다. 잎사귀의 색을 옮겨 놓은 듯 싱그러운 녹색 눈동자가 호소하듯 일렁인다. 텔리야는 입을 다물었다. 그녀는 메일의 얼굴을 가만히 바라보다가 말했다.

"그냥 제 인생을 드리면 안 될까요?"

"네?"

"받아주세요."

"아니요, 잠깐, 후작 부인."

"부디 사양하지 마세요. 하루? 반나절? 너무 짧네요. 넉넉히 삼십 년쯤 가져 주셨으면 좋겠어요."

텔리야는 농담을-농담이 맞길 바랄 뿐이다-진담처럼 하는 재주가 있었다.

메일은 그녀를 달래느라 한참이나 진땀을 뺐다. 30년이 길면 백번 양보해서 10년이라도 바치겠다고 외치는 텔리야를 겨우 진정시키고 메일이 숨을 돌렸다.

'고민하느라 침묵한 줄 알았는데.'

이제 보니 단순히 부탁하는 얼굴을 감상하는 시간이었던 걸까. 생각해 놓고 나니 정말 그런 것 같은데. 텔리야는 메일의 예상보다 더 독특한 인물이었다.

"시간은 하루만 받고, 음, 대신 후작 부인의 마음을 백 년 치 받는 걸로 할게요."

"아쉽지만 어쩔 수 없죠. 그럼 언제쯤 제 시간이 필요하실까요?"

"어디에 쓸지는 안 물어보시나요?"

"후후, 어디든 나무 여신님과 함께할 거라고 생각하면 설레기만 하는걸요!"

"……."

천재는 정말 괴짜였다. 메일의 깨달음은 깊었다.

"시간을 내어주시는 때는 빠를수록 좋아요. 가능하면 내일 당장에라도. 그리고 제가 그런 부탁을 드린 이유는······."

메일은 장소에 대해선 숨길 생각이 없었다. 어차피 작부와 말을 나누기 직전까진 함께해야 할 테니까. 목적만 감추고 그녀는 나머지를 솔직하게 입에 담았다.

"제도 동쪽의 환락가에 찾아갈 건데 동행인이 필요해서예요."

"네? 환락가요?"

"그곳에 있는 엘리사라는 작부를 만나야 하거든요."

"엘리사?"

시원하게 가로로 긴 텔리야의 눈이 깜박거렸다. 들은 것을 재차 인식하려 드는 기색이 선연해서 메일은 얼굴에 열이 올랐다. 하지만 아직 설명이 끝나지 않았다. 중요한 것이 남았다. 귓가가 불그스름해진 채로 메일은 꿋꿋이 말을 이었다.

"엘리사는 동쪽 환락가의 에이스라고 해요."

"······."

"······."

메일로부터 핵심(?)을 전해 들은 텔리야가 침묵했다. 정적이 흘렀다. 조용하고 적막해진 공기. 창을 통해 미세하게 스머드는 풀벌레 소리까지 들릴 만한 고요였다. 텔리야는 눈을 잠깐 아래로 내리깔았다가, 이내 도로 치켜든 뒤 말했다.

"언제 출발할까요? 내일 아침?"

목소리와 눈빛에서 의욕이 넘쳤다. 환락가의 에이스라면 보통 대단한 미인이게 마련이다. 역시 신분도 출신도 따지지 않는군. 예상을 했으면서도 메일이 어색하게 웃었다.

텔리야는 당장에라도 짐을 쌀 것처럼 굴었으나 정작 출발일은 사흘 뒤를 지정했다.

메일이 내일과 모레는 일이 있는 거냐고 묻자 텔리야가 그건 아니지만 준비할 것이 있다고 답했다. 이어서 그녀는 혹시 많이 급한 거냐고 되물었는데, 메일은 조금 고민하다가 하루만 앞당겼으면 좋겠다고 말했다.

그렇게 최종 출발일은 이틀 뒤로 결정되었다. 메일은 그날 오후 텔리야와 함께 동쪽 환락가로 나가게 될 것이다.

왜 아침 일찍이 아니냐면, 환락가의 불이 통상 해가 지고 난 뒤에야 켜지기 때문이다. 텔리야는 가문의 마차를 타고 세 시쯤 메일을 데리러 오기로 했다.

시간은 금방 흘러갔고 그사이에 별다른 일은 없었다. 굳이 별일을 꼽자면.

"봤어. 은색 실 뭉치."

리엘라가 산책을 나갔다가 이젤린 텐고트를 마주쳤다는 것 정도다. 별일이라기엔 애매하지만 워낙 아무 일도 없었기에 이게 그나마 사건이라고 부를 만했다.

색이 옅은 은발에 하늘색 눈. 메일은 이젤린의 외양은 알았지만 그녀의 신상에 대해선 전혀 몰랐다. 황제의 정인이라는 사실은 물론이고 이름조차 알지 못하니 리엘라의 실 뭉치라는 호칭 또한 정정해 줄 수 없었다.

정정하는 대신 메일은 덧붙였다.

"인상에 잘 남는 편이죠. 머리부터 발끝까지 희고 가는데 그 와중에 하늘색 눈동자만 또렷해서."

"넘어지면 죽을 것처럼 생겼더라."

"음…… 그것도 어느 정도 동의해요."

"근데 걔는 왜 거기 있었을까?"

"거기라뇨?"

리엘라는 이젤린을 어디서 마주쳤는지 아직 얘기하지 않았다. 그녀는 예의 악몽으로 간밤 잠을 설친 메일이 잠시 낮잠에 든 사이 로즈를 대동하고 산책을 다녀왔다. 어딜 다녀왔는지는 메일이야 말해주지 않으면 당연히 알 수 없는 일이었다.

메일의 물음에 리엘라가 대답했다.

"네 친구들이 있는 곳."

메일은 반문하지 않고 바로 알아들었다. 오래되지 않은 일이다. 심심하다 투정 부리는 리엘라를 데리고 정원에 다녀온 적이 있었다. 그때 리엘라는 그 안에서 '네 친구가 많네'라고 평을 했다.

혼동 없이 이해했지만 반면 혼란은 찾아왔다. 왜 그곳에서. 메일은 가슴이 불쾌하게 답답해지는 걸 느끼곤 퍼뜩 고개를 저었다. 아니, 아니지. 이런 감상은 지금 어울리지 않았다. 어울리지 않는다기보다 자격이 없었다.

'내가 뭐라고 할 수 있는 것도 아닌데.'

메일은 실소를 삼켰다. 한심했다. 어디까지나 말만 작별을 선언했지 마음은 전혀 그에 동의하지 않는다는 게 이럴 때마다 여실히 느껴졌다.

정원, 그 장소, 그게 뭐라고. 그곳에 타인이 출입하는 게 어때서. 그런 것에 연연하는 건 지난 추억에 집착한다는 뜻이었다.

'정신 차리자.'

스스로를 채찍질한 메일이 아무렇지 않은 척 리엘라를 응시했다.

"그래요? 그 영애도 산책 중이었나 보네요."

"아무나 산책할 수 있어?"

"주인이 있는 정원이긴 하지만…… 일단은요. 입구가 막혀 있지 않으니 들어갈 수는 있겠죠."

"난 너만 들어갈 수 있는 줄 알았어. 네 친구투성이니까."

그러나 그렇게 말하는 리엘라는 이미 그 정원에 들어갔다 나왔다. 그것도 메일 없이. 메일은 그 정도 일상적인 모순엔 신경 쓰지 않으며 응수했다.

"그럴 리가요. 산책은 잘하셨어요? 그런데 용케 그곳을 다시 찾아가셨네요."

리엘라가 재방문을 할 정도로 정원에 관심을 보인 것도 의외였지만, 그보다 더 놀라운 건 그녀가 헤매지 않고 그 샛길을 찾아냈다는 부분이었다.

메일 또한 나중에 안 사실이지만 정원으로 통하는 샛길은 생각보다 인적이 드물고 구석진 곳에 있었다. 물론 경비가 강화된 지금은 그 부근에도 병사가 세워져 있다.

'아니지. 헤매지 않은 게 아니라 헤매다가 우연히 그 장소를 찾아낸 건가?'

옳지. 그쪽이 훨씬 가능성이 높다. 메일이 그렇게 생각하는데 리엘라가 예상치 못한 답을 주었다.

"걔가 데려다줬어."

"걔요?"

"가짜 운명의 상대."

리엘라는 반테르를 만났을 때 통했던 전기—마법이지만—를 이젠 완전히 신의 실수라고 인식한 것 같았다. 메일은 들은 단어를 머리로 인지하자마자 깜짝 놀랐다.

"네? 그 사람이요?"

메일이 놀란 표정 그대로 로즈를 돌아보았다. 로즈가 고개를 끄덕여 확인을 도왔다.

"맞습니다. 반테르 폰 모하임 공자님."

"정말로 모하임 경이 길 안내를? 어쩌다가요?"

"내가 찾아갔거든."

"……네? 왜요?"

"네가 자고 있었잖아."

메일은 이 순간 갈피를 잃었다. 뭐에 더 큰 충격을 받아야 할지 알 수가 없었기 때문이다. 공주님이 무려 잠든 저를 배려했다는—리엘라는 본래 필요하면 새벽에도 아무렇지 않게 남을 깨우는 사람이었다—것?

아니면 본의 아니게 눈을 뗀 사이 반테르를 찾아가 굉장한 민폐를 끼쳤다는 것? 아님 그날 정원에 반테르가 함께 있었으니 그를 통하면 길을 알 수 있을 거라는 논리적인 추론을 해냈다는 것?

충격 포인트가 너무 많았다. 메일은 머리가 어지러웠다.

"현기증이……."

"감기야?"

리엘라는 몇 달 전쯤 감기를 크게 앓고 난 뒤 상대가 조금만 몸이 안 좋은 티를 내면 무조건 감기냐고 묻곤 했다. 메일은 침대 기둥을 짚고 바로 섰다.

"아니에요. 다음부턴 공주님, 그냥 저를 깨워 주세요."

"왜? 자는데 깨우면 짜증 나잖아."

그걸 알면서 리엘라는 여태 남을 잘만 깨워 왔다. 메일은 물끄러미 그런 리엘라를 바라보았다. 특별 대우는 감동이지만 그렇다고 민폐를 또 끼치게 둘 순 없었다.

분명 업무 도중이었을 텐데 그리로 찾아가다니. 심지어 상대는 그걸 무시하지도 않고 친절히 길 안내를 해줬다. 낯을 들기가 힘들었다.

"저는 짜증이 안 나요. 특이체질이거든요. 그러니 꼭 깨우세요."

"그래?"

"꼭이에요. 굳이 낮이 아니라 밤이어도……."

"아, 근데 은색 실 뭉치 말이야."

리엘라는 하고 싶은 얘기가 생기면 불쑥 꺼내고 본다. 메일은 부디 리엘라가 제 당부를 한 귀로 흘리지 않았기를 바라며 바뀐 주제에 응수했다.

"실 뭉치 영애가 왜요?"

"나를 보자마자 이상한 소리를 했는데."

"이상한 소리?"

"뭐라고 했더라?"

리엘라의 작은 머리통이 갸웃했다. 로즈가 익숙하게 끼어들었다.

"'당신인가요?'라고 물었습니다."

"……당신?"

"예. 정원 안에서 공주님과 마주치자마자 그렇게 묻더군요. 당신이냐고, 당신이 맞냐고."

"갑자기 그랬다는 거죠?"

"그렇습니다."

"알 수가 없는 질문이네요. 그래서 뭐라고 대답하셨는데요?"

이에 대해선 리엘라가 답했다. 그건 기억이 나는 모양이었다.

"맞다고 했어. 내가 세상에서 제일 예쁜 공주 리엘라 맞다고."

"……."

"왜?"

"실 뭉치 영애는 뭐라던가요?"

"그냥 가던데?"

로즈가 부연 설명을 덧붙였다. 상대는 그 말을 듣고는 표정을 괴상하게 찡그렸다가, 곧 반테르를 의식한 듯-눈치를 살피듯 굴었다고-얼

굴을 웃는 낯으로 바꾼 뒤 정원에서 퇴장했다고 한다. 확실히 리엘라
의 표현처럼 다소 이상하기는 했다.

"왜 그랬을까요?"

"모르겠습니다. 뭘 찾고 있는 것처럼 보이기는 했는데."

"내가 나 맞다고 해줬는데?"

리엘라가 무구하게 말했다. 마치 제가 그걸 찾아준 게 아니냐는 듯
한 태도였다. 메일은 뭔진 몰라도 상대가 찾는 것이 '세상에서 제일 예
쁜 공주 리엘라'는 아니었을 거라고 확신했다.

'아, 그러고 보니……'

메일은 문득 지난 기억 중 하나를 떠올렸다. 은발의 영애는 전에 제
게도 뭔가를 물어본 적이 있었다. 이번처럼 뜬구름 잡는 질문은 아니
었지만.

언제였더라, 그러니까 분명 도서관에서.

*"혹 알고 계시거나 들으신 것이 있나요? 폐하께서…… 달리 신경 쓰시는 후
보에 대해."*

그래. 그렇게 이야기했지. 가려는 사람을 붙잡아 후보냐고 물은 뒤
에 저렇게……

'어?'

메일이 생각에 빠져 아래로 내리깔았던 눈을 반짝 떴다.

"폐하께서 달리 신경 쓰시는 후보에 대해 아시나요?"

"당신인가요?"

시점에는 차이가 있었으나 나란히 놓고 보니 연관성이 눈에 들어왔

다. 이어진다고 봐도 좋은 질문이었다. 뜻밖의 발견에 메일이 이채를 띠었다.

'그럼 그 당신이라는 게…….'

그녀가 무얼 찾고 있었던 건지 짐작이 된다. 억측이 아니라면 말이다. 하나 납득은 바로 이어지지 못했다. 새로 생겨난 의문은 바로 '왜?'다.

'왜 찾아다니는 거지? 다른 후보의 부탁을 받고 움직인 거라 보기에도 좀…….'

"아가씨, 무슨 일 있으십니까?"

로즈는 기민한 편이다. 그녀가 메일의 달라진 안색을 감지하고 말을 걸었다. 그에 메일이 물속에 담갔던 얼굴을 들 듯 퐁당 생각에서 빠져나왔다.

"아, 아무것도 아니에요."

메일은 고개를 저었다. 고민에도 실상 우선순위가 있다. 지금은 환락가에 가게 될 일만 놓고 보더라도 충분히 골이 아픈 상황이었다. 여기서 더 생각할 거리를 늘려 봤자 좋을 것이 없었다.

메일은 이젤린에 대한 의문을 일단 뒷전으로 미뤄 놓았다.

✳

북쪽 별궁, 그 안에서 거처로 향하는 발걸음이 초조했다. 걸음걸이에 맞춰 은색 머리카락이 실처럼 허공을 수놓았다가 등으로 가라앉기를 반복했다. 드레스 바깥으로 드러난 쇄골이 야윈 몸을 알려 주듯 선명했다.

이젤린은 바닥을 쳐다보다가 다시 정면으로 얼굴을 들었다. 익숙한 복도의 풍경이 그녀의 눈에 아프게 박혀들었다. 이곳을, 여기를 잃을 수는 없는데.

'나는 못 나가.'

광활한 황성에는 총 다섯 개의 건축물이 존재한다. 황제가 기거하는 중앙의 본궁과 그를 기준으로 사방에 위치한 네 개의 별궁. 그중 서쪽에 있는 것은 객용이며 북쪽에 있는 것은 비(妃)를 위한 것이다. 이젤린 텐고트는 북쪽 별궁에서 거처했다.

북쪽 별궁은 아름다웠다. 도서관은 따로 짓지 않아 서쪽의 것을 이용해야 했으나 대신 그곳에 없는 드넓은 화원과 분수, 물이 맑은 연못과 그것을 건널 수 있는 다리가 있었다.

화원을 제외하면 전부 별세한 첫 번째 대비가 만든 것이다. 이젤린은 그런 것까지는 몰랐다. 그녀가 알고 있는 것은 단 한 가지였다. 황제에게 내쳐지면 더 이상 이곳에 머무를 수 없게 된다는 것.

'절대 안 돼. 싫어.'

눈물이 차서 사물이 아롱아롱했다. 이젤린은 처소에 도착하자마자 사용인을 전부 내보내고 침대에 몸을 내던지듯 누웠다. 머릿속이 어지러웠다. 지나간 장면이 영상구를 틀어 놓은 것처럼 선명하게 떠올랐다.

"이젤린."

"……."

"왜일까? 왜, 짐은……."

"……."

"도대체 왜."

장면 안에서 황제는 아프게 웃었다. 슬프게, 침울하게, 괴롭게, 어떤 수식어도 모호하여 어울리지 않는 그 표정에는 아프다는 말이 그나마 가장 걸맞았다. 그리 웃으면서 황제는 말했다.

대체 무엇이냐고. 대체 네가, 저에게 무어냐고.

그때 이젤린은 가슴이 쿵쿵 뛰었다. 그건 두려움이었다. 발밑이 꺼지고 누군가가 그 아래로 잡아끄는 듯한 느낌이 들었다. 그녀의 가는 발목을 움켜쥔 억센 손이 속살거렸다.

자, 이제 돌아가야지. 꿈에서 깰 시간이야. 너는 더 이상 황제의 여인이 아니라, 다시 몰락한 텐고트 자작가의 별 볼 일 없는 영애가 되는 거야.

이젤린은 비명을 지를 뻔했다. 장소가 본궁만 아니었다면, 마주 보고 앉은 이가 황제만 아니었다면 분명 새된 소리가 흘러나왔을 것이다.

그녀는 버림받기 싫었다. 별궁을 떠나 진창으로 가고 싶지 않았다. 한때는 그럭저럭 만족하며 지냈던 지방의 작은 친척 가문은 이젠 그녀에게 진창이나 다름없었다.

"……찾으면……."

베개에 얼굴을 묻어 새어 나오는 소리가 마치 웅얼거림처럼 들렸다. 이젤린은 그 상태로 몇 마디를 더 중얼거렸다.

"찾기만 하면……."

그녀는 오늘 서쪽 별궁에 다녀왔다. 그곳에 황제의 정원이 있다는 사실은 진작 알고 있었다. 다만 풀벌레가 제게 붙으면 소리를 지르지 않을 자신이 없었기에 그간 걸음하지 않았던 것이다. 황제가 손수 가꾼 정원에서 그런 추태를 보여 줘 봐야 하등 좋을 것이 없었으니까.

그랬으면서 그곳을 방문한 이유는 다른 게 아니다. 이젤린은 찾으러 갔었다. 누구를?

황제가 마음을 준 이를.

황제를 저렇게나, 여태 본 적이 없을 정도로 흔들어 놓은 그 사람을 찾으러 갔다. 황제의 마음을 얻었으니 그의 장소에도 분명히 침범했겠지. 어쩌면 허가 아래 제집 드나들 듯 드나들고 있을지도 모른다. 이젤린은 그렇게 생각해서 별궁의 정원에 발을 들였다.

"당신인가요?"

그 안에서 얼마나 있었을까? 그녀가 아닌 타인이 모습을 드러냈다. 일부만 땋아 동그랗게 위로 틀어 올리고 나머지는 늘어뜨린 환한 금발이 눈부셨다. 한눈에도 아름다운 여인은 여인이라기보다는 소녀 같은 얼굴로 황금색 눈동자를 깜박거렸다.

"당신이 맞나요?"

상대를 보자마자 이젤린은 저도 모르게 물었다. 절박함에 다급함이 어우러져 생략이 극심했다. 본인만 알아들을 질문이었으나 그녀는 인식하지 못했다.

정원에 나타난 여인은 대단히 예뻤으며 무엇보다 곁에 반테르 폰 모하임을 대동하고 있었다. 그는 황제의 오른팔이라 불리는 사람이었다.

이젤린은 확신했다. 저 여자구나. 그래, 저 여자야. 추측에 나름의 근거가 더해지면서 그것은 거반 사실처럼 보였다.

상대가 입을 열어 대답하기 전까지는.

"응. 나 맞아. 세상에서 제일 예쁜 공주 리엘라."

낭랑한 목소리가 울렸다. 이젤린은 먼저 귀를 의심했다. 제대로 들은 것이 맞나 의혹이 앞서서 그녀는 잠시 동안 미동도 않고 멍청히 서 있었다. 환청이 아니었다는 걸 깨달은 것은 잠시 후였다.

표정이 저절로 일그러졌다. 앞서 들었던 확신이 한순간에 가루처럼 부서졌다. 뭐 저런. 황제가 미치지 않고서야 설마 저 여자일 리가.

이젤린은 그리 표정을 구겼다가 곧 바삐 얼굴을 폈다. 반테르가 신경 쓰여서였다. 황제에게 저는 낯을 찌푸릴 줄 모르는 사람이었다. 그녀는 간신히 웃는 얼굴을 만들어 낸 뒤 그대로 몸을 돌려 정원을 빠져나왔다.

풀물이 들라 드레스 끝자락을 들어 올리고 걸었더니 살짝 드러난 발목에 작은 벌레가 달라붙었다. 이젤린은 비명을 지르며 잔디에다 발을 털고 싶은 충동 또한 겨우 눌러 참아야 했다.

"찾기만 하면, 그럼, 그러면 다 되는데……."

베개에 얼굴을 누른 이젤린이 짧게 날숨을 여러 번 뱉었다. 의혹 정도로는 안 된다. '아마도'가 붙어서도 안 된다. 확실히 누군지 알아야 했다. 대체 황제의 그녀가 누구인지, 혼동 없이 정확히 알아내서…….

'그러면 여기 남을 수 있어. 그럴 수 있어. 그럴 거야.'

며칠의 고민 끝에 강구해 낸 방법이었다. 그녀에겐 오로지 이것뿐이었다. 이젤린이 베개에 가려 보이지 않는 표정을 찡그렸다. 웃는 건지 찌푸린 것인지 애매했다.

"오라버니, 내가 원래는 입이 참 무거운 사람인데 말이지."

해가 지고 어둠이 내려앉았다. 궁의 복도는 워낙 넓어 초로는 빛을 밝히기가 어렵다. 횃불을 통해 시야가 확보된 복도를 반테르가 성큼성큼 걸었다.

"이거 무려 하루씩이나 고민하고 연락하는 거다?"

조금 전 거처에 둔 통신구가 울렸다. 텔리야였다. 통신구는 대체로 가격이 같은 무게의 금을 호가할 정도로 비싼 데다, 사용할 때마다 구체의 마나가 닳는 소모성 물품이었다.

처음 반테르는 요란하게 울리는 통신구의 연락을 수신하며 혀를 찼다. 얘가 할 말이 있으면 편지나 보낼 것이지 낭비는. 그러나 그 핀잔—본인의 행동을 돌아보지 않는—은 곧 통신구에서 흘러나온 용건을 듣자마자 말끔하게 사라졌다.

"여신님과의 의리를 저버리는 것 같아서 마음이 조금 아프긴 한데, 그래도 폐하께서 워낙 초췌한 얼굴이셨으니…… 사실 미인이기로 따지면 폐하가 제일이잖아. 그 얼굴이 더 초췌해지면 큰일이니까 말해주는 거야."

'텔리야, 고맙다!'

반테르는 속으로 그리 외치며 거처의 문을 열었다. 그의 방은 아니고 황제의 처소였다. 침의를 입은 황제는 들이닥친 반테르를 보자마자 눈살을 찌푸렸다.

"경, 미쳤나? 미리 출근하고 싶으면 여기 말고 집무실로 가."

"무례는 사과드리겠습니다. 급한 일입니다."

"이 야심한 시각 침소에서 경의 얼굴을 마주해야 할 정도로 급한 일은 없을 것 같은데."

"비제아트 영애와 관련된 일입니다."

황제가 멈칫했다. 눈이 살짝 크게 뜨였다가 이내 미세하게 흔들렸다. 그는 뭐라 응수하지 않고 입을 닫았다. 침묵이 뜻하는 건 최소 축객령은 아니었다.

반테르는 고개를 숙였다 든 뒤 입을 열었다.

"여동생으로부터 연락이 왔습니다. 비제아트 영애에게 부탁을 받아 둘이 함께 어딜 다녀오기로 했다더군요. 그런데 그곳이……."

"……."

"제도 동쪽의 환락가랍니다."

"뭐?"

황제가 저도 모르게 소리를 냈다. 그의 침묵이 깨졌다. 반테르가 이어서 말했다.

"둘만 다녀오기로 했고 비밀 유지를 부탁받았답니다. 작부를 만나러 간다는 모양인데 그 이유까지는 알 수가 없다고 합니다."

"왜……."

왜 그런 곳에. 황제의 미간에 골이 패였다. 환락가는 그야말로 온갖 인간이 다 모이는 장소였다. 특히 동쪽 환락가라면 이름난 윤락의 거리가 있는 곳이다.

황제의 눈에 메일은 세상 누구도 따라올 수 없을 만한 미인이라 그런 장소에 들어갔다간 얼마나 위험할지 상상도 가지 않았다.

반테르는 전달을 끝내고 입을 닫았다. 제 사족은 불필요했다. 그는 잠자코 침묵을 지키며 황제의 결정을 기다렸다.

시간이 얼마나 흘렀을까. 그렇게 오래 지나지는 않았다. 황제가 입술을 열었다.

"출발이 언제지?"

"내일 오후랍니다."

"……일 가지고 와."

"예?"

"내일까지 처리하지 않으면 부서관들이 흰 띠를 두르고 넘어갈 만한 급한 업무부터 모조리 가지고 오게, 경."

명령이 의미하는 바는 명백했다. 반테르는 곧 상체를 숙여 그러겠노라 답한 뒤 돌아섰다. 황제의 처소에 켜진 불빛은 지금부터 오랫동안 꺼지지 않을 것이다. 동이 터서 더 이상 등이 필요하지 않을 때까지.

복도로 나오자 햇불이 일렁였다. 제 몸을 살피지 않을 정도로 사랑에 빠진다는 건 과연 어떤 기분일까. 길게 늘어선 그림자와 함께 걸으며 반테르는 스치듯 그런 생각을 했다.

약속한 날이 밝았다. 공작 영애 메일이 태어나 처음으로 환락가를 방문하는 기념적인(?) 날이었다. 물론 이 날을 기념일로 표기하고 싶은 의사는 전혀 없지만. 메일은 간단하게 채비를 마치고 텔리야를 기다렸다.

세 시쯤 오겠다던 텔리야는 약속한 시간을 칼같이 지켰다. 그녀는 정확히 정각에 도착해서 마치 왕자님처럼 메일을 에스코트했다.

메일은 슬슬 상대에게 면역이 되어 어지간한 일로는 놀라지 않을 수 있겠다 자신한 상태였지만, 장미를 들고 한쪽 무릎을 꿇은 채 '모시러 왔습니다, 레이디' 하고 말하는 텔리야의 모습에는 무력하게 동공을 흔들 수밖에 없었다. 당황하지 않은 것은 남의 행위에 원체 무심한 리엘라뿐이었다.

충격적으로 등장한 텔리야는 이어서 메일의 고민 또한 한 가지 해결해 주었다.

메일이 리엘라에게 뭐라고 둘러대야 하나 고민하는 사이 '나무 요정님이랑 데이트를 좀 다녀올게요, 공주님' 하고 능청스레 선수를 친 것이다. 리엘라는 순순히 잘 다녀오라며 손을 흔들어주었다.

그렇게 시클라민 후작가의 문양을 단 마차는 텔리야와 메일을 태우고 외성을 벗어났다. 도중에 텔리야가 안긴 꽃다발이 생화인 줄 알고 대경실색했던 정원 덕후가 곧 가화임을 눈치채고 겨우 진정을 찾은 작은 소란은 덤이었다.

황가의 사유지를 벗어난 마차는 바로 동쪽으로 달리지 않았다. 메일이 출발하면서 혹시 그전에 어디를 들를 수 있겠냐고 물었기 때문이다. 마차는 길을 꺾는 대신 직진했다.

"얼마나 걸릴까요?"

"멀지 않아요. 그런데 거긴 왜 가는 거예요?"

"음…… 잘하면 일행이 한 명 추가될 수도 있거든요."

마차는 본 목적지로 향하기 전 과연 어디에 들렀나?

바로 멀그므 백작저였다.

"헉! 영애께서 여기는 왜!"

멀그므 백작에겐 따로 영지가 없었지만―까마득한 예전에는 있었으나 선조 중 누군가가 잃었다고 한다―대신 몇 대를 이어온 안정적인 사업체가 여러 개라 돈이 많았다.

거튼 멀그므는 제도의 노른자 땅 위에 지어진 저택에서 뒹굴면서 놀고먹었다. 예상했던 행태라 메일은 놀라지 않았다.

"왜긴요. 협박하러 왔어요, 백작님."

기별하지 않은 손님이었으나 둘은 수월하게 백작저로 들어섰다. 그건 특히 시클라민 후작 부인이자 반테르의 여동생인 텔리야의 공이 컸다.

모하임 공작가와 시클라민 후작가는 제국 내에서 나란히 세도가를 달리는 대표적인 권력 깡패 가문이었다.

거튼의 얼굴이 자연히 흙빛이 되었다.

"협박은 저번에 끝난 게 아니었습니까?"

"이번이 마지막이에요."

"……원하시는 게 뭡니까?"

메일은 이틀 전 거튼의 경솔한 입방정을 황제에게 불어버리겠다고 협박했다. 그때 상대를 압박하는 무기로 꺼내 들었던 건 바로 허풍이었다. 응접실의 문을 지키고 있는 사람이 무려 반테르라는 허풍.

물론 1회성이라 다시 쓸 순 없었다. 텔리야가 곁에 없었다면 메일 또한 2차 협박은 시도할 생각을 못 했을 것이다.

　황제의 오래된 친구이자 부관인 반테르의 여동생. 사이는 썩 긴밀하여 텔리야가 없는 말을 지어내더라도 황제는 그것을 믿어줄 것이다. 멍청해도 그 정도는 아는 거튼이 반항하지 않고 순순히 꿇었다.

　"현명하시네요."

　"그런 칭찬은 됐습니다."

　"긴말하지 않을게요. 저희는 이제 엘리사를 만나러 동쪽 환락가로 갈 거예요. 함께 가 줘야겠어요."

　"네?"

　거튼이 눈을 큼지막하게 떴다. 그는 눈썹부터 턱 근육까지 얼굴을 알차게 이용해 제 당황한 심경을 표현했다. 이어서 펄쩍 뛴다.

　"아니! 거길 대체 왜 갑니까?"

　"자주 가시던 곳 아닌가요?"

　"그건 맞지만…… 이 아니라! 아닙니다! 제가 엘리사를 만난 건 어느 귀족 주관의 파티였다구요."

　거튼은 억울한 듯 항변했지만 메일은 관심이 없었다.

　"그래서요."

　"그런…… 노골적으로 어쩌라는 표정을……."

　"바로 떠날 테니 준비하세요. 치장할 시간이 필요하시진 않겠죠?"

　"꼬, 꼭 가야 합니까?"

　그는 소극적으로 저항했다. 마음은 적극적으로 반발하길 원하지만 텔리야가 면전에 있어서 여의치 않는 듯했다. 메일은 솔직히 거튼이 환락가 방문을 마다할 줄은 몰랐기에 고개를 조금 갸웃거렸다.

　"이해가 안 되네요. 백작님께는 안방 같은 곳이잖아요?"

　"아, 아니라고 말씀드렸지 않습니까!"

　"그래요. 그럼 아니라고 치고. 그래도 굳이 못 갈 이유가 있나요? 잠깐만 다녀오자는 거예요. 가서 살자는 게 아니라."

"저는…….."

"……?"

"그게…… 아, 진짜 그곳만큼은."

"사실 백작님의 의사는 상관없어요. 대뜸 납치하면 가는 길에 청승 맞게 울까 봐 물어보는 척이라도 한 거예요. 자, 출발."

"헉!"

거튼은 결국 버티다가 끌려 나왔다. 텔리야가 마법을 동원했기에 별 반 오래 버티지도 못 했다. 그는 반강제로 마차에 올라타면서 깊은 한 숨을 내쉬었다. 어두워진 안색으로 중얼거린다.

"한 번만 더 환락가에 드나들다 걸리면 아버지가 귀농시켜 버리겠다 고 했는데…….."

"……."

안방 맞잖아. 메일은 어이를 잃었다.

마차는 그렇게 거튼 멀그므를 일행에 더하고 다시 출발했다. 비싼 마 차는 매끄럽게 길을 달렸다. 메일이 여기서 다소 의외라고 생각한 것 이 있다면 텔리야가 예상보다 거튼에게 냉담했다는 것이다.

거튼은 답이 없는 위인이지만 잘생겼다. 그건 사실이었다. 인성과 얼굴을 따로 놓고 여기는 줄 알았더니 아닌가? 메일은 궁금해하다가 종내 참지 못하고 물어봤다.

"네? 왜 멀그므 백작님한테 쌀쌀맞냐고요?"

"성품과 용모가 꽤 따로 노는 분이잖아요."

"아아, 확실히 외모가 빼어나기는 하죠. 하지만 저는 아무리 미남이 라도 바람둥이는 별로 좋아하지 않는답니다."

"그래요?"

"바람둥이란 자고로 미녀의 적. 특히 잘생겼을수록 더 몹쓸 적이 되죠. 꽃 같은 웃음만 지어도 모자랄 미녀의 눈에서 눈물을 뽑다니, 어디 가당키나 한 일인가요? 혼내 줄 의사는 있지만 사랑해 줄 수는 없는 종자랍니다."

"아하."

납득했다. 메일이 이해했다는 얼굴로 고개를 끄덕거렸다. 왕년에 네 다리까지 걸쳤던 거튼은 그에는 뭐라 반박하지 못하고 입을 닥쳤다.

마차는 계속해서 달렸다. 제도는 넓어서 동쪽 환락가까지 가는 길은 생각보다 제법 멀었다. 의미 없이 창밖만 구경하고 있던 거튼이 심심해졌는지 문득 질문을 던졌다.

"그런데 영애, 저는 왜 구태여 함께 가는 겁니까?"

"정말 빨리도 묻는군요."

"지금 궁금해졌습니다."

"거창한 이유는 아니에요. 혹시 엘리사가 자긴 그런 말을 한 적이 없다 잡아떼거든 백작님을 앞에 내밀어주려고요."

"음……."

본인의 쓸모를 알게 된 거튼의 낯이 복잡해졌다. 이건 어딘지 유용한 듯 유용하지 않은. 필요와 불필요 사이에 낀 듯한 묘한 쓰임새. 기왕 따라가게 된 것 거튼은 스스로 유용하다고 여기기로 했다.

"왔습니다. 여기서부터가 입구입니다."

마차는 한참을 더 달려서 목적지에 도착했다. 오는 동안 해가 저물어 바깥은 이미 어두웠다. 메일은 우선 멈추지는 말고 마차를 천천히 몰아줄 것을 요청했다.

"생각보다 길이 좁고…… 굉장히 기네요. 후작 부인께서도 이곳은 처음이시죠?"

"그럼요."

메일과 텔리야가 나란히 마차 창문으로 고개를 내밀었다. 한때 제집처럼 드나들었던 거튼만이 혼자 시큰둥했다.

환락가에는 유흥의 거리라는 이름답게 퇴폐적이면서 화려한 느낌의 가게가 줄지어 늘어서 있었다. 끝이 보이지 않을 정도라 메일은 어떤 의미에선 감탄했다.

"전부 장사가 된다는 거네요. 이렇게나 많은데."

"나무 요정님, 그거 알고 계세요?"

"뭘요?"

"지금 가게마다 등이 보이죠? 그중에서 색이 없는 등은 술 시중만 드는 작부가 있는 술집을 의미하고, 색이 있는 등불은 밤 시중도 드는 작부가 있는 가게를 의미한대요."

"어머."

메일이 신기한 듯 눈을 깜박였다. 그런 구분법이.

"어떻게 아셨어요?"

"우연히 들은 거예요. 예전에 저잣거리를 놀러 다니다가."

"더 자세히는, 등의 색이 붉은색이면 여자를 살 수 있고, 파란색이면 남자를 살 수 있는 집을 뜻합니다. 둘 다 살 수 있는 가게는 등에 색을 입히지 않고 위에 조화를 꽂아 둡니다."

메일과 텔리야의 고개가 동시에 돌아갔다. 거튼은 설명해 놓고 저도 좀 민망한 듯 헛기침을 더했다.

"청산유수네요. 뭐랄까, 여행 안내원이 함께하는 느낌이에요."

"그러게요."

"말씀드리지만 저도 어디까지나 들은 겁니다. 저야 딱히 작부를 살 필요가 전혀 없었으니까."

"아, 네."

"잠깐, 그런데 남자를 살 수도 있다고요? 그럼 환락가를 찾는 손님

중에 여성들도 있다는 건가요?"

"당연하죠. 다만 꼭 붉은색 등이 켜진 가게를 남자 손님만, 파란색 등이 켜진 가게를 여성 손님만 찾는 건 아닙니다."

혁. 메일은 편견 하나를 깼다.

"그럼 안내원님, 저건 왜 그런 건가요? 등이 여러 개인데."

"저건……."

텔리야는 내친김이다 싶었는지 이것저것 묻기 시작했다. 어느새 백작 대신 안내원이 된 거튼은 호칭이 아깝지 않게도 굉장히 많은 것을 알고 있었다. 그런 것도 지식이라 쳐준다면 그는 이 순간 만물박사였다. 거튼에게 새로운 쓰임새가 생겼다.

"내가 동반하자고 한 거지만 이럴 줄은 또 몰랐네."

"저도 제가 이렇게나 유식할 줄은 몰랐습니다."

"유식……?"

"뭐, 나름 재미있고 좋은걸요. 안내원님, 그런데 이곳 치안은 괜찮은 건가요? 아무리 등이 켜져 있다지만 해가 진 이후인데 말이에요."

"어, 그건 저도 궁금해요."

텔리야의 질문에 메일이 숟가락을 얹었다. 둘의 의문은 타당했다. 제도의 치안이 좋은 편이라지만 그건 낮의 얘기고 밤엔 아무래도 한계가 있었다. 저잣거리의 가게는 보통 해가 지면 문을 닫는데 이곳은 정반대였으니 과연 공안이 유지될지.

거튼은 그것 또한 막힘없이 대답했다.

"아주 안전하다고는 말 못 해도 생각하시는 것보단 좋은 편입니다. 여기 늘어선 가게들은 작부를 사든 사지 않든 값이 비싸서 부유한 치들만 손님으로 드나들거든요. 유명한 가게는 귀족을 단골로 두고 있기도 하고. 그래서 범죄자들이 길에서 함부로 사람을 못 덮칩니다. 그랬다가 귀족이면 인생 종 치는 거니까."

"아하."

메일은 다시 창 너머로 고개를 내밀었다. 좁은 길이었지만 그런 길에도 군데군데 마차가 눈에 띄었다. 허름한 것은 거의 없고 문양을 가렸어도 귀족의 소유임을 알 수 있을 만한 것이 대다수였다.

"이런 곳에서 에이스라니, 엘리사도 대단하네요."

"……뭐."

"그나저나 말이 나온 김에 슬슬 엘리사를 찾아볼까요? 그녀가 어느 가게에서 일을 하는지는 모르겠지만, 유명하니까 물어보면 알려 주겠죠."

마차는 조금 더 가서 외관이 번듯한 가게 앞에 멈춰 섰다. 메일은 마차의 문을 열고 내리려다 멈칫했다.

"이런, 베일을 가져올 걸 그랬어요."

메일의 낯에 곤란한 기색이 서렸다. 어떻게 그걸 잊었지. 얼굴을 가리는 것에 익숙하지 않아서 그만 깜박했다.

물론 맨얼굴을 드러낸다고 꼭 일이 생긴다는 보장은 없었지만, 그래도 불필요한 시선과 관심은 되도록 차단하는 편이 좋았다. 메일은 미인이었고 본인 또한 그것을 모르지 않았다.

그에 텔리야가 빙긋 웃으며 짐을 꺼냈다.

"후후, 그러실까 봐 제가 챙겨 왔죠!"

"후작 부인."

"나무 요정님께 어울릴 만한 예쁜 걸로 준비했어요."

"저기, 그런데 아까부터 계속 나무 요정? 여신? 그게 뭡니까?"

메일이 베일 달린 모자를 건네받는 사이 거튼이 끼어들었다. 그는 줄곧 궁금했다는 표정이었다.

텔리야가 그의 질문을 무시해서 거튼은 어쩔 수 없이 메일을 쳐다봤다. 상대를 두 번이나 협박한 것이 약간 미안하기도 했던 메일이 선선히 알려 주었다.

"제 애칭 같은 거예요."

"……요정, 여신이요?"

"불만이라도?"

텔리야가 웃으면서 말을 걸었다. 분명 웃고 있는데 살벌했다. 거튼이 강아지처럼 꼬리를 말고 고개를 붕붕 저었다. 세상 그 어떤 표현보다도 완벽한 애칭입니다.

"그럼 가 볼까요?"

모자를 고정한 메일이 마차의 문을 열었다. 짙은 올리브색 모자에 장식처럼 달린 검정 베일은 화려한 문양의 망사로 되어 있었다.

허리를 잡아주어 몸매를 드러낸 메일의 어두운 암갈색 드레스와 은근히 어우러져 묘한 분위기를 냈다. 텔리야는 속으로 탁월한 선택이었다고 자찬했다.

문을 열자 가게의 직원으로 추정되는 사람이 에스코트를 위해 나와 있는 것이 보였다.

메일은 장갑을 낀 채 직원의 손을 잡고 최소한의 부축만 받으며 내렸다. 바닥에 발을 디딜 때 베일이 살랑거렸다.

뒤이어 내린 텔리야는 아예 부축을 받지 않았다. 평소에도 종종 그러는 듯 드레스의 펄럭임을 최소화하며 뛰어내리는 폼이 능숙했다. 둘은 곧 가게 안으로 향했다.

"반갑습니다, 부인."

화려한 문을 통과하자 지배인으로 보이는 중년인이 정중하게 인사를 건넸다. 메일은 저를 맞이하는 상대의 자연스런 태도에서 환락가 손님의 일부가 여성이라는 사실을 새삼 실감했다. 하긴, 향락은 남녀를 가리는 게 아니니까. 메일은 눈짓으로 인사를 받았다.

"물어볼 것이 있어서 들렀어요."

"그러십니까? 말씀하시지요."

"엘리사라는 작부를 만나고 싶어요. 어디로 가야 하죠?"

엘리사는 거튼의 말처럼 에이스가 맞는 모양이었다. 흔한 이름임에도 중년인은 그게 누구냐고 되묻지 않았다. 그는 한편으론 이런 질문이 익숙한 듯 보였다.

"부인께서도 엘리사를 사러 오신 겁니까?"

익숙한 것이 맞았다. 심지어 성별도 가리지 않는다. 메일의 등 뒤로 식은땀이 주륵 흘렀다. 편견을 깬 지 얼마나 되었다고 눈앞에 이렇게 현실 예제가.

메일은 구태여 아니라고 부정하지 않았다. 엘리사에게 캐낼 것이 있어서 왔다고 하는 것보단 차라리 손님으로 비치는 편이 훨씬 덜 수상할 테니까. 침묵을 시인으로 받아들인 중년인이 이어서 말했다.

"엘리사는 저희 가게 소속이 아닙니다. 그녀가 일을 하는 가게는 이곳보다 더 안쪽으로 들어가셔야 합니다."

"길을 알려 줄 수 있을까요?"

"어려운 일은 아닙니다만, 혹시 예약을 하실 겁니까?"

"예약이요?"

"처음 방문하신 듯한데, 엘리사는 당일에 지명할 수 있는 인물이 아닙니다. 워낙 수요가 많다 보니."

이런. 메일이 당황했다. 이건 생각지 못한 난관이었다. 메일은 장애물에 곤란해하다가 이내 진정을 찾았다. 대상을 사려는 게 아니다. 대화만 몇 마디 나누면 된다. 내내 손님을 받지는 않을 테니 값을 지불한다면 중간에 잠깐 정도는 시간을 내어줄 것이다.

"그래요. 그럼 그 가게에 가서 예약을 하고 돌아가겠어요. 다른 사람으로 대신할 수는 없으니까."

메일은 그렇게 둘러대고 중년인으로부터 약도를 받았다. 그녀는 환락가의 지도를 보는 것에 서툴렀지만 마부라면 알아서 잘 찾아가 줄 것이다.

가게를 나온 메일은 에스코트를 받아 도로 마차에 올랐다. 오르면서 아까부터 저를 진득한 시선으로 훑듯이 바라보던 한 직원을 실수인 척 걷어차 주는 것도 잊지 않았다.

마차의 등받이에 몸을 기대고 메일이 한숨을 내쉬었다.

"엘리사의 인기를 예상하지 못했네요."

"뭐랍니까?"

"그녀를 만나려면 예약을 해야 할 거래요. 그렇게 아름답나요?"

메일이 순전히 궁금해서 물었다. 중년인은 그녀에게 약도를 건네주며 당장 예약을 하더라도 최소 보름쯤은 기다려야 할 거라고 덧붙였다. 그 정도면 대체 얼마나 인기가 하늘을 찌른다는 건가. 거튼이 그에 머리를 긁적였다.

"예쁘긴 한데, 영애보다는 아니고……."

"비교는 됐어요."

"실례했습니다. 음, 예쁘기도 예쁘지만 그보다는 성격 때문에 더 유명합니다."

"성격이요?"

"콧대가 대단하거든요. 우선 제 마음에 안 들면 천만금을 쥐어줘도 절대 손님을 받지 않고, 받더라도 밤 시중은 들지 않는 경우가 허다하답니다. 돈이 아닌 뭔가 다른 것으로 그녀를 흔들어야 함께 밤을 보낼 수 있다는 이야기는 이미 환락가에선 유명하죠."

"그게 인기의 요인이 된다고요?"

"정복욕을 자극하는 거죠."

정복욕 자극. 쉽고 저렴하게 표현하면 비싸게 군다는 말이다. 그녀 나름의 장사 수완인 건지 타고난 성정이 정말 그런 건지는 확인할 길이 없지만, 어쨌든 그건 엘리사를 환락가 에이스의 자리에 올려 놓은 일등 공신이었다.

메일은 어쩐지 조금 거부감이 드는 단어에 눈살을 찡그렸다.

"그렇군요. 이해는 되지만 별로 유쾌하지는 않네요. 상대와 잠자리를 갖는 걸 정복한다고 생각하다니."

"……뭐…… 일단 이곳에서는 돈을 내고 상대를 사니까요."

비슷한 사고방식을 지니고 있는 거튼이 찔려서 눈을 피했다. 텔리야는 흥미로운 기색을 보였다. 설명을 듣고 엘리사에 대한 호기심이 외려 더 깊어진 것 같았다.

마차는 그로부터 십오 분쯤 더 달려서 두 번째 목적지에 도달했다. 길이 좁아 거의 걷듯이 이동한 것치고는 빠른 도착이었다. 이번에는 텔리야가 먼저 마차에서 내렸다.

"부축은 제가 해드릴게요. 아까 다른 사람이 감히 나무 요정님의 손을 잡는 걸 보곤 질투가 났었거든요."

"고마워요."

메일이 웃었다. 하얀색 베일을 쓴 귀부인이 검정 베일을 쓴 레이디를 에스코트하는 장면은 썩 일반적이지는 않았다. 에스코트를 하러 나왔다가 할 일을 빼앗긴 직원들이 서로를 보며 그저 당황스러워했다.

"자, 백작님도 내리시고."

"예에, 뭐."

환락가에 드나들다 걸리면 강제로 귀농이라더니, 입구를 통과한 시점부터 이미 늦었다고 생각했는지 거튼이 체념한 낯으로 순순히 마차 밖으로 나왔다.

남자 하나에 여자 둘. 행색을 보아 어느 한쪽이 수행원처럼 보이지는 않는다. 이런 곳에 혼성으로 오는 경우는 드물었기에—아예 없지는 않았다—직원은 그들에게 다소 길게 시선을 주며 가게의 문을 열었다.

"어서 오세요. 아름다운 레이디, 잘생긴 신사분."

앞서와 달리 이곳의 지배인-혹은 주인-은 여성이었다. 상대를 레이디와 신사라고 칭한 그녀는 정작 본인이 이곳에서 가장 레이디다운 차림을 하고 있었다.

코르셋에 페티코트까지 빠짐없이 차려입은 그녀의 노란 드레스가 풍성하게 원을 그렸다. 화려한 레이스가 달린 흰색 장갑, 보석과 장식용 가화가 눈에 띄는 챙이 짧은 모자.

메일은 들어오면서 봤던 건물의 외관을 잠시 떠올렸다. 마치 귀부인의 별장처럼 화려하게 꾸며져 있었지. 가게마다 특색이 있는 모양이었다.

"반가워요, 그러니까……."

"샤랄리아예요. 마담 샤랄리아."

"그래요, 마담."

"호호, 아름다우신 분. 생각해 두신 아이가 있다면 말씀해 주세요. 누굴 고르시더라도 그 아이에겐 더없는 행운이 되겠군요."

"엘리사를 만나러 왔어요."

"어머나."

마담이 과장되게 눈을 크게 떴다. 왼손에 든 부채를 펼쳐 입을 가리더니 이내 눈가를 접으며 웃는다. 그녀가 말했다.

"엘리사에게 미리 들어온 예약 중에 이런 미인은 안 계셨던 걸로 아는데요. 혹시?"

"예약은 하지 않았어요. 하지만……."

"아아."

알겠다는 듯 마담이 부채를 접었다. 앞서 들른 가게의 중년인보다 그녀는 이런 일에 배는 익숙한 듯 보였다. 마담은 당황하지도, 난감해하지도 않으며 부드럽게 말을 이었다.

"예약 명단에 이름을 올리고 가시겠어요? 지금이라면 삼 주쯤 기다리셔야 할 테지만, 중간에 공백이 생기면 레이디께 가장 먼저 연락을 드리겠다 약속하지요."

저 약속을 과연 몇 명에게나 주었을까. 물론 메일은 마담의 공수표에는 전혀 관심이 없었다. 사양하겠다는 의미로 고개를 저은 뒤 메일이 품에서 보석을 꺼냈다.

"값은 미리 지불할게요. 난 엘리사의 하루를 사러 온 게 아니에요. 그녀와 몇 마디 대화만 나눌 수 있다면 충분해요."

"흐음?"

메일이 꺼낸 보석 장신구는 고가품이었다. 놀고먹느라 바쁘지만 돈이 많은 거튼은 보석을 자주 봐서 그런지 어느 정도 안목이 있었다. 곁눈질로 장신구를 살핀 그가 작게 휘파람을 불었다. 비싼 거네.

마담 또한 그간 쌓아온 연륜이 있는지라 감정에 능숙했다. 그녀가 움찔 눈썹을 들어 올렸다.

"고작 잠깐 대화를 나누는 데에 그만한 값을 지불하시겠다고요? 설마 이 마담을 놀리시는 건 아니겠지요?"

"가치는 상대적인 거니까요. 저한테는 그만한 값어치가 있는 일이니까 치르겠다는 거예요."

마담이 침묵했다. 그녀의 시선이 베일 너머 메일의 눈을 뚫어져라 응시했다. 그렇게 쳐다보면 뭐가 보이나. 거튼이 곁에서 그리 생각했을 무렵 마담의 입이 열렸다.

"아쉽네요."

"거절하겠다는 건가요?"

"그럴 리가. 미녀와 잠깐 대화를 나누고 보석을 얻을 수 있다면 저보다는 엘리사가 쌍수를 들 텐데요."

"그럼……."

"하지만 엘리사는 지금 이곳에 없답니다."

아쉽다고 한 건 이래서였다. 메일이 눈에 보이게 당황했다.

"네? 그게 무슨."

"이곳이 많이 생경하신 것 같으니 알려드릴게요. 엘리사처럼 몸값이 비싼 아이는 손님이 대개 부호이거나 귀족이고, 그런 만큼 그녀를 찾는 목적이 단순히 하룻밤 자기 위해서가 아닌 경우가 잦답니다. 엘리사는 종종 은밀한 파티에서 지체 높은 귀족의 파트너, 혹은 액세서리 역할을 담당하곤 하죠. 오늘도 마침 그런 경우고요."

"아아, 그래서 그때 그 파티에."

거튼이 아는 체를 했다. 메일의 당황이 짙어졌다. 그녀가 저도 모르게 마담에게 한 발 다가갔다.

"전 오늘 엘리사를 꼭 만나야 해요. 혹 기다린다면……."

"언제 올지 모르는걸요. 해가 밝은 이후가 될 수도 있어요."

"그런……."

메일은 앞이 캄캄해졌다. 베일로 표정을 가리고도 그 심경이 남에게 전해질 정도라 마담이 내심 혀를 찼다.

엘리사 얘가 대체 바깥에서 뭘 하고 돌아다니는 거야? 뭘 어쨌기에 누가 봐도 환락가에 초행인 이런 귀족 영애마저 이리 애타게 구는지.

할 수 있는 가장 파격적인 치정을 상상한 마담이 고개를 내젓고는 부채를 펼쳤다. 거튼이 옆에서 도와준답시고 개소리를 했다.

"어허! 그냥 잠깐 이리로 부르면 되지 않느냐? 통신구 정도는 있을 텐데. 감히 귀족을 기약 없이 기다리게 하겠다는 것이냐?"

"신사분, 신사분도 귀족이지만 엘리사를 데려가신 분 또한 귀족이에요."

"이쪽의 신분이 더 높다!"

"어떻게 자신하시죠?"

"왜냐면 여기 계신 이분이 바로 시클…… 읍!"

"쓸데없는 소리 마세요. 그러자고 동행하신 거 아니니까. 마담, 정말 방법이 없을까요? 꼭 이 장소에서 만나지 않아도 괜찮아요."

표정은 보이지 않아도 목소리가 간곡했다. 마담은 부채질을 하며 으음, 낮은 신음을 흘렸다.

사실 그녀는 거튼의 신분을 알고 있었다. 모르기에는 그가 너무 잘생기고 유명―좋은 쪽은 아닐지라도―했기 때문이다.

마담은 태연한 척 굴었으나 실상 백작이란 결코 예사 신분이 아니었다. 환락가의 손님 중 과반수가 귀족이라는 걸 감안하더라도 그의 계급은 높았다.

거튼이 정말 작정하고 깽판을 친다면 엘리사를 이리로 데려오는 것쯤이야 그의 말처럼 얼마든지 가능할 것이다. 그건 오늘 엘리사를 지명한 귀족이 자작이기 때문에 더 그랬다.

'멀그므 백작만 해도 골치가 아픈데.'

더군다나 그럼에도 진짜 문제는 백작이 아니다. 메일이 도중에 급하게 막긴 했지만 거튼의 외침은 이미 두 음절이나 공기를 탔다.

'시클'. 백작이 '분'이라고 지칭할 만큼 높은 신분에 시클이라는 단어. 마담은 바보가 아니었다. 저걸 듣고도 누구인지 유추하지 못할 만큼 아둔했다면 애초에 이런 곳에서 마담 행세를 하고 있지도 못 했을 것이다.

'시클라민 후작 부인. 어쩌다 이런 거물이.'

부러 두꺼운 화장으로 가린 마담의 낯빛이 어두워졌다. 듣도 보도 못한 이름에 후작만 달아도 충분히 거물이거늘, 시클라민은 거기에 몇 술 더 떠 수도 제일의 재력가였다.

멀그므 백작이 아무리 돈이 많아도 시클라민 후작에 비하면 새 앞의 파리에 불과했다.

더구나 시클라민 후작 부인의 본가는 모하임 공작가. 가게는 둘째 치고 목숨을 부지하고 싶다면 그녀의 눈 밖에 나서는 결코 안 된다.

'그렇다고 엘리사를 진짜로 부를 순 없어. 그런 식으로 고객을 기만

했다는 말이 나오면 장사에 크게 문제가 생긴다. 어쩔 수 없지.'

생각을 마친 마담이 부채를 탁, 소리 나게 접었다. 장사도 계속해야 하고 목숨도 보존해야 하니 방법은 한 가지뿐. 그녀가 생긋 웃으면서 말했다.

"그러시다면야 영 길이 없는 건 아니죠. 다만 조금 번거로우실 텐데, 괜찮으신가요?"

"물론이에요. 얼마든지."

"좋아요. 그럼 엘리사가 있는 곳을 알려드릴게요."

대상이 있는 장소로 직접 찾아가라는 소리다. 마담은 그러고선 덧붙였다.

"단, 파티의 손님으로서 입장하셔야 해요. 약조하시면 이곳에서 바로 약도를 그려드리죠."

엘리사가 오늘 저를 지명한 고객과 함께 참석한 파티. 듣지 않아도 통상적인 것과는 거리가 멀 것이 훤하다. 그러나 지금은 찬밥 더운밥 가릴 때가 아니었다. 메일이 냉큼 고개를 끄덕였다.

"약속할게요."

"그럼 이곳에 잠시만 계세요. 금방 약도를 그려 올 테니."

그렇게 말하며 사라진 마담은 잠시 후 지도 말고 다른 것들도 함께 가지고 돌아왔다. 거튼이 먼저 반응했다.

"가면?"

"맞아요. 특별히 준비했답니다. 엘리사가 있는 저택에선 지금 가면무도회가 진행 중이거든요."

마담은 메일과 텔리야, 거튼에게 각각 가면을 나눠 준 뒤 흰색 염료 또한 내밀었다. 가면무도회는 익명으로 참가하는 파티였다.

그런 곳에서 신분을 숨기는 건 불문율이니 만약 타고 온 마차에 문양이 있다면 이것으로 가려 달라는 것이다.

물론 염료가 필요하지는 않았다. 마차의 문양은 이미 한참 전 백작 저를 들르면서 가려 둔 상태였다.

황성을 통과할 때까지는 공연히 수상해 보일까 문양을 그대로 드러냈지만, 환락가에서도 그리 공개적으로 다닌다면 혹 후에 추문이 돌게 될까 메일이 걱정했기 때문이다. 정작 텔리야는 신경 쓰지 않는 기색이었으나 메일이 강경했다.

그렇게 염료는 놔두고 세 사람은 약도와 가면을 챙겨 가게를 떠났다. 마차의 실루엣이 멀어졌다. 마담은 바깥에서 그들을 배웅한 뒤 다시 가게 안으로 들어섰다.

줄곧 의연함을 가장했던 마담이 그제야 식은땀을 훔치며 신경안정제를 찾은 것은 떠난 이들은 모르는 일이었다.

마차가 다각거리며 달렸다. 벌써 세 번째 목적지였다. 메일이 조금 진이 빠진 목소리로 중얼거렸다.

"생각보다 더 까다롭네요, 엘리사를 만나기가."

"뭐, 그래도 저는 재미있는걸요? 그 덕에 여기도 가 보고, 저기도 가 보고. 이번엔 또 가면무도회라니."

빈말이 아닌 듯 텔리야는 흥미롭게 웃고 있었다. 그녀는 손에 든 가면을 이리저리 돌려 보았다. 뭉툭하니 못생긴 민무늬는 아니고, 치장용으로도 쓸 수 있을 법한 화려한 나비 가면이었다.

텔리야가 그것을 우선 얼굴에 써 봤다. 가면은 그녀의 얼굴을 절반쯤 가리고 이마 일부와 코 아래를 드러냈다. 그녀는 그 상태로 거울을 만들어―마법으론 별걸 다 할 수 있었다―확인한 뒤 감상평을 뱉었다.

"가면으로는 미모를 다 가릴 수 없겠는데요? 우리 나무 요정님 큰일 났네."

"……꼭 가면을 써야 하는 걸까요?"

"가면무도회니까요."

"그렇긴 하지만, 얼굴을 가리는 게 목적이라면 여태 그랬던 것처럼 베일을 쓰고 있어도 되지 않을까 싶은데……."

"도착해 봐야 알겠지만 안 될 겁니다. 보통 이런 가면무도회는 주최자의 취향이 주최 동기가 된 경우가 많거든요. 가면을 쓴 타인의 모습에 매력을 느끼는 거죠."

"어머, 취향이란."

"정말 모르는 게 없으시네요. 지나치게 특정된 분야라는 게 문제지만."

"그거 칭찬입니까?"

거튼이 제가 들은 말이 칭찬인지 아닌지 헷갈려 하는 사이 마차가 속도를 늦췄다.

벌써? 메일은 일행과 눈을 맞춘 뒤 마차 바깥으로 고개를 내밀었다. 조금씩 가까워지는 웅장한 저택이 시야에 들어왔다.

"이렇게 가까이에 저택이 있었어요?"

"위치가 교묘하네요. 다른 건축물에 가려서 안 보였던 것 같아요."

"별장이군요. 누구의 소유인진 모르겠지만."

환락가 안쪽에 있는 것이니 누가 주인이든 늘 사람을 바꿔 대여될 것이다. 메일은 점차 선명해지는 저택을 보며 손에 든 가면을 만지작거렸다.

'가면은…….'

이렇게 화려하고 문양이 많은 것은 아니었지만, 그럼에도 충분히 매개가 되어 누군가를 떠오르게 만든다.

메일은 가면의 표면을 만져 보았다. 무늬와 장식 때문인지 손끝에 남는 느낌이 거칠다. 그건, 이렇지 않았는데.

"도착했습니다."

그때 마차가 멈췄다. 메일은 공연히 화들짝 놀라서 들고 있던 가면을 내던졌다가, 이내 그것을 써야 한다는 걸 깨닫곤 도로 주워 들었다. 이게 지금 뭐 하는 짓인지. 스스로의 한심함에 메일이 몰래 한숨을 삼켰다.

"내려야겠네요. 나무 요정님도 가면을…… 어머."

텔리야는 옆을 돌아보았다가 제 입을 가렸다. 착용을 권하려고 했더니 메일은 그새 이미 가면을 쓰고 있었다. 방금 막 걸친 듯 매듭 주변의 머리카락을 정리한 메일이 물었다.

"……괜찮은가요?"

메일에겐 거울을 만들어내는 재주가 없었으니 자연히 평가를 남에게 맡길 수밖에 없었다. 텔리야는 짧은 침묵 후 눈물을 훔치는 시늉을 했다.

"너무 아름답네요. 감격스러울 만큼."

메일의 가면은 텔리야의 것과 무늬와 형태는 같았으나 색이 흰색이었다. 어두운 머리 색과 어두운 드레스 차림에 얼굴을 가린 가면만 눈처럼 새하얗다.

텔리야는 마담이 과연 이걸 계산해서 가면을 골라 준 건지 궁금해졌다. 자아내는 분위기가 굉장히 묘했다. 어딘지 건드려선 안 될 것 같으면서도 건드리고 싶은 기분이 들 만큼.

"저도 다 썼습니다."

"쓰시든가."

괜히 끼어들었다가 본전도 못 찾은 거튼이 시무룩해졌다. 짙은 보라색 가면을 착용한 그는 가면을 쓰고도 퍽 잘생긴 얼굴이었으나 이 중에 그것을 칭찬해 줄 사람은 없었다.

세 사람은 곧 마차에서 내려 저택의 입구로 다가갔다. 입구에는 사람이 서 있었는데 경비를 위한 것은 아닌 듯 손에 펜과 종이를 들고 있었다. 그는 사람이 다가오자 외알 안경을 추켜올렸다.

"어서 오십시오. 이름을 말씀해 주시겠습니까?"

"텔리야 시……."

텔리야가 저도 모르게 대답하다가 입을 다물었다. 가면 쓴 메일을 감상하면서 걷느라 그만 아무 생각이 없었다. 그녀는 난감하게 눈동자를 한 바퀴 굴린 뒤 둘러댔다.

"……예요. 텔리야시."

덕분에 묘하게 이상한 이름이 되었지만 어쩔 수 없었다. 안경을 쓴 남자는 들은 것을 또박또박 종이에 적었다. 메일이 물었다.

"익명이라고 들었는데, 아닌가요?"

"맞습니다. 굳이 본명을 알려주시지 않으셔도 됩니다. 무도회가 무르익으면 중반에 선물을 증정하는 이벤트가 있을 예정인데, 이 명단은 그때 쓰일 겁니다."

"그렇군요. 전 메리예요."

"메리……. 예, 다음분은?"

텔리야시와 메리를 적은 남자가 눈을 들었다. 남은 것은 거튼의 가명뿐이었다. 그는 뭔가 멋들어진 것을 내놓고 싶은 듯 고민하는 기색으로 뜸을 들였다. 그의 고뇌가 길어지자 메일이 기다려 주지 않고 먼저 말했다.

"커튼이요."

"예, 커튼. 다 됐습니다. 들어가시죠."

"여, 영애!"

커튼이라니요! 잔뜩 당황한 거튼이 그 어느 때보다 항의하고 싶은 낯으로 외쳤으나 메일은 들어주지 않았다.

어차피 여기서만 잠깐 쓰고 말 가명인데 커튼이면 어떻고 컬튼이면 어떻담. 메일이 무시하고 저택 안으로 들어섰다.

저택은 문을 열자마자 바로 무도회장으로 통했다. 아니, 어쩌면 건

물 전체가 통째로 연회장인 것 같았다.

"누가 지었는지는 몰라도, 어지간히 연회에 미친 사람이겠네요."

뒤따라 들어선 텔리야가 그리 감상을 꺼냈다. 반짝이는 샹들리에가 눈이 부신 천장은 고개가 아플 정도로 높고, 계단과 난간을 통해 나누어진 층은 높이만 다를 뿐 어디나 똑같은 풍경이었다. 술과 요리, 음악, 그리고 가면이 사방에 가득했다.

춤을 추는 사람도 있고 이야기를 나누는 사람도 있다. 메일은 연회장 내부를 한 바퀴 둘러본 후 뒤늦게 문제를 자각했다.

"……어떻게 찾죠?"

풍성한 드레스에 화려한 가면이 여기저기서 눈에 들어와 시야를 어지럽혔다. 가면 밖으로 드러난 생김새는 저마다 조금씩 달랐으나 얼핏 보기에는 서로 비슷하여 구분이 잘 되지 않았다.

메일은 그 와중에 가발을 썼거나 염색을 한 걸로 추정되는 사람마저 몇 발견했다. 익명의 파티라더니 그들은 저를 감추는 것에 썩 능숙해 보였다.

'이래서 번거로울 거라고 했구나.'

마담이 말이 이해가 되었다. 그런데 이건 조금이 아니잖아. 메일이 혼란스러워하는 사이 따라붙은 거튼이 뒤에서 종알거렸다.

"영애, 정말 이건 아닙니다. 예? 커튼이라뇨. 저는 좀 더, 그러니까 테리우스 같은 이름을……."

"백작님. 아니, 익명을 위해서 커튼 씨."

"차라리 본명으로 불리겠습니다!"

"별로 차이 없잖아요. 아무튼 엘리사의 용모와 특징을 아시죠? 설명해 주세요."

셋 중에서 엘리사의 생김새를 아는 건 거튼뿐이었다. 항의를 묵살당한 거튼이 삐친 표정을 지었다가 텔리야가 살벌한 시선을 보내자 얼른 부지런히 입을 열었다.

"우선 엘리사는 은발입니다. 은발인데, 음, 이게 좀 색이 애매하다고 해야 하나. 회색인 듯 회색 아닌 회색 같은 은발입니다."

"탁한 은발이네요."

"바로 그겁니다! 그리고 눈동자는 빨간색인데, 이게 또 주황인 듯 주황 아닌 주황 같은……."

"다홍색."

"예, 그거!"

"어휘력이 왜 이 모양이죠?"

메일은 텔리야의 말에 동의했으나 그를 책잡지는 않았다. 탁한 은발에 다홍색 눈. 속으로 되뇐 메일이 이어 물었다.

"다른 특징은요? 신체나, 얼굴형이나."

"턱이 갸름하고 입술은 도톰한 편입니다. 피부는 희고요. 몸매는 허리나 팔목만 보면 말랐는데 가슴이…… 음……."

"네, 알겠어요. 그리고요?"

"그리고…… 아, 왼손 중지와 약지의 길이가 같습니다."

독특한 특징이 나왔다. 메일은 그것을 새겨듣곤 고개를 끄덕였다. 외모에 대한 설명이 끝나자 세 사람에겐 곧 새로운 임무가 생겼다.

"이제 각자 흩어져서 찾을 거예요. 커튼 씨도 마찬가지구요."

"커…… 후우…… 찾고 나서는 어떻게 하면 됩니까?"

"음, 악단 근처에 함께 계셔 주세요. 그리고 악단에게 요청해 음악을 잠시 동안만 크고 빠르게 변주하면, 찾았다는 신호로 알아듣고 제가 그리로 갈게요."

"예에, 알겠습니다."

"나무 요정님."

텔리야는 거튼이 먼저 사라지는 것을 가만 보다가 뒤를 돌았다. 메일은 막 자리에서 움직이려다 멈칫했다.

"네, 후작 부인…… 아니, 텔리야시 양?"

"그 우스꽝스러운 이름도 나무 요정님의 입에서 나오니 사랑스럽네요."

"고마워요. 그런데 왜?"

"다른 게 아니라, 이거."

텔리야가 손을 움직였다. 부드러운 손길이 메일의 가슴께에 잠깐 머물렀다가 떨어진다. 메일이 눈을 내렸다.

"브로치…… 네요?"

"맞아요. 다만 그냥 브로치는 아니에요. 이걸 달고 있으면 제가 언제든 나무 요정님의 위치를 확인할 수 있는 마법 브로치죠."

메일이 깜짝 놀랐다. 그런 식의 마법 용품은 들어본 적은 있었지만 퍽 희귀했다. 갑자기 귀한 것을 드레스에 매달게 된 메일이 눈동자를 흔들었다.

"이걸 왜?"

"걱정이 되니까요. 제가 전에 준비할 시간이 필요하다고 했었죠? 다름 아닌 이걸 만드느라 그랬던 거랍니다. 시간이 촉박해서 밤은 좀 새웠지만 뿌듯하네요."

"이렇게까지……."

메일은 고마우면서도 미안해서 말의 갈피를 못 잡았다. 물론 안전을 목적으로 상대에게 동행을 부탁하긴 했지만 이렇게까지 해주기를 원한 것은 아니다. 이 정도면 민폐라고 해도 할 말이 없었다.

생각할수록 고마움보다 미안함이 더 컸다. 그 기색을 눈치챘는지 텔리야가 씩 웃으면서 말했다.

"괜찮아요. 한편으론 저를 지키기 위한 것이기도 하니까요. 나무 요정님에게 무슨 일이 생겼다간…… 저와 오라버니의 앞날도 썩……."

"네?"

"아니에요. 아무튼 가지고 계시다가 위험할 것 같다 싶으면 브로치를 벽에 내던지거나 발로 밟으세요. 충격이 전해지게요. 그럼 제가 신호로 알고 바로 달려갈 테니까요."

"알겠어요. 고마워요."

"그럼 조심하세요. 엘리사는 저도 최대한 눈을 비벼 가며 찾아보도록 할게요!"

마지막 당부를 남긴 텔리야가 눈을 찡긋하곤 사라졌다. 메일은 멀어지는 상대의 뒷모습과 브로치를 한번 번갈아 본 뒤 조금 멋쩍게 발을 돌렸다. 어쨌든 저를 위해 고생해 준 것이라 생각하니 가슴께에서 공연히 온기가 간질거렸다.

'정말로 사용할 일은 없겠지만.'

메일은 여기까지 오는 길이 어땠는지를 떠올렸다. 헛걸음은 있었으나 순탄했다. 가게마다 매달린 등을 보며 신기해하고, 에스코트를 받으며 마차에서 내리고.

어딘지 모르게 위험과 스릴이 넘칠 거라고 상상했던 것과 달리 그건 마치 평범한 유람 같았다.

'역시 그것 때문인가? 손님 중에 귀족이 많아서?'

이유야 어쨌든 예상했던 위험이 없다는 건 다행인 일이었다. 바깥에서도 그렇게 아무 일이 없었는데 보는 눈 많은 이 안에서야 당연히 더 아무 일이 없겠지.

메일은 그렇게 생각하며 걸음을 옮겼다. 지금은 그저 엘리사가 어서 나타나 주길 소원할 뿐이었다.

가면무도회는 일반적인 파티가 아니다. 거튼이 과거 엘리사를 만나 짝짜꿍했던 파티가 그랬듯, 통상의 범주에 넣기에는 지나치게 퇴폐적이고 문란했다.

메일은 어색하게 웃으며 문을 닫았다.

"실례했습니다."

줄어드는 사이 간격으로 '가지 말고 놀자', '예쁜 언니' 같은 말이 부정확한 발음으로 새어 나왔다. 물론 무시하는 것이 좋은 말이다. 메일은 테라스의 문을 닫고 돌아서서 식은땀을 훔쳤다.

'심했다, 여기.'

메일이라고 아무런 마음의 준비를 하지 않았던 건 아니다. 오히려 각오를 제법 단단히 다졌다. 다른 곳도 아니고 향락가에서, 다른 사람도 아니고 작부를 끼고 참석하는 파티다. 경험이 없어도 이 파티가 어떤 느낌일지는 충분히 유추가 가능했다.

그래서 어지간히 노골적이고 난잡한 것을 보더라도 놀라지 말자고, 그렇게 다짐했었는데.

'최소한 부끄러워하는 기색이라도 보여 줘…….'

메일은 참패했다. 각오는 휴지 조각이 되었다. 인정할 수밖에 없었다. 향락 파티를 만만하게 봤다는걸.

조금 전, 엘리사를 찾아 나서면서 메일은 우선 탐색할 범위를 정했다. 연회장은 넓고 돌아다니는 사람은 어지러울 정도로 많다.

무작정 누비는 것만큼 막막하고 비효율적인 것도 없었으니 일단 선순위를 지정하는 편이 좋았다. 메일이 고른 장소는 바로 테라스였다.

테라스는 연회장 내에서 인정받는 명당이다. 혹자는 파티의 꽃이라고도 칭했다. 메일은 감수성이 메말라서 남들이 찬양하는 테라스의 대단한 분위기 같은 건 아직 느껴보지 못했지만, 그래도 많은 이가 선점하고 싶어 하는 인기 장소라는 것 정도는 알고 있었다.

다수가 탐내는 곳이니 아마 엘리사도 마찬가지이지 않을까. 메일은 그러한 추측하에 가장 가까운 테라스부터 하나씩 들어가서 확인해 보기 시작했다.

　그리고 굉장한 감각적 공해를 입었다.

　믿을 수 없게도 이 파티에 참석한 사람들에겐 부끄러움이라는 것이 없었다. 메일이 판단하기로는 그랬다. 그녀는 처음으로 들어갔던 테라스에서 겪었던 전개를 결코 잊을 수가 없었다.

　"아, 죄송해요. 빈 테라스인 줄 알고 그만."

　메일은 기억했다. 그녀가 문을 열었을 때 웬 남자와 여자는 서로 일을 치르기 직전의 모습을 하고 있었다. 거기까진 미리 마음의 준비를 마쳐 두었기에 메일은 용케 놀라지 않고 침착하게 변명을 입에 올렸다. 충격이 시작된 것은 그 이후부터였다.

　"아뇨, 괜찮아요. 자리 남았으니 들어와요."
　"……네?"
　"같이 즐기자고요."

　반쯤 헐벗은 여자는 갑자기 등장한 불청객을 내쫓기는커녕 초대했다. 잘못 들은 것이 아니다. 분명 초대였다.

　극히 평범한 수준을 유지하고 있는 메일의 도덕심으로서는 도저히 받아들이기 힘든 상황이라 그녀는 뇌에 과부하를 일으키며 그 자리에 굳었다.

　"왜 가만히 서 있어요? 이치가 두 명은 힘들 것 같아서요? 아니에요, 얼마나 잘하는데. 세 명까지도 된다고요. 한 명은 손으로, 한 명은 이……."
　"안녕히 계세요!"

메일은 간신히 도망쳤다. 아슬아슬했다. 더 있었다간 필시 귀를 잃고 말았을 것이다. 어딘지 들어선 안 될 것을 들은 기분이었으나 마지막까지 듣지 않은 것이 그나마 다행이라면 다행이었다.

첫 테라스가 그 지경이었으나 메일은 그럼에도 그때까지 작은 희망을 버리지 않고 있었다.

하하, 설마. 방금은 운이 없었던 거겠지. 유난히 그 사람이 파격적이었던 거겠지. 그러나 환락가의 파티에서 범인의 희망이란 짓밟히라고 있는 것이었다.

그것을 메일은 네 번째 테라스의 문을 닫으면서 깨달았다. 운이 없었던 거기는 개뿔. 첫 번째 테라스는 그나마 사정이 나은 편이었다.

그녀는 네 번째 테라스에서 앞서 여자에게 받았던 제안을 타인이 손수 실천하고 있는 장면을 목격하곤 시력을 잃을 뻔했다.

방금 문을 닫은 것은 여섯 번째 테라스다. 얼굴 모를 남녀가 서로 상황극을 하고 있던—아마 스승과 제자 설정이었던 것 같았다—그곳은 그나마 앞선 다른 곳들보다는 공해 수준이 낮았다.

메일은 무려 예절 교사 역할을 시켜 주겠다는 영광스러운(?) 제의를 뒤로하고 냉정하게 장소를 옮겼다.

'차라리 꺼지라고 욕을 해줬으면…….'

은밀한 시간을 방해받으면 사람은 보통 불쾌해한다. 짜증을 내거나 심하면 욕을 퍼붓는다.

메일은 되레 그것이 몇 배는 나을 것 같다고 생각했다. 어떻게 된 게 여기 있는 인간들은 죄 초대를 못해서 안달이었다. 메일은 난생처음 타인에게 배척받고 싶어졌다.

'후우, 그래도 얼마 안 남았다.'

한숨을 삼킨 메일이 전면을 응시했다. 1층에 있는 테라스는 이제 눈앞에 있는 이것 하나밖에 남지 않았다. 비록 2층, 3층이 따로 존재했지만 그래도 한 층을 모두 탐색했다는 건 묘한 만족감을 주었다.

'부디 엘리사, 여기에 있어줬으면…….'

메일은 간절히 바라며 문손잡이를 잡았다. 조심스레 열면 외려 일부러 접근했다는 것이 티가 나므로 그녀는 일부러 문을 과감하게 열어젖혔다. 그러는 편이 누가 있는 줄 몰라서 그랬다고 둘러대기에는 더 편했다.

벌컥. 문을 열자마자 사이로 바람이 스며든다. 메일은 즉시 실망했다. 테라스 안에는 남자 혼자뿐이었다.

'없네.'

확인하고 말고 할 것도 없었다. 저치가 엘리사일 리는 만무했으니까. 남자는 상념에 빠진 듯 멍하니 허공을 응시하다가 메일의 등장에 시선을 주었다. 눈이 마주쳤다.

"방해해서 죄송해요. 아무도 없는 줄 알고. 그럼 이만……."

"잠깐."

남자가 메일을 불렀다. 메일은 문고리를 잡은 손에 힘을 주려다 일단 멈칫했다. 이쪽에서 먼저 대뜸 문을 여는 무례를 저지른 것은 사실이니 상대가 어떤 개소리를 하더라도 한번은 들어줄 생각이었다.

남자는 예상보다 평범한 소리를 했다.

"혹시 파트너가 있나?"

남자의 말은 그저 파트너의 유무를 물었다는 점에선 무난하고, 초면에 다짜고짜 반말을 했다는 점에선 예의가 없었다. 그래도 개소리라고 쳐 줄 정도는 아니다. 메일은 짧게 고민한 뒤 대답했다.

"있어요."

없지만 왠지 있다고 대답해야 할 것 같았다. 그런 예감이 들었다. 남자는 입맛을 다셨다.

"아쉽군. 그래, 이런 미인을 가만히 놔두었을 리는 없지."

"그쪽은 혹시 파트너가 없나요?"

메일은 그냥 문을 닫기 전 혹시나 해서 물었다. 만에 하나긴 하지만 저 남자가 엘리사의 파트너일 수도 있으니까. 남자의 대답은 느릿하게 흘러나왔다.

"있었지. 조금 전에 빼앗겼지만."

'빼앗겨?'

남자의 답에는 의문이 드는 부분이 있었다. 파트너를 빼앗기다니. 상대가 변심을 했다는 소린가?

메일은 설핏 궁금했으나 남자와 더 말을 섞고 싶지 않아서 굳이 물어보지 않았다. 솟아오른 호기심을 그대로 묻어버린 그녀가 문을 닫았다.

닫고 나자 삼켰던 한숨이 결국 흘러나왔다.

"후우, 이로써 1층에는 없구나."

더 정확히 말하면 1층의 테라스에는 없었다. 메일은 미간에 주름을 잡았다가 가면 위로 그것을 눌러 폈다.

'조금 쉬고 2층으로 올라갈까.'

악단은 아까부터 단 한시도 변주하지 않았다. 거튼이나 텔리야가 먼저 찾지 못했다는 소리였다.

거튼이야 애초 제대로 찾고 있을 거란 기대조차 들지 않으니 상관없었지만, 텔리야가 아직도 발견하지 못했다는 건 조금 아쉬운 일이었다.

그녀의 미녀 탐지 능력이 큰 도움이 되지 않을까 했는데. 메일은 아쉬움을 뒤로하고 가까운 곳에 있는 음료를 집어 들었다.

"이런, 실수."

그때 옆 사람이 누가 봐도 고의로 메일에게 부딪혔다. 메일은 미약하게 휘청거린 뒤 손에 든 잔을 확인했다. 부딪히기 직전 다른 손으로 잔의 윗부분을 덮었기에 안에 든 음료는 바깥으로 조금도 흐르지 않고 멀쩡했다.

"앞으론 조심하세요."

메일은 담담한 어조로 통상적인 충고를 주었다. 몸을 부딪쳤던 남자가 당황한 기색으로 주춤거렸다. 표정이 보이지 않음에도 어쩐지 메일은 상대의 생각을 읽을 수 있을 것 같았다.

'이게 아닌데.'

……라고 생각하고 있겠지. 메일은 음료를 마시지 않고 그대로 사용인에게 반납했다. 속셈이 훤히 보여서 당해 주기가 더 민망했다. 그녀는 자유로워진 손으로 제 가면 끄트머리를 매만졌다.

'이걸 그렇게 벗기고 싶은가.'

사실 처음이 아니었다. 사람 생각은 다 비슷하게 마련이며 그를 통해 파생되는 행위도 거기서 거기인 것이 보통이다.

메일은 이미 유사한 수작을 앞서 두 번이나 당했다. 상대는 잔이 그녀의 얼굴에 가까워질 때만 노려 집요하게 그것을 엎으려 들었다.

두 번은 피했고 이번엔 미처 회피가 늦어 대신 잔을 감싼 것이다. 총세 번의 위기를 모면한 메일이 내심 혀를 찼다.

'얼굴은 봐서 뭐 하려고.'

쓸데없는 일에 쏟는 심력이 퍽 정성스럽기도 했다. 메일은 고개를 내저은 뒤 티슈로 손바닥에 묻은 음료를 꾹꾹 눌러 닦아 냈다. 장갑은 색이 어두워서 얼룩이 크게 눈에 띄지는 않았다.

'아까운 내 장갑.'

그렇지만 티가 나지 않더라도 물든 것은 물든 거다. 말끔히 지워 내려면 가능한 빨리 세탁을 맡기는 편이 좋았으나, 메일은 장갑을 버릴 것을 감수하고 그냥 계속해서 끼고 있었다. 지금은 맨손조차 드러내고 싶지 않았다.

한가한 치들이 가려진 곳을 보고 싶어서 안달을 내니 평소엔 신경 쓰지 않던 부위까지 공연히 꽁꽁 싸매고 싶어진다.

메일은 장식 없이 늘어뜨린 머리카락으로 자기 목을 칭칭 감았다. 천연 머플러다, 이 관음증 변태들아.

메일은 그렇게 웃지 못할 행색을 하곤 걸음을 옮겼다. 목표는 2층이었다. 헛수작을 당하고 나니 쉴 마음도 사라졌다. 그저 한시라도 빨리 엘리사를 만나고 이곳을 나가고 싶다는 마음이 강해졌을 뿐이다.

눈도 위협당하고 귀도 위협당하고. 거기에 어떻게든 가면을 벗겨 보려는 허튼 계교까지, 이렇다 할 위험이 느껴지지는 않았지만 도를 넘게 피곤했다. 메일은 정신력이 펑펑 고갈되는 걸 느끼며 계단으로 향했다.

"안녕, 레이디?"

그러나 얄궂은 향락 파티는 그녀가 계단을 밟는 것조차 순순히 허용하지 않았다. 메일은 눈살을 찌푸리고 저를 막아선 이를 올려다보았다. 밝고 새빨간 가면. 그 아래로 치아를 내보이며 히죽거리는 입이 눈에 들어온다.

이건 또 뭐야. 연못 같던 인내심이 세숫대야 수준으로 줄어든 메일이 대응을 포기하고 몸을 돌렸다.

"계단이 뭐 여기 하난가."

"어어? 무시하기야?"

빨간 가면을 쓴 남자는 집요했다. 어느 정도냐면 돌아서는 메일의 손을 잡으려 들었을 만큼. 재빠른 운동신경으로 그걸 피한 메일이 기가차서 상대를 쳐다보았다.

"성추행?"

"추행이라니. 나는 그냥 붙잡으려던 거지. 그나저나 레이디, 참 날쌔다."

"강제로 붙잡는 걸 추행이라고 해요. 다섯 살 때 배우는 내용일 텐데?"

"아아, 알았어. 붙잡지는 않고 그냥 이야기만 할게. 레이디한테도 나쁜 건 아니야! 난 레이디를 도와주려 온 거니까."

　도와주러 왔다는 양반 태도가 참 정중하기도 했다. 메일은 문득 거튼을 떠올렸다. 그 정도는 신사 중의 신사였군. 새로운 비교군이 생기면 평가도 바뀌게 마련, 거튼 멀그므의 평가 점수가 마이너스에서 다시 0점으로 회복되었다.

　'이 작자는 시작부터 마이너스 100을 찍네.'

　"무슨 도움인지는 모르겠지만 필요 없어요. 그럼 안녕."

　"사람을 찾고 있지? 누굴 그렇게 찾아?"

　메일이 돌리려던 발을 멈췄다. 그녀는 3초쯤 고민하고 도로 상대를 응시했다.

　"알면? 찾아주시려고?"

　"내가 어떻게 레이디의 용무를 알았는지는 안 물어봐?"

　"뻔하죠. 아까부터 계속 몰래 지켜봤겠지. 변태처럼."

　"응, 마지막 말만 빼면 정답이야. 그래서 누굴 찾는데?"

　"엘리사."

　메일은 뜸들이지 않고 바로 말했다. 하는 양을 보아하니 이런 곳에 하루 이틀 드나든 게 아닌 모양인데, 어쩌면 엘리사를 찾는 것에 정말로 도움이 될지도 몰랐다. 남자는 그 이름을 듣곤 제 턱을 매만졌다.

　"아아, 그 엘리사? 목적이 궁금한데, 물어봐도 안 알려 주겠지?"

　"잘 아네요."

　"뭐, 좋아. 아무튼 엘리사라니 다행이네. 그녀를 찾는 거라면 내가 레이디에게 톡톡히 도움을 줄 수 있을 테니까."

　"어떻게?"

　"엘리사가 지금 어디에 있는지 알고 있거든."

　그렇게 말한 남자가 씩 웃었다. 조금 전보다 이가 더 훤히 드러나는 환한 웃음이었다. 비록 일부만 보인다지만 웃는 낯이 저렇게 비호감이

기도 쉽지 않은데. 메일은 그리 생각하며 입을 열었다.

"어디 있는데요?"

"직접 안내해 주지, 레이디."

"아뇨. 사양할게요. 그냥 위치만 설명해 줘요."

메일이 단호하게 나오자 남자가 멈칫했다. 그의 미소가 찰나 어그러졌다. 메일은 그것을 놓치지 않았다.

"왜? 연회장은 넓어. 길이 헷갈릴 텐데, 그냥 호의를 받아들이는 게 낫지 않겠어?"

"알려 줄 마음이 없으면 됐어요."

"잠깐, 잠깐! 급한 게 아니었나? 나와 함께 가면 바로 엘리사를 만날 수 있는데?"

남자가 몸을 움직여 메일의 앞을 가로막았다. 메일은 길게 한숨을 내쉬었다. 그녀는 지체 높은 가문에서 독녀로 곱게 자랐지만, 크면서 틈틈이 변태에게 시달린 데다 눈치가 꽤 빨랐다. 상대의 제안이 호의가 아니라 개수작이라는 것쯤은 어렵잖게 일아챌 수 있었다.

'정말 엘리사가 그곳에 있다면 모른 척하고 따라가 주겠지만.'

메일에게는 보험이 하나 있었다. 바로 브로치. 우선 따라갔다가 정 위험하다 싶으면 브로치를 통해 텔리야를 부르면 된다.

그러나 그건 어디까지나 엘리사를 만날 수 있다는 보장이 담보될 때의 얘기였다. 메일이 판단하기에 남자의 말엔 신뢰성이 없었다.

"그래요? 바로 만날 수 있다고?"

"그렇다니까."

"그리 자신할 정도면 조금 전까지는 엘리사와 함께 있었나 보군요."

"물론이지. 그녀의 파트너가 내 일행인걸."

"좋아요. 그럼 오늘 엘리사가 입고 온 드레스 색깔이 뭐죠?"

"그건……."

남자의 말문이 막혔다. 머뭇거리는 사이 메일은 주저 없이 몸을 돌렸다. 거봐, 역시 거짓말이지. 그때 대뜸 남자가 뒤돌아선 메일의 팔목을 잡아챘다.

"……!"

"이봐, 레이디."

메일은 즉각 뿌리치려 팔에 힘을 주었다. 그러나 쉽지 않았다. 그녀는 제 또래의 숙녀들보단 힘이 센 편이었지만 그렇다고 성인 남자를 당해 낼 정도는 아니었다. 남자가 미소를 지우고 이죽거렸다.

"튕기는 것도 적당히 해야지. 파트너도 없이 이런 곳을 돌아다니면서 왜 이렇게 안일해?"

"누가 없대? 나요!"

"아까부터 지켜봐 왔다고 했잖아? 레이디의 파트너는 무슨 투명인간인가? 아아, 레이디. 부디 나를 이대로 신사로 남아 있을 수 있게 해줘."

"숙녀를 겁박하는 신사는 귀 생기고 나서 처음 듣네. 안 놔요?"

"레이디, 정말 몰라서 이래? 이런 파티에서 파트너가 없는 여성이 어떤 취급을 받는지. 나 정도면 대단히 신사적으로 접근한 거야."

정신 나간 놈이. 자랑이다. 메일이 기가 차서 헛숨을 뱉었다.

메일은 뒤늦게 텔리야의 혜안을 깨달았다. 그녀가 옳았다. 제게 브로치를 달아줄 때만 해도 바깥도 아니고 실내에서 이게 웬 과보호인가 싶었는데 그게 아니었다.

환락가에서 실제로 위험한 것은 눈먼 범죄자가 아니라 바로 이놈 같은 무뢰배였다. 예의도 없고 도리도 없는 데다 오만하기는 하늘을 찌르는 머저리.

이런 자식이 귀족이라니 제국의 미래가 암담하다. 메일은 남의 나라 앞날을 걱정하며 브로치를 손에 쥐었다. 억지로 붙잡힌 팔에서 마치 벌레가 기어가듯 불쾌감이 치밀었다. 아니, 차라리 벌레가 훨씬 낫지.

'괜찮아진 줄 알았는데.'

강압적인 접촉은 그날을 떠올리게 한다. 어두운 복도. 대응할 수 없었던 폭력과 억압. 나약하고 초라한 스스로. 힘을 주어도 미동하지 않는 팔은 그때와 비슷한 무력감을 불러일으켰다. 속이 크게 울렁거린 메일이 입술을 깨물었다.

텔리야를 부르려면 브로치를 부수면 된다. 그녀가 막 브로치를 떨어뜨려 발로 밟으려던 순간이었다.

"……어?"

빨간색 가면을 쓴 남자가 멍청하게 눈을 확장했다. 잡고 있었던 상대의 팔을 놓쳤다. 자의는 아니었다. 누군가가 갑자기 그의 손목을 붙잡고 비틀어 손에서 힘이 빠지게 했기 때문이다. 누군가는 그러고도 남자의 손목을 놓지 않았다.

남자는 반사적으로 손을 빼 보려 힘을 주었다. 꼼짝도 하지 않았다. 어어? 당황한 듯 그에게서 멍청한 소리가 재차 흘러나왔다. 그때 서슬 퍼런 목소리가 머리 반 개쯤 위에서 남자에게로 떨어졌다.

"남의 파트너에게 이따위 개새끼 짓이라. 어떻게 갚아주어야 할까, 이걸."

언성은 높지 않으나 마디마디 묻어나는 분노가 살기처럼 진득했다. 아니, 실은 비유가 아니라 정말 살기가 맞다. 전신에 소름이 돋은 남자가 제가 왜 떠는지도 모르면서 몸을 오들거렸다.

메일은 눈을 의심했다.

'폐하?'

가면을 쓰고 있었으나 그것으로는 가려지지 않는 백금발이 눈부셨다. 남자와 저의 사이를 막아선 단단하고 넓은 등이 과거 언젠가의 향수를 끄집어내며 익숙하게 시야를 점령한다.

메일은 몇 번이나 눈을 깜박이고 나서야 이게 환상도 아니고 꿈도 아니라는 것을 깨달았다.

그녀는 순간 비명을 지를 뻔했다.

'왜 여기에!'

익숙한 목소리, 익숙한 머리카락, 익숙한 뒷모습. 이게 착각일 리가 없다. 메일은 벌벌 떨고 있는 남자만큼이나, 혹은 그보다 더 당황해서 상대를 올려다보았다.

황제는 그녀를 쳐다보고 있지 않았으나 보호하듯 그녀의 앞을 가리고 선 자세에서 그의 주의가 어디로 향하고 있는지 충분히 알 수 있었다. 가슴이 빠르게 뛰기 시작했다. 놀라서, 당혹스러워서, 혹은 설레서. 요란한 고동은 한 가지 이유로 정의 내리기에는 곤란할 만큼 복잡했다. 메일은 제 심장 소리를 들으며 상대의 찬란한 백금발에 시선을 고정했다.

그러는 사이 황제가 남자의 손목을 붙든 손아귀에 힘을 주었다. 악, 으악, 남자가 연달아 비명을 질렀다. 어지간히 아픈지 새빨개진 얼굴로 외치는 비명이 크기도 했다. 황제는 남자가 어떻게 반항하고 버둥거리든 꿈쩍도 하지 않았다.

"아악! 내 손목! 손목 부러지겠네, 악!"

남자의 비명은 제법 실감나고 우렁찼으나 남들이 듣기에는 다소 과장처럼 들렸다. 마치 자해공갈단의 입버릇처럼 말이다. 지나가다 몸을 살짝 부딪혀 놓곤 아이고 어깨가, 아이고 심장이 하듯.

그러나 애석하게도 남자의 외침은 공갈이 아니었다. 엄살도 아니다. 여기서 전제가 되어주는 것은 황제의 악력이 보통 사람의 것과는 몹시 다르다는 사실이다.

황제는 마음만 먹으면 이대로 남자의 손목뼈를 가루처럼 부수어버릴 수도 있었다. 그러니 고작 부러뜨리는 것쯤이야.

남자는 제가 고래고래 외친 것처럼 정말로 손목이 부러지기 직전이었다. 지금 황제는 눈에 뵈는 게 없어서 봐준다거나 조절한다는 선택지가 머릿속에 존재하지 않았다.

그대로 몇 초만 더 지났다면 남자의 손목뼈는 분명 처참히 으스러지고 말았을 것이다. 그사이 메일이 황제를 부르지만 않았다면.

"……반."

작은 소리였으나 황제에게는 천둥 같았다. 아무리 눈에 뵈는 게 없는 상태라도 절대 놓칠 수 없는 목소리나 단어쯤은 있게 마련이다. 황제의 동작이 정지했다. 손아귀에서도 힘이 빠져서 남자가 숨을 헐떡이며 겨우 제 손목을 빼냈다.

메일이 침을 꿀꺽 삼켰다.

'뭐라고 불러야 할지 모르겠어서…….'

그녀는 짧은 시간 남모르게 고민했다. 폐하? 당연히 안 된다. 선배님? 그 관계가 깨어진 게 언젠데 무슨. 로하이텐? 말도 안 되는 소리. 그럼?

'저기요'나 '당신' 이렇게는 부르고 싶지 않았다. 우습지만 그렇게나 타인처럼 굴기는 싫었다. 그래서 입에 담은 것이 저 이름이었다. 얼핏 듣기에는 흔하여 남들은 누구의 것인지 알아듣지 못하겠지만, 저만은 숨은 무게를 아는 그런.

황제의 고개가 돌아갔다. 어찌나 뻣뻣하게 움직이는지 끼긱거리는 소리가 들리는 것만 같았다.

메일은 상대가 저를 응시하자 갑자기 부끄러워져서 눈을 내렸다. 뒤통수를 쳐다보고 있을 때는 이상하게 용기가 났는데 눈을 마주치니 왠지 제가 엄청나게 대담한 호칭을 입에 올린 것 같았다.

황제가 더듬 입을 열었다.

"……방금 나를."

"이봐! 이게 무슨 짓이야?! 어?"

남자가 소리쳤다. 끼어드는 타이밍이 수준급이었다. 어딘지 모르게 중요한 순간을 방해받은 듯한 기분에 황제가 미간을 파삭 구겼다. 저 개자식이. 황제가 살벌하게 시선을 돌렸다.

"……운 좋게 사족을 부지해 놓고도 분간을 못하는군. 그렇게 죽고 싶나?"

"허? 갑자기 사람한테 폭력을 행사한 게 누군데? 이 미친……."

"지은 죄가 있으면 기는 척이라도 해야지. 이렇게 생각이 없고 미련 해서야."

황제가 손을 움직였다. 다음 순간 남자의 목이 그의 손아귀에 잡혔 다. 목울대가 눌린 남자가 컥, 하는 소리를 냈다. 힘을 주기 시작하자 낯빛이 점차 새파랗게 질린다. 조금 전 붙잡혔던 손목과는 비교조차 할 수 없는 부위였다.

"그래, 이런 데서 파트너가 없는 여성이 어떤 취급을 받는지 모르느 냐고 했었나? 그걸 행동을 통해 보여 주려 하다니 참 가상해. 그러니 나는 답례로 다른 걸 알려 주지."

"크…… 커억……."

"이런 데서 남의 파트너를 건드린 개새끼가 어떤 꼴이 되는지."

"사…… 살…… 려주……."

"반!"

숨이 넘어가기 직전이었다. 남자가 게거품을 물자 결국 메일이 나섰 다. 황제는 마치 조건반사처럼 이번에도 움직임을 멈췄다.

황제의 손에서 풀려난 남자가 바닥에 널브러졌다. 그는 연신 기침했 다. 정신을 잃지 않고 버틴 것이 그저 용했다. 황제가 메일을 돌아보았다.

"……."

가면으로 가리고도 전해지는 표정에는 분명 불만이 담겨 있었다. 왜 자꾸 이놈을 치죄하는 걸 방해하냐는 불만. 메일은 그 무언의 불평을 읽고 잠시 입을 다물었다가, 이내 도로 열었다. 그녀는 우선 팩트로 공격했다.

"언제부터 반이 제 파트너였죠?"

사실관계로 폭행당한 황제가 눈동자를 흔들었다. 그의 마음은 복잡했다. 메일이 반이라고 불러 줘서 기쁜데, 그 와중에 파트너가 아니지 않느냐고 지적하는 건 가슴이 쓰렸다. 희와 애 중에 뭐가 더 큰지 모르겠다.

"그건……."

"알아요. 도와주시려고 그런 거죠. 저도 딱히 그게 싫다거나 한 건 아니에요. 그렇지만 저 남자는 살려 줬으면 좋겠어요. 죽을죄를 지은 것까진 아니니까."

세숫대야처럼 좁아졌던 메일의 인내심이 연못으로 다시 돌아왔다. 그 같은 회복에는 사실 황제의 공이 컸다.

분명 강제로 팔목을 붙잡혔을 때만 해도 나서서 상대를 불구덩이로 처넣고 싶은 마음뿐이었는데, 황제가 나타나 저를 감싸고 보호하자마자 거짓말처럼 그 충동이 사라진 것이다.

마치 마법 같았다. 메일은 관대하게 남자를 용서할 수 있을 것 같았다. 이미 손목이 으스러질 뻔하고 목을 졸리는 등 갖은 고통을 겪긴 했지만.

"……하지만."

반면 황제는 납득할 수 없다는 기색이었다. 더 정확히는 납득하기 싫은 것 같았다. 메일은 죽을죄가 아니라고 했지만 그의 기준에선 충분히 죽을죄였다. 고통을 조금 준 것으론 모자랐다. 죽을죄를 지었으면 죽어야 하지 않나.

그러한 기색을 읽어낸 메일이 얼른 입을 가렸다. 하마터면 상황에 맞지 않게 웃음이 새어 나올 뻔했다. 목구멍이 간질거렸다. 말리고 있는 입장에서 상대의 분노가 기분이 좋으니 저도 참 안될 인사였다.

그녀는 헛기침으로 웃음기를 숨겼다. 메일은 슬며시 눈을 아래로 내리고 손을 뻗었다. 제가 마음이 풀리고 나니 어떻게 하면 상대의 분을 흩어지게 할 수 있을지도 알 것 같았다. 메일의 손이 천천히 움직여 부드럽게 황제의 손을 잡았다.

"……!"

황제가 화들짝 놀랐다. 누가 보아도 놀란 티를 내며 몸을 움찔했다. 그러나 결코 잡힌 손을 빼지는 않았다. 메일이 작은 목소리로 이야기했다.

"살려 줄 거죠?"

"……."

부끄러움 탓에 메일의 시선은 계속 아래를 향했다. 귓가가 붉어졌다. 설마 제가 이런 수단을 동원할 줄 알게 되리라곤 상상도 못 했는데. 그리고 그건 황제 또한 마찬가지였다.

설마 이런 식으로 화가 풀릴 수 있으리라고는 생각도 못 해봤다. 언제 그런 게 있었냐는 듯 살심이 사라지고 온 신경이 손으로 쏠렸다. 남자를 족치는 건 더 이상 중요한 일이 아니게 되었다.

목적했던 대로 황제의 분노가 사그라졌다. 남자는 모르겠지만 이 순간 메일은 그의 생명의 은인이었다. 민망함에 눈을 여러 차례 깜박인 메일이 겨우 고개를 들었다.

"그럼 살려 주는 걸로 알게요. 그리고 저 할 말 있어요."

할 말도 있고 물어볼 것도 많았다. 그러나 이곳에서 계속 남의 시선을 주워 담으면서 할 것은 못 된다. 메일은 주변을 스치듯 둘러본 뒤 말했다.

"자리 옮겨요."

황제는 아직 메일에게 손이 붙잡혀 있었다. 그가 순순히 고개를 끄덕였다.

연회장 안에는 빈 테라스가 없었지만, 비어 있지 않은 곳을 빈 곳으로 만드는 건 가능했다. 메일은 저에게 가장 큰 충격을 주었던 테라스로 들어가 안에 있는 사람을 쫓아냈다. 죄책감은 없었다.

밖의 바람은 선선하고 어둠이 깔린 난간 너머로는 색색의 불빛이 아롱거렸다. 저 불빛이 오면서 봤던 가게의 등이라는 걸 생각하면 결코 좋은 풍경이라곤 말할 수 없었지만, 그걸 잊고 본다면 썩 예쁜 경치였다. 메일은 난간을 잡고 섰다.

"폐하."

'반'이라고 불리던 달콤한 시간은 끝났다. 황제는 내심 크게 아쉬워졌다. 메일은 몸을 돌려 상대를 마주 보곤 취조를 시작했다.

"왜 여기 계신가요?"

"……."

"저를 따라오신 거예요?"

침묵은 보통 무언의 긍정으로 치환된다. 황제도 그걸 알았기에 뭔가 둘러댈 구실을 찾으려 했으나 마땅치 않았다. 메일의 말이 맞았다. 그는 그녀를 미행했다.

"우연……."

"설마 우연히 마주친 거라는 말을 제가 믿을 거라 생각하시는 건 아니죠?"

필사의 변명은 궁색해도 너무 궁색해서 바로 휴지 조각이 되었다. 황제는 결국 침묵했다. 그 밖에는 달리 할 수 있는 것이 없었다. 이미 몰래 쫓아왔다는 티를 너무 팍팍 내놔서 이제 와 비밀 업무가 어쩌고 해도 통하지 않을 것이 뻔했다.

정적이 흘렀으나 답은 들은 거나 마찬가지다. 메일은 질문을 바꿨다.

"······어떻게 알고 오신 거예요?"

짚이는 것이 없지는 않았다. 제가 저도 모르게 황제를 찾아가 다 불어버리고 기억상실이라도 걸린 게 아니라면 경로는 한 가지뿐이었으니까. 이번 질문은 침묵이 대답이 될 수 없었던 터라 황제가 입을 열었다.

"시클라민 후작 부인에게······ 도움을 좀 받았지."

"······하아, 역시."

메일은 놀라지 않았다. 그럴 줄 알았으니까. 그녀는 아무것도 없는 허공을 보며 숨을 한번 내쉰 뒤 시선을 되돌렸다. 눈길에 타박이 담겼다.

"왜 그러셨어요?"

어떻게 보아도 혼을 내는 형국이었다. 메일 선생님이 무려 황제를 나무랐다. 황제는 잘한 게 없어서 묵묵히 혼을 듣다가 작은 목소리로 대답했다.

"······걱정되니까."

"제가요?"

"그래."

로하이덴은 조금, 제 입장으로서는 조금 억울해서 목소리에 미약하게 투정을 담았다. 여기까지 쫓아오는 동안 그가 얼마나, 몇 번이나 심장이 내려앉았는지 안다면 솔직히 저를 질책해서는 안 되었다. 멋대로 미행을 나선 벌은 그렇게 충분히 받았으니까.

"사과를 할 수는 있어. 배려 없이 내 의사대로만 행동했다는 자각 정도는 하고 있으니."

"······."

"하나 후회는 못 해. 안 하는 게 아니라, 못 해. 내게 영애는 그런 사람이야."

"······폐하."

"물론 영애가 나를 이제는······ 그러니까, 싫어한다는 건 알지만."

내내 또렷이 이야기하다 싫어한다는 부분에서만 발음이 흐렸다. 어지간히 입에 담기가 괴로운 듯했다.

메일은 바늘로 찌르듯 속이 따끔거렸다. 저도 이런데 상대는 얼마나 속이 말이 아닐까. 그녀는 울컥해서 완전히 부정할 뻔한 것을 겨우 참았다.

"……많이 싫어하지는 않아요."

할 수 있는 말이 고작 이 정도였다. 하나 메일은 뱉고 나서 바로 후회했다. 아, 하지 말걸. 차라리 안 하는 것이 나았을 법한 말이었다. 따끔거리는 통증을 참기 힘들어 충동적으로 입을 열었다가, 괜히.

메일은 상대가 황당해할 거라고 생각했다. 그럴 만한 발언이었으니까. 그러나 황제는 의외로 그런 기색 없이 차분히 그녀를 응시했다.

무도회용 가면은 얼굴의 절반을 가렸으나 눈을 마주치는 데에는 아무런 방해가 없었다. 시선이 얽혔다. 눈동자 안에 서로가 비쳤다.

"그래."

"……."

"그런 것 같군."

"……."

"최소한 지금은."

"……."

"피하지 않고 나를…… 보고 있으니까."

황금색 눈동자가 오롯이 메일만을 담았다. 그것은 차분하고 고요하고, 또 절절했다. 메일은 덜컥 심장이 내려앉았다. 단지 쳐다보는 것뿐인데도 그는 마치 그녀에게 매달리는 것 같았다. 쿵. 쿵. 가슴의 고동이 빨라졌다.

테라스는 적막했으나 가만히 입을 다물면 희미한 음악 소리가 들렸다. 닫힌 문틈으로 새어 들어오는 연회장의 불빛, 옅은 소란. 몸을 스치듯 건드리는 바람은 미약하게 풀잎의 향기를 전달한다. 밤이 찾아든 사위는 어두웠으나 달빛이 인위적인 조명 대신 사람과 사물을 비췄다.

메일은 깨달았다. 남들이 왜 테라스의 분위기를 극찬했는지. 그 분위기에 취한다는 것이 대체 무엇을 뜻하는지 말이다. 고작 문 하나를 사이에 두고 허술하게 단절된 공간은 이상하리만치 꼭 다른 세계 같았다.

다른 아무것도 존재하지 않고, 그저 저와 상대만이 함께하는 그런.

'위험해.'

메일은 문득 생각했다. 그냥 그런 느낌이 들었다. 뭐가 위험한지는 모르겠지만, 왠지 이곳에 더 있어서는 안 될 것 같았다. 도망치는 것처럼 보인다 해도 피해야만 했다. 그때 황제가 입을 열었다.

"메일."

그의 목소리는 잔뜩 가라앉아 있었다. 그러나 그건 아까 연회장에서처럼 분노나 노여움 때문은 결코 아니었다. 말하자면 그것은 인내하는 이의 목소리였다. 참고, 억누르고, 절제하고, 하나 그럼에도 완전히 열기를 내리누르지 못해 끝이 갈라지는.

욕망은 목소리보다 눈동자에서 더 선연했다. 뚜렷한 열기에 메일이 숨을 멈췄다. 사로잡힌 것은 시선뿐인데 거짓말처럼 손도, 발도 움직일 수가 없었다. 도망가야 한다고 생각했던 것이 아득했다.

"……허락을."

"……."

"구해도 될까."

그는 허락의 객체를 입에 담지 않았다. 그러나 메일은 그럼에도 그것이 무엇을 의미하는지 알 수 있었다. 상대의 시선은 집요했다. 집요하게 그녀의 입술로 향했다.

메일은 안 된다고 대답하려고 했다. 그게 무슨 말이냐고, 당연히 안 된다고 단호하게 거절하며 고개를 저으려 했다.

그러나 이상한 일이었다. 정말 이상했다. 그녀의 몸은 의사를 거스르고 반대로 움직였다. 그녀는 스스로를 말릴 수 없었다.

메일은 눈을 감았다. 곧 로하이덴의 손이 그녀의 턱을 끌어당겼다.

연회장은 소란스러웠다. 본래도 산만한 편이기는 했으나 분명 아까보다 소요가 늘었다. 텔리야는 계단을 내려오면서 고개를 갸웃했다.

'무슨 일이라도 있었나?'

기실 이런 파티는 일이 없기가 더 어렵다. 텔리야 또한 감에 의존해 올라갔던 3층에서 온갖 일을 겪고 1층으로 귀환하는 길이었다.

3층에는 아쉽게도 엘리사는 없었으나 대신 다른 미녀가 많았다. 그리고 머저리와 병신도 많았다.

텔리야는 제게 개수작을 걸어온 머저리를 서넛 응징한 뒤 새삼 두 가지 사실을 깨달았다. 하나는 본인이 썩 매력적인 용모라는 것, 그리고 다른 하나는 역시 이 파티에는 정상인이 별로 없다는 것.

그녀는 3층에 발을 들이자마자 다짜고짜 제 손목을 잡았던 어떤 놈팡이를 기억했다.

가면으로도 가려지지 않는 매부리코가 인상적이었던 그 남자는 대뜸 텔리야에게 '파트너도 없이 3층으로 올라오다니, 아무나 선점하면 되는 공공재인가?' 하고 개소리를 지껄였다.

그는 차림새를 보아 귀족으로 추정되었는데, 뒷골목 용병이나 할 법한 저급한 언사를 늘어놓고도 당당하던 것이 웃음 포인트라면 포인트였다.

텔리야는 의연하게 붙잡힌 손을 뿌리친 뒤 마법을 이용해 남자의 입을 지졌다. 물론 티가 나게 하지는 않았다. 남들이 보기에 그는 퀄련을 태우다가 자기 입을 지진 얼간이였다.

그 밖에도 일부러 음료를 쏟으려 접근하던 놈을 와인 테이블 밑에 처박아주는 등 정의의 응징을 이행한 텔리야는 그러면서 어렴풋이 짐작만 하고 있던 파티의 분위기를 완전히 파악했다. 이곳은 간단하게 말해 도덕관이 마모된 인간들의 집합소였다.

텔리야를 놀라게 한 것은 놈팡이 몇의 활개가 아니었다. 그 정도야 진작 예상을 했던 일이니까. 오히려 그런 놈들이 없었다면 더 신기했을 것이다. 그녀가 생경하다고 느낀 것은 바로 주위의 반응이었다.

보통은 소동이 일어나면 그에 주목한다. 그리고 그 소동에 폭력이 끼어 있다면 간접적으로라도 말리려 든다. 그러나 이곳의 사람들은 그러지 않았다.

그들은 태연했다. 태연하고 무심했다. 웬 무례한 치가 여성을 강제로 붙들고 음담을 지껄이든, 훤히 보이는 수작질을 하다 되레 테이블 아래로 처박히든 아무도 신경 쓰지 않았다. 간혹 보이는 반응은 웃는 것이 다였다. 조롱하듯, 혹은 구경거리가 생겨서 즐겁다는 듯.

황당한 곳이었다. 소수가 아니라 다수가 문제인 이곳은 과연 환락가의 파티라는 수식이 아깝지 않았다.

바깥에선 표준이 되는 기본적인 도덕심이 이 안에서는 전설 속의 환수처럼 꽤 희귀한 것이 된다. 텔리야는 계단을 타며 새삼 혀를 내둘렀다.

'나무 여신님은 괜찮으시려나.'

그녀는 아까부터 틈틈이 메일의 위치를 살피기를 게을리하지 않았다.

탐색 마법을 통해 확인되는 메일의 움직임은 1층의 테라스를 돌아보는 듯 규칙적이고 반복적이었는데, 여태 호출 신호가 오지 않는 것을 보아 아직까진 별문제가 없는 모양이었다. 잠잠한 신호를 재차 확인하고 텔리야는 콧잔등을 긁었다.

'참 씩씩하신 분이란 말이야.'

시간이 꽤 흘렀는데도 구조 요청이 없다니. 어지간한 귀한 집 영애라면 이런 환경에 놓이자마자 바로 도움을 청했을 텐데 말이다. 저처럼 마법을 쓸 줄 아는 것도 아니고.

'하긴, 애초 보통이 아니니까 환락가를 방문하겠다는 대담한 결심을 할 수 있었겠지.'

텔리야는 그렇게 생각하며 1층 연회장의 바닥을 밟았다. 또각. 구두 소리가 가볍고 선명하게 울렸다.

그녀는 1층에 도착하자마자 즉시 사위를 살폈다. 전보다 소란하다고 느꼈던 건 기분 탓이 아니었다.

대체 무슨 일이기에 이 정신 나간 인간들이 이만큼 동요를? 텔리야는 가장 근처에서 들려오는 소리에 귀를 기울였다.

"글쎄, 쳐다보기만 했는데 다리가 풀리는 것 같았다니까? 그 자리에서 쓰러지는 줄 알았다구."

"가면을 썼는데도?"

"그래! 설반을 가리고도 그 정도였다는 거지. 하아, 가슴 떨려. 그 가면을 확 벗겨 버렸어야 했는데."

"궁금하긴 하네. 대체 얼마나 잘생겼기에? 멀그므 백작이랑 비슷한가?"

"멀그므? 후, 당치도 않은 소리. 더 이상 그 오징어의 이름을 내 앞에서 언급하지 말아주련?"

멀그므 백작은 다름 아닌 거튼을 가리킨다. 거튼 멀그므. 텔리야는 제법 흥미롭게 그녀들의 대화를 경청했다.

'오징어라.'

오래 지켜보지 않고도 알 수 있었다. 소란의 주범은 대개 여성들이었다. 그들은 파트너도 내팽개치고 두셋씩 짝을 지어 익명의 대단한 미남에 대해 떠드느라 바빴다. 곳곳에서 웅성거리는 듯한 느낌이 드는 건 그래서였다.

텔리야는 거튼의 생김새를 떠올렸다. 그는 속은 썩었지만 잘생긴 인사였다. 이마는 훤하고 피부는 밝으며 콧대가 뚜렷하다. 또 쓸데없이 눈동자가 깊어서 매력을 더했다.

텔리야가 생각하기로 거튼은 외모만 따졌을 때 반테르 다음 정도는 되었다. 황제, 시클라민 후작(남편), 반테르, 거튼 이 순서로.

나열한 인물 중엔 최하위라 하찮아 보이지만 저건 달리 말하면 사교계를 통틀어 4위란 뜻이다.

전체에서 4위라니, 그 얼마나 빼어난 미남인가? 그런데 그만한 얼굴이 오징어라 폄하되고 있다니.

'사감으로 부러 깎아내린 게 아니라면, 그 익명의 미남은 도대체…… 음?'

아니, 잠깐.

불쑥 찾아든 깨달음에 텔리야가 멈칫했다. 생각하고 보니 적임자가 있었다. 이미 위에서 언급하기도 한 인물이다.

가면을 쓰고도 거튼을 오징어 신세로 전락시킬 수 있는 미모. 엿들은 내용에 거짓이 없다면 그 놀라운 미남의 정체는 바로…….

그때 마침 문제의(?) 해산물 거튼이 텔리야를 발견했다. 간격이 꽤 가까웠던 터라 그는 깜짝 놀라 저도 모르게 입을 열었다.

"후작……."

멍청해서 얼굴이 많이 아까운 거튼은 습관처럼 상대를 '후작 부인'이라 칭하려다 중간에 실수를 깨닫곤 말을 멈췄다. 그래도 도중에 인지했다는 점에서 그는 완전히는 아니고 절반 정도만 바보였다. 거튼이 급히 수습했다.

"……다. 후, 작다. 가면이 작네."

"커튼 씨."

그러는 사이 텔리야 또한 거튼을 발견했다. 거튼은 체념한 듯 커튼이라는 명칭에 딱히 반발하지 않았다.

"예에."

"계속 1층에 있었나요? 그럼 조금 전에 여기서 어떤 소란이 있었는지도 알겠군요."

"예?"

거튼이 눈을 동그랗게 떴다. 이어 동공지진이 뒤따랐다. 각자 탐색을 시작한 이후 그의 행적을 이야기하자면, 엘리사를 찾아다니기는커녕 우연히 눈이 맞은 웬 영애와 후원에서 몰래 밀회나 즐겼다. 연회장으로는 방금 귀환한 참이었다.

거튼은 텔리야의 시선을 작위적으로 피했다. 그는 죄짓고도 떳떳한 타입은 아니라 식은땀이 비질 흘렀다.

"아니, 뭐, 그게…… 저는 좀 구석에 있어서 잘 못 봤다고나 할까."

"그래요? 모른다고?"

"하하, 예."

거튼이 어색하게 눈을 굴렸다. 가시방석이었다. 그는 강자에게 약하고 약자에게 강하다. 그런 그가 명백한 강자에게 태만을 들키기 직전이었으니 의연하기가 쉽지 않았다.

거튼은 흔들리는 죄인의 눈동자로 허공만 뱅뱅 응시하다가 곧 도망을 마음먹었다.

"참, 이럴 때가 아니지! 한시라도 빨리 엘리사를 찾아야 하는데! 마침 저기 왠지 엘리사가 있을 것 같은 테라스가……."

"잠깐."

텔리야가 돌아서는 거튼의 뒷덜미를 잡았다. 정확히는 옷깃을. 도망을 시도하자마자 잡힌 거튼이 전보다 굵게 식은땀을 흘렸다. 텔리야는 거튼이 핑계 삼아 달려들려고 했던 테라스를 응시했다.

'조금 전부터 계속 저 안에 계셨지.'

마법을 통해 살핀 메일의 동선은 어느 순간부터 저곳에서 멈추더니 움직이지 않고 있었다.

여태 보인 움직임을 생각하면 이례적인 일이긴 했지만, 그래도 지쳐서 잠시 쉬고 있는 거라고 생각하면 충분히 자연스럽다. 방금까지만 해도 텔리야는 메일이 홀로 휴식 중인 거라고 판단했다.

한데 지금은 그 생각에 변화가 생겼다. 그건 '그'가 연회장에 나타났을 가능성을 점친 후라서 그렇다. 테라스에는 정말 메일 혼자일까? 혹 어쩌면.

'만약 그렇다면 방해해서야 쓰나.'

텔리야는 거튼의 옷깃을 끌어당겼다. 강자의 손길에 얌전히 끌려온 거튼이 불안하게 눈을 깜박였다.

"저어, 시클…… 이 아니라 텔리야시 님? 왜 저를."

"1층은 놔두고 2층을 찾으러 가죠. 왠지 2층부터 살펴보는 게 좋을 것 같네요."

"예? 아니, 그런데 왜 굳이 같이?"

"싫은가요?"

"……."

싫다기보다 무서웠다. 거튼은 이제 텔리야가 굳이 살벌한 낯을 하지 않아도 알아서 꼬리를 마는 쫄보가 되었다.

텔리야는 여전히 울리지 않는 브로치의 신호를 확인한 뒤, 지나가듯 테라스에 시선을 준 다음 울상인 거튼을 끌고 계단을 올랐다. 자유를 잃은 거튼이 들리지 않게 훌쩍거렸다.

입술이 닿았다. 부드럽고, 정중하고, 조심스러웠다. 깃털이 내려앉

듯 그렇게 맞닿았다가, 잠시 떨어졌다. 그리고 다시 닿았다.

그 미세한 접촉만으로도 온기가 느껴졌다. 제 것인지, 상대의 것인지는 알 수 없었다. 한 번, 두 번. 마치 노크를 하듯 가볍게 닿기를 반복했다. 그러다 이가 아닌 입술로 아랫입술을 건드리듯 문다. 메일은 등이 오싹했다. 그건 마치 일종의 신호 같았다.

턱을 잡은 황제의 손이 움직여 머리를 받쳤다. 아랫입술을 장난처럼 살짝 문 그는 이내 더 깊고 여린 곳으로 침범했다.

입술이 부딪혔다. 보다 짙게, 아릿하게 닿았다. 침입자가 된 그는 더 이상 환상과 현실을 구분하듯 조심스럽지 않았다. 욕망을 드러내고 깊숙이 파고들어 잡아먹을 듯 탐했다. 난폭하지는 않았으나 더없이 녹진하고 집요했다.

다른 팔이 허리를 감싸 끌어당겼다. 간격이 더 가까워졌다. 밀착하듯 붙어서 둘은 열기와 감각을 나눴다.

그러다 버거워진 메일이 잠시 도망칠 마음이라도 먹으면, 상대는 어떻게 알고 살짝 입술을 떼서 그녀에게 숨을 돌릴 틈을 주었다. 그러고는 다시 파고들었다.

맞닿아 나누는 열기 외에는 아무것도 느껴지지 않았다.

시간은 정지한 듯하고 주변의 모든 것은 이 순간 사라진 듯했다. 더욱 선명해지는 것은 상대의 온기. 그의 존재. 입술이 잠시 떨어질 때면 뺨을 간질이는 더운 숨.

메일은 잠깐 숨을 골랐다. 떨어지기 싫어하는 혀가 애원하듯 입술을 핥았다. 그에 또 숨을 몰아쉬다 말고 침범을 허용했다. 갈증은 얼마나 깊은지 몇 번이고 서로를 탐하고 내주어도 사그라지지 않았다.

그러기를 얼마나 반복했을까. 열이 올라 머리가 어지러울 지경이 된 메일이 결국 먼저 상대를 밀어냈다.

황제는 여전히 만족하지 못해 목이 마른 얼굴을 하고 있었으나 메일의 의사를 거스르지는 않았다. 순순히 물러난 그가 달뜬 숨을 내쉬는 메일을 고요히 응시했다.

"……."

숨을 완전히 진정시키고 나자 메일은 정신을 차렸다. 정신을 차리니 그제야 이성도 함께 돌아왔다. 찬바람이 얼굴을 스쳤다. 메일은 곧 경악했다.

'무슨 짓을!'

잠시 자리를 비웠던 이성이 돌아오자마자 한 일은 사태 파악이다. 꿈인가? 아니다. 환상인가? 아니다. 현실인가? 그렇다.

메일은 입을 가렸다. 감각이 선연히 남아 있는 입술이 약간 아릿하며 알알했다. 대체 방금 무슨 일을 저지른 거지? 기억도 감촉도 생생했으나 이것이 상상도 무엇도 아닌 실제라고 바로 납득하고 받아들이기가 쉽지 않았다.

'분명 키…….'

맙소사. 속으로 생각하는 것임에도 고작 두 글자를 온전히 완성하지 못한 메일이 얼굴을 새빨갛게 물들였다.

당혹이든 경악이든 부끄러움이든, 복잡한 심경을 담은 비명이 다문 입안에서 소리 없이 맴돌았다. 기억은 생생하다고 했다. 그녀는 제가 조금 전에 어떻게 굴었는지 선명히 떠올릴 수 있었다.

양팔은 구속하듯 상대의 목을 감고, 입술을 열고 파고드는 열기는 서투르게나마 되돌려 주려 애썼다.

무슨 말인가. 적극적이었다는 소리다. 입맞춤을 먼저 시작한 것은 분명 황제이나 메일은 그저 그의 탓만 할 수는 없었다.

'미쳤어.'

메일은 스스로가 어떻게 됐다고 생각했다. 머리가 회까닥 돌았던 걸지도. 그렇지 않고서야.

'정말 미쳤어.'

행위를 인지하자마자 몰려든 것은 목덜미까지 붉어질 정도의 스스러움, 그리고 자책감이었다.

불과 며칠 지나지도 않았다. 황제에게 전혀 마음이 없는 척하겠다고, 그의 착각을 사실인 양 믿게 하겠다고 결심한 지 뭐 얼마나 되었나. 그래 놓고 방금 제 행동은 완전히.

'대체 누가 싫어하는 사람이랑 그렇게…….'

입술이 뜨거웠다. 잠깐 닿았다 떨어지는 인사 수준의 맞닿음도 아니었다. 만약 메일이 당사자가 아니라 구경꾼이었다면 헉, 하고 놀라 자리를 피해 주었을 정도로 입맞춤은 짙고 깊었다.

그 순간에는 아무것도 눈에 들어오지 않았으나 지나고 나니 기억은 더없이 상세하고 또렷했다. 새기듯 남았으니 지워지지도 않을 것 같았다.

뭐라고 해야 할까. 어떻게 말하면 이 상황을 감당할 수 있을까. 메일은 갈피를 잡지 못하고 시선 또한 어지럽게 이동시켰다.

허공에 머물렀다가 바닥에 닿았다가, 또 허공을 점유했다가. 자마 상대를 바라보지는 못 하고 그렇게 방황한다. 정적이 깨진 것은 그때였다.

"메일."

메일은 숨을 들이켰다. 새삼스럽게 가슴이 덜컹했다가 뛰기 시작했다. 그녀는 아무것도 없는 허공에 우뚝 눈을 고정했다. 황제의 목소리가 이어졌다.

"사과는……."

"……."

"하지 않겠다."

"……."

"듣지도 않을 거고."

그가 못 박았다. 그리고 메일은 이런 상황에서 통상 예제처럼 사용되는 비겁한 변명 하나를 잃었다.

실수였다, 미안하다. 분위기에 취했을 뿐이니 잊어 달라.

메일은 눈을 깜박였다. 눈꺼풀 아래 드러났다 사라졌다 하는 녹색 눈동자가 흔들렸다. 잔인하고 진부한 변명이라는 걸 알고는 있었으나 그 외에는 달리 없다고, 그게 최선이라고 방금 막 생각한 참이었다.

한데 상대가 선수를 쳤다. 황제는 그런 핑계는 듣지 않겠다고 선언했다.

하지만 그 말이 아니고서는. 대체 뭘 어떻게. 메일은 허공에서 눈길을 거뒀다. 그러곤 상대의 얼굴을 올려다봤다가 이내 그보다 훨씬 빠르게 다시 고개를 돌렸다.

심장이 쿵쿵거리며 뛰었다. 분명 눈을 맞추려 시선을 준 것인데 저도 모르게 먼저 쳐다본 것은 입술이었다. 입맞춤의 여파가 가시기에는 아직 지나치게 일렀다.

메일은 한동안 상대의 얼굴을 제대로 쳐다볼 수 없는, 기존과는 다른 이유를 하나 얻었다.

황제는 집무실에서의 지난 착각 이후로 오해의 신이 된 상태였다. 메일이 눈을 피하자 그가 괴로운 듯 눈가를 찡그렸다. 그는 아픔을 삭이듯 눈을 길게 감았다 떴다. 가면으로 감춰진 낯에 통증이 묻어났다.

그는 입을 두어 번쯤 열었다 닫았다. 말을 고르는 건지, 할 말은 정했지만 내뱉기를 주저하는 건지는 모를 일이었다.

그러는 동안 메일은 날뛰는 가슴을 진정시키느라 바닥에서 눈을 떼지 못했다. 시간이 조금 더 흐르고 황제가 마침내 말을 꺼냈다.

"대단한 것을 바라는 건 아니야."

메일은 바닥에서 눈을 조금 들었다. 물론 입술을 또 쳐다보지 않을 자신이 없었으므로 상대의 얼굴을 응시하지는 않았다. 스스로와 합의하여 가슴 언저리쯤에 눈을 두었을 때 말이 이어졌다.

"그냥, 그대를."

"······."

"돕게 해줬으면 좋겠군."

"······."

"······나를 그저······ 타인으로는 두지 않았으면 해."

황제는 저를 필요로 해달라고 말했다. 무시하지 말고 차라리 이용하라고. 누군가에게 용무가 있어 그를 찾으려 할 때든, 환락가 같은 위험한 곳에 방문할 때든 남의 도움을 구하지 말고 대신 저를 써먹으라고 말이다.

"최소한 그대가 제국에 있을 때까지만이라도."

그러고는 작게 덧붙인다. 그건 마치 부담을 주지 않으려 애쓴 사족 같았다.

메일은 상대의 가슴께에 여전히 눈을 고정한 채 가만히 말을 아꼈다. 황제의 목소리는 얼핏 담담한 것처럼 들렸으나 기저에 깔린 절절함을 그녀가 모를 수는 없었다.

메일은 마치 속에서 뭔가가 엉킨 듯한 기분이 들었다. 동시에 갈증이 나듯 목이 말랐다. 그녀는 제가 지금 느끼는 감정이 뭔지 알고 있었다. 매달리듯 제게 이야기하는 상대를 당장에라도 품에 껴안아주고 싶은 갈망. 그리고 질투.

'나한테만 이러지는 않았겠지.'

메일은 쓰게 웃었다. 애초 그녀가 황제를 좋아하면서도 그를 포기할 결심을 했던 건 바로 그에게 정인이 존재하기 때문이었다. 무려 3년이나 곁에 있었다. 그런 사이를 무너뜨리고 싶지는 않았다. 메일은 누군가가 버림받아야만 성립하는 관계는 결코 받아들일 수 없었다.

그러면서도 황제가 제게 보여 주는 애달픈 간절함을, 그 정인 또한 받았을 것이라 생각하니 그에 대해서는 질투가 인다. 마음이라는 게 참 우스웠다.

메일은 결국 한숨을 내쉬었다. 길고 깊었다. 그 한숨을 어떻게 해석 했는지 황제가 움찔했을 때 메일이 말했다.

"여기 잠시만 계세요."

"……."

당부하듯 이야기하고 메일이 몸을 움직였다. 황제는 저도 모르게 손 을 뻗어 그녀를 붙잡으려 했다가 도중에 멈추고 주먹을 쥐었다.

언젠가부터 그랬다. 허락받지 않고는 손끝 하나 댈 수 없었다. 여태 누구에게도 이리 조심스러웠던 적이 없는데, 메일은 그에게 늘 당황스 러울 만큼 예외였다.

"금방 다시 올게요."

문을 열면서 메일은 그렇게 말했다. 그러고는 이내 연회장 안으로 사 라졌다. 열린 틈새로 잠시 시끄럽게 전해지던 소음이 문이 닫히자 거 짓말처럼 사그라진다.

황제는 그것을 우두커니 바라보다 가면을 벗고 마른세수를 했다. 달 빛 아래 수려하게 드러난 그의 얼굴이 복잡한 빛을 띠었다.

구차하기도 하지. 그는 살면서 누군가에게 이렇게 매달려 본 기억이 없었다. 한심하다는 생각이 아까부터 연이어 들고 있었지만 어쩔 수 없 는 일이었다. 그는 한숨인 듯 웃음인 듯 짧은 숨을 내뱉은 뒤 난간에 몸 을 기댔다. 그 상태로 무의식중에 제 입술을 매만지고는 뜬금없이 난 간을 내려친다.

손이 얼얼해진 로하이덴이 난감한 얼굴로 고개를 젖혔다. 밤하늘에 는 별이 빼곡했다.

메일은 약속을 지켰다. 정말로 금방 돌아왔다. 테라스로 귀환한 그녀는 양손에 각각 뭔가를 들고 있었다.

"그건……."

"어느 쪽이 더 나을지 몰라서 둘 다 구해 왔어요. 이건 모자, 이건 가발."

메일은 차례로 하나씩 내밀었다. 챙이 아래로 내려와 이마의 대부분을 가리는 밤색 모자와 목덜미를 덮는 길이의 푸석푸석한 연갈색 가발이었다. 황제는 그것을 일단 얼결에 받아 들었다. 메일이 담담히 권했다.

"차례로 써 보세요. 비교해서 더 영 아닌 쪽을 고를 거니까요."

"……이걸 왜?"

짧은 외출을 다녀와서는 갑자기 네 외모를 망칠 도구를 가져왔노라 선언한다. 황제가 조금 당황해서 응시하자 메일이 대답했다.

"저를 도와주시겠다고 하셨잖아요. 그 도움, 받을게요."

"……."

"저는 이제부터 엘리사라는 사람을 찾으러 돌아다닐 거예요. 그러려면 연회장을 구석구석 다 뒤져 봐야 하는데……."

메일은 시야를 허공으로 옮겼다가 부자연스럽게 이동시켜 황제의 얼굴을 건너뛰고 머리카락을 눈에 담았다.

한밤에도 눈이 부신 백금발. 그건 제국에 하나뿐인 유일무이한 색은 아니었지만, 충분히 희귀하고 찬연하여 손쉽게 남의 이목을 끌었다. 이동할 때마다 주목을 모으는 건 썩 편한 일이 아니다.

"함께 다니셔야 하니까. 저랑."

황제는 메일의 말을 바로 이해했다. 그는 고개를 잠깐 옆으로 돌렸다가 이내 알겠다는 뜻으로 턱 끝을 살짝 끄덕였다. 가면을 도로 쓴 상태라 표정은 잘 보이지 않았으나, 입매가 허물어지는 것이 어딘지 퍽 기뻐 보이는 눈치였다.

그는 이내 가발과 모자 중 뭘 먼저 착용해 볼지 고민하듯 둘을 번갈아 쳐다보았다. 영광의 선택을 받은 것은 가발이었다.

황제는 가발을 쓰기 위해 한 손으로 제 머리를 쓸어 넘겨 정돈했다. 별것 아닌 행동이었지만 괜히 심장이 덜컹한 메일이 얼른 눈을 내렸다.

"한데 이런 건 어떻게 구한 거지?"

"……쉬웠어요. 왠지 사용인을 찔러 보면 나올 것 같았거든요. 이런 파티다 보니."

메일은 모자와 가발을 샀다. 판매자는 바로 연회장 1층에서 술을 나르던 하인이었다. 그는 금화를 건네받자 희희낙락하며 얼른 요청한 것을 구해다 주었다.

파티는 메일이 예상한 것보다 훨씬 퇴폐적인 부분이 강했다. 알고서 익숙하게 참가한 이도 많겠지만, 몇몇 정도는 뒤늦게 분위기를 깨닫고 허둥지둥 자길 추가로 가려 줄 가발이나 염색약 따위를 찾지 않았을까. 수요가 있으면 공급도 생기게 마련이다. 짐작은 맞아떨어졌다.

"실은 이것들보다 훨씬 더 칙칙하거나 이상한 걸로 구하고 싶었어요. 레인보우 깃털 망사 모자나, 정수리에 탈모 흔적이 보이는 안쓰럽고 현실적인 가발 같은 거요. 그런데 아쉽게도 없어서."

"……그 정도로 엉망이면 외려 더 눈에 띄지 않겠나?"

"음, 제 생각에는 그 정도는 되어야……."

메일은 말을 하다 말고 황제를 응시했다. 그가 가발을 다 썼기 때문이다. 저절로 상대의 입술로 향하려는 시선을 애써 통제하며 메일이 전체적인 용태를 살폈다.

'이럴 것 같았어.'

황제의 외모는 놀라웠다. 그는 얼굴의 절반을 가린 가면에 푸석한 가발까지 뒤집어쓰고도 잘생김이 겉으로 새어 나왔다. 황당하지만 그만한 표현이 없었다. 정말 잘생김이 바깥으로 샌다.

'무슨 사람이 입술도 잘생…….'

방심했다. 메일은 무심코 생각하다 시선을 확 거뒀다. 그녀는 목을 가다듬는 척 기침하며 달아오른 얼굴과 당황을 숨겼다. 그녀는 모자에 눈을 고정한 뒤 말했다.

"가발을 쓰신 모습이 어떤지 기억했어요. 이제 모자로 바꿔 주시면 제가 비교해 볼게요."

"둘 다 쓸 수도 있을 것 같은데."

"답답하시잖아요."

황제는 잠시 후 가발을 벗고 대신 모자를 눌러썼다. 일일이 머리카락을 정돈해야 하는 가발에 비해 모자는 착용이 퍽 수월했다. 메일은 허공을 배회하던 눈을 도로 들어 상대를 짧게 탐색했다.

'……이건 안 되겠다.'

결론은 빠르게 났다. 보통 어두운색의 모자를 눌러쓰면 음침한 분위기를 풍긴다. 그걸 노리고 구해 온 건데 황제가 쓰자 당황스럽게도 전혀 다른 효과가 탄생했다.

얼굴에 진 그림자마저 잘생길 건 대체 뭐란 말인가. 메일은 양손을 교차해 엑스 자를 만든 뒤 다시 가발을 가리켰다.

"가발이 낫겠어요."

"가려지는 면적은 모자가 더 넓지 않나?"

"……그렇기는 한데, 그래도 가발이 더 나아요."

세상에는 가렸는데 잘생김이 심화되는 사람도 있다. 메일은 그걸 오늘 알았다. 미스터리였다.

그렇게 황제는 최종적으로 가발을 써서 용모를 일부 감췄다. 가발이라고 그의 외모를 완벽히 차단해 준 것은 아니었지만, 그래도 본래의 백금발을 고스란히 드러내는 것보단 훨씬 나았다. 메일은 조금이나마 덜 눈부셔진 황제와 함께 테라스를 나왔다.

그녀가 황제와 동반하기로 마음먹은 건 한 가지 심경의 변화 때문이었다. 메일은 조금 전 단념했다.

뭘? 그의 마음을 모른 척하는 것을.

착각을 사실인 것처럼 오해하게 두고, 같은 공간에 있으면서도 일부러 상대를 보지 않았다. 그렇게 밀어내고 외면하며 눈을 감았다.

왜 그랬나? 그러는 편이 서로에게 옳다는 핑계를 댔지만, 실은 그건 일종의 회피성 방어였다.

어차피 고국으로 돌아가고 나면 볼 수 없는 사람이다. 예정된 수순이었다. 그렇다면 제국을 떠날 때 조금이라도 덜 아프고 싶었다.

계속 그를 보고, 마주치고, 그가 주는 호의를 받다가 갑작스레 헤어지게 되면 그건 너무, 지나치게 아플 것 같았다. 그래서 그런 식으로 미리 벽을 만들었다.

하지만 그건 결국 서로를 지속적으로 상처 입히는 것밖에 되지 않았다. 적어도 황제가 메일의 일에 무심하게 굴지 못하는 한은 말이다.

메일은 그가 물러서지 않으리라는 것을 이곳에서 깨달았다. 어떤 말로 밀어내도 여전히 저를 걱정하고, 위하고, 보호하려 들 것이다.

간절함이 섞인 호소는 외려 강압적인 구속보다 강력했다. 메일은 차마 그것을 뿌리칠 수 없었다. 제 사람이 되어 곁에 머무르라는 들어줄 수 없는 요구가 아니다.

단지 도움이라도 줄 수 있게 허락해 달라는, 마냥 조심스럽고 그저 애탄 소원이었다. 그녀는 결국 두르고 있던 방어를 무너뜨렸다. 그마저 외면할 수는 없었다.

'그래, 그냥 나중에 실컷 아프고 말자.'

아프면 뭐 어떤가. 설마 죽기야 할까. 자포자기와 낙관의 중간쯤, 그 가운데 서서 메일은 훗날의 고통을 각오했다. 각오하고 나니 충분히 버틸 수 있을 것 같기도 했다.

"……저 사람."

"맞지? 머리는 달라졌지만……."

두 사람이 나란히 걷기 시작하자 주변에서 소요가 일었다. 메일은 제게 보폭을 맞춰주는 상대의 사소한 배려에 잠깐 정신이 팔려 그것을 눈치채지 못했다.

그녀는 아직 쳐다볼 용기가 나지 않는 황제의 얼굴—입술—대신 애꿎은 어깨 어림을 응시하며 입을 열었다.

"엘리사는…… 우선 2층에서부터 찾기 시작할게요. 1층은 제가 거의 다 둘러봤으니까요."

"그러지."

함께 찾아볼 첫 번째 탐색지는 바로 위층이었다. 물론 메일이 테라스에서 시간을 보내는 동안 엘리사가 위에서 1층으로 내려왔을 가능성도 완전히 배제할 수는 없다.

그러나 재수가 없어도 너무 없는 가정이라 메일은 부디 그것만은 아니길 바랄 뿐이었다.

계단으로 향하는 발걸음은 부지런했으나 조급하지는 않았다. 가까워지는 계단에 시선을 둔 메일이 바라듯 말했다.

"빨리 찾았으면 좋겠어요. 그렇죠?"

"……."

황제는 바로 대답하지 않았다. '그래'와 '아니'가 속에서 서로 부딪혔다.

이런 곳에 메일을 한시도 더 놔두고 싶지 않다는 이성과 그러면서도 지금처럼 함께 다니는 시간이 가능한 길었으면 하는 모순된 욕심이 어느 쪽도 지지 않고 팽팽했다. 승부가 나지 않으니 답을 고르는 시간만 길어진다. 그때였다.

"저기?"

낯선 목소리가 둘을 불렀다. 높고 카랑카랑했다. 먼저 돌아본 것은 메일이었다.

"반가워요. 그러니까, 두 분 서로 파트너죠? 맞나요?"

눈만 달려 있어도 알 수 있을 법한 것을 묻는 음성에서는 딱히 궁금증 같은 것이 느껴지지 않았다. 몰라서 물어보는 것은 아니란 소리다. 메일은 우선 고갯짓으로 긍정한 뒤 되물었다.

"용건이 있으신가요?"

"그럼요."

"어떤……."

"당신의 파트너가 탐이 나서요."

"……네?"

메일은 순간 잘못 들은 줄 알았다. 그건 황제 또한 마찬가지였다. 둘은 서로 황당한 시선을 교환함으로써 각자가 들은 것이 환청이 아님을 확인했다. 메일이 굳이 느낀 바를 감추지 않으며 응수했다.

"그래서요?"

"저 주세요."

"……?"

가발인지 제 머리인지 모를 적발을 허리까지 늘어뜨린 여인이 가면을 쓴 채로 생긋 웃었다. 너무 당당하니 외려 화를 내거나 면박 줄 마음도 들지 않는다. 메일은 이곳이 참 적응하기 힘든 장소라는 것을 새삼 실감했다.

"싫은데요."

거절은 칼같이. 파트너가 물건도 아닌데 뭘 주고 말고 하느냐는 설교는 구태여 덧붙이지 않았다. 그런 걸 알아들을 상대였으면 애초에 저런 말을 꺼내지도 않았을 테니까.

여인은 메일의 단호박 같은 응수에도 여상히 미소를 고수했다. 그녀는 오히려 예상한 답이라는 듯 굴었다.

"그야 당연히 싫으시겠죠. 하지만 전 이미 요청했다구요?"

"네? 그게 무슨 뜻……."

"종목은 그쪽이 고르세요. 뭐든 내가 자신 있는 게 나왔으면 좋겠는데."

여인의 말은 길어질수록 수수께끼 같았다. 아니, 다짜고짜 저건 또 뭔 소리야. 도통 알아듣기 힘든 말에 메일이 상대에게 보다 친절하고 상세한 설명을 요구하려던 차였다. 순간 갑자기 떠오르는 것이 있었다.

"그쪽은 혹시 파트너가 없나요?"
"있었지. 조금 전에 빼앗겼지만."

1층의 마지막 테라스. 그곳에서 웬 남자와 나눴던 대화가 시기 좋게 수면 위로 부상했다. 메일은 그걸 상기하고는 눈을 커다랗게 떴다. 설마.

"혹시 지금…… 저랑 영애랑 대결을 하자는 건가요? 제 파트너를 걸고?"

"달리 뭐가 있겠어요?"

설마가 정답이 되는 순간이었다. 여인의 태도는 뻔뻔하고 능숙해서 그녀의 요구가 별달리 이례적인 것이 아님을 알 수 있게 해주었다.

맙소사. 메일은 일순 말문을 잃었다. 설마하니 그 '빼앗겼다'가 정말 단어 그대로의 의미였을 줄이야.

"얼른 종목을 골라 줘요. 기다리기 애타니까."

노골적인 눈빛으로 황제를 훑은 여인이 입술을 핥으며 채근했다. 메일은 깜짝 놀라서 저도 모르게 일단 황제의 앞을 막았다. 왠지 위기를 만난 것 같다는 생각이 들었다. 그러니까 황제의 위기. 넘겨주었다간 큰일이 날 것 같다.

"……받아들이지 않겠다면요? 제가 왜 굳이 파트너를 걸고 도박을 해야 하죠?"

"어머, 이렇게나 초행인 티를 내다니."

여인이 짧게 혀를 찼다. 메일은 살다 살다 환락가에 익숙하지 못하다고 무시를 당한 건 처음이라 어안이 벙벙해졌다. 와인처럼 어둡게 붉은 머리카락을 쓸어 넘기며 여인이 말을 이었다.

"'빼앗기'에서 도전은 도전자의 권한이라구요. 도전을 받은 사람의 권한은 그 도전자를 어떤 방식으로 상대할지 정하는 거고요. 참고로 대결의 보상이 되는 파트너의 권한은 이 상황에선 전무하답니다. 원래 그래요."

적당한 요약을 가미한 설명이 새빨간 입술을 타고 흘러나왔다.

빼앗기라니. 메일은 다시 말문을 잃었다. 지나치게 직관적인 건 둘째 치고 대체 얼마나 허다한 일이기에 따로 명칭까지 생겨났을 정도란 말인가. 더구나 룰도 존재한다. 기가 막힌 노릇이었다.

"알아들었죠? 자, 그럼 어서 정해요. 권한이 내게 있었다면 바로 춤을 골랐을 텐데."

"……빼앗기에 순응하지 않으면 어떻게 되죠? 룰을 어기고 제가 거절한다면?"

"그건 별로 추천하지 않아요. 파티에서 이만 퇴장할 생각이었다면 모를까."

쫓겨난다는 말이었다. 메일은 침음을 삼켰다. 뭐 이런. 이곳이 결코 일반적인 장소가 아니라는 것은 앞서도 충분히 체감한 사실이지만, 이렇게 새로운 충격이 기다리고 있을 줄은 또 몰랐다. 뺏고 빼앗기고. 파티가 아니라 무슨 야생인가.

"이런 데서 야생의 섭리를 체험하게 될 줄은……."

"아이, 얼마나 더 기다려야 해요? 오랜 시간을 끄는 게 매너가 아니라는 것쯤은 알죠?"

"좋아요. 대결해요."

선택의 여지는 없었다. 상황은 조금 다르지만 어쨌든 로마에 왔으면 로마의 법을 따라야 한다. 목적을 이루지도 못 했는데 이대로 허무하게 파티에서 나갈 수는 없었다.

메일은 잠깐 뒤를 돌아봤다. 졸지에 보상으로 걸리게 된 황제는 당황한 기색이 역력했다.

"……메일."

"여기서는 메리예요. 사실 저야 본명으로 불린대도 별로 상관없지만. 아무튼 폐…… 가 아니라 반."

말실수를 할 뻔한 메일이 정정했다. 반가운−특히 황제의 입장에서−호칭을 도로 입에 담은 그녀가 다짐하듯 말했다.

"걱정 마세요. 제가 꼭 이겨서 지켜드릴게요."

황제의 당황이 깊어졌다. 과연 이걸 기뻐해야 하는가. 전혀 생각지도 못 했던 흐름이라 뭘 어떻게 반응해야 할지 갈피를 잡을 수도 없었다. 메일은 다시 돌아서서 여인과 눈을 맞췄다.

"그럼 종목을 말씀드릴게요. 혹시 영애의 뒤를 이어 제게 도전하실 분이 있다면 지금 같이 들어주세요. 저는 쭉 이설로 대결할 테니까."

우선 선언한다. 다음 메일은 말을 이었다.

"제가 도전자분을 상대할 종목은 바로 끝말잇기예요. 단!"

한 박자 쉬고. 원래 이런 건 뒤에 따라붙는 말이 핵심이다. 녹색 눈동자가 반짝였다.

"식물의 이름만 말할 수 있답니다."

이른바 식물 끝말잇기. 패배를 용납하지 않겠다 결심한 정원 덕후의 표정은 진지했다. 연승의 막이 오르는 순간이었다.

한편 같은 상황은 2층에서도 벌어지고 있었다. 텔리야는 옆에 거튼을 낀 채로 웬 곱슬머리의 여인과 대치했다. 입가의 점이 인상적인 여인이 호호 웃으며 말했다.

"어서 종목을 골라 주세요. 후홋."

여인은 사자의 눈빛을 하고 있었다. 무슨 말이냐면 잡아먹힐 것 같은 기분이 든다는 뜻이다. 거튼은 본능적으로 텔리야의 뒤에 바짝 숨었다. 자비 없는 텔리야가 그를 발로 밀어냈다.

"종목을 고르라고 했죠? 뭐든 상관없나요?"

"그래요. 무엇이든."

여인의 목소리에선 자신감이 묻어났다. 이미 수차례 이런 대결에서 상대의 파트너를 빼앗아 본 경험이 있는 모양이었다. 텔리야는 고민하지 않았다.

"사칙연산으로 해요. 한 자리 수 사칙연산."

"……네?"

"서로 문제를 내고 맞히는 걸로. 자, 영애 먼저 시작. 얼른. 빨리."

텔리야가 재촉했다. 생각지도 못 했던 종목에 당황한 여인은 독촉을 받자 저도 모르게 일단 입을 열었다. 얼결에 뱉은 거라 엄청 기본적인 문제가 튀어나왔다.

"이, 이 더하기 이는?"

텔리야는 기다렸다는 듯 대답했다.

"삼."

"테, 텔리야시 님!"

거튼이 얼마나 놀랐는지 꺄악 하고 비명을 질렀다. 듣기 거북했다. 귀를 막은 텔리야가 덧붙였다.

"어머, 졌네. 틀렸으니까 진 거 맞죠? 그럼 이제 파트너를 빼앗겨야겠네. 자, 가져가세요."

"버리지 말아주세요!"

"누구시죠? 전 당신 같은 사람 모르는데. 어서 본인의 파트너에게 가도록 해요."

거튼은 3초 만에 버림받았다. 빼앗기가 이렇게 빨리 끝난 건 해당 전통(?)이 생겨난 이후 처음이었다. 텔리야의 거친 냉대와 거튼의 불안한 매달림과 그걸 지켜보는 여인.

2층에서는 그렇게 웃지 못할 광경이 펼쳐졌다. 구경하던 누군가가 자기도 모르게 주전부리를 찾았다.

다시 1층으로 돌아와서. 로하이덴은 난생처음이라고 봐도 좋은 새로운 경험을 하고 있었다. 연달아 다섯 명을 물리치고도 숨 하나 가빠지지 않은 메일이 곧 태연하게 여섯 번째 승리를 선언했다.

"제가 이겼네요. 다음분?"

"어떻게 이럴 수가!"

여섯 번째 도전자가 도저히 패배를 받아들일 수 없다는 기색으로 기함했다.

그러거나 말거나. 졌으면 진 거지. 메일은 냉정하게 그녀를 외면했고 패배한 도전자는 곧 다음 사람에게 밀려 구석으로 사라졌다. 일곱 번째 도전자는 사뭇 비장한 얼굴이었다.

"당신 뭐지? 나기 전부터 식물도감으로 태교하고 난 이후로는 밥 먹고 식물도감만 읽었나? 당신 같은 사람은 처음이야."

"칭찬 고마워요."

"후, 여유가 만만하군. 그래도 난 꽤 다를 거야. 이래 봬도 아카데미 시절에 교양 식물학 성적이 꽤 좋은 편이었거든. 내가 당신을 꺾어주겠어."

"그러세요. 먼저 시작하실 거죠?"

패기 넘치게 선언한 일곱 번째 도전자는 말뿐이 아닌지 확실히 달랐다. 그녀는 앞서 다른 이들보다 퍽 오래 버텼다.

하나 그게 끝이었다. 버티기는 길게 버텼으나 결과는 같았다. 마찬가지로 패배의 쓴잔을 마친 일곱 번째 도전자가 이내 영혼을 털린 낯으로 터덜터덜 퇴장했다.

웅성거림이 커졌다. 첫 대결을 시작할 때만 해도 소곤거림 정도였던 주변의 소란은 이제 대놓고 시끌벅적한 수준이 되었다.

메일은 그 와중에 여덟 번째 도전자를 호명했다. 이번에는 바로 나서는 사람이 없었다. 처음으로 도전에 공백이 생겼다.

로하이덴은 그 광경을 가만 보다 손을 들어 제 얼굴을 감쌌다. 입가를 가린다. 뭐라 형언하기 어려운 복잡한 표정이 그의 낯 전체를 물들였다.

'미치겠군.'

그는 지금 보호를 받고 있었다. 다른 사람도 아니고 메일에게 말이다. 분명 그녀를 지켜 주러 왔는데 도리어 그녀가 몸 던져 황제를 수호하고 있다.

로하이덴은 얼굴을 가린 손을 내리지 않고 메일을 응시했다. 그녀가 앞을 가리고 막아선 터라 그의 눈에 들어오는 건 흑갈색 머리카락을 길게 늘어뜨린 동그란 뒤통수뿐이었다.

그는 그것을 가만히 시야에 담았다. 말없이 응시한다. 만지고 싶은 충동은 온 이성을 동원해 내리눌렀다.

로하이덴은 실감했다.

'이젠 정말 구제불능이 됐어.'

그는 입가를 허물어뜨렸다. 가면이 없었다면 꽤나 봐줄 만한 표정이었을 것이다. 황제는 고개를 숙여 손으로 가면까지 감쌌다.

사람에게 반하는 순간이 있다. 옷자락에 잔뜩 스민 가랑비를 뒤늦게 발견할 때 말고, 갑자기 머리 위로 쏟아진 소나기에 깜짝 놀라 하늘을 볼 때. 로하이덴은 그 시점이 지금이었다. 황당하게도 다시 반하고 말았다. 지금 여기서. 메일에게.

'고문 같군.'

허락되지 않는 달콤함은 고통으로 치환된다. 억지로 취할 수도 없으니 그 달콤함은 농도가 짙어질수록 통증만을 키울 뿐이었다. 이 이상 아플 일은 없을 거라 여겼는데. 황제는 그것이 착각이었음을 인정했다. 마음은 더 깊어질 수 있었다. 그리고 그만큼 더 괴로워질 수도.

그는 눈가를 찡그렸다가, 눈을 감았다 뜨면서 아무렇지 않은 척 표정을 도로 폈다. 황제는 사실 고통을 인내하고 가리는 것에 능숙한 사람이었다.

육체가 아니라 마음이 이만큼 아파본 적이 없어서 그렇지. 생소하고 생경하나 곧 이것 또한 견딜 수 있게 될 것이다. 비록 여태 감내해 온 그 어떤 통증보다 크다고 하더라도.

제가 자초했으니 누굴 원망할 것인가. 한 사람에게 두 번 반한 미련한 남자가 그렇게 생각하는 사이, 머뭇거리며 나선 여덟 번째 도전자 또한 메일에게 참패했다.

그 이후로는 소강이 찾아들었다. 결국 이길 수 없는 대결이라는 걸 깨달은 듯 분위기가 잠잠해졌다. 메일은 기다려도 다음 도전자가 나타나지 않자 후, 길게 숨을 내쉬었다. 긴장을 덜어 내보내는 것 같은 한숨이었다.

곧 그녀는 몸을 돌렸다. 황제를 올려다보며 웃는다.

"이겼어요."

지켜 주겠다던 다짐을 무사히 완수했다. 메일은 뿌듯한 눈치였다. 황제는 오랜만에 상대의 눈부신 미소와 마주쳤다. 가면을 쓰고 있는 것이 이래서 다행이었다.

맨얼굴로 저를 보며 그렇게 웃었다면 그는 차마 손을 뻗지 않고는 견딜 수 없었을 것이다. 그는 간신히 이성을 붙잡고 평정을 가장했다. 겨우 초연한 척 응수한다.

"활약이 대단하더군."

"박수를 받을 만큼이요?"

"충분히."

"이 정도야 뭐, 당연한 결과인걸요. 흠흠. 그럼 이제 2층으로 올라가요."

메일은 약간 작위적으로 눈을 돌린 후 계단에 올랐다. 그러면서 생각한다. 어색함이 티 나지 않았으면 좋으련만. 의식을 하고 시선을 주어도 자꾸만 입술을 보게 되어 통 난감한 기분이었다.

그럴 때마다 심장은 또 얌전히 있어주지도 않았다. 그녀는 가면이 상기된 제 낯을 가려주리라 믿으며 층계를 밟았다.

2층은 1층보다는 조금 나았지만 마찬가지로 소란스러운 편이었다. 메일은 2층에 도착하자마자 사람이 한군데 몰려 있는 것을 목격하곤 그리로 눈길을 주었다. 구경꾼은 동그랗게 원을 그리고 있었다.

'엘리사?'

잠깐 생각했다가 이내 고개를 젓는다. 그렇게 운이 좋을 거였으면 1층에서 진작 찾았겠지. 근거 없는 낙관은 괜한 실망을 불러올 가능성이 높았다. 메일은 기대를 버리고 동행인을 이끌었다.

"참, 제가 엘리사의 외양에 대해 말씀드린 적 없죠? 우선 다홍색 눈동자에……."

"살려 주세요!"

"탁한 은발…… 응?"

메일의 주의가 자연히 특정한 곳으로 옮겨갔다. 그건 단순히 구조 요청을 들었기 때문만은 아니었다. 익숙한 목소리였다. 어라, 혹시.

"어떻게 저를 그렇게 쉽게 버리실 수가 있죠? 우리가 고작 그런 사이였나요? 예? 여기까지 함께 온 의리가 있는데!"

"놓고 말해요. 집에 가면 드레스부터 버려야겠네."

"결론은 그러니까 저 좀 살려 주세요!"

"……커튼 씨?"

동그랗게 모인 군중이 뭘 구경 중인가 했더니, 원 가운데에는 다름 아닌 거튼과 텔리야가 있었다. 바짓가랑이, 아니, 드레스 밑단을 붙잡고 늘어지는 거튼을 구두 굽으로 매정하게 밀어내던 텔리야가 메일을 발견했다.

"어머, 나무 요정님."

발견은 이어 한 번 더 뒤따랐다. 눈치 빠른 텔리야는 메일의 옆자리를 지키고 선 남자가 누구인지 시야에 담자마자 알아챘다. 결국 오셨구나. 역시.

"텔리야시 양."

저를 부른 것에 화답하듯 메일 또한 텔리야의 파티용 가명을 입에 올렸다. 황제가 옆에서 듣고는 반응했다.

"텔리야시?"

본명인 듯 본명 아닌 애매하고도 우스꽝스러운 그 명칭은 뭐냐는 눈치였다. 메일이 설명해 주었다.

"이곳에서 쓰는 가명이에요. 입구에서 갑자기 요구하는 걸 즉석으로 짓다 보니 어쩌다."

"아아. 아까 이야기했던 메리도 그 말이었군."

"조금 성의 없죠? 어차피 여기서만 부를 거니까…… 어, 그러고 보니 반도 들어오면서 이름을 적지 않았나요?"

입구에 서 있었던 안경을 쓴 남자는 잠깐 마주쳤으나 은근히 깐깐해 보였다. 그때 받은 인상이 틀리지 않았다면 아마 저택으로 들어가려는 사람마다 칼같이 붙잡고 이름을 물었을 것 같은데. 황제가 담담히 대답했다.

"본명을 댔지."

"네?"

"성은 붙이지 않고 이름만 떼서."

로하이덴은 기억을 떠올렸다. 다른 의도가 있었던 건 아니고 귀찮아서 그랬다. 들키지 않게 메일을 미행하는 것만으로도 바쁜데 가명 따위를 생각하느라 심력을 쏟으려니 영 성가셨다. 그래서 그냥.

메일은 황당히 눈을 깜박이다 물었다.

"……뭐라던가요?"

"나보고 배짱이 좋다더군."

"푸핫."

순간 웃음이 터져서 메일은 입을 가렸다. 본명을 알려 주었더니 배짱이 좋다는 평가라니. 하기야 누가 감히 황제가 이곳을 방문했다고 생각할까. 어딜 봐도 사칭처럼 들리기는 했다.

메일은 입구에서 담대한 사칭범으로 취급받았을 황제를 상상하곤 저도 모르게 어깨를 떨며 웃고 말았다. 예상치 못했는지 로하이덴이 당황했다.

"그게 그렇게 재미있나?"

"조금요. 본인이 본인의 사칭범이 됐다는 게 왠지."

"……겨우 그걸로."

"내가 반이었다면 스스로 생각해도 웃길 것 같은데. 반은 아닌가 봐요?"

메일은 약간 놀리듯 말했다. 황제는 그에 빤히 그녀를 내려다보았다. 책망을 하려는 건 아니고, 뭐랄까. 그는 어딘지 안도하는 것처럼 보였다.

"나를 대하는 게 편해졌군."

마치 지금은 되돌릴 수 없는 이전의 어느 때처럼 말이다.

황제의 목소리는 혼잣말을 하듯 작았으나 간격이 가까워 메일의 귀에도 똑똑히 들렸다. 메일은 잠시 말을 아끼고 그에 대해 생각했다.

황제의 말이 맞다. 그녀는 상대를 미리 밀어내는 것을 포기한 뒤로 조금씩 그를 전처럼 대하고 있었다. 다만 고작 그런 사실 하나에 안심하고 기뻐하는 상대의 태도가 가슴을 아릿하게 할 뿐이었다.

"헉! 비제…… 아니, 메리 영애!"

그때 거튼이 뒤늦게 메일을 발견하곤 냅다 외쳤다. 무시할 만한 크기가 아니라서 메일은 그쪽으로 시선을 주었다. 참, 그러고 보니. 저 둘은 왜 저러고 있는 거지?

"커튼 씨, 거기서 뭐 하세요?"

"영애. 크흡."

그는 매달리듯 쥐고 있던 텔리야의 드레스 자락을 놓고는 메일에게로 다가왔다. 물론 로하이덴이 가로막았기에 일정 이상 접근할 수는 없었다.

거튼은 지각 능력이 부족한 모양인지 그제야 황제의 존재를 인지하고는 눈을 끔벅였다.

"……어라? 누구시죠?"

"그쪽이 방금 허락 없이 접근하려던 사람의 파트너."

"어? 언제 파트너를 만드셨어요?"

거튼은 놀란 눈으로 로하이덴과 메일을 번갈아 쳐다보았다. 황제라는 사실은 알아채지 못한 것 같았다. 메일이 답해 주었다.

"조금 전에요. 아무튼 그렇게 됐으니 거기 서서 얘기해 주세요. 더 다가오지는 마시고."

"……영애마저 저를 냉대하시는 겁니까? 텔리야시 님이야 처음부터 저를 찬밥 취급하셨다지만……."

"어머나, 커튼 씨. 말은 바로 해야죠. 제가 언제 커튼 씨를 찬밥 취급했죠? 찬밥이 아니라 쉰밥쯤 되겠네요."

어느새 가까이 다가온 텔리야가 거튼의 말을 지적했다. 그녀는 냉정하게 정정해 준 뒤 메일의 곁으로 이동했다. 저와 달리 제재받지 않는 모습에 거튼이 억울한 심경을 내비쳤다.

"차별은 옳지 못한 거라고 배웠습니다."

"이건 구별이에요. 아니면 도와드릴까? 지금 여기서 성별을 바꾸면 커튼 씨도 나무 요정님의 곁으로 올 수 있어요."

"예? 성별을 어떻게…… 아니, 아닙니다. 상상했어요. 꿈에 나올 것 같아. 으윽."

"그런데 두 분, 뭘 하고 계셨던 건가요?"

메일은 티격태격(?)하는 둘을 차례로 쳐다본 뒤 물었다. 조금 전까지 거튼과 텔리야가 자아냈던 합작은 확실히 범상한 장면은 아니었다.

드레스 자락을 붙잡고 매달리는 남자와 그런 남자를 발로 떼어 내는 여자라니. 그것도 구경꾼에게 둘러싸여서 말이다.

답변은 텔리야에게서 나왔다. 그녀는 별반 대수롭지 않은 사정이라는 듯 담담했다.

"제가 빼앗기에서 졌어요. 그런데 커튼 씨가 그걸 인정을 안 하네. 저기요, 왜 댁의 파트너에게로 안 가시나요? 파트너분 토라지겠어요."

"일부러 지신 거잖습니까! 너무해요! 이 더하기 이가 어떻게 삼입니까?"

"계산 실수였어요."

"거짓말!"

"아, 끈질겨."

"크흑, 버리지 마세요. 제 파트너는 텔리야시 님뿐입니다."

텔리야가 그에 혐오스럽다는 표정을 지었다. 그냥 혐오도 아니고 극도로 혐오. 거튼은 그새 익숙해졌는지 상처받는 기미가 없었다.

텔리야는 메일을 위해 좀 더 상세한 설명을 덧붙였다.

"알고 보니 빼앗기에서 절 이긴 도전자가 커튼 씨와 안면이 있는 사이더라고요. 과거의 악연이라나? 이대로 그녀의 파트너가 되었다간 이런 짓 저런 짓, 차마 입에 담지 못할 짓을 당할 게 뻔해서 그게 너무 무섭다며 지금 이러고 있는 거랍니다."

"살려 주세요…… 흑흑. 그간 쌓인 정을 생각해서라도."

"어머, 그런 걸 쌓은 기억은 없는데요."

텔리야의 태도는 한결같아도 너무 한결같아서 거튼은 또 매달리자마자 버림받았다. 그는 결국 불가능한 공략을 포기하고 간절한 눈빛으로 차순위 구세주를 응시했다. 시선을 받은 메일이 난감하게 웃었다.

"그렇게 쳐다보셔도."

"메리 영애……."

"왜 이자와 동행하는 거지?"

그때까지 가만 거튼을 막아서고 있던 황제가 불쑥 입을 열었다. 대단히 못마땅하다는 투였다. 표정은 보이지 않아도 목소리만으로도 거튼이 싫어 죽겠다는 의사가 충분히 전해진다. 텔리야가 그에 유대감을 느꼈다. 어머, 동지.

"저는 막중한 임무를 지고 있습니다. 엘리사를 찾아야 한다구요. 제가 이 중에서 엘리사의 외모에 대해 가장 잘 압니다."

저한테 물은 건 아니었지만 어쨌든 제 얘기니 거튼이 대답했다. 작부에 빠삭하다는 건 자랑으로 삼기엔 너무 구렸으나 이 순간에서만큼은 구원 줄이었다. 그는 열심히 제 쓸모를 피력했다.

"엘리사를 만나 본 건 저밖에 없잖습니까? 저는 엘리사가 가면을 쓰고 염색을 하고 있어도 알아볼 수 있습니다. 목소리도 기억하는데다, 특히 가슴이……."

"거기까지. 더러운 주장 잘 들었어요. 어떡할까요, 나무 요정님?"

메일의 귀가 더럽혀지는 걸 원치 않은 텔리야가 거튼의 말을 끊었다.

거튼이 얌전히 입을 다물고 결정권은 메일에게로 넘어왔다. 어쩌다 거튼의 처우에 대한 권한을 쥐게 된 메일이 난처한 낯으로 고민했다.

"지금 그러니까…… 거튼 씨와 계속 동반하느냐 아니냐가 쟁점인 거죠? 그를 텔리야시 양으로부터 빼앗기에 성공한 도전자에게 넘겨 줄 것인가, 말 것인가."

"말 것인가! 저는 무조건 말아야 한다고 생각합니다!"

"어허, 조용."

"반은 어떻게 생각해요?"

메일은 황제에게 발언권을 넘겼다. 그건 곤란한 결정을 떠맡긴다기보단 그의 의견을 존중하겠다는 의미가 강했다.

로하이덴은 메일의 배려를 읽곤 그녀를 응시했다. 속내를 밝힐 것 같으면 고를 것도 없이 당연히 아니오였지만, 상대가 마음을 써 주었으니 그 또한 그에 화답해야 했다. 그는 본심을 누르고 냉정하게 셈했다.

"엘리사라는 작부를 찾는 일이 많이 중요한가?"

"네. 저한테는요."

"그럼 동행하지."

대신 메일의 반경 얼마 이내로는 접근할 수 없다. 로하이덴은 조건을 달고 개자식의 동반을 허용했다. 거튼이 쌍수를 들었다.

"현명하신 선택이십니다!"

텔리야는 황제의 허락에 내심 놀랐다. 그도 그럴 게 그는 지금 눈빛만 봐도 거튼을 당장 잘게 다져 내쫓아버리고 싶어 하는 의지가 충만하게 읽혔다. 아주 끓는 물처럼 넘실거린다.

한데 저걸 참고 상대를 위해 다른 결정을 내리다니. 원래 저런 분이었던가.

'오라버니보다 한참 앞서계시는구나. 한 만 걸음쯤.'

알아내려 애쓰지 않아도 보였다. 황제는 이미 사랑에 빠져 있었다.

더할 수 없을 만큼. 남은 건 반테르뿐이었다. 전에는 비슷하게 갈 길이 멀었던 것 같은데 언제 저리 추월당했을까.

텔리야는 이러다 정말로 애정이 뭔지도 모르고 관에 들어가게 될 것 같은 제 혈육을 잠시 걱정했다. 그리 틈새 걱정을 마치고 메일을 돌아본다.

"좋아요. 그럼 도전자에게 다시 빼앗기를 신청해서 쉰밥의 파트너 자격을 되찾아 올게요. 잠시만 계세요."

"잠깐만요? 왜 제 명칭이 커튼보다 더 심한 걸로 바뀐 것 같은 기분이 들지? 잘못 들은 거겠죠?"

텔리야는 대꾸 않고 도전자에게로 향했다. 거튼이 그런 텔리야를 어미 닭을 쫓는 병아리처럼 졸졸 뒤따랐다. 황제는 멀어지는 둘을 지나가듯 쳐다본 뒤 시선을 거뒀다. 그가 거튼의 존재를 인내한 것은 오로지 메일 때문이었다. 메일이 엘리사를 찾고 싶어 하니까.

'왜 찾으려는 걸까.'

황제는 메일의 옆얼굴을 응시했다. 그녀는 막 시작을 앞둔 텔리야의 빼앗기에 주의를 쏟고 있었다. 새하얀 나비 가면, 그 아래 살짝 드러난 코끝. 이어서 매끈하게 선을 그리는 인중, 입술. 끝이 섬세하게 둥근 턱선. 그리고 얼핏 가녀려 보이는 목.

하나하나 새기듯 눈에 담던 황제는 메일이 슬쩍 그를 쳐다보는 순간 깜짝 놀라서 부자연스럽게 고개를 돌렸다. 훔쳐보다 들킨 사람처럼 심장이 세차게 뛰었다. 아니, 처럼이 아닌가.

"반."

"……왜 부르지?"

"후작 부인이 이겼어요."

"뭐?"

황제는 메일이 바라보던 방향으로 시선을 주었다. 뭘 했는지 그새 승리한 걸로 추정되는 텔리야가 기뻐 날뛰는 거튼을 매단 채 돌아오고 있었다. 벌써?

"아아, 이렇게 찝찝한 승리라니."

"고생했어요. 그런데 무슨 종목으로 경합한 건가요?"

텔리야의 낯엔 근심이 가득했다. 이겨 놓고 웬 근심인고 하니 거튼 따위(?)를 탈환했다는 현실이 심란한 모양이었다. 그녀는 치유하듯 메일에게 바짝 달라붙어 물음에 답했다.

"눈싸움을 하자더라구요."

"눈싸움이요?"

"서로 마주 본 채로 먼저 눈을 깜박이는 사람이 지는 거죠. 그래서 시작하자마자 마법을 써서 눈을 감게 했어요."

"……아하."

빠른 승리의 비결은 마법이었다. 편법이지만 반칙은 아닌 것이 모호했다. 상대는 왜 제가 그리 허망하게 패했는지 앞으로도 이유를 알지 못할 것이다. 텔리야는 이기긴 이겼지만 보상이 저딴 거(?)라서 이쪽도 상처뿐인 승리라며 덧붙였다.

"아무튼 되찾아 왔으니 얼마나 쓸모를 다하는지 볼까요?"

거튼을 포함한 네 사람은 그렇게 2층을 누비기 시작했다. 목적은 여상했다. 엘리사 찾기. 짝짝이 다니느니 차라리 뭉쳐 다녔으면 좋겠다는 텔리야의 주장에 따라 넷은 떨어지지 않고 다 같이 움직였다.

메일은 좌 텔리야 우 황제를 두고 걸으며 리엘라가 혹시 이런 기분이었을지 잠깐 생각해 보았다.

2층은 1층에 비해 넓지 않았다. 탐색은 금방 끝났다. 팔짱을 낀 텔리야가 미간을 꾹 눌렀다.

"왜 없죠?"

테라스는 물론이고 홀 안까지 쥐 잡듯이 뒤졌다. 결과는 허탕이었다. 3층은 이미 텔리야가 살펴보았으며 이 저택은 3층이 끝이다. 실컷 쓸모를 주장하더니 무효용인 거튼을 보며 텔리야가 살벌하게 묻자 당황한 거튼이 눈동자를 굴렸다.

"저도 잘 모르……."

"왜 모르죠?"

"살려 주세요."

일단 빌고 보는 거튼과 그런 그를 조질 모양인지 손목을 우드득 꺾는 텔리야를 뒤로하고 메일이 연회장 전체를 시야에 담았다.

화려한 드레스. 색색의 눈동자와 머리카락. 모발은 염색이나 가발로 가릴 수 있으니 눈동자를 위주로 확인했다.

그러나 번번이 조건에 맞지 않는 부분이 있었다. 눈 색만 비슷할 뿐 턱이 각지거나, 피부가 검거나, 입술이 얇거나 등 이유는 각양각색이었다.

'손가락의 특징도 안 맞고.'

왼손 중지와 약지의 길이가 같다고 했었지. 메일은 그걸 기억해서 항상 대상의 손을 먼저 관찰했다. 하나 수확은 없었다. 엘리사의 행방은 오리무중이었다.

"다른 사람을 붙잡고 물어봐도 모른다는 답뿐이고. 생각보다 더 까다롭네요."

화풀이 삼아 거튼을 족친 텔리야가 양손을 탁탁 털며 메일에게 다가왔다. 메일은 고개를 짧게 끄덕여 의견에 동의했다.

'설마 정말 1층에 있는 걸까?'

재수 없는 가정이라고 생각했던 것이 운 나쁘게 사실일 수도 있었다. 메일이 난간을 짚고 끙 앓았다. 텔리야가 곁에서 푸념하듯 중얼거렸다.

"제 감도 영 무뎌진 것 같아요. 분명 3층이 예감이 좋았는데. 하아, 설마 미녀를 찾는 일에 이 내가 도움이 안 될 줄이야."

힘 빠진 목소리에선 진심이 묻어났다. 어떻게 자신이 미녀를 찾지 못할 수가 있느냐는 한탄. 메일 또한 그런 부분에 어느 정도 기대를 걸고 있었던 것이 사실이라 뭐라 해줄 말이 없었다. 그때 황제가 입을 열었다.

"한 가지 묻고 싶은데."

"네?"

"왜 엘리사를 찾는 거지?"

일행 중 그가 처음으로 목적을 물었다. 텔리야는 알려줄 수 없다는 말을 사전에 미리 듣고 파티에 합류한 것이라 여태 그 주제를 입에 올리지 않았다. 메일은 황제의 질문에 조금 곤란한 기색으로 눈을 내리깔았다.

'말해도 될까?'

갈등은 짧게 끝났다. 결론은 아니. 아직은 아니었다. 지금은 단순히 제 꿈과 감에만 전적으로 의지하고 있는 상태다. 보다 구체적인 윤곽이 드러나면 그때 이야기해도 늦지 않다. 결정한 메일이 눈을 들어 올렸다.

"나중에…… 말씀드려도 될까요? 조금 더 이후에."

물음에 대한 답으로 나중을 기약하는 건 실상 그리 좋은 답변은 아니다. 하나 최악의 답 베스트 '몰라도 돼', '알아서 뭐 하게', '알 필요 없어'보다는 당연하지만 훨씬 나았다. 최악까지 각오하고 있었던 황제가 내심 마음을 놓았다.

"얼마든지."

안도한 그가 옅게 웃었다. 스치듯 지나간 미소라 알아챈 사람은 없었다. 황제는 곧 이어서 말했다. 이제 엘리사를 찾으러 가자고.

여태 실컷 찾아다녀 놓고 '이제'라는 부사가 붙는 것이 어딘지 어색했다. 이번에야말로 허탕을 피하자는 의미일까. 메일은 그렇게 생각하다 문득 묘한 사실을 감지했다. 황제의 목소리에는 막연함이 없었다.

"……어디로요?"

"3층."

망설이지도 않는다. 그리고 잠시 후. 그들은 정말로 엘리사와 대면했다.

엘리사. 그녀는 작부 일을 시작하면서도 제 본명을 그대로 사용한 인물이었으나 이 파티에서만은 이름을 감췄다. 이름뿐일까? 엘리사는 여러모로 본인을 훌륭하게 감춰 냈다.

상대를 마주하고 텔리야는 두통이 일었다.

"이래서 내가 놓쳤던 거구나."

텔리야가 3층 전체를 구석구석 뒤집고도 엘리사를 발견하지 못했던 이유가 있었다.

엘리사는 파티용 가명으로 '리사'라는 이름을 썼고, 가발 대신 염색을 통해 머리 색을 감췄다. 물론 여기까지였다면 눈치 빠른 텔리야가 그리 허방을 치지는 않았을 것이다.

엘리사는 제 가장 큰 특징을 숨겼다. 그것도 꽤나 능란하게.

생긋 웃으며 엘리사가 제 와인색 장갑을 벗었다.

"손가락 길이를 달라 보이게 하는 건 쉬운 일이에요. 간단한 장난감만 있으면 되니까."

테라스의 만월 아래 엘리사의 맨손이 드러났다. 그녀는 왼손의 약지를 제외한 네 손가락에 각각 뭔가를 끼우고 있었다. 모양은 얼핏 골무를 닮았으나 용도는 한눈에도 그와 명백하게 다르다. 거튼이 충격으로 입을 벌렸다. 헐.

"다른 곳에서라면 이렇게까지 하진 않는데. 알잖아요? 오늘 이 파티는 빼앗기가 성행하는 거. 입장하자마자 나를 빼앗기면 어쩌냐고 우리 자작님이 얼마나 달달 떠시던지, 고객 서비스 차원에서 제가 신경을 좀 쓴 거랍니다."

"가슴도 그래서 감춘 건가? 가슴골을 보이면 누가 알아챌까 봐?"

놀라 입만 벌리고 있던 거튼이 불쑥 물었다. 아, 이 자식. 텔리야가 경멸의 눈빛을 쏘았으나 거튼은 웬일로 꿋꿋했다. 실상 그에게는 나름 중요한 질문이긴 했다. 그는 말뿐이 아니라 정말로 가슴을 보고 엘리사를 구분해 낼 자신이 있었으니까.

엘리사는 귀한 집 레이디가 아니라 작부다. 얼굴빛 하나 변하지 않은 그녀가 대꾸했다.

"당연하죠. 어디 내 가슴이 다른 데서 쉽게 볼 수 있는 가슴인가? 드러내고 다녔다간 꼭 백작님 같은 사람이 알아볼 테니까 꽁꽁 숨겼죠. 취향도 아닌 드레스를 입은 건 그래서예요. 왜요? 보고 싶으세요?"

"물론 보고 싶…… 이 아니라! 하아. 이래서야 내 쓸모가 무용지물이 되어버리잖아."

엘리사가 입은 것은 가슴께에 화려한 프릴이 겹겹이 달린 단색 드레스였다. 어린 소녀나 가슴이 콤플렉스인 여성을 위해 디자인되었다더니, 확실히 입은 이의 가슴이 작은지 큰지 알 수 없게 가려 주는 기능이 탁월했다.

상심한 거튼이 우울하게 침잠하자 텔리야가 어쩐 일로 위로의 말을 건네주었다.

"괜찮아요. 어차피 백작님 자체가 무용지물인데요, 뭘. 기대 안 했어요."

"그거 위로 아니죠?"

"알아듣네?"

"아무튼 제 가장은 퍽 괜찮았는데 말이에요. 입장한 이후 아무도 저를 알아보지 못했을 만큼. 그런데 이렇게 스스로 정체를 밝히게 될 줄이야."

엘리사는 그렇게 말한 뒤 입술을 핥았다. 루주를 발라 새빨간 입술을 붉은 혀가 야릇하게 쓸었다. 시선은 황제를 향하고 있었다.

놀란 메일이 자기도 모르게 황제의 눈을 가렸다. 엘리사가 호호 웃었다.

"걱정 마세요. 유혹하려 들 생각은 없으니까. 어차피 통하지도 않을 것 같고. 내가 다 벗고 덤벼들어도 넘어오긴커녕 나를 붙잡아다 그대로 경비대에 넘길 것 같은데, 아닌가요?"

"예? 정말입니까? 남자가 어떻게 그런…….."

"멀그므 백작님. 세상 사람이 다 너 같지는 않아요."

거튼이 텔리야에게 익숙하게 구박당하는 사이 메일이 약간 겸연쩍게 손을 내렸다.

상대에게 유혹할 의사가 있었든 아니든, 가려서 뭘 어쩌겠다고 눈을 가렸지. 민망함에 혼란하게 양손을 뒤로 감추는 메일을 황제가 묘한 눈길로 내려다보았다.

그걸 지켜보던 엘리사가 말을 덧붙였다. 난간에 등을 기댄 몸이 낭창낭창했다.

"그리고 남의 떡은 먹지 말잔 주의이기도 하고요. 소화를 못 시킬 만한 과한 것도 마찬가지죠. 원래라면 접근하지 않았을 텐데 내가 낚였지, 낚였어."

엘리사는 조금 전을 회상했다. 만취해 곯아떨어진 파트너를 테라스에 버려두고 연회장 안을 느긋하게 서성이던 중이었다. 음료로 목을 축이다 근처에서 갑자기 소란이 일기에 그쪽을 쳐다봤다. 그랬더니 웬 남신이 있었다.

파티용 가면 아래 드러난 높은 콧대와 환상적인 하관. 가발이라도 쓰고 있다가 벗어 던졌는지 조금 부스스한 머리카락을 쓸어 넘기는 손가락이 지독하게 섹시했다. 엘리사는 그때 직감했다. 저 남자, 분명 다시 없을 미남이구나.

그녀는 미남을 좋아한다. 이미 거튼이라는 선례도 있다. 도둑이 빈 집을 그냥 지나치지 않듯 엘리사 또한 백금발의 휘황한 미남을 가만 흘 려보내지 못했다.

"안녕. 혹시 파트너 있어요?"

고고하게 서 있던 미남은 엘리사가 말을 걸자 그녀를 내려다보았다. 황금색 눈동자는 일견 무심하게 그녀를 담았으나 엘리사는 그 시선에 가슴이 크게 뒤흔들렸다. 확신이 한층 깊어졌다. 정말 잘생긴 남자였 다. 지나치게.

엘리사는 여태 수많은 미남과 밤을 보냈다. 상대가 먼저 접근하기도 하고, 그녀 쪽에서 다가가 작정하고 넘어뜨리기도 했다.

어쨌든 중요한 건 그 수가 세기도 힘들 정도로 많다는 거다. 경험이 라면 쌓일 만큼 쌓였다. 하나 그럼에도 엘리사는 심장이 마구 두근거 려 상대의 앞에서 냉정을 유지할 수가 없었다.

미남은 곧 나른하게 입을 열었다. 목소리마저 소름 끼치게 훌륭했다.

"글쎄. 그대가 누구냐에 따라 내 대답이 달라질 것 같은데."
"엘리사예요."

엘리사는 다급하게 저를 밝혔다. 놓치고 싶지 않았기 때문이다. 그 녀는 제 이름이 지닌 값어치를 알고 있었다. 그녀는 눈앞의 미남을 붙 잡기 위해 가지고 있는 가장 강한 패를 고민하지 않고 꺼냈다.

"들어 보았을걸요. 내 이름. 어때요? 오늘 나를 안으면 당신에게 훈장이 하

나 추가될 텐데."

여태 엘리사가 이렇게 나왔을 때 그녀를 거부한 남자는 없었다. 적어도 환락가에서는 말이다. 만인이 탐을 내지만 아무나 손에 넣을 수는 없는 거리 제일의 작부.

그녀를 정복함으로써 얻는 휘장은 비록 통념적으로는 같잖은 것이나 이런 데에 방문하는 남자에겐 무엇보다 영예로운 것이 되게 마련이다. 엘리사는 그걸 알았기에 자신만만했다.

그러고 나서는 어떻게 되었나. 미남이 테라스로 자리를 옮기자 제안하기에 다 넘어왔구나 싶었다.

그래, 테라스에 들어가 단둘이 되면 저 가면부터 벗겨야겠다. 아무도 들어올 수 없도록 문에 빗장을 건 다음 얼굴을 마주 보고 깊고 뜨거운 밤을 보내야지.

그것은 상상만으로도 달콤했다. 그리고 상상만으로 끝났다.

난간에 기대 있던 몸을 바로 세운 엘리사가 씁쓸하게 입맛을 다셨다.

"그때는 지금처럼 이렇게 위압감이 느껴지지도 않았어. 그랬으면 애초 다가가지도 않았겠지. 하아, 어쩜 생각하면 생각할수록 물고기가 된 기분을 지울 수가 없네?"

"어허, 엘리사. 누구 앞이라고 하대더냐?"

"혼잣말이에요. 푸념 비슷한 거. 그나저나 백작님이 설설 길 정도면 어지간히 높은 신분이신가 봐요?"

엘리사는 황제를 지긋 응시했다. 꼭 뭐라도 꿰뚫어 볼 것 같은 시선이라 메일이 내심 움찔했다. 거튼은 홀로 아무것도 몰랐기에 딴 대답을 내뱉었다.

"그렇지! 다른 때라면 네가 눈도 감히 못 마주칠 고귀한 귀부인이시다."

"어머나, 백작님. 틀렸어요. 미인은 신분이 어떻든 무조건 저와 눈을 마주할 수 있답니다. 물론 백작님은 눈이 마주칠 때마다 기분이 나빠져서 예외지만요."

거튼은 입을 열 때마다 본전도 못 찾으면서 참 학습 없이 꾸준했다. 텔리야가 익숙하게 거튼을 구박하고 엘리사는 여전히 황제에게서 눈을 떼지 않았다. 곧 엘리사가 입매를 예쁘게 늘려 웃었다.

"아무튼 좋아요. 구태여 저를 찾아오신 건 그만한 용건이 있어서겠죠. 이 자리에서 들으면 될까요?"

서두는 끝난 것 같으니 이만 용무를 꺼내 달라는 얘기였다. 메일은 옆을 돌아보았다. 황제, 텔리야, 슬슬 왜 함께 있는지 의아해지는 거튼. 약간 망설이다 메일이 이내 입을 열었다.

"저…… 가능하면 엘리사와 단둘이서 얘기를 나누고 싶어요. 괜찮을까요?"

실컷 도움을 받아 놓고 막상 중요할 때 내쫓는 꼴이라 메일의 요청은 조심스러웠다. 물론 이 중 그것을 안 된다고 거절할 사람은 없었다.

거튼이야 애초 발언권이 없으니 차치하고, 텔리야는 나무 요정님의 말이라면 이미 뭐든 들어줄 준비가 되어 있는 사람이다. 그리고 그건 황제 또한 마찬가지였다. 그는 순순히 그러라 허락한 뒤 자리를 비우기 직전 당부 하나를 남겼다.

"위험할 것 같으면 문을 두드리거나 소리를 쳐. 부수고라도 들어갈테니."

걱정이 담긴 낮은 속삭임은 은연중에 심장을 들었다 놓았다. 테라스의 문이 닫힌 후 메일은 공연히 귓가를 살짝 매만졌다. 엘리사가 어깨를 으쓱했다.

"아무 짓도 안 해요. 나도 목숨이 소중한 사람인걸."

"엘리사."

메일의 목소리는 작았다. 방음이 되는 건 알지만 완벽하지 않으니 조심할 필요가 있었다. 잡음이 섞이면 들리지 않을 크기라 엘리사는 알아서 입을 다물었다. 침묵이 찾아들었다.

단어를 몇 개 골라 질문을 정리한 메일이 이내 말을 꺼냈다.

"돌려 말하거나 서론을 붙이지는 않을게요. 묻고 싶은 게 있어요."

"……."

"세간에 알려진 사실과 다른 내용을 알고 있다고 들었어요. 현 황제 폐하의 생모인 세 번째 대비, 그분의 죽음에 대해서."

엘리사의 눈이 살짝 커졌다. 메일의 질문이 예상했던 범위를 벗어난 모양이었다. 그녀는 한 손은 손바닥을 보이며 앞으로 뻗은 뒤 다른 손으로는 제 미간을 꾹 눌렀다. 그러곤 입을 열었다.

"잠깐만요. 아, 거튼 이 새끼."

"……."

당사자 없다고 막말이 쉽게도 나왔다. 본래 없는 데선 나라님 욕도 한다지만 그래도 맞은편에 귀가 멀쩡한 정자가 있는 마당에 퍽 대담한 언사이기는 했다. 메일이 황당한 기색을 내비치자 엘리사가 손을 내리며 어색하게 웃었다.

"죄송해요. 거튼 그놈의 가벼운 입을 생각하니 혈압이 올라서요. 잠시 진정 좀 시키느라고. 후, 정작 중요한 건 시원찮던 게 주둥이 하나는 아주 상공을 노니네."

메일은 침음을 삼켰다. 뭐가 시원찮은지 알 것 같은데 알고 싶지 않았다. 본의 아니게 거튼에 대해 새로운 정보를 얻게 된 메일이 그걸 털어내듯 고개를 흔든 다음 입을 열었다.

"부정하지는 않는군요."

"해서 뭐 할까요? 문 너머에 있긴 하지만 들은 놈이 함께 와 있는 마당에 말이에요. 흐응, 이런 경우를 생각을 했어야 하는데 그때는 하필 너무 기뻐서."

"……."

"저한테 그 얘길 들은 건 거튼 멀그므뿐이에요. 사실 그것도 실수였죠. 다른 때라면 그리 경솔하게 말을 흘리진 않았을 텐데, 그날이 하필이면 제가 마담한테 진 빌어먹을 빚을 다 갚은 날이었거든요. 내 최고의 날에 취향인 미남까지 낚아 놓고 나니 머리가 어떻게 됐던 거지."

엘리사는 그렇게 말하고선 고개를 확 꺾었다. 단순히 별을 보는 것 같기도, 뭔가를 떠올리는 것 같기도 했다. 이내 시선을 되돌린 그녀가 빙긋 웃었다.

"미안해요. 궁금한 건 그런 게 아닐 텐데. 알고 싶으신 걸 말씀드릴게요. 하지만 그 전에."

한 템포 쉰 엘리사가 말을 이었다.

"왜 그에 대해 알고 싶으신 건가요?"

이유를 요구한다. 거튼이라면 이때 어떻게 나왔을까. 건방지다며 노발대발 난리를 쳤겠지. 확실히 엘리사의 태도는 귀족을 앞에 둔 것치곤 지나치게 대담한 면이 있었다. 그러나 메일은 신분을 상기시켜 상대를 겁박하고 싶지는 않았다.

'그런 게 통하는 유형도 아니야.'

길지 않은 대화를 나누는 동안 파악했다. 엘리사는 본인이 내켜야만 움직이는 인물이었다. 동하지 않으면 목에 칼을 들이밀고 물어도 입을 열지 않을 것이다. 메일은 부디 골머리를 앓아야 하는 상황이 되지 않길 바라며 답을 꺼냈다.

"나는 누군가를 돕고 싶어요. 정확히는 구하고 싶죠. 그리고 그러기 위해선 엘리사가 알고 있는 내용이 필요해요."

"……."

"그게 전부예요."

메일은 내심 조마조마했다. 이건 그녀가 줄 수 있는 가장 솔직한 답이었다. 이걸 듣고도 엘리사가 비협조적으로 군다면 그때는 어쩔 수 없이 강압적인 방법을 써야 한다. 성공률은 둘째 치고 그건 역시 내키지 않았다.

다행히 엘리사는 메일의 대답이 마음에 든 것 같았다. 다홍색 눈을 약간 빠르게 깜박인 그녀가 한 걸음 움직여 간격을 좁혔다. 이어 도톰한 입술이 열렸다.

"재미있는 분이네요, 당신. 결코 낮은 신분으론 보이지 않는데 나를 존중해 주고 있잖아요. 사실 난 뺨을 맞을 것도 각오하고 물은 거였는데."

엘리사는 그리 말하곤 후후 웃었다. 동쪽 환락가 제일의 작부라는 미녀의 웃음은 꽤나 매력적이라 메일 또한 찰나 주의를 빼앗기고 말았을 정도였다.

염료로 물들인 어색한 흑발이 연풍을 타고 몇 가닥 날렸다. 엘리사는 그것을 한 손으로 그러모아 정돈하며 이야기의 서두를 뗐다.

"언제더라. 작년쯤인가. 예약도 없이 가게를 찾아왔는데 운 좋게 저를 지명했던 손님이 있었어요. 마침 예약자 쪽에 사정이 생겨 공교롭게도 제 일정에 공백이 생긴 날이었죠. 다시 생각해도 참 운이 좋아."

그녀는 기억을 더듬듯 손가락 끝으로 턱을 매만졌다. 그러고는 계속 말을 잇는다.

"머리부터 발끝까지 '나 귀족입네' 하던 양반이었어요. 외양은 평범했죠. 당연하지만 남자였고, 나이는 아마도 중년. 그리고 꽤나 초행인 티를 냈어요."

"……"

"가게도 가게지만, 특히 제국에 초행인 티가 심했죠."

"네?"

경청하던 메일이 반응했다. 유의미하면서도 당혹스러운 정보가 있었다. 잘못 들은 게 아님을 알려 주듯 엘리사가 단정적으로 말했다.

"제국 사람이 아니었어요. 그 귀족."

텔리야는 벽에 등을 붙이고 섰다. 바로 옆에 문을 두고 그러고 있으니 꼭 문지기 같았다. 그녀는 내친김에 테라스에 방음 마법도 걸어준 뒤 옆 사람을 불렀다.

"폐하."

문 좌측에 그녀. 우측에는 황제가 있었다. 거튼은 괜히 근처에서 알짱대다가 황제의 손에 명을 달리할까 봐 텔리야가 먼발치로 보냈다. 황제가 응수했다.

"호칭이 대담하군. 후작 부인."

"걱정 마세요. 이쪽에도 얇은 막을 둘러서 소리를 차단했거든요. 그런데 어떻게 엘리사를 그렇게 찾을 생각을 하셨어요?"

황제를 대하는 것치고 텔리야의 어투는 썩 허물없이 편안했다. 그도 그럴 게 어릴 때부터 친오빠인 반테르를 따라 그녀가 얼마나 자주 황제를 마주했던가.

결혼한 뒤로는 얼굴을 볼 일이 현저히 줄었지만 그 전까지만 하더라도 질릴 만치 꾸준했다. 황제와 텔리야는 막역하다면 막역한 사이였다.

황제는 시선은 주지 않으며 대답했다.

"자네가 3층이 예감이 좋았다고 하지 않았나. 틀렸을 리 없다고 생각했지."

"그래서 바로 그리로 올라가서 미남계를 쓰신 거예요?"

미남계. 퍽 말문이 막히는 단어였지만 틀린 표현은 아니었다. 황제는 당당하게 일행을 끌고 3층으로 올라가서는 잠시 혼자 떨어져 있겠다고 했다.

그러더니 갑자기 가발을 벗어 던지고는 매력 발산. 다들 처음에는 저게 뭐 하는 짓인가 어안이 벙벙했으나 정말로 엘리사가 자석에 달라붙듯 꼬이자 깜짝 놀라지 않을 수 없었다.

"……그래."

"엘리사가 먼저 접근하리란 건 어떻게 확신하셨어요?"

"거튼 멀그므란 머저리가 엘리사라는 여자와 인연이 있는 걸 자랑처럼 이야기하지 않았나. 눈치로 보아 손님으로 만났던 것 같지는 않더군. 사적인 만남이었다면 답은 훤하지. 그 멍청이가 가진 거라곤 얼굴뿐이니."

그를 통해 엘리사가 미남에 혹하는 성정이라는 걸 추측했단 소리다. 텔리야는 황제의 안목을 인정했다. 얼굴뿐인 멍청이라니. 잠깐만 보고도 완벽한 분석이었다.

"아무튼 기쁘네요. 제 감이 도움이 되었다는 얘기니까. 하기야 내가 다른 것도 아니고 미녀를 놓칠 리가 없지."

"……."

"그런데 말이에요, 폐하."

텔리야가 대화 주제를 바꿨다. 마법을 걸어 소리가 새어 나가지 않게 하고도 그녀는 은밀한 목소리로 물었다.

"안 혼나셨어요?"

"뭐?"

"나무 요정님한테 말예요. 누굴 가리키는 호칭인지는 당연히 아실 테니 부언하지 않을게요."

황제는 조금 기가 차서 눈을 돌렸다. 별걸 다 묻는다 싶었다. 그러다 곧 그녀에게 그럴 만한 자격이 있다는 것을 깨닫는다. 누구 덕분에 이곳에 왔는데, 참.

양심이 존재하는 황제가 순순히 대답했다.

"혼났네."

"어머나."

"자네가 알려 줬다는 것도 이미 불었어."

"엇, 그래요?"

텔리야는 황제와 함께 나타난 뒤로 저를 대하던 메일의 태도를 떠올렸다. 변화는 전혀 없었다. 책망하더라도 얌전히 들어야지 마음먹었건만 예상외인 일이었다.

"브로치를 만들어 달아드린 것 때문인가……."

"브로치?"

"밤을 꼬박 새워서 마법 용품을 하나 만들었거든요. 이쪽에서 위치 탐지가 되고, 그쪽에서는 신호를 보내는 게 가능한 걸로. 혹시 저랑 떨어져 계실 때 무슨 일이 생기면 안 되니까."

"……."

"그런데 신호는 결국 안 왔어요. 다행히 별일은 없었나 봐요."

있었지만 황제가 해결했다. 그는 굳이 메일에게 닥쳤던 위기에 대해 이야기하지 않았다. 언급은 고사하고 상상만 해도 꺼졌던 살심이 다시 솟구쳤기 때문이다. 그 개새끼, 역시 죽였어야 했나.

황제는 강제로 팔을 붙들렸을 때 메일의 안색이 하얗게 질리던 것을 기억했다.

가능하면 나서지 않고 그림자처럼 쫓아다닐 계획이었던 그가 이성을 잃고 끼어든 것은 그래서였다. 아랫입술을 사리물던 얼굴에선 미약하지만 분명 공포심이 읽혔다.

그는 조금 머뭇거리다 입을 열었다.

"텔리야."

"말씀하세요."

"……최근에 있었던 공개 처형, 알고 있을 거라고 생각하는데."

조용히 목이 잘린 거면 몰라도 공개 처형이라면 근래 한 건뿐이었다.

정신 나간 간택전 후보와 더 정신 나간 별궁 병사가 함께 저질렀던 미친 짓 콜라보. 피해자는 메일이었다. 두말하면 입 아프게 기억하고 있던 텔리야가 눈살을 찌푸렸다.

"당연하죠. 지금 생각하면 그걸 구경 갔어야 하는데."

"후유증은…… 결국 남을 수밖에 없는 건가?"

황제는 답답했다. 그 답답함은 일종의 무력감과 닿아 있었다. 범인을 잡고, 치죄하고, 그는 제게 허락된 모든 것을 다했으나 이미 일어난 일을 없던 것으로 되돌리는 일만은 할 수 없었다. 실은 그것이 가장 간절한데 말이다.

텔리야는 황제가 뭘 말하고 싶은지 알아들었다. 보통 공포를 동반한 외상은 정신적 트라우마를 남긴다. 소중한 사람이 그런 일로 괴로워하는 건 지켜보는 사람에게도 고통이 되게 마련이었다. 그녀는 고심하다 입술을 뗐다.

"많이 심해요? 밤중에 악몽을 꾸다 깰 만큼?"

"그건…… 모른다만."

"괜찮으실 거예요. 지금은 아니더라도 아마 금방 좋아지시겠죠. 그만큼 강한 분 같았으니까. 더구나 범인이 잡혔잖아요? 가해자가 죗값을 치르는 건 생각보다 피해자에게 큰 위안이 되거든요."

반대로 그러지 못했을 경우에는 속이 썩어 문드러진다. 말 그대로 죽어서도 눈을 감지 못할, 가장 억울한 경우였다.

텔리야는 그래서 인성이 덜된 권력자를 별로 좋아하지 않았다. 그들은 수많은 이의 가슴에 구멍을 뚫어 놓을 수 있는 작자들이었다.

황제는 텔리야의 말에 서린 긍정적인 확신에 약간이나마 마음을 놓은 듯했다. 그런가. 중얼거리는 목소리가 전보다는 평온했다.

"그나저나 혼나셨다면서요. 많이 혼나셨어요? 제가 기껏 오라버니를 통해 귀띔해 드린 보람은 있었나 모르겠네."

"그건……."

대화의 주제가 밝은 것으로 회귀하려 했다. 그때 테라스의 문이 열렸다. 텔리야와 황제가 누가 먼저랄 것 없이 시선을 주었다. 문을 열고 나온 메일은 두 사람이 생각보다 가까이에 있었던 모양인지 깜짝 놀랐다.

텔리야가 먼저 말을 걸었다.

"목적하신 건 잘되셨어요?"

메일은 바로 대답하지 않았다. 그녀는 엘리사에게 들은 내용을 떠올렸다.

"술에 잔뜩 취해 있었어요. 자기가 뭘 지껄이는지도 잘 인식하지 못하는 상태였죠. 그런 와중에도 나를 안아 보겠다고 눈은 또 벌게져서. 혹시 아시나요? 전 돈을 준다고 아무하고나 자진 않거든요."

과거의 언젠가를 회상하는 엘리사의 얼굴은 별다른 감응 없이 무감했다. 대단히 강렬한 기억은 못 되었다고 덧붙이면서도 그녀는 제법 세세하게 그날을 설명해 주었다.

"면전에 대고 속삭여 줬죠. 나와 자고 싶으면 돈 말고 다른 게 있어야 한다고. 뭔가 마음이 동할 만한 걸 꺼내 보라고 말이에요. 그랬더니 어지간히 몸이 달았던 모양이죠. 가진 보석을 다 끄집어내도 내가 시큰둥하자 그는 결국 입을 열었어요."

엘리사는 말하다 우스웠는지 중간에 잠깐 입을 가리고 웃었다. 멀쩡한 상태였다면 그 귀족이 아무리 멍청했더라도 그런 이야길 화대 삼아 꺼내진 않았을 것이다.

하나 이성을 흐리는 술, 절로 본능이 앞서게 하는 유혹적인 미녀. 판단력이 사라진 귀족은 기억하지 못할 실수를 했다.

"혹할 만한 이야길 해주겠다고 하더라고요. 황제의 비밀에 대해 알고 있느냐고. 그는 사실 병든 사람이라고 말이죠. 시작부터 개소리 같았지만, 또 나름 흥미롭긴 했어요. 그래서 조금 경청하는 티를 내 주었더니 신나서 술술 늘어놓기 시작하더군요."

"……."

"황제의 생모가 어떻게 죽었는지 아느냐. 산고 후유증으로 사망했다고 알고 있겠지만, 그건 사실과 다르다. 그녀는 황제가 일곱 살은 되었을 때 숨을 거뒀다. 그럼에도 황제는 그것을 기억하지 못하고 있다."

"……."

"그 밖에도 뭐라 주절주절하긴 했지만 그때부턴 발음이 너무 심하게 뭉개져서 알아듣기가 힘들었어요. 사투리도 심했고요."

"사투리요?"

"사투리라고 해야 하나, 음…… 어쨌든 특정한 곳에 사는 사람들만 사용하는 독특한 억양 같은 건데. 사실 그 귀족도 제가 그걸 알 거라곤 생각 못 했을 거예요. 일부러 그 나라 사람인 걸 감추려고 복식도 완전히 제국의 것으로 차려입고 있었고. 다만 그치가 몰랐던 게 있다면 우리 가게에 그 나라에서 살다가 이민 온 작부가 한 명 있었다는 거죠."

엘리사는 이어 말했다. 확언이나 다름없었다.

"그 귀족, 에시스 왕국 사람이었어요."

"후작 부인."
메일은 저도 모르게 상대를 불렀다가 자기가 놀라 입을 가렸다. 가명으로 호칭해야 한단 사실을 순간 잊을 정도로 정신을 한군데 팔고 있었다. 당황하는 메일을 향해 텔리야가 괜찮다는 의미로 씩 웃어보였다.

"마법으로 방음막을 쳐 놨어요. 아직 해제 안 했고요."

"……아."

"그런데 전 왜 부르신 건가요?"

텔리야가 똘망똘망한 눈으로 메일을 응시했다. 제게 해선 안 되는 말 같은 건 없으니 무엇이든 얘기하거나 물으라는 표정이었다. 과할 만큼 호의가 가득한 눈빛에 메일이 약간 어색하게 웃은 뒤 입을 열었다.

"혹시 에시스 왕국에 대해 아시는 게 있나요? 제국과의 관계라든가, 뭐든."

메일은 에시스 왕국을 알지 못했다. 최소한 모국인 벨티에 왕국과는 교류가 없는 나라였다. 그러나 이상하게 기시감이 들었다. 꼭 전에 어디선가 들어본 것 같은.

"에시스 왕국?"

텔리야가 눈을 깜박였다. 진한 회색 눈동자가 눈꺼풀의 움직임에 따라 드러났다 사라진다. 곧 그녀가 수월하게 대답했다.

"그럼요. 전 비전하, 그러니까 첫 번째 대비 전하의 모국인걸요. 여전히 국교를 맺고 있어서 매해 사절단을 보내기도 하는 곳이에요. 그런데 에시스 왕국은 왜?"

텔리야의 대답에는 왜 갑자기 그런 걸 묻느냐는 의문이 따라붙었다. 하지만 메일은 들리지 않았다. 그녀는 순간 힘이 빠져 가까이 있던 문고리를 잡고 지탱했다.

"그럴 수밖에요. 첫 번째 대비의 외척인 에시스 왕가가 워낙 막강하기도 했고, 그 본인의 성격도 썩……."

답을 듣자마자 떠오른 목소리가 머릿속에서 어지럽게 울렸다. 분명 생경한 이름인데 어디서 들어 보았나 했더니, 그랬다. 본궁의 축하연에서 처음 만났을 때 거튼이 실컷 늘어놓은 얘기 중 그런 언급이 있었다. 메일은 엄습하는 잔혹한 가정에 입을 틀어막았다.

"세 번째 대비가 죽게 된 건……."

황궁은 세 번째 대비의 사망을 은폐했다. 사실을 감추고 거짓을 알렸다. 그렇다면 그 진상을 에시스 왕국에서는 어떻게 알고 있나.

너무 우스운 질문이었다. 어떤 식으로든 세 번째 대비의 죽음에 첫 번째 대비가 관련되어 있다는 얘기밖에 더 될까.

메일은 문득 전에 읽었던 어떤 이야기책을 떠올렸다. 왜 이 순간 생각나는지 모를 일이었다.

제목이 뭐였지, 공주님의 눈물이었나? 책은 동화 같던 도입부와는 달리 비극을 담고 있었다. 질투에 미친 왕비. 그런 왕비의 손에 살해당한 후비. 후비가 죽던 날은 그녀의 어린 딸인 공주의 생일이었다.

"메일."

메일의 안색이 좋지 않은 걸 알아챈 황제가 다가와 그녀를 부축했다. 메일은 문고리를 놓고 황제에게 몸을 기댔다. 걱정으로 그의 표정이 뻣뻣하게 굳었다.

"어디 안 좋은 건……."

"폐하. 혹 일곱 살 때의 기억이 있으신가요?"

질문은 맥락 없이 갑작스러웠다. 적어도 듣는 이에겐 그랬다. 황당할 만도 한데 황제는 그를 지적하는 대신 순순히 답을 주었다.

"……일곱 살 때라면, 아니. 그때의 기억은 딱히 떠오르는 것이 없군."

"어머니에 대한 기억은요?"

"그건…… 없을 수밖에. 어머니는 내가 태어난 직후 돌아가셨으니까."

메일은 황제에게 기댄 채로 숨을 골랐다. 질문은 남아 있었으나 바로 내뱉기가 쉽지 않았다. 그녀는 길지 않은 침묵을 흘려보낸 후 입술을 뗐다.

"……선황 폐하에 대한 것은요?"

선황. 즉 황제의 아버지. 그는 십 년 전 작고한 인물이었다. 선황은 당시 황태자였던 아들이 장성하여 성년식을 일 년쯤 앞두었을 때 병상에서 숨을 거뒀다.

십 년은 강산을 변화시킬 수는 있어도 기억이 바래기에는 부족한 시간이었다. 황제는 친부에 대한 기억이 선명했다.

"좋은 분이셨지. 인자하셨고. 늘 내게 많은 것을 해주고 싶어 하셨던 기억이 나는군. 돌아가시기 직전에는…… 왜였을까. 무슨 연유에선지 내게 사과를 하셨지만."

많은 장면이 선연했지만 그중 가장 뚜렷한 것은 바로 부친의 마지막 순간이었다. 병상에 누운 지 꼬박 반년이 되던 날. 궁의는 오늘을 넘기기 힘들 거라 진단했고 황제 또한 그것을 직감했다. 그는 그날 종일 아버지의 곁을 지켰다. 그리고 어스름한 새벽.

"……미안하다."

선황은 마지막 말을 남겼다. 그러곤 숨을 거뒀다.

황제는 아직도 그 말의 의미를 알 수 없었다. 선황은 그에게 좋은 아버지였다. 냉대하지도, 무심하지도 않았으며 오히려 따뜻했다.

선황의 뜻 아래 황제는 어릴 때부터 반테르와 친분을 쌓고, 제왕학을 배웠으며 검을 수련했다. 그는 받은 것이 많았다. 한데 무엇이 부족했다고 마지막 가는 길에 다른 것도 아니고 사과를 남겼나.

황제는 그저 막연히 짐작했다. 그건 사람이 죽기 전에 울컥 치밀어오르는 일종의 정체 모를 회한 같은 것이 아니었을까 하고. 별달리 특별한 의미가 담겨 있지는 않은, 그런.

그러나 메일의 감상은 그와 달랐다. 황제는 이유를 모르겠다고 했지만 메일은 선황이 왜 그랬는지 알 것 같았다.

'죄책감.'

생전 뭐든 부족하지 않게 해주려 한 것도, 그랬으면서 눈을 감던 순간에는 사과를 남긴 것도. 그가 정말로 세 번째 대비의 죽음을 은폐했다면 그건 너무나 당연한 행동이었다. 사람이라면 최소한 그 정도의 죄책감은 느꼈어야 옳지 않나. 그와 그녀의 아이에게.

메일은 황제의 품에 이마를 묻었다. 가슴이 먹먹했다. 이제야 어렴풋이 윤곽을 그리기 시작한 비극은 여전히 막연하고 추상적이었으나, 그럼에도 무겁게 가슴을 죄어 왔다.

그건 하필 그 불행의 주인공이 황제라서 맞을 것이다. 눈을 누르듯 감았다 뜬 메일이 알게 된 사실을 정리했다.

엘리사의 말은 전부 실담일 것을 전제로 두었다. 그건 꼭 그녀의 눈빛이나 태도가 진솔했기 때문은 아니었다. 그 이야길 믿지 않고서는 아무것도 진행할 수 없기 때문이다. 메일은 그 내용을 바탕으로 비극의 실체를 구성했다.

우선 선황은 황후와 사별한 뒤 세 명의 비를 들였다. 그중 에시스 왕국 출신인 첫 번째 비가 가장 지닌 위세가 높았으며, 성정이 포악한 편이라 나머지 비를 가만 두지 않았다.

두 번째 비는 입궁 후 몇 년이 지나 스스로 비의 자리를 내려놓은 뒤 황궁을 떠났고, 세 번째 비는 그보다는 더 버텼으나 결국 황제가 일곱 살이 되던 해 죽고 말았다.

선황은 그녀의 죽음을 덮었다. 진상은 가려지고 세 번째 대비의 사망은 산고로 인한 것으로 탈바꿈되었다.

무려 7년이나 되는 시기를 날조하는 건 쉽지 않은 일이었을 텐데도 선황은 그것을 택했다. 그건 아마도 모친의 죽음을 겪은 일곱 살짜리 아이가 어미에 대한 기억을 통째로 잃었기 때문에.

메일은 몸에 힘을 빼고 저를 지탱한 품에 완전히 기댔다. 불행의 무게가 벅찼다. 그녀가 가정한 실체가 단순한 망상이 아니라면 지금 황제는 극심한 트라우마를 안고 있다는 말이 된다. 악의적으로 건드렸다간 어떤 결과를 불러들일지 두려울 만큼 지독한.

황제는 메일이 제게 온전히 기대자 흠칫 놀랐다가 이내 그녀를 조심스레 안아 들었다. 아프냐고 묻는 것에 메일은 고개를 저었다. 안긴 채로 메일은 질문을 꺼냈다. 마지막 확인이나 다름없는.

"폐하, 혹시 악몽 같은 걸…… 꾸신 적 있나요? 한두 번 말고 꾸준히요. 그런데 이상하게 깨고 나서는 기억나지 않는."

"그걸 동반하는 불면증이라면 꽤 오래됐지."

황제는 구태여 감추지 않았다. 어차피 그와 오래 세월을 함께한 이라면 전부 알고 있는 사실이었다.

그는 간혹 불규칙적으로 찾아오는 원인 모를 불면증에 시달렸다. 그런 날에는 억지로 잠을 청했다간 메일의 말처럼 기억나지 않는 악몽을 꿨다. 깨어난 이후 의식에 남는 것이라곤 그저 끝없이 괴로웠다는 감각 외엔 전무했다.

메일은 그것을 듣고 확신했다. 엘리사에게 말을 떠벌린 에시스 왕국 귀족이 황제를 병든 사람이라고 지칭했던 건 그래서였다. 황제에게는 정말로 트라우마가 있었다. 그것도 의식의 기저 아래를 담당하는 깊은 무의식 속에.

'그걸 건드리려는 거라면.'

메일은 심장이 빠르게 뛰었다. 곪아서 썩어 가는 상처는 본인이 그 존재를 모를수록 더 위험했다. 모르기 때문에 타인이 그 상처를 노려도 막을 수 없었다. 어떻게 헤집어서 어떤 식으로 무너뜨려도.

'……지금 제국에서 이 사실을 전부 아는 사람이 누가 있지?'

은폐된 대비의 죽음. 황제의 오래된 불면증. 두 가지를 전부 아는 사람이라면 그 둘을 연관 짓는 것이 그리 어렵지 않을 것이다. 물론 그것만으로 용의 선상에 올리기엔 턱없이 부족하고 모호한 것이 사실이었다.

다른 방법은…….

"폐하."

"이야기해. 안색이 계속 좋지 않은데 정말 아픈 것이 아닌가?"

"아뇨, 괜찮아요. 그냥 조금…… 피곤해서요. 그보다 부탁드릴 게 있어요."

황제를 노리는 흉수는 실재한다. 그걸 전제로 두고 메일은 제가 할 수 있는 최선을 찾았다.

"만나고 싶은 사람들이 있어요."

선황은 멍청한 사람이 아니었다. 감추고자 하는 내막을 아는 사람을 황궁과 제도에 그대로 두지는 않았을 것이다.

전부 죽여서 입을 막을 수는 없었을 테니 먼 곳으로 유배를 보내거나 은퇴시키는 방식을 택했겠지. 메일은 지금부터 그들을 한 명씩 만나 볼 생각이었다.

은밀히? 아니, 눈에 띄게. 행각을 감추더라도 필히 어설프게.

"장소는 어디든 괜찮아요. 자리를 만들어주실 수 있을까요?"

그럼 분명히 저를 가만두지 않으려는 자가 나타날 테니까.

메일은 스스로를 낚싯바늘에 매달았다. 이게 지금으로선 흉수를 끌어낼 유일한 수단이었다. 부디 원하는 상대가 물어주기를. 그녀는 복잡한 눈빛을 하고서도 결코 제 청을 거절하지 않는 황제를 보며 문득 엘리사의 작별 인사를 떠올렸다.

"다음에 언젠가 나를 또 찾아와 줘요. 내킨다면 말이에요. 와서 구하고 싶다던 상대를 얼마나 멋지게 구했는지 영웅담을 들려주세요."

엘리사는 매력적인 사람이었다. 왜 그녀를 찾는 사람이 그렇게 많은지, 거튼이 알려준 이유를 제외하고도 알 것 같을 정도로 말이다.

메일은 은근한 혼란이 읽히는 황제의 황금색 눈동자를 응시했다. 금가루를 개어 풀어놓은 호수를 보듯 그의 금안은 깊고 맑았다. 내 것이 아님에도 결코 바래는 걸 가만 지켜볼 수 없다는 건 이런 기분일까.

"반."

메일은 읊조리듯 소리 냈다. 이 이름을 부를 수 있는 날이 얼마나 더 남았는지는 모른다. 그렇지만 지키고 싶었다. 손을 놓더라도 이 사람을 모든 위험에서 구해낸 뒤, 그러고 나서야 놓을 것이다.

"돌아가요, 이제. 황성으로."

나라를 지키러 제국에 온 용사는 그렇게 본분을 잊고 다른 것을 지키겠노라 결심했다. 하지만 불가항력이었다.

메일은 눈을 감고 고개를 기댔다. 저를 지탱하는 손길은 잔뜩 긴장해 굳어 있으면서도 또 유리를 옮기듯 조심스러워, 가슴께를 온기로 간지럽혔다.

"각하."

이마가 반들거리는 중년 귀족이 경망스럽게 웃었다. 긴 머리를 하나로 묶어 정돈한 장신의 남자가 시선을 주자 귀족이 말을 이었다.

"올해에도 제국 탄신연에 참석합니까? 축하 사절단을 꾸리는가요?"

"관심이 과하군."

"그렇지만 작년에, 어후, 왜 진작 파견을 자원하지 않았나 후회가 마구 들었지 뭡니까. 땅이 넓어서 그런가? 고작 작부 주제에. 흐흐."

장발의 남자가 이맛살을 찌푸렸다. 시키는 일이라면 뭐든 하는 충견다운 태도는 좋은데, 간혹 여색에 관련해선 저리 추잡한 모습을 보이는 것이 이만 심복을 갈아 치워야 하나 고민이 될 정도였다. 남자는 쯧, 혀를 찼다.

"잘도 그런 한가한 짓을 하고 돌아다녔군."

"크흠. 하, 하루뿐이었는 것을요."

"뭐, 아무튼 올해 탄신연이라면……."

남자는 느긋한 손길로 찻잔을 들었다. 그러곤 향을 맡은 뒤 바로 손짓하여 사람을 부른다. 사용인은 급히 다가와 꾸벅 고개를 숙인 뒤 잔을 수거해 갔다.

잠시 후 새로 나온 차를 한 모금 음미한 남자가 그제야 마음에 든 듯 빙긋 웃으며 말했다.

"가야지. 태평하게 그런 게 열린다면 말이지만."

"예?"

중년 귀족은 알아듣지 못한 눈치였으나 남자는 부연해 주지 않았다. 창밖으로 석양이 졌다. 한 모금만 마신 찻잔을 멀찍이 치워 놓은 남자가 나른하게 그것을 응시했다. 에시스 왕국의 낮이 저물고 있었다.

10
드러나는

해가 중천이었다. 메일은 리엘라와 비슷한 때에 기상했다. 본인의 기상 시간에 본인이 놀란 메일이 당황해서 시계를 세 번쯤 확인했다.

"흐아암. 메일, 언제 왔어? 일어나니까 생겨 있네."

몇 초 차이로 침상에서 몸을 일으킨 리엘라가 눈을 비볐다. 메일은 얼른 줄을 당겨 시녀가 세숫물을 가져오도록 했다. 얼결에 공주님과 함께 아침 세안을 하며 메일이 전날 밤을 떠올렸다.

"피곤하다고 하지 않았나."

메일은 마차를 타겠다고 했으나 황제는 고개를 저었다. 그는 강경했다. 피곤한 몸으로 마차를 달리기에는 먼 거리라는 것이 그의 주장이었다. 메일은 당연히 황당해졌다. 몇 날 며칠도 아니고 고작 몇 시간이었다.

"저는 정말 괜찮은……."

"텔리야. 동쪽 마탑 지부가 여기서 얼마나 떨어져 있지?"

"멀진 않아요."

"마법사를 좀 사야겠어. 서넛이면 일회용 워프 게이트를 만드는 데 충분한가?"

마법사는 고급 인력이다. 그것도 마탑에 소속될 정도라면 고급을 넘어 최고급쯤 된다. 순간 아찔해진 메일이 그래도 텔리야에게 기대를 걸었다. 그녀라면 말려 주겠지. 그러나 텔리야는 한술 더 떴다.

"신속과 안전을 보장하려면 다섯쯤 되어야죠. 게이트 이용자가 어지러움을 느끼지 않으려면 섬세한 마나 컨트롤도 필요한데…… 아, 내친 김에 마탑주한테 연락을 해볼까요?"

"좋은 생각이군."

"안 좋아요!"

결국 끝없는 승강이 끝에 메일은 겨우겨우 마차를 탈 수 있었다. 황제는 대단히 불만스러운 기색이었지만 계속 이러면 전처럼 눈도 안 마주치겠단 메일의 협박에 어쩔 수 없이 고집을 꺾었다.

풀 죽은 황제의 모습은 제법 귀한 구경거리였다. 텔리야는 그때 마법구로 영상을 찍어 황제를 두고두고 놀려 먹고 싶은 충동을 간신히 참았다.

참고로 거튼은 버려졌다.

"꽤 피곤한 상태로 도착하기는 했지……."

회상하며 메일이 중얼거렸다. 밤늦게 성문을 통과한 마차는 그녀를 조용히 내성에 내려 주었다. 텔리야는 브로치를 회수하지는 않고 걸어 놓은 마법만 해제했다. 평범한 선물이 된 브로치는 모양이 예뻐 일반 장식용으로도 썩 나쁘지 않았다.

메일은 그것을 함에 담아 두었다. 왕국으로 돌아갈 때 잊지 않고 가지고 갈 생각이었다. 그건 당장은 꺼내 보기 힘들어도 나중엔 그저 웃으면서 추억할 만한 매개가 되어줄 것이다. 언젠가는.

세안을 마치고 리엘라는 늘어져라 기지개를 켰다. 침의로 갈아입지도 않고 침대에 도로 발랑 눕는다. 그 상태로 눈을 깜박이다 리엘라가 문득 생각났다는 듯 입을 열었다.

"메일."

"필요하신 거 있으세요?"

"아니. 있잖아, 나 이제 안 심심해."

뭘 요구하려나 했더니 리엘라는 대뜸 그렇게 말했다. 메일은 피로를 풀어줄 목욕물을 받다 말고 리엘라를 쳐다보았다. 뭐랄까, 일단 선언자체는 달가운 내용이기는 한데.

"갑자기 그런 말씀을?"

"어제 산책을 나갔다가 반테르를 만났는데."

리엘라가 누운 채로 서두를 뗐다. 그녀는 요새 산책을 제법 자주 다니고 있었다. 물론 혼자서는 아니고 매번 경호 겸 안내원으로 로즈를 대동하기는 하지만, 주인도 안내원도 사이좋게 길치이니 둘이 함께 나갔다가 용케 귀환하는 것이 매번 대견한 외출이었다.

메일은 제가 몰랐을 뿐 리엘라가 원래 나들이를 좋아하는 성격이었나 생각하다 문득 이상한 점을 발견했다.

"……반테르?"

잘못 들은 줄 알았다. 그러나 그게 아닌 모양이다. 리엘라는 정정해주지 않고 말을 이었다.

"돌아다니다 보니까 복도에 갑자기 걔가 있더라?"

"……반테르 경이요?"

"응."

길을 잃고 헤매다가 본궁까지 갔다는 소리였다. 아니, 그보다 언제 이름으로 부르게 된 거야. 메일은 어지간하면 리엘라의 이야길 중간에 끊지 않는 편이었지만 그건 도저히 물어보지 않을 수가 없었다.

"공주님, 그, 반테르 경을 이름으로 부르시네요? 어제까지만 해도 가짜 운명의 상대라고 지칭하셨잖아요."

"걔가 이름으로 부르라고 해서."

"네?"

혼란이 가중되었다. 혼돈에 빠진 메일이 결국 로즈의 도움을 구했다. 호출을 받고 날아온 로즈가 익숙하게 설명의 막을 올렸다.

"그건 바야흐로 어제 오후였습니다."

세 시쯤 메일이 떠나고 한 시간 정도 시간이 흘렀을 때였다. 로맨스 소설을 읽던 리엘라가 질렸는지 대뜸 외출할 준비를 했다.

드레스와 장신구를 골라 줄 메일이 없었기에 리엘라는 여상하게 예의 ……(생략)…… 한 모습이 되었다. 참고로 로즈의 미적 감각은 전사의 수준에 그쳐 있어서 기대할 것이 못 되었다.

그렇게 화려하고 화려하며 화려해진 리엘라는 그 상태로 로즈를 대동하고 처소를 나섰다.

길치의 산책에 공통점이 존재한다면 그건 목적지가 없다는 점일 것이다. 있어도 대체로 도착하지 못하니 처음부터 없앤다. 리엘라와 로즈는 행선지 없이 막무가내로 걸었고 그러다 본의 아니게 본궁에 도착했다.

본궁의 경비병은 공주의 출입을 막지 않았다. 간택전 후보의 자격으로 자유롭게 돌아다닐 수 있는 곳이 본궁 안에도 몇 군데 되었다.

리엘라는 본궁에 들어와서도 여전히 발 가는 대로 활보했는데, 그러던 와중 마침 퇴근하던 반테르와 마주쳤다.

"공주님."

"어? 가짜 운명의 상대."

진부하게 모퉁이를 돌다 맞닥뜨린 둘은 얼굴을 보자마자 서로 한마디씩 건넸다.

그리고 반테르는 이내 침묵했다. 가짜 운명의 상대라니. 우연히 마주친 것도 괜찮고 아는 척을 해주는 것도 다 좋은데 호칭에 심상찮은 문제가 있었다.

반테르는 리엘라가 제 이름을 모르고—들었으나 까먹고—있을 가능성이 농후하다는 냉철한 판단을 내렸다. 물론 정답이다. 그는 다시 자기소개를 입에 올렸다.

"제 이름은 반테르 폰 모하임입니다. 반테르라고 불러 주시면 됩니다."

격식을 따지려면 모하임 공자, 혹은 모하임 경 쪽이 보다 적합한 호칭이겠으나 반테르는 리엘라를 잘 알았다.

어찌어찌 가문의 명으로 칭해 달라는 요청이 먹히더라도 '야, 모하임' 이렇게나 부를 것이 눈에 훤했다. 그건 그 혼자만 골치 아파지는 호칭이 아니었으니 차라리 이름을 불리는 편이 나았다.

리엘라는 반테르의 말에 고개를 끄덕거렸다.

"응."

그러나 성의는 없었다. 반테르는 리엘라가 대답만 저렇게 하고 뒤돌자마자 도로 까먹을 거란 의심을 지울 수 없었다. 일리 있는 의심이었다.

다음에 마주칠 때는 장소가 이런 한적한 복도가 아니라 사람이 바글거리는 연회장일 수도 있다. 그리 듣는 귀가 수다한 곳에서도 가짜 운명의 상대라고 불렸다간 곤란해질 게 뻔한 일이었다. 반테르가 단호하게 말했다.

"따라 해보세요."

"응?"

"반테르."

"……?"

"어서 따라 해보세요. 반테르."

"반테르."

상대의 단호한 말투와 표정에 리엘라가 얼결에 얌전히 따라 했다. 반테르가 기특하다는 듯 활짝 웃었다.

"좋습니다. 앞으로도 그렇게 불러 주세요."

"……라는 일이 있었습니다."

설명이 끝났다. 메일은 우선 박수를 쳤다. 로즈의 솜씨가 얼마나 좋은지 단순히 말로 전달받은 게 아니라 마치 재연극을 본 것 같았다. 선감탄 후 메일이 감상을 꺼냈다.

"모하임 공자께선 공주님과 알게 되신 지 얼마 안 되셨죠?"

"그렇습니다."

"그런데도 정말 놀라울 만큼 공주님을 꿰고 계시네요."

"저도 동감입니다."

메일은 정원에서 반테르와 처음 마주쳤을 때를 떠올렸다. 확실히 그때부터 인상이 남다르기는 했다.

리엘라의 행동과 언사에 바람처럼 빠르게 적응한 것도 그렇고, 무엇보다 초면이면서 공주님을 능숙하게 잘 다루지 않나. 그건 역시 다시 생각해도 평범한 일은 아니었다.

'내공이 높은가?'

문득 든 생각에 메일이 옳다구나 납득했다. 그러고 보니 상대는 그(?) 텔리야와 이십 년이 넘게 부대낀 경력이 있다. 그만한 내력이라면 우리 공주님 정도야.

팔은 안으로 굽는다고 메일은 요즘 리엘라가 그렇게까지 유별난 편은 아니라고 생각하는 중이었다.

덜 유별난 리엘라가 말했다.

"반테르랑 놀면 안 심심해."

"노셨어요?"

"어제 그렇게 만난 뒤로 산책을 같이 하셨습니다."

반테르는 그때 퇴근길이었다. 즉 다음 일정이 없다는 뜻이었으며 다시 말해 리엘라의 길 안내 요구를 거절할 명분이 없었다는 의미이기도 했다.

그러나 굳이 제의—명령이나 다름없었지만—를 받지 않았더라도 반테르는 알아서 안내원을 자처했을 것이다. 해가 떨어지고 있었으니까.

"덕분에 산책이 조금 길어졌습니다. 본래는 어두워지면 위험하니 바로 귀환할 생각이었는데 모하임 공자께서 안전을 담보해 주셨으니까요. 공주님께선 저녁 산책을 꽤 마음에 들어 하셨습니다만."

"맞아. 재미있던데?"

리엘라가 기다렸다는 듯 거들었다. 메일은 그 모습에서 리엘라가 아까 하려던 말이 뭐였는지 짐작할 수 있었다.

해가 진 후에 한 산책이 퍽 즐거웠다는 감상을 꺼내 놓고 싶었던 거구나. 하기야 국왕은 하나뿐인 공주를 금이야 옥이야 키웠으니 목적지 없는 밤 나들이는 이번이 처음이었을 것이다. 알고 나니 보였다. 리엘라는 약간 상기된 기색이었다.

"산책으로 어딜 다녀오셨는데요?"

"작은 숲."

"숲이요?"

"본궁 뒤편에 정원이 조성되어 있었습니다. 제가 그간 봐 온 산책용 정원보다는 비교적 덜 다듬어진 느낌이었는데, 아마 일부러 그렇게 둔 것 같았습니다."

나무와 풀의 키가 들쑥날쑥했다. 여태 봐 온 산책용 정원에선 있을 수 없던 일이었다.

로즈는 마치 개인 정원을 넓게 확장시켜 놓은 것 같은 모습이었다고 묘사하면서, 또 가운데의 분수대는 몹시 섬세하고 세밀하게 조각되어 있어 인상적이었다고 덧붙였다. 리엘라가 옆에서 동의하듯 연신 끄덕거렸다.

메일은 덕분에 실없이 웃음이 터졌다. 아무리 손이 덜 간 모습이었다지만 정원을 작은 숲이라 표현한 것도, 로즈의 설명에 고갯짓으로 열심히 맞장구를 치는 모양새도 마냥 귀여웠다. 언제 이만큼 정이 들었지. 정들더니 콩깍지도 두꺼워졌다.

"운명의 상대가 좋은 사람이면 좋겠어요."

"갑자기 무슨 말씀이십니까?"

"그냥요. 괜히 그런 생각이 드네. 제 콩깍지보다 다섯 배는 두꺼운 게 쓰여서 공주님의 행동, 말 하나하나 전부 사랑스럽게 여기는 그런 사람과 만나시면 좋을 텐데."

그러지 않고서야 안심이 되지 않을 것이다. 메일은 의자 등받이에 양팔을 얹은 채로 리엘라를 빤히 바라보다, 문득 제가 무슨 걱정을 하고 있는지를 깨닫곤 아연하게 팔에 이마를 묻었다. 배우자 걱정이라니. 이게 웬 피붙이나 할 법한.

'……아니, 그래도 역시 염려가 된단 말이지.'

메일은 슬그머니 눈을 들었다. 정말 좋은 사람이 데려갔으면 좋겠다. 진심이었다.

뇌 청순 공주님 때문에 나라가 망하겠다고 한탄했던 것은 이제 까마득한 옛날 일 같았다.

"대련 한판 하지."

출근하자마자 몸을 쓰게 생겼다. 어제의 이른 퇴근은 오늘 이 아침 대련의 추진력을 얻기 위해서였나 보다. 반테르는 불평을 삼키고 상관을 따라나섰다.

"회의 없으십니까?"

"없어. 라이피즈 폰 일니스 공작이 앓아누워서 내일로 미뤘네."

"아아, 그 인생이 병인 공작 각하…… . 이번엔 얼마 만에 누우신 겁니까?"

"사흘."

"오래 건강하셨군요."

"꽤 버텼지."

연무장은 멀지 않았다. 기사단이 아침 훈련을 하기에도 조금 이른 시각이라 너른 공간이 텅 비어 한산했다. 반테르가 익숙하게 준비운동을 하며 물었다.

"어제 가셨던 일이 잘 안 되셨습니까?"

정말 잘 안 됐으면 어쩌려고 막 던진다. 그건 사실 눈 뜨자마자 대련으로 혹사당하게 생긴 반테르 경의 소심한 반항도 일부 섞여 있었다.

황제는 적당한 대련용 목검을 두 개 골라 하나를 반테르 쪽으로 던지며 대답했다.

"글쎄, 어떨까."

"전 퀴즈에 약한 사람입니다."

"딱히 맞혀 보라는 건 아니고."

황제는 천천히 몸을 풀었다. 움직임이 묘하게 느린 것이 생각에 빠져서 그런 듯했다. 잠시 후 그가 입을 열었다.

"경은 일곱 살 때의 기억이 있나?"

"예? 일곱 살?"

반테르는 뜬금없는 질문에 눈을 조금 크게 떴다. 일곱 살이라니. 그때를 상기하려면 지금보다 스무 해나 거슬러 올라가야 한다. 나이가 마흔쯤 된 것도 아닌데 이십 년은 너무 긴 세월이었다. 그는 목검을 설렁쥐고 기억을 더듬었다.

"어렴풋하게는…… 하지만 그건 기억이라기보단 추론에 가까울 것 같습니다. 아마 내가 그때 그랬지, 이런 식의."

강렬한 사건이 있었다면 생생히 떠올리지 못할 것도 없겠지만 반테르의 유년기는 애석하달지 다행이랄지 평이했다.

아, 작달막해서는 졸졸 따라다니던 텔리야를 신기하게 여겼던 기억은 있다. 반테르는 그걸 덧붙였다.

"텔리야가 지금보다 사람스러운 동생이었던 건 생각이 납니다. 사랑스러운 것 말고, 사람."

"나와 경이 처음 만났을 때가 언제였지?"

"그건 여덟 살 때죠."

"그래, 그랬지. 경의 이마가 깨졌던 게 기억이 나는군."

"어디 저만 깨졌습니까?"

황제와 반테르는 여덟 살에 처음 만났다. 황제의 주선으로 상면한 동년배의 남자애 둘은 만나자마자 인사 대신 대련으로 서로의 이마를 깨놓았다.

물론 아무리 동의하에 펼친 결전이라지만 황태자와 공작 자제의 이마가 같을 리 없다. 반테르는 그 날 가문으로 돌아가 먼지 나게 흠씬 맞았다. 아련한 추억이었다.

"한데 왜 갑자기 그런 걸?"

"경."

황제는 손에 든 목검을 휘두르는 대신 날을 바닥으로 두고 세웠다.

날 끝이 흙바닥을 조금 파고들었다. 그리 비스듬히 세워 두고 황제가 입을 열었다.

"난 여태 이상하게 여겨본 적이 없었어. 내게 일곱 살 때의 기억이 없는 걸 말이야. 유년기의 기억이라는 건 통상 다 자란 후 추론과 상상으로 채워 넣는 퍼즐 같은 것이게 마련이니까. 경의 말처럼."

"……."

"그런데 이상한 일이지. 문득 의문이 들더군."

황제는 전날을 회상했다. 그림처럼 그려지는 기억 속에서 메일은 그에게 몸을 기대고 물었다.

"폐하. 혹 일곱 살 때의 기억이 있으신가요?"

질문 자체만 보면 별거 아닐지도 모른다. 어린 시절의 기억을 묻는 건 가끔 인사 대용으로도 쓰였다.

하나 황제가 그를 대수롭게 여기게 된 건 메일의 태도 때문이었다. 그녀는 마치 확인하듯 질문했다. 그리고 답을 듣곤 표정이 어두워졌다.

왜일까. 그때의 기억이 없다는 답은 메일에게 대체 어떤 의미가 되었을까. 황제는 그제야 의문을 품었다.

"경과 처음 만난 것은 여덟 살 때의 일이지. 한데 그거 아나? 난 그 무렵의 기억이 대단히 생생해. 몹시."

뭐든 강렬한 감각을 동반한 기억은 선명하고 오래 남는다. 메일이 아주 어릴 때 죽을 뻔했던 일을 기억하는 것도, 반테르가 이마가 깨진 채 부친에게 두들겨 맞았던 날을 비교적 생생히 떠올릴 수 있는 것도 그래서였다.

하나 황제가 하고 싶은 말은 그와 조금 달랐다. 그는 여덟 살 무렵의 거의 모든 일을 기억하고 있었다.

"그때 무엇을 배웠는지, 누구와 뭘 했는지, 누굴 만나 얼굴을 익혔는지. 흐리고 바랜 것이 아무것도 없어."

반테르는 이때 알고는 있지만 굳이 되새기지는 않고 있었던 사실 하나를 상기했다. 황제는 기억력이 좋은 편이었다. 그것도 남다르다는 수식어가 붙어도 좋을 만큼. 반테르가 당황한 낯을 했다.

"폐하."

"한데 고작 일 년의 차이를 두고 그 전 해의 일은 아무것도 떠오르지 않는다는 게 참 재미있지 않나."

"그 말씀은……."

"이런 거라면 어떨까."

"……."

"아무 일도 없어서 기억에 남은 것이 없는 게 아니라, 무슨 일이 있어서 그걸 기억하기를 거부하는 거라면."

"폐하, 지금……."

반테르가 들고 있던 목검을 바닥에 꽂았다. 넌지시려나가 기사로서 차마 그건 못 하겠어서 일단 그렇게 세로로 놓아두었다. 그 상태로 반테르가 혼란스럽게 상대를 응시했다.

"제가 바르게 이해한 게 맞습니까? 지금, 폐하의 유년기에 억지로 기억을 지울 만한 일이 있었을지 모른다고 말씀하시는 겁니까?"

"그래."

반테르는 말문이 턱 막혔다. 저건 결코 쉽게 꺼낼 소리가 아니었다. 사람의 뇌는 잊고 싶다고 그것만 쏙 골라 잊게 해주는 편리한 기관이 못 된다. 죽을 뻔한 일도 또렷이 기억하는 게 사람이었다.

그런데 기억 자체를 통째로 들어낼 만한 일이라니?

"말도 안 됩니다. 그런 일이 있었다면 제가 몰랐을 리가."

"나와 만나기도 전의 일이 아닌가."

"아버지나 선황께선 아셨을 게 아닙니까."

"나도 그 생각을 했지. 그리고 나니 드는 가정이 있더군."

메일은 황제에게 아무것도 밝히고 싶지 않아 했다. 손가락의 작은 생채기조차 발견하고 나면 아픈 법이다.

무의식에 트라우마를 남길 정도의 깊은 상처를 별다른 대책도 없이 본인에게 자각시키는 건 그다지 좋은 방법이 아니었다. 그래서 질문을 하면서도 왜 그것을 묻는지에 대해선 함구했다.

그러나 황제는 메일의 말이나 행동을 예사롭게 넘길 만큼 그녀에게 무심하지 못했다. 어조, 목소리에 담긴 감정, 시선, 표정. 전부 좋았으며 따라갈수록 명확해졌다. 듣지 않고도 알아챌 수 있었다.

"끔찍한 사건을 겪은 아이가 그에 대한 기억을 송두리째 잃어버렸다면, 과연 아이의 부친은 그것을 일깨워 주려 할까, 아니면……."

제가 기억하지 못하는 뭔가가 존재할 가능성을.

"없었던 일로 만들어 덮을까."

"좋습니다. 폐하, 무슨 말씀인지 알아들었습니다."

반테르가 양손으로 얼굴을 건조하게 쓸었다. 그는 그러고 나서 황제를, 제 친우를 다시 마주 보았다.

"그래서 결론은 뭡니까. 설마 그에 대해 알아내시겠다는 겁니까?"

"그래야겠지."

"안 됩니다."

"허락을 구하려고 꺼낸 이야기는 아니었는데."

"이십 년 동안 가까이한 친우이자 신하로서 드리는 말입니다. 안 됩니다."

이곳이 집무실이었다면 반테르는 황제의 책상에 양손을 내려치듯 짚는 불경도 마다하지 않았을 것이다.

그는 이 자리에 없는 책상을 치는 대신 간격을 성큼 좁혔다. 고작 반걸음을 띄우고 서서 반테르가 말했다.

"머리가 괜히 그걸 지우려 든 게 아닐 겁니다. 짐작하고 계시지 않습니까? 구태여 떠올렸다간 어떤 후유증이 뒤따를지 모릅니다."

"각오해야지."

"저는 각오 못 합니다."

"언제 그리 나약해졌나, 경."

"폐하."

반테르가 손을 움찔거렸다. 멱살을 잡고 싶지만 마지막 선만은 지키는 모양새였다. 그는 친우를 붙잡고 마구 흔들고 싶은 충동을 겨우 자제했다. 연무장은 한산했지만 사람이 전혀 없지는 않았다.

"저 좋자고 드리는 말씀 아닙니다. 옥체 보전하셔야 할 것 아닙니까. 건강한 정신도 옥체의 일붑니다."

"너무 부정적으로 생각하는 것 아닌가? 막상 들춰 봤는데 별것 없을 수도 있지 않나."

"전혀 그렇게 생각하시는 기색이 아니십니다만."

"반테르."

순간 이름을 불린 반테르가 입을 다물었다. 저번처럼 장난도 뭣도 아니었다. 그건 친우를 부르는 호칭이었다.

"내가 전에 왜 이젤린을 곁에 두는지 이유를 알고 싶다고 했던 것 기억하나?"

"……기억합니다."

"나를 돕겠다고 했지. 성심성의껏."

설마. 반테르가 미간을 좁혔다. 황제가 지금 떠올린 것이 바로 정답이라고 일러 주듯 말을 이었다.

"실마리가 있을 것 같군."

"납득할 수 없습니다. 그게 어떻게……."

"사실 이건 조금 전에야 확신한 건데 말이야. 나는 실상 이 의심을 전에도 얼마든지 할 수 있었어. 왜 일곱 살 때의 기억만 지워 낸 듯 없을까, 불규칙적으로 찾아오는 불면증이 실은 그와 연관이 있지 않을까, 하는."

"……."

"그런데 그동안은 무의식적으로 피한 거지. 의혹의 여지가 있지만 일부러 인식하지 않으려고 애를 써 온 거야. 그만큼 기억해 내는 걸 몸이 두려워했다는 방증이지."

"……."

"절망적인 이야기처럼 들리나? 하나 우습지. 나는 여기서 희망을 찾았어."

"예?"

반테르가 숨기지 못한 당황을 그대로 드러냈다. 황제가 피식 웃었다.

"나는 왜 이젤린을 놓지 못할까. 난 그게 사랑해서는 결코 아니라고 확언했어. 한데 그러면서도 은연중엔 불안하더군. 증거가 없으니까. 증명할 수 있는 것이 아니니 말이야."

"……."

"곁에 붙들고 보호하려 들면서 사랑은 아니라. 개새끼의 짖음으로 치부하기 딱 좋은 소리지. 한데, 만약 그게 내가 기억하지 못하는 과거의 일과 관련이 있다면? 기억해 내기 두려워 무의식이 벌벌 떠는 무언가와 내가 이젤린을 곁에 두는 이유에 연관성이 있다면……."

황제는 웃고 있었으나 미간에는 주름이 졌다. 생경한 표정이었다. 절망 속에서 간신히 한줄기 희망을 찾고, 그러고도 그것이 혹 썩은 동아줄일까 무서워 애써 기대하지 않으려 하는 사람이라면 저런 얼굴을 할까. 반테르는 그것을 뭐라 형언해야 할지 알 수 없었다.

"가능성이 생기지. 그렇다면 놓을 수 있지 않을까. 망각하지 않고는 견딜 수 없을 정도로 괴로운 기억이 이젤린을 붙잡게 하는 끈이라면, 그런 어두운 이유라면, 어떻게든 끊어 낼 수 있지 않을까."

"……."

반테르는 침묵했다. 만류해야 하는데 입이 떨어지지 않았다. 상대가 지워진 기억을 찾아내려는 동기는 호기심이 아니다. 오기도 아니었다.

그보다는.

"제길."

반테르가 욕설을 뱉었다. 불경의 끝을 달렸다. 그는 그러고선 미끄러지듯 바닥에 주저앉았다. 두 손으로 얼굴을 감싸곤 길게 한숨을 토한다.

"그렇게 좋으십니까? 좋아 미치시겠습니까? 여태 잘 잊고 계셨던 뭔지 모를 최악의 기억을 끄집어내야 할 만큼, 도저히 없이는 못 사시겠습니까?"

황제가 기억을 헤집으려는 이유는 간단하다. 그걸 헤집다 보면 만에 하나 이젤린을 끊어 낼 수 있을지도 모르기 때문이고, 이젤린을 끊어 내고 나면, 혹 어쩌면, 정말로 붙잡고 싶은 사람을 붙잡을 수 있을지도 모르기 때문이다.

그 작은 가능성 하나를 위해 깊이가 짐작조차 되지 않는 상처를 들춰내겠다는 건 그 얼마나 무모한 발상인지. 반테르는 주먹질을 해서라도 말려야 한다는 걸 알았다. 머리로는 말이다.

"자네도 나중에는 나를 이해할 수 있게 될 거야."

"그런 거 이해하고 싶지 않습니다."

반테르가 불퉁하게 대답했다. 황제는 소리 내 웃은 뒤 목검을 손에 쥐었다. 날 끝에 묻은 흙먼지를 몇 번 휘저어 털어 낸 뒤 말한다.

"대련하지."

"……이 와중에? 지금 말입니까?"

"경에게 명분을 주겠다는 거네. 그러려고 나온 거고. 내가 이기면 경은 내 기억을 찾는 걸 성심성의껏 돕고, 경이 이기면 난 기억이고 뭐고 찾는 걸 포기하는 걸로. 어떤가?"

반테르와 황제는 그간 수도 없이 검을 나눴다. 대충 건너뛰고 세어도 최소한 천 번은 될 것이다. 반테르는 눈가를 찡그렸다. 참고로 황제와의 대련에서 그의 전적은 1,000전 1무 999패다.

말 그대로 명분 주기였다. 몸을 일으킨 반테르가 긴 한숨을 내쉰 다음 목검을 쥐었다.

"첨탑을 열 거야."

하늘이 팽팽 돌았다. 반테르는 채신머리없이 드러누운 채로 숨을 고르다 옆을 쳐다보았다. 그보다는 몰골이 나았으나 마찬가지로 땀에 젖은 황제가 흐트러져 시야를 가리는 머리카락을 쓸어 넘겼다. 반테르가 대답했다.

"북쪽 외곽에 있는 것 말씀이십니까?"

"그래."

북쪽 별궁 뒤편, 성벽과 닿은 외곽에는 작고 높은 첨탑이 하나 있었다. 어떤 용도로 설계된 것인지 시초를 아는 사람은 현재 없다. 탑은 시대를 거슬러 오며 매번 다른 목적으로 활용되었다.

기록에 따르면 한때는 반역자를 가두는 감옥으로 쓰였다고도, 혹은 비인간적인 실험을 행하는 장소로 쓰였다고도 한다. 하나 지금에서는 크게 상관없는 이야기였다. 탑은 잠겨 있었다.

"왜 그걸?"

"탑을 누가 잠갔는지 기억하나?"

"그야 선황께서…… 으음."

"그러니 열어야지."

오래된 이야기였다. 선황은 어느 날 별다른 선언 없이 북쪽 첨탑의 문을 봉했다. 언질을 받은 이도 없었다. 그렇게 잠긴 첨탑은 그 이후 선황을 포함하여 아무도 출입하지 못했고, 십여 년이 흐른 지금도 여전히 폐쇄된 상태를 유지하고 있었다.

반테르가 말했다.

"단서가 있을 거라 보십니까?"

"잘하면."

"글쎄요. 은폐를 결심해 놓고 구태여 증거를 남겨 놓았다는 것도 좀……."

"열어 봐야 알겠지. 더구나 다른 길이 있는 것도 아니니까. 고인을 붙들고 대체 뭘 숨기고 계신 거냐고 물을 수는 없지 않나?"

"하기야, 그도 그러네요."

상공을 가만 쳐다보던 반테르는 문득 벌떡 몸을 일으켰다. 짙은 남색 머리카락이 움직임을 따라 흐트러졌다. 그는 황제를 응시했다.

"설마."

"그래, 그거네."

"저 아직 아무 말도 안 했습니다."

"표정만 봐도 느낌이 온다는 말 아냐?"

"……끄응. 오랜만에 아버지를 뵈러 내려가겠군요."

긴 손가락으로 반테르가 제 머리카락을 아무렇게나 헤집었다. 잠긴 첨탑을 여는 방법은? 간단하다. 하나, 열쇠를 찾는다. 둘, 문을 연다.

물론 보다 쉽고 간편하게 문을 부수는 방법도 있었지만 그건 마지막 수단이었다. 열쇠고 뭐고 찾아보지도 않고 문부터 부수기엔 선황은 아들에게 퍽 좋은 아버지였으니까. 탑을 열고 나서도 그 평가가 계속될지는 알 수 없지만 아직까진 그랬다.

황제는 열쇠를 찾아야 했다. 하지만 어떻게?

그는 짐작했다. 진정으로 평생 첨탑이 닫혀 있기를 바랐다면 선황은 문을 봉하는 게 아니라 탑 자체를 붕괴시켰을 것이다.

하나 그러지 않았다는 건 언젠가는 열리리라 생각했다는 뜻. 그렇다면 문을 열 수 있는 열쇠 또한 파기하지 않고 보관해 두었을 가망이 컸다.

아마도, 다른 이의 손에.

"아버지께선 모하임 공과 막역한 관계셨지. 가능성을 따지자면 가장 높아."

"열쇠가 자체가 존재하지 않을 경우도 있습니다."

"그럼 허탕 치는 거고."

황제는 몸을 일으켰다. 먼발치서 지켜보고 있던 사용인이 이제 들어가시는가 보다 하고 수건을 든 채로 가까이 다가왔다. 시종이 완전히 가까워지기 전 황제가 말했다.

"참고로 공작이 열쇠를 들고 있어도 경이 그걸 얻어 내지 못하면, 그것도 허탕 치는 거지."

"윽."

이내 지척으로 다가온 시종이 수건을 내밀었다. 깨끗하게 삶은 마른 천이 황제의 얼굴을 대충 훑었다. 이어서 몸을 일으킨 반테르가 침음을 흘렸다. 모하임 공작. 아버지는 그에게 퍽 어려운 상대였다.

후작은 귀를 의심했다.

"뭐야?"

귀의 기능에 문제가 생겼다기엔 그는 아직 중년이었다. 스스로 생각하기에 정정했다. 잘못 들은 게 아님을 확인한 볼텐 후작이 인상을 구겼다.

"황성으로 누가 내방한다고?"

"데일시스 백작입니다."

"그의 영지는 제국 최북단이야. 은퇴 이후 그 변두리에 박혀서 여태 나온 적이 없었을 텐데?"

"황제 폐하의 뜻이랍니다."

"허."

후작이 들고 있던 찻잔을 거칠게 내려놓았다. 찻물이 바깥으로 튀었다. 후작은 잔을 놓고 자유로워진 손으로 제 이마를 짚었다.

"무슨 짓이지? 황제는 그와 접점이 없어. 그는 선황의 곁에서 일하던 인물이다. 이십 년 전쯤 선황의 명으로 은퇴한 뒤 황성에는 얼씬도……."

중얼거리다가 후작은 고개를 들었다. 불안했다. 속에서 불길함이 스멀거리며 올라왔다. 그는 심복을 보며 명령했다.

"더 자세히 알아봐. 황성으로 불려 오는 게 그 혼자뿐인지, 그리고 무슨 목적으로 불려 오는 건지. 될 수 있는 대로 전부."

"알겠습니다."

심복이 나가고 방은 적막해졌다. 잔 안에 고요히 담긴 찻물에 후작의 주름진 얼굴이 비쳤다. 초조한 듯 눈썹이 가만히 있지 못하고 미간에 더 깊은 주름을 만들었다.

"기억했나? 아니, 그럴 리가. 그럼 저렇게 멀쩡할 리가 없지. 악몽까지 꾸던 인간이 이제 와 그것이 별것 아닌 기억이었다기엔…… 그래, 그건 아니야."

혼자 몇 마디를 더 중얼거린 후작이 등받이에 몸을 기댔다. 푹신한 안락의자가 그의 체중을 버텼다. 후작의 눈이 깊이 침잠했다.

'완벽한 분이셨지. 누구보다, 그 누구보다 완벽했어.'

"……곧 보여드리겠습니다. 그렇지 않다는걸."

건조한 목소리가 방 안으로 흩어졌다. 누구에게 하는지 모를 소리였다.

　메일은 반나절을 꼬박 고민한 뒤 황제를 만나 솔직하게 이야기했다. 조만간 누군가가 저를 노릴지도 모른다고, 자긴 그놈을 잡는 게 목적이라고 말이다. 위험 부담을 지고 미끼가 되길 자처했다는 고백이었으니 메일은 황제가 불같이 화를 낼 것도 각오했다.

　그러나 황제는 의외로 벌컥 성을 내지는 않았다. 어디서 그런 무모한 짓을 하느냐고 혼을 내지도 않았다. 그는 아마도 어느 정도 예상하고 있었던 것 같았다. 황제는 대신 메일을 가만히 쳐다보며 투정을 부렸다.

"이럴 때면 무능한 황제가 되고 싶군."
"네?"
"무능해도 너무 무능해서 일을 아무것도 안 하는 거야. 회의도 뒷전. 국정도 대리. 그럼 내가 직접 곁에서 그대를 지켜 줄 수 있을 텐데. 하루 종일."

　일 따위는 때려치우고 시종일관 붙어 있고 싶다는 소리를 그는 얼굴색 하나 안 바꾸고 잘도 했다.

　당황한 건 메일이었다. 그녀는 낯이 조금 달아오른 채로 당연히 그러시면 안 된다고 혼냈다. 야단맞으러 가서 역으로 야단을 치는 것은 퍽 묘한 기분이었다.

　아무튼 마음만은 메일의 곁에 있지만 육신은 일을 해야 하는 슬픈 황제는 그녀에게 호위를 붙여 주었다. 친위대 중 가장 얼굴이 알려지지 않은 그는 일반 병사인 척 가장하고 메일의 신변 보호를 맡았다.

메일은 별궁으로 돌아오며 그와 간단한 통성명을 마쳤다. 이름은 맥이었다.

물론 실질적인 호위는 그 혼자만이 아니었지만 메일은 그것까지는 알지 못했다. 처소로 들어선 메일이 숄을 풀었다.

리엘라는 그때까지 침대에서 몸을 뒹굴고 있었다. 우뚝 멈춘 그녀가 입을 열었다.

"언제 해가 져?"

"네?"

"해가 지면 어두워지잖아. 언제 어두워져?"

리엘라가 불만스럽게 창밖을 가리켰다. 밖은 아직 밝았으나 점차 명도를 낮추고 있었다. 메일은 공주님의 불만이 어디에서 기인한 것인지 눈치채고 그녀에게 되물었다.

"공주님, 혹시 외출하고 싶으세요? 해가 진 다음에?"

"응."

"음…… 어제처럼 말이죠."

메일은 몇 시간 전 아침을 떠올렸다. 아니, 아침이라기엔 민망한 시각이었지. 아무튼 기상한 지 얼마 되지 않았을 때를 상기했다.

그때 전날을 회상하던 리엘라의 얼굴은 발그스레하게 홍조가 올라 평소보다 상기되어 있었다. 산책이 재밌었다는 말도 두 번이나 했다.

그 결과가 이것이로구나. 메일은 밤 산책의 매력에 단단히 빠진 듯한 리엘라를 보며 우선 먹히지 않을 만류를 꺼냈다.

"어두워진 뒤에 바깥에 나가시는 건 위험해요."

"로즈가 있잖아."

"로즈도 어쩌지 못하는 나쁜 놈이 나타날지도 몰라요."

대단히 희박한 가능성이지만 위험하다는 걸 어필하기 위해 그렇게 말했다. 리엘라는 아랑곳하지 않았다.

"괜찮아. 반테르도 있어."

메일은 이때 상대를 향한 리엘라의 신뢰가 꽤 높아 보이는 것에 의아해했다. 로즈야 꽤 오래 리엘라를 모셨으니 그 강함(?)을 선보일 길이 종종 있었을 것이다.

하지만 반테르와는 만난 지 몇 번 되지도 않았는데? 메일이 알기로 리엘라에게 타인의 무력을 가늠하는 능력은 없었다.

리엘라는 상체를 일으켜 탁자 위를 가리켰다. 손가락 끝에는 그녀가 디저트를 잘라 먹느라 사용한 접시와 나이프가 놓여 있었다.

"걔는 저걸로도 잘 싸워."

그리고 메일의 혼란은 배가 되었다. 로즈는 전에 메일에게 연회장에서 반테르의 도움을 받았다는 사실만 이야기했지 식사용 나이프로 근육남을 이기고 어쩌고 하는 상세한 설명까지는 해주지 않았다. 요약의 미학은 시간이 흘러 배경지식의 부재를 불러왔다.

물론 리엘라의 발언이 알아듣기 어려운 건 하루 이틀 일이 아니라 메일은 오래 당황하지 않았다. 그녀는 알아서 짐작했다. 뭔지는 몰라도 반테르 경이 공주님께 뭔가 굉장한 걸 보여드린 모양이지.

리엘라가 보이는 신뢰는 제국에서 만난 생면부지의 타인을 상대로는 퍽 이례적인 수준이었다.

"그렇군요. 하지만 공주님, 반테르 경은 이 자리에 안 계시잖아요?"

"불러올까?"

너무 자연스러워서 순간 옆방에 사는 줄 알았다. 메일이 크게 고개를 저은 것은 말할 것도 없는 일이었다.

"로즈를 부를게요. 생각해 보니 로즈를 위협할 만한 악당은 없을 것 같아요."

"그래, 그럼."

잠시 후 로즈가 불려 오고 리엘라는 외출 준비를 시작했다. 리엘라가 당당하게 지목한 색동 프릴 드레스를 저만치 치워 버린 메일이 깔끔한 연노란색 드레스를 골랐다.

리엘라는 본인의 안목이 받아들여지지 않은 것에 조금 의아한 기색을 비쳤으나 별달리 심통이나 고집을 부리지는 않았다. 채비는 수월했다.

"웬일이세요? 드레스까지 전부 제가 하자는 대로 입으시고."

입히면서도 내심 순조로운 것이 뜻밖이었던 메일이 치장이 끝난 뒤물었다. 머리를 하나로 땋고 연노랑 드레스를 입은 리엘라는 동화 속고아한 궁전에 사는 공주님 같았다. 리엘라가 프릴이 없어 허전한지 드레스 표면을 만지작거리며 대답했다.

"반테르가 그러랬어."

"네?"

"걔가 네 안목이 좋대."

메일은 놀랐다. 모르는 사이 칭찬을 들은 건 그렇다 치고 리엘라가남의 말을 순순히 따랐다는 사실이 바로 믿기지 않았다.

저번에 메일이 리엘라의 드레스에 손쉽게 관여할 수 있었던 건 그 전날 눈물을 보였기 때문이다. 설마하니 반테르 경이 울었을 리는 없고.

"하지만 내 안목도 좋아. 그렇지?"

"옳은 말씀이십니다."

놀라느라 입에 침 바를 정신도 없는 메일 대신 로즈가 호응을 맡았다. 메일은 복잡한 눈으로 제가 반려한 색동 프릴 드레스를 쳐다보았다가 그보다 더 복잡한 시선으로 리엘라를 응시했다. 안목…… 아니, 그건 둘째 치고. 그보다 이거 뭔가.

"공주님."

"왜?"

"반테르 경 말이에요, 어떤 사람 같으세요?"

리엘라의 완벽함을 점검하던 로즈가 장갑의 레이스에서 흠을 발견했다. 짝짝이였다. 로즈의 강경한 주장하에 장갑을 다른 것으로 갈아 끼며 리엘라가 답했다.

"기사."

"……다른 건요? 좀 더 공주님의 감상이 들어간."

"강한 기사?"

메일의 표정이 허탈하게 풀어졌다. 착각이었나? 리엘라는 그야말로 아무 생각이 없어 보였다. 상대에게 특별한 감정을 느꼈다거나 하는 상태와는 거리가 멀어 보이는데.

'그냥 기분이 좋아서 선심 쓰신 건가?'

답지 않게 반테르의 조언을 무시하지 않은 건 그냥 그 정도 의미였을지 모른다. 메일은 괜한 상상을 한 것 같아 금세 머쓱해졌다. 무슨 의의를 부여하려고 했던 거람. 제가 누굴 좋아하고 있으니 공연히 너도나도 사랑을 할 것 같은가 보지.

메일이 남몰래 민망해하고 로즈가 새 장갑을 낀 리엘라를 익숙하게 찬사하는 사이, 창밖으로 석양이 졌다. 쏟아지는 빛이 제법 선연하게 붉다. 기다리던 전조에 리엘라가 눈에 띄게 기뻐했다.

"이제 나가?"

안 나간다고 하면 혼자서라도 손수 문고리를 잡고 돌릴 기세다. 로즈가 바람처럼 움직여-그녀의 힘과 스피드는 나날이 발전하고 있었다-문을 열고 출발을 알렸다. 세 사람이 바깥으로 나서자 문을 지키고 있던 맥이 움직였다.

"어디 가십니까?"

"잠깐 산책을 다녀오려고 해요."

"경호하겠습니다."

일행은 넷이 되었다. 호위를 위해 따라붙은 맥은 경호 대상이 별궁

밖으로 나갈 기미를 보이자 목적지를 물었다. 메일은 행선지 없는 산책일 거라 생각했으나 의외로 리엘라에게선 답이 나왔다.

"어제 갔던 곳."

"어, 거길 다시 가시려던 거였어요?"

"예뻐서."

리엘라가 어제 방문했던 곳은 본궁 뒤편의 정원이다. 정원이 칭찬을 받았다는 사실에 자기가 더 뿌듯해하던 메일은 곧 영문 모를 맥을 위해 어디라고 부연해 주었다. 맥은 장소를 듣고는 위치를 바꿔 앞장섰다.

"안내해 드리겠습니다."

그렇게 길치 둘과 길치는 아니지만 목적지에 초행인 한 명은 호위 겸 안내자를 따라 수월히 원하던 곳에 도착했다. 해는 아직 완전히 저물지 않았으나 조금만 기다리면 서산으로 넘어갈 듯 보였다. 리엘라가 눈을 반짝이며 빛냈다.

"어제 여기 왔어!"

"그러셨죠."

"어두워지면 더 예쁜 거 알아?"

메일은 어젯밤 만월이 떴던 것을 기억했다. 그때 저는 테라스에 있었지만 정원에서 보았다면 훨씬 정취가 좋았을 것이다. 오늘도 달이 밝아야 할 텐데. 메일은 폴짝거리는 리엘라를 따라가며 피식 웃었다.

"공주님, 넘어져요."

"괜찮아. 로즈가 잡아주니까."

안 넘어진다고는 장담하지 않는 것이 본인을 제법 잘 안다 싶었다. 앞서가는 리엘라와 그 옆을 바짝 지키는 로즈.

메일은 처음 방문하는 본궁의 정원을 천천히 둘러보며 급하지 않게 걸었다. 맥은 묵묵히 수행했다.

'폐하는 지금 바쁘실까.'

로즈의 묘사처럼 멋대로 자라 있는 나무들을 보여 메일이 그런 생각을 했다. 평소에도 전조 없이 곧잘 떠오르곤 하는 상대는 장소와 매개가 갖춰지자 쉽게 그녀의 머릿속을 점령했다. 메일은 느린 걸음으로 걷다가 볼을 감쌌다. 갑작스레 보고 싶다는 생각이 들었다.

'낮에 봤잖아.'

심지어 몇 시간 지나지도 않았다. 메일은 제 충동이 낯부끄러워 덥지도 않으면서 손부채질을 했다. 사정을 알 길 없는 맥이 추우면 뭐라도 가져와 둘러드리면 되는데 더울 땐 어떻게 해드려야 할지 몰라 당황하는 사이 저 앞에서 리엘라의 목소리가 들렸다.

"분수가 없잖아! 메일, 분수 없어졌어."

"그럴 리가요."

덕분에 상념을 떨친 메일이 걸음에 속도를 높였다. 가까이 다가가자 리엘라가 분명 여기에 있어야 할 것이 사라졌다며 미간을 모으고 있었다. 메일은 보자마자 알았다. 절대 여기 아니다.

"……어떻게 봐도 여긴 분수가 있었을 장소라기엔……."

"여기 맞는데? 로즈, 맞잖아?"

"죄송합니다. 사실 저도 잘……."

"이쪽입니다."

다가온 맥이 당당한 길치의 미스를 바로잡았다. 그가 앞장서서 안쪽으로 좀 더 들어가자 거짓말처럼 탁 트인 공간이 나왔다.

중앙에는 바로 그 분수가 있었다. 낙하하는 물소리가 맑고 규칙적으로 울렸다. 제멋대로 자란 풀과 나무들이 싱그러우면서도 투박한 가운데, 저 혼자 섬세하게 조각되어 더욱 시선을 사로잡는 새하얀 분수.

'응?'

그리고 그 앞에는 사람이 서 있었다. 인기척을 느꼈는지 뒷모습을 보이고 있던 상대가 이쪽을 돌아보았다. 그의 눈이 조금 커다랗게 뜨였다.

"공주님? 비제아트 영애?"

"모하임 경."

정원 안을 이동하는 사이 해가 더 기울었다. 어스름해진 빛이 또렷한 이목구비에 그림자를 만들어 냈다. 짙은 남색 머리카락이 밝기 탓인지 얼핏 흑발처럼도 보인다. 반테르가 놀란 낯으로 네 사람을 맞이했다.

"이곳엔 어쩐 일로……."

"산책을 나온 길이에요. 경께서는요?"

반테르는 내심 곤혹스럽게 손을 감췄다. 차마 분수에 동전을 던지러 나왔다고는 말할 수 없었다. 그는 둘러댔다.

"비슷합니다. 산책을 좀."

"우연이네요."

"저도 놀랐습니다."

반테르의 놀랐다는 말은 빈말이 아니다. 공교로운 우연인 것은 차치하고 하필이면. 그는 손에 쥔 동전을 어떻게 하면 가장 자연스럽게 숨길 수 있을까 촌각에 여러 번 고민했다.

그가 중요한 일을 앞두고 의식처럼 분수에 동전을 던지는 것은 아는 사람만 아는-한 손으로 꼽았다-조금 낯부끄러운 버릇이었다.

"안녕하십니까, 모하임 공자님. 일시적으로 비제아트 영애의 호위를 맡게 된 맥입니다."

그때 한발 물러서 있던 맥이 앞으로 나와 정중하게 인사했다. 반테르가 그에게 시선을 주었다. 구면이다. 한때 지도 삼아 검을 나누기도 했던 맥 플러리 경. 그는 기사로서 반테르에게 동경심을 품고 있었다. 둘이 인사를 주고받는 사이 리엘라가 분수로 다가갔다.

"공주님, 그러다 빠지십니다."

따라붙은 로즈가 걱정스레 한마디 했다. 리엘라는 분수에 바짝 몸을 기대고 수면을 들여다보았다. 장난으로 누가 밀기라도 했다간 그대로 입수하기 딱 좋은 자세였다. 물론 여기서 감히 그럴 사람은 없었지만. 리엘라는 여상하게 대꾸했다.

"나 헤엄칠 줄 알아."

"그런 문제가 아니지만."

"어? 물 안에 뭐가 있네."

물끄러미 분수 안쪽을 응시하던 리엘라가 뭘 발견했는지 문득 손을 뻗었다. 의식 없이 행한 일이었다. 막아낸 것은 반테르였다.

"……?"

인사를 나누던 상대가 갑자기 눈앞에서 사라진 맥이 당황스럽게 눈을 깜박였다. 리엘라는 제 손의 진로를 가로막은 반테르의 팔을 내려다보았다. 아슬아슬함을 만끽한 반테르가 한숨을 내쉬었다.

"공주님."

"반테르잖아."

"네, 접니다."

"언제 왔어?"

언제 온 게 아니라 먼저 있었다. 리엘라는 내내 분수에만 눈길을 주느라 몰랐던 모양이었다. 왠지 그럴 것 같았던 반테르가 담담히 대답했다.

"방금 전에 도착했습니다."

"왜 왔는데?"

"별 이유는 없습니다. 산책을 좀 하느라."

"나랑 똑같네. 그런데 왜 막아?"

반테르가 팔을 뻗어 막았기에 리엘라의 손은 분수에 들어갈 수 없었다. 반테르는 목적을 완수한 팔을 차분히 거두며 답했다.

"장갑이 젖습니다."

"맞다."

"그리고 분수가 보기보다 깊습니다. 장갑을 벗으신대도 십중팔구 소매가 젖을 테니 제가 대신 꺼내 드리겠습니다."

그는 신사적으로 나왔다. 대단한 정도는 아니고 기사로서 레이디에게 으레 보일 법한 수준이었다. 어쩌다 구경꾼이 된 메일은 반테르의 친절이 아닌 다른 것에 놀랐다.

'로즈보다 먼저 반응했어.'

메일은 조금 전을 떠올렸다. 리엘라가 제 차림도 망각하고 서슴없이 물에 손을 뻗었고, 그걸 반테르가 얼른 팔을 내밀어 막았다. 여기까진 그저 자연스럽다. 문제는 반테르의 반응이 너무 빨랐다는 데 있었다.

'분명 맥 경과 서로 안부를 묻고 있었는데.'

그의 움직임은 즉각적이었다. 주의가 다른 곳을 향한 상태였다면 나올 수 없는 속도였다. 그 말인즉 맥과 대화를 나누면서도 신경은 온통 리엘라에게 쏟고 있었다는 뜻이 되는데. 상황을 정리한 메일의 눈빛이 의미심장해졌다. 로즈도 비슷했다.

리엘라는 장갑 이야기가 나오자마자 그것을 벗으려다 이어진 만류에 콧잔등을 찡그렸다.

"정말? 내가 못 꺼내?"

"떠다니는 게 아니라 침수되어 있는 거라면 힘듭니다. 뭘 보셨습니까?"

"저거."

지목한 것은 손쉽게 눈에 들어왔다. 꽤 떨어진 간격에 분수의 바닥에 잠겨 있음에도 물이 맑아서인지 선명하게 형체가 보였다. 반테르는 신음을 삼켰다.

'동전이잖아.'

동그란 구리 동전이 물속에서도 반들반들 존재감을 뽐냈다. 저 동전이 무슨 동전이냐. 다름 아닌 반테르가 몇 분 전 그리로 던져 넣은 것이다. 던진 것만 해도 충분히 부끄러운데 심지어 그걸 다시 건져야 할 위기에 처한 반테르가 입을 닫고 고민했다.

'동전 자체에 관심이 생긴 거면 차라리.'

동전이 가라앉아 있는 위치는 이곳에서 퍽 멀었다. 저쯤 있는 걸 손을 뻗어 잡겠다고 나선 리엘라의 거리 감각이 의심스러울 정도였다.

반테르는 자기가 던진 걸 도로 줍기 위해 분수 안으로 입수하는 것과 감추고 있던 남은 동전을 내미는 것 중 뭐가 더 수치스러울지 고민해 보았다. 결판은 쉽게 나지 않았다.

"저거 꺼내고 싶은데."

"……공주님."

"응?"

"꼭 물속에 잠겨 있는 걸 원하십니까?"

주저하던 반테르가 결국 손을 내밀었다. 어차피 계속 천년만년 쥐고 있을 수도 없던 노릇이고. 그의 옷엔 주머니가 없었다. 반테르는 가능한 태연함을 가장했다.

"동일한 겁니다."

리엘라의 흰 장갑 위로 구리 동전이 놓였다. 황금색 눈동자가 동그랗게 뜨였다.

"색이 이상해."

신기하다는 듯 집어 들고는 관찰한다. 생소하게 여기는 기색이 역력했다. 그도 그럴 게 동(銅)화였다. 왕족이 어딜 가서 금도 은도 아닌 구리 동전을 사용해 볼 일이 있었을까. 리엘라는 그게 돈이라는 사실도 몰랐다.

"이거 분수에 던지라고 있는 거야?"

동전의 정체를 알 길 없는 리엘라가 쓰임새를 물었다. 물론 가치는 낮아도 어엿한 화폐였으므로 당연히 그러라고 만들어진 게 아니지만, 아닌 걸 그러려고 들고 온 반테르의 대답은 바로 나오지 못하고 늦었다. 그때 메일이 보자마자 아는 체를 했다.

"동화네요?"

"동화?"

"공주님이 평소에 자주 보셨던 건 금화. 가끔 어쩌다 볼 일이 있으셨던 건 은화. 그건 동화."

"맞습니다."

이 중 제일 구리 동전과 친숙한 사람이 있다면 바로 로즈일 것이다. 로즈가 말이 나온 김에 메일의 설명을 거들며 그것이 돈이라고 알려 주었다. 입고 있는 드레스를 사려면 최소 수만 개쯤은 필요하다는 동화는 낱개 하나로는 퍽 쓸모가 없었다. 메일이 말했다.

"곧 중요한 일이 있으신가 봐요?"

분수 안쪽에 잠겨 있는 건 보지도 않았으면서 그녀는 빠르고 정확하게 핵심을 찔렀다. 찔린 반테르가 기침했다.

"아셨습니까?"

"분수와 동전의 조합인걸요. 경께서 동화를 사용할 일도 없으실 테고."

뭔가를 염원하며 분수에 동전을 던지는 건 실상 퍽 유구한 일이다. 보통은 마을의 광장 같은 곳에서 추수 따위 앞두고 행해졌으나 개인이 가깝고 접근이 용이한 곳에서 혼자 시행한다고 한들 이상할 것은 없었다.

메일은 특히 아카데미에서 시험 전날 동전 던지기를 하는 사람을 많이 보았다.

그녀는 그리 아무렇지 않게 생각했지만 정작 반테르는 아닌 모양이다. 드물게 동요한 반테르가 손등으로 입가를 가렸다. 귓가가 붉게 물들었다. 십여 년이 넘게 버릇을 바꾸지 못하고 더해서 그걸 목격당한 이십 대 중반 남자는 이 순간 사위가 밝지 않아서 다행이라고 생각했다.

"뭘 알아? 나도 알래."

"공주님은 동전 던지기 안 해보셨어요?"

"동전을 왜 던지는데?"

리엘라는 정말 모르겠다는 낯이었다.

"음, 일종의 작은 의식 같은 거예요. 어떤 일을 앞두고 그 일이 잘되길 바라는 마음에서 분수에 동전을 던지는 거죠."

"던지면 잘돼?"

"꼭 그러리라는 법은 없지만 그랬으면 하는 거죠."

설명을 들은 리엘라가 동전을 만지작거렸다. 새로운 사실을 두 개나 배웠다. 동전과 분수를 한 번씩 쳐다본 그녀는 다음으론 반테르를 응시했다.

"반테르."

리엘라가 반테르를 이름으로 지칭하는 걸 이제야 제대로 들은 맥 플러리가 뒤늦게 눈을 부릅떴다. 그가 청천벽력에 휩싸이든 말든 리엘라의 말이 이어졌다.

"뭐가 잘됐으면 좋겠어?"

그리고 이때 반테르는 약간 놀랐다. 표정이나, 말투나. 그냥 궁금해서 지나가듯 질문하는 것과는 태도가 달랐다.

리엘라의 얼굴에선 의무감이 엿보였다. 동전을 쥐었으니 자기가 대신 소망하며 던져 주겠다는 것이다. 물론 그것마저 공개할 의사는 전혀 없는 반테르가 고개를 저었다.

"별거 아닙니다."

"별거 아닌 거 뭔데?"

"정말 대수롭지 않은 일이라……."

"응. 대수롭지 않은 일 이야기해."

답지 않게 선심을 보이는 리엘라는 집요했다. 선심이라지만 주체가 리엘라인 이상 강제성이 없으면 섭섭하다. 덕분에 귓가만 물들였던 반테르의 홍조가 범위를 넓혔다.

"공주님."

"빨리 말해. 동전 던져야지."

선심이 아니라 그냥 본인이 동전을 던져 보고 싶을 뿐인가. 반테르가 재차 사양했다.

"안 던져도 됩니다."

이미 한 개 던졌으니까요. 그는 차마 그 말까지는 못 이었다. 상대의 반항(?)에 리엘라가 이해할 수 없다는 듯 빤히 그를 쳐다보았다.

"왜 안 던져? 잘되어야 하잖아. 비밀이면 작게 말해도 돼."

이목구비가 오밀조밀 들어찬 하얀 얼굴이 고집스러웠다. 반테르가 곤혹스럽게 시선을 맞췄다. 이렇게 똑바로 올려다보면 또 고개를 젓기가 곤란했다.

그러니까, 뭐라고 해야 하지. 무구한 아이의 요청을 거절하는 대단히 나쁜 어른이 되는 기분이라고 해야 하나. 공연히 양심이 아파지는 그 기분을 견디지 못한 반테르가 결국 얼굴을 감싸고 백기를 들었다.

"……알겠습니다."

여태 아무리 터무니없는 요구라도 곧잘 들어주었던 걸 생각하면 이번엔 의외일 만큼 꽤 오래 불응했다. 다른 이유가 아닌 순전히 부끄러움 탓이었지만 말이다. 반테르는 갈등하듯 시선을 피했다가 도로 되돌린 뒤 리엘라와 간격을 좁혔다.

'흑심?!'

로즈가 찰나 저번처럼 의심했다. 그러나 반테르는 리엘라에게 특별히 접촉하지는 않았다. 그는 다만 귓가로 입을 가져가 속삭였다.

왜일까. 정작 본인들은 아무 생각이 없어 보이는데 구경하던 사람이 공연히 숨을 죽였다. 속삭임은 짧았고 둘 사이의 거리는 금방 다시 전처럼 벌어졌다.

메일은 잠깐이었으나 이곳을 맴돌고 사라진 긴장감의 정체를 뭐라 정확히 정의해야 할지 알 수 없었다.

리엘라는 이내 고개를 끄덕였다.

"비밀이야? 작게 말했네?"

"……예, 뭐."

반테르는 거짓말로 대충 지어냈어도 되는 걸 구태여 솔직하게 말한 스스로를 이해하지 못했다. 제 행동의 이유가 모호한 것은 그에게 꽤 생소한 경험이었다. 리엘라는 한결 명쾌해진 얼굴로 동전을 재차 꼭 쥐었다.

"이제 던지면 되지?"

분수를 응시하는 리엘라의 눈동자가 생기 있게 반짝였다. 역시 그냥 던져 보고 싶었던 것뿐인지도. 곧 그녀가 팔을 뒤로 당겼다.

당겼다가, 뻗었다.

동전이 포물선을 그리며 날았다. 보통 분수에 바짝 붙은 채로 동전 던지기를 하던가. 방식이 정해져 있는 건 아니었지만 여하튼 특이했다. 위로 높게 난 구리 동전은 이내 풍당, 소리를 내며 물에 빠졌다. 반대편 가장자리였다.

내심 저러다 분수대 바깥으로 튀어 나가는 거 아닌가 싶었던 메일이 몰래 안도했다. 분수가 커서 다행이었다. 성공적으로 동전을 입수시킨 리엘라가 함박웃음을 지었다.

"봤어?"

"완벽하셨습니다."

로즈가 익숙하게 찬사했다. 리엘라는 반테르를 돌아보았다.

"봤지?"

"네. 저도 완벽한 던지기였다고 생각……."

"잘될 거야, 이제."

밝은 목소리가 울렸다. 확신하듯 이야기한다. 반테르는 순간 그것이 행운의 여신이 일러 주는 것처럼 달게 들려서 당황했다. 막 개화한 꽃보다 해사한 미소가 시야를 가득 채웠다.

당황이 가시기도 전에 리엘라가 반테르의 옷자락을 잡고 당겼다. 그는 순순히 끌려왔다. 반테르가 그랬던 것처럼 그의 귓가에 입을 가져간 리엘라가 속닥였다.

"나도 어려워. 우리 아버지."

속삭임을 남긴 입술이 멀어졌다. 반테르는 정지한 사람처럼 움직일 수 없었다. 장면이 잠시 느리게 움직였다. 모든 것이 평소보다 천천히 흘렀다.

"어, 메일!"

"왜 부르세요?"

"달이 생겼어."

리엘라의 손가락질을 따라 메일이 고개를 젖혔다. 말처럼 달이 떠 있었다. 만월이었다. 동그란 달이 은은한 빛을 흩뿌렸다. 수면이, 자유분방하게 다듬어놓은 초목이 반짝였다. 메일은 감탄했다. 충분히 다시 찾고 싶은 충동이 들 만한 미관이었다.

"어제보다 경치가 훌륭한 것 같습니다."

로즈가 말했다. 충격이 좀 가신 듯 그새 표정이 멀쩡해진 맥이 다가와 거들었다. 전에도 밤중에 이곳을 몇 번 찾은 적이 있지만 오늘따라 유독 달이 예쁘다고 말이다.

리엘라는 목적하던 경관을 만나 신이 난 모양인지 얼굴 가득 즐거운 기색을 숨기지 않았다.

일행을 감싼 분위기에 전보다 흥이 올랐다. 로즈에게 장갑을 맡긴 리엘라가 분수로 손을 뻗었다.

　수면에 달이 비쳤다. 그것을 손가락으로 건드려 일렁이게 하더니 이내 양손으로 감싸 물을 뜬다. 떠올린 물에 달그림자 대신 달빛이 조각처럼 남았다.

　리엘라가 아이처럼 웃고 메일이 뒤따라 수중에 손을 담갔다. 물은 찼으나 심하게 냉하지는 않아서 고뿔은 걱정하지 않아도 될 것 같았다.

　염려를 하나 던 메일이 수면에 대고 장난처럼 참방참방 물장구를 쳤다. 리엘라는 가만히 쳐다보다가 따라했다.

　반테르는 그것을 우두커니 지켜보았다. 그는 제가 조금 전 상대에게 속삭였던 말을 떠올렸다.

　"아버지를 만나러 갑니다. 전부터 어려웠던 분이라 조금 걱정이 되기는 하지만요."

　비밀이라고 생각했던 모양이지. 그래서 남이 듣지 못하도록 마찬가지로 귓속말을 통해 '나도'라는 답을 들려준 것이다. 웬일인가 싶은 배려였다. 그런 것도 할 줄 알았나. 보모의 마음이라면 대견함 같은 것이 들어야 할 시점인데.

　이상한 일이었다. 고동 소리가 다른 때보다 선명했다. 반테르는 혼란스럽게 눈을 감았다 떴다.

❋

　날이 밝았다. 아침부터 혈압에 좋지 못한 보고를 받은 후작이 양손으로 책상을 내려쳤다.

　"……그게 사실이더냐?"

"알아본 바에 의하면 틀림없습니다."

볼텐 후작이 눈가를 꿈틀거렸다. 혼연일체인지 콧수염이 함께 움직였다. 애꿎은 책상을 노려보듯 응시하던 그가 앓는 듯한 소리를 냈다.

'데일시스 백작. 엔트리 자작. 플러드 전(前) 후작.'

후작이 속으로 읊은 세 명의 귀족에게는 공통점이 있었다. 선황의 명으로 내내 제도를 떠나 있다가 이십 년 만에 갑자기 현 황제의 부름을 받았다는 점이다. 왜 하필 그 셋인가. 후작은 그것이 우연의 일치는 절대 아닐 거라고 생각했다.

'회의에서 황제가 보인 모습은 평소와 다를 것이 없었다.'

볼텐 후작은 손가락을 뻗었다. 책상을 톡톡 두드린다. 잠시 후 그가 다시 입을 열었다.

"부른 이유는? 알아냈나?"

"메일 폰 비제아트 영애의 요청이었다고 합니다."

"뭐?"

후작이 멈칫했다. 심복이 고개를 숙인 채 부연했다.

"앞서 보고드린 이들이 입궁하는 목적도 황제 폐하를 알현하기 위해서가 아니라 비제아트 영애를 만나기 위해서랍니다. 관계자를 통해 알아낸 것이니 확실합니다."

"그 여자가 왜……."

순간 뇌리에 스치는 것이 있었다. 볼텐 후작은 얼마 전을 떠올렸다. 메일 폰 비제아트. 오르밀 사건을 계기로 은근히 거슬리던 이름이었다.

황제의 반응을 보기 위해 적당히 부상을 입히려 시도했으나 실패했었지. 이후 공교롭게 황제가 궁을 비우는 바람에 굳이 더 시도하지 않고 내버려 두었던 기억이 났다. 후작은 헛웃음을 뱉었다.

"이래서 거슬렸군."

결국 방해가 될 인물이었다. 의자에 체중을 실어 기대며 몸을 뒤로

눕힌 후작이 고심했다.

얼마 남지 않았다. 곧 2차 간택이 있을 것이다. 그렇게 되면 황궁에 남게 되는 후보의 수는 대략 스물.

약간 이른 감이 없지는 않으나 그쯤 이젤린을 노출하고 희생양을 고른다. 선택된 희생양이 제 몫을 해줄 때까지 황제의 상태에 다른 변화가 생겨서는 곤란했다.

'어디서 무슨 냄새를 맡았는지는 모르겠지만, 결코 가만히 둘 순 없지.'

후작의 고민은 조금 더 이어졌다. 증거가 남지 않게 처리할 방법이 뭐가 있을까. 무턱대고 사람을 쓰는 것은 상책이 아니었다. 흉수가 사주를 받았다는 것이 티가 나선 안 된다.

'제국인이었다면 원한 관계를 이용했을 텐데…… 가만, 원한?'

고민이 끝났다. 후작의 시선이 도로 심복에게로 향했다. 그가 명령했다.

"오르밀 페튼, 아니, 이젠 그냥 오르밀이군. 그 여자가 아직 살아 있는지 확인해. 살아 있다면 신변을 확보하고."

"이행하겠습니다."

심복이 충성스럽게 대답하고 모습을 감췄다. 사람을 해칠 계획을 품고도 후작의 얼굴에선 일말의 죄책감도 찾아볼 수 없었다.

모하임 공작령은 남쪽의 방대한 곡창지대에 터를 이루고 있었다. 반테르는 꽤나 간만에 영지를 방문했다.

저를 알아보고 호들갑을 떠는 경비병과 간단하게 인사를 나누고 그는 저택 안으로 발을 들였다. 눈에 들어오는 경치는 새삼 감회를 불러

일으켰으나 기억과 특별히 달라진 것은 없었다.

"오랜만이구나."

공작은 집무실에 방문객을 들였다. 말과 달리 표정과 어조는 여상했다. 반테르는 제가 십 년쯤 연락 두절이었다가 나타나더라도 아버지의 반응이 저와 같을 거라는 생각을 지울 수 없었다. 기억 속의 부친은 예나 지금이나 늘 한결같았다.

'차가운 분은 아니시지만.'

"격조했습니다."

모하임 공작은 장수였다. 이젠 까마득한 일이 되었으나 청년 시절 그는 크고 작은 토벌에서 늘 선봉에 섰다고 한다. 타고난 무인이었다.

그래서일까. 그는 자식을 강하게 키웠고 맞고 자란 삼 남매는 지금도 어디 가서 맷집으로는 뒤지지 않았다.

'차별이 없으셨지.'

문득 떠오르는 유년시절에 반테르가 잠시 감상에 젖었다. 공작은 평등한 사람이라 차등을 두지 않고 자식 셋을 골고루 굴렸다. 덕분에 삼 남매의 우애가 가장 두터웠던 시기는 어릴 때였다. 툭하면 서로 동병상련을 나누며 뭉쳤으니까.

그 시절엔 혹독한 아버지를 보며 계부를 의심했으나 지금에 와선 그것이 전부 애정의 일환이었다는 걸 알았다. 생각에 그치지 않고 혹시 자길 주워 온 거냐고 직접 물었던 텔리야도 마찬가지일 것이다. 장성한 남매는 아버지를 이해하고 나름대로 사랑했다.

"그래, 무슨 일이냐?"

여하튼 그건 그거고. 억하심정 같은 건 없어도 부친은 여전히 어려운 사람이었다. 텔리야는 그나마 편하게 굴었지만 반테르에겐 아직 무리였다. 그는 나이가 들어서도 통 유해지지 않는 친부의 눈을 마주 보며 말했다.

"여쭐 것이 있어 왔습니다."

"어지간히 중요한 일인가 보구나. 먼 거리였을 텐데."

"여하에 따라 받아갈 것도 있어서요."

반테르는 첨탑의 열쇠를 얻으러 왔다. 물론 존재한다면 말이지만. 공작은 아들을 물끄러미 쳐다보다가 농을 던졌다.

"작위를 계승하러 왔다는 선언이냐? 아직 이르다. 결혼부터 하거라."

"예?"

"안사람이 생기면 이 자리를 내어주마. 탐나느냐? 탐나도 미혼에게는 못 준다."

"아니, 아닙니다. 그런 용건이 아니라……."

어려운 사람의 농담에 반테르는 절절맸다. 솔직히 말하면 농인지 진담인지 구분도 안 갔다. 그는 그렇게 식은땀을 한차례 흘린 후 진정하고 다시 입을 열었다.

"바로 말씀드리겠습니다. 다른 게 아니라 북쪽의 첨탑 말입니다."

"……."

"잠긴 문을 열고 싶습니다. 열쇠, 아버지께서 가지고 계십니까?"

반테르는 에두르지 않고 단도직입적으로 물었다. 어차피 둘러서 찔러본다고 통할 상대가 아닌 데다 그럴 자신도 없었다.

공작은 질문을 듣고 잠시간 침묵을 지켰다. 반테르는 그게 무슨 헛소리냐는 면박도 각오했으나 곧 공작의 입에서 흘러나온 것은 부인도 되물음도 아니었다.

"그래."

그는 간단하게 시인했다. 외려 반테르가 당황했을 만큼.

"예?"

"그 표정은 뭐냐? 가지고 있냐고 묻기에 그렇다고 대답해 줬거늘."

"정말입니까?"

"자기가 물어놓고 제가 의심하는구나."

"그게 아니라…… 그럼, 사실입니까? 선황께서 첨탑에 뭔가를 감춰 두신 것이?"

반테르의 표정에선 혼란이 묻어났다. 설마하니 정말이었단 말인가. 사실 여기까지 오면서도 그는 내내 반신반의했다.

저라면 숨기고 싶은 게 있다면 그냥 없애 버렸을 것이다. 그게 가장 깔끔한 방법이니까. 구태여 물질로 남겨 두고 열쇠마저 타인에게 맡겨 보관하는 것은 몇 번을 생각해도 은폐와는 어울리지 않는 행위였다.

"혹 감추는 것이 목적이 아니었던 건……."

"일단 앉거라."

공작은 아들의 말을 자르고 책상 앞에서 몸을 일으켰다. 그가 접객용 소파에 먼저 착석하자 반테르도 어쩔 수 없이 맞은편에 자리를 잡고 앉았다. 차를 내오겠다는 시종을 물린 뒤 공작이 차분히 말문을 뗐다.

"뭘 알고 왔느냐?"

"아무것도 모릅니다."

"모른다는 놈이 열쇠 얘기는 잘도 꺼냈구나."

"확신은 없었습니다. 지금도 마찬가집니다. 첨탑 안에 대체 뭐가 들었는지 짐작조차 안 갑니다."

"폐하께서는?"

지나가듯 물었으나 그것이 본론이었다. 알아챈 반테르가 솔직하게 대답했다.

"모르십니다. 그러나 알고자 하십니다."

공작은 말이 없었다. 그는 반테르를 응시하고 있었으나 머릿속으로는 다른 생각이 들어선 듯 초점이 일정하지 않았다. 잠시 후 공작이 도로 상대를 눈에 담았다.

"기억해 내셨는가 했더니 그건 아닌 모양이구나."

"……기억이라면…… 역시 정말 뭐가 있는 겁니까? 아버지께선 아셨습니까?"

감정이 실렸다. 반테르는 저도 모르게 따지듯 물었다. 황제와는 유년기에 처음 만난 이후 대부분의 세월을 공유했다.

그렇게 오래 곁을 지켰는데 제가 존재조차 몰랐던 사실이 있다는 게 쉽게 믿기지 않았다. 솔직히 말하면 믿기 싫었다. 공작은 아들의 시선을 피하지 않았다.

"나를 원망해 봤자 소용없다. 내 뜻이 아니었으니."

"이십 년 가까이 말입니까?"

"심통이라도 난 게냐? 어차피 네가 미리 알아서 좋을 것 없는 일이었다. 친우로서 우정을 쌓기에도, 신하로서 충성을 맹세하기에도 연민은 하등 도움이 되지 않는 감정이니까."

"……연민이라뇨?"

반테르가 무의식중에 손에 힘을 주었다. 무릎 위에 놓아둔 양손이 주먹을 쥐었다.

"어릴 때 알았다면 제가…… 폐하에게 동정심을 품었을 만한 일이라는 겁니까?"

"……."

"전 그때 허구한 날 아버지께 두들겨 맞느라 계부를 둔 내 인생이 세상에서 가장 불쌍하다고 여기고 있었습니다. 그렇게 철없던 시절에 연민이요?"

"잠깐, 계부? 텔리야 혼자 그런 게 아니었단 말이냐?"

"삼 남매의 공통된 의견이었습니다. 아무튼 대답해 주십시오. 그렇게나, 그만큼이나 비극입니까?"

잠시 침묵이 맴돌았으나 짧았다. 답이 흘러나왔다.

"개인에 따라서는."

"……그게 무슨."

"누군가에게는 더없는 참극이고 누군가에게는 견딜 만한 시련일 수도 있다는 소리다. 물론 당시 나이를 생각하면 대다수가 전자겠지만."

공작은 쯧, 혀를 찼다. 사실 그건 그에게도 썩 유쾌한 기억은 못 되었다. 그는 반테르가 황제를 모신 시간만큼 선황과 오래 함께했다. 그래서 선황을 이해할 수는 있었다.

그러나 이해하는 것과 행동의 옳고 그름을 판별하는 것은 별개다. 공작은 빈말로도 그것이 옳은 결정이었다고는 지금에서도 말할 수 없었다.

"한 가지 이야기해 주마. 문이 잠긴 첨탑이 존재하는 것은 선황의 나약함과 이기심 때문이야."

나약함과 이기심. 얼핏 어울리지 않아 보이나 그 둘은 한 사람 안에서 공존했다. 공작은 천천히 말을 이었다.

"나머지는 폐하께 듣거라. 문을 열고 나면 전부 아시게 될 테니까. 기억을 떠올리신 것도 아닌데 왜 갑자기 첨탑을 열 결심을 하셨는지는 모르겠지만, 그건 네가 알겠지. 열쇠는 네게 들려 보내마."

공작은 그러고선 몸을 일으켰다. 가만히 듣던 반테르가 급히 그를 잡았다.

"아버지."

"할 말이 남았느냐?"

"아버지께선 어떻게 생각하십니까? 첨탑의 문을 여는 것 말입니다. ……옳다고 보십니까?"

모하임 공작은 아들의 얼굴에서 걱정을 읽었다. 무엇에 불안해하는 것인지 선했다. 황제가 잊은 기억을 도로 찾고도 지금처럼 멀쩡하겠냐는 거다. 말처럼 더없는 참극이라면 차라리 쭉 기억하지 못하는 것이 나을 수도 있을 텐데.

아버지는 간만에 아들을 위해서 말을 골랐다.

"어쩌면. 상처도 눈에 보여야 치료할 수 있을 테니."

반테르의 낯을 물들인 염려가 조금이나마 옅어졌다. 공작은 공연히 무뚝뚝하게 몸을 돌렸다.

❋

오르밀의 소재를 파악하는 데는 대략 하루가 걸렸다. 후작이 바란 대로 그녀는 살아 있었다. 물론 완전히 멀쩡하지는 못 했다. 사지는 상한 곳이 없는데 대신 정신이 많이 상했다.

오르밀은 미쳤다는 표현이 썩 어울리는 상태였고, 후작은 약을 먹여 그녀의 발악을 잠재웠다.

오르밀은 정신은 나갔어도 얼굴만은 여전히 절세미인이었다. 덕분에 후작은 그것을 요긴하게 이용했다. 궁의 주방에서 근무하는 신입 숙수는 약에 취해 힘없이 늘어져 있던 미녀를 그냥 지나치지 못하고 몰래 내성으로 들였다.

아무리 소식에 어두워도 공개 처형까지 있은 마당에 죄인이라는 걸 알아보기가 어렵지 않았을 텐데, 미모에 눈이 먼 숙수는 들키지만 않으면 된다고 안일하게 생각한 것 같았다. 후작은 그런 얼간이가 황성 근무자의 일원이라는 것이 기꺼웠다.

"순조롭군."

여유를 찾은 후작이 느긋하게 중얼거렸다. 원하던 오르밀의 신변을 수월히 확보했다. 이제 기회를 봐서 그녀를 목표물에게 접근시키기만 하면 된다. 이미 전적이 있었으니 오르밀은 대상에게 무슨 짓을 하더라도 자연스러웠다.

마침 으리다 백작이 몇 시간 전 2차 간택 결과를 발표했다. 날이 저물면 축하 겸 위로 연회가 있을 것이다. 후작은 일부러 소동을 일으켜 연회장이 어수선해진 틈을 타 오르밀을 움직일 생각이었다.

아무리 호위를 붙여 놓았대도 복잡한 연회장 안에서 하녀 한 명까지 일일이 경계하기란 쉽지 않은 법이다. 볼텐 후작은 하녀복장을 한 오르밀이 이목을 피해 메일을 습격하는 성공적인 미래를 그려 보았다. 기분이 좋아졌다.

'이젤린도 얌전하고.'

한때 제법 징징거리더니 이젤린은 요새는 그를 찾지 않고 있었다. 제 말을 믿고 얌전히 있기로 한 모양이지. 후작은 만족스러운 손길로 콧수염을 쓰다듬었다.

시간이 흘러 해가 기울기 시작했다. 심복을 부른 후작이 그에게 자세한 명령을 내렸다. 곧 심복이 자리에서 사라졌다.

"끄응."

평화로운 오후. 리엘라가 앓아누웠다. 로즈는 물수건을 짜며 안절부절못했고 메일은 이럴 줄 알았다는 눈으로 전날을 회상했다.

"있잖아, 여기서 손을 뻗어도 정말 저기까지 안 닿을까?"

이틀 전 리엘라는 반테르에게서 탈취한 동전을 분수에 던졌다. 생애 첫 동전 던지기였다.

공주님 나이스 샷. 완벽한 솜씨십니다, 짝짝짝. 그리고 그렇게 끝났으면 좋으련만 유감이게도 리엘라는 처음 해본 동전 던지기 놀이에 재미를 붙였다. 일행이 그걸 깨달은 건 다음 날이었다.

하루나 지나 또다시 정원을 찾은 리엘라는 이번엔 분수에다 무려 보석을 던지려고 들었다.

저게 무슨 짓인가. 면역이 없는 맥 플러리는 눈이 튀어나올 뻔했고 로즈와 메일도 간만에 깜짝 놀랐다. 말리고 나자 다른 뜻이 아니라 단순히 수중에 동전이 없어서 그랬다는 사실을 알 수 있었다. 로즈와 메일과 맥은 즉시 가진 동전을 다 털었다.

세 사람이 주머니를 털자 모인 동전의 양이 꽤 되었다. 이 정도면 충분하겠지, 라고 생각하자마자 리엘라가 그 동전을 전부 탕진했다. 놀라운 속도였다. 순식간에 빈손이 된 리엘라는 아쉬운 기색을 보였고 일행은 동공을 흔들었다. 그때 리엘라의 흥미가 약간 방향을 틀었다.

"쭉 뻗으면 닿을 것 같은데?"

던지기를 반복하고 나니 이젠 반대로 도로 꺼내는 것에 관심이 생긴 모양이었다. 투명한 분수의 바닥에는 과장을 좀 보태 은화와 동화가 수북했다.

리엘라가 저걸 건질 수 있지 않겠냐며 눈을 반짝였고 메일은 단호히 고개를 저었다.

"안 닿아요."

"아냐, 닿을 것 같아."

"안 닿는다니까요. 어림없어요. 안 된다는 데에 매리골드의 잎사귀를 걸 수도 있…… 공주님!"

"꺄악!"

남의 말 안 듣기로는 진작 경지에 오른 리엘라가 힘차게 팔을 뻗었다가 그대로 균형을 잃었다. 차라리 다른 사람을 시킬 것이지 본인이 나선 결과는 처참했다. 로즈가 급히 몸을 날렸으나 늦었다. 물이 시원하게 사방으로 튀어 올랐다. 풍덩!

"그러게 안 닿는다고 그렇게……."

회상은 끝났다. 메일이 한숨을 목뒤로 넘겼다. 늦은 저녁 분수에 입수했던 리엘라는 결국 고뿔에 걸렸다. 자업자득의 예제란 이런 것이다. 메일은 물수건을 아직도 짜고 있는 로즈에게 손을 뻗었다.

"이젠 그만 짜도 돼요. 그러다 마른 수건 되겠어요."

"아, 네."

리엘라의 감기는 다행이랄지 증세가 가벼운 편이었다. 열은 미열이고 진찰을 한 궁의 또한 하루나 이틀이면 쾌차하실 테니 걱정하지 말라는 소견을 남겼다.

메일은 건네받은 물수건으로 리엘라의 이마를 덮었다. 리엘라가 가늘게 뜬 눈을 깜박였다.

"차가워."

"얼음주머니보단 이게 덜 차요."

"목 아파."

"내일이면 괜찮아지실 거예요. 죽 가져다드릴까요?"

"맛없어."

"주방장에게 맛있게 해달라고 할게요."

아픈 리엘라는 애처럼 투정을 부렸다. 물론 평소에도 비슷했으니 큰 차이는 없었다.

메일은 익숙하게 투정을 받아넘기며 리엘라의 열을 쟀다. 일평생 강인해서 아픈 것과는 인연이 없었던 로즈는 이러다 작고 약한 공주님이 골로 가는 건 아닌가 내리 전전긍긍했다.

메일은 찬물을 새로 받아 온 로즈를 보며 말을 걸었다.

"전에도 공주님께서 고뿔을 앓으신 적이 있다고 들었는데. 그때가 지금보다 심하지 않았어요?"

"그랬었죠. 꽤 크게 앓으셨습니다."

"그때에 비하면 지금 증세는 지나가는 정도겠네요."

"비교하자면 그렇겠지만…… 사실 당시 저는 다른 일 때문에 황성에 없었습니다. 공주님께서 몬스터가 어떻게 생겼는지 실제로 보고 싶으시다기에, 몸집이 좀 작은 놈으로 한 마리 포획하느라……."

"……"

이쯤 되니 메일은 로즈의 직책이 왜 굳이 시녀인지 궁금해졌다. 그냥 옷이 마음에 들어서 입고 있는 걸까.

어쨌든 리엘라가 앓아누운 모습을 로즈는 실물로는 처음 봤다. 아프다는 표현을 들으면 통상 치명적인 것부터 먼저 떠올리는 강인한 전사는 괜찮다는 의사의 진단에도 좀처럼 마음을 놓지 못했다.

덕분에 메일은 미운 네 살로 회귀한 리엘라를 챙기면서 로즈의 지나친 걱정까지 달래느라 꽤 바쁘게 시간을 보냈다.

중천에 떠 있던 해는 금방 고도를 낮췄다. 리엘라가 색색 잠들었을 무렵 로즈가 문득 떠올랐다는 듯 말했다.

"그러고 보니 오늘 2차 발표가 있었군요."

간택 결과가 공개되었다. 두 번째였다. 마흔이 조금 넘게 남아 있었던 후보는 이제 스물 남짓이 되었다.

메일은 고개를 끄덕여 응수했다. 리엘라는 합격이었다.

"한데 결과는 후보 개개인에게 다 알려 주는 반면 평가 기준은 여전히 미공개를 고수하는군요. 계속 그러니 궁금해지기도 합니다. 대체 어떤 자질에 점수를 주어 합격, 탈락을 나누는 건지."

"……그러게요."

"그래도 공주님께서 매번 합격하시는 걸 보면 역시 제국답게 합리적이고 믿을 만한 기준인 듯합니다. 하하."

"……."

메일은 대답하지 않았다. 먼 산을 봐야 할 것 같은데 먼 산이 없다.

"아무튼 결과가 났으니 오늘 연회가 있겠군요. 다녀오시겠습니까?"

"응?"

생각지 못했던 주제라 메일이 무방비하게 반문했다. 로즈가 말을 덧붙였다.

"오늘은 내내 처소 안에만 계셨지 않습니까. 답답하실 텐데 잠시 외출 삼아 다녀오시는 것도 괜찮지 않겠습니까? 공주님께서도 이젠 잠드셨으니 말입니다."

"그렇게 치면…… 로즈도 마찬가지로 답답하지 않아요?"

"전 괜찮습니다. 낮에 궁의를 부르러 직접 다녀오기도 했고. 이제 제가 쭉 자리를 지키겠습니다."

메일은 로즈를 물끄러미 바라보았다. 아. 그녀가 왜 이런 권유를 하는지 알 것 같았다. 로즈는 나름 고마움을 갚는 중이었다. 공연한 걱정으로 안절부절못하던 그녀를 메일이 친절히 달래 준 것에 대해서 말이다.

저 때문에 심력을 소모하셨으니 회복하러 다녀오시죠.

그 뜻이다. 메일은 로즈의 의도를 읽고 설핏 웃었다. 그런 마음이라면야.

"고마워요. 그럼 산책이나 조금 하고 올게요."

확실히 내내 한 공간에서 리엘라의 투정을 받아주느라 진이 빠지긴 한 참이었다. 꼭 연회에 참석하지는 않더라도 근처를 산책 삼아 거닐고 온다면 나쁘지 않을 것 같았다.

메일은 로즈에게 눈인사를 건네고 간단한 외출 채비를 했다. 처소의 문을 열자 바로 옆 벽에 기대어 있던 맥이 자세를 고쳐 잡았다.

메일은 새삼 맥의 노동을 실감했다.

"아침부터 서 계셨죠?"

"별것 아닙니다."

"다리 아프겠어요."

"괜찮습니다. 한데 어디 가십니까?"

"산책이라도 할까 싶어서요."

대화를 나누다 메일은 언뜻 떠올렸다. 그러고 보면 맥이 그녀의 곁을 지키는 건 흉수의 습격에 대비해서였다. 문제는 아직도 습격이 없다는 점이다.

'내가 너무 조급한가?'

메일은 날짜를 셌다. 미끼를 던지고 이틀이 지났다. 셈하고 나니 또 애매했다. 입질이 오기엔 이른 것 같기도 하고, 예민한 사안일 텐데 움직였어도 진작 움직였어야 하는 거 아닌가 싶기도 하고.

'맥 때문에 몸을 사리고 있는 건 아닐 텐데.'

맥 플러리의 정체를 아는 사람은 황성 내에도 몇 없었다. 겉보기에 맥은 그저 평범한 말단 병사였다.

암살자나 청부업자가 고작 병사 한 명을 경계해서 신중하게 군다는 건 말이 되지 않는다. 애초 구태여 병사로 위장시킨 것도 상대가 방심하고 덤비길 바라서였다.

"맥 경."

"그냥 맥이라고 불러 주십시오. 지금은 병사니까요."

"그래요, 맥. 이건 그냥 궁금해서 묻는 건데, 황성에서 내가 어디에 있을 때 맥이 가장 지키기 까다로울까요?"

"예?"

"처소 안에 있을 때 말고, 지금처럼 바깥으로 외출했을 경우에 말이에요. 맥이 나를 보호하기 제일 어려운 곳이 어디죠?"

"그건……."

답은 금방 나왔다.

"아무래도 연회장이 아닐까 합니다. 사람이 많고 복잡할수록 제 운신의 폭이 좁아지니까요. 경계해야 할 것도 많아지고."

"그렇군요."

메일은 납득한 듯 고개를 끄덕였다. 이어 말한다.

"그럼 가요."

"어딜……."

"연회장이요. 지금 출발하면 시작할 즈음 도착하겠네요."

결심이 섰다. 기회를 노리고 있는 거라면 어련히 만들어줘야지.

맥은 당황스러운 낯으로 대화의 흐름을 되짚었다. 왜 그런 결정으로 귀결된 건지 과정이 이해되지 않았다. 메일은 기다려 주지 않고 먼저 걸었다. 곧 맥이 바쁘게 뒤따랐다.

운이 좋았다. 후작의 심복은 그렇게 생각했다. 옳다구나 오르밀을 내성으로 들인 인간이 병사도 하인도 아닌 숙수라니.

'주방은 좋은 곳이야. 날붙이가 많으니까.'

맡은 일을 성공할 때마다 그에게도 보상이 하나씩 떨어진다. 심복은 콧노래를 흥얼거리며 오르밀을 숨겨 둔 곳으로 향했다.

하녀복, 가발, 사람을 찌르기 좋은 날붙이. 거기에 혹시 약효가 떨어졌을지 모르니 추가로 약도 조금. 일을 벌이기 위해 필요한 것은 전부 있었다. 이제 남은 것은.

"자, 오르밀. 네 몫을 할 시간이다…… 응?"

심복은 동작을 멈췄다. 잘못 찾았나. 아니, 그럴 리가. 그는 뒤로 몇 발 물러서 위치를 확인했다. 이곳이 맞는데.

몇 번이고 문을 여닫았다. 그러나 눈에 보이는 광경은 변하지 않았다. 그는 곧 사색이 되었다.

"이, 이런……!"

오르밀이 사라졌다.

메일은 가는 동안 맥에게 미리 경고해 주었다.

"연회장 안에서 누가 저를 습격할지도 몰라요."

예고를 듣고 맥은 당연히 깜짝 놀랐다. 연회장으로 가자더니?

"설마 습격당하러 가시는 겁니까?"

"바람이에요."

"……너무 태연하신 거 아닙니까?"

습격이라니. 말이 쉽지 가벼운 단어가 아니었다. 맥은 조금 의외라는 눈으로 메일을 응시했다. 유약한 성정은 아니라고 생각했지만 이건 예상보다 더했다.

"여장부시군요."

"아니에요. 그런 건."

"평범한 사람은 안위가 걸린 일에 그렇게 의연하지 못합니다."

"그건……."

메일은 말을 골랐다. 여장부라. 그녀는 스스로를 그렇게 대단히 평가해 본 적은 없었다. 용사라고는 한때 생각했지만. 자신이 판단하기에 저는 그냥 평범한 사람이었다. 평범하고, 또.

"지키고 싶은 사람이 있어서 그래요. 그걸 위한 위험이라면 뭐든 감수할 만하다는 생각이 들어서."

평범하게 누굴 좋아하느라 용감해졌다. 그뿐이다. 굳이 파란만장한 성장기를 거친 것도 아니면서 습격이니, 흉수니, 그런 것에 겁먹지 않고 담담히 굴 수 있는 건 아마 그래서였다.

스스로운 대답을 했다 싶었는지 메일은 말을 돌렸다.

"아무튼 고생해 줘요. 가장 까다로운 곳이라고 했는데 미안해요."

"아닙니다. 그게 제 역할이니까요."

"만약 제가 다치면 맥은 어떻게 되나요?"

"어."

그러게. 어떻게 되지. 맥은 미처 생각해 보지 못했다는 속내를 얼굴로 고스란히 드러냈다. 그건 한편으론 실력에 대한 자신감이었다. 지킬 자신이 충분하니 못 지킨다는 상황은 가정조차 하지 않은 거다.

"뭐, 설마 죽기야 하겠습니까?"

그렇게 답했지만 맥은 확신하지 못했다. 죽을지도.

맥이 새삼 몸 바쳐 호위의 본분을 다할 것을 다짐하는 사이 본궁이 가까워졌다.

연회장으로 통하는 입구는 두 군데였다. 내부의 복도와 연결된 것과 바깥과 바로 이어지는 것. 메일은 그중 바깥 입구로 향했다.

크고 화려한 문 앞에는 카펫이 깔린 계단이 길게 늘어서 있었다. 한 층계씩 밟아 차근히 오르다 메일이 마지막 계단을 남기고 동작을 멈췄다. 뒤따르던 맥이 덩달아 멈춰 서곤 왜 그러나 싶어 앞을 쳐다보았다.

연회장의 문이 열렸다. 소란이 틈새로 시끄럽게 새어 나왔다. 메일은 파란색 머리카락에 시선을 고정했다.

"……오르밀?"

기억 속에 있는 이름이 의식보다 먼저 입 밖으로 흘렀다. 한때는 물의 여신이라 칭송받았던 새파란 머리카락. 수척해지기는 했으나 변함없는 이목구비에 하늘색 눈동자. 누가 보더라도 오르밀, 그녀가 맞았다.

흔한 외모가 아니었기에 닮은 사람일지 모른다는 의혹은 머리조차 내밀지 못했다. 메일은 저도 모르게 눈을 조금 비볐다.

"저 여자는……."

맥이 뒤에서 아는 체를 했다. 오르밀은 유명 인사였다. 그건 그녀가 황성에서 저지른 일에 대해 누구나 알 수 있도록 공개적으로 처벌을 받고 쫓겨났기 때문이다. 그래, 쫓겨났지. 오르밀은 이곳에 있어선 안 되는 인물이었다.

"왜 여기?"

맥의 중얼거림이 메일의 의문을 대변했다. 열린 문 사이로 어수선한 소음과 함께 드문드문 단어 수준의 말소리가 들렸다. 죄인, 누가, 경비병…….

착각도, 헛것을 보고 있는 것도 아니다. 메일은 당황스러운 심정을 감추지 않고 오르밀을 응시했다. 눈이 마주쳤다. 어딜 보는지 알 수 없었던 흐린 하늘색 눈동자에 갑작스레 초점이 돌아왔다.

오르밀이 움직였고 먼저 반응한 건 맥이었다. 그는 이성보다 먼저 감이 시키는 대로 다급하게 층계를 밟았다. 무슨 일이 벌어져도 대상을 보호하고 바로 대응할 수 있도록 위치를 선점했다.

그러나 우려한 일은 일어나지 않았다. 아니, 정확히는 일어나지 못했다.

맥이 메일을 감싸는 것보다 먼저 오르밀의 등을 미는 손이 있었기 때문에.

"……어?"

멍청한 신음이 한 음절, 공기를 탔다. 마른 몸이 속절없이 고꾸라지면서 파란색 머리카락이 실처럼 가닥씩 공중에 흩어졌다. 디디고 있던 곳에서 발이 떨어졌다. 다음 순간 크고 따뜻한 손이 메일의 눈을 가렸다.

"보지 마."

작은 속삭임. 이후 요란한 소리가 들렸다. 사람이 굴러 떨어지는 소리였다. 계단은 길었다. 정체를 알지만 인식하고 싶지 않은 소리는 딱 그만큼 들려왔다.

심장이 크게 뛰었다. 메일은 제 시야를 가린 손을 붙잡았다.

"……폐하."

그 손이 메일의 어깨 아래를 붙잡고 돌렸다. 메일은 장막이 사라진 시야로 황제의 얼굴을 확인했다.

그는 어지간해서는 메일의 신체를 구속하듯 굴지 않는 편이었지만, 이번만은 그녀가 결코 뒤를 돌아보지 못하게 하겠다는 듯 팔을 붙든 손길이 강경했다.

황제가 다시 말했다.

"보지 않는 게 좋아."

크지 않은 목소리는 단호했다. 메일 또한 느끼고 있었다. 지금 제 뒤에 어떤 광경이 펼쳐져 있을지. 메일은 입을 열어 대답하는 대신 고개를 작게 끄덕였다. 곧 황제가 그녀를 훌쩍 안아 올렸다.

"맥. 뒤를 맡기지."

대답도 듣지 않고 황제는 몸을 감췄다. 이내 덜그럭거리며 갑옷을 입은 병사가 달려오는 소리가 들렸다. 장소는 금세 소란으로 뒤덮였다.

"괜찮나?"

메일을 내려놓고 로하이덴은 그것부터 물었다. 겉보기에 다친 곳 하나 없었음에도 그리 질문한 이유는 메일의 안색이 질려 있었기 때문이다. 메일은 고개를 끄덕였다.

"네."

"안색이 좋지 않아."

황제는 메일이 놀란 거라고 짐작했다. 물론 그녀가 평소 보여 주었던 강단을 생각하면 고작 황성에서 오르밀을 만난 것 정도로 눈에 띄게 실색하는 건 다소 의외인 일이긴 하다.

하나 그 밖에는 달리 연유가 없었다. 적어도 갑자기 전에 없던 빈혈이 찾아왔다는 것보단 그 편이 더 개연성이 있지 않은가.

메일은 고개를 들었다. 저를 염려하는 기색이 뚜렷한 황제의 얼굴이 고스란히 시야에 들어왔다. 메일이 눈가를 찡그렸다. 그건 단순히 불편한 심기를 나타내는 것과는 느낌이 달랐다.

그녀의 손이 황제의 옷소매를 쥐었다.

"폐하."

"……무슨 일 있나?"

소매를 쥔 손에 힘을 준다. 메일은 방금 전을 떠올렸다.

오르밀을 마주했다. 놀랐다. 그러나 그건 그렇게 대단한 놀람은 아니었다. 살아 있었구나. 그런데 여긴 어떻게 들어왔지. 이 정도 의문이 머릿속에서 솟아나 맴돌았고 그것이 끝이었다. 그녀의 등장은 굳이 메일을 혼비백산하게 만들 정도로 엄청난 것은 못 되었다.

메일의 심장이 내려앉은 것은 바로 다음 순간이었다.

오르밀이 움직였다. 시선이 올곧게 이쪽을 향하고 있었으므로 그녀가 누구를 목표물로 삼았는지 짐작하는 건 별반 어렵지 않았다. 그것은 또한 예상했던 일이기도 했다.

메일은 처음 오르밀을 발견하던 순간부터 상대가 제게 덤벼들 것을 어쩌면 당연한 흐름처럼 예견하고 있었다.

그러나 이어진 일은 조금도 예상하지 못했다. 오르밀을 따라 연회장에서 나온 사람이 있었다. 머리를 하나로 묶고, 시녀복을 입은. 특색 없는 생김새였으나 보기에 따라 눈만은 오르밀보다 더 죽어 있어 시선을 끌었다.

그녀가 오르밀을 밀었다.

메일은 그때 알아챘다. 그녀가 누구인지 기억했다. 이름까진 알지 못했으나 여러 번 본 적이 있었다. 고작 몇 마디에 불과하지만 말을 나눠 본 적도 있다.

그녀는 오르밀의 시녀였다.

언젠가 처소로 오르밀의 식사 초대를 전달하러 왔던 그녀는 메일이 초대에 응할 때까지 자기가 돌아갈 수 없다고 말했다.

겁에 질려 있지는 않았으나 오히려 의연하다는 점에서 폭력과 학대가 익숙함을 알 수 있었다. 다른 사람의 것보다 조금 긴 소매는 아마 상처를 가리기 위해서였을 것이다.

그런 그녀가 주인을 잃고도 여전히 궁에 남아 있었다. 물론 그건 문제가 되지 않았다. 문제는 그녀가 제 옛 주인을 밀었다는 것이다.

오르밀은 계단 앞에 서 있었다. 등을 밀었을 때 어떻게 될지는 뻔한 일이었다. 의도도, 목적도 부인할 수 없을 만큼 명확했다.

떠밀려 균형을 잃은 오르밀이 아래로 굴러 떨어지는 장면은 황제가 손으로 시야를 가렸기에 볼 수 없었다. 그러나 메일은 오르밀을 민 시녀의 얼굴만은 똑똑히 봤다.

그건…….

"……반."

메일은 신음하듯 상대의 이름을 입에 담았다. 그녀는 그 순간에 무엇을 느꼈나.

엄습한 것은 공포였다.

"무서워요."

소매를 잡고 끌어당겼다. 순순히 끌려오는 상대의 어깨에 이마를 기댔다. 메일은 눈을 감지 않았다. 눈을 감지 않았음에도 떠오르는 것이 생생했다.

상처가 보였다. 곪아서, 너무 오래 곪아서 종내에는 문드러지고 만

상처였다. 그리고 생기를 잃은 눈이 보였다. 정신이 나간 사람보다도 더, 그건 아예 죽은 사람의 것처럼 거무죽죽했다.

그 눈이 다시 생명력을 찾은 것은 바로 그녀가 오르밀을 밀던 순간이었다. 오르밀의 몸이 나무 인형처럼 힘없이 앞으로 수그러질 때, 그때 죽어 있던 눈이 거짓말처럼 생기를 회복했다. 일종의 희열 같은 것이 반짝이며 터져 나왔다.

메일은 알 수 있었다. 누군가가 머리를 치고 간 것처럼 깨달았다. 오르밀을 제 손으로 밀기 전까지 그녀가 어떤 괴로움에 사로잡혀 있었는지를. 무슨 고통에 침식당했는지를 말이다.

그녀는 주인에게 오랜 시간 폭언을 들었고 매질을 당했다. 그러다 주인이 벌을 받고 비참하게 내쫓겼다. 여기까지 들으면 행복한 결말처럼 보인다. 그러나 그녀는 다른 사실을 깨닫고 곧 다시 불행 속에 스스로를 내몰았다.

주인이 벌을 받은 것은 그녀에게 지은 죄 때문이 아니었다. 주인은 그와는 순전히 상관없는 이유로 치죄를 당했다.

그건 달리 말해 주인이 다른 죄를 저지르지 않았다면 학대는 그치지 않고 계속되었을 거라는 뜻이기도 했다.

또 그건, 다시 다른 말로 하면, 그녀가 그간 겪은 학대는 죄로 치부되지 않을 정도로 하찮은 일이라는 의미도 되었다.

오랜 상처로 피폐해진 마음은 그때부터 괴로워하기 시작했다. 주인은 벌은 받았으나 벌을 받은 게 아니다. 아직 주인에게는 죗값이 남았다. 불쌍한 나를 위해, 내 긴 고통이 하찮은 것으로 남지 않기 위해 치러야만 하는 대가가 분명히 있었다.

결국 그녀는 복수를 하지 않고는 평온을 얻을 수 없었다. 모르는 사이 손쓸 수 없이 곪아버린 상처는 그 외에 다른 방법으로는 그녀에게 안식을 허락해 주지 않았다. 복수는 그녀를 구원해 줄 유일한 방법이었다.

그리고 메일은 그런 그녀에게 황제를 투영했다.

황제는 어린 나이에 생모를 잃었다. 첫 번째 대비가 그에 관여한 것이 사실이라면 그녀는 분명 그의 원수였다.

원수는 지금 어떻게 되었나? 죽었다. 그러나 죗값을 치러 사형에 처해진 것은 아니었다. 그녀의 사인은 사고사였다.

어쩌면 황제를 괴롭히는 것은 단지 어릴 때 어머니가 살해당했다는 사실뿐만이 아닐지 몰랐다. 범인을, 어머니를 죽인 원수를 제 손으로 형장에 올리지 못한 것에 대한 자책감.

복수를 해야 하는 대상을 잃어 갈 곳이 사라진 원한이 무의식 속에서 그의 가슴을 새카맣게 죽였을지도 모른다.

메일은 그것이 무서웠다. 상상만으로도 가슴이 서늘해졌다.

황제는 언젠가는 잃은 기억을 찾게 될 수밖에 없었다. 그의 상처를 헤집으려 드는 흉수가 존재하는 이상, 그를 잡고 치죄하는 과정에서 분명 은폐된 과거의 일이 드러날 것이다.

그 순간을 어찌어찌 덮어 넘기더라도 마찬가지였다. 비슷한 흉수가 또 나타나지 않으리란 법은 없다. 결국 황제는 스스로의 상처를 마주해야만 했다.

그때, 황제가 괴로움에 침식당하면 어쩌나.

오르밀의 시녀가 그런 것처럼, 아파하고 고통스러워하다 종내 견디지 못하고 까맣게 타들어 간 눈을 갖게 되면 어떡하나.

"……무서워."

그것이 지금 메일을 무엇보다 두렵게 했다.

황제는 메일의 영문 모를 호소에 당황했다. 그는 어떻게 해야 할지를 몰랐다. 뻣뻣이 굳어 있던 그는 잠시 후 조심스럽게 팔을 뻗었다. 그리고 제게 이마를 기댄 메일의 몸을 감쌌다. 부드러운 몸이 두 팔 안에 남김없이 들어왔다. 그렇게 안은 채로 황제가 입을 열었다.

"나는, 매일."

무슨 말을 해야 할지 찰나 수십 번은 생각했을 것이다. 대체 뭐가 무서운 거냐고 대상을 캐물을지, 아니면 뭔진 몰라도 우선 괜찮다고 안심하라고 달랠지. 고민 끝에 그는 자기 이야기를 했다.

"그대가 다치는 게 세상에서 가장 무서워."

나직한 목소리가 솔직한 심경을 담았다.

황제는 본래 두려움이 뭔지 몰랐다. 그건 그와는 별반 인연이 없는 단어였다. 뭔가를 무서워한다는 것. 공포에 질린다는 것. 그것이 어떤 감각인지 장성한 뒤로 그는 전혀 배울 일이 없었다.

이유는 한 가지로 통일이 가능했다. 단순하다. 그가 강했기 때문이다. 검에 대해 천재라고 불릴 만한 재능을 타고난 황제는 꽤 이르게 경지에 들었고, 경지에 들자 적수가 없었다.

옆 나라 왕을 노이로제에 걸리게 했다는 암살자의 습격도 그에게는 그저 가끔 가다 발생하는 심심풀이 이벤트일 뿐이었다.

토벌대를 꾸려 제국 전역을 순회할 때도 매한가지였다. 홀로 적진에 뛰어들거나 다수와 대치하면서도 그는 눈 하나 깜짝하지 않았다.

겁을 먹는 것은 늘 상대의 몫, 혹은 가끔가다 나 이러다 무실적에 직무 태만으로 잘리는 거 아닌가 걱정한 아군의 몫이었다.

당시 그가 얼마나 혼자서 다 해먹었는지는 토벌대의 비공식적 별칭이 '황제와 그의 응원단'이었다는 사실로 미루어 충분히 짐작해 볼 수 있다.

그렇게나 무서움이 뭔지 모르고 살았다. 남들이 겁에 질려 전신이 떨린다고 할 때, 그는 하다못해 추워서 떨어본 적도 없었다.

첨언하자면 통증에도 꽤 무딘 편이라 다치는 것 또한 전혀 겁내지 않았다. 찢어지면 꿰매면 된다는 것의 그의 지론이었다. 물론 어지간해선 찢어지긴커녕 생채기 하나 날 일이 없기는 했다.

그랬는데, 그랬던 황제에게 이변이 생겼다. 그는 처음으로 무섭다는 감각이 무엇인지 배웠다. 메일 때문이었다. 불 꺼진 별궁의 복도에서 그녀를 구해 내던 날, 황제는 심장이 제 역할을 잊고 고동을 멈추는 감각을 최초로 경험했다.

전신의 피가 식듯 발끝에서부터 차갑게 굳는 기분. 벼랑 끝에 발을 걸친 듯 등줄기를 타고 오르는 오한. 두렵다는 건 이런 거였다.

"그게 상상만으로도 나를 믿을 수 없이 섬뜩하게 해."

네가 다치는 것이 무서워. 황제는 다시 그렇게 속삭였다. 메일은 눈을 깜박였다. 맞닿은 몸으로 옷 너머의 체온과 심장 소리가 전해졌다.

제 등을 감싸 안은 팔이 무슨 일이 있어도 이 몸을 지켜 내겠다는 듯 견고했다.

"……."

심장이 뛰었다. 이번엔 무서워서가 아니었다. 형체가 있는 것도 아니면서 눈에 보일 듯 와 닿는 상대의 진심이 벅찼다. 황제의 말은 고백이나 다름없었다. 저게 널 좋아해서 죽겠다는 말이랑 다를 게 뭔가.

메일은 눈을 감았다. 그리고 손을 들어 황제의 등을 토닥였다. 가슴이 어떤 감정으로 가득 차 허용량을 초과해 넘쳐흐르는 것 같았다.

내가 두려운 것은 상대가 상처 입는 것. 상대가 무서운 것은 내가 다치는 것. 서로가 서로의 약점이자 예외였다. 남들이 들으면 기적 같은 일이라 할 것이다.

"안 다칠게요."

"……."

"그러니 반도 다치지 마세요."

그 기적을 그저 축복처럼 받아들일 수는 없었지만. 그래도.

"다치면 안 돼요."

역시 이 사람이 좋았다. 저를 향해 흐르는 마음이 기뻤다. 입 밖으로 꺼내면 떠나지 못하게 될 것 같아 고백은 매번 속에서만 맴돌았지만, 그럼에도 감정은 크기를 키울 뿐이니 이만한 불가항력도 없을 것이다.

메일은 제 불안이 허상이길 바라듯 황제를 힘껏 껴안았다.

"그런데 어떻게 그곳에 계셨어요?"

산책용 정원에는 걷다가 지쳤을 때 잠시 앉아서 쉴 만한 구조물이 있었다. 금방 헤어지기는 싫고, 그렇다고 계속 서서 이야기할 수는 없고. 두 사람은 낮은 돌담에 걸터앉았다. 메일이 황제를 보며 물었다.

황제는 조금 전 마치 기다리고 있던 사람처럼 시기 좋게 나타나 메일의 눈을 가리고 그녀를 보쌈했다. 우연이라기엔 퍽 적시였다. 황제가 대답했다.

"우연히."

라고 말했지만 사실 뻥이다. 기다린 것이 맞았다. 그러나 그걸 실토하면 추가로 설명해야 할 것이 줄줄이 따라붙었기에 그는 천연덕스럽게 만능 핑계로 둘러댔다. 메일은 굳이 정말이냐고 따지지는 않았다.

"그럼 연회에 참석하시려던 길이었네요."

"뭐…… 고민 중이었지."

"저는 사실 연회가 목적은 아니었어요. 그리로 향하긴 했지만."

바람이 불었다. 메일은 말을 이어가다 문득 어깨에 닿는 찬바람에 제가 숄을 챙기지 않았다는 것을 떠올렸다. 만류할 새도 없이 황제가 부산하게 겉옷을 벗었다.

메일은 거의 반강제로 그것을 걸친 뒤 조금 스스러운 얼굴로 말을 계속했다.

"연회가 아니라, 음, 홍수를 꾀어내는 게 목표였거든요."

"메일."

"……물론 절대 다치지 않을 자신이 있었어요. 맥 경도 곁에 있었고."

이건 메일의 뻥이다. 그녀는 당시 만에 하나 다치게 되더라도 어쩔 수 없다고 생각했다. 죽지만 않으면 됐지. 부상을 좀 입더라도 홍수의 꼬리를 밟는다면 남는 장사가 아닐까.

황제와 메일은 서로 상대방은 걱정하면서 자기 몸은 도외시하는-서로가 알면 복장이 터질-공통점이 있었다.

"그래도, 그게 얼마나……."

"알아요. 위험한 행동이죠. 다음부턴 안 그럴게요."

"……약속해."

"알겠어요, 약속."

아이처럼 손가락을 걸고 나서 메일이 다시 입을 열었다.

"아무튼 그래서 말인데요. 오르밀이 성 안으로 들어오게 된 거."

메일은 비척비척 문 사이로 걸어 나오던 오르밀을 떠올렸다. 그때는 단순히 놀라느라 생각하지 못했는데 지금 되짚으니 이상했다.

"처음에는 몰래 숨어들었나 했어요. 밤중에 사용인들만 드나드는 쪽문 같은 건 아무래도 경비가 허술하게 마련이고, 어떻게 꾀를 부리면 들어오는 것 자체는 가능하지 않을까 싶어서."

그런데 가만 보니 오르밀의 상태가 정상이 아니었다. 흐리멍덩한 초점이든 불안한 걸음걸이든. 좋게 평가해도 멀쩡해 보이지는 않았다.

그럼 앞선 가정에 문제가 생긴다. 오르밀이 살짝 맛이 간 상태로도 황성에 잠입할 수 있는 꾀를 낼 만큼 총명한 인물은 아니었기 때문이다. 다시 태어난 게 아닌 이상 불가능했다.

"그건 결국 누군가가 오르밀이 성 안으로 몰래 들어오도록 도왔다는 말이 되죠. 제 생각에는…… 그게 우연이 아닌 것 같아요."

메일이 말했다. 추측의 형태를 띠었지만 절반 이상 확신이 담겨 있었다.

그리고 그건 황제 또한 의견을 같이하는 부분이기도 했다.

실은 황제는 오르밀이 내성으로 숨어들었다는 걸 진작 알고 있었다. 후작이 간과한 것이 있다. 그건 황제가 메일의 안위에 온 신경을 쏟아붓느라 궁을 감시하는 눈을 전보다 몇 배나 늘렸다는 사실이었다.

평소라면 말단 숙수가 제 거처로 사람 한 명을 숨기는 것쯤 교묘하게 행했다면 눈에 띄지 않았을 것이다.

그러나 배 이상 불어난 감시의 눈은 황성으로 침입하는 거라면 개미 새끼 한 마리 놓치지 않고 잡아냈다. 당연하지만 오르밀의 존재감은 개미보다 컸다.

다른 때도 아니고 이 시기에, 다른 사람도 아니고 하필 오르밀이. 보고를 듣자마자 황제는 의심을 시작했다.

그는 우선 오르밀이 숨겨져 있는 곳에 따로 감시를 붙였다. 그리고 고민했다. 어쩔까. 이 상황이 우연이 아니라 실제로 흉수의 입김이 작용한 것이라면, 오르밀은 필히 성가시게 이용될 여지가 있었다.

단순히 도로 내쫓는 식으로 살려 두면 화근이 될 것이 훤했다. 황제는 대상을 어떻게 처리할까 갈등하다 결정을 내렸다. 통제하에서 사고를 치도록 만들기로.

이목이 없는 곳으로 오르밀을 옮겨 그녀의 숨을 끊는 간단한 방법을 택하지 않은 것은 흉수에게 쓸데없는 경각심을 심어주지 않기 위해서였다.

오르밀이 갑자기 사라져 소재가 불분명해지면 흉수가 제 계획이 들켰음을 가정하고 몸을 사릴 수도 있었다. 두말하면 입 아프지만 꼬리를 밟는 일은 상대가 방심할수록 수월하다.

황제는 그들이 그저 관리 소홀로 일을 그르쳤다고 믿게 만들 셈이었다.

오르밀을 빼내는 것은 어렵지 않았다. 황제는 그녀를 숙수의 거처에서 빼돌린 뒤 연회장으로 유인했다. 사람이 많아야 사고도 잘 일어나는 법이다.

그리고 그때 마침 메일이 다른 일행 없이 본궁의 연회장으로 향한다는 보고가 그에게 들어왔다.

황제가 메일에게 붙인 호위는 맥이 전부가 아니었다. 몸을 숨긴 채 역할을 함께하는 동료가 서넛은 되었으며 그중 한 명은 정보원을 겸했다.

황제는 당연히 가만있을 수가 없었다. 연회장에서 오르밀이 메일을 마주쳤다간 어떻게 되겠나. 상황 못 가리고 덤벼들 것이 보지 않아도 선했다.

물론 맥을 비롯해 붙여 놓은 호위들을 믿지 못하는 건 아니었지만, 황제는 메일에 한해서는 과보호에 사서 걱정하는 것이 특기였다. 못해도 본인이 직접 곁에서 지켜야 안심이 될 것 같았다.

그가 메일의 동선에 맞춰 미리 입구를 선점하고 기다리고 있었던 것은 그래서였다.

다만 예상과 다르게 흘러간 것은 오르밀이 생각보다 빠르게 연회장을 가로질러 입구의 문을 연 것. 그리고 에이미의 개입이었다. 특히 후자가 갑작스러웠다.

계단에서 구른 오르밀은 운이 나빴다고 해야 할지 목뼈가 부러졌다. 황제가 메일의 눈을 가려 보지 못하게 했던 장면이었다.

어쨌든 오르밀은 최후를 맞았다. 부러 사고를 일으키도록 만들어 처형시키려고 했던 것과는 썩 달라진 방식이었지만 말이다. 남은 것은 배후였다.

"우연이 아니라면?"

"제 행동에 유감을 품은 누군가의 짓이 아닐까 싶어요. 그 누군가가 제가 찾던 흉수겠죠. 암살자 같은 전문적인 인력을 동원할 줄 알았는데 그러지 않은 건 예상 밖이지만, 그렇다고 우연이라 치부하기엔 역시 너무 공교로워요. 오르밀을 이용해 저를 노리려던 게 아닐까요?"

"그 의견에 동감이야."

"그렇죠? 상황이나 결과를 보면 실패한 것 같기는 하지만, 어쨌든 시도하려 들었다는 거겠죠."

메일은 표정을 조금 심각하게 굳혔다. 곤란했다. 습격을 받게 되면 그 습격자를 잡아다 배후를 캐낼 생각이었는데, 오르밀을 잡아 심문한다고 뭐가 나올 것 같지도 않고—우선 살았는지도 불분명하고—그나마 기대를 걸 만한 게 그녀를 성안으로 들인 당사자였으나 그마저도 아무것도 모르고 이용당했을 가능성이 있었다. 골머리가 아파왔다.

기껏 방법을 찾았다고 생각했는데 다시 기약 없이 기다려야 하는 걸까.

"잡아야 하는데……."

"그건 걱정하지 않아도 될 것 같군."

"네?"

"캐 보면 뭔가가 나올 것 같거든."

"정말요? 오르밀을 내성으로 들인 사람한테서요?"

"그래."

물론 숙수에게선 나올 것이 없다. 아무리 털어 봤자 토해 내는 것이라곤 요리 비법 따위가 다일 것이다. 그러나 황제는 숙수가 아닌 다른 사람에게 꼬리를 붙였다.

오르밀을 빼돌린 뒤에도 감시자는 계속 그 자리를 지켰다. 그의 역할은 해당 장소에 은밀히 접근하는 이가 누구인지 확인하는 것이었다. 확인한 후에는 보고를 올리고 미행하도록 지시해 두었다.

"다행이에요."

메일의 표정이 풀렸다. 안도한 낯으로 마음이 놓인 듯 웃는다. 황제는 그런 그녀를 가만히 응시했다. 아무 말 없이 시선만 길어지자 메일이 물었다.

"무슨 생각하세요?"

"역시 탑을 열어야겠다는 생각."

답은 주저 않고 나왔으나 메일이 바로 알아듣기에는 부연이 부족했다. 무슨 탑이냐고 이어 묻자 그것에는 대답 대신 미소만 지었다.

열쇠를 얻었다는 전보는 이미 받았다. 황제는 날이 밝기 전에 도착할 반테르를 기다렸다.

에이미는 일전 오르밀이 저지른 사건에 연루된 사람들이 줄줄이 치죄를 당할 때 그녀가 오르밀로부터 잦은 협박과 구타를 당했다는 주변의 증언 덕에 죄인 신세를 면했다.

증언을 해준 것은 그나마 티끌만 한 의리는 남아 있었던 에나를 비롯한 네 시녀였다.

그렇게 면피하였지만 결국 에이미는 죄인이 되었다. 오르밀을 계단에서 밀어 그녀가 숨졌으니 이번엔 무슨 핑계를 대더라도 책임을 피할수 없었다. 그러나 감옥으로 끌려가면서 에이미는 전의 어느 때보다 활짝 웃었다.

맥은 쓸데없는 소문이 퍼지지 않도록 계단 밑 병사의 입을 단속하고한발 늦게 달려온 경비병과 시신을 정리했다.

뒤늦게 호기심으로 문을 열고 나와 오르밀의 참혹한 몰골을 목도한영애가 몇 있었기에 연회장은 크게 소란스러워졌다. 으리다 백작은 상황을 지켜보다 분위기가 어수선해진 김에 평소보다 일찍 연회의 종료를 알렸다.

에이미의 처분은 공표되지 않았다.

그리고 다음 날. 해가 달을 밀어내자마자 메일은 생각지도 못 했던방문객을 맞이했다.

※

간과한 것도 모자라 후작이 착각한 것이 있었다. 그는 이젤린이 제 충고를 새겨들어 얌전히 있는 중이라 생각했으나 그건 사실과 퍽 달랐다. 이젤린은 전혀 얌전히 굴지 않았다. 다만 후작을 찾아가지 않았을 뿐이다.

그녀는 몸이 단 상태였다. 하루라도 빨리 황제의 여인을 찾아내고 싶은데 좀처럼 원하는 대로 되질 않으니 답답하고 애가 탔다. 얼마간은 당황스럽기도 했다.

과시욕이 없는 것도 정도가 있지, 어떻게 황제에게 사랑받으면서 그걸 드러내지 않을 수가 있나. 이젤린은 본궁과 별궁의 시녀에게도 접촉해 봤다. 입막음을 했는지 나오는 것은 없었다.

시간이 지날수록 초조함은 커졌다. 시녀에게 신경질을 부렸다가 혹 그것이 황제의 귀에 들어가면 어쩌나 깜짝 놀라 사과하는 일이 잦아졌다. 이대론 안 되는데. 신앙심도 없으면서 신께 기도하는 시간만 늘었다.

그러던 와중 본궁에서 연회가 열린다는 소식이 들렸다. 2차 간택의 부산물로 따라붙는 연회였다.

이젤린은 문득 이거다 싶었다. 간택에서 합격한 후보들을 전부 한자리에서 볼 수 있는 기회였다. 전에는 후작이 그 같은 공식적인 자리에 저를 노출하지 말라 경고하듯 당부해서 그에 따라왔으나 지금은 물불 가릴 때가 아니다. 그딴 당부 생각도 나지 않았다.

채비를 마치고 이젤린은 본궁의 연회장으로 향했다. 뭐라도 알아낼 수 있길, 부디 뭐라도. 그리고 그간의 기도가 효과가 있었는지 신이 그녀를 도왔다.

'……어?'

목격했다. 사람이 계단에서 굴러 떨어졌다. 그러나 중요한 건 그것이 아니었다. 계단 위에 황제가 있었다. 그리고 어떤 여인도 있었다.

가까이서 여인을 붙든 황제는 곧 그녀를 안고 사라졌다.

아, 저 여자구나.

희열과 동시에 탈력감이 찾아들었다. 몸에 힘이 쭉 빠졌다. 이젤린은 허탈하게 웃었다. 아는 얼굴이었다. 도서관에서도, 그 전에도 한번 부딪혔던 사람. 본인을 바로 앞에 두고 여태 헤맸다는 것이 믿기지가 않았다.

복잡한 감정이 그녀를 지배했다. 이젤린은 한참을 더 웃었다. 그리고 움직였다. 생김새를 알았으니 추가적인 정보를 얻는 것은 쉬웠다. 개인적인 용무가 있다고 하자 시녀는 쉽게 처소의 위치를 알려 주었다.

이젤린은 날이 밝기만을 기다렸다. 완전히 샜는지, 중간에 잠깐 쪽잠이 들었었는지는 모르겠다. 아무튼 그녀는 동이 트자마자 바쁘게 서쪽 별궁을 찾았다.

운이 좋았던 것은 이른 시각이었음에도 상대가 기상해 있었던 것. 그리고 단둘이 이야기를 나누고 싶다는 저의 요청을 순순히 들어준 것.

이젤린은 사방이 막힌 응접실에서 메일을 마주 보고 앉았다.

"왜 저를?"

메일은 조금 놀란 얼굴을 했다. 예상에 전혀 없었던 일이 일어나니 얼떨떨한 기분이 들었다. 안면은 있었지만 딱히 친분이나 인연이랄 건 없는 상대였다.

메일은 그녀의 이름 또한 '이젤린 텐고트 님께서 뵙기를 청하십니다'라는 시녀의 전언 덕에 처음 알았다. 이젤린 텐고트. 실 뭉치 영애가 아니라 텐고트 영애였다.

아침부터 누가 저를 찾아온 것도 놀라운데 그게 도저히 용건이 짐작되지 않는 대상이라니. 메일은 물끄러미 상대방을 응시했다.

"그건……."

이젤린은 침을 꼴깍 삼켰다. 마른침이 목을 타고 넘어갔다.

앞서 이야기한 적이 있듯 그녀는 공포에 사로잡혀 있었다.

버림받을지도 모른다는 공포. 지금 손에 쥔 것을 전부 잃어야 할지도 모른다는 두려움.

거기서 벗어나려 버둥대다 그녀는 한 가지 방법을 찾았다.

이젤린이 두려워한 것은 궁에서 쫓겨나는 것이다. 그러나 그녀는 황제가 저를 그리 매정히 내치리라고는 생각하지 않았다.

가까이서 본 그는 알려진 것보다 측은지심이 있는 사람이었고 특히 제 사람에게 잘했다. 더불어 희망적이게도 제 사람'이었던' 이에게도 잘해 주었다.

이젤린은 황제의 비호 아래 있었다. 그의 사람이었다. 비록 마음이 변심하여 더는 정을 주지 않는다고 해도 이미 지냈던 세월이 없던 일이 되지는 않는다. 그녀는 간절히 매달린다면 황제가 저를 쉽게 내치지는 못 할 것이라 확신했다.

문제는 다른 데 있었다.

황제의 여인. 그가 마음을 준 사람. 타인인 이젤린마저 통감했을 정도로 황제는 그녀에게 깊이 빠져 있었다.

그때부터 미친 듯이 겁이 났다. 막연하게 발밑에 늘어져 있던 상실에 대한 공포가 기다렸다는 듯 형체를 띠고 덮쳤다.

만약 그 여자가 저를 버리라 요구하면 어쩌지? 눈에 보기 싫다고, 어서 내쳐 달라 속닥이면 어떻게 하지?

이젤린은 깨달았다. 알 수 있었다. 제 목을 틀어쥐고 있는 것은 황제가 아니라 황제의 마음을 앗아간 그녀라는걸. 황제는 그녀의 말이라면 그게 무엇이든 들어줄 것이다. 그럴 수밖에 없는 남자의 눈을 하고 있었다.

그러니 제가 가진 것을 잃지 않고 이곳에 남기 위해서는.

이젤린이 몸을 일으켰다. 메일은 가타부타 말없이 갑자기 의자에서 일어서는 그녀를 의아하게 바라보다 곧 화들짝 놀랐다. 이젤린은 무릎을 꿇었다. 메일의 발치에.

"테, 텐고트 영애? 갑자기 무슨…….."

"내쫓지 말아주세요."

"네?"

"궁에 남을 수 있게 해주세요. 저는 그거면 충분해요. 정말로요, 정말. 폐하를 욕심내는 것이 아니에요. 감히 애정을 나눠 갖고 싶다는 게 결코 아니에요. 맹세할 수 있어요."

"무슨…… 소리를 하는 거예요? 일단 그러고 있지 말고 일어나서……."

"제가 아는 건 전부 말씀드릴게요. 저를 믿으실 수 있게, 모조리 털어놓을게요. 감추지 않고 전부, 전부 이야기할게요. 어떻게 폐하의 눈에 띌 수 있었는지부터 모두."

후작이 미처 몰랐거나 알면서도 간과한 사실이 두 가지 있다. 하나는 버림받는 것에 대한 이젤린의 공포가 생각보다 컸다는 것. 다른 하나는 그녀가 황제를 사랑하지 않았다는 것.

그랬기에 이젤린은 후작이 상상하지도 못 한 방식을 택했다.

누가 저를 황제와 만날 수 있게 해주었는지. 황제의 앞에서 어떤 외양과 태도를 고수할 것을 가르쳤는지. 간혹 황제가 앓는 불면증의 지속 여부를 물은 것. 그리고 불안해하는 제게 황제는 결코 저를 버릴 수 없다 단언했던 것까지 전부.

지금껏 누구에게도 말하지 않았던 모든 이야기가 이젤린의 입을 타고 흘러나왔다.

✳

반테르는 밤새 마차를 달려 동이 트기 직전 황성에 도착했다. 그간 영지에 거의 들르지 않은 건 이래서였다. 워프 게이트를 이용해도 추가로 달려야 하는 거리가 이렇게나 멀었다.

휴가가 사흘이라 치면 그중 이틀은 오가는 데 쓰일 판이다. 그는 찌뿌둥한 몸으로 마차에서 내렸다.

'고생했다.'

그는 스스로 평가했다. 노고가 깊었다. 그건 마음고생이 아니라 몸고생이었는데, 아버지인 모하임 공작과의 대련이 가장 큰 몫을 차지했다.

그렇다. 열쇠를 순순히 내어줄 것처럼 굴었던 공작은 대뜸 반테르를 연무장으로 불러냈다. 아주 익숙한 상황이라 반테르의 얼굴에 그늘이 졌다.

열쇠 주신다면서요. 아들의 항의에 공작은 태연히 응수했다. 준다고 했지 누가 그냥 준다고 했느냐.

반테르는 대단히 뛰어난 검사였지만 광활한 제국 전역에 그보다 검을 잘 다루는 사람이 세 명쯤은 있었다. 불행은 그중 둘이 상사와 가족이라는 것이다.

그렇게 반테르는 대련이라는 미명하에 이리 구르고 저리 구르고 열심히 굴렀다. 매섭게 떨어지는 검에는 자비의 그림자도 없어서 아주 죽을 맛이었다. 덕분에 그는 잊었던 어린 날의 의혹을 다시 떠올렸다. 진짜 계부 아니야?

아무튼 고생은 거했지만 결과적으로 열쇠를 얻는 것에 성공했다. 임무 완수였다. 장하다며 스스로를 치하하던 반테르는 거처로 향하다 깜짝 놀랐다.

"폐하."

복도에 황제가 있었다. 어딜 봐도 미리 기다리고 있었던 것 같은 모양새였다. 이제 갓 동이 터 오는데 언제부터 계신 건지. 반테르는 살짝 감동할 뻔했다가 곧 현실을 깨달았다.

"마중 나오신 거군요. 열쇠를."

황제가 정답이라는 듯 손을 내밀었다.

"알면 이리 주지."

"노고를 먼저 알아주셔야 하는 거 아닙니까? 이걸 얻느라 제가 얼마나 굴렀는지 폐하께선 모르실……."

"유급휴가 일주일."

"열쇠님 여기 있습니다."

장난스럽게 대답했지만 말과 달리 열쇠를 건네는 반테르의 손은 느렸다. 머뭇거림도 조금 섞여 있었다.

그가 어떤 마음인지 알았기에 황제는 구태여 재촉하거나 타박하지 않았다. 결국 열쇠를 완전히 넘기면서 반테르가 땅이 꺼져라 한숨을 뱉었다.

"이제 제 행운은 다 사라졌습니다. 요새 하도 한숨을 쉬어서."

"한숨을 쉬면 행운이 사라지나?"

"점쟁이의 말로는요."

"참. 답지 않게 그런 걸 믿었지, 경."

피식 웃은 황제가 열쇠를 훑듯 살폈다. 금으로 된 열쇠는 손바닥을 전부 채울 정도의 크기였다. 반테르는 복잡한 표정을 지었다.

"지금 여실 겁니까?"

목적어를 생략했으나 의미 전달에는 문제가 없었다. 관찰이 끝난 듯 열쇠를 손아귀에 감싸 쥔 황제가 대답했다.

"그래야지."

"마음의 준비를 좀 더……."

"한다고 달라지나?"

"말이나 해봤습니다."

"걱정 말게. 제정신 유지하고 멀쩡히 나올 테니."

당연히 그러셔야죠. 반테르는 입을 달싹이다 다물었다. 어차피 말릴 수 없다. 저도 안다. 이미 수월히 들어가시라고 열쇠까지 받아오지 않았나.

그는 다른 말을 더 덧붙이는 대신 고개를 짧게 숙여 다녀오시란 뜻을 전했다. 고갯짓으로 응한 황제가 몸을 돌렸다.

날이 밝기 시작했다. 복도에 서광이 들었다. 새벽을 깨우는 빛은 대체로 희망의 상징으로 비유된다. 반테르는 그것이 부디 들어맞길 바라며 황제의 뒷모습이 사라질 때까지 자리를 지켰다.

북쪽의 첨탑은 을씨년스러웠다. 높이는 낮지 않으나 폭이 좁았다. 과거 어떤 용도로 쓰였든 한계가 있었을 것 같았다. 단단히 잠긴 문은 성인 한 명이 겨우 지나갈 정도로 그 역시 크기가 작았다.

자물쇠. 사슬. 크지 않은 문은 단단히 봉해져 있었다. 황제는 그것을 가만히 바라보다 자물쇠로 손을 뻗었다. 열쇠는 정확히 맞아 들었다.

헛손질 없이 자물쇠가 열렸다. 달각. 풀어낸 자물쇠를 고리에서 빼내고 감겨 있는 사슬은 검으로 잘랐다. 거짓말처럼 쇠가 부드럽게 잘려 나갔다.

자물쇠를 같은 방식으로 자르지 않고 굳이 열쇠로 연 것은 선황을 향한 최소한의 존중이었다.

잠금장치를 모두 잃은 문은 미세한 힘에도 손쉽게 열렸다.

문을 열고 들어섰다. 내부는 어두웠다. 문을 닫자 빛 한 점 새어 들어오지 않았다. 황제의 눈은 금방 어둠에 적응했다. 그는 벽에 걸린 등을 찾았다. 심지와 기름으로 불을 붙여야 할 줄 알았는데 예상외로 그건 마법 등이었다.

황제는 마법 등 사용에 익숙했다. 손짓 한번으로 그가 등의 불을 밝혔다.

등은 생각보다 더 밝았다. 커지자마자 내부 전체가 환해졌다. 어둠이 사라지자 존재하던 것들이 선연하게 모습을 드러냈다.

가장 먼저 초상화가 보였다.

초상화, 그리고.

"……!"

황제가 무릎을 꿇었다. 머리가 아팠다. 여태 겪어본 적 없는 두통이 그를 잠식했다. 눈앞이 아득해졌다.

침대. 탁자. 몇 가지 직조물. 실내는 하나의 방을 이루고 있었다. 특별히 부족한 것은 없으나 그렇다고 화려하지도 않은 수수한 방. 누군가의 처소.

아득한 시야가 흐릿해졌다.

수면 아래 잠들어 있던 기억이 고개를 들고 그를 덮쳤다.

✻

한 여자가 있었다. 말수가 적고 얌전했다. 감정이 격해져도 큰 소리를 내는 법이 없었으며 늘 조용조용했다. 취미는 자수 놓기. 손수건이나 특별한 형태가 없는 천보다는 옷에 수 놓기를 좋아했다.

한 아이가 있었다. 어릴 때부터 총명하고 지닌 재능이 남달랐다. 한 노파는 아이를 보고는 하늘이 될 관상이라고 말했다. 노파는 입을 잘못 놀린 죄로 쫓겨났다. 아이에게 관심을 주는 이는 별로 없었으나 아이는 괜찮았다.

다시 한 여자가 있었다. 조용하고 수 놓기를 좋아하는 여자. 그녀는 아이의 엄마였다. 모자는 크고 화려한 궁에서 살았다.

궁은 대단히 넓고 아름다웠으며 동시에 적막했다. 가끔 지나가는 사람 한 명 없는 복도는 해가 지면 서늘하고 황량하였으나 모자는 크게 쓸쓸함을 느끼지는 않았다.

아이에게는 엄마가, 그녀에게는 아이가 전부이자 버팀목이 되었다. 모자가 함께 있을 때면 그곳은 장소가 어디든 더 이상 삭막하지 않고 고즈넉했다.

그러나 외롭지는 않아도 여자는 간혹 무서움을 탔다. 특별히 저를 위협하는 것이 없었음에도 그녀가 때때로 악몽에 시달린 것은 아마 타고나길 겁이 많아서였을 것이다.

식은땀이 등을 적시는 무서운 꿈을 꾼 날이면 여자는 제 아이를 꼭 끌어안았다. 힘주어 꽉 끌어안고는 말했다.

"날 지켜 줄 사람은 너뿐이야. 반, 네가 꼭 이 엄마를 지켜 주렴."

어린아이는 무조건 그러겠노라 했다.

여자의 이름은 소피아 알베체. 몰락한 자작 가문의 독녀이자 제국의 세 번째 황비였다.

소피아는 열여덟 살에 궁에 들어왔다. 황제는 그녀를 열렬히 사랑하지는 않았지만 동정심과 일종의 책임감으로 식을 올렸다. 소피아는 마차 사고로 양친을 잃었다. 사고를 낸 귀족은 황제의 예속이었다.

황비가 된 소피아는 죽은 듯 지냈다. 본래 얌전해서 어디서든 눈에 띄는 편이 아니었다.

그녀보다 일 년 먼저 입궁한 첫 번째 황비는 포악한 성정으로 이름이 자자했으나 그렇다고 제게 기어오르지 않는 상대를 구태여 찍어 누르지는 않았다. 소피아의 나날은 별것 없지만 평온했다.

이변이 생긴 것은 아이를 가졌을 때였다.

소피아가 임신했다. 당연하지만 황제의 아이였다. 그러나 믿을 수 없는 일이 벌어졌다. 아무도 그것을 믿어주지 않은 것이다.

여기에는 오해가 있었다. 황제는 몇 년 전 불임 진단을 받았다. 물론 정말 불임이라면 소피아의 잉태가 가능했을 리 없다. 그는 사실 난임이었다.

하나 진찰 이후 실제로 오랫동안 아이가 들어서지 않자 황제와 주변이는 궁의의 오진을 철석같이 믿어버렸다.

소피아는 괘씸하게 부정을 통한 여자가 되었다. 억울함을 호소했으나 누구도 들어주지 않았다. 그녀는 별궁 꼭대기에 유폐되듯 갇혔다.

텅 빈 복도는 을씨년스러웠고 사용인이라곤 밥을 해줄 숙수, 수발을 들 시녀 한 명, 그리고 산파가 전부였다. 아이를 출산한 이후에도 상황은 같았다.

아이를 낳고 소피아는 한 달을 울었다. 산파는 그녀를 불쌍히 여겨 몰래 신관을 들여와 아이가 세례를 받을 수 있도록 해주었다. 아이의 세례명은 반이었다.

이후 몇 년이 흘렀다. 아이는 건강하게 잘 성장했으며 남달리 영특했다. 물론 드러낼 길이 없어 그를 아는 사람이라고는 시녀 한 명, 어미인 소피아, 이 정도가 전부였지만 아이는 달리 타인에게 인정받고자 하는 욕심이 없었다.

아이에게 세상의 전부는 오직 어머니였다. 그건 어미 또한 마찬가지라 모자의 유대는 유별했다.

시간이 더 지났다. 아이가 일곱 살이 되던 해였다. 소피아의 부정이 오해였다는 것이 밝혀졌다. 갑작스러운 일이었다.

계기는 단순했다. 술에 취한 황제와 통정한 시녀가 애를 뱄다. 처음에는 당연히 소피아 때와 마찬가지로 다들 시녀의 주장을 믿지 않았다.

하나 다른 점이 있다면 소피아와는 달리 시녀가 순순히 체념하지 않았다는 것이다. 그녀는 억울함을 증명해 보이겠다며 자살을 시도했다.

시늉이 아니라 정말로 죽으려고 했기에 궁은 크게 들썩였다. 황제는 근 십 년 만에 궁의를 불러 재 진찰을 받았다.

결과는 난임. 황제는 크게 통탄했다.

칠 년 만에 아이를 불러 얼굴을 보았다. 이목구비는 어미를 닮았으나 눈동자가 황제의 것이었다. 핏줄임을 확신했다. 죄책감이 황제를 짓눌렀다.

그는 늦었으나 책임을 지고자 했다. 삭막한 별궁의 꼭대기가 아닌 본궁으로 모자를 불러들였다. 그러나 소피아가 거절했다. 아이에게도 저에게도 지내던 곳이 편하다고 고개를 저었다. 수발을 드는 사용인이 느는 것도 원하지 않았다. 그녀는 그저 살던 대로 살겠다 말했다.

황제는 소피아가 이동을 거부하자 본인이 직접 움직였다. 그는 틈만 나면 별궁을 찾았다. 거처에 들러 그녀와 아이에게 극진히 굴었다. 단발로 그치지 않고 그것이 계속되자 소피아도 조금씩 마음을 열었다.

그 무렵 질투로 눈이 뒤집힌 사람이 있었다. 바로 첫 번째 황비였다.

그녀는 모멸감에 휩싸였다. 그녀가 견딜 수 없었던 건 다른 게 아니다. 제가 하지 못한 일을 감히 남이 해냈다는 사실이었다.

저는 팔 년을 사랑받으면서도 아이를 갖지 못했다. 한데 어떻게 고작 시녀와 뒤늦게 굴러 들어온 후비 따위가.

아이가 총명하다는 소식을 듣자 질투는 더 크기를 키웠다. 시녀는 이미 자살 소동의 여파로 유산했다.

첫 번째 황비는 결점 없이 잘 자란 소피아의 아이를 찢어 죽이고 싶다고 생각했다. 그러나 출신이 결백해진 아이는 이제 황제의 유일한 후계였다. 아무리 그녀가 황궁이 제 것인 것처럼 굴어도 아이를 건드릴 수는 없었다.

분노와 시기의 화살은 소피아에게로 향했다.

화창한 날이었다. 날씨가 좋아 모자는 간만에 테라스로 나왔다. 볕이 잘 드는 곳에 탁자를 두고 음식을 차렸다. 아이는 요새 어머니가 자주 웃는 것이 기뻤다.

후계로 책봉된 이후 저를 딱딱하게 '전하'라고 부르는 것은 싫었지만 그마저도 투정을 부리면 금방 '반'이라고 다시 이름을 불러 주었다.

사랑하는 나의 반. 따뜻한 목소리가 좋았다. 아이는 행복했다.

행복한 아이의 눈앞에서 소피아가 쓰러지기 전까지는.

"……어머니?"

오찬을 먹던 도중이었다. 예고 없이 소피아가 피를 토했다. 이어 고꾸라졌다. 의자가 나동그라졌다. 탁자도, 바닥도 피로 엉망이 되었다. 아이는 어머니를 흔들었다. 움직이지 않았다. 계속해서 불렀다. 대답은 없었다.

시간이 얼마나 흘렀을까. 그릇을 치우러 들어온 시녀가 비명을 질렀다.

탁자 위에는 소피아가 아이를 위해 직접 준비한 토마토 수프가 있었다.

범인은 곧 밝혀졌다. 첫 번째 황비였다. 그녀가 소피아에게 몰래 독을 먹였다. 몰래라는 말은 어쩌면 어폐가 있었다. 그녀는 구태여 증거를 인멸하려 들지 않았다.

황제는 첫 번째 황비를 사랑했다. 일찍 죽은 황후를 제외하면 그녀는 황제에게 가장 큰 사랑을 받았다. 그녀 또한 그것을 알고 있었다. 그래서 굳이 허술하게 일을 벌였다.

범인이라는 것을 알아도 황제는 저를 죄인으로 만들지 않을 테니까. 그렇게 여전한 사랑을 확인하고 싶었다.

그녀의 확신대로 황제는 첫 번째 황비를 벌하지 못했다. 어떻게 사랑하는 이를 제 손으로 치죄할 것인가. 아무리 극악무도한 죄를 저질렀다고 한들 한번 준 마음을 거두기란 쉽지 않았다. 죽은 소피아를 불쌓히 여긴 몇 사용인이 수군거렸으나 그뿐이었다.

이후 아이가 깨어났다. 어미의 죽음을 목격하고 아이는 열이 끓더니 크게 앓아누웠다. 아이는 꼬박 일주일 만에 눈을 떴으며,

"제게…… 어머니가 계셨나요?"

어미를 기억하지 못했다.

황제는 차라리 잘되었다고 생각했다. 오히려 이편이 나았다. 그는 기억을 잃은 아이가 그것을 되찾지 못하도록 매개를 모조리 정리했다.

소피아는 난산으로 출산 직후 사망했으며 아이가 별궁에서 자란 것은 몸이 약해서 요양이 필요했던 것이다. 다른 말을 지껄이는 자는 모두 감옥에 갇혔다.

다행이라고 해야 할지. 황제를 도운 것은 진실을 아는 이들이 생각보다 적었다는 것이다. 소피아의 부정도, 그게 오해였다는 것도, 첫 번째 대비의 독살도 감히 함부로 떠들 만한 이야기가 아니라 다들 쉬쉬했던 탓이었다.

특히 소피아는 몇 달을 제외하고는 내내 고립되어 있었으니 내성에는 그녀의 얼굴을 아는 이조차 몇 되지 않았다.

그렇게 소피아의 세월은 지워졌다.

하나 여기서 첫 번째 황비가 미처 생각하지 못한 것이 있었다. 황제는 소피아를 사랑하지 않았다. 그녀에게 품은 것은 연민이 다였다. 그러나 그녀의 아이는 사랑했다.

핏줄이란 것이 그렇다. 황제는 아이가 애틋했다. 그간 못 해준 것이 떠올라 더 그랬다. 그는 죄책감을 사랑으로 덮으려 들었다.

황제는 아이를 위해 첨탑에 많은 것을 남겨 두고 문을 잠갔다. 후에, 나중에 언젠가, 제가 눈을 감은 뒤에 아이가 기억을 떠올리게 된다면 그때 도움이 될 수 있도록.

평생 떠올리지 못하여 영원히 잠겨 있을 수도 있었지만 어느 쪽이든

상관없었다. 첨탑은 그가 죄책감을 덜기 위한 장치였다. 그렇게라도 짐을 내려놓고자 했다.

뒤늦게 탑의 존재를 알게 된 첫 번째 황비가 그것을 없애 줄 것을 요구했지만 황제는 들어주지 않았다. 황제는 비를 사랑했지만, 그만큼 아이 또한 사랑했다.

그로부터 십 년. 아이가 열일곱 살이 되던 해 황제는 병상에 누웠다. 소싯적 크게 앓았던 병이 재발했다. 궁의는 이번에는 손쓸 도리가 없다고 했고 황제는 침대 위에서 반년을 버텼다.

황제가 별세하자 국장을 치른 이후 곧바로 즉위식이 거행되었다. 열일곱에 아이는 새로운 황제가 되었다. 작은 반란이 있었으나 진압이 빨랐다. 새 황제가 손에 쥔 황권은 선황 때와는 비교할 수 없을 정도로 강했다.

그쯤 첫 번째 황비가 죽었다. 사고사였다. 유람을 나갔다가 마차가 전복되어 그녀를 포함해 타고 있던 시녀 셋이 사망했다. 그녀를 아는 누구도 예상하지 못했던 허무한 죽음이었다.

그때부터 황제는 불면증을 앓기 시작했다. 불면증을 무시하고 잠을 청하면 꼭 악몽이 찾아들었다. 악몽은 기억에는 잔재를 남기지 않으면서 황제를, 황제가 된 아이를 괴롭혔다. 꿈속에서 그는 심연으로 잠겼다. 도저히 빠져나올 수 없을 것처럼 깊고 어두웠다.

"반."

발목을 쥐고 끝없이 아래로 끌어내렸다.

"날 지켜줄 사람은 너뿐이야."

심연은 바닥이 없었다.

"네가 꼭 이 엄마를 지켜 주렴."

바닥이, 없었다.

시간이 더 흘러 스물일곱. 황제는 탑의 문을 열었다. 일곱 살 아이가 눈을 떴다.

메일은 응접실을 박차고 나왔다. 부디 약조해 달라고 매달리는 이젤린에게는 우선 고개를 끄덕여 주었다. 나와서는 정신없이 복도를 걸었다.

황제가 보고 싶었다.

알게 된 것이 많았다. 이젤린이 꺼내 놓은 것은 하나하나 결코 가벼운 이야기가 아니었다. 정작 말을 하는 본인은 그 무게를 모르는 것 같았으나 메일은 이야기가 진행되는 내내 제대로 앉아 있을 수도 없었다.

워낙 급하게 걸었는지 답지 않게 발이 꼬였다. 메일은 넘어질 뻔하다 창틀을 붙잡고 바로 섰다.

멈춰 선 김에 잠시 속을 진정시키듯 숨을 골랐다. 길게 숨을 들이마시고 내쉬자 호흡은 차분해졌으나 어수선하게 요동치는 마음은 여전했다.

복잡하게 섞인 감정이 무엇이 먼저인지 모르게 날뛰었다. 메일은 눈을 질끈 감았다 떴다.

'볼텐 후작.'

범인을 알았다. 그가 흉수였다.

이젤린은 지방의 친척 가문에 몸을 위탁하고 있던 제게 어느 날 후작이 먼저 접근했다고 말했다.

후작은 수상한 콧수염을 만지작거리며 나타나서는 그에 못지않게 수상한 제안을 건넸다. 너를 황제의 여인으로 만들어주마. 시키는 대로만 하면 된다.

잃을 것이 없었던 이젤린은 일단 수락했다. 어떻게 하면 되는데요? 그러자 후작은 그녀에게 몇 가지를 시키고 가르쳤다.

그것들은 하나같이 황제의 여인이 되는 것과는 하등 상관없어 보이는 것들뿐이었다. 우선 살을 더 빼야 했다. 안쓰러울 정도로. 보기 좋게 가는 편이었던 이젤린은 거의 세 달을 굶듯이 지냈다.

팔다리가 나뭇가지처럼 앙상해지자 다음은 옷가지에 수를 놓았다. 천도 아니고, 손수건도 아니고, 모양과 역할이 완성된 직조물에 자수로 갖은 문양을 새겼다.

그것이 어느 정도 손에 익고 나자 그때부터는 태도를 배웠다. 도움을 받으면 지나치게 고마워할 것. 실수를 했을 때는 부담스러울 정도로 사과할 것. 왜 그래야 하는지 이유는 알려 주지 않았다.

이젤린이 슬슬 제 행위에 회의감을 느낄 때쯤 후작은 그녀를 행사에 참석시켰다. 황제가 얼굴을 비추는 자리였다. 그곳에서 이젤린은 처음으로 후작을 신뢰하게 되었다. 황제는 이젤린을 발견한 후 오래도록 그녀에게서 눈을 떼지 못했다.

이후 일사천리였다. 이젤린은 세 번째 만남 만에 친척 가문에서 별궁으로 거처를 옮겼다. 자세한 영문은 몰랐지만 그녀는 마냥 기뻤다. 전에는 상상도 못 했던 걸 누리게 되니 그저 즐거울 따름이었다. 후작은 궁에서 지내게 된 그녀에게 조건처럼 몇 가지 당부를 남겼다.

어떤 상황에서도 큰 소리는 내지 말 것.

가르친 태도를 고수할 것.

간혹 황제에게 자수 놓는 모습을 보여 줄 것.

지금처럼 앙상한 체형을 유지할 것.

그것만 지키면 계속해서 황제의 곁에 머물 수 있다. 후작은 단언했으며 그건 사실이 되었다. 이젤린은 그렇게 삼 년을 극진한 보호 속에서 지냈다.

그러나 이제 와 이젤린이 상기하게 된 것이 있다. 보호뿐이었다. 황제가 그녀에게 준 것은 그것이 다였다. 아끼고 보호해 주었으나 오로지 그것뿐이었다는 사실을 이젤린은 아주 뒤늦게, 타인에게 지난 이야기를 전부 털어놓으며 깨달았다.

그리고 메일의 깨달음은 그녀의 것과는 비교도 할 수 없을 정도로 컸다. 메일은 후작이 왜 이젤린에게 그런 행동을 시켰는지, 황제가 왜 이젤린을 발견하자마자 그녀에게서 눈을 떼지 못했는지 전부 알 수 있었다.

메일은 악몽의 내용을 떠올렸다. 정인의 죽음에 분노한 황제는 범인을 단죄코자 왕국까지 불바다로 만든다.

과거 메일은 황제가 정인을 지나치게 사랑하여 그랬으리라 생각했다. 너무 사랑한 나머지 그녀가 죽자 이성을 잃은 거라고. 하나 지금은 다른 진실이 보였다.

단순한 정인이 아니었다.

황제가 잃은 것은 또다시 그의 어머니였다.

'어떻게 그런 짓을……'

황제는 이젤린에게 죽은 생모를 투영했다. 후작이 그럴 수밖에 없도록 만들었다. 이유가 무엇이었겠나. 어쩌면 미래가 되었을지 모르는 악몽 속 결과가 알려 주는 목적은 너무도 명확했다.

후작은 할 수 있는 가장 잔인한 방법으로 황제의 트라우마를 난도질하려 들었다. 그를 통해 황제가 미치고 무너지도록.

메일은 다시 걷기 시작했다. 복도가 끝나고 입구를 통과해 바깥 길을 걸었다. 그녀는 본궁으로 향했다.

후작은 왜 그런 짓을 계획했을까. 황제가 광인이 되어 본인이 얻는 것이 뭐라고. 모반을 위한 초석이었을까? 미치광이 황제라면 옥좌에서 끌어내릴 수 있을 것 같아서?

메일이 걸음에 속도를 주었다. 흉수의 속내야 잡아서 심문하다 보면 어련히 알게 될 일이다. 지금은 그보다 중요한 것이 있었다. 심장이 뛰고 숨이 다시 점차 가빠졌다.

떠나지 않아도 된다. 황제를, 반을 떠나지 않아도 된다.

정인을 사랑했다가 변심한 것이 아니었다. 그녀는 처음부터 황제에게 무의식 속의 어머니를 대신하는 존재였다.

그러니 그를 원하는 것은 더 이상 타인에게서 연인을 빼앗는 행위가 아니다. 이기적인 일도, 죄책감을 느껴야 하는 못된 욕심도 아니다.

좋아해도 괜찮았다. 이젠 얼마든지 그래도 상관없었다.

메일은 황제를 꼭 안아주고 싶었다. 떠난다느니, 그를 놓는다느니, 그런 다짐들을 전부 없던 것으로 만들듯 그를 힘주어 껴안고 솔직한 이야기를 들려주고 싶었다.

마음이 급하니 걸음도 자연히 그를 따라갔다. 메일은 금세 본궁에 도착했다.

그러나 황제를 만날 수는 없었다.

"폐하께서는 지금……."

충직하게 집무실을 지키고 있던 반테르는 거센 갈등의 순간을 겪었다. 그러다 결국 주저 끝에 메일에게 황제의 소재를 알려 주었다. 왜 황제가 그곳으로 향했는지, 그 이유 또한 함께.

북쪽 첨탑. 메일은 이번에는 걷지 않았다.

두통이 가셨다. 황제는 우두커니 섰다.

바로 정면에 초상화가 보였다. 파리하게 야윈, 그럼에도 눈부신 은발이나 채도 높은 하늘색 눈동자가 시선을 잡아끄는 아름다운 여인이 그림 속에서 웃고 있었다.

"반."

머릿속에서 아득한 목소리가 울렸다. 황제는 시선을 내렸다. 초상화 아래에는 협탁이 있었다. 그 옆으로는 침대. 거기서 오른쪽으로 시선을 돌리면 동그란 탁자. 다시 오른쪽을 응시하면 두어 개의 의미 없는 조각상과 단순한 무늬의 벽장이 보인다.

"……하하."

황제는 웃었다. 웃음소리가 금방이라도 깨질 듯 위태로웠다.

"이거였군."

목소리가 흔들렸다.

"이거였어."

잔뜩 잠겨 흘러나왔다. 그는 그제야 자신이 울고 있다는 것을 알았다.

문득 모든 것이 괴로웠다. 서 있는 것도, 이렇게 목소리를 내는 것도, 숨을 쉬고 있다는 것도 전부 괴롭게 느껴졌다. 그녀는 아무것도 할 수 없는데. 이미 죽어버린 어머니는 제가 하는 그 무엇도 할 수 없는데.

눈물이 뺨을 적셨다. 방울져 턱 아래로 떨어져 내렸다. 황제는 손을 뻗었다. 환상을 건드리듯 침대를 매만졌다. 익숙했다. 별궁의 처소에 있던 것을 다 이리로 옮겨 온 것일까. 어떻게 보면 이건 그녀의 유품이었다. 단연 침대뿐 아니라 첨탑 안에 있는 모든 것이 그랬다.

과거 소피아의 방을 이루었던 그녀의 유품들. 그리고 몇 장의 서류가 탁자 위에 놓여 있었다. 황제는 그것을 흐린 시야로 훑었다. 소피아의 사인. 그때 사용된 독의 종류. 정황. 증거. 종이는 첫 장부터 마지막까지 범인이 누구인지를 가리켰다. 그리고 범인을 잡을 수 있도록 증거 또한 내포하고 있었다.

선황이 왜 이 첨탑을 남겨 두었는지, 황제는 그를 통해 알 수 있었다. 왜 구태여 문을 잠가 두었는지도.

그는 황비를 사랑했다. 그래서 직접 처형할 수도, 처형당하는 모습을 지켜볼 수도 없었다. 하나 동시에 제 아이 또한 사랑했다. 그래서 아이가 나중 언젠가, 자신이 죽은 뒤 제가 볼 수 없는 곳에서 복수를 하려 들거든 그것은 도와주려고 했다.

선황은 아무것도 포기하려 하지 않았다. 이기적이었다. 지나치게 이기적이어서 잔인했다. 황제는 주저앉았다. 무너지듯 주저앉아서 웃음을 뱉었다. 흐느낌이 섞여 나왔다.

"아버지."

이곳에 없는 이를 부르는 호칭이 공기 중에 허망하게 흩어졌다.

"없는데 어떡합니까."

닿지 않는 목소리가 허탈했다.

"잡을 범인이 없는데. 죗값을 치러야 할 범인이 이미 없는데 어떡합니까."

괴로웠다. 괴롭고 아팠다. 숨을 들이마시고 내쉬는 것 하나까지 해선 안 되는 행동을 하듯 괴로웠다.

하나 그걸 덜어 내기 위해 할 수 있는 것이 아무것도 없었다. 원망할 사람조차 존재하지 않아 그를 감싼 모든 감정은 부유하다 다시 그 스스로를 덮쳤다.

그리움. 분노. 슬픔. 죄책감. 허망함. 한데 섞여 무엇이 우선인지도 모르게 폐부를 찔렀다.

"사랑하는 나의 반."

그리운 목소리가 아팠다. 들춰낸 상처에서 피가 흘렀다. 일곱 살 아이에게 새겨진 기억은 믿을 수 없을 정도로 선명해서 바래진 부분 하나 없이 온전한 장면으로 의식을 점유했다.

탁자와 바닥을 물들이던 선혈. 쓰러져 움직이지 않던 몸. 그녀의 신체가 차갑게 식어 가는 동안 어미를 지켜 주겠다 몇 번이나 맹세했던 아이는 아무것도 할 수 없었다.

황제는 고개를 숙였다. 한숨 같은 숨이 터졌다. 뺨을 훔쳤다. 손등에 흠뻑 묻어나는 눈물에 현실감이 없었다. 이상한 기분이었다. 자신은 이곳에 있는데 마치 그때로 돌아간 것 같았다. 세상이자 전부이던 것이 무너지던 그 순간으로.

"으……."

신음이 새어 나왔다. 가슴이 답답해졌다. 눈가에 열이 올랐다. 환영처럼 어린아이가 나타나 텅 빈 눈동자를 하고 울부짖듯 물었다.

왜 지키지 못했냐고. 나뿐이었는데, 나밖에 없다고 했는데. 내게 지켜 달라고 했는데. 지켜 달라고…….

"그만……."

"반."

어깨를 흠칫했다. 황제는 순간 제가 환청을 들었다고 생각했다. 떨궜던 고개를 들었다.

시야에 가득 들어오는 얼굴이 있었다. 녹색 눈동자가 싱그러웠다. 황제는 찰나 생각도, 동작도 멈추고 그녀를 응시했다. 곧 환상이 아니라는 것을 알 수 있었다. 어떻게 여기에. 문이 열리는 것도 몰랐는데. 정말 환각이 아닌 게 맞나.

몸이 먼저 움직였다. 손을 뻗은 황제가 메일을 끌어안았다. 허리에 팔을 감았다. 이마에 체온이 닿았다. 아, 실체가 맞았다. 거짓말처럼 통증이 힘을 잃었다. 정말이지 거짓말처럼.

"메일."

"……네, 반."

"……메일."

불현듯 첨탑을 연 이유를 상기했다. 이 사람 때문이었다. 이 온기를 놓치기 싫어서 그랬다. 이 자리에 어떤 고통이 산재하고 있더라도 이 사람을 붙잡을 수 있다면 견뎌 낼 수 있을 것 같아서.

"메일."

대답 대신 그녀는 팔을 들었다. 그리고 그를 감싸 끌어당겨 안는다. 순간 뭔지 모를 안도감 같은 것이 터져 나왔다. 황제는 숨을 내뱉었다. 이제 힘들지 않았다. 더는 존재한다는 것 자체가 괴롭게 느껴지지 않았다.

"메일."

되새기듯 몇 번이고 입에 담았다. 같은 울림이 반복되어도 전혀 지겹지 않았다. 세상을 잃고 자책감과 상실감에 존재 의의를 잊었던 아이가 세상을 다시 찾았다. 다른 세상이 있었다. 과거가 아닌 지금의 그에게 전부가 되어주는 것이 있었다.

심장 소리가 들렸다. 황제는 눈을 감았다. 살아갈 이유가 그를 끌어안았다.

11
각자의 사정

무슨 정신으로 탑에 도착했었는지 모르겠다. 반테르에게서 말을 전해 듣자마자 몸이 먼저 움직였다. 정신없이 달렸다는 생각이 들었다. 문을 열던 순간 숨이 턱밑까지 차올랐으니까.

메일은 제 품에 고개를 묻은 황제를 끌어안았다. 울고 있는 것을 보았을 때는 발아래가 무너지는 듯한 기분이 들었다.

그걸 뭐라고 표현하면 좋을까. 괴로움이 전해져 마음이 갈라지는 듯했다. 할 수 있었던 것은 그저 그의 앞에 무릎을 세우고 앉아 그를 감싸 안는 것뿐이었다.

얼마나 품에 가두고 있었을까. 황제는 묻었던 고개를 들었다. 얼굴을 자세히 보기 위해 메일은 자세를 낮춰 그와 눈높이를 맞췄다.

시선이 마주치자 황금색 눈동자가 말없이 그녀를 제 안에 담았다. 한참을 응시하다 다시 팔을 잡아당겨 끌어안는다. 이번엔 메일이 황제에게 안겼다.

"메일."

"……."

"그대가 있어서 다행이야. 진심으로."

"……."

"신을 믿어본 적은 없지만, 지금이라면 믿을 수 있을 것 같아."

메일은 그 속삭임에서 안도를 찾았다. 한숨이 저절로 탁 터졌다. 마찬가지로 다행이었다. 당신이 많이 다치지 않아서. 이 사람이 무너지지 않아서 다행이다.

"……걱정했어요."

"고마워."

"정말 걱정했어요. 무서웠어요, 엄청."

"괜찮아. 사실 아니었는데…… 괜찮아졌어. 그대가 와 줘서."

맞닿은 온기가 달았다. 눈물이 마르고 통증이 아닌 다른 감각이 조금씩 가슴을 뿌듯하게 채웠다.

황제는 제 상처를 내려다보았다. 아물었다면 거짓말이지만, 더 이상 피가 흐르지 않게 할 수는 있었다. 그 정도로도 충분했다.

상처란 시간이 지나면 낫는다. 문제는 얼마가 될지 모르는 그 기간을 버틸 수 있냐는 것인데, 그럴 자신이 생겼다.

황제는 확신이 들었다. 이 체온이 곁에 있어준다면 설령 죽기 직전에 상처가 아문다 하더라도 그때까지 견딜 수 있었다.

마음속 깊은 곳에서부터 억누르기 힘든 감정이 차올랐다. 그는 메일을 껴안은 팔을 풀었다. 간격이 돌아오고 두 사람이 눈을 마주했다.

황제는 순간 이 이상 인내할 수 없다는 걸 깨달았다. 넘칠 만큼 차오른 것을 내뱉지 않고는 참을 수 없었다.

그가 입을 열었다.

"좋아한다."

"……."

"그대를 좋아해."

여태 억제하기만 했던 감정이 처음으로 단어가 되어 바깥으로 나왔다. 마음이 형태를 갖추어 공기 중을 부유했다.

메일이 놀란 듯 동작을 멈췄다. 황제는 웃었다. 이런 기분이구나. 마음을 단어로 전한다는 건 이런 기분이야.

"사랑해."

살아온 순간을 통틀어 지금만큼 낱말 하나에 진심을 담아 본 적이 없었다. 가슴이 벅찼다. 소리를 빌어 마음을 내뱉자 그것은 줄어들기는 커녕 한층 크기를 키웠다.

더 이상 뭐라고 표현해야 할지 모르겠는데도 감정은 계속해서 흘러넘쳤다. 같은 말을 몇 번이고 반복하고 나면 줄어들까. 사랑한다고 날이 저물 때까지 속삭이고 나면 덜해질까. 모든 것이 최초이자 유일해서 황제는 방법을 몰랐다.

"그대를 사랑해. 그대가 처음이야. 내게 정인이 있다고 했었지. 그런데 그게 아니었어. 그건 사실……."

"알아요."

메일이 황제의 말을 끊었다. 그가 무슨 말을 하려는지 알았다. 이젤린이 해준 말이 아니었더라도 이미 들어오면서 초상화를 봤다. 가슴이 덜컹거릴 정도였다. 후작이 뭐라고 발뺌하든 그는 제 의도를 감출 수 없을 것이다. 이젤린이 여태 누구를 대신했는지는 지나치게 명백했다.

메일은 그 얘기 대신 다른 말에 대답했다.

"저도 그래요."

"……."

"저도 좋아해요."

황제의 눈이 크게 뜨였다.

제 마음을 전한 것만으로도 행복감에 젖어 있던 남자가 과부하에 걸린 듯 정지했다. 귀든, 뇌든 그의 감각이 들은 것을 바로 처리하지 못

하고 시간을 끌었다. 겨우 인지했을 무렵 메일이 다시 말했다.

"사랑해요, 반."

황금색 눈동자가 크게 일렁였다. 빛 같은 것이 그 안을 채웠다. 그는 그 상태로 조금 더 정지해 있었다. 잠시 후 입술을 달싹이다 소리를 낸다.

"……다시 말해줘."

"……."

"한 번만 더."

"사랑해요."

다음 순간 그가 길게 숨을 토했다. 어찌할 바 모르는 기색이 표정에서 선연했다. 기쁘다는 단순한 어휘로는 형용하기 힘든, 본인도 이 기분을 어떻게 설명해야 할지 몰라 헤매는 그런 얼굴이었다.

황제는 눈을 몇 번 깜박였다. 당연하지만 역시 환각이 아니라 메일의 모습은 흐려지거나 사라지지 않았다. 눈동자든, 머리카락이든 그녀를 이룬 모든 것이 당황스러울 만큼 눈부셨다. 말문이 막혔다. 제가 그어느 진창에 가라앉아 있더라도 단번에 끄집어내 구름 위를 밟게 해줄 것 같은 환희였다.

견디기 힘들었다. 그가 도로 메일을 끌어당겼다. 이번에는 껴안는 대신 귓가에 입을 가져가 속삭였다.

"키스하게 해줘."

메일은 대답하지 않았다. 다만 눈을 감았다. 곧 입술을 덮어오는 감촉이 있었다.

부드럽게 입술이 닿았다. 살짝 닿았다 떨어진 뒤 윗입술과 아랫입술을 번갈아 머금는다. 그러다 이내 입술을 열어 안으로 파고들었다.

침입한 혀가 내부를 유영했다. 치열을 살짝 훑고 여린 살을 건드렸다. 메일이 움찔 놀라면 슬쩍 물러났다가 또 언제 그랬냐는 듯 짙게 입을 맞춘다. 파고들어 민감한 곳을 쓸고 살덩이를 누르며 샅샅이 탐했다.

황제의 팔을 붙든 메일의 손에 힘이 들어갔다. 작게 신음이 새어 나왔다. 잠시 멈칫한 황제가 곧 더욱 집요하게 키스를 이어 나갔다. 숨이 차 버거워하는 기색이 보이면 잠깐 떨어졌다가 금방 다시 그녀의 입술을 찾았다.

몇 번이고 입술이 맞물렸다. 끝날 듯하면 또 파고들고, 마지막인가 싶으면 재차 밀어붙이기를 반복했다.

결국 이번에도 먼저 백기를 든 건 메일이었다. 붙잡은 팔을 밀어내자 황제가 아쉬워하면서도 순순히 물러났다.

"……아쉬운데."

지난번과 다른 점은 그가 그런 속내를 감추는 척도 않고 고스란히 말로 표현했다는 거다. 노골적인 중얼거림과 시선에 메일이 호흡을 고르다 말고 얼굴을 빨갛게 물들였다.

"입술 아파요."

"부드럽게 한 것 같은데. 아닌가?"

"살살 때려도 계속 맞으면 아프잖아요."

"흐응."

"……그건 무슨 표정이에요?"

"한 번밖에 못 했는데 계속이라는 표현을 쓰니 억울한 표정."

"그게 어떻게 하, 한 번……."

기적의 계산법에 메일이 기가 차서 입을 슬쩍 벌렸다. 중간에 숨이 달려 잠깐 쉬었던 횟수만 세어도 한 손으론 부족할 것이다. 그래 놓고 한 번이라는 셈은 대체 무슨 기준인지.

"여러 번 했다간 아주 날 새우겠어요."

"바로 그거야."

"……."

"이번엔 내가 표정의 의미를 묻고 싶은데?"

"지금까진 어떻게 참았어요?"

"그러게."

황제가 손을 뻗었다. 그대로 메일의 손을 쥐고는 끌어당겨 그에 입을 맞춘다. 손가락, 손등, 손목. 그렇게 차례로 새가 쪼듯 가벼운 버드 키스를 남기고선 씩 웃으며 말을 이었다.

"힘들었지. 필사의 인내였다고 할까."

메일의 얼굴이 다시 화르륵 달아올랐다. 물 만났다. 더 이상 제 감정을 억제하지 않아도 되자 황제는 물 만난 고기처럼 변했다. 표현이며 행동에 주저가 없었다. 입술이 닿았던 부분이 화끈거리는 것 같아서 메일은 얼른 잡힌 손을 빼냈다.

"잊고 있었어요."

"뭘?"

"원래 사람이 꽤 능글맞았었죠."

"내가?"

"사람을 놀리는 데엔 일가견이 있었잖아요."

"그랬었나."

시치미를 뗀 황제가 이내 피식 웃었다. 달리 우스운 것이 있어서라기보단 특별한 이유 없이 실실 웃음이 새어 나오는 모양새였다. 다른 말로 하면 좋아서 주체를 못 하는 것이라 표현할 수 있겠다.

그는 메일이 민망함에 빼냈던 손을 다시 잡았다. 가만히 잡은 채로 그가 입을 열었다.

"이제, 그럼."

"……"

"떠나지 않는다고 생각해도 되나."

"……"

"곁에 계속 있어줄 거라고, 그렇게 내가 바라는 대로 믿어도 되나."

떠난다고 하면 지금 잡은 손을 평생 놓아주지 않을 것 같은 눈을 하고서는 그리 묻는다.

메일은 저를 지긋이 응시하는 상대의 눈동자를 마주 쳐다보았다. 한때는 이 눈에 비치는 것이 아프다고 생각한 적이 있었다. 절절한 시선이 기쁘면서도 한편으론 원망스럽던 때가 있었는데.

이젠 아니었다. 거짓말처럼 언젠가의 통증이 까마득했다. 눈에 보일 듯 선연한 상대의 마음은 이 순간 그저 가슴을 설레게 할 뿐이고, 그 설렘에는 잡음이 없었다. 마냥 순수하게 기뻤다. 기쁘고, 그래, 행복하다는 표현을 써도 좋을 것 같았다.

"안 떠나요."

"……."

"믿어도 돼요. 누가 떠나라고 등을 떠밀어도 안 떠날 테니까."

"지금 그 말, 문서로 남겨 줬으면 하는데."

"네?"

"명문화한 다음 하단에 옥새를 찍어 두고 싶어서. 나중에 절대 못 무르도록."

"뭐예요, 그게."

메일이 소리 내 웃었다. 미소가 말갛게 번졌다. 그에 황제의 심장이 쿵 내려앉았다가 빠르게 박동했다. 그는 일단 가까스로 충동을 한번 참았다. 손아귀에 저절로 힘이 들어갔다.

"역시 부족해."

"응? 뭐가……."

"키스하고 싶어."

"……."

"입 맞추고 싶어. 지금 당장."

"그……."

메일이 당황해서 눈을 동그랗게 떴다. 에두르지도 않고 얼마나 직설적인지 순간 잘못 들었나 싶었을 정도였다. 물론 잘못 들은 게 아니다.

뭐라 대답이 없으니 황제가 싫으냐고 물어 왔다. 메일은 덕분에 재차 말문이 막혔다. 싫을 리가. 입맞춤이 달콤한 건 꼭 황제의 입장에서만 그런 건 아니었다.

다만 문제는 아직도 입술이 알알하다는 것 정도일까. 메일은 피부에 와 닿는 강렬한 시선을 피해 눈을 슬그머니 내렸다.

"조금 전에 키…… 했잖아요."

"모자라."

"왜 사람이 마, 만족을 몰라요?"

"그대와 있으면 이렇게 돼."

"책임 전가하지 마요."

"솔직한 이야기를 한 거야."

시야를 내린 보람이 없게도 황제가 고개를 아래로 기울여 그녀와 눈을 마주했다. 메일이 윽, 작은 신음을 뱉었다. 얄궂게도 마른침이 넘어갔다.

"입 맞추고 싶은데."

"그만 말해요."

"그대가 계속 말하게 하잖아."

"내 탓이라는 거예요?"

"응."

"……뻔뻔해."

"뻔뻔하니까 키스해도 되나?"

왜 결론이 그렇게 나는 거야. 메일은 황당함에 입을 슬며시 벌렸다가 이내 다물었다. 원하는 것이 명확한 눈길이 어찌나 강한지 탈 것 같았다.

원래 이런 사람이었나. 생각해 보니 그랬던 것 같다. 객체만 바뀌었지 전에도 이렇게 집요하게 굴었던 적이 분명 있었다.

메일은 불과 조금 전에 품었던 의문을 다시 떠올렸다. 지금까지는 정말 어떻게 참은 거야.

"안 된다고 하면 단념할 거예요?"

"싫다고 하면."

"싫지는…… 않은데 안 되면?"

"싫지 않은데 안 될 이유가 있나?"

"입술 아프다고 했잖아요."

직진만 하는 것 같더니 아프다는 말에는 또 멈칫한다. 금색 눈동자가 잠자코 그녀를 응시했다. 조용히 쳐다보다가 묻는다.

"정말?"

"……뭐가요?"

"정말 아픈가?"

"아프면요?"

"반성하려고."

순순히 나오는 말이 의외라 메일이 눈을 깜박였다. 말뿐이 아닌지 황제의 표정은 은근히 풀이 꺾여 있었다. 맙소사. 키스하고 싶다고 그리 집요하게 나오더니 입술이 아프다니까 금세 풀 죽어선 반성하겠단다.

노린 거라면 고단수도 이런 고단수가 없었다. 콩깍지가 씐 메일이 그 모습이 사랑스러워서 결국 넘어가 줄 마음이 들고 말았으니까.

고개를 숙였다. 입술끼리 살짝 닿았다. 금방 떨어졌지만 그렇다고 접촉이 없던 것이 되지는 않는다. 기습이나 다름없는 짧은 입맞춤에 황제가 일순 눈을 키웠다. 곧 그걸 어떻게 해석했는지 그가 시무룩하게 입을 열었다.

"이걸로 대신하라는 거라면……."

"누가 그러래요?"

역시 부끄럽다. 말을 하면서도 메일이 스스러움에 눈을 애먼 곳으로 돌렸다.

황제는 들은 것을 곱씹은 다음 이내 뜻을 알아듣자마자 표정을 바꿨다. 풀이 죽었던 것이 그새 옛일이 되었다. 즉시 그가 메일의 양손을 한 손씩 쥐고 바닥으로 붙잡아 눌렀다.

"취소 못 해."

"취소 안······."

다음 말은 나오지 못했다. 황제가 기다려 주지 않았기 때문이다. 그는 메일의 대꾸를 도중에 삼키며 입을 맞췄다.

얼핏 성급하게 보이나 닿아 오는 입술은 또 상냥했다. 애태운 것이 민망할 정도로 달고 반가운 온기에 메일이 다시 눈을 감았다.

반성하겠다더니 그것이 이런 의미였을까. 황제는 앞서와는 조금 다른 키스를 했다. 입술을 잠시 머금다 떨어져 볼을 지분거리고, 귓가에 쪼듯 입을 맞추더니 장난처럼 귓불을 살짝 깨물었다.

이마, 코, 볼, 메일의 얼굴 구석구석 그의 입술이 닿지 않은 곳이 없었다. 퍽 공평하게도 괴롭혔다.

덕분에 메일은 키스를 마치고 잠시 동안 손으로 얼굴을 가리고 있어야 했다. 다른 이유는 아니고 부끄러워서였다. 입술은 비교적 덜 얼얼한데 대신 민망함이 두 배쯤 되는 것 같았다.

"반은 왜 멀쩡해요?"

"뭘?"

"나만 부끄러운 것 같잖아요."

"나는 안 부끄러워 보인단 말이군."

"아니에요?"

"맞아."

"뻔뻔……."

"부끄러워할 정신이 없어서 그래. 좋아하기에도 바빠서."

마음을 전한 뒤로 황제는 표현을 숨기는 법을 몰랐다. 계속 그래 왔으면 적응이 되었겠는데 문제는 그동안은 참아 왔다는 거다.

면역이 안 된 메일이 꿀 먹은 벙어리로 변해 시선을 다른 곳으로 돌렸다. 말은 상대가 하는데 왜 스스러움은 제 몫인지 당최 모를 일이었다.

메일은 그렇게 아무거나 쳐다보다 다시금 초상화를 눈에 담았다. 순간 시선에 그에 묶였다. 그저 그림일 뿐인데도 마치 하늘색 눈동자가 실제로 저를 바라보는 듯한 착각이 일었다.

메일이 어디에 주의를 빼앗겼는지 그 방향을 좇아 눈을 돌린 황제가 짧게 탄식을 뱉었다.

"……어머니야."

단출한 소개가 흘러나왔다. 그는 그러고서 잠시 침묵을 지나 보냈다. 메일이 황제에게로 도로 눈길을 옮겼다.

굳이 듣지 않아도, 이곳에 들어오던 순간부터 알 수 있었다. 황제는 잊었던 기억을 찾았다. 메일은 그를 가만히 응시하며 말을 골랐다. 묻혀 있던 것은 전부 드러났다. 이제 더는 상대에게 아무것도 숨길 이유가 없었다.

"반. 이야기할 게 있어요. 사실 저 여기 오기 직전에 텐고트 영애를 만났어요."

"……이젤린을?"

"그리고 제가 전에 왜 환락가로 엘리사를 찾으러 갔었는지, 그것도 설명할게요."

메일은 얼마 전 환락가의 파티장에서 이유를 묻는 황제에게 나중에 다 알려 주겠다고 대답했었다. 그 나중이 지금이었다. 그녀는 이야기의 시간을 거슬렀다. 시작을 말하자면 거튼부터 언급해야 했다.

서두를 떼기 전에 먼저 머릿속으로 말을 정리하던 메일이 문득 황제의 가슴께로 시선을 주었다. 일곱 살 때부터 지녀온 오래되고 곪은 상처. 육안으로 보이지는 않아도 왠지 저쯤에 텅 빈 구멍이 뚫려 있을 것 같다는 느낌이 들었다. 그것이 언뜻 안타까워 그녀는 저도 모르게 손을 뻗었다.

"……메일?"

"……."

아물면 좋을 텐데. 메일은 매만지던 손길을 내렸다. 이내 다시 눈을 마주하고 입술을 연다.

"다 말할게요. 범인 잡아요, 우리."

"멍청한 놈!"

전날 충분히 굴리고도 성에 차지 않았는지 후작이 아침 댓바람부터 다시 제 심복을 걸어찼다. 지은 죄가 있었으니 그는 항변 한 마디 없이 맞기만 했다. 무릎 꿇고 고개를 숙인 심복에게 몇 차례 더 발길질을 한 뒤 숨이 찬 후작이 씩씩거렸다.

"불안해. 왜 이렇게 불안하지?"

나이에 비해 깊게 진 주름 사이로 초조함이 묻어났다. 그는 스스로도 이해할 수 없다는 듯 그렇게 중얼거렸다.

기껏 오르밀을 성내로 들여놓고선 관리를 소홀하여 제대로 써먹지도 못 하고 잃었다. 허탈하고 화가 나긴 하지만 따져 보면 그것이 다였다. 쉽게 처리할 수 있을 거라 생각했던 일이 조금 귀찮아졌으나 그뿐. 딱히 계획을 그르치거나 한 것은 아니었다.

목표물인 메일 폰 비제아트를 습격하는 것? 그거야 방법을 바꿔 다시 진행하면 그만이다. 달리 문제될 것은 없었다.

그럼에도 볼텐 후작은 이상하게 궁금했다. 알 수 없는 불안감은 날이 밝기 전부터 그를 찾아들더니 아직까지 끈덕지게 떨어지지 않고 있었다.

열이 올라 그런가 싶어 심복을 여러 번 족치고 방을 치우러 들어온 사용인에게 애꿎게 화풀이를 해보아도 마음 한구석을 채운 불길함은 여전했다.

"이상해. 이유가 없는데. 대체 왜……."

그때 요란한 소음이 울렸다. 그것이 강제로 방문이 열리는 소리라는 걸 깨닫자마자 후작이 급히 몸을 돌렸다. 뭐지? 그가 어떻게 사태를 파악하기도 전에 무장한 병사들이 들이닥쳤다.

"이게 무슨……."

"간만입니다, 후작. 아니, 얼마 전에 봤으니 간만은 아닌가?"

병사들 사이로 반테르가 느긋하게 걸어 들어왔다. 그는 내부를 한 바퀴 죽 둘러본 후 후작에게 시선을 주었다. 걸음은 느긋했으나 표정에는 그만한 차분함이 없었다. 반테르는 퍽 살벌한 눈빛을 하고 있었다.

후작이 표정을 굳혔다. 반테르가 열 받는다는 듯 제 앞머리를 마구잡이로 흐트러뜨렸다.

"아, 얼굴 보니 배는 열이 오르네."

"모하임 공자! 도대체 지금 이게 뭐 하는 짓이오?!"

"어디서 큰소리십니까. 최소한의 양심도 없이 태어난 인간이 눈앞에서 짓는 걸 내가 직접 보게 될 줄은 몰랐네. 포박해."

"이, 이게 무슨! 모하임 공자!"

볼텐 후작과 심복이 나란히 포승줄로 묶였다. 순식간에 움직임을 구속당한 그들이 강제로 무릎을 꿇었다. 반테르가 그런 둘을 온기 없이 내려다보며 입을 열었다.

"마르힘 볼텐 후작. 감히 황권에 불복하고 황실의 권위를 능멸하며 넘보아선 안 될 권좌를 탐낸 죄. 그대를 역모죄로 체포한다."

"여, 역모? 역모라니! 그게 무슨 소리요!"

묶인 채로 후작이 바락 외쳤다. 금시초문이라는 듯 그가 눈을 빳빳이 떴다. 예상했으나 대단히 뻔뻔한 태도에 반테르가 혀를 찼다.

"뭐, 굳이 부인하고 싶다면 말리진 않겠는데. 어차피 여긴 물론이고 후작의 저택도 이미 점거가 끝났습니다. 그건 알고 소리 지르세요. 해 봐야 목만 아프지."

"허, 허허. 공자, 모하임 공자. 잠시만 내 말을 들어 보시오. 나는 절대……."

"듣기 싫습니다. 끌고 가."

이내 후작이 심복과 함께 병사들에게 끌려 나갔다. 나가는 내내 뭐라 뭐라 외쳤으나 들어주는 사람은 없었다. 이어서 주인을 잃은 방을 남은 인원이 샅샅이 수색하기 시작했다. 반테르는 그 광경을 차가운 눈으로 지켜보았다.

"개인에 따라서는. 누군가에게는 더없는 참극이고 누군가에게는 견딜 만한 시련일 수도 있다는 소리다."

반테르가 이를 악물었다. 잇새로 욕이 샐 것 같았다. 첨탑을 열어 드러난 결과물을 그는 처음에 믿을 수가 없었다. 아비가 아이에게 그렇게 잔인할 수 있다는 걸 받아들이기가 힘들었다. 그에게 그것은 견딜 만한 것과는 거리가 먼 참극이었다.

더한 충격은 그만한 비극을 이용하려고 든 작자가 있었다는 것이다. 최소한의 인간성만 존재하더라도 그러지는 못 할 텐데. 어떻게 그걸.

"개새끼."

결국 욕설이 새어 나왔다. 반테르가 쌍소리를 입에 담는 걸 처음 들은 병사 몇몇이 흠칫했다. 그러거나 말거나 그는 가라앉은 눈으로 계속해서 수색을 주시했다.

메일은 황제에게 제가 알고 있는 사실을 전부 이야기했다. 그리고 사견을 밝혔다. 후작에게 증거가 있을 것 같다고.

무슨 증거냐 하면 다름 아닌 '독'이었다.

그녀가 몇 번이나 꾸었던 악몽 속에서 이젤린은 독살을 당했다. 범인이야 이제 와 후작 말고 누가 있을까. 그는 과거의 어느 죽음을 똑같이 재연하여 황제의 트라우마를 되살리려 들었다.

그것이 예지몽이라면, 현실의 후작 또한 그와 같은 목적을 품고 있다는 말이 된다. 그렇다면 후작은 현재 어딘가에 독을 숨겨 두고 있을 가능성이 높았다. 이십 년 전 황제의 생모가 살해당할 때 사용된 것과 동일한 종류를 말이다.

황제는 메일의 의견을 듣고 바로 병사를 움직였다. 의문이 전혀 남지 않는 것은 아니나 어차피 심증이 가리키는 범인은 후작이 맞았다.

의문은 잡아서 캐다 보면 해소될 것이고, 증거야 굳이 독이 아니더라도 일을 도모하면서 아무것도 남기지 않을 수는 없으니 구석구석 뒤지다 보면 뭐라도 나올 것이다.

지휘는 근 몇 년 만에 머리끝까지 열이 뻗친 반테르가 자진해서 맡았다. 그것이 벌써 몇 시간 전이었다.

곧 집무실의 문이 열렸다. 친우이자 신하가 맡은 바를 마치고 귀환했다.

"폐하."

"후작은?"

"감옥에 아늑하게 모셔 뒀습니다. 한데…….''

"계속 억울하다고만 하던가? 끝끝내 자기는 아무것도 모르며 무고하다고?"

"어떻게 아셨습니까?"

하려던 말의 선수를 빼앗긴 반테르가 눈을 살짝 키웠다. 말처럼 후작은 감옥에 갇혀서도 줄기차게 결백을 주장하고 있었다. 심문하던 반테르가 도중에 몇 번이나 주리를 틀고 싶었는지 모른다.

그러지 못한 건 애석하게도 물증이 나오기 전이라 후작이 아직 용의자 신분이기 때문이었다.

증거가 발견되는 건 시간문제라 감옥에는 처넣었지만 고문은 시기가 일렀다. 반테르는 가학 행위에 전혀 취미가 없었지만 지금 같은 분노라면 후작의 손가락 몇 개쯤은 짓이겨 놓을 수 있을 것 같았다.

의자 등받이에 몸을 기댄 황제가 차분히 입을 열었다.

"후작이 뭘 믿고 그러는지 알 것 같군."

"어떤…….''

"증거가 안 나왔거든."

"예?"

당황한 반테르가 저도 모르게 반문했다. 정작 말을 하는 황제는 표정에 거의 변화가 없었다. 얼굴만 보면 무슨 옆집 개 이야기를 하는 것 같았다. 옆집 개 목줄을 잃어버려서 찾아봤는데 안 나오더군, 뭐 이렇게.

"……안 나와도 되는 겁니까?"

"안 되지."

"너무 태연하십니다만."

후작이 머물던 황궁의 거처는 반테르가 병사들을 끌고 가서 뒤집었다. 가구를 들어내고 바닥을 파 보는 등 안 해본 것이 없었다.

그렇게 했는데도 발견되는 것이 없어서 이곳이 아니라 후작저에 있는가 보다 했다. 한데 저택에서도 나오지 않았다니.

반테르의 낯이 찜찜해졌다.

"설마 정말로 결백한 건……."

"그럴 리가."

"해본 소립니다."

"그리고 설사 반역과 무관하더라도 어차피 그놈은 죄인이야."

황제는 전날 오르밀을 성안으로 들여온 배후가 누구인지 알아내기 위해 사람을 붙였었다. 그렇게 해서 드러난 인물은 바로 볼텐 후작이었다. 그놈이 감히 메일을 노렸다.

황제의 입장에서 메일을 건드리는 건 오히려 반역보다 더한 대역죄였으니 후작의 목이 떨어지는 건 이미 정해진 미래나 다름없었다.

"살려 둘 마음 따위 없으니 증거야 만들면 그만이지. 하지만 그 전에……."

황제가 느긋하게 몸을 일으켰다. 거처와 저택을 쥐 잡듯 뒤졌는데도 증거가 발견되지 않았다는 보고를 들었을 때부터 머리 한편에 떠오른 생각이 있었다.

저택은 넓으니 아직 수색할 범위가 남아 있을 테지만 황제는 어쩐지 찾는 것이 그곳에 있을 것 같지 않았다.

"어디 가십니까?"

"확인하러."

그는 눈짓으로 뒤따를 것을 명했다. 반테르가 순순히 움직였다. 복도로 나선 황제가 혼잣말을 흘렸다.

"궁금하군. 기껏 후작이 머리를 굴려 생각해 낸 방법이 열두 살 여자 아이의 꾀와 얼마나 다를지."

"예?"

알아듣지 못한 반테르가 의아한 기색을 비쳤으나 부연은 없었다.

얼마 걷지 않아 곧 두 사람이 장소에 도착했다. 반테르의 낯에 서린 의아함이 더 짙어졌다. 잠시 후 그것은 놀라움으로 변했다.

메일은 전전긍긍했다. 가만히 있지 못하고 이리 갔다 저리 갔다 수선스러웠다. 지켜보기가 얼마나 어지러웠는지 디저트를 잘라 먹던 리엘라가 타박을 던졌다.

"가만히 좀 있어. 정신 험악해."

"험악한 게 아니라 사납다고 하셔야 합니다."

"그래'?"

리엘라는 완전히 쾌차했다. 하루면 괜찮아질 거라던 궁의 진단이 들어맞았으니 과연 명의였다. 로즈는 눈물로 기뻐했으며 리엘라 또한 스스로의 회복을 뭔가 엄청난 병을 이겨낸 것처럼 대단히 여겼다.

초코 케이크를 절반쯤 남겨 놓고 리엘라가 포크를 내려놓았다.

"메일, 정신 사나워. 좀 앉아."

방금 배운 것은 틀리지 않고 올바르게 써먹는다. 서서 생각에 잠겨 있던 메일이 퍼뜩 정신을 차렸다.

"아, 죄송해요. 신경 쓰이셨어요?"

"응. 왜 자꾸 왔다 갔다 해?"

몇 시간째였다. 황제와 헤어지고 거처로 돌아온 메일은 식사할 때 잠깐을 제외하곤 거의 앉지 않았다. 전날 감기 몸살로 실컷 잔 리엘라는 오늘 답지 않게 일찍 일어나 메일이 아침부터 그러는 꼴을 모조리 지켜본 참이었다.

제아무리 무신경한 리엘라라도 반나절이 넘게 저러고 있으니 눈이 갈 수밖에 없었다. 그녀의 물음에 메일이 침묵하며 답을 골랐다. 사안이 사안인 만큼 솔직하게 답해 주기는 힘들었다.

'반역자가 제대로 잡혀 들어갈지 아닐지 걱정이 되어서라고는……'

"그게…… 다리가 아파서요."

"다리가 아픈데 왜 움직여? 앉아 있어야지."

"움직이면 튼튼해지잖아요. 튼튼해지면 안 아프니까."

"어? 맞네?"

되는 대로 꺼내 놓은 기적의 논리가 먹혔다. 납득한 듯 리엘라가 고개를 끄덕거렸다. 메일은 자기가 말하고도 이게 통했다는 사실이 당황스러웠다. 왜 수긍하는 거야.

그러는 사이 노크 소리가 들렸다. 마침 내내 소식을 기다리고 있던 메일이 로즈보다 먼저 문을 열었다. 맥이었다.

"발견했다는 연락입니다. 가 보시겠습니까?"

속삭이듯 작은 목소리로 전언한다. 메일은 심장이 뛰었다. 발견했다고. 무엇인지는 듣지 않아도 뻔했다.

'물증.'

범인을 잡았다. 꿈은 정말로 예지몽이었을까. 곧 메일이 고갯짓으로 수락했다.

"저 잠깐 나갔다 올게요. 로즈, 공주님을 부탁해요."

"다녀오시죠."

듬직한 로즈의 배웅과 익숙한 리엘라의 손 인사를 뒤로하고 메일이 문 너머를 밟았다. 복도를 건너 별궁을 나서는 걸음이 급해서 맥이 도중에 넘어지지 않게 조심하라고 말했다.

여기서 한 가지 맥의 고충을 소개하자면, 메일이 발이 꼬여 넘어질 경우 넘어지게 두어도 죽은 목숨이고 넘어지지 않게 몸에 손을 대 받쳐도 죽은 목숨이다. 어쨌든 죽은 목숨이었다. 다행히 메일은 목적지에 도착할 때까지 넘어지지 않았다.

　"메일."

　"폐하."

　황제는 본궁의 입구 안쪽에서 기다리고 있었다. 두 사람이 재회하자 맥은 뒤로 한 발자국 물러났다.

　"증거를 발견했다고……."

　"그래."

　"정말 독이 있었어요?"

　"그렇더군."

　메일의 표정이 복잡해졌다. 묘한 기분이었다. 연속된 악몽이 개꿈이 아니었다는 방증, 그리고 동시에 후작의 목적이 정말로 황제를 무너뜨리는 것이었다는 확인이 이 순간 이루어졌다.

　범인을 성공적으로 잡았으니 기뻐해야 할까. 아니면 비인간적인 흉계가 실재했다는 것에 분노해야 할까.

　어느 것이 먼저인지 알 수 없었다. 모호한 혼란스러움에 메일이 황제의 옷소매를 힘주어 쥐었다. 황제가 그녀를 내려다보았다.

　"다시 결정해도 돼."

　"……네? 뭘요?"

　"굳이 범인을 만나지 않아도 된다는 얘기야."

　메일은 그에 제 행동이 상대에게 어떻게 비춰졌는지를 깨달았다. 소매를 붙든 건 그런 뜻이 아니었는데. 메일이 얼른 도리질 쳤다.

　"저도 본인에게 직접 듣고 싶어요. 왜 그랬는지. 그래도 되죠?"

　"그러고 싶다면."

사실 가장 묻고 싶은 건 지금의 후작이 대답해 줄 수 없는 부분이었으나 메일은 그런 것까지는 내색하지 않았다.

후작은 본궁 1층의 가장 끝 방에 구금되어 있었다. 본래 감옥에 갇힌 상태였으나 증거를 찾아낸 직후 그리로 신변을 옮겼다.

이유는 황제가 메일을 감옥 같은 곳으로 데려가길 원하지 않았기 때문이다. 사실을 모르는 메일은 지나가듯 죄인의 팔자가 좋다고 생각했다.

"오셨습니까?"

방을 지키고 있던 반테르가 황제의 입장에 몸을 돌렸다. 그가 건네는 간단한 목례를 동일하게 눈인사로 맞받은 메일이 이내 후작을 발견했다. 사지가 구속된 채 무릎을 꿇은 후작의 얼굴은 초췌했다.

고초를 겪었다기보다는 망연자실한 낯이었다. 허탈한 듯 그는 넋이 나가 있었다.

"증거를 찾아내기 전까지는 줄곧 결백을 주장했습니다만…… 지금은 보시다시피."

반테르가 짧게 설명했다. 발견되지 않으리라 굳게 믿었던 모양이지. 찾아낸 증거를 내밀던 순간 후작은 세상이 멸망한 것 같던 표정을 지었다.

그보다 절망적인 얼굴은 앞으로도 보기 힘들 것이다. 끝을 통감하자마자 그는 지탱하던 실이 끊어진 것처럼 모든 의욕을 잃었다.

메일은 뭐라 정의 내리기 힘든 기분으로 그런 후작을 응시했다. 초면은 아니었으나 가까이에서 보는 것은 처음이었다.

엄밀히 따지면 그는 악몽의 원흉이었다. 후작이 그 같은 암계를 꾸미지만 않았어도 메일이 예지몽을 꾸는 일은 없었을 것이다. 그는 끼친 피해가 많았다.

"……이상해요."

"무엇이?"

"얼굴을 보면 화가 치밀 것 같았는데, 꼭 그렇지도 않아서요."

메일은 솔직하게 이야기했다. 알 수 없는 느낌이었다. 범인을 마주하면 분노가 솟을 줄 알았는데, 생각보다 마음은 격분하지 않고 얌전했다.

그건 어쩌면 후작이 이미 껍데기만 남은 얼굴을 하고 있어서일지도 몰랐다. 가진 것을 모조리 잃고 이젠 죗값을 치를 일만 남겨 두고 있어서. 메일은 후작을 내려다보았다.

왜 그랬는지 직접 듣고 싶다고 말했었지만, 문득 이곳에 와서 다시 떠올리니 그건 그다지 중요하지 않다는 생각이 들었다. 이제 와 이유나 사정을 듣는다고 그가 죄인이라는 사실이 변하지는 않을 테니까.

한 가지 궁금한 것은 있었으나 그건 어차피 답을 들을 수 없는 내용이었다. 꿈과 달리 후작은 세워 둔 계획을 제대로 시작하기도 전에 잡혔다. 미수에 그친 정도가 아니라 시도조차 하지 못했다.

그러니 그런 그에게 왜 하필 공주님을 희생양으로 고른 거냐고 물어봤자 소용은 없을 것이다.

메일은 후작에게서 시선을 거뒀다. 구태여 더 보고 싶지는 않았다. 그녀는 주의를 돌렸다.

"발견된 증거는 뭐였어요? 궁금한데."

"보시겠습니까?"

반테르가 한쪽에 놓아둔 함을 가지고 왔다. 입수한 지 얼마 안 된 물증은 고스란히 보관되어 있었다. 메일은 함을 받아 들고선 순간 멈칫했다.

"웬 흙이 이렇게…… 혹시 땅에 묻혀 있었나요?"

"비슷합니다."

반테르는 입수 과정을 회상했다. 조금 전, 뭔가를 확인하겠다던 황제는 대뜸 제 침소로 향했다. 갑자기 이곳에서 뭘 확인한다는 건지 의아해하자마자 그는 방을 차례로 뒤엎기 시작했다. 반테르가 기겁한 것은 당연지사였다.

말리거나 뭐 하는 짓이냐고 물을 새는 없었다. 그러기 전에 증거가 발견되었기 때문이다. 창가 아래 놓여 있던 세 번째 분재를 깼을 때였다. 그 안에서 이질적인 것이 굴러 나왔다. 어떻게 보아도 비료는 아니었다.

반테르는 놀랐으며 황제는 이럴 줄 알았다는 반응을 보였다. 시녀를 매수했든 이젤린을 이용했든 화분 째로 들여놓았을 공산이 컸다. 황제는 주기적으로 방 안에 분재를 늘리곤 했으니 크게 어려운 일은 아니었을 것이다.

어떻게 여기 있을 걸 알았냐는 질문에 황제의 대답은 간단했다. 비슷한 상황을 전에 겪은 적이 있다고. 그 이상의 친절한 설명은 나오지 않았기에 반테르는 알아서 상상의 나래를 펼칠 수밖에 없었다.

설명을 전부 들은 메일이 눈을 깜박였다.

"놀랍네요."

"동감입니다."

"그나저나 이건……."

함 안에 든 증거는 두 개였다. 하나는 짐작했던 그대로 독이었다. 다른 하나에 대해서는 반테르가 부연했다.

"후작이 더 버티지 않고 단념한 건 아마 이것 때문일 겁니다. 아직 확인해 보지는 않았습니다만."

"대충 예상이 되네요."

혼자 꾸민 일이 아닐 거라 생각은 했지만. 그때 황제가 걸음을 옮겼다. 망연하게 고개를 떨구고 있던 후작은 황제의 존재감이 성큼 가까워지자 저도 모르게 순간 움찔했다. 지척에서 멈춰 선 황제가 그를 내려다보았다.

"후작."

"……."

"이건 증거를 찾아내기 전부터 궁금했던 건데 말이야. 정말 황위를 노린 것이 맞나?"

"무슨 말씀이십니까?"

반테르가 그에 반응했다. 증거가 명백한 상황에서 황제의 질문은 뜬금없는 구석이 있었다. 메일 또한 무슨 이야긴가 싶어 증거품에서 눈을 뗐다.

"뭐라고 할까. 후작이 그만한 야망을 품을 수 있는 인사로는 보이지 않아서."

"누명이라기엔……."

"그런 게 아니라."

고개를 저은 황제가 부언했다.

"나를 무너뜨리려던 게 수단이 아니라 목적이었던 게 아닌가 싶은데."

이때 후작이 어깨를 떨지만 않았어도 반테르는 그것이 말도 안 되는 의견이라고 생각했을 것이다. 후작의 반응은 공교롭게도 마치 긍정이라도 하듯 또렷했다. 반테르가 기가 차서 입을 벌렸다.

"이게 무슨…… 지금…… 사감으로 반역을?"

"모르는 새 원한이라도 산 모양이지."

황제가 남의 이야기라도 하듯 말했다. 어조는 대수롭지 않았으나 내용은 대수로웠다. 반테르는 쉽사리 이해할 수가 없었다. 차라리 후작의 꿈이 어릴 적부터 국가 전복이었다는 것이 더 납득이 쉬울 것 같았다. 권력이 아닌 사람을 노렸다고 하기엔 황제라는 이름이 주는 무게가 너무 컸다.

"후작, 진짭니까? 정말 원한 게 황위가 아니야?"

"……."

대답은 없었으나 그렇다고 부정하지도 않았다. 침묵은 곧 긍정이라고 누가 말했던가. 반테르가 헛웃음을 흘렸다.

"그럼 대체 어떤…… 아니, 아닙니다. 죄인의 구구절절한 사연 같은 거 들어서 뭐 합니까. 안 궁금해."

"매정하군, 경."

"그럼 자리를 피해드릴 테니 폐하께선 들으시죠."

"나도 사실 그다지."

황제는 어깨를 으쓱했다. 그럴 거면 왜 화두를 꺼냈나 싶겠지만 그가 확인하고 싶었던 건 간단했다. 제 사람 보는 눈이 맛이 간 것이 아니었다는 사실. 그걸 확신했으니 되었다.

관심 밖으로 밀려난 후작의 얼굴이 기분 탓인지 조금 전보다 더 허탈해 보였다.

"나는 이제 후작에게 볼일 없네. 그대는?"

황제가 한 발 물러났다. 엄밀히 따지면 그는 이곳에서 후작에게 가장 유감이 커야 할 사람이었으나 그럼에도 제일 무심한 태도를 보였다. 까닭을 찾자면 익숙함 탓일 것이다.

어떤 이유로든 여태 황제를 노려 온 이는 숱하게 많았다. 그는 이제 그런 이들에게 일일이 동요하지 않았다.

잡았으니 됐다. 처형대에 오르게 될 이에게 황제는 이 이상의 관심을 끊었다. 그는 메일을 돌아보았다. 시선을 받은 메일이 눈을 동그랗게 떴다가 이내 손에 든 함을 내려다봤다.

"저는 있어요. 공범 잡아야죠."

"심문은 반테르 경이 맡을 거야. 나는, 메일. 어차피 잡힐 공범보다 이제부터 그대와 보낼 시간이 더 중요해."

다가가 메일에게서 함을 빼앗은 황제가 그녀의 빈손을 제 손으로 채웠다. 순간 메일은 장소를 혼동할 뻔했다.

"저기, 폐하."

"반이라고 해."

"갑자기 왜 이러시는지 궁금한데요."

"갑자기가 아니라 지금까지 기다린 거야. 흉수를 잡으려고 그대가 많이 노력해 주었지 않나. 그래서 범인도 직접 보고, 증거도 확인할 때까지 가만히 기다렸지. 이제 둘 다 끝났으니 범인이나 증거보다는 내게 신경을 써 주었으면 좋겠는데."

"……폐하."

"반이라니까."

"죄송한데 잠깐 끼어들어도 됩니까?"

오가는 대화를 잠자코 지켜보던 반테르가 도중에 손을 들었다. 왠지 이래야 발언권이 주어질 것 같은 느낌. 황제가 못마땅하게 일축했다.

"안 돼."

"그럼 허락 없이 끼어들겠습니다. 공범 말입니다."

안 주려는 발언권을 강제로 찾아온 반테르가 입을 열었다.

"안 계시는 동안 이미 후작이 자백을 끝냈습니다."

"부지런하군."

"칭찬으로 듣겠습니다."

"누군가요?"

메일이 물었다. 오히려 그녀가 황제보다 적극적이었다. 안 된다는 말에 불복한 대가로 제게 날아드는 살벌한 시선을 일부러 모른 척하며 반테르가 대답했다.

"베일디온 공작입니다."

"베일디온?"

메일에겐 생소한 이름이었다. 그러나 황제에게는 아니었다. 언제 무심하게 굴었냐는 듯 그가 삽시간에 표정을 굳혔다. 메일을 붙잡고 있던 손이 떨어졌다.

"……확실한 건가?"

"위증을 할 이유가 없다고 판단했습니다."

달라진 공기는 언급된 인물이 지니는 중요도를 간접적으로 알려 주는 것 같았다. 대체 그가 누구기에? 다음 순간 메일의 의문을 해소해 주듯 반테르가 말을 이었다.

"아시겠지만 첫 번째 대비인 엘리제 베일디온 공녀와는 손아래 혈육으로, 공녀가 혼인하여 제국으로 들어오기 전까지는 가문 내에서 그녀와 가장 막역한 사이였던 것으로 추정됩니다. 그가 공작이 될 수 있었던 것도 공녀의 덕이었을 가능성이 큽니다."

"후작과 손을 잡은 이유는?"

"모릅니다."

"모른다?"

미온하던 목소리가 순식간에 낮아졌다. 반테르가 고개를 숙였다.

"죄송합니다. 여러 면으로 연계해 가정해 보았으나 설득력 있는 동기를 찾지 못했습니다."

"먼저 접근한 쪽은?"

"후작의 주장에 따르면 베일디온 공작입니다."

"요구한 것이 일체 없나?"

"예. 돕겠다는 의사만 밝혔을 뿐 다른 요구 사항은 전혀 없었다고 합니다."

황제의 시선이 후작에게로 닿았다. 반테르가 말했다.

"원하신다면 추가로 심문하겠습니다."

고문하겠다는 뜻이다. 황제는 잠시 생각하다 이내 고개를 저었다. 그가 판단하기에도 구태여 후작이 말을 감출 이유가 없었다.

"베일디온 공작이라."

황제가 이맛살을 구겼다. 공교로운 이름인 것은 둘째 치고 목적이 불명하다는 것이 마음에 걸렸다. 은원을 따지더라도 이쪽에서 갚으려 들어야 할 일이었다. 상대측에서 이를 무너뜨리려 들 것이 아니라.

기분이 좋지 않았다. 증거를 통해 당장 상대를 죄인으로서 소환할 수도 있었지만, 어쩐지 드러나지 않은 동기가 유난히 신경을 건드렸다. 아무리 생각해도 그가 후작과 결탁할 이유가 없었다. 도대체 뭘 노리고.

"폐하."

그때 메일이 황제를 불렀다. 생각에 잠겨 있던 황제가 무의식중에 목소리에 반응해 상념을 멈췄다.

"왜……."

"제가 이해한 게 맞는지 봐주세요."

메일은 들은 것을 정리했다.

"우선 후작과 손잡고 폐하를 노린 공범은 에시스 왕국의 베일디온 공작. 그는 지금은 죽은 사람인 첫 번째 대비의 친 혈육이고, 생전 그녀와 사이가 돈독했어요. 후작에게 먼저 접근하여 그를 돕겠다고 제안했지만 뭘 원하고 그랬는지는 동기가 불분명한 상태. 맞아요?"

"……맞아."

반테르가 곁에서 훌륭한 정리라며 감탄했다. 메일은 칭찬에 사사하는 대신 조금 전부터 머릿속에 맴돌기 시작한 의견을 바깥으로 꺼냈다.

"이건 어디까지나 추측이에요. 순전히 추측인데……."

막역한 사이였다는 말을 듣자마자 불현듯 떠오른 것이 있었다. 근거라고는 없어 조심스러웠지만 그래도 말은 해봐야겠다는 생각이 들었다. 잠시 후 반테르가 눈을 크게 키웠다.

"그건……."

"확인해 볼 가치는 충분하군."

황제 또한 표정이 변했다. 지체할 이유가 없다. 그가 즉시 반테르를 보며 명령했다.

"지금부터 연락책을 찾는다. 후작저를 점거한 건 길드를 이용해서라도 없었던 사실로 만들고, 색출에 필요한 인원은 아끼지 말고 가능한 전부 동원해."

"알겠습니다."

"그, 아닐 수도 있어요."

생각보다 빠른 전개에 메일이 당황해서 황제를 붙잡았다. 황제는 그에 메일을 쳐다보았다. 물끄러미 응시하더니 이내 끌어당겨 품에 안는다. 그리 껴안고는 속삭였다.

"아닐 수도 있겠지. 어디까지나 확인이니까. 아니어도 상관없어."

"괜히 실망할까 봐⋯⋯."

혹 희망을 주었다 빼앗는 꼴이 될까 메일은 말을 꺼내고 뒤늦게 불안해졌다. 걱정을 읽은 황제가 부드럽게 눈을 휘었다.

아무래도 메일 본인은 모르는 모양이었다. 그녀가 제게 어떤 의미가 되는지. 모든 부분에서 그녀는 황제를 지탱했다. 일의 결과가 어떻든 그는 메일의 존재 덕분에 괜찮을 자신이 있었다.

"실망하면 뭐 어떤가."

"상처가⋯⋯ 덧날지도 모르잖아요."

"안 그래."

메일을 떼어낸 로하이덴이 그녀와 눈을 맞췄다. 녹색 눈동자에서 얼핏 염려가 일렁이는 것이 보였다. 그것이 사랑스럽다고 말하면 저를 혼내려나.

"안 덧나."

"⋯⋯."

"이젠 아무것도 날 못 무너뜨려."

"⋯⋯."

"그대가 날 떠나는 것만 아니면."

시선이 길게 이어졌다. 메일은 말 안 듣고 빠르게 뛰기 시작하는 제 심장 소리를 들었다.

한편에 자리한 이성이 장소를 좀 생각하라고 타박했으나, 그마저도 반테르가 후작을 끌고 방에서 나가버렸기에 효력을 잃고 말았다.

다시금 손을 붙드는 온기가 따뜻했다. 문을 여닫느라 들어온 작은 바람이 커튼 끝을 살짝 흔들고 사라졌다. 메일은 조금 천천히 눈을 깜박이다가 이내 까치발을 들었다.

반테르는 유급휴가를 적립했다.

✳

에시스의 낮은 해가 강한 편이었다. 단정히 빗은 장발을 하나로 묶은 남자는 귀부인에게 어울릴 법한 흰 양산을 펼쳐 들곤 그 아래에서 찻잔을 기울였다. 남의 눈을 아랑곳하지 않는 표정이 평온했다.

"각하."

곧 저를 부르는 소리에 남자가 고개를 돌렸다. 그의 무채색 눈동자에 체격이 장대한 사내의 모습이 비쳤다. 일을 지시했던 심복이었다.

남자에게는 곁에 두는 심복이 둘 있었다. 멍청한 충견 하나와 덜 멍청하지만 개가 아닌 사람 하나. 찻잔을 내려놓은 베일디온 공작이 후자를 보며 입을 열었다.

"알아보니 어떻던가?"

"사실입니다. 황실에선 소문을 은폐하느라 급급한 모양입니다만, 목격자가 여럿이라 입을 전부 막지는 못 한 것 같습니다."

심복이 목소리를 낮춰 말했다.

"황제가 미치광이가 되었답니다."

"……."

공작은 양산을 접었다. 중천에서 조금 옆으로 기운 해가 뜨거운 볕을 뿌렸다. 평소라면 머리카락이 익는 기분이라 짜증이 났을 테지만 지금은 아니었다. 햇살이든 뭐든 퍽 기꺼웠다. 베일디온 공작이 입가를 끌어당겨 웃었다.

"후작이 정말로 성공했군. 놀라워. 그 멍청한 작자가 해낼 줄이야."

꼭 실패를 염두에 두기라도 했다는 투였다. 사실 그랬다. 먼저 손을 내밀었으면서 그는 후작을 신뢰하지 않고 있었다. 그래서 처음 계획이 성공했다는 연락을 받았을 때도 바로 믿지 않았다. 긴가민가하여 심복을 통해 확인했고, 결과가 이것이었다.

흡족한 낯으로 공작이 찻물을 새로 따랐다.

"예상했던 것과는 조금 다른 흐름이긴 하지만…… 뭐, 어차피 황제가 제정신을 가누지 못한다는 것에 의의가 있는 것이니."

"이미 여럿 죽어나갔다고 합니다."

"그렇겠지."

한 모금 맛을 본다. 우러난 농도가 적당했다. 차를 내온 하녀를 치하해야겠다고 생각하며 공작이 말을 이었다.

"광인이 되었으니 눈에 들어오는 것이 있을까? 전부 잡아 죽여야지, 암. 제 손으로 베고, 또 베고."

"……."

"짐승도 어미를 두 번이나 잃으면 멀쩡하지 못할 텐데 하물며 사람이야."

공작은 고개를 들었다. 해가 눈부신지 눈가를 슬쩍 찌푸리더니 이내 긴 숨을 내뱉는다. 어딘지 해방감이 느껴지는 얼굴이었다. 개운해 보이기도 했다. 그는 그 상태로 잠시간 상공에 눈을 두었다가 도로 시선을 내렸다.

"그래서 황제는 지금 어쩌고 있다지?"

"칩거 중이랍니다. 종종 발작을 일으키는 것으로 확인됐습니다."

"모하임 공작 측은?"

"그에 대해선 좀 더 알아봐야겠지만 등을 돌린다는 말이 있습니다. 광인이 된 황제의 손에 목숨을 잃은 인사 중 공작 쪽 사람이 있는 모양이라."

"좋군."

목소리에 묻어나는 감정이 말과 고스란히 일치했다. 타인의 불행을 듣고 보이는 반응이라기엔 꽤나 비인간적이었으나 심복은 익숙한지 별반 동요가 없었다.

베일디온 공작은 재차 찻잔을 비운 후 잔 입구를 동그랗게 원을 그리며 매만졌다. 생각에 잠길 때면 나오는 특유의 버릇이었다. 그는 오래되어 바래기 시작하는 어느 과거를 떠올렸다.

"우리 외엔 아무도 믿을 수가 없어. 너도 그렇지?"

전대 베일디온 공작은 여성 편력이 심한 사람이었다. 에시스의 국법은 일부다처를 허용하고 있었기에 그는 본부인만 다섯을 두었다. 아내가 많으니 자연히 자식도 많았다. 그중 현 공작과 그의 누이인 엘리제 공녀는 네 번째 부인의 배에서 태어났다.

숱한 형제자매 중 둘은 서로를 가장 의지했다. 서로가 서로에게 유일한 친 혈육이었으니 당연한 일이었다. 당대 공작은 자식들 간의 다툼을 방관했으며 둘의 유대는 자랄수록 돈독해졌다. 그러다 공녀가 스무 살이 되던 해.

"나 황비가 될 거야. 헬베른 제국의 황제와 혼인하기로 했어."

당시 황제의 나이는 서른다섯이었으며 작년 말 황후와 사별한 상태였다. 그 무렵 아직 작위 없이 단순히 공작가의 자제일 뿐이었던 베일디온 공작은 한 몸처럼 지내온 누이의 혼처가 마음에 들지 않았다.

아무리 강국의 황제라지만 열 살이 넘는 나이 차에 황후도 아닌 비(妃)의 자리라니. 그가 생각하기에 왕국에서 내로라하는 미녀인 누이라면 보다 좋은 조건의 혼처가 있을 것 같았다. 그러나 공녀는 고개를 가로저었다.

"아니. 이 자리가 최선이야. 내게도, 특히 너를 공작으로 만들기에도."

그리고 이 년 후 그녀가 남긴 말은 사실이 되었다. 베일디온 공작이 부친의 작위를 계승할 수 있었던 건 순전히 그녀의 덕이었다.

베일디온 공작은 황제의 사랑을 차지한 첫 번째 황비의 힘으로 집안의 가주가 되었고, 그런 즉시 정적을 한 사람도 남기지 않고 전부 제거했다.

그 이후로는 줄곧 평화로워 낯을 찌푸릴 일이 없었다. 몇 년간 남매는 각자의 위치에서 잘 지냈다. 동생을 위해 희생하듯 혼인길에 올랐던 공녀는 의외로 황제를 사랑하게 된 모양인지 중간에 질투로 작은 실수를 저지르기도 했으나, 어디까지나 실수였다. 그녀도, 공작도 그 일을 대수롭지 않게 여겼다.

하나 당황스럽게도 그것이 대수로운 일이었다는 사실은 그로부터 십 년쯤 뒤에 드러났다. 어느 날 공녀가 급박하게 공작에게 통신을 보냈다.

통신구 너머로 그녀는 불안해하며 말했다. 황제가 병으로 죽기 직전이라고. 황제가 죽고 나면 그의 아들이 황위를 승계하게 될 텐데, 그렇게 되면 필시 황제가 된 그가 제 목을 조를 것 같다고. 사정을 이야기하던 그녀는 잔뜩 굳어 떨고 있었다.

공녀는 악독한 성미였으나 본인이 지은 죄의 결과 정도는 객관적으로 볼 줄 아는 사람이었다. 자기가 죽인 여자의 아들은 제게 원한을 품을 까닭이 충분하고, 그 원한은 가볍지 않아서 그럴 만한 권력을 쥐는 순간 필히 저를 죽이려 들 것이다.

당연한 말이지만 공녀는 살고 싶었다. 남의 목숨은 개미처럼 여겨도 제 명은 다른 무엇보다 소중했다. 어쩌냐고 매달리듯 묻는 공녀에게 그녀의 남동생은 고민하여 꽤 그럴듯한 타개책을 내놓았다.

상대가 저를 죽이려 들 것이 걱정이라면, 그럴 수 없도록 이쪽에서 그 전에 죽으면 되지 않겠나.

얼핏 들으면 조롱인가 싶은 황당한 소리였으나 공녀는 그에 담긴 뜻을 바로 알아차렸다. 그녀는 조언대로 새로 즉위한 황제가 자길 죽이기 전에 먼저 죽었다. 정확히는 죽음을 가장했다.

마차 사고로 사망했다고 알려진 첫 번째 황비는 사실 죽지 않았다. 그녀는 살아 있었다.

공녀는 스스로를 죽은 사람으로 꾸며 내고—그러느라 몇 명의 희생양이 필요했다—몰래 도망쳐 본가인 베일디온에 몸을 숨겼다.

독재나 다름없이 가문을 휘두르고 있던 베일디온 공작에게 누이 한 명 숨겨 주는 것쯤은 그다지 어려운 일이 아니었다. 그렇게 공녀는 대외적으로는 죽은 사람이 되어 실제로는 가문에서 숨죽여 지냈다.

이후로 몇 년은 다시금 안온했다. 살아 있다는 사실을 감추기 위해 그녀는 바깥 외출을 엄금했으나 광활한 저택은 그녀에게 크게 갑갑함이나 소외감을 안겨 주지는 않았다.

필요한 모든 것은 사용인이 준비했으며 공작은 주기적으로 사용인을 몰래 죽이고 갈아 치워 입을 막았다.

그러던 어느 날이었다. 건강이 나빠졌는지 공녀가 앓기 시작했다. 본래 사람은 몸이 아프면 마음에도 영향을 끼치게 마련. 그때부터 그녀는 불안 증세를 보였다.

"악몽을 꿔. 매일 밤 황제가 나를 찾아와. 황제가, 그 여자의 아들이 자꾸만 나를 찾아와서 내 목을 졸라. 어쩌면 좋니, 응?"

여태 잘 지내온 것이 거짓말처럼 공녀는 크게 불안해했다. 쉽게 잠들지 못하는 날이 많아지고 사소한 일에도 하늘이 무너지듯 울고 짜증을 냈다.

받아주고 달래는 것에도 시간이 지날수록 한계가 있었다. 공작이 대체 무엇을 원하는 거냐고 묻자 공녀는 황제를 죽여 달라고 말했다.

물론 불가능한 일이었다.

헬베른의 현 황권은 역대에서도 손에 꼽을 만큼 강했다. 황제 자체도 뛰어난 사람이지만 무엇보다 제국의 양 날개나 다름없는 유력 가문이 황제에게 충성을 다하고 있었다.

그런 이를 대체 무슨 수로 해한단 말인가. 불가능이라는 재단이 과하지 않았다.

그러나 무턱대고 안 된다고만 하기엔 공녀의 증세가 지나치게 심했다. 공작은 제 옷깃을 부여잡으며 매달리는 누이를 외면할 수가 없었다. 애초 자신이 다른 후계에게 제거당하지 않고 공작이 될 수 있었던 것도 전부 그녀 덕분이 아닌가. 공작은 매일 고심했다.

그러던 와중 침상에서 공녀가 한 가지 제안을 냈다.

"온전한 정신으로 황제가 기억을 되찾으면 큰일이지 않니. 그러기 전에 이쪽에서 그 기억을 이용하자꾸나. 그걸 이용해서 그를 미치광이로 만드는 거야."

공녀는 죽을 날을 받아 놓고 사는 기분이었다. 언제 황제가 과거를 기억해 내고, 첩탑을 열고, 저를 잡으러 올지 몰라서. 공작은 지나친 걱정이라 했지만 악몽까지 꾸기 시작한 공녀의 귀에는 전혀 들리지 않았다.

그녀는 이야기했다. 소피아의 대역을 만들자고. 제가 죽인 그 여자의 대역을 세워 황제의 눈앞에서 참극을 재연해 주자고 말이다.

황제는 스스로 기억을 지웠을 만큼 어미의 죽음으로 얻은 상처가 컸다. 그런 상처가 남아 있는 상태에서 다시 한번 같은 상황을 반복하게 된다면 분명 견디지 못하고 정신이 무너지고 말 것이다.

미쳐 버린 지도자는 민심을 유지할 수가 없다. 광인은 폭군이 되고, 폭군은 많은 이의 원성을 살 것이며, 종내 그 원성이 모여 다수의 손에 의해 완전히 몰락하게 될 것이다.

공작은 누이의 의견 자체는 제법 그럴듯하다고 생각했다. 다른 걸 떠나 그런 방법 외에는 무소불위의 권력을 쥔 황제를 건드릴 수 있는 길이 딱히 없었으니까.

하나 문제는 대역을 구하는 일이었다. 대체 어디서 제2의 소피아를 찾는단 말인가.

공녀는 죽은 소피아에 대해 세세히 늘어놓았다. 이런 외양에, 이런 성격에, 이런 사람이었다고. 어떤 몸가짐에 어떤 말씨였는지도 전부.

"아무리 그렇게 묘사해 줘도, 정말 그와 똑같은 인물이 어딘가에 있을지는……."

결론부터 말하자면 있었다.

운이 좋았다고 해야 할까. 공작은 제국에서 소피아의 그림자나 다름없는 여인을 발견했다. 황제의 탄신연에 참석하기 위해 사절로서 황궁에 방문한 날이었다. 그는 궁의 복도에서 저를 스쳐 지나간 한 여성을 급하게 돌아보느라 하마터면 목이 꺾일 뻔했다.

은발, 하늘색 눈, 창백한 혈색, 위태하게 마른 체구.

"……누군지 알아내. 당장."

"알겠습니다."

사람을 시켜 조사한 여인의 이름은 이젤린 텐고트. 공교롭게도 이미 황제의 곁을 차지하고 있었다.

이젤린은 외양뿐 아니라 사소한 습관, 취미까지 소피아를 빼다 옮겨 놓은 듯 비슷했다. 이목구비는 조금 달랐으나 그 외의 모든 것이 같았다. 우연이라기엔 지나치다고 판단한 공작은 더 자세히 파고들었고, 그녀의 뒤에 있는 후작의 존재를 알아냈다.

공작은 보고를 받자마자 웃었다. 어찌 이러나. 하늘이 저를 돕는 듯했다. 계획에 필요한 대역부터 그 계획을 대신 실행해 줄 소모품까지 전부 제국 안에 있었다.

"자리를 만들어."

만나는 것은 어렵지 않았다. 공작은 비밀리에 후작과 접선했다.

"황제를 무너뜨려 보지 않겠습니까?"

그리고 여기서 다소 의외였던 것이 있다면, 볼텐 후작이 공작이 생각했던 것과는 조금 다른 인물이었다는 것이다. 그는 겁이 많았으며 배포가 작고 무능했다. 어딜 보아도 황위를 노릴 만한 그릇은 아니었다.

"어떻게…… 그게 가능하다는 말이오?"

그럼에도 후작은 황제를 무너뜨리자는 제안에는 미끼를 문 고기처럼 끌려왔다. 베일디온 공작은 길지 않은 대화를 통해 그 이유를 유추할 수 있었다.

후작은 열등감에 물들어 있었다.

오래된 열등감이었다. 그는 친부를 통해 황제의 생모에 대해 알게 되었다고 말했다. 은퇴 이후 영지에서 한 발짝도 나가지 않은 전대 후작은 어린 황제와 소피아의 초상화를 몰래 보관하고 있었다.

그는 노쇠하여 병상에 누워서도 황제의 성장을 곁에서 지켜보지 못한 아쉬움과 모자의 비극이 얼마나 안타까운 것인지에 대해 토로했다. 정작 혈육인 아들에게 남기는 말은 마지막 순간까지도 없었다.

"황제에 대한 열등감이라."

부모가 자식에게 영향을 끼치는 것은 비단 유년시절에만 국한되지는 않는다. 후작의 내면에 자리한 열등의식은 장성하여 얻은 각인이었다. 공작은 볼텐 후작을 조금 동정했다. 자격 없는 부친을 둔 것은 이

편도 마찬가지였으니까.

"뭐, 어쨌든 이용하기는 좋겠군."

동정은 동정이고. 공작의 입장에서 후작은 충분히 써먹기 좋은 대상이었다. 후작은 우연찮게 이젤린을 발견하고 그녀를 소피아의 대역으로 만들었다고 했다.

반쯤은 실험하는 의미였으며 막연히 나중에 어딘가에 써먹을 일이 있지 않을까 짐작했을 뿐 특별히 품은 계획은 없는 상태였다. 그는 공작의 구슬림에 손쉽게 넘어왔다.

"미친 황제가 분노를 발산할 대상이 있으면 좋겠지요. 광인이 된 폭군의 발아래 무참히 짓이겨지는 약소국이라. 온 대륙이 보기에 썩 좋은 그림이 아닙니까."

그렇게 공작의 꾐에 넘어가 후작은 무대를 구상하고 준비하기 시작했다. 그가 빈 황후의 자리를 들먹이며 황후 간택전을 열자고 주장한 것은 전부 무대에 세울 배우이자 희생양을 고르기 위해서였다.

과거 베일디온 궁녀는 질투심으로 소피아를 죽였다. 그때의 상황을 재연하기에 간택전의 후보란 꽤나 적합한 대상이었다. 누명을 씌우기에도 제국인보다는 적당히 힘없는 왕국의 사람이 편했다.

간택전을 열고, 한동안 추이를 지켜보다 후보가 나름 추려졌을 때쯤 이젤린을 노출한다. 그리고 최종 희생양을 결정하여 그녀와 이젤린이 교류를 갖도록 만든 다음 이젤린을 황제의 눈앞에서 죽이는 것이 후작의—정확히는 공작의 머릿속에서 나온—계획이었다.

희생양은 만들어진 정황과 증거로 인해 변명의 여지없이 이젤린을 독살한 범인이 될 것이다. 어떤 독을 사용해야 하는지는 공작이 알려주었다.

이후 베일디온 공작은 가만히 기다렸다. 후작이 실패했다는 말이 들리면 바로 손을 털고 빠져나갈 생각이었다. 혹시 모르니 한동안 누이의 거처를 옮겨 둘 준비도 마쳤다.

결과적으로 그럴 필요는 없었다. 후작은 실패하지 않았으니까.

찻잔에서 손을 뗀 공작이 재차 계획의 성공을 곱씹었다. 저절로 미소가 지어졌다.

"누이에게 전해. 이제 잠을 설칠 이유가 없어졌다고 말이야. 악몽을 꿀 까닭도 사라졌군."

"전달하겠습니다."

"후작에게서 다른 연락은 없었나?"

"도움을 받은 값을 하겠다는 연통이 있었습니다."

"마침 잘됐군. 기회를 봐서 성내 북쪽의 첨탑을 열고 그 안에 있는 걸 모조리 지우라고 답장해. 불을 질러도 좋겠지. 어차피 황제는 지금 탑에 신경을 쓸 만한 상태가 아닐 테니."

"그렇게 하겠습니다."

"아, 당연하지만 말을 전할 때 내 존재는 드러나지 않도록 하게. 멍청한 후작이 그랬다고 해서 나까지 흔적을 남길 필요는 없으니까."

"알겠습니다."

명령을 하달한 뒤 목을 축이고 나자 잔이 비었다. 베일디온 공작은 몸을 일으켰다. 마음이 가벼워지니 기분 탓인지 몸까지 한결 가뿐했다. 바닥에 한쪽 무릎을 꿇고 앉아 있던 심복이 일어서서 양산을 챙겼다.

"탑을 지우고 나면 구태여 사용인을 갈아치울 필요도 없어지겠군. 누이가 기뻐하겠어."

생일 선물을 이르게 안겨 준 셈 칠까. 덧붙이며 공작이 하하 웃었다. 약간 삐뚠 치열이 고스란히 드러나는 웃음은 얼핏 보기에도 후련한 심경을 담고 있었다.

그러나 그도, 그의 심복도 이 순간 눈치채지 못했다. 심어 둔 연락책을 통해 얻어낸 정보가 어딘지 평소보다 묘하게 정교하고 정돈이 잘되어 있었다는 사실을. 베일디온 공작은 그저 낙관으로 차서 웃으며 후원을 벗어났다.

✳

안도를 얻은 공녀의 불안 증상은 빠르게 완화되었다. 자연히 공작이 마음을 쓸 일도 줄어들었다. 남매는 며칠간 세상이 제 뜻대로 돌아가는 것 같은 기분에 휩싸였다. 본인이 퍽 전능하다는 생각에 도취되기도 했다.

그것이 깨어진 것은 어느 날 아침이었다.

"가, 각하! 각하, 큰일 났습니다!"

"웬 소란이지?"

"후, 후작이⋯⋯."

"후작이 왜? 설마 못 하겠다고 하던가?"

"그게 아니라⋯⋯."

허겁지겁 방 안으로 뛰어든 심복이 숨을 헐떡이며 겨우 입을 열었다. 그때 요란한 소리가 들려왔다. 분명 바깥의 소음일 텐데 이곳까지 전해지는 것에 공작이 의아하게 창가로 시선을 주었다. 곧 그의 눈이 찢어질 듯 커졌다.

"이게 무슨⋯⋯!"

"도망치셔야 합니다."

"내가 왜 도망을 친단 말이냐?!"

아미를 찌푸린 공작이 문을 열어젖혔다. 방을 나서는 발이 식은땀으로 보이지 않게 축축해졌다.

황제의 군사가 보였다. 문양을 가리지 않은 제국의 군대가 저택의 외문을 부수고 들어와 마당을 점거했다.

이게 무슨 일이지. 설마 누명을 잘못 씌웠나. 공작은 갖은 생각을 하며 일 층으로 향했다. 꿈이라도 꾸는 기분이었으나 일단은 나가서 대항해야 했다. 그가 계산하기에 저는 이런 상황에 놓여야 할 이유가 없었다.

"이게 대체 무슨 일이오!"

내문을 열고 바깥으로 나선 공작이 외쳤다. 이미 저항하다 붙잡힌 듯 가솔 몇이 포박되어 곳곳에 무릎을 꿇고 있었다.

공작은 그리 소리치곤 전방을 응시했다. 즉시 숨이 막혔다. 금을 녹여낸 듯 선명한 금안이 그를 똑바로 마주하고 있었다. 에시스의 강한 태양빛을 눈부신 백금발이 반사시켰다.

'이런 말도 안 되는…….'

저택을 침략한 것은 군사뿐만이 아니었다. 지휘를 맡은 것은 황제 본인이었다. 그리고 공작은 눈이 마주치자마자 알아차렸다. 황제는 미치지 않았다.

"오랜만이군, 공작. 지난 탄신연 이후 처음이니 거의 일 년 만인가?"

"어쩐…… 어쩐 일이십니까? 아무리 폐하시라지만 제 저택을 이리 침범하실 수는 없는 법입니다. 이곳은 제국이 아닙니다."

'후작, 이 망할 자식이!'

동요를 티 내지 않으려 애쓰며 공작은 주먹을 말아 쥐었다. 그는 후작이 자길 배신했다고 생각했다. 시도를 했으나 실패했는지, 시도조차 못 했는지는 모르겠지만 어쨌든 제게 모든 책임을 덧씌우려 황제의 편에 서서 저를 함정에 빠뜨린 것이라 믿었다.

'그래서 성공했다고 거짓 연락을……. 가만, 분명 다른 정보원을 통해서 확인을 마쳤는데.'

공작의 표정이 굳었다. 아, 어떻게 된 것인지 알 것 같았다. 이쪽의 연락책을 전부 잡아서 역으로 정보를 흘렸구나.

하나 숨겨 둔 것은 한둘이 아니었으며 개중엔 내성에 접근하지 않고 제도에 머물면서 동향만 살피는 이들도 있었다. 전부 찾아내는 것이 결코 쉽지 않았을 텐데.

'아주 작정을 했구나. 빌어먹을.'

황제가 동원한 인력이 얼마였을지 짐작도 가지 않는다. 아주 감쪽같이 숨겼다. 공작은 이를 악물고 요동치는 감정을 내리눌렀다.

혹시 몰라 후작에게 연락을 취할 때 제 흔적을 지운 건 옳은 선택이었다. 그걸 빌미 삼아 저를 죄인으로 몰지는 못 할 것이다.

다만 그럼에도 저택이 점거당하는 건 몹시 곤란한 일이었다.

"타당한 경우라면 저도 얼마든지 저택을 내어드릴 용의가 있습니다. 하나 이렇게는 아닙니다. 우선 지금은 잠시 물러나셨다가 정식으로 왕국에 협조 요청을 다시⋯⋯."

"그거라면 이미 끝냈네만."

"예?"

"올 때가 됐군."

"폐하, 신 도착했습니다!"

기다렸다는 듯 말발굽 소리가 들렸다. 이미 부서진 문을 통과해 등장한 그는 능숙하게 고삐를 당겨 말을 멈춘 후 안장에서 뛰어내려 가볍게 착지했다. 입고 있는 갑옷이 종잇장이라도 되나 싶을 만큼 가뿐한 몸놀림이었다.

"늦었습니까?"

"아니. 적당히 맞춰 왔어. 치하하지."

"감사합니다. 전속으로 달리느라 엉덩이가 좀 배기긴 합니다만."

농을 섞어 대답한 반테르가 자세를 바로 하고 시선을 옮겼다. 눈을 한계까지 확장한 베일디온 공작이 믿을 수 없다는 듯 그를 쳐다보고 있었다. 정확히는 그가 들고 있는 감색 서신을.

반테르는 서신을 펼치며 씩 웃었다.

"협조 공문 대령입니다. 에시스의 국왕께선 제국의 죄인 검거에 적극적으로 협력할 의사가 대단히 넘치신답니다. 직인 받아왔습니다."

"잘했네."

"자, 잠깐……!"

"우선 포박하고 수색해."

강제로 무릎 꿇린 공작의 안색이 변했다. 낭패였다. 지금 저택 안에는 살아 있어서는 안 되는, 그러나 살아 있는 그의 누이가 몸을 숨기고 있었다. 상황을 모르니 도망치지도 않았을 것이다.

낯이 새파랗게 죽는 공작을 보며 반테르가 한마디 했다.

"표정을 보니 정말이겠군요."

"그래."

황제가 짧게 응수했다.

얼마 전 범인으로 잡힌 후작과 대면하던 자리에서 메일은 '혹시' 하며 말을 꺼냈다. 십 년 전 마차 사고로 사망한 황비의 시신이 혹시 알아보기 힘들 정도로 심하게 훼손되어 있지는 않았었냐고.

그리고 그건 사실이었다. 유람을 나갔다가 사고로 전복된 마차는 꼬박 이틀 만에 발견되었고, 마차에 타고 있던 인원으로 추정되는 주변의 시신은 차마 쳐다보기 힘들 정도로 온통 망가져 있었다.

원인은 들짐승이었다. 사고가 난 장소가 산 가운데 난 길이었기 때문이다. 발견하던 순간에도 짐승은 시체를 뜯어 먹고 있었다.

얼굴은 알아볼 수 없었으나 당시 옷차림과 머리색, 신체의 특징 등으로 신원을 구분했다. 첫 번째 황비는 그렇게 사망한 것으로 처리되었다.

그러나 어쩌면 그것이 가짜는 아니었겠냐고. 메일은 황비가 실은 살아 있을 가능성에 대해 말했다.

황비의 생존이 사실이라면 높은 확률로 그녀를 숨겨 주고 있을 베일디온 공작이 황제를 노린 이유도 설명이 가능해진다.

황제는 의견을 받아들여 즉시 사람을 풀었다. 확인을 위해 발 빠르게 정보를 차단하고 연락책을 붙잡아 이쪽에서 역으로 거짓 정보를 가공하여 넘겼다. 쉬운 일은 아니었으나 제국 내에서 황제의 이름으로 못할 것은 없었다.

결과적으로 의혹은 확신이 되었다. 공작이 만약 권력을 원했다면 그는 계획의 성공을 알게 되었을 때 황제를 끌어내리고 황위를 차지할 만한 세력과 유착하려 움직였어야 했다. 후작에게 첨탑 안의 내용물을 지우라는 전언을 보낼 게 아니라 말이다.

확인을 마친 황제는 군사를 이끌고 움직였다. 왕국에 죄인의 양도를 요청하는 대신 직접 나선 것은 공작에게 공녀를 빼돌릴 만한 여유를 주지 않기 위해서였다.

정보는 황제가 에스스의 국경을 넘고도 한참 후에 제대로 흐르기 시작하여 베일디온 공작저에 진실이 전해진 것은 이미 황제의 병사가 저택의 부지를 밟은 뒤였다.

잠시 후 베일디온 공녀가 병사의 손에 끌려 나왔다. 상황 파악을 못해 굳어 있던 그녀는 끌려 나와 황제를 마주하자마자 하얗게 질려 비명을 질렀다. 원수를 앞에 둔 황제의 눈이 어둡게 가라앉았다. 반테르 또한 복잡한 심정이었다.

"심문하실 겁니까?"

"아니. 달리 들을 것 없다. 도착하는 즉시 처형대에 세울 테니 제국으로 이송해."

"알겠습니다."

"거, 거짓…… 거짓말……. 이건 거짓말이야! 아악!"

왕국 제일의 미녀였다던 공녀는 쉰이 다 된 나이에도 아름다웠다. 황제는 그녀를 서늘할 만큼 무표정하게 응시했다. 저리 아름다웠으니 일국의 왕을 꾈 수 있었을까.

공포에 질려 발악하는 와중에도 주름 하나 없는 얼굴과 풍성하고 매끄러운 적발이 타인의 시선을 앗았다. 소름이 끼치는 일이었다.

병사는 죄인을 예우해 주지 않았다. 공녀는 자의라곤 없는 사물처럼 비참하게 끌려갔다. 황제가 그녀에게서 온기 없는 시선을 거뒀다.

베일디온 공작은 그때까지 참담하게 고개를 숙이고 있다가 입을 열었다.

"그래서…… 제 죄목은 무엇입니까? 죄인을 숨겨 주고 있었던 것이 제 죄입니까?"

"뭐?"

반테르가 기가 차다는 듯 그를 내려다보았다. 후작을 이용하여 황제의 안위를 노린 주범이 무슨 소리를 하냐는 시선이었다. 하나 공작은 꿋꿋하게 말을 이었다. 그의 목소리는 비교적 차분했다.

"그 외 어떤 정황이 있든 전부 모함이라고 말씀드리고 싶습니다."

그는 한 호흡 쉬고 말했다.

"증거가 있습니까?"

공작은 생각을 마쳤다. 누이가 저렇게 된 것은 애석한 노릇이나 이미 어쩔 수 없는 일. 저라도 살아야 했다.

그는 애초 후작이 일을 그르칠 것을 대비해 상대와의 연관점을 전부 끊어 둔 상태였다. 후작이 자백을 했다 한들 상관없었다. 물증을 남기지 않았으니 부인하면 그만이다.

증거 없이 정황만으로 잡아넣기에 공작은 그리 낮은 지위가 아니었다. 하물며 타국이었다. 제아무리 황제라도 월권에 한계가 있었다.

반테르는 공작의 주장에 헛웃음을 뱉었다.

"누가 공범 아니랄까 봐 하는 행동이 참……. 베일디온 공작, 설마 우리가 증거가 없겠습니까?"

"있으면 보여주시지요."

"소원이라면."

대화를 지켜본 황제가 손짓했다. 가만히 대기하고 있던 기사 한 명이 그에 앞으로 나왔다. 그가 공손하게 내민 것은 바로 주먹만 한 영상구였다.

영상구의 등장에 공작이 눈에 이채를 띠었다.

"혹시나 했더니……."

저만 들을 만한 크기로 중얼거린다. 이내 베일디온 공작이 도로 고개를 숙이곤 어깨를 떨며 웃었다.

'역시 후작이 저걸 증거랍시고 가지고 있었군. 미련하게도.'

새어 나오는 웃음을 참기 위해 공작이 입술을 깨물었다. 언제였더라. 과거 후작과 접선하면서 그날의 대담을 영상구로 저장하여 상대에게 넘긴 적이 있었다. 일종의 믿음을 주기 위한 행위였다. 만에 하나 일이 틀어지더라도 배신하고 혼자만 빠져나가지 않겠다는.

하나 처음부터 후작을 소모품처럼 이용할 생각뿐이었던 공작에게 정말로 그럴 의향이 있었을 리 만무하다. 그는 위험을 함께 지는 척 담보를 남겨 후작을 안심시키고는, 이후 사람을 보내 영상구를 몰래 다른 것으로 바꿔 놓았다.

진짜는 바로 공작의 손에 있었다. 보관해 두다가 얼마 전 직접 영상을 확인하고 파괴했다. 그러니 저것은 자연히 일전에 그가 가져다놓은 가짜일 수밖에 없었다.

'결정적인 증거인 양 저걸 보여 주면 내가 자포자기하고 죄를 시인할 거라 생각했겠지. 안타깝지만 틀렸어.'

베일디온 공작은 기쁜 기색을 드러내지 않기 위해 무던히 애썼다. 실룩거리며 올라가는 입꼬리를 억지로 내리누르고 그는 얼굴을 들었다.

"영상구로군요. 한데 외람되지만, 그래서 그것이 어떤 증거가 되는지 물어도 되겠습니까?"

'저것 외엔 달리 나를 몰아갈 수 있을 만한 것이 없다. 확실해.'

여태 후작에게 전언을 남길 때에도 늘 거리의 심부름꾼을 이용해 왔다. 그들은 돈만 주면 아무것도 묻지 않고 시킨 일을 하는 부류라 아는 것이 전무하여 뱉어 낼 만한 자백이 없었다.

서신 같은 물질적인 것은 당연히 남기지 않았다. 공작은 제가 이 일에서 무사히 빠져나갈 수 있음을 확신했다.

반테르는 영상구를 보고도 의연한 공작의 태도에 별반 당황하거나 동요하지 않았다. 오히려 그렇게 나올 줄 알았다는 듯 대꾸하지 않고 말없이 영상구를 재생시켰을 뿐이다.

맨손으로 영상구의 상단을 가볍게 감쌌다. 닿은 면적으로부터 소량의 마나를 흡수한 구체가 불투명하게 변해 빛을 발하기 시작했다. 저장된 영상을 불러일으키는 신호였다. 공작은 비웃음을 삼켰다.

'재생시켜 봤자. 어차피 나오는 영상이라고는 이와 전혀 관계없는……'

[안심하세요. 황제는 완벽하지 않습니다. 병든 사람 한 명을 무너뜨리는 것쯤은 그리 어려운 일이 아니지요.]

"……!"

공작이 고개를 벌떡 쳐들었다. 불신으로 가득 찬 눈이 더할 수 없이 크기를 키웠다. 구체를 통해 허공에 재연되는 장면 속에서는 두 인물이 서로를 마주 보고 앉아 있었다.

상이 선명하여 누구인지 알아보는 것이 한눈에도 어렵지 않았다. 대화가 이어졌다.

[……공작을 믿겠소.]

[염려는 놓으셔도 좋습니다. 사용해야 하는 독의 종류는 아십니까?]

[그건 모르오.]

[하긴, 그것까지는 전대 후작께서도 모르셨겠지요. 제가 알려드리겠습니다. 같은 독을 써야 무대가 한층 완벽해지니 말입니다.]

[…….]

[황제의 눈앞에서 죽는 건 단순히 귀애하던 정부가 아니라 또다시 그의 모친이 될 겁니다.]

"더 듣겠습니까?"

영상을 끊은 반테르가 시간이 아깝다는 듯 물었다. 공작은 숨 쉬는 것도 잊은 사람처럼 굳어서 그저 눈만 부릅뜨고 있었다. 이내 그가 간신히 소리쳤다.

"이, 이게…… 이게 대체 어떻게 된……!"

저건 분명 가짜일 텐데!

소리를 타지 못한 공작의 비명에 답해 주듯 황제가 입을 열었다.

"공작도 만나 보았으니 후작이 어떤 인사인지 알겠지. 겁이 많고 도량이 좁아. 그런 자의 특징이 뭔 줄 아나?"

"……."

"의심이 많다는 거네. 머리는 나빠도 의심이 많은 탓에 가끔 생각지도 못 하게 허를 찌르지."

"하지만 분명……!"

두 눈으로 보고도 믿기지 않아 공작이 재차 입을 달싹였다. 진짜 영상구는 틀림없이 제가 파괴했다. 몇 번이나 확인했으니 절대 착각일 리없었다. 맹세를 할 수도 있다. 그럼 도대체 저건…….

그때 무언가를 깨달은 공작이 멈칫했다. 조금 전 재생되었던 영상에서 보인 이상한 점을 이제야 눈치챈 것이다.

털썩.

후작이 그랬듯 베일디온 공작 또한 세우고 있던 무릎에 힘을 빼고 주저앉았다. 기력이 사라진 몸은 균형을 잃었으나 병사가 포승줄을 붙들고 있었기에 넘어지지는 않았다. 공작은 바닥을 내려다보며 허망하게 웃었다.

"그런……."

후작은 공작을 믿지 않았다. 상대가 그를 신뢰하지 않았던 것과 마찬가지로 말이다. 의심으로 똘똘 뭉친 후작은 영상구를 손에 쥐고도 안심하지 못해, 만약을 대비한 복제품을 하나 더 만들어 두었다.

영상구는 일반적으로 복제가 가능한 물품이 아니다. 그럼 어떻게 했나. 간단했다. 기존 영상구에 저장된 영상을 재생시켜 그것을 다른 영상구로 찍어 낸 것이다.

공작은 기존의 영상구를 파괴했으나 복제품의 존재까지는 몰랐다. 황제가 입수한 것은 바로 그 복제품이었다.

"이송해."

짤막한 명령이 떨어지고 공작은 누이의 전철을 밟았다. 금수처럼 끌려가던 와중 공작이 분을 못 이겼는지 대뜸 미친 사람처럼 소리를 질렀다. 관심을 주는 이는 없었다.

이후 저택을 점령한 병사들이 공작의 심복과 집사를 끌고 나와 포박했다. 심복은 말할 것도 없고, 집사는 여태 공녀의 시중을 든 사용인을 주기적으로 처리하는 것을 도맡아 왔다. 둘은 곧 주인과 같은 꼴이 되었다.

상황은 빠르게 정리되었다. 에시스의 유난히 강한 볕이 쨍하니 저택과 마당을 비췄다. 반테르는 임무를 마치고 불란하게 귀환하는 병사들을 바라보다 눈을 돌렸다.

늘 그렇듯 수려하게 선을 그리는 황제의 옆모습만 봐서는 무슨 생각을 하고 있는 건지 알 수가 없었다. 반테르가 물었다.

"기분이 어떠십니까?"

원수를 잡았다. 그녀는 첨탑이 보이는 장소에서 처형될 것이다. 오랜 악몽의 종식을 알리는 것과 다름없는 일이었으니 무언가 감응이 있을 만도 했다. 황제가 대답했다.

"보고 싶군."

간략하게 흘러나온 한마디는 대상을 언급하고 있지 않았으나, 반테르는 듣지 않고도 누굴 이야기하는 것인지 알 수 있었다. 그는 가볍게 웃었다. 공기 중으로 옅은 숨이 흩어졌다.

"어련하시겠습니까."

반테르는 언젠가 보았던 운세를 떠올렸다. 궁을 방문한 귀족이 점술사를 대동했기에 재미 삼아 복채를 주고 앞으로의 운을 점쳤었다. 있던 지역에서는 용하기로 명성이 자자했던 점술사는 그날 수정구를 한참 쳐다보고는 이렇게 말했다.

"조만간 모시는 이와 연이 닿는 여인이 있을 겁니다. 극진히 대하시길 바랍니다. 그녀가 많은 것을 구해 줄 테니까요. 어쩌면……."

"나라를 구한다기에 용사라도 되는가 했더니."

"음?"

"아닙니다."

반테르가 씩 미소 지었다. 실없다는 구박을 받고도 꿋꿋했다. 아무래도 복채를 더 쳐 줄 것을 그랬다고, 그는 듣는 사람 없게 생각했다.

베일디온 공작과 공녀가 공식적으로 처형되었다. 더불어 은폐되어 왔던 진실이 만인에게 알려졌다. 대륙의 여론이 들끓고 에시스는 발 빠르게 베일디온이란 이름을 왕국 내에서 지워 버리겠노라고 공표했다.

형장의 이슬로 사라진 두 사람은 그렇게 이름마저 잃었다. 아무것도 남지 않은 그들의 최후가 메일은 죄인에게 꽤 어울린다고 생각했다.

이젤린은 볼텐 후작의 목이 떨어지고 나서야 자기가 어떻게 될 뻔했는지를 알았다. 그녀는 하마터면 독을 먹고 허망하게 죽었을지도 모르는 제 미래를 알자마자 하루 반나절이 넘도록 죽은 사람을 욕했다.

궁에서 그녀의 시중을 담당한 사용인들의 말을 빌리자면 그건 이젤린이 지난 삼 년을 통틀어 입에 담았던 욕보다 더 많았다.

황제는 사건이 마무리된 이후 처음으로 이젤린을 마주한 자리에서 그저 웃고 말았다.

"욕심이 없는 건 내 어머니였군. 텐고트 영애가 아니라."

호칭이 변했으며 과거에 뱉었던 말을 정정하기도 했다.

메일은 약속을 지켰다. 무슨 약속이냐면 이젤린이 궁에 남을 수 있도록 해주겠다던 것 말이다. 그때의 상황이 이랬고 저랬고를 떠나서 일단 고개를 끄덕여 주었던 것은 사실이니까.

대신 황비궁에 계속 머무를 수는 없어서 이젤린은 객용 별궁으로 거처를 옮겼다. 황제의 정인이라는 자격도 더는 유지할 수 없었으니 그녀는 궁에 머무르는 값으로 적당한 일감을 맡게 되었다. 고된 일은 아니라 이젤린은 그냥저냥 만족했다.

황후 간택전은 전면 중지되더니 이후 아예 취소되었다. 보상의 의미로 각 후보들의 왕국에 제국의 이름으로 재화가 전해졌다.

반테르는 사실 황제가 메일을 슬쩍 후보로 끼워 놓고 간택전을 계속 진행하지 않을까 했기에 그 결정이 뜻밖이었다.

왜 그랬는지는 황제가 메일의 손을 붙잡고 털어놓았다.

"난 그대가 간택전의 후보였어도 간택전 자체를 취소했을 거야."

"왜요?"

"여럿을 두고 그중에서 그대를 택했다는 인상을 주기 싫으니까. 내가 아니라 그대가 날 선택해 준 건데."

"……."

"곧 정식으로 청혼서를 보낼 테니 기다려."

"어디서 기다려요?"

"내 옆에서. 청혼서는 그대의 가문으로 갈 테지만."

덕분에 메일은 아버지에게 미리 연통을 보내 놓아야 하나 진지하게 고민했다.

비제아트 공작은 연로하다는 표현을 세상에서 가장 싫어하는 정정한 인사였으나 공주 따라 제국으로 간 딸이 갑자기 황후가 되게 생겼다는 소식을 듣고도 의연하게 '허허, 그렇구나. 과연 내 딸이야!' 할 수 있을 것 같지는 않았다. 메일은 간만에 부친의 심적 안위를 염려했다.

로즈는 후작을 비롯한 흉수가 처리되어 황성에 평화가 찾아오자 자유 시간이 늘었다. 전보다 온종일 리엘라의 곁을 지켜야 하는 책임이 덜해졌기 때문이다. 그리고 늘어난 그녀의 개인 시간이 불러온 효과는 놀라웠다.

"로즈, 못 보던 반지를 끼고 있네요?"

"약혼반집니다."

"아하, 그렇구…… 세상에!"

로즈는 청혼을 받았다. 황제는 예고했을 뿐 아직 정식 청혼서를 보내기 전이었기에 사실상 제일 빠른 구혼이었다.

별궁의 사서 마론은 보기보다 진취적인 남자였다. 초반엔 묘하게 소극적인 태도를 보이더니 막상 연애를 시작하자 언제 그랬냐는 듯 누구보다 적극적으로 변했다고 한다. 청혼 또한 그 거침없는 직진의 결과였다.

"로즈. 그럼 결혼해?"

"나중에요."

"나중에 언제?"

"공주님께서 배필을 맞이하시고 나면요."

남자 친구의 청혼에 대한 로즈의 대답은 조건부 승낙. 이유는 대화에서 밝혔듯 리엘라가 걱정되어서였다. 공주님을 두고 제가 어떻게 먼저 가나요. 마론은 슬펐지만 여자 친구의 결정을 존중하기로 했다.

그리고 여기서 한 가지 더. 로즈의 청혼 소식과 버금가게 메일을 놀라게 만든 사건이 있었다. 아니, 어쩌면 이쪽이 더 강력했다.

거튼 멀그므가 텔리야에게 연서를 보냈다.

"······그러니까····· 음····· 동명이인?"

"아뇨. 쉰밥 본인 맞아요."

"이런 맙소사."

편지에는 자길 이렇게 한결같이 먼지보다 못하게 대한 여성은 당신이 처음이라며 어느 순간 그에 운명적인 사랑을 느끼고 말았다고 적혀 있었다. 참고로 텔리야는 편지를 확인하자마자 육성으로 매우 심한 욕을 했다.

당연하지만 사교계는 이 일로 크게 들썩였다. 그냥 고백이 아니었다. 문어발 전력으로 유명한 미혼의 카사노바 백작이 무려 후작 '부인'에게 구애했다. 여론은 나뉠 것도 없이 한 길로 흘렀다. 미친놈이 어디서 유부녀를!

더구나 다른 유부녀도 아니고 시클라민 후작 부인이다. 시클라민 후작이 아내를 끔찍이 생각하는 것은 이미 모르는 사람이 없을 정도로 정평이 나 있는 사실이었다. 혹자는 삶에 염증을 느낀 멀그므 백작이 나름의 자살 방법을 고안한 것 같다고도 주장했다.

그럼 과연 거튼은 어떻게 되었나. 결과를 이야기하자면 그는 다행히(?) 살았다. 살아서 귀농했다.

시클라민 후작은 거튼이 다신 제도 땅을 밟는 일이 없게 하겠다는 전대 멀그므 백작의 단단한 약조를 받고 대상의 목을 붙여 두었다.

만약 거튼이 나중에라도 몰래 수도로 올라오는 일이 생긴다면 그날이 바로 그의 제삿날이 될 것이다.

메일은 그렇게 시골로 사라지게 된 거튼의 최후를 들으며 진지하게 본인에 대해 고민했다. 자세히는 체질에 대해 고찰하는 시간을 가졌다.

과거 메일의 약혼자는 자길 가장 거칠게 훈육해 주었던 가정교사와 사랑에 빠져 도피행에 올랐다. 연회에서 메일에게 작업을 걸었던 거튼은 텔리야가 자신을 하찮게 막대해서 사랑에 빠졌다고 했다.

'⋯⋯나 정말⋯⋯ 변태를 끌어들이는 뭔가가 있는 걸까.'

그것도 특정한 변태. 메일의 고민은 심각했다.

어쨌든 죄인이 전부 죗값을 치러 사라진 이후 나날은 평화로웠다. 평온하고, 잔잔하고, 가끔 일어나는 사건-거튼의 고백 같은-은 적당한 놀람과 웃음을 주는 선에서 그쳤다.

메일은 그런 일상에서 오랜만에 정원을 다시 찾았다. 행복에 기쁨을 더하니 정도가 훨씬 컸다. 간만에 만난 식물 친구들은 착시가 아니라 정말로 춤을 추는 것 같았다. 전보다 훨씬 뿌듯한 충족감이 그녀를 가득 채웠다.

그날, 평소보다 조금 일찍 잠든 메일은 이제 더는 꿀 일이 없을 거라고 생각했던 악몽을 다시 만났다.

그리고 악몽의 마지막 장면을 보았다.

벨티에 왕국의 기후는 흐린 날이 드물었다.

그날도 하늘이 맑았다.

"으음…… 벌써 아침이에요?"

침대에 누운 채로 꼼지락 눈을 비볐다. 누가 깨우지 않아도 어련히 혼자 일어날 수 있으면서 비제아트 공작가의 무남독녀는 이렇게 간혹 유모가 들어오기를 기다렸다가 어리광을 피웠다. 유모는 간만의 투정에 피식 웃고 말았다.

"준비하지 않으면 조찬에 늦어요."

"오늘 손님 와요? 누구였지?"

"아날라줌 백작님이요."

"아아."

이불을 걷는 유모의 손길을 가만 쳐다보다 메일은 곧 고개를 주억거렸다. 기억났다. 아날라줌 백작. 비밀이 많아서 뭘 물어봐도 안 알려주기로 유명하다던데. 그녀는 뒤이어 아버지가 왜 그를 초대했는지도 떠올리고는 인상을 썼다.

"윽, 결국 이날이 오고야 말았구나."

"얼굴만 보는 자리인걸요. 마음에 안 들면 얼마든지 그렇다고 솔직하게 말씀하셔도 돼요. 각하께서 그런 걸 강요하는 분은 아니시니."

"그래도 평생 퇴짜만 놓을 순 없잖아요."

"그건 그렇지만."

볼을 불퉁하게 부풀린 메일이 침대에서 몸을 일으켰다. 시녀가 다가와 옷을 갈아입히고 머리를 빗어주었다. 세숫물을 기다리는 동안 메일은 정원과의 결혼을 합법화해 주지 않는 왕국의 무정함에 대해 익숙하게 한탄했다.

"역시 유모, 얼어붙은 내 심장을 뛰게 할 수 있는 건 식물 외에는 없는 것 같아요."

"그게 뭐예요."

"진심인데."

"드레스는 어떤 걸로 하겠어요? 오른쪽?"

"아뇨, 왼쪽."

채비는 오래 걸리지 않았다. 유모가 요즘 좋아하는 말이 있다면 그건 바로 '치장의 완성은 얼굴'이다. 부친을 닮아 고르게 균형 잡힌 이목구비는 공들여 분을 바르고 치장하지 않아도 알아서 타고난 미모를 뽐냈다.

유모는 메일을 단장시킬 때면 종종 얼굴 하나로 사교계에서 이름을 날렸던 비제아트 공작의 전성기를 추억처럼 떠올리곤 했다.

"새삼스럽지만…… 역시 제 눈엔 아가씨가 왕국에서 가장 예뻐요. 정말로요."

"헉. 고마운데 유모, 왕성 안에서는 그러지 마요. 끌려가요."

"호호, 저도 그 정도 구분은 한답니다."

가벼운 농담을 주고받고 계단을 내려갔다. 식당이 가까워질수록 고소한 냄새가 풍겼다. 손님을 초대한 조찬이라 주방장 쿠크가 새벽부터 일어나 바빴겠구나. 얼굴을 보면 고생 많았다고 이야기해 줘야지. 메일이 그렇게 생각했을 때쯤이었다.

"……메일."

뭔가가 잘못됐다는 걸 식당에 들어서자마자 알았다. 정확히는 먼저 도착해 있던 아버지와 눈이 마주치자마자.

"아버지?"

"연통이……."

메일은 맹세컨대 요 근래 저런 표정을 한 아버지를 본 기억이 없었다. 구태여 근래로 한정할 것도 없다. 몇 년으로 범위를 넓혀도 처음 보는 얼굴이었다.

공작은 들고 있던 서신을 한쪽으로 내던지듯 팽개치고 메일에게 다가왔다. 발걸음이 전에 없이 조급했다.

"왜 그러세요? 아날라줌 백작님은요?"

"그는 안 온다. 아니, 못 와."

"왜……."

"메일, 짐을 꾸려라. 지금 당장, 아주 간단히 필요한 것만 챙겨."

"아버지, 무슨……."

"자세히 설명할 시간이 없으니 한 가지만 알려주마. 제국의 군대가 지금 벨티에로 향하고 있다."

"……네?"

"전쟁이다. 전쟁이…… 성립할 수 있다면 말이지만."

공작은 그렇게 말하고 어서 메일을 2층으로 올라가게 했다. 메일은 얼결에 시킨 대로 짐을 꾸리면서도 어안이 벙벙했다. 상황이 바로 파악되지 않았다.

제국? 제국이라면 헬베른을 이야기하는 것일 테다. 헬베른의 군대가 갑자기 왜?

혼란스러운 와중에도 손은 착실하게 필요한 것을 챙겼다. 장난을 치는 상황이 아니었으니 폐가 될 순 없었다. 급박하게 준비를 마친 메일이 뒤늦게 알아차린 것은 바로 마차에 아버지가 동승하지 않는다는 사실이었다.

"마부에게 이야길 해두었지만, 남쪽으로 내려가거라. 네 외가인 백작령에는 기별을 보내 놓았다."

"아버지는요?"

"사태가 일단락되면 일단 네게 제일 먼저 연락하마."

"아버지."

"괜찮을 거다. 제국군은 북쪽에서 내려오고 있으니까. 최남단인 백작령까지 닿을 일은 없을 거야."

"아버지!"

"출발해. 자작 부인, 부디 메일을 부탁하네."

자작 부인, 유모가 고개를 끄덕였다. 공작의 명령에 따라 마차가 출발했다. 아버지의 모습과 저택이 멀어지는 것이 메일은 전부 꿈이거나 거짓말 같았다.

그러나 진짜 거짓말은 아직 시작도 하지 않았다.

메일은 그것을 남쪽 지방에 도착해서 깨달았다.

히히힝!

"폐하의 명령이다! 전부 쓸어버려!"

"사, 살려…… 아악!"

"개미 새끼 한 마리 남기지 마라! 포로는 없다. 전부 죽여!"

"아아악!"

아수라장이었다. 그만큼 어울리는 단어가 없었다. 말 울음소리가 마치 사신의 울음이라도 되듯 언제 들었던 것보다 소름 끼치게 울렸다. 유모는 뒤를 돌아보려는 메일을 몇 번이고 그러지 못하게 막았다.

마차를 버리고 도망치면서 메일은 남쪽이 이 지경이 된 이유를 알 수 있었다. 황제는 군대를 두 개로 나눴다. 제도의 상황 또한 지금 이곳과 별반 다르지 않을 것이다. 메일은 소식을 듣자마자 숨이 막혔다.

황제가 직접 군을 이끌고 있다. 그가 제국에서 이곳까지 와서 손수 왕국을 짓밟고 있었다.

대체 왜? 왜 황제가? 얼굴을 본 적도 없는 제국의 통치자가 도대체 왜 이런 짓을 행하는지 메일은 입에서 단내가 나도록 뛰는 와중에도 짐작조차 할 수 없었다.

까닭을 알게 된 것은 달리 갈 곳이 없어 향한 영주성에서였다.

"이, 이게 무슨 소리냐!"

외숙부인 백작은 메일보다 더 혼란스러워했다. 전언이 제때 닿지 못한 모양이었다. 그의 얼굴이 사색이 되고 얼마 안 가 먼발치서 불길이

치솟았다. 군대가 다가오고 있었다.

그때 문이 부서질 듯 열리고 사람이 뛰어 들어왔다.

"배, 백작님. 비보가 늦었습니다. 황제가, 헬베른의 황제가 제국군을⋯⋯."

"방금 들었다. 비, 빌어먹을. 이게 도대체 어떻게 된 거냐? 이유가 없지 않느냐!"

"공주님⋯⋯ 공주님 때문이랍니다."

"뭐?"

"고, 공주님께서 제국에서 황제의 정인을 독살했기 때문이라고⋯⋯."

메일은 순간 쓰러질 뻔했다. 그만큼 충격이 컸다. 휘청거리는 그녀를 마찬가지로 안색이 하얗게 질린 유모가 부축했다. 말도 안 됐다. 말도 안 되는 일이었다.

이렇게 갑자기 불행이 닥쳐 올 수는 없었다. 그것도 고작 한 사람 때문에.

"뭐, 뭐라고⋯⋯ 뭐가 어째?"

"이러실 때가 아닙니다. 어서 도망치셔야 합니다! 더 지체하면 늦습니다!"

"그, 그래. 이럴 때가 아니지. 당장 말을 준비시켜라. 메일, 너도 가자꾸나."

기껏 도착한 의미가 없게 메일은 다시 피난길에 올랐다. 수도의 상황 또한 다를 바 없다는 것을 전해 들은 백작은 서쪽으로 가자고 했다.

이건 정복 전쟁이 아니었다. 단순히 보복의 의미로 왕국을 짓뭉개고 있는 거라면 투항해 봤자 소용이 없었다.

그들은 망설임 없이 성을 버리고 몸을 숨길 만한 곳을 찾았다. 서쪽이라면 산이 밀집한 지역이니 그나마 재앙을 피하기 용이할 것이다.

그러나 어쩌면 당연하게도, 과정은 전혀 순탄치 않았다.

"백작님! 어서 피하십…… 커헉!"

"경!"

"애고 어른이고, 남자고 여자고 가리지 마라! 죽을 날을 받아놓은 노인이라도 일단 베라는 게 폐하의 명이다!"

"숙부님!"

"어, 어서 도망…….."

"아가씨!"

호위를 맡던 기사가 죽고, 말이 고꾸라지고. 메일은 어떻게 살아남을 수 있었는지 기억도 나지 않았다. 한 가지 확실한 것은 처음 함께 출발한 일행이 이제 그녀의 곁에 아무도 남지 않았다는 사실이었다.

발을 움직여 기계처럼 매캐한 연기 사이를 헤쳤다. 거친 땅을 맨발로 밟는 데에도 감각이 사라진 것처럼 아무 느낌이 없었다.

기사가 가장 먼저 죽고, 다음은 외숙부가. 그다음은 유모였다. 그녀는 심지어 메일을 살리려다 등을 베였다.

거짓말 같았다. 눈으로 보고 있는데도 현실 같지가 않았다. 아득하고 동떨어진 기분이 들었다.

메일은 하염없이 걷다가 어느 순간 무릎을 꿇고 주저앉았다. 속에서 겪어본 적 없는 낯선 것이 치밀었다. 곧 그것이 절규라는 것을 알 수 있었다.

제발. 이것이 꿈이었으면. 제발. 꿈에서 깰 수 있다면 무슨 짓이든 할 텐데.

하늘은 야속했다. 몇 번이고 눈을 깜박여도 사위는 변하지 않았다. 메일은 계속해서 살아 있었다. 별로 살고 싶지 않은데 살았다. 한 걸음을 옮길 때마다 비명이 이명처럼 울려 그때마다 차라리 죽고 싶다는 생각이 들었다.

그럴 마음을 먹을 때마다 눈앞에 아른거린 유모의 모습이 아니었다면 아마 진작 제국군의 앞에 스스로 뛰어들고 말았을 것이다.

메일은 무작정 걸었다. 그러다가 다른 피난민을 만나 도움을 받기도 했다. 말을 탔다가, 마차를 탔다가, 중간에는 생전 타 본 적 없는 짐마차 위에서 기절하듯 잠을 청했다.

그러나 곧 알 수 있었다. 더는 갈 곳이 없었다.

황제는 미쳤다. 메일은 확신했다. 그는 제정신이 아니었다. 군대를 얼마나 이끌고 온 건지 정확히는 몰라도 그것이 정상적인 수가 아니라는 것쯤은 알 수 있었다.

제국의 병사는 왕국 전역을 뒤덮었다. 아무리 왕국의 크기가 제국에 비해 작다 한들 그럴 수 없었다. 황제가 제국을 텅 비워 두고 가능한 모든 병력을 동원한 것이 아니고서야.

"미쳤어."

제도에 도착해서 메일은 중얼거렸다.

"미쳤어⋯⋯."

정인이 죽었다고. 그녀가 독살당했다고. 그래서 이러나. 사랑하는 사람이 죽어서, 그녀를 잃어서, 그래서 왕국 전체를 불태우고 왕국민을 한 사람도 남김없이 학살하는 건가.

"미친 거야⋯⋯."

이해할 수 없었다. 납득되지 않았다. 책임을 묻는 것에도 정도가 있지 않나. 죗값을 치르게 하는 데에도 선이란 것이 존재하지 않나. 정상인이라면 이렇게까지는 할 수 없었다. 투항이고 애원이고 무시하고 정말로 왕국 자체를 지도에서 지우려 들 수는 없었다.

메일은 더 이상 황제가 사람처럼 보이지 않았다.

타닥거리며 남은 불길이 잔해를 태웠다. 왕국은 폐허가 되었다. 한때는 광장이 아름다웠고, 분수가 청량했으며, 첨탑이 높게 서 있었던 수도는 이제 부서져 나뒹구는 잔재 외에는 아무것도 남지 않았다.

바람을 타고 점차 가까워지는 말발굽 소리가 들렸다. 먼빛으로 다수의 윤곽이 보였다. 메일은 우두커니 섰다. 움직이고 싶지 않았다. 더는 그럴 기력도 없었다.

정면으로 제국군에 맞선 비제아트 공작은 이미 효수되었다고 들었다.

"……하. ……니다. 잔당은……."

"……서쪽…… 기병을……."

드문드문 사람들의 말소리 같은 것이 귓가에 전해졌다. 메일은 흐린 시야로 고개를 들었다. 상대가 고삐를 당겨 멈추자 말이 울음소리를 냈다. 덕분에 육성은 그에 묻혀 더 들리지 않았다.

메일은 대신 그의 얼굴을 보았다.

황제였다.

보는 순간 알았다. 소문으로 듣던 것과 똑같았다. 찬연한 백금발이 빛을 반사하고 이목구비에는 흠결이란 것을 찾아볼 수가 없었다. 재와 잔해만 남은 처참한 전장과 그는 지독히도 어울리지 않았다.

황제의 곁에 있던 기사가 메일을 발견하곤 검을 뽑았다. 메일은 저를 베기 위해 다가오는 이에겐 눈길을 주지 않고 그저 황제만 응시했다. 똑바로 그를 눈에 담았다. 시선을 떼지 않았다. 마지막 순간까지 그리 한 사람만 쳐다보면서 생각했다.

'생이 바뀌어서라도 다시 만난다면…….'

기회가 주어진다면.

'당신을 내 손으로…….'

반드시.

누구에게 닿을지 알 수 없는 맹세를 하며 메일은 그렇게 눈을 감았다.

새벽 공기가 찼다. 창문을 닫아 놓아 바람이 들어오지 않는데도 그랬다. 메일은 눈을 깜박였다. 만져 보지 않아도 뺨이 흥건하게 젖어 있는 것을 알 수 있었다.

악몽이 끝났다.

그건 꿈이 아니었다.

아무도 믿어주지 않을 것이다. 스스로부터도 믿기지 않는데 당연했다. 메일은 손을 들어 얼굴을 더듬었다. 눈물이 손끝을 적셨다. 입을 열자 허탈한 숨이 새어 나왔다.

전부 꿈이 아니었다. 그저 자신이 되돌아왔을 뿐이다.

"말도 안 돼……."

들어 본 적도 없었다. 시간을 역행한다니. 그런 건 어느 고서에도 나와 있지 않았다. 그러나 어떻게 그럴 수 있느냐는 물음은 이제 와 아무 소용이 없다. 이미 일어난 일이었고, 대상 없는 질문을 끝없이 쏟아 내봤자 상황은 바뀌지 않았다.

악몽을 꾸고 나면 늘 깨질 듯 아프던 머리가 이제는 멀쩡했다. 그간의 두통은 잊은 것을 기억해 내려는 과정에서 따라붙은 통증이었던 걸까.

메일은 양손을 들어 얼굴을 남김없이 감쌌다.

모르는 것이 나았다. 기억해 내지 못하는 편이 나았다. 아니, 알게 될 거라면 차라리 더 일찍 알았어야 했다.

"이게 뭐야……."

마지막 순간이 생생했다. 정지된 장면 같던 그 순간. 극적으로 원수를 마주한 메일은 모든 원망을 그에게 쏟으며 눈을 감았다. 입 밖으로 흘리지 못한 유언은 기회가 다시 주어진다면 반드시 겪은 것을 되갚아 주겠다는 맹세였다.

그래, 황제는 그녀의 원수였다. 구원이 아니라 복수해야 할 대상이었다. 너무 늦게 기억해 낸.

'이딴 거, 그냥 평생 떠오르지 말 것이지……'

지나치게 늦게 알았다. 메일은 이제 와 황제를 원수로서 대할 수는 없었다. 과거를 기억하지 못하는 사이 진실을 파헤친 그녀는 이미 황제를 이해했다. 그의 뜻이 아니었다는걸. 그가 그럴 수밖에 없었다는 것을.

동시에 사랑했다. 증오할 수 있을 리가 없었다. 어쩔 수 없는 일이었다.

이 순간 원대할 대상이 있다면 차라리 신이었다. 메일은 신이 미웠다. 원망스러웠다. 어쩌자고 제게 이제야 기억을 되돌려 주나. 이미 이해하고, 사랑하고, 어떻게 미워하고 싫어할 수도 없는데 왜 지금 와서 알고 싶지 않은 것을 알려 주나.

입을 앙다물었는데도 손 틈으로 흐느낌이 샜다. 메일을 괴롭히는 것은 다른 게 아니었다.

죄책감. 그게 마음을 내리눌렀다.

메일은 황제를 용서했다. 사실 왕국을 짓밟은 것은 현재의 그가 아니었으니 그가 용서받고 말 것이 없기는 하다.

그러나 어쨌든 그녀는 상대를 용서했고, 벗어난 비극을 없던 것으로 치부하여 지금의 그를 여전히 사랑할 자신이 있었다.

하지만 유모는? 아버지는?

아버지는 제국군에 맞서다 효수되었다. 유모는 저를 구하려다 죽었다. 그들도 과연 용서할 수 있을까. 포용하고 이해하여 제가 황제를 사랑하는 것을 용납해 줄 수 있을까.

답을 구할 수 없는 문제였다. 메일은 날이 밝아올 때까지 그리 꼼짝하지 않고 울었다.

"폐하, 무슨 일 있으십니까."

반테르는 눈치가 늘었다. 말하자면 상관이 처리한 서류의 상태만 봐도 그의 심적 상황을 엿볼 수 있었다.

전이라면 저 양반이 왜 저러나 궁금했겠지만 이제는 아니다. 이유는 하나뿐이라 반테르는 그것을 고민도 없이 입에 담았다.

"다투셨습니까?"

사랑싸움이라도 했냐는 말에 황제가 아래로 내리깔고 있던 눈을 들었다. 그는 고개를 저었다.

"……아니."

"하지만 어떻게 봐도 그러신 얼굴입니다만."

"차라리 그런 거면 좋겠군. 그럼 미안하다고 빌기라도 할 텐데."

로하이덴이 어두워진 낯으로 이마를 괬다.

요새 메일이 이상했다. 다른 사람이 알아채기엔 미묘한 정도일지 몰라도 그의 눈엔 확연히 보였다. 식사 도중에, 혹은 대화를 할 때, 메일은 종종 깊은 고민에 빠진 사람처럼 굴었다. 무슨 일이 있는 거냐고 물어도 매번 대답은 없었다.

몰래 로즈라는 시녀에게 접촉해서 캐물어 봐도 마찬가지였다. 대체 무엇이 메일에게 고뇌를 안겨 주고 있는 건지 도저히 알 수가 없다.

분위기로 미루어 보건대 밝은 문제도 아닌 것 같았다. 간혹 그는 메일에게서 힘들어한다는 인상을 받았다. 답답해서 속이 터져 버릴 지경이었다.

"왜 내게 의지하지 않는 거지? 내가 그렇게 못 미덥나? 아니면 설마 내 문제인가? 내가 나도 모르는 사이 뭔가 잘못을 저질러서……."

"진정하시죠."

반테르가 상관을 달래며 속으로 혀를 찼다. 물어본 내 잘못이지. 사랑에 빠진 황제는 생전 안 하던 짓을 틈만 나면 열심히 해대고 있었다. 이른바 땅굴 파기.

"자세한 경위는 모르겠지만 더 기다려 보시는 게 어떻습니까? 이젠 짝사랑도 아닌데. 여유 좀 가지세요."

"경은 몰라……."

"뭐가요."

"경이 사랑을 아나?"

"갑자기 저한테 왜 그러십니까?"

"경도 겪어 봐야 해. 그럼 여유라는 말이 입에서 쉽게 안 나올 거야."

반테르는 황당했다. 왜 나한테 그래. 틀린 조언을 해준 것도 아니건만. 그는 이래서 연애 중인 사람과는 말을 나누는 게 아니라는 편협한 생각을 몰래 품었다.

"후우……."

"집무실 꺼지겠습니다."

"오늘 오후 일정은 미루지."

"예?"

왜 대뜸 말이 저렇게 이어지나. 반테르가 배려 없는 대화의 흐름에 당황하는 사이 황제는 벌써 몸을 일으켰다. 겉옷을 대충 꿰어 입은 그가 어떻게 말려 볼 새도 없이 성큼성큼 움직여 문을 열었다. 반테르는 눈을 휘둥그레 떴다.

"폐하!"

"중요한 일과도 없지 않나."

"소조바 후작의 알현일이 오늘입니다. 그가 얼마나 속이 좁은지 아시면서!"

"짐이 앓아누웠다고 전해."

"폐……!"

문이 닫혔다. 자동적으로 앞으로 뻗은 반테르의 손이 갈 곳을 잃었다. 그는 허망하게 닫힌 문을 바라보다 이내 팔을 떨궜다. 힘이 빠져 탁자를 짚고 지탱했다.

"그게 뭔데……."

사랑 그게 뭔데 날 울려.

소조바 후작의 집요함을 반테르는 혼자 감당할 자신이 없었다. 그는 새삼 직업에 회의감을 느끼며 먼눈으로 창밖을 응시했다. 날이 밝아서 그런지 대조되어 기분이 더 울적해졌다. 나도 그냥 퇴근할까. 이십 대 후반이 되어 반테르 경은 반항기의 재래를 느꼈다.

✳

"메일."

창틀을 쥐고 우두커니 서 있던 메일이 깜짝 놀라 옆을 돌아보았다. 언제. 황제는 어디에서부터 뛰어왔는지 머리카락이고 매무새고 잔뜩 흐트러진 모양을 하고 있었다. 메일은 저도 모르게 정리해 주려 손을 뻗었다. 도중에 황제가 그 손을 붙잡았다.

"……."

"더는 못 기다려."

"뭐를……."

"이야기해 줘. 내게."

"……."

"대신 아프고, 대신 힘들고, 대신 괴롭고 싶어도 아무것도 몰라서야 할 수 있는 게 없잖아."

"……."

"왜 말하지 않는 거지?"

황제가 눈동자로 호소했다. 메일은 그에 심장이 덜컥했다. 제게 닥친 문제에 골몰하느라 상대를 생각해 줄 겨를까지는 없었다. 그러나 불안에 찬 눈동자를 보니 그래선 안 되었다는 후회가 문득 들었다.

'걱정시켰구나.'

하기야 저라도 그랬을 것이다. 상황을 바꿔 대입해 보면 충분히 이해가 갔다. 나름 내색하지 않으려 했지만 타인도 아니고 연인에게 그것이 통했을 리가. 더구나 그 연인은 본인이 지닌 모든 것이 메일을 위해 존재하는 양 굴었다.

손이 붙잡힌 채 메일은 물끄러미 황제를 올려 응시했다.

며칠을 고민했다. 내내 힘들었다. 그 같은 시간이 조금 더 오래 반복되었다면 어쩌면 혼자 지쳐 버렸을지도 모른다.

그러지 않도록 그 전에 메일을 구원해 준 것은 예상치 못하게 리엘라였다.

"꿈을 꿨어. 본궁으로 놀러 가는 내용. 거기서 폐하를 만났던 것 같아."

회귀를 자각한 이후, 메일은 확신하지 못했다.

과거의 참극에서 벗어나 되돌아온 것은 나 혼자인가? 아니면 모두인가?

홀로 역행했다면 전자일 것이고 시간 자체가 되감아진 거라면 후자일 것이다. 그리고 그건 메일에게 제법 큰 의미가 되었다.

전자라면 그 불행의 결과는 여전히 존재한다는 말이 된다. 평행 세계처럼 메일 혼자만이 빠져나간 어느 시간 축에서 그녀의 왕국은 지금도 잿더미만 남아 실재할 것이다.

만약 그렇다면 메일은 도저히 행복해질 자신이 없었다. 그건 죄를 짓는 것 같았다. 모두가 불행한데.

불행한 채로 계속해서 흘러가는데 홀로 도망쳐 아무것도 모르는 사람처럼 행복해할 수는 없었다. 그러려고 할 때마다 죽은 사람의 얼굴이 악몽처럼 떠오를 것이다.

하지만 만약 후자라면? 시간 자체가 되돌아간 거라면? 그렇다면 참극은 정말로 '없었던' 것이 된다. 아버지와 유모가 죽은 것도, 많은 사람이 스러져 간 것도. 왕국이 무너진 것도 전부 존재하지 않았던 일이된다.

메일은 그럴지도 모르는 가능성을 과거 리엘라가 했던 말에서 찾았다.

꿈을 꿨다고 했지. 꿈속에서 본궁을 방문했는데 그곳에서 황제를 마주쳤다고 했다. 그리고 당시 본궁을 찾은 일행은 정말로 황제를 만났다.

그때는 아무렇지 않게 생각했다. 공교롭다고 지나가듯 여기고 넘겼다. 그러나 그것은 이제 와 하나의 희망이 되었다. 어쩌면 그건 일종의 편린이 아니었을까.

모든 사람이 사라진 시간을 저처럼 지각하지는 못 하더라도, 겪었던 일이기에 사소하고 흐릿한 기억의 조각 정도는 품고 있는 것이 아닐까.

모두가 그렇다면. 메일은 그제야 고민에 마침표를 찍을 수 있을 것 같단 생각이 들었다.

"반."

"……이야기해. 뭐든."

"나를 기다려 줄 수 있나요?"

황제의 호흡이 짧게 멎었다. 그가 말했다.

"그게…… 무슨 뜻이지?"

"다시 오겠다고 약속한다면. 나를 놓아줄 수 있나요?"

눈동자가 흔들렸다. 황제는 들은 것을 믿고 싶지 않아 하는 표정을

지었다. 그는 저도 모르게 붙잡고 있던 메일의 손을 세게 움켜쥐었다
가 퍼뜩 힘을 풀었다. 흘러나오는 목소리가 미세하게 떨렸다.

"왜?"

"말해줄 수 없어요."

"안 간다고…… 하지 않았나."

"……"

"떠나지 않겠다고, 분명히. 내 곁에 있겠다고…… 그러지 않았나."

"그러고 싶어서 가려는 거예요."

메일이 차분하게 말했다. 황제는 이해할 수가 없었다. 그게 무슨 말
인지. 한 가지 짐작이 가능한 것은 지난 며칠간 상대가 보여 주었던 모
습과 지금의 이 말이 관계가 있다는 것 정도였다.

"반의 곁에서 행복해지고 싶거든요, 나는. 힘들어하지 않고, 아파하
지 않고, 그냥 행복하고 싶어요."

"……"

"그러기 위해서 가는 거예요. 확인해야 할 게 있어서."

"메일."

"돌아올게요. 정말로."

침묵이 흘렀다. 마주한 녹색 눈동자는 그의 것과 달리 흔들림이 없
었다. 곧 황제의 손아귀에서 힘이 빠졌다. 그는 거역할 수 없는 얼굴을
보며 그저 한마디 말밖에 꺼내 놓을 수 없었다.

"날짜…… 셀 거야. 올 때까지. 매일."

투정처럼.

메일이 설핏 웃었다.

메일을 태운 마차가 궁을 떠났다. 머잖아 국경을 벗어났다는 말이 들
렸다. 반테르는 한발 늦게 소식을 접하곤 혹 상관이 폐인이 되는 건 아

닌가 겁을 잔뜩 집어먹었다.

　다행이랄지 황제는 우선 겉보기엔 평소와 다를 바 없이 멀쩡해 보였는데, 그래도 안심하지 못한 반테르는 의식적으로 황제의 앞에서는 '메'자가 들어가는 모든 단어를 삼갔다.

　로즈와 마론은 전날 눈물의 이별식을 했다. 약혼녀를 떠나 보내는 약혼자의 가슴이 뭉개졌다. 메일이 떠나는데 왜 로즈까지 헤어짐의 눈물을 흘렸느냐 하면 그건 메일의 목적지가 벨티에 왕국이었기 때문이다.

　모국에 간다는 말을 듣고 리엘라는 저도 가겠다 번쩍 손을 들었다. 공주님이 그러시니 로즈라고 남을 수는 없었다. 그나마 영영 작별은 아니라는 것이 위안이 되었다.

　언제가 됐든 돌아오겠다고 로즈는 약혼자에게 신신당부했다. 혹 그 사이 바람피우면 도서관 샹들리에에 매달아버리겠다는 경고는 양념이었다.

　그렇게 시간이 흘렀다.

　날은 더 따뜻해졌다가 슬슬 더위를 거두어 갔다. 반테르는 황제가 그러는 척을 하는 게 아니라 정말 괜찮은 건가 싶어 괜히 단어를 가리던 것을 그만두었다.

　일은 전처럼 바빴다. 그러는 와중 일상에서 가끔씩 찾아드는 허전함의 정체를 반테르는 아직 몰랐다.

　바람이 점차 차가워졌다. 낮이 전보다 제 길이를 줄였다. 계절이 바뀌었다.

　황제는 정원에 선 채로 팔짱을 끼곤 고심했다. 이거 은근히 쉽지 않았다.

"전설이라더니."

쯧, 혀를 찼다. 누렇게 변색된 바일렛의 싹이 장렬히 제 전사를 알렸다. 벌써 네 번째였다. 위명이 과연 헛되지 않다. 로하이덴은 물끄러미 본인의 실패를 응시하다가 고개를 저었다.

"그냥 집무실에 가져가서 키울까."

유혹이 머리를 디밀었다. 쉬운 길과 어려운 길이 있을 때 쉬운 길로 가고자 하는 건 사람의 본능이다. 그것도 어려운 길이 그냥 어려운 게 아니라 매우 대단히 엄청 심각하게 자비 없이 어렵다면 말이다.

황제는 그렇게 중얼거리고서는 잠시 후 시든 싹의 옆자리에 또 작은 구덩이를 팠다. 씨앗을 들여놓고는 흙을 덮는다. 미련하게 어려운 길에 다시 발을 디뎠다.

본인이 심어 놓고 황제는 복잡한 눈을 했다. 벌써 다섯 번째 실패가 훤히 보이는 것 같았다.

처음에는 그냥 시도나 해보자던 의미였는데. 연달아 새싹과의 싸움에서 패배하니 은근히 오기가 생겼다. 반테르가 들으면 그 무슨 세상에서 가장 쓸데없는 대결과 오기냐며 기가 막혀 하겠지만 로하이덴은 나름 진지했다. 이 건방진 식물 자식.

'메일이 키워도 힘들겠지.'

문득 선배님을 외치며 무릎을 꿇던 상대의 모습이 떠올랐다. 황제는 순간 웃음을 참지 못하고 피식 흘려보냈다. 그러고 보니 그랬지.

그때는 왜 이러나 싶었는데 지금 생각하니 충분히 이해가 갔다. 이런 것을 아무렇지 않게 길러 낸다면 저 같아도 존경심이 일 법했다. 결과적으로 당시 그건 사기였지만.

웃음이 새어 나와서 황제는 입가를 가렸다. 그러다 갑자기 정색한다.

'아니, 이러지 않기로 했잖아.'

그가 다짐한 것이 있었다. 그것이 무엇이든 절대 추억 곱씹지 않기.

특히 이런 장소에서 혼자 과거의 감상에 젖어선 곤란했다. 그러고 있으면 마치 헤어진 연인을 홀로 추억하는 기분이 들었기 때문이다. 안 될 말이었다.

"안 되지. 결코 안 돼. 헤어지기는. 누구 마음대로? 절대 안 놔 줘."

"누구를요?"

"누구긴……."

환청에 대답하다 황제는 입을 다물었다. 뭐야. 언제 망상의 단계가 올라갔지. 전에 잠에서 덜 깬 상태로 환시를 보긴 했지만 소리는 없었는데. 그때 불쑥 손이 튀어나와 황제의 턱을 붙잡고 돌렸다.

"반."

옮겨 간 시야가 믿을 수 없는 것을 담았다. 그리고 황제는 곧 깨달았다.

"나 왔어요."

환청도, 환시도 아니라는걸.

"언제……."

금색 눈동자가 크게 일렁였다. 황제가 겨우 더듬더듬 입을 열었다. 느껴지는 놀람이 적잖아서 메일은 도리어 의아해졌다.

"기별을 보냈는데? 안 갔어요?"

"기별이라니……."

반문하려던 로하이덴이 멈칫했다. 아. 그러고 보니 근래 반테르가 뭘 숨기는 티를 내긴 했다. 별거 아닌 일에도 종종 그러곤 했던 인간이라 구태여 신경 쓰지 않았는데.

"……."

눈썹에 힘이 들어갔다. 상관에게 서프라이즈를 선물해 주려던 부관은 그렇게 올해 남은 휴가를 통째로 잃었다.

반테르가 이 순간 어떤 잔인한 형에 처해졌는지 모르는 메일은 눈을 깜박이다 이내 해사하게 웃었다.

"아무튼, 반."

"……."

"다녀왔어요."

미소가 눈부셨다. 눈부셔서 로하이덴은 말문이 막혔다. 분명 하고 싶은 말이 많았던 것 같았는데 아무것도 생각나지 않았다. 동시에 그래도 상관없다는 생각이 들었다.

다녀왔다고 말했다. 다녀왔다고. 그건 다시 말해 당연히 와야 할 곳으로 돌아온 거라는 뜻이 아닌가. 그거면 충분했다.

"잘 왔어."

그리운 몸을 끌어안았다. 익숙한 체온이 그의 마음까지 덥혔다.

왠지 다섯 번째 바일렛 싹은 시들지 않을 것 같다. 그냥 그런 기분이 들어 황제는 괜히 웃음이 나왔다.

에필로그 1
왕국에서

메일이 왕국행을 결심한 건 확인하고 싶은 것이 있어서였다.

시간이 되돌려졌다는 건 즉, 같은 날짜를 두 번 산다는 이야기다. 왕국이 멸망하는 미래는 송두리째 바뀌었으나, 그 변화가 일어나기 전까지는 대다수에게 이전과 동일한 시간이 반복되었을 것이다.

그렇다면 사라진 시간에 대한 편린은 숱한 사람들에게 간단한 예지몽이나, 혹은 일상에서의 알 수 없는 기시감 따위로 남아 있을 확률이 높았다. 소중한 사람들에게도, 분명.

그에 확신을 얻고 싶어서 메일은 모국을 찾았다.

"메일, 간택전이 취소되었다는 얘기는 들었다. 어떻게 된 일이냐?"

그러나 그저 확인만 하겠다는 생각은 아버지의 얼굴을 마주하는 순간 속에서 자취를 감췄다.

메일은 불현듯 제가 털어놓지 않고는 견딜 수 없다는 것을 깨달았다. 자각했을 때는 이미 아는 모든 것을 고백하듯 이야기한 뒤였다.

쉽게 믿기 힘든, 오히려 믿는 사람이 손가락질을 받을 법한 허무맹랑한 내용을 전부 듣고도 공작은 크게 동요가 없었다. 그는 황당해하거나, 웃거나, 의심하는 대신 그저 담담히 한 가지를 물었다.

"그를 믿느냐?"

당연한 질문이었다. 메일은 긍정했다.

"네."

"얼마나 믿느냐?"

"그 사람이 저를 믿는 만큼이요."

공작은 대답을 듣고 잠시간 더 말이 없었다. 그는 잠자코 딸의 눈을 바라보았다. 그러더니 곧 너털웃음을 터뜨렸다.

"네 말을 들으면 그에게 너는 다시없을 구원자인데. 구원받은 이가 저를 구원해 준 이를 믿듯 너도 그를 믿는다니, 그 크기가 퍽 가늠이 안 되는구나."

"진심인걸요."

"안다. 네 이야기에 거짓이 없는 것도 알아."

"……말도 안 되는 망상이라 생각되지는 않으세요?"

"그러기엔 내가 너를 너무 오래 키웠다. 오래 보았고."

공작의 어조나 눈빛은 따스했다. 메일은 그 탓에 괜히 눈물이 날 뻔했다. 울컥해서 솟으려는 것을 겨우 힘을 주어 참았다. 온기를 고수하며 공작이 말을 이었다.

"네가 믿는다니 나도 그를 믿어도 될 것 같구나. 있었던 미래라고는 해도 어차피 지금은 사라진 일이고, 다시 오지 않을 테니."

"……아버지."

"그리고 사실 기억이 안 나니 말이다. 원망하려고 해도 그럴 만한 근거가 있어야지. 아, 예지몽은 얼핏 꿨다만."

그마저도 아침 메뉴로 나온 빵에 발라진 것이 무슨 잼이었는지 정도였다. 중년에 이르러 처음으로 꿔 본 예지몽의 수준이 참 서글펐다며 공작이 농담하듯 덧붙였다. 덕분에 메일은 울 뻔하다가 웃었다.

"어쨌든 허락하마. 얼마든지 그와 함께하거라. 나는 사실 네가 행복하기만 하면 그걸로 족해."

"……책에서 볼 때는 그 말이 이렇게 감동적인 것일 줄 몰랐어요."

"나도 내가 이 말을 실제로 하게 될 줄은 몰랐다."

"각하, 아가씨. 분위기 좋은데 잠시 끼어들어도 될까요?"

그때 유모가 발언권을 요청했다. 그녀 또한 아까부터 한 자리에 있었다. 공작이 수락하자 그녀가 기다렸다는 듯 입을 열었다.

"저는 한 가지만 알면 충분해요."

이어 묻는다.

"그 사람, 아가씨가 대륙에서 가장 예쁘다고 하던가요?"

"……."

메일이 눈을 깜박였다. 그, 글쎄. 그런 말을 들은 적이 있었나. 그러나 왠지―짐작이지만―그와 비슷하게 생각하고 있을 것 같기는 했다. 메일은 갈등하다 슬쩍 대답했다.

"……그렇대요."

"좋아요! 눈은 멀쩡히 달렸네. 그럼 합겨억!"

외치는 유모의 목소리가 우렁찼다. 높고 쩌렁쩌렁했다. 아무래도 진심인 모양이었다. 공작은 눈을 동그랗게 키웠다가 곧 부인이라면 그것부터 따질 줄 알았다며 박장대소를 터뜨렸다.

메일은 어색하게 따라 웃었다. 속으로 작은 고민을 하나 품으면서.

'……돌아가면 그것부터 물어봐야 하나.'

나 얼마나 예뻐요?

훗날 로하이덴이 메일이 제발 그만하라고 할 때까지 사흘 밤낮을 대답하게 되는 어느 질문의 탄생이었다.

에필로그 2
사라진 비극

황후 간택전에 참가하기 위해 리엘라는 제국 땅을 밟았다. 드넓고 낯선 황성은 초행인 공주님의 호기심을 자극했으나, 그리 오래가지는 못했다. 평소에 그랬듯 그녀는 금방 질려 했으며 놀 거리라곤 딱히 없는 이곳을 지루해했다.

제국의 황제는 기대에 꼭 맞는 미남이었지만 아무리 기다려도 운명의 전기가 찾아오지 않고, 못생긴 파란 머리와 종종 시비가 붙어 싸우는 것은 재미는커녕 짜증만 났다.

리엘라는 슬슬 이곳이 마음에 들지 않는다고 생각했다. 자연히 집에 가고 싶다는 아이 같은 충동이 고개를 디밀었을 무렵.

"이게 뭐야?"

그녀는 탑을 발견했다.

높게 솟은 첨탑이었다. 아니, 폭이 좁아 그렇게 보이는 것뿐 높이만 놓고 보면 사실 그리 높은 것도 아니었다. 이게 뭐 하는 걸까. 심지어 문은 쇠사슬과 자물쇠로 단단히 잠겨 있었다.

"알아, 로즈?"

"저도 모르겠습니다."

리엘라가 탑을 발견하게 된 경위는 순전히 우연이었다. 산책을 하겠답시고 별궁을 나섰다가 길을 잃어 북쪽 첨탑 부근까지 가게 된 것이니 우연이라는 용어 외엔 표현할 길이 없었다.

길치 주인과 길치 수행원은 용도를 알 수 없는 탑 앞에서 그저 고개만 갸웃했다.

"열면 안 돼?"

"부수기에는 쇠사슬이 꽤 단단해 보입니다."

버젓이 열쇠로 열게 되어 있는 자물쇠가 중앙에 달려 있건만 부술 생각부터 하는 사고의 흐름이 과연 전사다웠다. 전사도 아니면서 생각하는 것이 그와 비슷한 리엘라는 지적하지 않았다.

"궁금한데."

"별궁에 돌아가면 시녀에게 물어보겠습니다. 저걸 부술 만한 도구를 빌려줄 수 있는지. 아, 물론 부숴도 되는지도 물어봐야겠죠."

탑은 리엘라의 꺼졌던 호기심에 도로 불을 지폈다. 그리고 그건 그다지 달갑지 못한 결과를 불러왔다.

"……이젤린을 공주의 근처에 노출시켜."

첨탑에 대한 리엘라의 관심을 알게 된 볼텐 후작은 계획의 실행을 앞당겼다. 만에 하나 잠긴 문이 열리기라도 하면 일이 어떻게 될지 알 수 없었다. 희생양을 누구로 할지 고르던 중이었는데 마침 잘되었다. 불안요소는 제거해야지.

불행은 그렇게 막을 올렸다.

지금은 없었던 것이 된, 사라진 시간 속의 이야기였다.

에필로그 3
그리하여 두 사람은

오전 해가 본궁의 넓은 정원을 비췄다. 나뭇잎 사이로 투과한 볕이 눈부셨다. 흩어지는 녹음을 그러모은 것 같은 녹색 눈동자를 깜박이며 메일이 입을 열었다.

"왜 정원을 좋아하게 되었냐고요?"

"응."

황제는 오늘 휴일이었다. 예정되어 있던 것은 아니나 어차피 그가 '휴일이노라' 하면 휴일이 되는 것이다. 상관의 일탈에 익숙해진 반테르는 아예 웃으면서 상대를 보내 주었다. 마음이 강해진 반테르 경은 이제 울지 않았다.

메일은 정원에서의 즐거운 나들이 도중 황제가 던진 질문에 곰곰이 생각했다. 너는 왜 정원 덕후가 되었니?

"이유라기보다는…… 음, 계기라고 할 만한 것은 있어요."

"계기?"

"그게 언제였더라? 아마 아홉 살 때였을 거예요."

아홉 살. 그 무렵의 메일에겐 가정교사가 있었다. 이 순간 잠깐 언급되고 말 인물이지만 어쨌든 이름을 소개하자면 로즈 벨. 다들 벨 부인, 혹은 벨 선생님이라 불렀다.

어린 귀족 자제의 교육에 능통하다던 그녀는 상냥하고 유식하며, 열정적인 여인이었다. 벨 부인은 메일이 배운 것을 잘 학습할 때마다 부드러운 목소리로 곧잘 칭찬을 해주곤 했다.

"정말 잘하셨어요. 훌륭해요. 각하께서 기뻐하실 거예요!"

그러나 그 칭찬이라는 것이 이제 와 돌이켜 보면 문제의 여지가 없지 않아 있었다. 그녀의 칭찬은 늘 같은 형태를 띠었다. 각하께서 기뻐하실 거예요. 미래의 부군께서 좋아하실 거예요. 부군의 어머니께서 마음에 들어 하실 거예요. 이외 등등.

인정받는 듯한 기분에 들뜨고 뿌듯하던 것도 처음에나 잠시, 비슷한 치하가 반복되자 아홉 살의 메일은 괜스레 마음이 답답해졌다. 본인도 이유를 몰랐으나 그 답답함은 갈수록 속에서 불편하게 크기를 불려 갔다.

그러던 어느 하루였다.

선물 받은 작은 화분에서 싹이 텄다. 자리를 잘 살펴 햇볕 아래 놓아두고 때를 맞춰 적절히 물을 준 결과였다. 어린 메일은 신이 나서 제가 손수 피워 낸 연녹색 생명을 마침 수업을 위해 방문한 가정교사에게 자랑했다.

벨 부인은 당황했다. 이게 무어람. 식물 재배는 그녀가 가르치는 어떤 교양과도 전혀 연관이 없었다. 하나 그렇다고 눈을 반짝이며 화분을 내보이는 어린 아가씨에게 왜 이런 의미 없는 일을 했냐고 면박을 줄 수도 없는 노릇. 부인은 곧 미소 지으며 여태 그래 왔듯 칭찬을 입에 담았다.

"어머, 정말 잘하셨어요. 기쁘시겠어요, 아가씨."

그녀의 칭찬이 처음으로 전과 다른 형태를 띤 것은 뒤에 갖다 붙일 대상이 없어서였다. 화분 안의 씨앗을 발아시키는 건 아무리 생각해도 공작이 기뻐할 일도, 미래의 배우자가 흡족해할 일도 아니었으니까.

그리고 그 칭찬은 어린 메일에게 놀라운 의미가 되었다.

"최초로 '날 위한' 무언가를 해냈다고 생각했던 것 같아요. 역사를 익히는 것도, 예법을 외우는 것도 전부 내가 아닌 다른 사람을 위한 것인데, 식물을 키우는 것만은 오롯이 나를 위한 행위라고."

"그래서……."

"네. 그게 계기가 되어주었을 거예요. 꼭 그렇다고 확신할 수는 없지만, 아마도."

대답하고서 메일은 멋쩍게 웃었다. 어린 시절의 일화를 꺼내 놓은 것이 은근히 스스러운 모양이었다. 황제는 답을 다 듣고는 알 수 없는 표정으로 중얼거렸다.

"……유전은 아닌가. 그럼 아이는……."

"네?"

"아니야. 그보다 나는 딱히 정원을 좋아하게 된 계기나 이유랄 것이 없는데. 말해줄 것이 없어서 아쉽군."

"뭐 어때요? 이유 없이 좋아할 수도 있지."

"그래도. 그대의 경우를 듣고 나니 공연히 허전해졌어."

"에이, 정말 어때서요. 그런 말도 있잖아요. 이유 없이 좋아하는 게 진짜 좋아하는 거라고."

"……."

그 말에 무슨 생각이 들었는지 황제는 메일을 빤히 쳐다보았다. 그리 쳐다보다 대뜸 말한다.

"난 그대가 이유 없이 좋아."

메일은 눈을 깜박였다. 어라, 얼핏 듣기엔 뜬금없지만 사실 잘 살펴보면 맥락이 있는 이 말은 대체 뭐지. 이내 푸흐 웃음을 흘린 그녀가 화답했다. 볕처럼 부드러운 목소리였다.

"나도 그래요. 반이 그냥 반이라서 좋아요."

바람이 불었다. 꽃 내음이 섞여 살랑이는 것이 꼭 봄바람 같았다. 가을의 끝자락에 봄바람이라니 묘한 노릇이다. 그리 불어온 미풍은 그늘 아래 갓 봉오리를 맺은 바일렛 줄기를 건드렸다. 바일렛의 잎사귀가 열심히 흔들렸다. 바람의 세기에 비해 어쩐지 흔들림이 거셌다.

그 모습이 마치 눈앞의 연인이 몹시 눈꼴셔 눈을 가리고 싶은데 잎사귀가 닿지 않아 괴로운 식물의 한탄처럼 보였다.

〈완결〉

외
전

1
기사와 공주님

반테르는 제 앞으로 온 우편물을 조금 늦게 수신했다.

"초대장?"

손바닥만 한 크기에 정갈한 사각형을 고수하고 있는 흰색 카드는 어쩐지 낯설지가 않았다. 화사하면서도 깔끔하게 수놓아진 가장자리의 고급스러운 문양. 중앙에 적힌 '감사합니다'라는 글귀.

어라, 이거. 안의 내용을 확인하기도 전에 카드의 정체가 짐작이 되었다. 그러니까 작년에도, 재작년에도, 한 5년 전에도 이와 비슷한 것을 받았던 기억이 난다. 반테르는 카드를 펼치며 중얼거렸다.

"청첩장이잖아."

이어 미간을 긁는다. 애매하게 주름이 졌다. 그는 의중을 알 수 없다는 듯 복잡한 눈으로 카드를 내려다보았다. 겨울 눈으로 칠한 것처럼 새하얀 카드 안쪽에 검정 글씨로 적힌 신부의 이름이 또렷했다.

"이걸 왜 나한테……."

야근을 마친 어느 날 밤. 반테르에게 청첩장이 도착했다. 보낸 이는 그의 옛 연인이었다.

✳

틈만 나면 텔리야가 댁의 미래가 향할 종착지는 독거노인뿐이라며 달달 볶는 반테르지만 그리고 여태 연인이 없었던 것은 아니다.

오히려 그는 제법 꾸준히 연애를 해왔다. 횟수를 센다면 총 일곱 번. 아주 많지는 않아도 하룻밤 인연 같은 가벼운 만남이 없었던 것을 생각하면 그리 적은 수도 아니었다.

그렇다면 그 일곱 번의 연애의 끝은 어땠을까. 의외랄지 당연하달지 전부 나쁘지는 않았다. 웃으면서 상대를 보내 주는 것까진 아니어도 최소한 언성을 높이거나 낯을 붉히는 일 없이 헤어졌으니, 치정으로 인한 온갖 사건 사고가 벌어지는 사교계에서 반테르는 그만하면 꽤 무난하고 깔끔한 이별이 아니었나 하고 내심 평가하곤 했다.

'그랬지.'

그랬는데 말이다. 그래서 그는 더 이해가 되질 않았다. 뭐지, 이 청첩장은?

과거의 연인에게 청첩장을 보내는 건 사교계에서 주로 다음과 같은 의미로 통용된다.

안녕, 과거의 개자식아. 너는 날 상처 줬지만 난 이렇게 보란 듯이 잘 살고 행복하단다. 보이니? 하하하!

그러니까 축약하면 유감 있는 옛 개자식에게 보내는 유세라는 말인데. 반테르의 혼란은 거기에서 비롯되었다.

왜 내가 개자식인가? 아무리 회고해 봐도 그럴 만한 일을 저지른 기억은 없었다. 아니, 따지자면 유감을 품을 만한 일은 되레 그가 당했다.

"헤어져 줘요."

사 년 전이었다. 당시 그의 연인이었던 에블띵 백작가의 머니즈 영애
는 교제를 시작한 지 반년쯤 되던 어느 날 예고 없이 이별을 통보했다.

마침 영지에서 금광이 발견되어 하루아침에 대부호의 반열에 올랐
다는 조르부야 자작이 그녀에게 구애했다는 소문이 돌던 참이었다.

반테르는 그 소문의 진위를 확인시켜 주기라도 하듯 헤어짐을 이야
기하는 연인에게 순순히 알겠노라 답했다. 별다른 비난이나 추궁은 없
었다. 두 사람은 그렇게 조용히 갈라섰다.

항간에 평가를 맡기면 백이면 백 영애에게 잘못이 있다고 할 것이다.
반테르와 헤어지고 일주일도 되지 않아 그녀는 조르부야 자작이 주최
한 파티에 그의 파트너로서 참석했다.

사정을 아는 몇몇은 뒤에서 영애를 힐난하며 수군거리기도 했다. 그
러거나 말거나 본인은 전혀 가책을 느끼는 낌새가 없었지만 말이다.

사실 반테르는 그녀에 대해 거의 잊고 있었다. 그녀가 기어이 조르
부야 자작과 연인 사이가 되었다는 것도 뒤늦게 남이 말해줘서 알았다.
미련이 없으니 미움도 없었다. 막연히 지나가는 생각으로 잘 살기를 빌
어주었을 뿐이다.

그랬는데 청첩장이라.

신부는 머니즈 에블띵 백작 영애. 신랑은 원데이 조르부야 자작이었
다. 반테르는 한참 고민했다. 대체 이 청첩장의 의미는 뭘까. 통상 떠
도는 뜻으로 받아들이기엔 역시 억울한 감이 많았다. 그러니까 내가 왜
개자식이야.

결국 고민 끝에 결혼식에 참석하게 된 것도 그 때문이었다.

식을 앞둔 신부가 웨딩드레스를 화려하게 차려입은 채로 빙긋 미소
지었다.

"와 주셨네요."

"오랜만입니다, 영애."

신부는 아름다웠다. 그건 비단 그녀가 오늘을 위해 보름 전부터 때빼고 광내었기 때문만은 아니다. 그녀는 원래 아름다운 사람이었다. 손짓 하나에도 귀족 특유의 교양이 묻어났고 말을 하는 목소리는 늘 점잖고 우아했다. 반테르는 새삼 떠올렸다. 그런 점을 좋아했었다. 이상형이었으니까.

"여전하시군요."

"공자께서도 마찬가지예요."

소리 내 웃을 때는 장갑을 낀 손으로 입을 가린다. 반달을 그리며 접히는 눈매와 맑은 웃음소리만이 그녀가 웃고 있다는 것을 알려 주었다. 모든 것이 그대로였다. 반테르는 이 순간 4년이라는 세월이 마치 없었던 시간 같다는 생각을 했다.

그러고 보면 그랬다. 그녀는 늘 차분하여 언성을 높이는 일이 없었다. 걸을 때는 매번 몸가짐을 단정히 해 드레스 자락이 쓸데없이 팔락이지 않았으며, 사귀에는 사이에도 격식을 지켜 그를 호칭했다.

야무지고 어른스러운 편이라 구태여 자잘하게 신경을 쓸 필요도 없었다. 함께 있으면 마음이 편해졌다. 좋은 연인이었다. 마지막은 꽤 씁쓸했지만.

'……어라?'

과거를 회상하다 반테르는 잠시 멈칫했다. 왠지 그런 제 과거의 연인과 하나부터 열까지 반대인 사람이 얼핏 떠오를 것 같았다. 달리 말해 이상형의 대척점에 서 있는 인물이.

"공자님."

반테르가 상념에서 깨어났다. 거의 떠오를 뻔했는데. 상대는 그의 사고가 이어지도록 두지 않았다.

"저를 원망하시나요?"

"예?"

반테르는 당황했다. 그를 올려다보는 상대의 표정은 꽤 복잡해서 쉽게 읽히지가 않았다. 그는 망설이다 곧 솔직하게 대답했다.

"아닙니다."

"원망하셨던…… 적은요?"

"없습니다."

"그렇군요."

영애는 눈을 내리깔았다. 행복하기만 해야 마땅할 새 신부의 얼굴에 얼핏 떠올랐다 사라진 그늘이 묘했다. 반테르는 공연히 죄인이 된 기분이 들었다. 이상한 노릇이었다.

"한 가지만 물어도 될까요?"

"괜찮습니다. 얼마든지."

"꽃은 왜 피는 걸까요? 아름답고 화려한 꽃 말이에요."

뜬금없는 질문이었다. 청첩장을 받았을 때도 그랬지만, 반테르는 여전히 옛 연인의 의중을 알 수가 없었다. 그녀가 조용히 말을 이었다.

"누군가에게 꺾이기 위해서? 아니면 관상용으로? 공자께선 어떻게 생각하시나요?"

"글쎄요. 제 개인적인 의견을 물으신다면……."

의미를 파악할 수 없는 질문에도 반테르는 일단 진지하게 답을 골랐다. 그는 그런 점에서 성실했다.

"세상이 궁금해서 피지 않겠습니까?"

"……꽃이 말이죠?"

"예."

"아하하. 그렇군요. 그래서 피는구나."

영애는 어깨를 떨며 웃었다. 그러나 꼭 그것이 우스워서는 아닌 것 같았다. 그녀는 그리 웃고는 다시 고개를 들었다. 눈이 마주쳤다. 반테르는 그때야 그녀를 스치고 간 짧은 회한 같은 것을 보았다. 미련처럼 보이기도 했으나 확언할 수는 없었다.

"그런 점을 좋아했어요. 정말로요."

"……."

"공자께선 그렇지 않았던 것 같지만."

"아닙니다."

반테르가 순간 당황하여 부인했다. 잘못 해석한 게 아니라면 저 말은 과거 교제 당시 그가 영애를 좋아하지 않았다는 것처럼 들렸다. 그럴 리가. 당연히 좋아하니까 사귀었던 것이다. 재차 말하지만 그녀는 반테르의 이상형에 부합했다.

"제가 그렇게 표현이 부족했습니까?"

"아뇨. 그때도 지금도 공자께선 같았어요. 성실하고…… 솔직하셨죠. 솔직하다는 걸 제가 알았기에 더 괴로웠던 걸지도 몰라요."

수수께끼 같은 말이었다. 적어도 반테르에겐 그랬다. 당혹스러워진 그가 응수할 말을 찾지 못하자 영애가 몸을 일으켰다. 손님을 배웅하기 위한 움직임이었다. 그녀는 미소 띤 얼굴을 유지하며 문을 열었다.

"후회는 안 해요. 아니, 그렇게 생각하려고 노력 중이에요. 어차피 더 버텼다고 한들 결과는 같았을 테니까."

"……."

"공자님. 아니, 마지막이니까 반테르 경."

문고리를 잡은 채로 찰나 영애는 침묵을 흘려보냈다. 사용인을 두고 구태여 직접 문을 연 것이 그녀에게 어떤 의미가 되는지 그녀는 부러 설명하지 않았다. 짧은 정적 이후 그녀가 입을 열었다.

"좋아하는 사람이 생겼으면 해요. 진심으로 좋아하는 사람."

"……."

"그럼 와 주셔서 고마웠어요."

본식과 피로연이 남아 있었지만 반테르는 어쩐지 제가 이곳에 더 있을 이유가 사라졌음을 느꼈다. 뭔가가 정리되었다. 그게 무엇인지는 그로서는 사실 정확히 알 수가 없었지만.

청첩장의 의미를 알 수 없어 온 것인데 정작 그 답은 명확히 듣지 못했다. 애초 묻지도 않았지만 말이다. 반테르는 작별 인사를 나누고 조르부야 자작저를 나섰다. 확장을 한 것인지 자작저는 그의 언젠가의 기억보다 넓었다.

한때 연인이었던 머니즈 영애는 이제 곧 조르부야 자작 부인이 된다. 무언가 감응 같은 것이 있을 만도 한데, 반테르의 가슴께에 남은 것은 여전히 미약한 궁금증 외에는 없었다.

기실 아무리 연인이었다지만 어차피 과거의 일인 데다 이미 사 년이나 지났다. 그러니 무감한 것이 어쩌면 당연한 일일 텐데.

"오라버니, 솔직히 아직까지 누굴 제대로 좋아해 본 적 없지?"

몇 개월 전 들었던 텔리야의 말이 유독 생생하게 떠올랐다. 그때는 비웃었는데 왜 지금은 그럴 수 없는지 반테르는 이유를 몰랐다.

그리고 이 순간 반테르가 모르고 있는 건 그것뿐만이 아니었다.

그는 미처 알지 못했다. 오늘이 올해 그의 마지막 휴가라는 것을.

정확히 열흘 뒤, 반테르는 남은 모든 휴가를 송두리째 잃었다.

모국인 벨티에 왕국으로 떠났던 메일이 돌아왔다. 서로 마음을 확인한 지 얼마 되지도 않아 헤어져야 했던 연인은 그렇게 세 달 만에 극적으로 상봉했다.

황제가 일에 집중하지 못할 것을 염려하여 일부러 기별이 온 것을 숨겼던 반테르는 그 대가로 올해의 남은 휴일을 죄 반납해야만 했다. 재회의 기쁨과 사랑이 만발하는 가운데 저 홀로 비극이었다.

그런 와중에 반테르를 다소 놀라게 한 것이 있다면 그건 바로 메일이 혼자 귀환하지 않았다는 사실이다.

메일은 리엘라와 로즈를 대동했다. 로즈야 약혼자가 제국에 있으니 그렇다 쳐도 의외인 것은 리엘라였다. 집에 돌아갔으니 당연히 다시 올 일이 없을 줄 알았는데. 그녀는 태연히 메일과 같은 마차에서 내렸다.

"나 왔어."

누가 저를 기다리기라도 했다는 듯 당당한 태도였다. 물론 기다리기는 했다. 특히 텔리야가. 그녀는 다시 만난 천사님의 자태에 감격의 눈물을 쏟았다. 변함없이 눈부시고 아름답다는 찬양 일장연설은 덤이었다.

반테르 또한 리엘라가 반가웠다. 예상치 못하게 반가움이 커서 내심 잠깐 당황스러웠을 정도였다. 텔리야가 곁에서 과한 환영으로 반테르의 반가움을 비교적 허접한 것으로 만들어주지 않았다면 그의 당황은 아마 꽤 오래 이어졌을 것이다.

마차에서 내렸을 때 리엘라는 저를 마중 나온 이들을 보며 활짝 웃었다. 진부한 표현이지만 꽃이 만개하는 듯했다. 반테르는 그때 저도 모르게 슬쩍 눈을 비볐다. 햇빛이 그렇게 강한 것도 아니었는데 잠시 눈이 부셨기 때문이다.

왜 그랬을까. 왜 그렇게 반갑고, 찰나 눈이 부셨을까. 이유를 모르면서도 반테르는 그에 대해 고민하지 않았다. 정확히는 의식하지 못하고 있었다.

그로부터 며칠이 지난 지금까지도 말이다.

"공주님, 조심하셔야죠."

"괜찮아."

미끄러져 넘어질 뻔한 리엘라가 반테르 덕에 균형을 되찾았다. 기울어진 몸을 한 팔로 받쳐다 바로 세우는 솜씨가 능숙했다. 리엘라는 도로 바르게 지면을 디디자마자 치마의 구김을 펼 생각도 않고 다시 폴짝거렸다.

"난 안 넘어져."

"믿음이 안 갑니다만. 더구나 방금 막 바닥에 누울 뻔하시고서."

"네가 잡아줄 거잖아."

리엘라는 지금 본궁의 정원에 나와 있는 상태였다. 달이 비추고 맑은 물이 분수대 위에서 낙하하는 정원의 경치는 이전과 비교하여 여상했다.

간만에 추억의(?) 장소를 다시 찾은 것이 기쁜 듯 리엘라는 초입에 들어선 이후 지치지도 않고 내내 폴짝이고 있었다. 드레스 밑단은 진작 풀물이 들어 난리였다.

반테르는 리엘라의 해맑고 뻔뻔한 주장에 잠시 말문이 막혔다. 틀린 말은 아니지만.

"그러기는 하겠지만…… 그래도 조심하시는 편이 좋습니다. 이번에도 분수에 빠지시면 큰일이니까요."

반테르에게는 최근 새로운 일과가 생겼다. 그게 무엇이냐. 상황만 보더라도 어렴히 짐작이 되겠지만 바로 '리엘라 수행하기'였다.

전에도 자발적으로, 혹은 우연이 겹쳐 종종 해온 일이긴 했으나 그게 어쩌다 아예 일과가 되었느냐 하면, 그 시작은 바로 얼마 전 황제가 메일과 운치 있는 심야 데이트를 즐기려다 실패한 어느 날로 되돌아간다.

밤 산책에 재미를 붙였던 리엘라는 왕국에 다녀와서도 여전했다. 아니, 오히려 외출에 대한 열망은 더 강해진 것 같았다. 그도 그럴 게 딸 사랑이 취미이고 과보호는 특기인 벨티에 국왕이 늦은 시각 바깥으로 나가겠다는 고명딸을 가만히 놔두었을 리 만무했기 때문이다.

그는 쌍심지를 켜고 리엘라의 밤 나들이를 막았다. 삐친 리엘라가 볼에 바람을 잔뜩 넣어 부풀리고 입을 댓 발 내밀어도 소용없었다.

리엘라는 그렇게 고국에서 지내는 동안 쌓인 불만을 제국에 와서 풀려 들었다. 늑대인간도 아니고 달만 뜨면 밖으로 외출하려 든 것이다. 전적이 화려한—분수 풍덩—리엘라였으니 메일이 마음을 놓지 못하고 걱정하는 것도 당연했다.

공주님이 염려된 메일은 로즈와 함께 리엘라를 밀착 경호하기 시작했다. 자연히 저녁 이후의 자유가 사라졌다.

문제는 황제 또한 정무에 바빠 주로 해가 지고 나서야 시간이 났다는 점이다. 황제는 공주님을 돌봐드려야 한다며 데이트 도중 사라지는 메일의 뒷모습을 야속하게 바라보다 결국 특단의 결정을 내렸다.

"이제 경에게 야근은 없어. 무조건 정시 퇴근하게."

"말씀은 감사합니다만, 왜 갑자기?"

"대신 다른 특명을 내리지."

"예?"

"내 기억이 잘못된 것이 아니라면 말이야. 한때 아이 돌보는 게 특기였지 않나, 경?"

"……예?"

"아이라고 생각하고 잘 돌보도록. 짐의 미래는 이제 경에게 달렸네."

"예에?"

메일이 리엘라 때문에 시간이 안 난다면 문제의 리엘라를 다른 사람에게 떠넘기면 된다. 물론 아무에게나 맡길 수는 없었으니 신중하게 골라 선택된 것이 반테르였다.

메일 또한 반테르라면 믿을 수 있다는 반응을 보였으니 사실상 반테르에게 선택권이란 없는 셈이었다. 그는 자연스럽게 리엘라의 경호원, 다른 말로는 보모가 되었다.

'설마 이게 내 적성인가.'

어쩌다 한 번도 아니고 일과가 되었으니 성가실 만도 하건만 반테르는 별달리 그런 귀찮음은 느끼지 못하고 있었다. 오히려 리엘라가 제 눈에 닿지 않는 곳에 있을 때가 더 불안했다. 앞에 두고 지켜보고 있으면 차라리 안정이 되는 기분이었다.

'직업을 정말 잘못 골랐나.'

낮의 업무나 저녁의 일과나 어쨌든 일인 것은 같은데 후자가 훨씬 마음 편하고 즐거우니 당황스러운 노릇이었다. 은퇴하면 보육원이나 차릴까. 반테르가 그런 혼자만의 고민을 하는 사이 리엘라가 폴짝폴짝 걷다가 뒤를 돌았다.

"어떻게 알았어?"

"뭘 말입니까?"

"나 분수에 빠졌던 거. 알았어?"

"메일 영애께 들었습니다."

"나 그때 감기 걸렸잖아. 너도 조심해."

리엘라가 나름 진지하게 말했다. 누가 누구한테 충고하는 건지. 헛웃음을 흘린 반테르가 리엘라의 눈에 띄지 않게 손을 움직였다. 풍성한 금발에 달라붙으려던 풀벌레가 그의 손에 유명을 달리했다.

"이젠 괜찮으십니까?"

"감기?"

"예."

"당연하지. 내가 좀 대단하잖아. 감기도 물리쳤어."

으쓱하는 태가 귀여워 보이면 눈이 잘못된 걸까. 반테르는 언젠가부터 알아서 납득하는 중이었다. 원래 사람은 어린아이나 작은 병아리의 재롱을 보면 흐뭇하여 웃음이 나게 되는 법이라고. 어린아이도 아니고 병아리도 아닌 것은 나중 문제였다.

리엘라는 콧대를 세우다 다시 쪼르르 발을 놀렸다. 맑은 소리를 내며 물이 낙하하는 분수에 가까이 다가가서는 수면 안을 유심히 들여다본다. 반테르는 여차하면 바로 상대를 잡아챌 수 있을 법한 거리를 유지했다.

"반테르."

"네."

"동전 있어?"

동전이라는 말에 반테르가 잠시 멈칫했다. 갑자기 떠오른 지난 장면이 시간 순으로 눈앞을 스쳐 지나갔다.

유독 밝은 보름달이 뜬 날. 그에게서 동전을 받아 대신 분수로 던져 넣은 리엘라는 이제 틀림없이 잘될 거라며 어느 때보다 해사하게 웃었다.

"……."

귓속말을 듣기도 했었지. 공연히 귓가가 뜨거워져 반테르는 머리카락을 정돈하는 척 손바닥으로 귀 가장자리를 쓸었다. 헛기침을 내뱉은 뒤 그가 입을 열었다.

"없습니다. 던지시게요?"

"응."

"동전은 없지만……."

동전이 없다는 말에 리엘라가 자연스럽게 제 머리로 손을 가져갔다. 머리에는 루비가 박힌 반달 모양 장신구가 있었다. 뭘 하려는 건지 눈치챈 반테르가 실례되지 않는 선에서 그녀의 손을 도중에 가로막아 내렸다.

"다른 건 있습니다. 동전은 아니지만 비슷하게 동그랗습니다."

"뭔데?"

반테르는 묵묵히 제 목 부근의 단추를 끌렀다. 이내 슬쩍 힘을 주어 잡아 뜯는다. 그가 즐겨 입는 의복은 주로 제복 형식이라 목부터 아래까지 달린 단추가 많았다. 곧 리엘라의 손바닥 위로 노르스름하고 둥근 것이 두어 개쯤 내려앉았다.

"약간 가벼워서 걱정이긴 하지만……."

물에 가라앉지 않고 동동 뜨면 어쩌지. 그 정도는 아니려나. 그때 리엘라가 눈을 동그랗게 떴다.

"뜯은 거야?"

"예? 예."

"어디서?"

"제 옷에서요. 괜찮습니다. 단추야 다시 달아도 되고, 다른 비슷한 옷이 있기도 하니까요."

"나도 뜯을래."

어디의 어떤 흥미를 건드린 건지 리엘라가 의욕적인 낯으로 간격을 좁혔다. 둘 사이의 거리가 한순간에 바짝 사라졌다. 속수무책으로 품을 내준 반테르가 순간 당황했다.

"잠시만, 공주님?"

"뜨는 거 재미있어 보여."

"별로 재미없습니다. 그리고 생각처럼 쉽게 안 뜨기……."

순순히 남의 말을 들으면 리엘라가 아니다. 상대가 뭐라고 하든 그녀는 일단 손을 뻗고 봤다. 희고 가지런한 손이 멋대로 가슴께에 닿았다. 아니, 왜 하필 거기. 물론 높이상으로 딱 적당하긴 한데. 간만에 곤혹스러워진 반테르가 몸을 뒤로 물리려다 저지당했다.

"움직이지 마."

"공주님."

"잡아당기면 될 것 같은데?"

"안 됩니다. 생각보다 실이 질겨서 어지간한 힘으로는…… 아니, 내가 왜 이런 걸 설명하고 있는 거지."

어떻게 보면 애초 단추를 보이는 데서 뜯어서 준 것이 시작이니 자업자득이긴 한데 말이다. 반테르는 집요하다 싶을 만큼 따라붙는 리엘라를 어떻게 밀어내야 할지 몰라 허둥지둥했다.

가장 간단하고 빠른 건 어깨나 팔을 붙잡고 떼어내는 거지만 막상 그러려니 또 손을 대는 것이 조심스러워 선뜻 시도할 수가 없었다.

이러지도 저러지도 못 하고. 그러는 와중 리엘라만이 혼자 진지했다.

"왜 자꾸 움직여? 잘 안 되잖아."

"제가 움직여서 그런 게 아니라…… 어차피 안 됩니다."

"해봐야 알지."

"그 말을 이럴 때 쓰시다니……."

왠지 모르게 눈앞이 팽팽 돌기 시작한 반테르가 결국 망부석처럼 가만히 섰다. 리엘라는 상대가 얌전해진(?) 것이 기쁜 듯 흡족한 얼굴로 단추에 집중했다. 오른손으로 쥐고는 뜯으려고 용을 쓴다. 당연하지만 쉽지 않았다. 낑낑거리다 리엘라가 인상을 썼다.

"왜 안 돼?"

"그러게 제가 안 된다고……."

"아니야. 가만히 있어."

리엘라는 가끔 포기를 몰랐다. 얼핏 바람직하게 들리나 문제는 그것이 얼마나 쓸데없든, 혹은 남에게 어떤 피해들 주든 전혀 아랑곳하지 않는다는 것이다. 쓸 곳 없는 오기가 생긴 리엘라가 더 바싹 얼굴을 붙였다. 힘이 아니라 이젠 기술로 실을 풀어내 볼 요량인지 리엘라가 입을 다물고 다시 단추 떼기에 열중했다.

반테르는 꽤 복잡한 심경으로 가슴팍을 내어주었다. 조용해진 와중에 품에 안기다시피 가까이 파고든 작은 몸이 난감할 정도로 신경 쓰였다.

'가만. 왜 신경이 쓰이지?'

꽤나 원론적인 의문이 이제야 들었을 무렵이었다. 갖은 시도 끝에 어김없이 실패한 리엘라가 실망스러운 눈치로 손을 떼었다. 그녀가 목표로 삼은 단추는 얌전히 붙어 있는 것도 아니고, 완전히 뜯어진 것도 아닌 애매한 상태로 의복에서 달랑거리고 있었다. 리엘라는 불만스러운 티를 숨기지 않았다.

"왜 나는 못 해?"

"……원래 잘 안 뜯어지는 겁니다. 원래 그래요."

"넌 쉽게 뜯었잖아."

"제가 공주님보다 힘이 세니까요."

기사와 레이디의 근력이 어떻게 같을까. 간단한 이야기였다. 그래도 리엘라는 쉽게 납득이 되지 않는 듯 콧잔등을 실룩거렸다.

"어떻게 하면 나도 힘이 세져?"

"……글쎄요. 세지고 싶으십니까?"

"단추를 못 뜯었잖아."

"못 뜯으면 어떻습니까. 제가 뜯어드리면 되는데."

"흐음."

콧잔등에 진 주름이 조금 옅어졌다. 일견 그도 그러네, 하고 생각한 모양새였다. 단순한 공주님은 잠시 고민하다 곧 표정을 풀었다. 반테르를 두고 굳이 제가 꼭 단추를 뜯어야 할 이유는 찾지 못한 모양이었다. 시작은 재미있어 보여서였지만 별반 재미도 없었으니.

"그럼 뜯어줘."

"손에 든 거 먼저 다 던지시면요."

"맞다."

이미 단추를 몇 개 쥐고 있었다는 것도 잊었던지 리엘라가 아차 하곤 손을 내려다보았다. 문양이 새겨진 동그란 단추는 사용인이 문질러 광을 내 두기라도 했는지 달빛 아래에서 반짝거렸다. 리엘라는 물끄러미 그것을 쳐다보다 문득 말했다.

"안 던질래."

"예?"

"왠지 아까워. 다시 보니까 예쁜 것 같아."

보석이 박힌 머리 장식은 빼서 던지려고 했으면서 고작 단추가 예뻐서 아깝다니 그게 무슨 말인가. 리엘라의 기준은 범인의 눈으로는 역시 이해하기가 어려웠다. 범인 반테르는 이해를 포기하고 그냥 그러려니 고개를 끄덕거렸다.

"더 떼어드릴까요?"

"응."

"그런데 분수에 안 던지실 거면 어디에 쓰실 생각입니까?"

"그냥, 나 가질래."

위에서부터 순차적으로 단추를 뜯던 반테르의 손이 일순 주춤했다. 가진다는 말은 보관하겠다는 뜻인가. 문제가 될 건 없었지만 괜히 기분이 이상했다. 말 그대로 괜히.

주춤하던 손이 이내 부지런히 남은 단추를 풀었다. 속도가 빨라서 푸는 것과 뜯어내는 것이 거의 동시였다.

잠시 후 의복에 달려 있던 단추들은 본래의 역할을 잃고 대신 리엘라의 손바닥 위를 풍성하게 장식했다. 리엘라는 양손을 오목하게 모아 그릇처럼 단추를 담았다.

새삼 신기한 듯 응시한다. 리엘라는 달빛에 더 가까이 대려는 듯 손을 위로 들어 올렸다.

"이거 봐."

"……."

"빛난다?"

오늘은 달이 그리 환하지 않은데도 용케 달빛이 잘 드는 자리를 찾아냈다. 은은한 빛 아래에서 단추들이 물 만난 듯 제 광택을 뽐냈다. 말처럼 잘 보면 반짝이며 빛이 나는 것처럼도 보였다.

"예쁘지."

자랑하듯 히히 웃는다. 하얀 이가 다 드러나는 웃음이 해맑았다.

리엘라는 언제든 웃을 때면 손으로 입을 가리는 법이 없었다. 미소는 물론이고 박장대소를 터뜨릴 때도 마찬가지였다. 지금은 단추 때문에 양손이 자유롭지 못하다지만 어차피 빈손이었어도 달라질 것은 없었을 것이다.

그러고 보면, 그랬다. 설을 때는 기분에 따라 지나치게 기운차서 드레스 자락은 바람이 불지 않는데도 펄럭거리기 일쑤고, 야무지기는커녕 아이처럼 부주의해서 혹 넘어지거나 다칠라 시종일관 눈을 뗄 수가 없었다.

말투에서는 교양을 찾아볼 수가 없고 언성을 높이기는 장소를 가리지 않았다. 내키는 대로 행동하기가 몸에 배어 간혹 이러다 나중에 사고라도 치는 것 아닌가 맥락 없이 걱정이 일 정도였다. 생각해 보면 이이상 손이 많이 가기도 어려울 타입이었다.

"……예쁘네요."

그렇지만 이 순간 목소리가 약간 잠겨 나온 것은 분명 그런 것들이 불만이어서는 아닐 것이다.

"좋아하는 사람이 생겼으면 해요. 진심으로 좋아하는 사람."

왜 이 순간 그녀의 목소리가 떠올랐을까. 반테르는 조금 혼란스럽게 눈을 깜박였다. 달빛을 받아 반짝거리는 단추들. 그것을 자랑하듯 보여주며 화사하게 웃는 리엘라. 어느 것을 보고 예쁘다고 대답했는지 반테르는 스스로도 답을 몰랐다.

이러나저러나 해도 텔리야는 제 오라버니를 제법 좋아했다. 번거로움을 무릅쓰고 찾아가는 서비스를 베풀어준 것도 그래서였다.

응접실 한가운데 앉아 그녀가 고상하게 찻잔을 들었다.

"그래서?"

"그래서라니."

반테르가 양 눈썹 사이를 좁혔다. 답지 않게 개인적인 용무에도 순순히 와 주었다 했더니 역시 이 모양이었다. 텔리야는 화자의 못마땅한 기색에도 무감한 낯을 유지했다. 뜨거운 차를 살짝 맛만 본 텔리야가 입술을 뗐다.

"휘둘리는 것 같다는 거잖아. 그래서 뭐 어쩌라는 거야."

"그 밖에 달리 해줄 말은 없는 거냐?"

"음."

찻잔을 내려놓은 텔리야가 턱을 괬다. 그녀는 제 오라비가 다짜고짜 대낮부터 불러서는 털어놓은 고민 주제를 다시금 떠올렸다.

"내가 공주님을 돌봐드려야 하는데 이상하게 공주님한테 휘둘리는 것 같다. 어쩌지."

나름 구구절절 늘어놓았지만 축약하면 딱 저 말이었다. 그는 제가 이러다 보모로서의 역할을 제대로 하지 못하면 어떡하냐고 한탄했다. 질풍노도의 아이들에게 이리저리 휘말리는 선생이나 부모의 마음이 이런 거냐는 비유는 덤이었다.

텔리야는 속으로 고개를 내저었다. 답이 없었다.

"모르는 새 뭔가 진척이 되긴 된 것 같은데, 본인이 자각을 못 하니……."

"뭐?"

"오라버니. 공주님 예쁘지?"

"갑자기 무슨 소리야?"

"예쁘냐고."

"그거야 당연히 예쁘지."

"얼마나?"

"글쎄, 외모라는 게 객관적으로 등수를 나눌 수 없는 거긴 하지만 내가 본 사람 중엔 아마 가장…… 그런데 왜?"

"아냐."

이성의 외모를 칭찬하면서 저만큼 흑심이 섞이지 않기도 힘들 것이다. 텔리야는 길게 콧바람을 내쉬었다. 그녀는 제 손위 형제의 여러 면모를 거의 다 좋아했지만 연애에 관련된 문제에서는 어쩔 수 없이 종종 답답해지곤 했다. 이번에야말로 은근히 돌파구가 보이는 것 같기는 했지만 그마저도 쉽지는 않아 보였다.

'내 흑심을 위해서도, 오라버니를 위해서도 이건 참 좋은 기회인데 말이야.'

혼인으로 천사님이 한 식구가 되는 것을 상상한 텔리야가 저도 몰래 헤벌쭉 웃었다. 반테르가 흠칫했다.

"오라버니, 분발해."

"무슨 소리야, 또."

"이건 아무리 생각해도 오라버니한테 달렸어. 응. 오라버니만 잘하면 돼."

"무슨 소리냐니까."

뭐니 뭐니 해도 이런 건 본인이 직접 깨닫는 편이 좋았다. 오히려 남이 섣불리 일깨워 주려 들었다간 괜히 방어 심리가 발동해 곧게 갈 길도 돌아가게 될지 몰랐다.

텔리야는 나름 근방의 연애 박사로서 활동해 온 다년간의 경험을 살려 가만히 지켜보자는 쪽으로 결정을 내렸다.

"오라버니."

"……왜? 아무래도 역시 괜히 불렀어."

"휘둘리는 것 같으면 그냥 휘둘려. 흐름에 몸을 맡기다 보면 답이 나올 거야. 오래 걸릴 것 같아서 걱정이긴 한데 어쨌든 답이 나온다는 게 중요하니까."

동문서답만 하던 텔리야가 처음으로 고민에 답변다운 답변을 주었다. 반테르가 느끼기로는 그랬다. 그는 불만스레 찌푸리고 있던 미간을 펴곤 들은 것을 곱씹었다.

"그냥 휘둘리라고…… 그러니까, 별로 걱정할 만한 일이 아니라는 뜻이지?"

"그렇게 해석된다면."

"자연스러운 현상이라는 건가? 하기야, 그 정도 언행에 휘둘리지 않는 쪽이 더 이상한 것 같기도 하고."

"마음껏 생각해."

텔리야는 생글생글 웃었다. 되짚어보면 어찌 됐든 아무런 변화도 없는 것보단 나았다. 그녀가 보기에 이 상황은 내심 갑갑하기는 해도 희망이 있었다. 그래, 그거면 충분하지. 가망도 없는 것보단 시간문제인 편이 당연하지만 훨씬 장래가 밝다.

'그래도 기왕이면 조금 더 빨리 진행되면 좋겠는데……. 계기 같은 게 안 생기려나.'

"이물질 비슷한 것이 끼어주면 딱인데. 흐음. 아, 그러고 보니, 오라버니."

"응?"

"탄신연 말이야. 얼마 안 남았지?"

문득 생각났다는 듯 던진 질문에 반테르가 긍정했다. 탄신연. 다른 말로 하면 황제의 생일 파티. 타국의 사절단이 매해 벌 떼처럼 몰려드는 예의 기념일이 슬슬 다가오고 있었다.

"안 그래도 그것 때문에 더 바빠."

"성대하게 하겠네. 폐하 지금 기분이 하늘을 찌르시잖아. 으리다 백작이 무슨 준비를 해도 가만히 내버려 두실 것 같은데."

"아무래도."

새로 등장한 주제로 고민거리가 옮겨 간 반테르가 콧잔등을 긁었다. 굳이 으리다 백작의 활약이 아니어도 올해 탄신연은 꽤나 정신이 없을 것이다.

불미스러운 일로 제국에서 죄인을 처형한 것이 불과 몇 개월 전의 일이었다. 각국에서 몸이 달아 있을 것이 보지 않아도 훤했다. 저들은 절대 그 같은 불경을 마음먹지 않았으며 위대한 황제 폐하께 일말의 불만도 없다는 것을 어서 앞다투어 증명하고 싶을 테니까.

"간만에 궁이 복작거리겠네."

"복작거린다 뿐이겠냐."

"미어터질까?"

"잘하면."

"흐응."

"……왜 갑자기 기대하는 얼굴이야? 사람 좋아해?"

"아니, 사람이 많을수록 뭔가 사건이 일어날 확률도 커지니까."

"못 본 새 이상한 데에 취미를 붙였네."

오해를 사고도 텔리야는 개의치 않았다. 굳이 정정하지 않으며 그녀는 아예 양손으로 턱을 받쳤다. 반테르의 표현처럼 은근히 기대가 어린 낯이었다.

'내 새언니는 역시 천사님뿐이야.'

그녀의 기대가 충족될지는 과연 시간이 지나 봐야 알 일이었다.

탄신연은 착실히 가까워지고 있었다.

✳

높게 솟은 저택이 고상한 분위기를 풍겼다. 그 안으로 들어서는 한 남자의 걸음이 느긋했다. 곧 남자를 발견한 사용인이 크게 놀라며 그를 반겼다.

"도련님! 정말 돌아오셨군요."

"오랜만이야, 찰스."

"이게 얼마 만입니까. 기별을 받았다는 이야기를 미리 들었는데도 믿기지가 않습니다."

"하하, 그러게. 그래도 별로 변한 건 없지? 그대로잖아, 나."

눈을 접어 만들어 내는 웃음이 어딘지 청량했다. 생김새든 차림이든, 유서 깊은 가문에서 곱게 자란 태가 묻어나는 것치고 남자는 퍽 넉살이 좋았다. 상대가 그러는 것이 낯설지 않은지 사용인은 껄껄 웃고는 맞장구쳤다.

"그러게요, 정말 그대로십니다. 잘 지내셨습니까?"

"그럼."

"참, 여기서 이럴 게 아니지. 후작님께서도 계속 기다리고 계셨습니다. 이쪽으로."

사용인이 앞장서고 곧 남자가 그 뒤를 따랐다. 어깨 아래까지 기른 연한 밀색 머리카락이 느긋한 보폭에 맞춰 살랑거렸다.

온화해 보이는 머리색과 시종일관 부드러운 표정 탓일까. 남자는 누가 보더라도 선량한 인상을 풍겼다. 나이는 이제 갓 이십 대 초반쯤일까? 얼핏 그보다 어린 듯 앳되어 보이는 얼굴이었으나 눈동자의 깊이에서 느껴지는 연륜은 그의 나이를 쉽게 짐작할 수 없도록 만들었다.

조급함이라곤 모를 것 같은 여유로운 걸음걸이. 아랫사람을 대하는 태도에서 타고난 성품이 어느 정도 묻어났다. 어떻게 보면 귀하게 자란 이의 표본 같기도, 또 어찌 보면 귀족 중에선 드문 타입인 것 같기도 했다.

"후작님, 저 찰스입니다. 도련님께서 저택에 도착하셔서 모시고 왔습니다."

"들어오거라."

이내 목적지에 도착한 두 사람의 앞에 놓인 크고 화려한 문이 열렸다. 남자는 익숙하게 안으로 들어섰다. 창가를 등지고 앉아 서류를 보고 있던 중년인이 그에 남자를 반색하며 맞이했다.

"왔구나."

"오랜만입니다, 아버지."

"그래. 잘 왔다. 라스카비. 고생이 많았어."

남자의 이름은 라스카비 안드렉스. 오 년 전 견문을 넓히기 위해 유학길에 올랐던 안드렉스 후작가의 장자이자 장차 후작위를 물려받게 될 후계자였다.

후작은 훤칠해져 돌아온 아들이 마음에 든 듯 흡족한 눈치를 숨기지 않았다.

"네 평판을 익히 들었다. 잘하고 왔더구나."

"아닙니다."

"녀석, 겸손은. 이제 더는 네가 단순히 장남이라 가문을 잇는다는 멍청한 잡음은 나오지 않을 게다. 계승식이 한결 수월할 거야."

난 순서를 떠나 어련히 가장 뛰어난 자식에게 작위를 물려주는 것이 건만 꼭 개소리를 하는 가신들이 있었다. 후작은 더는 짖는 소리를 듣지 않아도 된다는 점이 후련했다. 체증이 내려간 얼굴을 하고 있던 그는 곧 안색을 약간 바꿨다.

"참, 이걸 이야기한다는 게. 라스카비, 올해부턴 우리 벨티에 왕국도 제국에 축하 사절단을 보내게 되었다. 아느냐?"

"들었습니다."

"들었다니 왜인지도 알겠구나. 현재 리엘라 공주님이 제국에 계시다. 얼마나 머무실지는 모르겠지만 요새 그와 관련하여 왕국에서 이런저런 이야기가 돌고 있어."

"……"

"네가 사절단의 일원으로 가서 도는 이야기들이 사실인지 확인을 좀 해주어야겠다."

"예?"

등장 이후 라스카비가 처음으로 당황한 낌새를 비쳤다. 그도 그랬다. 그는 이제 막 먼 곳에서 돌아온 참이다. 그런 마당에 다시 가는 데만 보름 이상 걸리는 여정에 합류하라는 소리가 당연히 평이하게 들릴 리 없었다. 본인도 미미한 가책을 느끼는 듯 후작의 목소리가 달래듯 부드러워졌다.

"기억하고 있을 거라 생각한다. 공주님과 알베토 사이에 혼담이 오갔던 걸 말이야."

알베토는 안드렉스 후작의 막내아들이었다. 경영에는 통 자질이 없었으나 대신 다른 쪽으로 특출한 재능을 보여 후작이 품는 기대가 적지 않았다. 나이는 열여덟으로 리엘라와 정확히 동년배였다. 라스카비가 기억을 더듬어 해묵은 사실을 끄집어냈다.

"그건…… 알베토가 열 살이었을 때의 얘기가 아닙니까."

"그때 처음 말이 나왔을 뿐인 거지. 네가 유학길에 오른 이후 내가 얼마나 공을 들였는지 모를 거다. 알베토는 그 이후로 왕실에서 열리는 행사에는 전부 참석했어."

후작은 잠시 말을 끊고 지난 노력을 회고했다. 그가 생각하기에 딸의 혼사란 무조건 아버지의 결정으로 성사되는 일이었다. 왕족쯤 되면 더 그랬다. 그래서 어떻게든 알베토가 왕의 눈에 들 수 있도록 애써 왔다. 그게 가장 확실한 길이라고 여겼으니까.

그건 어느 정도는 헛되지 않은 노력이라 왕은 부마로서 알베토를 나쁘지 않게 생각하는 듯했다. 간택전만 아니었다면 아마 올해 초에 혼사를 추진해 볼 수도 있었을 것이다. 아쉽게 제국에서 황후 간택전 따위가 열리는 바람에 계획하던 것이 미뤄지게 되었지만, 어쨌든 무산된 것이 아니라 미뤄진 것뿐이다. 후작은 여전히 막내아들이 국왕의 사위가 되는 미래를 포기하지 않고 있었다.

"들인 공이 얼만데 이대로 갑자기 엎어지게 놔둘 순 없지. 소문처럼 정말 제국에 공주님을 노리는 이가 있는 건지 알아봐야 해."

"……그 혼담 말입니다. 알베토의 의사도 반영된 겁니까?"

라스카비는 본인의 정혼에 제 의지가 없었던 것을 기억했다. 어차피 가문을 이어받을 장자로서 그 정도는 각오하고 있던 일이나, 승계에서 자유로운 동생까지 그래야 할 필요는 없지 않은가. 후작은 그러한 형의 걱정을 짧막한 대답으로 손쉽게 불식시켰다.

"그럼. 상사병도 앓았다."

"……예?"

"머리가 커지면서 눈을 뜬 게지. 또래의 이성이 보기에 공주님의 외모가 평범한 편은 아니지 않느냐. 정말 결혼할 수 있는 거냐면서 어찌나 귀찮게 굴던지."

"……."

라스카비는 침묵했다. 뭐, 그렇다면야. 후작이 말을 이었다.

"어쨌든 다녀오거라. 믿고 보낼 만한 사람이 너밖에 없구나. 제국의 귀족쯤 되는 인사가 구태여 계승권도 없는 먼 왕국의 공주를 탐낼 만한 이유가 무엇이겠나 싶지만, 뭐가 됐든 확실한 편이 좋으니까."

"……."

"국왕께서도 네가 사절단의 일원이 되는 걸 불허하진 않으실 게다. 아니, 외려 반기시겠지. 어릴 적 공주님께서 널 많이 따르지 않았느냐."

"그랬…… 죠."

불식간에 떠오른 회상이 머릿속을 점령한 탓에 라스카비의 대답은 조금 끊기듯 흘러나왔다. 내리쬐던 밝은 태양. 허리께를 넘겨 굽이치던 매끄러운 금발. 기억 속 열세 살의 공주님은 소녀보다는 아이에 가까운 나이였음에도 이미 주변의 이목을 끌어 모을 만큼 아름다웠다.

특히 그가 찬연하다고 생각했던 것은 언제나 올곧게 저를 올려다보았던 황금색 눈동자였다. 흐른 세월에 비해 선명하게 떠오른 기억을 라스카비는 이내 눈을 몇 차례 부산하게 깜박여 흩뜨려 없앴다.

"출발은 나흘 뒤로 잡혀 있으니 그때까진 여독을 풀며 푹 쉬도록 해라. 신경 써 준비한 행렬이니 가는 길이 불편하지는 않을 게다."

"알겠습니다."

고개를 숙였다 세운 라스카비가 여태 그랬듯 천천히 몸을 돌렸다. 반쯤 내리깐 속눈썹에 가려진 그의 눈이 어딘지 모르게 복잡한 빛을 띠었다.

＊

　며칠 전부터 분주한 기미가 보였던 황성은 오늘에 이르러 마침내 그 정점을 찍었다. 누가 보아도 바쁜 얼굴로 사용인들이 이리저리 내성을 옮겨 다니는 모습은 그리 일할 필요가 없는 사람의 눈으로 보기엔 장관이었다. 리엘라는 웬 하녀가 산더미만 한 짐을 들고 이동하는 것을 세 번 정도 목격한 뒤 물었다.

　"오늘 뭐라고 했지?"

　"뭘 말이에요?"

　"오늘 열리는 연회 말이야. 뭐 이름이 있었잖아."

　"아, 탄신연이요?"

　리엘라도 탄신연 정도는 뭔지 알았다.

　"생일 파티?"

　"맞아요."

　"그래서 저러는 거야? 하긴, 집에서도 내 생일만 되면 여기저기 엄청 바빴으니까."

　메일은 리엘라의 발언에 얌전히 작년 리엘라의 생일 연회 때를 떠올렸다. 벨티에는 지위를 막론하고 여성에게 승계권이 없는 나라라, 유일한 공주인 리엘라는 왕족 중 저 혼자만 왕위와 관련이 없었다. 그러나 그래선지 그녀는 외려 더 열렬히 귀족들의 사랑을 받았다. 계승이 결정된 왕세자에게 줄을 대는 자리는 이미 포화 상태였으니 차선으로 금지옥엽 막내 공주를 택한 것이다. 제게 대단한 권력을 쥐어주지는 못하더라도 행여 줄을 잘못 섰다가 목이 날아가는 것보단 나았으니까. 더구나 국왕뿐 아니라 리엘라와 나이 차이가 제법 나는 왕세자 또한 그녀를 아이처럼 예뻐했으니, 귀족들로서는 나름 일리 있는 선택이었다.

　그 덕에 리엘라의 생일 파티에선 매년 그녀에게 잘 보이고 싶어 하는 이들의 갖은 선물 퍼레이드가 펼쳐지곤 했다. 평범한 선물로는 주의를 끌지 못할 것이라 생각했는지 간혹 예상치도 못한 해괴한 것을 들고 나오는 경우도 더러 있었다. 그야말로 아무 선물 대잔치였다고 할까.

꽤 구경하는 재미가 있었지. 회고하다 메일은 문득 깨달았다. 그러고 보니 오늘도 그보다 더하면 더했지 덜하진 않을 것 같았다. 아니, 분명히 더할 것이다. 대충 생각해 봐도 왕국 스케일과 대륙 스케일이 같을 수는 없었다.

"……대체 얼마나 휘황한 선물 쇼가…… 막 말하는 병아리 같은 걸 구해 오는 건 아니겠지."

"응?"

"아니에요. 아무튼 올해는 왕국에서도 탄신연에 사람을 보낼 텐데, 공주님께선 반가운 얼굴을 보게 되실 수도 있겠네요."

황제의 탄신연처럼 중요한 자리에 보내는 축하 사절단은 최소 왕족이나 그에 준하는 고위 인사가 대표를 맡는 것이 기본 관례였다. 메일은 고국에선 아마 왕자 중 한 명이 그 역할을 부여받지 않았을까 추측했다. 왕자라면 그게 누구든 리엘라에겐 혈육이었으니 충분히 반가운 인사일 것이다.

"반가운 얼굴?"

"네."

"멜리사가 와?"

멜리사는 공주님 전용으로 매번 식후 디저트를 만들어 대령하던 요리사의 이름이었다. 메일은 한 가지 사실을 배웠다.

"왕자님들은 디저트 다음이었군요……."

"안 와?"

"음, 글쎄요. 어쩌면 올 수도 있고 안 올 수도…… 아, 공주님 리본이 삐뚤어졌네요. 고쳐 드릴게요."

얼핏 눈에 밟히는 것을 발견한 메일이 리엘라의 어깨 쪽으로 손을 뻗었다. 오늘 리엘라의 콘셉트는 청순한 듯 발랄한 두 가지 매력을 잡은 리본 요정이었다. 알록달록한 색색의 리본 대신 새하얀 끈 리본을 주로 사용해 나풀거리는 모양새가 앙증맞으면서도 순수한 느낌을 노렸다.

결과물이 어땠는지는 굳이 말할 것도 없다. 메일은 시도하는 것마다 최상의 형태로 소화해 내는 리엘라가 대견했다.

"공주님, 역시 오늘 연회에선 저와 로즈의 곁에 꼭 붙어 계세요. 그게 좋겠어요."

"길 잃을까 봐?"

"네? 설마 연회장에서 그럴…… 수도 있긴 하겠지만, 그보다는 혹시 위험하실까 봐요. 사람이 많으면 꼭 이상한 인물도 있게 마련이거든요."

메일은 그렇게 설명하다가 내심 멈칫했다. 잠깐, 정말 내게 변태를 끌어들이는 힘이 있다면 공주님은 외려 나한테서 떨어져 있어야 하는 거 아닌가?

거튼의 고백 사건 이후 메일의 자석 가설―메일에게 변태만 반응하는 일종의 자석 같은 힘이 있을지도 모른다는 설―엔 한층 무게가 실린 상태였다. 메일은 남몰래 식은땀을 훔쳤다. 오늘 연회엔 각국에서 사람들이 모인다. 국제적인 변태는 아무렴 상상만으로도 위험했다.

"제 곁에 계시다가…… 음…… 낌새가 안 좋다 싶으면 반테르 경과 함께 계세요."

"그럴게."

리엘라는 순순했다. 메일은 그것을 보며 공연히 묘한 느낌을 받았다. 그러고 보면 이 묘함의 시작은 리엘라가 어느 날 저녁 산책에서 웬 단추를 잔뜩 들고 돌아오면서부터였다. 기념품인 양 양손에 쥐고 있던 단추가 전부 반테르의 옷에서 뜯어낸 것이라는 이야기를 들었을 때 메일은 그야말로 묘하다는 말 외에는 표현하기 힘든 기분을 느꼈다.

'보통 그렇게까지 하나?'

아닐 것 같단 말이지. 그게 묘한 기분의 원인이었다. 물론 떼어주는 것도 떼어주는 거지만 그걸 남김없이 가져와서 보관하는 것 역시 범상하지는 않다. 합쳐지니 묘함이 두 배였다.

'전에 한번 착각이었나 하고 넘기긴 했지만, 설마하니…….'

똑똑.

그때 누가 문을 두드렸다. 약혼자를 잠깐 만나고 오겠다던 로즈였다. 문을 열고 안으로 들어선 로즈가 변함없이 듬직하게 근육을 꿈틀거렸다.

이제 꽤 보았다고 메일은 설명 없이도 차이를 구분할 수 있게 되었다. 저건 기쁨의 박동이었다.

"슬슬 출발하실 시간입니다."

"그래요. 그런데 로즈, 무슨 좋은 일 있었어요?"

"……눈치채셨습니까? 별건 아닙니다. 그냥 마론과 1박 2일 여행 얘기를 조금……."

"어머나."

로즈는 어른의 이야기를 나누고 왔다. 메일이 슬며시 입을 가리고, 리엘라는 알아듣지 못한 모양인지 멀뚱멀뚱 아무 반응이 없었다. 쑥스러운 듯 헛기침을 한 로즈가 늦지 않게 얼른 출발하자며 냉큼 앞장섰다.

"로즈, 여행 가?"

복도를 한참 걷다가 리엘라가 뒤늦게 물었다. 어찌나 천진한지 로즈가 입에 올린 것이 연인과의 1박 여행이 아니라 소풍은 아니었나 싶을 정도였다. 로즈는 순진하신 공주님의 물음에 잠시 동공지진을 일으켰다가 침착하게 답했다.

"그렇게 됐습니다."

"언제?"

"확실히 날짜를 정한 건 아니지만 다음 주쯤이 아닐지…….."

"어디로 가는데?"

"가까운 곳으로 갈 예정입니다. 제도 안쪽으로요."

"가서 뭐 해?"

"……그냥 뭐, 이것저것 구경을……."

로즈는 행여 흑심(?)을 들킬까 봐 쩔쩔매느라 모르는 모양새였으나 제삼자의 위치에 있던 메일은 손쉽게 눈치챘다. 로즈의 동공지진이 심해지기 전에 메일이 끼어들었다.

"공주님, 혹시 여행 가고 싶으세요?"

질문이 꼬리를 물던 것이 꼭 그런 눈치였다. 리엘라가 기다렸다는 듯 긍정했다.

"응."

"왜 그런 생각이 드셨어요?"

"그냥. 여행 가면 재밌잖아."

"흐음."

"그리고 반테르랑 같이 가면 좋을 것 같아."

"로즈!"

메일은 두 번 놀랐다. 한 번은 리엘라의 발언 때문이요, 다음 한 번은 그 말을 들은 로즈가 계단에서 발이 꼬이고 말았기 때문이다. 다행히 운동신경으로는 이 중 발군인 로즈라 그녀는 볼썽사납게 구르는 대신, 공중에서 몸을 회전시키는 화려한 낙법을 구사해 계단 아래로 무사히 착지했다.

곡예를 선보여 균형을 되찾자마자 로즈는 충격받은 얼굴로 눈을 부릅떴다.

"공주님."

"로즈, 안 다쳤어요?"

"그게 중요한 게 아닙니다. 공주님, 그…… 제가 잘못 들은 게 아니라면 방금…… 분명히…….""

"왜?"

"여행을…….""

"응, 여행 가고 싶어. 재밌잖아."

"그게 아니라…….""

"반테르 경이랑 함께 가면 좋을 것 같다고 하셨죠?"

메일이 끼어들어 정리했다. 로즈가 제가 물으려던 것이 바로 그거라는 듯 눈짓으로 열심히 동의했다. 리엘라는 저 혼자 여전히 무구한 얼굴이었다.

"응."

"왜요?"

"뭐가?"

"왜 반테르 경이랑 가면 좋겠다고 생각하셨어요?"

"걔랑 있으면 안 넘어져."

"또요?"

"단추도 대신 뜯어줘."

리엘라가 어느 날 잔뜩 가지고 돌아왔던 단추 기념품을 목격하지 못한 로즈는 저게 뭔 말인가 했다. 메일은 알아들었으나 명쾌한 낯은 아니었다. 동반하고 싶은 이유가 단순히 편리해서? 아니, 왠지 아닐 것 같은데. 의미심장한 눈으로 리엘라를 응시하다 메일이 입을 열었다.

"공주님, 제국까지 오는 길에 동행했던 레드임 경 기억하시죠?"

"누구?"

"공주님 마차 호위요. 머리 색이 빨간 기사."

"응, 알아."

"그 기사가 반테르 경처럼 공주님이 안 넘어지게 매번 잡아주고, 단추도 왕창 뜯어준다면 어떨 것 같으세요? 같이 여행 가실 거예요?"

리엘라의 대답은 이번엔 즉각 나오지 않았다. 들은 것을 나름 성실히 가정해 보는 모양이었다. 잠시 후 리엘라는 황금색 눈썹을 애매하게 찌푸렸다.

"안 가."

"안 넘어지고, 단추도 뜯어주는데요?"

"그럼 뭐 해. 반테르가 아닌데."

로즈가 다시 휘청거렸다. 이번에는 평지라 비교적 덜 화려한 낙법이 펼쳐졌다. 로즈가 약혼자가 준 손수건을 꺼내 식은땀을 닦는 사이 궁금해하던 답을 얻은 메일은 비로소 개운한 표정을 지었다. 과연.

"그럼 그냥 반테르 경이라서 함께 가고 싶으시다는 거네요."

"그런가?"

"아가씨……."

로즈가 눈동자를 흔들며 메일을 불렀다. 어쩜 그렇게 침착하시냐는 무언의 질문이었나. 메일은 눈길을 받고는 약간 멋쩍게 웃었다. 사실 놀라는 중이긴 했다. 예상외로 충격이 없는 스스로에게.

"잘 어울리시잖아요."

"그건 그렇지만……!"

"뭐가 잘 어울려?"

자기 얘길 하는 걸 알고는 있을까. 리엘라를 보며 뻐끔뻐끔 뭐라 말을 이으려던 로즈가 결국 입을 다물었다. 복잡한 얼굴이었다. 심경을 알 것 같아서 메일은 팔을 뻗어 로즈의 등을—어깨는 너무 높은 곳에 있었다—토닥여주었다.

'로즈는 나보다 공주님을 훨씬 오래 모셨으니.'

애지중지 키운 딸을 덜컥 시집보내게 생긴 부모의 마음일지도. 남들이 알면 '감히'라고 책할지도 모르나 어쩔 수 없는 일이었다. 사실 메일도 약간 그런 기분이 들었다. 아, 이 복잡 미묘한 심정.

"잘 어울리는 게 뭔데?"

"음, 공주님 드레스요. 드레스가 예뻐서 공주님이랑 너무 잘 어울리네요."

"당연한 거잖아."

"그러게요."

평소다운 대화가 오가는 사이 로즈가 비장한 얼굴로 '그래도 아직 1박 여행은 안 돼' 하고 중얼거렸다. 순간 메일은 터져 나올 뻔한 웃음을 꾹 참았다. 사실 저나 로즈나 앞서 가는 감이 없잖아 있었다. 아직 진짜 사랑 고백이나 연인 선언을 들은 것도 아닌데 말이다.

'지금은 그냥 기류가 생긴 정도라고 보는 게 맞을까.'

그렇게 생각했다가 메일은 문득 꼬리처럼 따라붙는 의문을 떠올렸다.

'그럼 반테르 경은?'

전에 텔리야에게 지나가듯 듣기로 반테르의 취향은 통 고루한 편이라고 했다. 텔리야의 성정을 생각해 보건대, 그건 아마 얌전하고 정숙하며 교양이 넘치는 통념상 '여성적인' 이성을 선호한다는 뜻이었을 것이다.

메일의 눈동자가 오늘 처음으로 살짝 흔들렸다. 얌전. 정숙.

"로즈, 아까 그거 다시 보여 줘."

"뭘 말씀이십니까?"

"공중에서 도는 거. 어떻게 한 거야?"

"아, 그거요. 별거 아닙니다. 공중에서 떨어질 때 충격을 줄이기 위한 동작의 일종인데……."

"나도 할 수 있을까?"

"예?"

교양.

"연습하면 돼?"

"예? 아니, 아뇨. 무리십니다. 다칠지도 모르고요. 그렇지, 위험합니다. 공주님께서 하시기엔 많이 위험해요."

"안 된다는 거지?"

"그렇습니다."

"그럼 나를 안은 채로 로즈가 도는 건 어때?"

"……예?"

여성적인.

메일의 표정이 남몰래 심각해졌다. 미처 가정해 보지 못했던 걱정이 한발 늦게 솟아났다. 정이 들 대로 든 리엘라는 이미 메일에겐 충분히 사랑스러운 공주님이라, 아까는 이런 것들에 대해 생각해 보지도 못 했다.

'쌍방…… 맞는 거지?'

과연 반테르 경은 공주님을 어떻게 생각하고 있을 것인가.

벌써 몇 주가 넘도록 둘만의 저녁 시간을 함께하곤 있었지만 그 이유가 어디까지나 명령에 대한 의무감일 뿐이라면 퍽 곤란해진다. 메일은 터무니없는 요구로 로즈를 당황시키고 있는 리엘라를 돌아보았다. 잡티 없이 새하얀 얼굴에 두 눈은 사슴처럼 크고 맑다. 숱이 풍성한 속눈썹을 깜박일 때마다 단순히 예쁜 것을 떠나 사랑스러움이 묻어났다.

그러나 메일은 알고 있었다. 제 시야는 진작 객관성을 잃었다. 그건 로즈도 마찬가지였다.

'……관찰하자.'

결심했다. 오늘은 탐색의 날이었다. 메일은 연회장에 도착하자마자 리엘라를 반테르의 곁으로 보내고 둘을 매의 눈으로 관찰하겠노라 마음먹었다. 어차피 황제도 오늘은 끝없는 선물의 행렬로 바쁠 테니 몇 시간 관심을 덜 준다고 삐치지는 않을 것이다.

"두 바퀴 돌 수 있어?"

"아, 안 됩니다."

"왜?"

"위험합니다."

"로즈잖아."

"저한테도 한계는……."

그러니까 이런 것도 얼마든지 귀엽다고 생각해 주어야 할 텐데.

장소는 연회장. 메일에게 미션이 생겼다. 미션 내용은 반테르의 눈에서 콩깍지를 찾는 것이다. 그녀의 결심이 남모르게 조용히 타올랐다.

라스카비는 새삼 감탄했다. 그가 유학을 다녀온 왕국도 꽤 넓은 영토를 지니고 있었으나 역시 제국에 비할 수는 없었다. 굳이 국토의 크기뿐 아니라 다른 것을 견주어도 매한가지였다. 국력의 고하만큼 무엇이든 그 차이가 명백했다.

'놀랍게도, 용모도 말이지.'

그는 속으로 우스갯소리를 하곤 픽 웃었다. 그가 제국의 황성에 도착한 것은 반나절 전, 그리고 연회가 시작되어 주인공인 황제가 모습을 드러낸 것은 불과 방금 전이었다. 라스카비는 처음 보이는 것을 믿을 수가 없었다. 백금의 황관을 얹은 황제는 먼눈으로도 마치 사람이 아니라 신처럼 보였다. 순간 그가 무능한 인사였더라도 외모 하나로 충분히 숭배를 받지 않았을까 생각이 들 정도였다.

'다시 봐도 놀라워.'

라스카비는 외모에 크게 연연해하는 성격은 아니었지만 그것이 지니는 힘에 대해서는 익히 잘 알고 있었다. 사실 그 또한 외모의 덕을 꽤 본 편이었기 때문이다. 서로를 잘 모르는 상태에서 상대의 호감을 이

끌어 내기에 빼어난 용모만큼 효과적인 것도 없다. 동성끼리도 영향을 미칠진대 이성이라면 더욱 말할 것도 없었다.

'혹 공주님이 제국에 머무시는 이유가 황제 때문이라면, 조금 난감해지는데…….'

조금이 아니라 크게 난감하지. 그런 경우라면 어떻게 단념시켜야 할지 감도 잡히지 않았다. 라스카비는 최악의 상황―아버지인 후작의 입장에서는―을 상상하며 다소 느슨해진 머리를 다시 묶었다. 알베토의 혼사가 물 건너가는 소리가 여기까지 들렸다.

'가만, 아니, 아니지. 외려 황제인 편이 나은 건가? 황제에겐 오랜 정인이 따로 있다고 들었으니.'

라스카비가 유학을 다녀온 곳은 제국에서는 거의 반대편이라고 봐도 좋을 곳이라, 그는 소식이 늦었다. 얘기를 전해 들었어도 역모를 꾀하던 죄인이 사전에 잡혀 처형당했다는 것 정도라 자세한 사정은 알 길이 없었다. 작년쯤 제국을 방문했던 사람에게 들은 구닥다리 정보를 떠올린 라스카비가 슬며시 미간을 좁혔다.

'그건 좀……. 아버지께선 반기시겠지만 그럼 공주님은…….'

그는 가망 없는 짝사랑에 빠진 리엘라를 떠올려 보았다. 마음이 좋지 않았다. 그의 기억 속의 공주님은 늘 웃는 얼굴이었는데, 가정이 맞다면 이번엔 어쩌면 우는 모습을 봐야 할지도 몰랐다.

'그렇게 된다면…… 역시 어떻게든 설득해서 공주님을 고국으로 모셔 가야지. 굳이 알베토의 혼담 때문이 아니더라도.'

라스카비가 그런 다짐을 하는 사이 제국 측의 축사가 끝났다. 이젠 각국의 사절단들이 순서대로 준비해 온 선물을 황제에게 진상할 차례였다.

모여 있던 사람들이 몇 걸음씩 뒤로 빠져 길을 만들었다. 라스카비 또한 마찬가지였다. 그는 아예 연회장 한쪽으로 이동하여 벽에 등을 기댔다. 선물 진상은 각 사절단 대표의 역할이었기에 어차피 그와는 상관이 없었다. 벨티에 왕국의 사절단을 대표하는 인물은 3왕자였다.

'나는 공주님이나 찾아볼까.'

아마 참석하셨겠지. 연회장에 마련된 디저트가 탐이 나서도 걸음했을 것이다. 어린 공주님은 유독 과자나 케이크 같은 단 음식을 좋아했다. 시간이 꽤 흐르긴 했지만 그 입맛이 변했을 것 같지는 않았다.

'귀찮거나 입맛이 없다고 식사는 걸러 놓으시고선 식후 디저트는 꼭 그렇게 가져오라고…… 하하. 설마 지금도 그러시나. 몸 상하시면 안 되는데.'

제법 옛것이 된 추억을 떠올린 라스카비가 옅게 웃었다. 안 그래도 온화한 인상에 그리 웃고 있으니 그는 마치 착한 사람의 표본처럼 보였다.

그때였다.

"……어?"

회상에 젖어 있던 그가 멍청하게 입을 벌렸다. 기억 속에 있는 것과 똑같은 금발이 방금 시야를 스쳤다. 잘못 본 것이 아니다. 그는 기댄 벽에서 급하게 몸을 뗐다. 시선 끝에 걸린 금발은 그리 멀지 않은 곳에 있었다.

그의 발이 바쁘게 움직였다. 특유의 느긋하고 여유로운 걸음걸이를 생각한다면 퍽 평소답지 않았다. 라스카비는 단숨에 거리를 좁혔다. 생각에 앞서 손이 먼저 뻗어 나갔다.

"……공주님."

어깨를 붙잡았다. 불경이었으나 그런 것을 따질 이성이 없었다. 드레스를 차려입은 가는 여체가 뒤를 돌자 매끄러운 금발이 나부꼈다. 곧이어 과거의 언젠가처럼 또렷한 황금색 눈동자가 그를 곧게 올려다보았다. 순간 라스카비는 숨이 막혔다.

"어?"

그녀가 눈을 깜박였다.

"라스카비?"

여전한 맑은 목소리는 오 년 전보다는 약간 더 높고 깊이가 있었다. 라스카비는 이 순간 불현듯 깨달았다. 제가 그동안 눈앞의 공주님을 짐작보다 훨씬 그리워해 왔다는 것을.

심장이 내려앉는 자각이었다.

❋

"경."

반테르의 정신은 반쯤 이곳에 있지 않았다. 그건 황제의 부름에 감히 2초 늦게 대답한 것으로 증명되었다. 단정히 정복을 차려입은 반테르가 퍼뜩 고개를 돌렸다.

"부르셨습니까?"

"무슨 생각을 그렇게 하나?"

"별건 아닙니다. 그냥 걱정이 되어서."

"걱정?"

황제도 반테르도 채비를 마쳤다. 조금 전 연회장에 사절단이 전부 도착했다는 보고를 받았으니 슬슬 출발하면 된다. 마지막으로 차림을 점검하는 시종에게 몸을 내맡기고 반테르가 대답했다.

"예. 아무래도 각국에서 사람이 모이는 날이 아닙니까. 사고라도 생기면 곤란하니까요."

"흐음. 못 할 걱정은 아니지만…….

점검을 마친 시종이 후다닥 움직여 문을 열었다. 황제가 앞장서 복도로 나서자 반테르가 자연스레 그 뒤를 따랐다. 이마와 목덜미를 단정하게 덮은 머리카락이 걸음에 따라 조금씩 사락거리며 움직였다. 참고로 그건 반테르가 기사답게 시원하게 밀어버리려는 것을 텔리야가 폭력까지 불사하여 지켜 낸 머리길이었다—텔리야는 이 순간에도 그걸 뿌듯해하고 있었다.

"작년에도 그랬나?"

"무슨 말씀이십니까?"

"아니, 경이 그렇게 세심한 성정은 아니었던 것 같아서. 사서 걱정하는 걸 보니 의외야."

황제의 말에 반테르가 조금 느리게 눈을 깜박였다. 사서 걱정이라. 그러고 보면 그는 본래 일어나지도 않은 일에 대해 미리 염려하는 타입은 아니었다. 반테르는 들은 것을 곱씹으며 제 유례없는 걱정이 어디에서 왔는지를 점검해 보았다. 답은 생각보다 금방 나왔다.

"아아."

"왜? 특별히 떠오른 이유라도 있나?"

"공주님이 계셔서요. 리엘라 공주님 때문에 유난히 걱정이 된 것 같습니다."

내내 앞을 보고 걷던 황제의 시선이 잠시 반테르를 향했다. 그 눈길에 반테르는 평소와 전혀 다를 것 없는 표정으로 물음표를 띄웠다. '하실 말씀이라도?' 그 물음이 나왔을 때 황제는 눈을 도로 돌렸다.

"아닌가."

"예?"

"많이 걱정되나 보군. 리엘라 공주가."

"아무래도 그렇습니다. 더구나 혹 문제가 생기기라도 하면 개인이 아니라 국가 간의 일로 번질 우려도 있으니까요."

반테르의 답은 담백했다. 표면상으로는 전혀 이상할 것이 없는 대답이었다. 사람이 많이 모이는 만큼 다른 때보다 사고가 일어날 위험이 높은 것도 맞고, 리엘라에게 문제가 생기면 왕국과 제국 간의 관계가 틀어질 여지가 있는 것도 맞다. 틀린 얘긴 아닌데 황제는 묘하게 성이 차지 않았다. 정말 그것 때문에 아까부터 그리 정신을 빼놓고 걱정했다고?

사랑을 하면 눈치가 는다. 황제의 경우엔 그랬다. 과거였다면 반테르보다 더하면 더했지 덜하진 않았을 그이건만 이제는 달랐다. 일정한 보폭을 흐트러뜨리지 않으며 황제가 입을 열었다.

"허락해 주지."

"뭘 말입니까?"

"연회 도중 잠깐의 근무 이탈은 봐주겠다는 소리야."

반테르가 연미복이 아니라 정복을 택한 건 연회 내내 호위로서 황제의 곁을 지켜야 하기 때문이었다. 하나 그런 직무를 망각하고 리엘라 일로 곁을 비우게 되더라도 황제는 친히 눈감아주겠다는 말을 한 것이다. 뜻을 알아들은 반테르가 농이라도 들은 듯 응수했다.

"그래도 되는 겁니까?"

"어차피 급하면 허락도 안 받고 튀어 나갈 것 아닌가."

"설마요."

말을 들은 김에 반테르는 상상해 보았다. 바로 곁에 있는 황제의 허락도 구하지 않고 멋대로 자리를 박찰 만한 급한 일이라. 이어 실소가 터졌다. 영 허무맹랑했다. 살면서 한 번도 그렇게 감정이 앞서는 사춘기 소년처럼 행동해 본 적은 없었다. 아주 어릴 때를 제외하고는.

"제가 여덟 살이었다면 그랬을지도요. 일단 폐하의 허락을 구하는 것 자체에 자존심이 상했을 테니."

"이마가 깨진 채로 나만 보면 눈을 부라리던 그 시절 말인가?"

"누차 말씀드리지만 저만 깨진 건 아니었습니다."

대화가 주제를 바꾸어 가볍게 흘러갔다. 평소와 비슷했다. 그러나

이 순간 올챙이 적 기억 못 하는 개구리 황제가 '이 둔한 놈' 하고 생각하며 속으로 혀를 찼다는 사실을 반테르는 알 길이 없었다.

곧이어 연회장의 문이 보이기 시작했다. 먼발치서 황제를 발견한 시종이 벌써 긴장해서는 목을 가다듬었다. 황제는 약간 걸음을 늦췄다.

"경, 뭐 하나 묻지."

"하문하십시오."

"리엘라 공주를 어떻게 생각하나?"

뜬금없는 질문이었다. 잘못 들은 것이 아니라는 걸 확인한 반테르의 눈초리에 의아함이 깃들었다. 한 발 뒤에서 따르는 중이라 의중을 짐작해 볼 만한 상대의 표정은 보이지 않았다.

"갑자기 그런 걸 물으십니까?"

"경이 공주의 산책에 어울리기 시작한 게 벌써 몇 주 전이 아닌가. 짐보다는 경이 공주에 대해 더 잘 알겠지."

거리가 가까워질수록 시종의 긴장이 뚜렷해졌다. 그는 행여 실수할까 목을 가다듬고는 입 근육도 미리 풀기 시작했다. 복식호흡을 하느라 배에도 힘이 들어갔다.

반테르는 여전히 영문을 모르겠다는 얼굴로 답했다.

"글쎄요. 나쁜 분은 아니라고 생각합니다만."

"심심한 대답이군."

들은 답을 평가한 황제가 문 앞에 도착해 섰다. 곧 병사가 문을 열었다. 만반의 준비를 마친 시종이 기다렸다는 듯 우렁차게 황제의 등장을 알렸다.

"지지 않는 제국의 태양, 로하이덴 반 드 헬베른 황제 폐하께서 드십니다!"

기껏 묻기에 대답했더니 심심하다고 욕먹은 반테르가 겨우 황당한

낮을 감추고 황제의 뒤를 따랐다. 속으로 작은 불평을 하기도 했다. 뭐야.

시야를 채우는 연회장 내부는 예상했듯 화려했다. 오늘따라 고가의 발광석을 달아 놓은—틀림없이 으리다 백작의 짓이었다—천장의 샹들리에가 넓은 회장을 눈부시게 비췄다. 들어서자마자 쏟아지는 시선 속에서 경외와 부러움을 비롯한 갖은 감정이 읽혔다.

반테르는 황제를 옥좌까지 수행하는 짧은 시간 동안, 연회장 내에 자리한 사절단의 면면을 놓치지 않고 훑었다. 익숙한 얼굴도 있고 초면인 인물도 있었다. 확실한 것은 분명 작년보다 인원이 늘었다는 것이다.

'역시.'

짐작한 것과 크게 차이 없는 광경이었다. 반테르는 어림잡아 작년보다 삼분의 일 정도는 늘어난 인사들을 새로운 얼굴 위주로 한 명씩 눈에 새겼다. 벨티에 왕국에서 온 사절단에게는 시선이 조금 길게 머물렀다. 대표로 추정되는 남자의 용모는 한 핏줄이라는 것을 말해주기라도 하듯 리엘라와 꽤 닮아 있었다.

그러는 사이 달비언가 후작의 축사가 시작되었다. 반테르는 굳이 들을 필요 없는 연설을 한 귀로 흘리며 눈을 돌렸다. 빼곡히 모인 사람 중에 단 한 명을 찾으면서도 그는 제 행동을 의식하지는 못 했다.

곧 찾던 누군가가 그의 시선 끝에 닿았다. 발견은 그리 어렵지 않았다. 연분홍색 드레스를 차려입은 리엘라는 수많은 사람 사이에서 유독 눈에 띄었다. 무얼 찾는지—아마도 디저트 테이블이겠지만—작은 머리통을 이리저리 돌릴 때마다 풍성한 금발이 따라 나부꼈다.

리엘라는 오늘도 예뻤다. 강한 조명 탓인지 반짝거리기도 했다. 반테르는 문득 새어 나온 웃음을 헛기침으로 가렸다. 리엘라를 발견한 텔리야가 장소도 잊고 무릎을 꿇는 상상이 생각보다 썩 구체적으로 그려졌다.

'텔리야라면 충분히 그러겠지…… 음?'

웃음이 멎었다. 멈칫한 반테르가 한곳을 유심히 응시했다. 찰나 착각인가 싶었으나 금세 아니라는 것을 알 수 있었다.

"영광스러운 날에 함께하게 되어 감읍합니다, 폐하. 올해 본국이 준비한 것은 남쪽의 비단 열 필과……."

축사는 조금 전 마무리되어 현재는 각국의 선물 진상이 이루어지고 있었다. 그러나 반테르의 귀엔 사신이 뭐라고 떠드는 것 따위는 들어오지도 않았다. 그의 시야 안에서 한 남자가 다급한 걸음으로 리엘라에게 접근했다. 이어 순식간이었다. 남자가 팔을 뻗어 리엘라의 어깨를 잡아챘다.

"……!"

반테르의 생각이 끊겼다. 몸이 먼저 움직였다. 그는 자리를 박차고 뛰면서도 스스로 그것을 자각하지 못했다. 정신이 돌아온 것은 인파를 헤쳐 남자의 손목을 막 잡아채려던 직전이었다.

"라스카비?"

리엘라의 목소리가 반테르를 정지시켰다. 그녀의 눈은 똑바로 남자를 향하고 있었다. 이름을 불렀다. 그건 누가 보아도 리엘라가 상대 남자와 아는 사이라는 말이었다.

남자를 붙잡아 떨어뜨리려던 자세 그대로 반테르가 엉거주춤 굳었다.

메일은 지금 이게 무슨 상황인가 싶었다. 진지한 얼굴로 이 디저트를 먼저 먹을지 저 디저트를 먼저 먹을지 그녀와 상의하던 리엘라가 갑자기 예고도 없이 몸을 돌렸다. 그게 자의가 아니었다는 건 감히 공주님의 어깨를 붙든 낯선 손을 보고선 깨달았다.

처음에는 웬 놈팡이인 줄만 알았다. 국제적인 놈팡이는 과연 다르구나, 하는 생각도 들었다. 초면부터 추행으로 시작하다니 뭐 이런 남다르게 과감한 개새끼가 다 있단 말인가. 그러나 그 평가는 메일이 호신술로 남자의 팔을 꺾어버리려 시도하기 직전 리엘라가 그의 이름을 친숙하게 입에 올리면서 전면 수정되었다.

라스카비. 리엘라는 남자를 그렇게 불렀다. 그리고 그건 비단 리엘라에게만 낯익은 이름은 아니었다.

'라스카비 알렉시스?'

메일은 라스카비를 알고 있었다. 정확히는 알렉시스 후작가의 장남에 대해 알았다. 본인과 따로 대면한 적은 없었지만 우연히 사교 파티에서 만난 알렉시스 후작이 메일에게 아들 자랑을 내리 늘어놓은 적은 있었기 때문이다. 귀가 따가울 정도로 들었던 것이라 잊으려고 해도 잊을 수가 없었다.

'그 라스카비가…….'

말로만 들었던 라스카비 알렉시스는 착해 보였다. 놈팡이라는 오해를 걷어 내고 얼굴을 다시 보니 첫인상이 딱 그랬다. 선량한 미남. 그는 그 표현이 애초 그를 위한 말인 것처럼 들어맞는 사람이었다.

"오랜만에…… 뵙습니다, 공주님."

"왜 여기에 있어?"

메일은 문득 한 가지 사실을 더 떠올렸다. 라스카비 알렉시스는 오년 전 유학길에 올랐다. 얼마 전 왕국에 있었을 때도 돌아왔다는 말은 듣지 못했으니 그가 귀국한 것은 아마 꽤나 최근의 일일 것이다. 대화를 보아하니 리엘라와도 꼬박 오 년 만에 재회하는 모양이었다.

'오 년 전이면 못해도 열세 살 때 알던 사람일 텐데, 공주님 생각보다 기억력이…… 가만. 열세 살?'

왜 갑자기 그 사실이 걸린 건지 모르겠다. 열세 살. 열세 살이 뭐. 세살도 아니고 이상할 것은 없는데. 그때 리엘라가 눈을 동그랗게 떴다.

시선이 라스카비의 뒤를 향했다.

"반테르."

"……네, 공주님."

이름을 불린 반테르가 몹시 애매하게 들고 있던 손을 내렸다. 어이하여 들고 있던 손인고 하니 파렴치한인 줄 알았던 남자를 붙잡아 제압하려던 손이라 하겠다. 라스카비는 리엘라가 저를 알아보던 순간 그녀의 어깨에서 손을 뗀 상태였다. 반테르의 시선이 리엘라의 어깨와 라스카비의 손에 번갈아 잠시 머물렀다.

"……아시는 분입니까?"

라스카비는 조금 놀란 눈치로 반테르를 돌아보았다. 그의 놀람은 리엘라가 상대의 이름을 부른 것에서 기인했다. 그는 저보다 약간 눈높이가 높은 반테르를 짧게 살피듯 응시한 뒤 곧바로 인사를 건넸다.

"반갑습니다. 라스카비 알렉시스입니다."

"반테르 폰 모하임입니다."

라스카비의 놀람이 크기를 더했다. 제국의 주요 인사를 알아 두는 것은 사절단의 일원으로서 당연한 책무였다. 이름만 들었을 때는 긴가민가하던 것이 풀네임을 듣자 확실해졌다. 표정을 바꾼 라스카비가 먼저 손을 내밀었다.

"모하임 공자님이셨군요. 말씀은 익히 들었습니다. 뵙게 되어 영광입니다."

"아뇨, 저야말로."

양쪽이 악수를 나눴다. 반테르는 저도 모르게 손에 힘이 들어가려는 것을 의식적으로 인내했다. 왜 이런 기분이 드는지 모를 일이었다. 조금 전부터 속이 무언가로 콱 막힌 듯 답답한 것은 그저 상황을 착각한 것에서 온 민망함 때문이라 설명하기엔 어딘지 모자랐다.

"왕국에서 오셨습니까?"

"예. 뜻깊은 날이라 축하 사절로 방문하게 됐습니다."

"공주님과는······."

반테르는 말을 꺼내다 말고 입을 다물었다. 순간 무슨 사이냐고 물을 뻔했다. 딱히 그가 그걸 알아야 할 이유도, 상대가 그에 대해 대답해야 할 의무도 없는데 말이다. 그는 미미하게 당황하여 얼른 말을 돌렸다.

"······먼 길 오느라 수고스러웠을 텐데, 고맙습니다. 부디 부족함 없이 머무르다 가시길 바랍니다."

"신경 써 주셔서 감사합니다."

대화를 빨리 마무리한 반테르가 목례를 건네고 뒤로 물러섰다. 속을 차지한 갑갑함이 가시질 않았다. 그건 일종의 회피 욕구를 불러일으키는 감각이었다.

리엘라는 나타나자마자 다시 사라지는 반테르를 멀뚱히 눈으로 쫓았다. 라스카비가 딱 맞춰 말을 걸지만 않았어도 그녀는 어디 가느냐고 반테르를 불러 세웠을 것이다.

"공주님, 그동안 잘 지내셨습니까?"

"응? 응."

시선을 걷은 리엘라가 라스카비를 올려다보았다. 하나로 단정히 묶은 연한 밀색 머리카락에 연갈색 눈동자. 습관처럼 사람 좋은 미소를 짓고 있는 그는 오 년 전의 어느 날과 똑 닮은 모습을 하고 있었다. 리엘라는 이제야 회포가 일어난 듯 그에 대해 과거와 현재를 비교하는 발언을 했다.

"키가 작아졌네, 라스카비."

"제가 작아진 게 아니라 공주님께서 성장하신 겁니다."

"그렇구나."

찬찬히 뜯어보았을 때 라스카비는 변한 것이 없었다. 생김새도, 표정이나 말투도 여전했다. 그런 점에서는 리엘라도 같았다. 다만 눈높이가 달라진 것은 그녀가 자랐기 때문이다.

리엘라는 많이 성장했다. 오 년은 그럴 만한 시간이었다.

"신기해. 훨씬 컸는데."

"하하, 그랬나요?"

공기가 부드러워졌다. 눈에는 보이지 않으나 유대감 같은 것이 생겨나 두 사람을 감쌌다.

메일은 미묘한 기분으로 그것을 지켜보았다.

저게 과연 단순히 아는 사람의 사이에서 생겨날 만한 기류일까. 메일은 오 년 전의 리엘라에 대해서는 아는 것이 없었다. 당연히 교우 관계도 몰랐다. 그리고 그건 재작년부터 리엘라를 모시기 시작한 로즈 또한 마찬가지였다.

슬그머니 곁으로 다가온 로즈가 메일에게 속닥였다.

"라스카비라면…… 알렉시스 후작가의 첫째 공자님이 아닙니까."

"맞아요."

"공주님과 친분이 있는 줄은 몰랐습니다."

"그러게요. 나도 지금 알았어요."

"더구나 보통 친분이 아니었던 것 같은데……."

그러게나 말이다. 메일은 안 그래도 그 생각 중이었다는 것을 고개를 끄덕임으로써 표현했다.

'무슨 사이였을까?'

대화를 들으면 들을수록 두 사람이 오 년 만에 만났다는 전제는 명확해졌다. 오 년이라. 그건 꽤 긴 세월이다. 그만한 공백을 거쳐 재회하고도 어색함이나 거리감이 없으려면 과연 어느 정도의 친분을 쌓았어야 할까.

메일의 궁금증이 점점 커져 가는 와중에도 라스카비는 착실히 둘만의 세계를 구축하고 있었다.

"많이 자라셨지만 그대로시네요. 요즘도 디저트는 초콜릿 푸딩을 가장 좋아하십니까?"

"아니, 지금은 우유 푸딩."

"우유 푸딩이요?"

"맛있어. 여기에서 처음 먹었는데, 네모나고 하얀⋯⋯."

설명을 하다 뭐가 떠올랐는지 리엘라가 말을 멈췄다. 곧 그녀의 입에서 라스카비와는 전혀 관련 없는 말이 나왔다.

"반테르한테 먹어 보라고 했었는데. 먹었을까?"

"예?"

"라스카비, 반테르가 우유 푸딩을 먹었을까?"

"⋯⋯글쎄요."

라스카비가 당황스럽다는 듯 눈을 깜박였다. 대화 주제를 멋대로 바꾸거나 상관없는 이야기를 툭 꺼내 놓는 것은 본디 리엘라의 특기라, 그에게는 익숙한 일이었다. 한데 왜일까. 이 순간 그것이 어쩐지 낯설게 느껴진 것은.

"단 걸 별로 안 좋아한다고 했거든? 근데 우유 푸딩은 많이 안 달단 말이야. 라스카비, 반테르가⋯⋯."

"죄송합니다만, 공주님."

리엘라의 말을 끊었다. 라스카비로서는 처음 저지르는 무례였다. 그러나 어쩔 수 없었다. 더 듣고 싶지 않았으니까. 리엘라의 입을 통해 나오는 다른 사람의 이름이 이상하게 불편했다.

"다른 이야기를 나누고 싶습니다. 그러니까 그간 어떻게 지내셨는지⋯⋯."

"알렉시스 공자! 여기 있었군."

그때 라스카비의 말이 낯선 목소리에 가로막혔다. 나타난 인물은 휜

칠하게 인상 좋은 금발의 젊은 청년이었다. 머리색부터 시작해서 이목구비가 전체적으로 이곳에 있는 누군가를 닮았다. 메일과 로즈가 동시에 아는 체를 했다.

"3왕자님?"

"음? 아, 비제아트 영애. 그러고 보니 제국에 있단 소식을 들었지. 로즈도 오랜만이네."

"오빠."

"오라버니라고 불러야지, 리엘라."

3왕자는 리엘라에게는 아래에서 두 번째 손위 형제로 그녀와 다섯 살 터울이었다. 네 명의 왕자 중 생김새가 리엘라와 가장 닮은 인물이기도 했다. 그는 자리에 있는 이들과 전부 간단하게 인사를 나눈 다음 다시 라스카비를 쳐다보았다.

"계속 찾았네, 공자."

"저를 왜……."

"선물 진상을 나 혼자 하란 말인가? 물론 남들은 그렇게 하더군. 하지만 나는 힘들어. 긴장된단 말이네. 같이 가세."

"예?"

"자, 어서. 우리 차례가 곧 올 거야."

여동생과 닮은 것이 얼굴만이 아니라고 할지, 3왕자는 퍽 격식 없이 털털한 사람이었다. 물론 사절단의 대표로 선발된 만큼 리엘라처럼 상식을 무시하고 행동하지는 않았지만 말이다. 그는 갑작스런 제안에 당황해하는 라스카비의 등을 밀며 걸음을 옮겼다.

본의 아니게 자리를 떠나게 된 라스카비가 다급하게 리엘라를 돌아보았다. 리엘라는 이 갑작스런 작별이 별반 아쉽지 않은 모양인지 제자리에서 얌전히 손이나 흔들어주고 있었다.

메일은 멀어지는 3왕자와 라스카비를 잠시 쳐다보다 리엘라에게 눈을 돌렸다.

"공주님."

"응?"

"많이 친하셨어요?"

"뭐가?"

"알렉시스 공자…… 라스카비 공자 말이에요. 예전에 공주님이랑 어떤 사이였어요?"

궁금증을 해소할 기회가 왔다. 메일은 구태여 돌려 물어볼 생각이 없었다. 에둘러 말하는 걸 리엘라가 알아들어주리란 보장이 없기도 하고. 이 이상 직설적일 수 없는 질문에 리엘라가 순순히 대답했다.

"꽤 친했어."

"얼마나요?"

"결혼하고 싶다고 했어, 내가. 아버지한테."

"아, 그렇구…… 네?"

잠깐 인지 부조화가 일었다. 메일과 로즈가 나란히 정지했다. 잠시 후 먼저 마비에서 풀려난 메일이 눈을 휘둥그레 뜨고 들은 것을 확인했다.

"결혼이요?"

"응."

"그…… 라스카비 공자랑? 그러니까 공주님께서 라스카비 공자랑 결혼하고 싶다고 국왕 전하께 말씀드렸었다는 거예요?"

"맞아."

"언제요? ……열세 살 때?"

"응, 그때."

그 순간 떠오르는 것이 있었다. 회오리 같은 깨달음이었다. 왜 열세 살이라는 나이가 걸렸는지 메일은 이제야 알아차렸다.

"그럼 몇 살 때 만나셨어요?"

"뭐를?"

"좋아하는 사람이요."

"음……. 열세 살."

몇 개월밖에 지나지 않은 기억은 꽤나 선명한 형태로 머릿속에 남아 있었다. 나누었던 대화가 누락된 부분 없이 생생하게 재생되었다. 맙소사. 로즈와 메일이 서로 누가 먼저랄 것 없이 벌어지는 입을 가렸다.

라스카비 알렉시스는 리엘라의 첫사랑이었다.

황제에게 진상되는 선물은 하나같이 평범한 것이 없었다. 단순히 값비싸기만 한 것은 외려 드물었다. 희귀하고 진귀한 것을 넘어 간혹 괴상한 것마저 튀어나오니 연회장의 이목은 자연스레 초장부터 온통 그곳으로 쏠렸다.

반테르는 그래서 다행이라고 생각했다. 덕분에 느닷없이 자리를 이탈하고도 별반 주목을 받지 않을 수 있었으니까.

황제는 턱을 괴고 선물을 구경하다 눈짓으로 반테르의 귀환을 반겼다.

"어때, 경. 미리 허락을 받아 두어 다행이지 않나?"

"……면목 없습니다."

제자리로 돌아온 반테르는 눈을 내리깔았다. 정말 면목이 없었다. 그리고 잔뜩 당황스러웠다.

'대체 내가 왜…….'

아무리 착각을 했었다고 해도 그렇다. 본분도 망각하고 뛰쳐나가다니. 그건 말 그대로 당시 이성이 없었다고밖에 표현할 길이 없었다. 제가 저지르고도 믿기가 힘들었다. 반테르가 동요를 감추고 있는 건 어디까지나 장소를 의식한 노력이었다.

황제는 모 왕국의 사신이 뒤뚱뒤뚱 걸어 나와 선물을 진상하는 것에 시선을 고정한 채로 입을 열었다.

"그래서, 그리 달려간 보람은 있었나?"

"……오해였습니다."

금덩이를 내려놓은 풍채 좋은 사신이 물러가고 이름을 불린 다음 사신이 앞으로 나왔다. 그는 붉은 융단 위에 넙죽 엎드려 예를 표한 뒤 준비한 선물을 꺼냈다. 오색으로 빛나는 보석이었다.

"오해?"

"제가 나설 이유가 없는 상황이었습니다. 그저 알던 사이끼리 해후하던 것뿐이라."

"알던 사이라."

보석을 바친 사신이 몸을 물리자 다음 차례로 머리가 벗겨진 푸근한 사신이 나섰다. 그가 마련한 것은 마법이 걸려 있어서 알아서 연주하는 하프였다. 황제가 지나가듯 생각했나. 별게 다 있군.

"친해 보이던가?"

"무슨 말씀이십니까?"

"경이 오해를 할 정황이었다면 상대가 남자였을 게 아닌가."

"그건 그랬습니다만……."

"어쩌면 옛 연인일 수도 있겠군."

그때 선물을 내려놓던 아홉 번째 사신이 깜짝 놀랐다. 반테르가 예고 없이 거세게 기침했기 때문이다. 기침은 한참이나 이어졌다. 당혹스러움을 감추지 못한 낯으로 반테르가 손등으로 제 입을 가렸다.

"폐하."

"회장에 먼지가 있나. 경, 목 괜찮나?"

"그게 아니라…… 아니, 방금 무슨 말씀을."

황제가 신경 쓰지 말라는 듯 고갯짓을 하자 사신이 곁눈질을 멈추고 후다닥 선물을 놓아두었다. 이어 다음 사신이 앞으로 나와 인사한다. 여전히 그에 시선을 고정한 채로 황제가 천연덕스럽게 말을 꺼냈다.

"그럴 법한 일이지 않나. 왜, 나이가 아주 많은 자던가?"

"……."

손등을 내린 반테르는 황제의 앞을 응시했다. 때가 좋다고 해야 할지, 나쁘다고 해야 할지. 선물을 진상할 다음 순서를 기다리고 있는 것은 마침 그 라스카비 알렉시스였다. 왕자의 곁을 보좌하고 선 그는 무표정하게 입을 다물고 있어도 어딘지 선량해 보였다.

나이는, 그래. 얼굴로 보아 스물이나 되었을까.

"……아니오."

가슴이 한번 내려앉았다가 크게 뛰었다. 연인. 사실 따져 보면 황제의 발언은 그리 허황되거나 엉뚱한 것은 아니었다. 비슷한 연배로 보이는 두 남녀가 한쪽을 이름으로 칭할 정도로 친한 사이라. 그려지는 구도는 자연히 몇 없었다.

"축복의 날을 맞이해 처음으로 인사드립니다, 폐하. 왕국을 대표하여 저 알피어스 드 벨티에 3왕자가 폐하께 축하의 뜻을 올립니다."

그래, 그렇지. 연인이었을 수도 있지. 그랬을 수도 있는데.

면전에 나선 것은 3왕자이나, 반테르의 눈은 라스카비에게만 고정되었다. 라스카비는 왕자보다 반걸음 뒤에서 묵묵히 예를 취하고 있었다. 옅은 밀색 머리카락이 조명을 받자 얼핏 채도가 낮은 금발처럼도 보였다.

뒷짐을 지고 선 반테르의 손에 순간 절로 힘이 들어갔다. 연인? 연인이었다? 저 라스카비 알렉시스와 리엘라가?

'……이게 무슨.'

원인을 알 수 없는 거부감과 적의가 치밀어 반테르는 그것을 의식하자마자 부자연스럽게 눈을 돌렸다. 빨라진 박동이 가라앉지를 않았다. 속은 여전히 갑갑했다. 지금 이게 뭔가. 맹세컨대 이런 감정은 반테르가 기억하는 범위 내에선 생전 처음이었다.

'왜 이러지?'

조금 전에 앞뒤 안 가리고 자리를 박차고 나섰던 것도 그렇고, 아무래도 아까부터 통 제정신이 아니었다. 어디가 아픈가. 자가 진단에 이어 스스로의 상태를 의심하기 시작한 반테르가 혼란이 가득 서린 눈을 깜박였다. 황당하지만 왜 이러는지 누가 진찰을 좀 해주었으면 좋겠다는 생각이 문득 머리 한쪽을 차지했다.

그때 계속되는 선물 진상을 무료하게 지켜보던 황제가 그를 불렀다.

"경."

"……예?"

"짐은 곧 대역을 세우고 이 자리를 벗어날 거야. 시간 낭비를 더 하는 건 사양이거든. 원한다면 경의 대역도 세워주지."

난데없는 말이었다. 그러나 반테르는 반문하거나 부연을 요구하지 않았다. 저게 뭘 하겠다는 뜻인지 어렵지 않게 알아들었기 때문이다. 황제는 이미 작년에도 비슷한 전적이 있었다. 그때는 자리를 비우고 화분에 물을 주러 갔다.

"올해는 왜…… 설마 비제아트 영애께 가십니까?"

"알면서 뭘 묻나."

"따라붙지 말라는 명이시군요."

"경도 가만히 서 있으려면 지루할 테니 그냥 대역을 쓰게. 어차피 가고 싶은 곳도 있을 텐데."

"무슨…….."

황제는 그 이상 대화를 잇지 않았다. 그는 만인의 이목이 제게 모인 상태에서 잠자코 한 손을 옥좌에서 들어 올렸다. 막 예를 올리려던 사신이 동작을 멈췄다. 황제가 담담히 선언했다.

"피곤하군. 잠시 쉬지."

그의 땅에서 그의 말이 법이 아니라면 무엇이 법이랴. 그리 말하고서 퇴장하는 황제를 연회장에 모인 이 중 누구도 막지 못했다. 다만 차례를 기다리고 있던 다음 사신이 긴장의 시간이 길어졌다며 발을 동동 굴렀을 뿐이었다.

황제는 잠시 후 도로 입장했다. 말 그대로 잠시 쉬었다. 한데 그 잠깐 사이 달라진 점이 있었다. 연회장이 조용히 술렁거렸다.

"웬 가면이지?"

"조명이 변했나? 머리색이 조금 달라진 것 같은데……."

다시 나타난 황제는 가면을 쓰고 있었다. 그것도 얼굴 전체를 빈틈없이 가리는 가면이라 이목구비는커녕 얼굴형도 제대로 보이지 않았다. 그뿐 아니라 찬란하던 백금발은 어딘지 색이 바랜 듯 아까보다는 탁한 느낌을 주었다. 좌중이 갸웃거렸다.

황제는 묵묵히 옥좌에 앉았다. 그러곤 손짓으로 멈췄던 선물 진상을 도로 시작하라 알렸다. 힐끔거리며 달라진 황제를 구경하던 사신이 그에 허둥지둥 앞으로 나서 의식을 행했다.

누군가가 작게 중얼거렸다.

"착각인가?"

물론 착각이 아니었다. 황제의 열혈 추종자 으리다 백작은 지금 이게 어떻게 된 상황인지 곧바로 알아차렸다. 백작의 턱이 떨어졌다. 입을 흉하게 벌린 채로 그가 소리 없이 외쳤다.

'폐하!'

들어줄 사람은 없었다.

반가운 얼굴을 보게 될 수도 있겠다던 메일의 예언 아닌 예언이 묘한 방향으로 적중했다. 메일이 그 말을 처음 꺼낼 때 염두에 둔 것은 당연히 가족 간의 상봉이었다. 손위 형제인 왕자와의 만남을 예상했던 것뿐인데. 그런데 웬 첫사랑?

예상치 못하게 흘러가는 현재에 뺨을 얻어맞은 메일이 공연히 한쪽 볼을 문지르며 리엘라에게 이것저것 캐물었다. 로즈 또한 가세했다.

"언제 만나신 거예요?"

"어디서 만나셨어요? 왕성에서?"

"얼마나 함께 지내셨어요?"

"결혼은 왜 못 하셨던 거예요?"

"국왕 전하의 반대······."

"금단의 사랑······."

"종알종알."

초반에는 열심히 대답하던 리엘라도 질문이 꼬리에 꼬리를 물자 슬슬 인상을 찌푸렸다. 기어이 디저트 푸딩으로도 달랠 수 없게 된 리엘라가 성질을 냈다.

"왜 이래? 뭐야?"

"······아뇨, 저희는 그냥."

"잘 기억 안 나. 옛날이잖아."

리엘라는 솔직했다. 기억이 잘 안 난다는 말은 사실이었다. 오 년이나 지난 과거는 지금 와서 돌이키기엔 뜨문뜨문한 장면으로 이루어져 아무래도 매끄럽게 떠오르지가 않았다. 리엘라의 뇌리에 남은 기억은 단순했다. 친했다, 좋아했다, 그런데 헤어졌다. 그게 다였다.

"운명의 상대를 찾으러 간다고 했어, 헤어질 때."

"운명의 상대요?"

"응. 난 같이 못 갔어. 열다섯 살이 아직 안 됐었으니까."

그러고 보면 리엘라가 굳게 믿고 있는 운명의 상대 이론에는 그런 것이 있었다. 운명의 상대를 만날 수 있는 건 열다섯 살 이후라고 했지. 처음 들었을 때는 웬 연령 제한인가 싶었는데, 메일은 문득 그것이 라스카비가 리엘라에게 알려준 것은 아닐까 하는 생각이 들었다.

'그렇게 떼어내고 유학길에 오른 건가.'

그럴듯한 가정이었다. 리엘라의 눈높이에 맞춰 그녀가 단념하도록 만든 것이다. 어쩌면 현명한 방법이었을지 모르겠다. 금지옥엽으로 자란 공주의 막무가내 고집은 그저 정중히 거절하는 것으로는 뿌리치기 힘들었을 테니까.

'그렇지만 굳이 거절했어야 했나? 유학 때문이라면 다녀와서 다시 혼담을 꺼냈어도 되는 거고…….'

메일은 리엘라와 재회한 후로 시종일관 그녀에게서 눈을 떼지 못했던 라스카비를 떠올렸다. 반테르와 통성명을 할 때 잠시 시선이 거둬지긴 했으나 그때뿐이었다. 그마저도 리엘라가 반테르를 친근하게 이름으로 호명했기에 관심을 준 것이다. 그 이후 라스카비의 주의는 내내 리엘라에게만 향했다. 메일과 로즈는 병풍이 되었던 그 순간을 똑똑히 기억하고 있었다.

'누가 보면 라스카비 공자가 공주님의 첫사랑이 아니라, 공주님이 라스카비 공자의 첫사랑인 줄 알았을 법한…….'

생각이 복잡해졌다. 어쩐지 간단명료한 관계는 아니었을 것 같다는 예감이 든다. 메일은 눈을 가늘게 뜨고 생각에 전념하다 언뜻 제가 뭔가를 잊고 있는 것 같다는 느낌을 받았다. 응? 잊고 있는 거?

"내가 연회장에서 뭘 하려고 했었…… 아, 반테르 경!"

"반테르 경이 왜?"

그때 익숙한 목소리가 귓가를 점유했다. 메일은 기습에 깜짝 놀랐다가 곧 눈을 동그랗게 뜨고 뒤를 돌았다.

"반?"

"쉿."

익숙한 체향에 그보다 더 익숙한 눈동자를 지닌 남자가 제 입에 손가락을 가져다 댔다. 메일은 놀라 동그래진 눈으로 옥좌와 제 면전을 번갈아 쳐다보았다. 곧이어 판단이 섰다. 헐. 이쪽도 저쪽도 가면을 쓰고 있었지만 어느 쪽이 진짜인지는 벗겨 보지 않아도 명확했다.

"여기서 뭐 해요?"

메일이 이게 뭐 하는 짓이냐고 질책하듯 소곤거렸다. 황제는 뻔뻔했다.

"뭐 하긴, 그대에게 말 걸고 있지."

아니, 이 사람이.

메일은 로즈와 리엘라를 살폈다. 리엘라는 디저트를 고르느라, 로즈는 그런 리엘라에게 여전히 이것저것 물어보느라 바빠 가면에 가발까지 쓴 황제는 의식하지 못하고 있는 것 같았다. 황제는 메일의 시선이 그리로 간 것이 불만인 듯 턱을 붙잡고 부드럽게 돌렸다.

"난 여기 있는데."

"아니, 반."

"이야기해."

"이래도 돼요?"

"뭘?"

"오늘 같은 날 주인공이 이렇게 자리를 비우고……."

"누가 자리를 비워? 옥좌에 멀쩡히 앉아 있지 않나. 저게 황제야."

"무슨 소리예요. 그럼 내 앞에 서 있는 사람은요?"

"난 그대의 연인."

메일은 기가 차서 입을 벌렸다가 도로 다물었다. 가만 보니 저 대역이나 이 황제나 너무 자연스러웠다. 가신들도 어지간하면 눈치를 챘을 텐데 별다른 행동을 하지 않고 있다. 그 말인즉.

"상습범이구나?"

"그 정도는 아니야."

"어쨌든 전적이 있다는 말이잖아요."

"그건 인정."

"……정말 이래도 괜찮아요?"

"뭐 어떤가. 어차피 오늘 내게 주어진 역할은 선물이 쌓이는 걸 지켜보는 일뿐인걸. 그 정도는 누가 해도 괜찮지 않나."

사신들의 입장에선 별로 괜찮지 않을 것 같았지만 본인이 이러는데 뭐 어쩌겠는가. 메일은 황제를 대면한다는 긴장감에 등골이 빳빳해져 있을 사절들이 부디 이 사실을 쭉 모르기만을 바랐다.

"하여튼."

"그보다 방금 반테르의 이름은 왜 나온 거지?"

"반테르 경이요?"

"혼잣말로 입에 올리지 않았나."

"제가요? 아, 맞다."

메일이 손가락을 튕겼다. 황제의 예상치 못한 등장에 그만 다시 잊고 있었다. 구태여 숨길 만한 것이 아니라고 생각했기에 메일은 말이 나온 김에 전말을 꺼냈다.

"반테르 경이 리엘라 공주님을 어떻게 생각하는지 궁금했어요. 공주님께선 경에게 호감이 있으신 것 같아서……."

아니, 그랬는데 갑자기 웬 첫사랑이 등장했다. 그럼 이제 어떻게 흘러가는 거람. 메일이 라스카비에 대한 것은 어디까지 언급해야 할지 몰라 고민하는 사이 황제가 입을 열었다.

"그대가 아는지 모르겠는데, 반테르 경은 꽤 둔해."

"네?"

"언젠가의 나보다 더 둔할 거야."

그렇게 말한 뒤 그가 씩 웃었다. 가면으로 가려지지 않은 입매가 시원하게 호선을 그렸다.

"그러니 자극할 만한 무언가가 나타난 건 외려 잘된 일이지. 공주와 재회한 이가 그녀와 많이 특별한 사이였나?"

"어? 반도 라스카비 공자를 알아요?"

"이름은 모르지만 어떤 상황인지는 얼추."

황제는 잠시 메일에게서 눈을 뗐다. 넓어진 시야로 누군가를 찾느라 두리번거리는 한 남자의 모습이 보였다. 그리 강한 색이 아님에도 옅은 밀색 머리카락이 희한할 정도로 눈에 들어온다. 남자를 가만 응시하던 이내 황제가 시선을 거뒀다.

"우린 이만 빠져 주지."

"어디로요?"

"어디든. 따로 만나서 진전을 보든 삼자대면을 하든 우리가 없는 편이 그들에게 나을 테니까."

그렇게 말했지만 메일은 어쩐지 다른 뜻이 들리는 것 같았다. 동그란 눈을 부러 뱁새눈으로 만든 메일이 상대에게 입술을 가까이 대고 속삭였다.

"둘만 있고 싶다는 말이죠?"

"티 많이 났나?"

"엄청."

"들켰군."

이어 황제는 사실 아까부터 내내 안고 도망치고 싶은 마음뿐이었다며 속삭임으로 고백했다. 내 이럴 줄 알았지. 고개를 내저은 메일은 결국 리엘라의 근처에 몰래 호위를 심어 두었으니 안심하라는 집요한 확인까지 듣고 난 뒤 황제의 손을 잡았다. 뭐 하는 건가 싶으면서도 종내 웃음이 새어 나오고 마니 어쩔 수가 없는 노릇이었다.

그러나 잠시 뒤, 그리 빠져나간 연회장에서 열네 번째 사신의 선물인 말하는 병아리의 화려한 데뷔 무대가 펼쳐졌다는 사실을 메일은 안타깝게도 알지 못했다.

디저트가 오직 한 자리에만 놓여 있으면 리엘라는 그 장소에 얌전히 발이 묶인다. 반면 디저트가 이곳저곳 분산되어 있으면?

말해 무엇할까. 드넓은 연회장에서 리엘라는 오늘 이 구역의 방랑자였다. 로즈는 이리저리 바삐 이동하는 공주님을 따라다니며 보필에 열중하다 어느 순간 무언가를 깨달았다.

'아가씨께서 사라지셨다!'

로즈에게 아가씨라 함은 바로 메일이다. 아까 없어졌는데 이제야 알았다. 뒤늦게 부재를 인지한 로즈가 동공지진을 일으켰다.

서른 명에서 스물아홉이 된 것도 아니고 세 명에서 두 명이 됐는데 이렇게 자각이 늦은 데는 역시 일당백의 주의를 요구하는 리엘라가 큰 몫을 했다. 로즈는 리엘라가 떨어뜨린 치즈 케이크 조각을 재빨리 받아 내며 입을 열었다.

"공주님."

"왜?"

"메일 아가씨께서 안 보이십니다."

"응? 그래?"

"말씀도 없이 어딜 가셨는지⋯⋯."

"근데 이거 너무 달아."

메일이 초코 타르트에 밀렸다. 로즈의 동공지진이 커졌다. 그때 누군가가 뒤에서 조심스러운 손길로 로즈를 건드렸다.

"로즈."

"누구…… 마론?"

로즈는 깜짝 놀랐다. 약혼자였다. 연회에 참석한다는 이야긴 못 들었는데 이렇게 만나니 순간 헛것인가 싶었다. 눈이 마주친 마론이 안경을 고쳐 쓰며 머쓱하게 웃었다.

"왜 여기에 있어요?"

"폐하께서…….."

어떻게 된 일인지 자세한 건 마론 본인도 잘 모른다고 했다. 다만 조금 전 황제가 그에게 명령을 내려서 이곳으로 오게 되었다고. 마론은 수줍은 듯 입을 우물거리다가 자기가 받은 황명의 내용을 털어놓았다.

"약혼녀와 오붓한 시간을 보내라고 하셨습니다."

말해놓고 기어이 부끄러움을 이기지 못했는지 얼굴을 가려 버린다. 로즈도 사귀고 나서 알게 된 것인데 사실 마론은 천생 부끄럼쟁이였다. 수줍어하는 약혼자의 모습에 심장을 폭행당한 로즈가 잠시 혈압을 진정시킨 뒤 말했다.

"폐하께서 그런 명을 내리셨다고요?"

"네."

"왜……."

그 순간이었다. 두리번거리며 리엘라를 찾아 헤매던 라스카비가 마침내 대상을 발견했다. 프로 정신으로 무장한 로즈는 약혼자의 등장에 정신이 팔린 와중에도 리엘라를 향한 주의를 거두지 않고 있었다. 성큼 다가온 라스카비가 리엘라에게 반갑게 말을 거는 것을 보며 로즈가 눈을 빛냈다.

'혹시?'

설마하니 자리를 피해 주라는 뜻인가. 리엘라를 모시며 갈고닦아 온 로즈의 눈치가 이 순간 빛을 발했다. 황제의 의도가 그것이라고 생각하면 메일 아가씨가 도중에 사라진 것도, 약혼자가 난데없는 명령을 받고 저를 만나러 온 것도 전부 설명이 된다.

'하지만 황제가 뭘 위해서?'

로즈의 삼두박근이 혼란스러움을 담고 박동했다. 황제의 의중을 알기 위해서는 눈치가 좋은 정도가 아니라 독심술은 쓸 수 있어야 할 것 같았다. 로즈는 라스카비와 인사를 나누는 리엘라를 보며 짧은 고민의 시간을 가졌다.

'자리를 피해드려야 하나.'

라스카비가 계속 리엘라의 곁에 있을 거라면 다른 건 몰라도 그녀의 안전은 걱정하지 않아도 괜찮을 것이다. 알렉시스의 첫째 공자는 평판이 꽤 좋은 사람이었다. 혹 만에 하나 그가 겉과 속이 다른 인사라고 한들, 연회장에는 지금 3왕자도 함께 있고……

'모하임 공자도 계시지.'

고민이 끝났다. 로즈는 가련한 약혼자의 손을 잡아주기로 했다. 명령을 받은 이상 수행하지 않으면 그건 신하의 불충이 된다. 로즈는 뛰어난 전사(?)였지만 사랑 앞에선 어쩔 수 없이 약해졌다.

'믿겠습니다, 라스카비 공자.'

그리고 황제 또한 믿었다. 명령까지 내린 판에 당연히 안전은 담보해 두었겠지. 로즈는 뜨거운 눈길로 리엘라와 라스카비를 응시하다 끼어들었다. 그래도 말은 하고 가야지.

"공주님, 대화 중에 실례합니다. 잠시 다녀올 곳이 생겨서…… 자리를 좀 비워야 할 것 같습니다."

"메일 찾으러 가?"

대답 대신 나온 물음에 로즈는 순간 감격할 뻔했다. 메일 아가씨, 초코 타르트에 밀린 건 아니셨군요.

"크흠, 예. 바깥을 좀 둘러보고 오겠습니다."

"응, 다녀와."

리엘라는 묘하게 독립적인 구석이 있었다. 필요에 따라 어디 갈 때마다 늘 사람을 대동하긴 하지만 그러면서도 혼자 남겨지는 것에 별달리 거부감이 없다고 할까. 물론 지금은 라스카비가 있었으니 혼자는 아니었지만 말이다.

로즈가 몇 번이고 이쪽을 돌아보며 멀어지고 나서야 라스카비는 상대가 리엘라의 일행이었다는 걸 알아차린 얼굴을 했다.

"못 보던 전사…… 시녀네요."

"내 호위야."

"그렇군요."

라스카비는 흘끔 시선을 주었다. 사람 사이로 사라진 로즈는 이제 찾으려 해도 잘 보이지 않았다. 잠깐 복잡한 기색이 그의 안색을 다소간 점령했다 물러갔다. 기억 속에 없는 낯선 인물이 리엘라의 곁을 지키고 있는 것은 그에게 새삼 세월의 흐름을 실감하게 만들었다.

자신이 모르는 리엘라의 오 년. 그 부재가 이토록 마음을 허하게 할 줄은, 어제까지만 해도 본인조차 몰랐던 사실이다.

'입맛이 쓰군.'

라스카비는 피식 웃었다. 사람의 눈을 똑바로 응시하는 건 원래 리엘라의 버릇이었다. 알면서도 여전히 그 시선에 특별함이 담겨 있기를 바라는 건 제 지나친 욕심일까.

눈을 마주한 채로 라스카비가 리엘라의 머리카락으로 손을 뻗었다. 그러곤 닿기 직전 행동을 자각하곤 움찔 멈췄다. 그의 미소가 살짝 어색해졌다.

"머리가 많이 기셨군요."

"원래 길었는데?"

"그런가요."

"라스카비."

"예."

"운명의 상대는 잘 만나고 왔어?"

라스카비가 눈을 깜박였다. 순간 배경이 바뀌었다. 눈부신 샹들리에와 수많은 사람이 사라지고 그 자리에 대신 햇볕과 손질된 초목이 자리했다. 한낮의 후원. 그곳에서 지금보다 어렸던 라스카비는 말했다.

"함께 갈 수 없습니다, 공주님. 운명의 상대를 만나러 가야 하니까요."

열세 살의 공주님은 사람을, 특히 라스카비를 의심할 줄 몰라서 그의 말이면 뭐든 믿었다. 그때도 마찬가지였다. 운명의 상대를 만나러 간다는 말에 어린 공주님은 순순히 쥐고 있던 옷자락을 놓았다.

"나는 못 가는 거지?"

"예."

"열다섯 살이 아니라서?"

"……예."

후회는 없었다. 당시에는 그랬다. 너무 당연한 선택이었으니까. 그는 마땅히 온당한 길을 고른 것이다. 라스카비는 그때 성인이었으며 어린 소녀와 헤어지는 것으로 동요하고 감상에 잠기기에는 지나치게 어른이었다.

그렇게 생각했는데. 어쩌면 아니었을지도 모르겠다. 라스카비는 이제야 그런 의혹이 들었다. 오 년이 지나 그 순간을 다시 회상하는 지금에서야.

"공주님께서는…… 만나셨습니까?"

라스카비는 대답하는 대신 되물었다. 그건 리엘라에게 이 이상 거짓말을 하고 싶지 않다는 무의식중의 욕구와 닿아 있었다.

운명의 상대? 굳이 전기가 통하니 뭐니 할 것 없이 단순히 '좋아하는 상대'로 치환하더라도 라스카비는 쉽게 긍정할 수가 없었다. 남들 다 하는 정략혼과 한 치도 다를 것 없었던 그의 정혼에 연애 감정이란 처음부터 존재하지 않았다.

리엘라는 제게로 되돌아온 질문에 고개를 슬쩍 갸웃했다.

"응, 아니?"

"예?"

모호한 답이었다. '응'이라는 건지 '아니'라는 건지. 그때 리엘라가 부언했다.

"가짜 운명의 상대는 만났어."

"가짜라니요?"

"근데 요새는 헷갈려."

"그게 무슨 말씀……."

"어? 저기 있다, 가짜 운명의 상대."

라스카비는 손쉽게 리엘라의 주의를 잃었다. 눈앞의 상대에게서 시선을 거둔 리엘라가 즉시 다른 곳에 초점을 두었다. 휩쓸리듯 그 이동을 좇아 고개를 돌리는 라스카비의 심장이 평소보다 빠르게 박동했다.

알고 있었다. 리엘라는 원래 그랬다. 주의가 산만해서 어느 하나에 오래 집중하는 법이 없었다. 그건 대상이 사람이라도 마찬가지였다. 아는데, 그렇지만, 그래도 자신은 예외였지 않나. 오 년 전 리엘라에게 저는 항상 예외이지 않았나.

낯섦에 심장이 두근거렸다. 기분 좋은 고동은 아니었다. 곧 리엘라를 따라 눈길을 옮긴 라스카비의 시야로 한 남자의 모습이 들어왔다.

"반테르."

불과 조금 전 들었던 이름이 도로 귓가에 울렸다.

꽤 먼발치에서도 상대는 쉽게 눈에 띄었다. 여전히 짙은 남색 머리카락으로 단정한 이마를 가리고 기사 정복을 정갈하게 차려입은 그는 이제 보니 제법 키가 컸다. 말로 얻은 직위가 아님을 알려 주듯 다부진 체격에 허리춤에 찬 검은 뭇 귀족 영식들이 호신용으로 차고 다니는 것과는 한눈에 보기에도 용도가 달랐다. 남자는 마치 로망스에 곧잘 언급되는 이상적인 레이디의 기사 같았다.

순간 저도 모르게 상상 속에서 리엘라와 반테르를 나란히 세운 라스카비가 빠르게 고개를 내저었다. 설마.

리엘라는 거리가 멀어서 제 부름이 들리지 않을 거라 생각했는지 곧 손을 들어 흔들었다. 물론 그러지 않아도 반테르의 주의는 애초부터 그쪽을 향해 있었기에 쓸데없는 수고였다. 지켜보던 와중 갑자기 눈이 마주쳐 놀랐던 반테르는 짧게 머뭇거리다 결국 걸음을 뗐다.

간격은 금방 가까워졌다. 목소리가 충분히 들릴 거리가 되자 리엘라가 다시 아는 체를 하려 입을 열었다. 그때 라스카비가 선수를 쳤다.

"다시 뵙습니다."

앞으로 한 발 나서기까지 하는 것이 반가워서 그러는 게 아님을 그도, 상대도 알았다. 반테르의 발이 우뚝 멈췄다. 두 사람의 시선이 공중에서 부딪혔다. 침묵을 흘려보내고 반테르는 조금 늦게 응수했다.

"자주 마주치는 것 같습니다."

"인연일까요? 하하."

라스카비의 넉살 좋은 웃음에 반테르는 화답하지 않았다. 말하자면 그럴 만한 인내가 없었다. 그건 이미 상대방이 의도가 훤히 보이는 움직임으로 리엘라를 가리며 앞으로 나섰을 때 바닥났다. 참지 않았다면 라스카비는 진작 바닥으로 넘어져 나뒹굴었을 것이다.

반테르는 장님이 아니다. 라스카비는 웃고 있었으나 그 안에 자리한 것은 경계심이었다. 굳이 감추려는 의지가 없어서 알기 싫어도 알 수밖에 없었다.

이해하지 못할 것은 아니었다. 아직은 추측에 불과하나 두 사람은 과거에 연인이었거나 혹은 그에 준하는 특별한 사이였을 수도 있다. 그런 입장에서 낯선 이성의 접근은 당연히 꺼려질 수밖에 없을 것이다. 경계? 할 수도 있지. 할 수 있는데.

문제가 있다면 그 행동에 끔찍하게 속이 뒤집히는 스스로일까.

반테르는 면전에서 저를 모욕하는 대상에게도 치민 적 없는 선연한 불쾌감을 간신히 내리눌렀다. 마음 같아선 차오른 거부감과 적의를 고스란히 내보이고 싶었으나 그런 것은 철부지 때도 하지 않던 짓이다. 그는 한발 양보해 속내를 드러내는 대신 상대를 무시했다. 라스카비가 없는 것처럼 반테르는 그 너머의 리엘라에게 말을 걸었다.

"공주님, 일행은 어쩌시고 이곳에 혼자 계십니까?"

엄밀히 말해 혼자는 아니었으나 차라리 혼자인 편이 나을 뻔했다. 황제에 의해 반강제로 자유를 얻었으나 제자리로 복귀하려던 그의 발을 묶은 것은 라스카비가 리엘라의 머리카락으로 자연스럽게 손을 뻗던 장면이었다.

닿기 전 머쓱하게 손을 거두긴 했으나 그 행위는 마치 습관 같았다. 그건 어떤 식으로든 가까운 사이였다는 방증이 아닌가. 그때부터 속이 뒤틀렸다. 가슴이 따끔거리기도 했다. 원인만 안다면 당장 제거하고 싶을 만큼 불쾌한 감각인데, 일찍이 겪어 본 적이 없어 반테르는 그것을 어떻게 정의 내려야 할지조차 몰랐다.

리엘라는 반테르의 물음에 사슴 같은 눈을 깜박거렸다.

"혼자 아닌데?"

그녀의 부정에 라스카비의 표정이 밝아졌다. 그러나 잠깐이었다.

"너 왔잖아."

"예?"

"다시 갈 거 아니지, 반테르?"

상대의 얼굴을 보려는 듯 리엘라가 몸을 움직여 고개를 내밀었다. 덕분에 라스카비가 가로막은 것은 보기 좋게 무용지물이 되었다. 리엘라와 반테르의 눈이 마주쳤다.

순간 반테르는 가슴이 철렁했다. 그건 방금 전까지 그를 지배했던 불쾌한 감각과는 확연히 달랐다. 유일하게 공통점이 있다면 생소하다는 것 정도일 것이다.

"갈 거야?"

"아니, 아닙니다. 안 갑니다."

이게 뭘까. 온통 처음 겪는 감정 앞에서 반테르는 마치 공중에 뜬 연처럼 흔들렸다. 뻣뻣하게 대답을 뱉어 놓고 나서 그는 제 입을 가렸다. 얼굴에 열이 오르는 것 같았다. 더워서, 화가 나서. 둘 중에 아무것도 아니었다.

반테르는 난데없이 빠르게 뛰기 시작하는 심장을 어쩌지 못하고 눈을 돌렸다. 안 간다는 말에 해사하게 웃는 리엘라의 얼굴을 계속 쳐다보는 것이 왜인지 힘들었다.

"공주님."

그때 라스카비가 뒤돌아 리엘라를 불렀다. 미소가 깨진 그는 실컷 동요하고 있었다. 처음 마주쳤을 때부터 리엘라가 상대를 대하는 것이 정도 이상으로 친근하다고 생각은 했다. 하지만 방금은 예상을 넘었다. 찰나 그는 이방인이 된 것 같은 느낌을 받았다. 분명 둘 사이에 자리하고 있었음에도.

"제가 계속 곁을 지켜드리고 싶습니다. 혹 저로는 못 미더우십니까?"

라스카비는 제 안에서 솟아난 유치하고 이기적인 독점욕을 자각했다. 물론 품어서는 안 되는 감정이었다. 그럴 자격도 없었다. 그런데 알면서도 쉽사리 통제가 되지 않았다.

"예전에는…….."

문득 과시하고 싶었다. 확인받고 싶었다. 특별한 사이였다는 것을. 그리고 어쩌면 지금도 그렇다는 것을.

"더할 것이 없다고 하지 않으셨습니까."

"……."

"저만…… 있으면 된다고 말씀해 주셨던 것을 기억합니다."

오 년. 그 공백이 라스카비의 안에서 없었던 것처럼 사라졌다. 볕이 잘 드는 후원에서 저를 물끄러미 올려다보던 작은 공주님의 마음은 순수했다. 너무 순수하고 반짝여서 언제까지나 그대로 변하지 않을 것 같았다. 바래고 없어지는 것이 상상도 되지 않았다.

"곁에 있어드리겠습니다."

"……."

"공주님, 제가……."

"라스카비."

리엘라가 라스카비의 말을 끊었다. 순간 라스카비의 시야가 다시 뒤바뀌었다. 후원이, 볕이 사라지고 작은 공주님은 껑충 자랐다. 다 자란 그녀는 더 이상 그때처럼 그를 반짝이는 눈으로 바라보지 않았다.

"네가 왜?"

리엘라는 고개를 약간 옆으로 기울였다.

"안 그래도 돼."

의아해하는 기색이었다. 그건 달리 말하면 라스카비가 왜 저런 말을 하는지 이해하지 못하고 있다는 뜻이었고, 또 다르게 말하면, 라스카비가 사로잡혀 있는 과거의 어느 날이 리엘라에겐 그저 완전히 지난 일에 불과하다는 말도 되었다. 리엘라의 맑은 얼굴은 예전처럼 순수했으나 더 이상 그 안에 맹목적인 열정은 없었다.

찬물을 얻어맞은 것처럼 라스카비가 눈을 키웠다.

리엘라가 말을 이었다.

"왜냐면 무거운 게 생기면 로즈가 들어줄 거고, 길을 잃으면 메일이 찾아줄 거고, 넘어질 것 같으면……."

황금색 눈동자가 도르륵 굴렀다. 라스카비가 '예전'을 운운할 때부터 잔뜩 굳은 얼굴을 하고 있던 반테르는 리엘라와 눈이 마주치자 저도 모르게 인상을 풀었다. 리엘라의 눈이 반달을 그렸다.

"반테르가 잡아줄 거니까. 그래서 괜찮아."

두근.

한 공간에서 두 사람의 심장이 뛰었다. 완전히 상반되는 감정이었다. 라스카비는 우두커니 서서 눈을 깜박였다. 알고 싶지 않았던, 어쩌면 눈에 빤히 보이는데도 외면했던 현실이 속절없이 그를 덮쳤다.

그는 눈을 감았다. 길게 감았다 떴다. 변하는 것도, 사라지는 것도 없었다. 고개를 들자 볕 대신 샹들리에의 눈부신 빛이 눈을 아프게 찔렀다.

그는 돌연 깨달았다. 정말 지난 일이었다. 모조리, 전부 세월에 떠밀렸다. 존재했던 것이지 지금 존재하지는 않았다. 그리고 그렇게 만든 것은 다른 사람도 아니고 바로 자신이었다.

라스카비가 도로 고개를 내렸다. 웃음이 사라진 얼굴은 찡그리지도, 슬퍼하고 있지도 않았다. 미련이나 괴로움보다는 허망함이 느껴졌다. 그는 특유의 선한 눈매로 과거가 아닌 현재의 리엘라를 물끄러미 응시했다. 곧 입을 연다.

"만약……."

그러나 잠시 달싹이다가 금방 다시 다물어버렸다. 바깥으로 온전히 꺼내기도 전에 쓸모없는 말이란 걸 깨달았는지도 모른다. 라스카비는 대신 다른 말을 했다.

"그렇군요. 공주님."

"……."

"잘 지내고 계신 것 같아 마음이 놓입니다."

"……."

"늦었지만, 성년이 되신 것을 축하드립니다. 다시 만나게 되어 반가 웠습니다."

라스카비는 물러났다. 몇 발자국 뒤로 물러서는 것이 단순히 물리적 인 거리만 띄우는 것이 아님을 본인뿐 아니라 반테르 또한 어렴풋이 느 꼈다. 이 자리에서 모르는 사람이 있다면 아마 리엘라 혼자일 것이다.

"다음번엔 왕국에서 뵙겠습니다."

인사를 끝으로 라스카비는 몸을 돌렸다. 멀어지는 몸을 더 오래 지 켜본 것은 리엘라보다는 외려 반테르였다. 점점 흐려지고 작아진 뒷모 습이 사람들 사이에 묻혀 시야에서 완전히 사라질 때까지 반테르는 눈 을 떼지 않았다.

한마디로 규정하기 힘든 복잡한 기분이 가슴께에 얹힌 듯 똬리를 틀 었다. 그때 리엘라가 반테르의 옷자락을 붙잡고 당겼다.

"공주님?"

"발 아파."

익숙한 투정이었다. 저녁 산책을 다니면서 리엘라가 연약한 체력을 자랑한 것은 하루 이틀 일이 아니었다. 덕분에 반테르에겐 야외에서 누 구보다 빠르게 앉을 만한 자리를 찾아내는 쓸데없는 능력이 생겼다.

물론 이곳은 야외가 아니다. 하지만 앉을 곳을 찾기는 더 쉬웠다. 반 테르는 주저 없이 가장 가까운 테라스로 리엘라를 이끌었다.

안아서 옮기지 않는 것은 보는 눈이 많기 때문이다. 그러나 꼭 그 이 유가 아니더라도 반테르는 리엘라를 안아 드는 것이 전보다 어려울 것 같다는 생각을 했다. 그건 아마도 옷자락 끝을 붙잡힌 것만으로도 온 신경이 그에 쏠렸던 제 상태와 관련이 있을 것이다.

라스카비가 눈앞에서 사라졌는데도 그의 혼란은 식을 줄을 몰랐다.

"춥진 않으십니까?"

"응."

반테르의 겉옷을 꿰어 입은 채로 리엘라가 대답했다. 품이 넉넉한 재킷은 리엘라의 상체를 남김없이 덮고도 한참 남았다.

리엘라는 춥지 않다고 했지만 반테르는 마음이 다 놓이지 않았다. 생각보다 바람이 찼다. 그는 정복에 망토가 달려 있지 않은 것에 처음으로 불만을 품었다. 어떤 멍청한 놈이 기사 정복에서 망토를 뗀 거야. 몇 년 전 그가 실용성을 이유로 앞장서 제안했었다는 것은 이 순간 기억에서 자취를 감췄다.

의자에 앉은 리엘라가 편안한지 발장구를 쳤다. 테라스에서 보이는 하늘은 어두웠다. 날이 추워질수록 낮 또한 현저히 짧아졌다. 반테르는 어둠이 깔린 난간 너머를 응시하다 고개를 돌렸다. 리엘라는 그믐달을 올려다보고 있었다.

"……."

이마에서부터 턱으로 이어지는 옆얼굴의 선이 누가 봐도 미형이었다. 이마는 달처럼 둥글며 환하고 코는 오뚝하면서도 끝이 야무져 부담스럽지 않았다. 인중은 짧고 입술은 도톰하며, 한 줌이나 될까 싶은 턱은 그림으로 그려낸 듯 선이 부드러웠다.

금가루를 개어 빚은 듯한 눈동자나 꿀 같은 금발은 분명 그녀의 미모를 더해 주는 요소였지만, 평범한 갈색 눈에 푸석한 볏짚 같은 머리였대도 리엘라는 충분히 아름다웠을 것이다.

알고 있었다. 새삼스러운 사실은 아니었다. 반테르는 특별히 사람 얼굴에 둔감한 편은 아니라 처음 보았을 때부터 리엘라가 흠잡을 곳 없이 예쁜 얼굴이라고 생각했었다. 괴상망측한 드레스를 골라 입은 것이 아깝다고 느끼기도 했다. 리엘라가 예쁘다는 것은 구태여 상기할 필요는 없는 당연한 사실이었다.

그렇지만 이렇게 시선을 빼앗기기 시작한 건 언제부터더라.

단순히 예쁘다고 느끼는 것과 그에 홀리는 건 다른 문제였다. 반테르는 평범한 심미안을 지녔으나 미인계에는 통 넘어가는 법이 없었다. 몇 년 전 야만족을 토벌하던 당시, 어느 영지 제일의 미녀가 실수인 척 헐벗고 그의 처소에 숨어들었다가 옷만 빌려 입고 자기 방으로 곱게 에스코트당한 것은 이미 유명한 일화였다.

어떻게 그러느냐고, 예쁜 걸 알면서 어찌 취하지는 않느냐는 주변의 물음에 반테르는 언젠가 명화를 예를 들어 설명한 적이 있었다. 명화를 보고 아름답다고 느낀다고 해서 꼭 그것을 집에 가져다 걸어 두고 싶은 충동이 드는 건 아니라고. 반테르에게 타인의 미모란 그런 느낌이었다.

그랬는데.

반테르는 처음으로 이해했다. 훔쳐서라도 명화를 손에 넣고 싶어 하는 탐욕스러운 부류의 마음을. 그들처럼 행동할 생각은 추호도 없었지만 그 심정만은 이제야 알 것 같았다.

'독점욕이라.'

그게 이런 건가. 눈에 들어오는 모든 모습을 제 시야에만 새겨 놓고 아무에게도 보여 주고 싶지 않은 이기적인 욕망을 두고 그리 칭한다면, 아마 맞을 것이다. 반테르는 대뜸 고개를 숙였다. 양손으로 얼굴을 가리자 틈새로 한숨이 기나길게 흘러나왔다.

'하아아.'

돌겠네. 그의 심경을 표현하기 위한 단어는 그 세 글자면 충분했다.

라스카비를 눈앞에서 치우고 찬바람을 쐬자 어디로 날아갔는지 의심스러웠던 이성이 차츰 돌아왔다. 반테르는 지금에야 차분하게 스스로를 돌아볼 수 있었다. 그리고 깨달았다.

질투였다. 속이 뒤집히던 느낌, 저와는 관계도 없는 상대에게 솟던 적대심, 거부감. 일련의 모든 것이 질투라는 한 마디로 설명이 가능했다. 전부 질투 때문에 그랬던 것이다. 다른 말로는 표현할 수가 없었다.

반테르는 실소를 흘렸다. 사실 정의를 내리고 나서도 납득하기가 쉽지 않았다. 그도 그럴 게 지난 긴 연애사에서 반테르는 한 번도 질투를 겪어본 적이 없었다. 그래서 착각하기도 했다.

"오해하지 말아요. 이건 그냥……."
"괜찮습니다."

저는 원래 질투 같은 것을 하지 않는 사람인가 보다, 하고.

과거 언젠가 외간 남자와 다정히 화랑을 거닐다 들킨 연인의 변명을 반테르가 듣지 않고 끊은 것은 단순히 시간이 없었기 때문이다. 그때 그는 바빴다. 그에게 중요한 건 연인의 외도가 사실이냐 아니냐가 아니라 제가 맡은 일의 성사였다.

일이 마무리된 후 뒤늦게 화가 났었냐고 물으면 또 그렇지도 않았다. 그는 구태여 연인을 추궁할 필요성을 느끼지 못했다. 연인이 떳떳하지 못한 일을 한 것이 사실이라면 변명을 듣는다 한들 그 사실이 변하지는 않을 거고, 사실이 아니라면 애초에 변명을 할 이유가 없을 테니까.

반테르는 당시 그것을 배려라고 생각했다. 사소한 일로 연인을 의심하거나 따지지 않고, 상대를 포용하는 것이 어른의 연애라고 여겼다. 감정이 흔들리지 않는 것은 상대를 믿기 때문이고, 질투가 나지 않는 것은 그냥 제 성정 탓이려니, 그랬다.

그러니까 스스로가 원체 성숙해서 질투를 하지 않는 줄로만 알았지.

대단한 착각이었다.

"⋯⋯공주님."

"왜?"

"궁금한 것이 있는데, 여쭤도 되겠습니까."

"뭔데?"

"조금 전의 그⋯⋯ 공자 말입니다."

"라스카비?"

이것 봐. 질투 맞잖아. 반테르의 이성의 그의 귓가에 대고 속삭였다. 철천지원수도 아닌데 맑은 목소리를 타고 나오는 저 이름이 듣기 싫어 죽겠는 게 달리 뭐 때문이겠어.

"⋯⋯예, 그분."

"라스카비가 왜?"

"왜 이름으로 부르십니까?"

"응?"

"⋯⋯아니, 아닙니다."

당황한 반테르가 급히 고개를 저었다. 이런 정신 나간. 불쑥 튀어 나간 저 유치한 투정은 결코 그가 원래 하려던 말이 아니었다. 생각으로 그쳤어야 할 것이 왜 입 밖으로 새고 난리란 말인가. 그는 본의 아닌 발언을 없었던 것으로 만들려고 했으나 그보다 리엘라가 빨랐다.

"이름으로 안 부르면 뭐라고 불러?"

"아닙니다. 실언이니 잊으셔도 됩니다."

"뭐라고 부르면 돼?"

"앞선 말은 무시하셔도⋯⋯."

"가르쳐 줘."

"예?"

"어떻게 부르면 되는데?"

반테르가 저를 불렀을 때부터 리엘라는 달에서 눈을 떼고 상대만 응시했다. 반테르는 순간 황금색 눈동자에 사로잡히기라도 한 듯 꼼짝도 할 수 없었다. 의식하지도 못 한 미풍이 앞머리를 간질였다. 이유 없이 속박당한 기분으로 그가 가까스로 입을 열었다.

"……알렉시스 ……공자라고 부르시면."

"알렉시스 공자?"

"예."

"알았어. 알렉시스 공자."

호칭에 대번에 거리감이 생겼다. 반테르는 조금 얼떨떨하게 리엘라가 대상을 격식에 맞춰 칭하는 것을 바라보았다.

예상하지 못했다. 이렇게 순순해도 되는 건가. 최소한 그가 지켜본 리엘라는 여태 무슨 영애, 공자, 부인 따위의 호칭을 입에 올리는 법이 없었다. 그래서 그런 식으로 격을 차리는 걸 싫어하고 귀찮아하는 줄 알았다. 저를 모하임 공자나 경이 아닌 반테르라 부르게 한 것도 그래서였는데.

'설마, 착각…….'

반테르의 얼굴에 열이 올랐다. 그럼 알려 주기만 하면 얼마든지 예법을 차릴 줄 아는 상대에게 지금껏 구태여 제 이름을 부르게 했다는 말이 아닌가. 반테르는 손등으로 얼굴을 가렸다. 닿는 면적이 뜨끈했다. 이건, 맙소사. 어째선지 생각 이상으로 부끄러웠다.

'무슨 실례를.'

보통 과년한 여인이 이성을 이름으로만 부르는 건 막역한 사이거나 연인인 경우로 한정된다. 일반적으로는 그랬다. 절대 고의는 아니었으나 반테르는 마치 아무것도 모르는 순진한 상대를 흑심으로 속여 꾀어낸 것 같은 기분이 들었다. 파렴치한이 된 심정이었다.

"그, 공주님. 실례했습니다. 앞으론 저도 모하임 경으로……."

"모하임이 뭔데?"

"제 가문 명입니다. 아무튼 모하임 경이라고 불러 주시면……."

"왜?"

"예?"

"왜 이름 말고 그렇게 불러?"

라스카비 때는 순순하더니 이번엔 갑자기 토를 탄다. 반테르는 당황해서 바로 대답하지 못하고 침묵을 흘려보냈다. 리엘라가 앉은 채로 팔짱을 꼈다.

"난 반테르가 좋은데."

"예? 아, 아니. 예?"

"뭐하임은 별로야. 이름이 더 나아."

뭐하임이 아니라 모하임이었지만 지금 중요한 건 그게 아니었다. 그러니까 어감이 '모하임 경'보단 '반테르' 쪽이 좋다는 얘기겠지. 안다. 알아들었다. 이해했는데 얼굴로 몰린 피는 통 흩어질 줄을 몰랐다. 반테르는 해가 져 테라스가 어두운 것에 백번 감사했다.

"이름으로 부르는 거 싫어?"

"아니, 아닙니다. 안 싫습니다."

"그럼 반테르라고 부를래."

내내 듣던 이름인데 이 순간에는 이상하게 심장을 들었다 놓는다. 반테르는 멈칫했다가 이내 원하신다면 그러라고 대답했다. 아까부터 말한마디에 감정을 다잡지 못하고 이리저리 휘둘리는 스스로가 퍽 우스웠으나 그걸 자각한다고 달라지는 것은 없었다.

완전히 제정신이 아니군. 반테르는 본인의 상태를 그렇게 진단했다. 저를 잠식했던 생소한 기분이 질투라는 것을 깨닫고 나서 감정의 진폭은 외려 더 커졌다. 억눌러 왔던 둑이 터지기라도 한 느낌이었다.

'어떻게 몰랐지?'

처다보는 것만으로도, 시선이 얽히고 이름을 불리는 것만으로도 심장은 난리를 부렸다. 얼핏 있을 수 없는 일이라는 생각도 들었으나 이미 닥친 일을 부정해 보았자 남는 것은 없을 것이다. 인정해야 했다. 그 외엔 길이 없었다.

'대체 언제부터……'

반테르는 난간에 기댄 몸을 미끄러뜨렸다. 받아들일 수밖에 없었으나 혼란스러운 건 여전했다. 지금까지의 그의 연애를 통째로 부정하는 것 같은 난폭하고 정제되지 않은 감정은 낯선 것을 넘어 숫제 신기했다.

반테르가 그리 주저앉자 그걸 의자에 앉아 멀뚱히 지켜보던 리엘라가 몸을 일으켰다. 가까이 다가온 리엘라가 반 미터쯤 띄우고 몸을 숙이자 반테르는 그녀가 저를 따라 주저앉으려는 줄 알고 화들짝 놀랐다.

"바닥이 찹니다."

"응."

"응이 아니라, 앉으시려면 의자에……."

"반테르."

"예?"

우려와는 달리 리엘라는 바닥에 엉덩이를 대지는 않고 쪼그려 앉았다. 그 상태로 그녀는 물끄러미 반테르를 응시했다. 당연한 듯 반테르는 시선을 빼앗겼다. 제 무릎 위에 팔을 교차해 걸치고 리엘라가 말을 이었다.

"우유 푸딩 먹었어?"

"……우유 푸딩?"

"라스, 알렉시스 공자한테 아까 물어보긴 했는데 걘 모르더라."

"당연히 알 리가 없…… 잠깐만, 알렉시스 공자와 그 얘길 하셨다고요? 제가 우유 푸딩을 먹었는지 아닌지?"

"응."

이 무슨 유치한 우월감이냐. 반테르는 올라가려는 입꼬리를 겨우 잡아 눌렀다. 표정 관리가 쉽지 않아 헛기침까지 동원해야 했다.

"기분 꽤 더러웠겠군, 알렉시스 라스카비."

"응?"

"아닙니다, 크흠. 우유 푸딩이요? 그건……."

불현듯 지난 기억이 떠올랐다. 리엘라가 언제 그에게 우유 푸딩을 처음 운운했는지 생각이 난 것이다. 연회장에서 그녀에게 집적대던 노란 머리 영식을 나이프로 퇴치한 날이었으니 제법 예전이었다.

반테르는 리엘라가 그때 했던 말을 기억하고 있다는 것, 그리고 자신 또한 그날의 대화를 꽤나 선명히 떠올릴 수 있다는 것에 내심 놀랐다. 새삼 충격인 것은 비슷한 시기의 다른 기억은 그보다 훨씬 흐릿하다는 사실이었다.

'……진짜 둔했군, 나.'

텔리야가 뭐라고 놀려도 이젠 반박할 말이 없었다. 침음을 삼키고 반테르가 대답했다.

"아직 안 먹었습니다."

"왜? 맛있다고 했잖아."

"오늘 먹죠. 같이 드시겠습니까?"

아니, 잠깐. 이건 또 무슨 작업 멘트야. 말해놓고 반테르가 흠칫하는 사이 리엘라가 나름 진지하게 고민했다. 그녀는 이미 좀 전에 우유 푸딩을 한 접시 먹었기 때문이다. 결론은 오래 걸리지 않아 나왔다.

"반씩 먹자."

"……."

말을 꺼낸 리엘라는 아무 생각이 없어 보였으나 마음을 자각한 반테르는 드는 생각이 많았다. 반테르는 눈을 감고 스스로를 채찍질했다. 정신 차려. 정신 차려라, 반테르. 상대는 공주님이다. 공주님은 원래 아무 생각이 없으시다. 의미 부여하지 마.

"알겠습니다."

"석류 타르트도 맛있어."

"그럼 그것도 먹죠."

"레몬 쿠키도."

"그것도요."

반테르는 맵고 짜고 단것 중에 단것을 가장 싫어했으나 그렇다고 못 먹는 건 아니었다. 먹고 토하지만 않으면 됐지.

과거 연인이 손수 만들어 온 케이크를 손도 대지 않고 정중하게 거절했던 그는 이 순간 각종 디저트를 먹고 난 후의 표정 연기까지 고민하고 있었다.

"음…… 그리고 망고 머랭 파이도."

"뭐든 좋습니다."

"……."

"왜 그렇게 보십니까?"

"머랭 파이는 달아."

"이름만 들어도 그럴 것 같긴 합니다."

"달아도 상관없어?"

"괜찮습니다."

"안 싫어?"

"싫은…… 것까진 아닙니다."

당연히 싫다. 하지만 눈을 반짝이며 이것도 맛있다 저것도 맛있다 권하는 리엘라에게 그렇게 솔직히 말할 수는 없었다. 갖은 디저트의 이름을 입에 담는 리엘라는 제법 즐거워 보였다. 그걸 깨뜨리고 싶지는 않았다.

"사실 좋아합니다. 디저트."

기어이 거짓말까지 했다. 지금 미쳤냐는 미각의 항변은 가뿐히 무시한다. 리엘라는 그런 반테르를 말똥말똥한 눈으로 뚫어져라 바라보다 생긋 웃었다. 자주 보던 미소지만 이 순간 남다른 파급력으로 반테르를 들었다 놓았음은 말할 것도 없었다.

"나도 디저트 좋아하는데."

"……알고 있습니다."

"뭘 제일 좋아하게?"

"그건…… 글쎄요. 음, 우유 푸딩?"

"땡! 다 똑같이 좋아해."

"아하."

반테르는 이때 다시 한번 자신이 돌았다는 생각을 했다. 뭔가 싶은 실없는 대화를 나누는데 순간 가슴에 뿌듯하게 차오르는 행복감을 느꼈기 때문이다.

그는 언젠가 극을 감상하며 들었던 '지금이 영원히 끝나지 않으면 좋겠다'는 대사를 떠올렸다. 그때 그건 유급휴가 마지막 날에나 쓰이는 말인 줄 알았지. 이런 순간에도 통용이 되는 줄은 몰랐다.

반테르는 대책 없이 허물어지는 표정을 재차 헛기침으로 수습했다.

"그럼 디저트 가지러 갈래."

그때 리엘라가 몸을 일으켰다. 무릎에 손을 얹고 다리를 편다. 그러나 그러다 말고 리엘라는 갑자기 동작을 멈췄다. 미간에 설핏 주름이 잡혔다.

"아."

"공주님?"

"다리 저려."

"예? 공……."

몸을 일으키다 말고 리엘라는 풀썩 자리에 주저앉았다. 반테르가 팔을 뻗은 건 거의 반사적인 행동이었다. 그는 리엘라의 몸이 찬 바닥에 닿기 전 얼른 끌어당겨 품에 안았다. 그저 바닥이 차니 앉게 하면 안 된다는 일념으로 저지른 일이라 그는 잠시 동안 제가 뭘 했는지도 몰랐다.

"……."

냉기 어린 맨바닥으로부터 리엘라를 사수했다는 안심이 3초쯤. 이후 자각이 뒤따랐다. 선연하게 느껴지는 타인의 육체에 반테르는 깜짝 놀라 안고 있던 몸을 제게서 떨어뜨렸다. 허둥지둥한 동작에 비해 손길은 조심스러웠다.

"……실례했습니다."

가장 가까운 의자를 재빨리 끌어다 리엘라를 그 위에 앉히고 반테르는 바닥만 바라봤다. 지금이 한낮이었다면 그의 귀가 빨갛게 달아오른 것이 리엘라의 눈으로도 보였을 것이다. 안타깝게도 밤이라 리엘라는 고개만 갸웃했다.

"뭐가?"

무구한 목소리는 마치 반테르에게 왜 갑자기 얼굴을 숙이고 정수리를 보여 주느냐고 묻는 듯했다. 줄여서 너 왜 그러니. 반테르는 당연히 대답할 수 없었다. 뭐라고 한단 말인가.

'본의 아니게 공주님의 몸에 손을 댔습니다. 하지만 전과 달리 지금의 제겐 흑심이 가득하기 때문에 차마 떳떳할 수가 없습니다'라고 할 수는 없지 않나. 얻어맞는대도 리엘라 앞에 대고 저렇게 실토할 수는 없었다. 그는 여전히 바닥에 시선을 고정한 채 쩔쩔맸다. 저리 순진하고 아무 생각이 없는 공주님을 앞에 두고 저는 갖은 잡념으로 가득한 것만으로도 그의 양심은 충분히 아팠다.

때아닌 양심통으로 괴로워하는 반테르의 심정을 리엘라가 당연히 알아줄 리 만무하다. 그녀는 대답 없는 상대방을 응시하다 상체를 숙였다.

"반테르."

목소리가 가까이에서 들렸다. 그러니까 너무 가까웠다. 이름이 불린 후에는 뒤따라 숨결이 닿았다. 서늘한 바람과는 확연히 구분되는 미약한 숨이 귀 끝을 옅게 간질였다.

반테르는 뻣뻣하게 굳었다. 순간 모든 신경이 귓가로 쏠려 어느 때보다 강하게 자기주장을 해댔다. 몇 초간 꼼짝없이 굳어 있던 그는 곧 삐걱거리는 소리가 절로 연상될 만큼 부자연스럽게 고개를 들었다. 동작이 무슨 만들다 만 나무 인형 같았다.

"어, 고개 들었다."

얼굴을 들자마자 리엘라와 눈이 마주쳤다. 정수리 대신 다시 얼굴이 보이는 것이 만족스러운 듯 리엘라가 씩 웃었다. 눈이 반달로 접히고 가지런한 이가 드러났다. 무표정일 때보다 광대에 동그랗게 살이 모였고 왼쪽 볼에 연하게 보조개가 파였다.

"……."

반테르는 말문이 막혔다. 어디에서 입 밖으로 내지는 못 할 속내였으나, 그는 연회장에서 실수로 샹들리에를 정면으로 쳐다봤을 때보다 지금이 더 눈이 부시다고 생각했다. 눈이 부신데, 그러면서도 시선을 뗄 수는 없었다.

그리고 동시에 믿을 수가 없었다. 이 순간 저를 사로잡은 정신 나간 충동을.

"……니다."

"응?"

"죄송합니다, 공주님. 디저트는, 그러니까, 다음에 먹어도 되겠습니까?"

"어? 왜?"

"오늘은…… 속이 좋지 않아서요. 몸이 조금 안 좋은 것 같습니다."

"아파?"

"걱정해 주실 정도는 아닙니다. 아무튼 죄송합니다."

반테르는 몸을 일으켰다. 리엘라가 지금보다 두 배쯤 눈치가 좋았다면 상대가 어딘지 묘하게 다급해하는 것을 알아차렸을지도 모른다. 물론 그녀의 눈치가 갑자기 배로 늘어나는 일은 생기지 않았다. 반테르는 리엘라를 에스코트하기 위해 그녀를 의자에서 일으켜 세웠다.

"다리는 괜찮으십니까? 아직 저리신 거면……."

"음, 괜찮아. 안 저려."

"다행입니다. 공주님, 늘 대동하시던…… 함께 다니던 시녀는 지금 어디 있습니까?"

"로즈? 로즈는 메일을 찾으러 갔는데."

"혹 어디로 간다는 말은 있었습니까?"

"응. 바깥을 찾아본댔어."

모른다는 말이나 다름없었지만 반테르는 그것만 듣고도 고개를 끄덕였다. 이내 테라스의 문을 열고 연회장 안으로 들어선 그는 지나가는 사람을 두엇 붙들었다. 인상착의를 전해 들은 사용인들은 금방 자리를 비웠다.

리엘라는 눈을 깜박이며 일련의 과정을 구경했다.

"찾아서 데려다드리겠습니다. 혼자 계시면 위험하니까요."

혼자 아닌데. 그러나 리엘라가 그렇게 대꾸하기도 전에 사용인 한 명이 자리를 떠난 지 얼마나 되었다고 헐레벌떡 귀환했다.

알고 보니 바깥을 둘러보겠다던 로즈는 연회장 내에 있었다. 나갔다 돌아온 건지 애초에 나가지 않은 건지는 알 수 없었으나, 어쨌든 명확한 것은 그녀가 눈에 띈다는 사실이다. 사용인으로부터 로즈의 위치를 들은 반테르는 고맙다 인사한 뒤 리엘라를 이끌었다.

"시녀와 만나면 꼭 함께 계십시오. 연회장 내에서도 혼자 계시면 안 됩니다."

"반테르."

"예."

"정말 아파?"

그때 로즈와 맞닥뜨렸다. 덕분에 반테르는 대답할 타이밍을, 리엘라는 답을 들을 타이밍을 놓쳤다. 둘을 마주치고 깜짝 놀라는 로즈에게 반테르가 가볍게 목례를 건넸다.

"모하임 공자님, 공주님? 언제부터 두 분만 같이…….."

"로즈. 공주님을 잘 부탁합니다."

"예? 아, 예."

얼결에 로즈가 리엘라를 맡고 나자 반테르가 몸을 돌렸다. 정말로 몸이 아픈 건지, 아니면 급한 일이 생기기라도 한 건지 돌아서는 움직임에는 주저하는 기색이 없었다.

어떤 과정을 거쳐 지금 이 결과가 나온 건지 로즈가 심히 고민하는 사이 멀어지는 반테르를 응시하던 리엘라가 입을 열었다.

"로즈, 반테르가 아픈가 봐."

"예? 모하임 공자님이 아파요?"

그 말만 하고 리엘라는 입을 꾹 다물었다. 그 얼굴이 어딘지 염려가 느껴지기도 하고 심통이 엿보이기도 해서, 로즈는 한층 지난 과정을 짐작하기가 힘들어졌다.

'라스카비 공자는 어디로?'

라스카비 알렉시스가 공주님에게 말을 거는 것까지 본 후에 자리를 피했는데 그새 무슨 일이 있었단 말인가. 로즈는 뒤를 슬쩍 돌아보았다. 음료수를 두 잔 든 마론이 당황한 낯으로 이러지도 저러지도 못 하고 서 있었다. 명 받은 대로 바깥에서 오붓한 시간을 보내다 목이 마르다기에 잠깐 들어온 것인데 하필 그때 이런 상황이 된 것이다.

'음…….'

반테르로부터 잘 부탁한다는 말을 들은 것도 들은 거지만, 그게 아니더라도 어차피 라스카비도 반테르도 없이 리엘라를 혼자 둘 수는 없었다. 로즈는 소리 없이 입 모양으로 약혼자에게 오붓한 시간이 끝났음을 알렸다. 마론은 실망한 기색이었으나 어쩔 수 없다는 것을 이해한 듯 곧 고개를 끄덕거렸다.

'안녕, 내 사랑…….'

"로즈."

"네, 공주님."

하룻밤 헤어지는 것을 두고 마치 영영 작별하듯 아련함에 젖어 있던 로즈가 급히 고개를 돌렸다. 리엘라는 로즈를 불러 놓고선 다른 곳을 보고 있었다. 그 상태로 대뜸 묻는다.

"우유 푸딩 먹을래?"

"……?"

착각인가. 리엘라의 볼이 평소보다 좀 볼록한 것 같았다. 그러니까 바람이라도 넣은 것처럼. 로즈는 리엘라의 볼을 유심히 관찰하다 이내 재촉을 받고는 먹겠노라고 대답했다.

"……그래."

이번에도 착각인가. 먹을 거냐고 물어서 먹겠다고 답했는데 리엘라는 별반 만족스러워 보이지 않았다. 곧 로즈는 직감했다.

'무슨 일이 있었다.'

그러나 무슨 일인지는 알 길이 없었다.

'뭐라고 여쭤야 하지.'

로즈는 문득 메일을 떠올렸다. 이럴 때 질문을 알맞게 착착 던져 리엘라의 속내를 삭삭 알아내는 건 그녀의 주변에선 메일이 전문이었다. 파악하고, 어르고, 달래고. 실상 완벽했다. 지금 자리에 없는 것만 빼면.

'아가씨, 어디 계십니까.'

속으로 불러 본들 물론 답이 돌아올 리는 없었다. 연회장의 밤과 함께 로즈의 고충이 무르익었다. 마론은 먼발치서 그런 로즈를 아련하게 바라보며 들고 있던 음료 두 잔을 전부 혼자 마셨다.

✳

황제의 탄신연은 일주일간 지속된다. 관례로 첫날은 외국의 사신들이, 둘째 날은 국내의 귀족들이 선물과 축하를 전달했다.

다만 둘째 날은 첫날과 사뭇 다른 양상을 띠었다. 황제는 옥좌를 지키지 않았으며 귀족들은 사신처럼 차례로 줄을 서지 않았다.

선물은 탄신연 전후로 알아서 가문의 이름을 달고 황궁으로 전달된다. 각 가문의 인물은 연회에 참석해 얼굴만 비추는데, 내키는 대로 연회장에 머물기도 하고 그러지 않기도 하는 황제를 마주치면 그 자리에서 축하 인사를 올리는 식이었다.

퍽 간단하고 자유로운 이 풍경은 당연하지만 황세의 뜻이었다. 첫날도 지겨운데 어떻게 이틀씩이나 같은 것을 겪느냐며 그는 저를 위한 행사를 하루아침에 간소화시켰다. 충성이 넘치는 으리다 백작은 한때 그건 아니 된다며 상소하기도 했으나 몇 년이 지나자 지금은 포기한 상태였다.

아무튼 그렇게 맞이한 연회의 둘째 날. 황제는 아침부터 기분이 좋았다. 오늘 메일의 하루를 통째로 받기로 했기 때문이다.

무엇인가 하니 생일 선물 대신이었다. 메일은 전날 선물을 내내 고민하기만 하고 결국 정하지 못했다고 황제에게 시무룩하게 털어놓았다. 물론 선물이고 나발이고 메일과 보내는 둘만의 시간이 더 중요했던 황제는 개의치 않고 '그럼 그대를 선물로 주면 되지' 하고 장난이나 쳤다. 그런데 그걸 나름 진지하게 받아들인 메일이 리본을 구해 와서는 제 머리에 묶고 '자, 가지세요'라고 나온 것이다.

그때 황제는 매우 큰 시험에 들었다. 얼마나 힘겹고 괴롭게 이겨 냈는지 메일은 아마 모를 것이다.

결과적으로 인내에 성공한 황제는 메일 대신 그녀의 시간을 선물로 받기로 했다. 메일의 가문으로 보낸 청혼서에 답이 올 때까지 성급하게 굴지 않고 스스로와 약속한 마당이라 그것이 최선이었다.

참고로 현재 비제아트 공작은 청혼서에 대한 답장을 하루에 한 글자씩 적고 있었다. 당연히 심술이다.

어쨌든 그리하여 힘세고 강한 아침. 집무실에 출근하지 않고 거처에서 간단하게 오전 업무를 본 황제는 이윽고 연회가 다가오자 기분 좋게 단장을 마치고 거처의 문을 열었다. 그리고 흠칫했다.

"깜짝이야."

"……."

"누구, 경인가?"

문을 열었더니 웬 반송장이 있었다. 가만 보니 반테르였다. 황제는 며칠 밤을 새우기라도 한 것처럼 눈 밑에 그늘이 진 상대방을 황당하게 바라보았다.

"여기서 뭐 하나, 경? 부른 기억이 없는데."

"……이 없습니다."

"뭐?"

"저는 자격이 없습니다, 폐하."

언제부터 서 있었던 건지, 눈 밑은 왜 그 지경인지, 반테르에겐 물어야 할 것이 많아 보였다. 머릿속이 온통 메일투성이였지만 그래도 그 사이에 친우를 생각하는 마음이 1푼 정도는 남아 있던 황제는 기꺼이 시간을 내 질문을 꺼냈다.

"무슨 자격?"

"공주님을 모시라는 명을 거둬주십시오."

"허어?"

갑자기 무슨 소린가. 맥락 없는 요청이었으나 황제는 이 순간 문득 머릿속에 떠오르는 것이 있었다.

그러고 보니 이 갑갑한 친우를 위해 부러 자리를 만들어주었던 기억이 났다. 어젯밤 메일과 로즈를 무대에서 빼내고 리엘라, 라스카비 알렉시스, 반테르만 연회장에 남겨 놓았다. 반테르가 제아무리 둔해도 그런 형국에 놓이면 뭐라도 깨닫지 않을까 싶어 그랬던 것이다.

메일에게 정신이 팔려 자기가 깔아 둔 판도 잊고 있었던 황제의 표정이 의미심장하게 변했다. 뭔가 성과가 있는 것 같기는 한데.

"리엘라 공주 말인가?"

"……예."

"지금 경의 말은, 그러니까 경이 더는 리엘라 공주를 보필할 자격이 없다는 건가?"

"그렇습니다."

"왜?"

반테르는 대답하지 않고 꿀 먹은 벙어리가 되었다. 황제는 답을 채근하는 대신 다르게 물었다.

"어제 공주한테 무슨 짓 했나?"

"예? 아, 아닙니다."

"안 했어?"

"안 했습니다."

예상이 틀렸나. 팔짱을 낀 황제가 반테르를 빤히 바라보았다. 잠 못 자고 밤새 고뇌에 시달린 얼굴을 하고 와서는 대뜸 자격이 없다 운운하기에 무슨 짓이라도 저지른 줄 알았다. 그게 아니면 왜 이래?

"한눈파는 사이에 공주가 2층에서 떨어지기라도 한 건가?"

"······아닙니다."

"그럼 침입자가 난입해서 경의 허술한 호위를 뚫고 공주를 찌르고 도망갔나?"

"그럴 리가요."

"아니면 저격수가 경이 멍청하게 서 있는 사이 먼발치서 공주를 쏴 맞혔나?"

"왜 이러십니까?"

"이것도 아니야? 그런데 왜 경한테 자격이 없다는 건가?"

"그건······."

다시 반테르의 말문이 막혔다. 그러나 앞서와 동일한 질문이라 두 번이나 대답을 거를 수는 없었다. 애초 다른 사람이었으면 황제의 입에서 같은 질문이 나오는 순간 무릎을 꿇었어야 한다.

머뭇거리다 결국 반테르는 입을 열었다.

"저를 믿을 수가 없어서 그렇습니다."

"믿을 수가 없다?"

"어제 공주님에게 무슨 짓을 했냐고 물으셨죠. 안 했습니다. 안 했지만······."

"······."

"앞으로 할지도 몰라서."

고백하는 목소리가 힘겨웠다. 털어놓은 후 반테르는 마치 죄를 실토한 신자처럼 경건하게 시선을 내렸다.

"그러니 자격이 없습니다. 역할을 거두어주십시오."

"······."

황제는 기가 찼다.

'진심인가?'

아니, 그야 진심이겠지. 그런 성격이니까. 그러니까 지금 반테르는 공주에게 흑심이 생겨서 더는 공주의 곁을 지키지 못하겠다고 말하고 있는 것이다. 들은 것을 정리하자마자 황제는 팔짱을 풀었다. 대신 턱을 매만졌다.

'이걸 어쩐다.'

눈 밑에 그늘이 지도록 밤새 고민한 게 그거였다니. 황당하기도 하고 반테르답다 싶기도 했다. 마음을 자각하자마자 저런 걱정부터 하는 게 흔하지는 않지. 그래도 마음을 깨달은 것 하나는 장하다 싶어 황제가 남몰래 조금 웃었다.

'뭐, 기왕 이렇게 됐으니 도와줄까.'

큐피드 노릇, 한 번 했는데 두 번이라고 못 할까. 황제는 반테르의 로맨스가 성사될 가능성을 십에 팔구 정도로 점쳤다. 무턱대고 확신하는 것이 아니라, 그간 지켜봐 온 것과 메일의 말을 토대로 한 확신에 가까운 추측이었다.

조금만 밀어주면 잘될 한 쌍을 서로 빙빙 돌게 만들 수야 있나. 황제는 표정에서 웃음기를 감춘 뒤 입을 열었다.

"좋아, 경의 청을 수락하지."

"감사합……."

"단."

"……?"

"공주에게 솔직하게 이야기하게. 왜 맡은 역할을 그만두게 되었는지."

"예?"

반테르의 눈이 커졌다. 이 자리에 서서 대화를 시작한 이래 가장 당황한 얼굴이었다. 황제는 친절하게 그가 잘못 들은 것이 아님을 확인시켜 주었다.

"공주한테 곧이곧대로 말하라고, 짐한테 이야기한 것처럼."

"폐하!"

"공주에게도 알 권리가 있지 않나. 내내 곁을 보필하던 경이 갑자기 말도 없이 그만두면 공주도 얼마나 상심이 크겠어?"

"상심이라니……."

"안 그럴 것 같나? 누군들 매일같이 얼굴을 보면 정이 드는 법이야. 리엘라 공주처럼 아이 같은 인물이라면 더하지. 어떤 식으로든 정이 든 상대가 하루아침에 관계를 끊어버리면 퍽이나 기뻐하겠군."

반테르의 표정이 흔들렸다. 그러고 보면 리엘라는 어제 그에게 각종 디저트를 권했다. 자기가 좋아하는 것을 싫어하거나 관심도 없는 상대와 공유하려는 사람은 없다. 보통은 그랬다.

"자기가 싫어서 경이 일을 때려치운 거라고 생각할지도……."

"절대 아닙니다."

"그러니 공주에게도 아니란 걸 알려 주란 말이네."

황제는 걸음을 옮겼다. 할 말은 이제 다 했다. 그는 천천히 반테르의 곁을 지나며 그의 어깨를 툭툭 두드렸다. 그러면서 격려하듯 말한다.

"무사히 이야기하고 오면 보상으로 휴가를 주지."

농담조이긴 했으나 솔깃할 이야기였다. 욕심 없는 반테르가 유일하게 자나 깨나 탐내는 것이 있다면 바로 휴일이다. 그러나 쌍수를 들고 기뻐해야 할 그는 다른 생각에 빠져 황제의 말이 들리지도 않은 것 같았다.

피식 웃은 황제가 그런 반테르를 두고 걸음을 뗐다. 이런 상관을 둬서 복인 줄 알라는 생색과 자찬이 속에서만 맴돌았다.

자기 머리에 리본을 묶고 '가지세요'라고 말했던 메일은 그날 잠자리에 누운 뒤에야 뒤늦게 제가 얼마나 용감무쌍한 발언을 했던 건지 깨달았다. 덕분에 이불이 남아나질 않았다. 새벽까지 이불을 퍽퍽 괴롭힌 메일은 다음 날 일어나서도 부끄러움을 떨치지 못하고 귀를 새빨갛게 물들였다. 그 상태로 리엘라의 치장을 도왔다.

그래서였다. 갈고닦은 눈치가 무색하게도 메일이 리엘라의 상태를 알아차린 것은 꽤 나중이었다.

"어라, 공주님. 무슨 일 있으셨어요?"

"아니?"

아니라고 대답했지만 아닌 것 같지 않았다. 메일은 리엘라의 이 미묘한 태도가 가리키는 것을 직감적으로 알았다. 이건.

'삐쳤잖아.'

리엘라는 삐쳤다. 왜인지는 몰라도 토라져 있었다. 그걸 치장 마무리 단계에서 화장을 점검하다가 알아챈 메일이 당황스럽게 눈을 깜박였다.

왜 삐쳤지? 우선 스스로의 행적을 돌이켜 본다. 오늘은 아침까지 회고해 봐도 별일이 없었고. 그럼 어제는…… 아, 어제 연회장에서 말없이 사라졌었지.

지은 죄를 상기한 메일이 어색하게 웃었다.

"공주님, 화 푸세요. 말씀드리고 가려고 했는데 어쩌다 보니. 앞으로는 안 그럴……."

"무슨 말이야? 어디 갔었어?"

"네?"

"아, 맞다. 어제 없어져서 로즈가 찾으러 갔었지. 괜찮아. 까먹었으니까."

리엘라의 대꾸는 빈말이 아닌 것 같았다. 어조나 표정을 떠나 애초 리엘라는 거짓말로 비아냥거리며 화를 표출하는 재주가 없었다. 까먹었다고 하면 정말 까먹은 것이다. 메일은 갸웃했다.

'이게 아닌가?'

그럼 왜 삐친 거지. 기분 탓이라고 하기엔 토라져 있는 것 하나는 확실해 보였다.

'아, 혹시 어제 반테르 경이나 알렉시스 공자랑 무슨 일 있었나?'

떠올린 추측에서 높은 가능성을 발견한 메일이 옳거니, 손가락을 튕겼다.

"공주님, 혹시 어제 라스카비 공자랑 무슨 일 있으셨어요?"

"없었어."

"그럼 혹시 반테르 경이랑 무슨 일 있으셨어요?"

"……없었어."

'있었구나.'

표정으로 고스란히 드러나는 리엘라의 속내 정도야 메일은 한눈으로도 읽을 수 있었다. 치장을 마치고 얌전히 대기하고 있던 시녀들을 바깥으로 내보낸 메일이 운을 뗐다.

"반테르 경이 공주님한테 뭐라고 했어요? 뭐 이러면 안 된다고 혼냈다거나?"

그리 묻자 리엘라가 고개를 도리도리 저었다.

"아니."

"아니면 반테르 경이 공주님보고 디저트 먹지 말래요?"

"아니."

"그러면……."

"메일."

"네?"

"메일은 아프면 어때? 열나지? 열나고 기침하잖아. 침대에 누워서 못 움직이잖아. 맞지?"

갑작스런 질문에 메일이 눈을 동그랗게 떴다. 갑자기 웬?

그리고 리엘라의 물음에 대한 답은 '아니오'다. 메일은 기침하고 열이 나도 얼마든지 움직일 수 있었다. 머리에 아이스 띠를 두르고 콜록거리면서 정원에 물을 주러 나간 기억이 있으니 확실했다. 감기에 걸린다고 곧장 드러누워 움직이지 못하는 건 리엘라 한정이다.

그러나 메일은 리엘라가 원하는 답이 이미 정해져 있는 것 같아 일단 고개를 끄덕였다.

"네, 맞아요."

"근데 반테르는 기침을 안 했어."

"……?"

"기침도 안 하고 평소랑 똑같이 움직였어."

"음?"

"근데 아프대. 아파서 디저트도 안 먹고, 나를 두고 갔어."

'아, 이게 핵심이군.'

메일의 눈치가 제 몫을 했다. 리엘라가 왜 심통이 나 있었는지 알아냈다. 어제 제가 자리를 비운 사이 리엘라는 반테르와 만나 함께 있었고, 그러다 반테르가 먼저 리엘라를 두고 돌아간 모양이었다. 아프다는 이유를 대고.

'어라? 근데 반테르 경이 웬일이지?'

메일은 지난 몇 주를 떠올렸다. 하루가 멀다 하고 리엘라를 떠맡으면서도 반테르는 한 번도 태만하거나 귀찮은 내색을 보이지 않았다. 산책 도중 귀가를 결정하는 것도 늘 리엘라였다. 반테르는 매번 리엘라가 무사히 거처로 귀가할 때까지 그녀의 곁을 지켰다.

그런데 말을 들어 보니 어제는 리엘라의 의사와는 상관없이 반테르가 먼저 자리를 비운 모양이다. 토라진 태도를 보니 리엘라는 외려 붙잡고 싶었던 것 같았다.

'정말 아팠나?'

내색은 않았지만 정말 아팠던 건지, 아니면 아프다는 핑계를 대야 하는 다른 급한 상황이었던 건지는 알 길이 없다. 한 가지 확실한 것은 어쨌든 그 일로 리엘라가 삐쳤다는 것뿐이다. 메일은 리엘라의 은근히 성난 얼굴을 바라보며 뭐라고 말해야 할지 고민했다.

"그게…… 아픈데 안 아픈 척했던 걸지도 몰라요."

"안 아픈 척? 그럴 수 있어?"

"기사들은 원래 아파도 안 아픈 척할 수 있어요. 강한 기사일수록 더 잘해요."

실은 누구나 할 수 있는 일이다. 리엘라만 빼면 말이다. 몸이 조금만 무거워도 침대에 드러눕고 궁의가 달려오는 리엘라는 조금 충격을 받은 것 같았다.

"그럼…… 반테르 정말 아파?"

"그럴 수도 있고요. 아닐 수도…….."

"많이 아플까?"

언제 토라졌었냐는 듯 리엘라의 얼굴엔 성난 기미 대신 걱정스런 기색만 가득했다. 그리고 메일은 잠깐 말문이 막혔다.

"걱정되세요?"

바보 같은 질문이었다. 리엘라는 누가 봐도 그런 낯을 하고 있었으니까. 곧 순순히 고개를 끄덕이는 리엘라를 보며 메일은 약간 놀랐다. 타인에게 무심하기로 둘째가라면 서러운 리엘라는 이 순간 제법 드문 모습을 보여주고 있었다.

'그러고 보니 누가 자길 두고 먼저 돌아갔다고 토라진 것도 처음이지.'

메일은 새삼 실감했다. 정말 그를 특별하게 여기게 된 모양이었다. 공연히 마음이 뭉클했다. 저번에도 느꼈지만 이게 바로 딸의 성장을 지켜보는 부모의 마음인가.

'역시 쌍방이었으면 좋겠어.'

그리고 부모라면 비단 딸의 행복 또한 바라게 마련. 메일은 가까이 다가가 리엘라의 손을 덥석 잡았다.

"공주님, 갈까요?"

"응? 어딜?"

"병문안이요."

느낌상 드러누웠을 것 같진 않지만 어쨌든 만나러 간다. 정확히는 만나게 해주러 갈 생각이었다. 리엘라는 병문안이라는 말에 용케 목적지를 알아들었는지 눈을 동그랗게 떴다가 이내 고개를 열심히 끄덕거렸다.

메일이 빙긋 웃었다.

"그럼 가요!"

반테르는 리엘라를 찾으러, 리엘라는 반테르를 찾으러 움직였으니 운이 나빴다면 서로 엇갈렸을지도 모르는 일이다. 그러나 웬일로 행운의 여신은 그들의 손을 들어주었다.

리엘라와 반테르는 별궁 입구에서 서로를 맞닥뜨렸다. 한 명은 나가려다, 한 명은 들어가려다 제자리에 우뚝 멈춰 섰다.

"……."

애매한 침묵이 흐르는 가운데 메일이 헛기침으로 운을 텄다.

"흠흠, 아, 갑자기 급한 일이 생각났네. 저는 연회장으로 먼저 가 볼게요. 반테르 경, 공주님 잘 부탁드려요!"

그러고는 누가 붙잡을 새도 없이 자리에서 사라져 버린다. 덕분에 덩그러니 남겨진 것은 리엘라, 반테르 두 사람뿐이었다. 사실상 인테리어나 다름없는 입구 양옆의 경비병은 제외하기로 하자.

반테르는 석상처럼 굳어 있다가 시간이 조금 흘러서야 겨우 정신을 차렸다. 굳센 결심을 하고 리엘라를 만나러 나선 길이었으나 막상 마주치니 입은 물론이고 손발도 굳어서 움직일 수가 없었다. 먼저 입을 연 것은 리엘라였다.

"반테르."

"……예, 공주님."

"아파?"

"예?"

"어제 아프다고 했잖아. 지금은? 괜찮아?"

그제야 반테르는 제가 어젯밤 어떤 핑계를 댔는지 기억해 냈다. 그리고 곧 죄책감 비슷한 것이 밀려들었다. 리엘라의 물음은 추궁이 아닌 걱정을 담고 있었다. 반테르는 자리를 벗어나기 위해 되는 대로 꺼냈던 제 핑계가 상대에게 걱정을 끼쳤다는 사실에 속이 꽉 막혔다.

'이렇게 순수하신 분한테 내가…….'

"죄송합니다, 공주님."

"응?"

"아프지 않습니다. 어제 몸이 안 좋다고 했던 말은 거짓말입니다. 어젠 그냥…… 제가 구실을 대고 도망쳤던 겁니다."

"도망쳐?"

리엘라가 특유의 크고 맑은 눈을 깜박거렸다. 리엘라는 자타가 공인하는 깨끗하고 청순한 뇌의 소유자였지만 의외로 머리가 심하게 나쁘지는 않았다. 다시 말해 반테르가 하는 말을 알아들을 정도는 된다는 얘기였다.

흰 미간에 설핏 주름이 졌다. 아프단 소리가 뻥이었다는 걸 알게 된 리엘라가 따지듯 물었다.

"왜 도망쳤는데?"

"그건……."

반테르가 머뭇거렸다. 그 얘기를 하러 이곳까지 온 것이긴 했으나, 당장 꺼내 놓기에는 장소가 내심 걸렸다.

그가 준비한 말은 그의 입장에선 대단히 중대한 고백이었다. 정말 용기를 낸 일이다. 이보다는 좀 더 나은 공간에서 이야기하고 싶었다. 하다못해 단둘만 있는 곳에서.

"말씀드리겠습니다. 다만 장소를…… 좀 옮겨도 되겠습니까?"

"어디로?"

그 질문에는 생각보다 금방 답이 떠올랐다. 아마 마음이 시작되었을 장소. 아마도 옅은 호감이던 것을 자각하지 못하는 사이 손쓸 수 없는 감정으로 키워 내고 만 곳.

"평소보다 약간 이르지만, 공주님. 산책하시겠습니까?"

두 사람을 에워싸고 있던 풍경이 변했다. 리엘라와 반테르는 별궁의 입구와 경비병 대신 이슬이 맺힌 초목과 물이 맑게 떨어지는 분수를 배경으로 삼았다.

곧 평평한 바위를 찾아낸 반테르가 천을 깔고 리엘라를 그 위에 앉혔다. 익숙하게 바위를 의자 삼은 리엘라는 말똥말똥 반테르를 올려다보았다.

아직 저물지 않은 해는 이제 갓 서산으로 넘어가려 하고 있었다. 달빛이 아닌 석양으로 물든 정원에 방문하는 것은 꽤 오랜만의 일이다. 나쁘지 않은 듯 리엘라가 짐짓 표정에 힘을 주고 있던 것을 풀었다.

반테르는 이내 그런 리엘라를 앞에 두고 한쪽 무릎을 꿇었다. 눈높이를 맞추기 위해서였다. 한참 위에서 아래로 내려가는 눈높이에 리엘라가 그를 따라 시선을 옮겼다.

눈이 마주쳤다. 반테르는 긴장이 뒤섞인 짧은 한숨을 삼키고 입술을 뗐다. 심장이 제멋대로 뛰었다.

"공주님, 제가 어제…… 먼저 자리를 비웠던 이유는."

"이유는?"

리엘라가 눈을 동그랗게 뜬 표정으로 재촉했다. 문득 얼굴이 가깝다는 생각이 들었다. 반테르는 눈을 질끈 감았다 뜬 뒤 가까스로 말을 이었다.

"자신이 없었기 때문입니다."

"응?"

"인내할 자신이 없었습니다."

"인내? 참는다고? 뭘?"

"공주님께……."

다시 심호흡을 한다. 역시 얼굴이 가까웠다. 만약 이곳이 실내고, 곁에 테이블이나 난간이 있었다면 반테르는 그에 머리를 박았을지도 모른다. 그렇게라도 진정할 필요가 있었다.

반테르는 아쉬운 대로 주먹을 들어 저를 후려쳤다. 당연히 놀란 리엘라의 눈이 휘둥그레졌다.

"왜 때려?"

"……제가 이렇게 평정을 못 찾는 머저리인 줄은 몰랐습니다."

"으응?"

"공주님, 제가 공주님께……."

결국 눈을 감았다. 눈을 감은 채로 털어놓았다.

"불경한 마음을 품었습니다. 공주님께서 아시면 불쾌할지도 모를 감정에 사로잡혔습니다."

힘겹게 토해 낸 말은 시작부터 마지막까지 온통 그의 진심이었다.

질투한다. 가슴이 뛴다. 이것만으로도 이미 확신할 수 있는 감정이었으나 반테르는 어젯밤 어느 순간 더 결정적인 것을 만났다.

키스하고 싶었다. 입 맞추고 싶다고 생각했다. 상대를 붙들고, 끌어안고, 뒷머리를 감싸 제게로 끌어당겨 길게 체온을 나누고 싶었다. 입술을 열고 파고들어 그 안의 열기까지 뺏어 오고 싶었다. 어린아이가 순수하게 떠올릴 법한 가벼운 입맞춤과는 궤가 다른 농도 짙은 충동이었다.

그래서 도망쳤다. 한때 제 감정을 보모의 마음이라고 착각하기도 했던 반테르가 그때 얼마나 당황하고 아연했는지 본인을 제외한다면 아무도 모를 것이다. 연회장을 벗어나 거처로 돌아가는 길에 그는 복도 기둥에 이마를 다섯 번쯤 찧었다.

그날 밤 잠에 들지 못한 것은 당연한 일이었다. 번민은 깊고도 깊었다. 리엘라는 반테르의 고백을 듣고는 고개를 모로 슬쩍 기울였다.

"불경한 마음? 그게 뭔데?"

"그건……."

"나 좋아해?"

"예. ……예?!"

깜짝 놀란 반테르가 감고 있던 눈을 떴다. 답지 않게 예리한 폭탄 발언을 날린 리엘라는 정작 태연한 얼굴이었다. 반테르의 놀람이 무안해질 만큼 말간 낯으로 리엘라가 말을 이었다.

"로맨스 소설에서 봤어. 기사가 공주한테 그런 말을 하면 그다음엔 바로 좋아한다고 하던데. 아니야?"

"아니…… 아, 아닌 건 아니지만."

"그럼 맞아?"

"……맞습니다."

고백이 어쩌다 이렇게 됐지. 뭔가 뜻하지 않은 양상으로 마음을 밝히게 된 반테르가 심란한 표정으로 초점을 흔들었다.

곧 복잡한 심경을 겨우 다잡았다. 선수는 뺏겼지만 이대로 끝낼 수는 없었다. 시선을 맞춘 채로 반테르가 입을 열었다. 최대한 목소리가 떨리지 않도록 턱에 힘을 준다.

"좋아합니다."

"……."

"좋아합니다, 공주님."

"……."

"좋아하게 됐습니다."

속에서 뭔가가 달그락 풀렸다. 꼬인 것이 해소되듯 찰나 개운한 느낌이 들기도 했다.

말했다. 뭔가 대단한 것을 한 것도 아닌데, 고작 몇 마디를 전한 것만으로도 반테르는 제가 어떤 것을 해낸 것 같은 기분이 들었다. 가시가 박혀 있었다면 그것을 뽑아낸 기분이었다. 뭐라고 한마디로 형언하기가 어려웠다.

'이런 기분이구나.'

좋아한다는 말을 할 때는 원래 이런 기분이 드는 거였다. 이런 심경으로 마음을 전하는 것이었다. 반테르는 그간 지난 관계에서 제가 입에 담았던 '좋아한다'가 얼마나 가벼운 것이었는지 깨달았다. 이제야 알았다.

심장이 두근거리며 뛰었다. 화답받지 못할 것을 가정하면 괴로웠으나, 그럼에도 이 순간을 후회하지는 않을 자신이 드는 것이 묘했다. 가슴 한편이 아릿하면서도 달떴다.

좋아한다. 그 말의 무게를 지금에서야 깨달은 반테르가 고백을 마치고 가볍게 웃었다.

"그래서 자신이 없었습니다. 전에는 없었던 욕심이 생겼거든요. 이젠 전처럼……."

해가 기울었다. 석양이 깔렸다. 노을로 붉게 물드는 리엘라의 머리카락에 시선을 고정한 채로 반테르가 말을 이었다.

"다리가 아픈 공주님을 안아드릴 수도, 넘어지려는 것을 잡아드릴 수도 없습니다. 위험해서요."

"위험해?"

"위험합니다. 제가 공주님께 무례를 저지를지도 모르니까요. 욕심이 앞서 허락을 구하지 않고 멋대로 행동할지도 모릅니다."

"어떤 무례?"

"⋯⋯그건."

이때 반테르가 한 가지 더 자각한 것이 있다면 바로 제 인내심이 생각보다 더 실낱같다는 것이다.

이건 설명을 위한 일이다. 어디까지나 예시를 들기 위한 거야. 속으로 합리화를 마친 그가 이내 리엘라의 한쪽 손을 붙잡고 끌어당겼다. 그러고는 제 입술까지 가져와 손등에 가볍게 입을 맞춘다. 부드럽게 닿았다가 떨어진다.

"이런⋯⋯ 무렙니다."

어제 테라스에서 어두운 밤하늘이 그랬듯 이번엔 석양이 반테르의 달아오른 귀를 가려 주었다. 심장 소리가 요란했다.

리엘라는 반테르가 짧게 입을 맞춘 제 손등을 물끄러미 바라보았다. 무슨 생각을 하는지 알 수 없는 표정이라 반테르는 자연히 긴장으로 몸이 뻣뻣해졌다. 질색하거나 화를 낼 수도 있으니 한편으론 마음의 준비도 했다.

그때 잠시간 침묵을 흘려보낸 리엘라가 말했다.

"이게 다야?"

"예?"

"괜찮은데. 그럼 무례해도 돼."

반테르는 얼이 빠졌다. 어안이 벙벙해졌다가 곧 정신을 차렸다. 그는 급속도로 자책했다.

'깜박했다. 공주님이 얼마나 순진하신 분인지.'

당연히 이게 다일 리 없다. 손등 키스는 흑심의 끝이 아니라 시작이었다. 물론 손등에 입을 맞추는 것 자체는 종종 인사 대신으로 행해지기도 하니 행위 자체만 놓고 보면 별거 아닐 수도 있다.

그러나 앞서 한 고백이나 상황을 생각해 보면 충분히 별것이 된다. 보통 이런 흐름에서 기습적으로 손등 키스를 받고 '이건 그냥 인사잖아?'라고 생각할 사람은 없었다.

그래, 없지. 리엘라만 빼면.

고개를 푹 숙이고 반성을 마친 반테르가 다시 얼굴을 들었다.

"아닙니다, 괜찮지 않으실 겁니다. 제가 저지를까 무서운 무례는 조금 더……."

"조금 더?"

"손등이 아니라."

시선을 맞추고 지그시 응시했다. 제멋대로 뛰기 시작하는 심장을 달래고 반테르는 눈을 천천히 깜박였다. 미약하게 흐르는 긴장감을 느끼며 그가 입술을 달싹였다.

"입을 맞추려 할지도 모릅니다. ……입술에."

"……."

"공주님과 함께 있으면 그러고 싶은 욕심이 듭니다. 불경하다 욕하셔도 좋습니다. 하지만 어떻게 해도 욕심을 없앨 수는 없습니다. 그러니 공주님, 제가 혹 무례를 저지르지 않게 앞으로는 공주님의 곁을……."

"괜찮을 것 같은데?"

"……예?"

구구절절 이야기하던 반테르는 찰나 자기가 잘못 들었나 했다. 리엘라의 표정으로 잘못 들은 게 아님을 확인한 그는 그다음으로 귀가 아닌 입을 의심했다. 잘못 말했나?

"공주님, 그러니까 방금처럼 손등에 입을 맞추는 게 아니라…….'

"응, 입술."

"……!"

"키스하고 싶다는 거잖아?"

반테르는 뻣뻣이 굳었다. 한순간에 석상이 되었다. 리엘라는 동작하는 법을 잊은 상대방을 보며 고개를 갸웃했다. 여느 때처럼 무구한 얼굴이었다.

"괜찮을 것 같아. 해볼까?"

"예, 예?"

"해보면 알잖아. 괜찮은지 아닌지. 잘은 모르겠지만 어쨌든 내가 괜찮다고 하면 되는 거 아냐?"

"그, 그건, 아니, 그렇긴 하지만."

"그럼 해봐."

이 순간 반테르의 이성과 본능이 싸우기 시작했다. 몹시 치열한 싸움이었다. 일찍이 겪어본 적 없는 유혹이 그를 붙들고 흔들었다. 머릿속에서 두 개의 목소리가 외쳤다.

'정신 차려. 공주님이 저러는 건 아무것도 몰라서야. 알 거 다 아는 네가 공주님이 하란다고 하고 싶은 대로 하면 되겠냐?'

'양심도 없는 새끼. 올해의 도둑놈 상을 너에게 수여한다.'

'뭐야, 왜 내 편은 없어?'

공방이 오가는 게 아닌 공격만 쏟아지는 와중에도 반테르는 갈대처럼 휘청였다. 그냥 유혹도 아니고 매우 강한 유혹이라 좀처럼 이성을 유지하고 따르는 것이 쉽지 않았다. 반테르는 시험에 들었다. 생애 겪은 것 중에 가장 어려운 시험이었다.

'이 도둑놈 새끼가? 단념 안 해? 이렇게 욕해도 포기를 안 하네?'

'그래, 난 포기를 모르는 도둑놈이다.'

'헐…….'

이성을 물리쳤다. 결국 침몰시켰다. 반테르는 제가 이렇게 욕망에 충실한 인간인 줄 오늘 처음 알았다. 마음을 자각한 후로 새롭게 깨닫게 되는 것이 참 많았다.

이성을 퇴치했으니 당연히 지금은 이성이 없다.

반테르는 무릎을 세웠다. 무릎 아래를 바닥에 두고 몸을 곧게 폈다. 그러자 눈높이가 변했다. 리엘라를 마주 보면 약간 아래에 위치하던 시선이 위로 올라왔다. 그 상태로 그는 손을 뻗었다. 한 손은 바위에 두고 몸을 지탱했다. 다른 손으로는 리엘라의 턱 끝을 가볍게 쥐었다. 한 호흡, 반테르는 잔떨림이 섞인 숨을 내뱉었다.

"기분 나쁘시면…… 밀어내셔도 됩니다."

"응."

"최대한 노력하겠습니다. 밀려나도록."

그리고 입을 맞췄다.

입술이 닿았다. 말캉한 감촉이 선연하게 전해졌다. 그러고서 반테르는 잠시 움직임을 멈추고 기다렸다. 마치 밀어내고 싶으면 지금이라고 알려 주듯.

그러나 리엘라는 밀어내지 않았다. 표정을 찡그리거나 피하듯 고개를 돌리지도 않았다. 다만 눈을 감아 긴 속눈썹으로 눈 아래 그림자를 만들었을 뿐이다.

알고 그런 건지, 모르고 그러는 건지. 그건 모종의 허락 같았다. 이내 반테르는 턱 끝에서 손을 떼고 리엘라의 뒷머리를 손으로 받쳤다. 매끄러운 금발이 손가락 사이에 부드럽게 감겼다.

입술이 더욱 진하게 맞물렸다. 고개를 옆으로 젖히고 맞닿는 면적을 늘렸다. 곧 아랫입술을 살짝 물고 입술 사이를 벌려 안으로 침범했다. 천천히, 조심스럽게, 침입이라기보다는 꼭 초대받은 손님이 방문하듯 굴었다.

이어 열기를 나누기 시작했다. 제 체온을 전해 주고, 또 상대의 체온을 빼앗아 왔다.

달았다. 미각을 괴롭히는 단맛이 아니라 정신을 아릿하게 만드는 감미였다. 마음이 달떠 심장이 멋대로 요란하게 두근거렸다.

눈을 감고 입맞춤에 집중하는 반테르의 속눈썹 끝이 잘게 떨렸다. 입술을 통한 열기가 머리까지 전해진 듯 어지러웠다. 사춘기 소년 때도 느껴본 적이 없는 깊은 갈증이 그를 당황스럽게 만들었다.

"……하아."

입맞춤은 길지 않았다. 곧 반테르가 입술을 떼고 간격을 벌렸다. 요령을 알 리 없는 리엘라가 숨찬 기색을 보였기 때문이다.

"……."

뒷머리에서 천천히 손을 거둔 반테르가 감은 눈을 뜨고 리엘라를 응시했다. 맞대고 체온을 나눈 시간이 얼마나 되었다고, 입술에 닿는 찬 바람이 낯설었다.

리엘라는 그보다 조금 느리게 눈을 떴다. 그러고 나서는 손을 들어 제 입술을 가만 매만졌다. 반테르는 이때 숨을 죽였다. 긴장으로 저절로 몸이 굳었다. 극형이냐 무죄냐, 극단적인 판결을 앞둔 죄인의 심정이 문득 이런 것일까 싶었다.

그렇게 자기 입술을 매만진 리엘라가 곧 눈을 휘둥그레 떴다. 신기하다는 듯 말한다.

"반테르."

"……예, 공주님."

"진짜가 됐어."

"예?"

"반테르가 진짜 운명의 상대가 됐어."

"그게 무슨……."

그 순간 떠오르는 것이 있었다. 반테르는 말을 멈췄다. 꽤 선명한 기억이었다. 리엘라를 처음 만난 날, 마법이 걸린 검집을 만지고는 운명의 전기가 통했다 철석같이 믿던 그녀에게 메일은 이렇게 말했다.

"사실 공주님도 이미 알고 계시죠? 진짜 운명의 상대를 만나면 전기만 통하고 끝나는 게 아니라는걸."

"응? 그럼?"

"아시잖아요. 운명의 상대와 함께 있다 보면 갑자기 가슴이 쾅쾅 뛰고, 숨이 턱 막히고, 뭘 해야 할지 모르게 된다는 거. 그런데 그런 느낌이 기다려도 계속 찾아오지 않는다면 뭘까요? 전기는 통했는데 느낌이 안 온다면?"

"……실수?"

"바로 그거예요. 그러면 운명의 신이 실수를 한 거죠!"

제 운명의 상대가 반테르라 생각하고 낙담해 있던 리엘라를 달래기 위한 임기응변이었다. 메일은 시간이 지나도 좋아하는 마음이 생기지 않으면 그건 신이 실수해서 운명의 상대를 잘못 지정해 준 거라고 설명했다. 그리고 리엘라는 그것을 곧이곧대로 믿었다. 그래서 반테르가 이후 '가짜' 운명의 상대가 되었던 것이다.

그런데 지금은 진짜가 됐다고 말한다. 진짜 운명의 상대가 되었다고.

"공주님, 그 말은……."

"가슴이 엄청 두근거려."

"……."

"얼굴도 빨개지고. 보이지는 않지만 빨개졌을 거야. 그렇지?"

리엘라의 얼굴 또한 석양에 물들었다. 그러나 그런 와중에도 어슴푸레 홍조가 보였다. 반테르는 제가 들은 것, 그리고 제 눈에 보이는 것을 두 번 세 번 확인했다. 도로 떠올려 되새기고 눈을 깜박이거나 비비기도 했다.

몇 번을 반복해도 잘못 들은 것도, 잘못 본 것도 아니었다. 그리고 꿈도 아니다.

"……!"

리엘라보다 반테르의 얼굴이 훨씬 붉게 달아올랐다. 그는 손등으로 급히 제 얼굴을 가렸다. 무슨 표정을 지어야 할지 알 수 없었다. 심장이 뛰는 소리가 당황스러울 만큼 시끄러웠다. 터질 것 같았다.

그리 허둥지둥하는 반테르를 보며 해사하게 웃은 리엘라가 쐐기를 박았다.

"반테르."

"……."

"좋아해."

"……!"

"우리 이제 서로 좋아하네. 그치?"

반테르는 기어이 벌떡 일어섰다. 일어서서 난간이나 테이블 대용으로 제 키만 한 나무를 찾았다. 그러곤 나무에 쾅쾅 자기 이마를 찧었다. 메일이 봤으면 기겁했을 행위를 마치고 자리로 귀환한 그는 이마가 벌게진 채로 심호흡을 했다. 그리 숨을 고르곤 말한다.

"공주님."

"응?"

"키스…… 한 번 더 하게 해주세요."

이어서 무슨 일이 벌어졌나. 리엘라는 보기보다 적극적이라 말로 대답하는 대신 반테르의 옷깃을 잡고 끌어당겼다.

하늘이 온통 붉게 물들었다가 점차 어두워졌다. 마치 자리를 피해 주듯, 그날의 해는 평소보다 조금 빠르게 서산 너머로 자취를 감췄다.

황제의 탄신연은 일주일간 지속된다. 본래 열흘이던 것을 줄여서 그만큼이었다.

연회 사흘째. 메일은 눈을 동그랗게 떴다. 놀란 나머지 토마토를 찍으려던 포크로 그 옆의 브로콜리를 찍었다.

"결혼…… 하시기로 했다고요?"

"응. 운명의 상대니까."

로즈는 미끄러져서 결국 넘어졌다. 충격이 컸는지 낙법도 구사하지 못했다. 메일은 포크를 내려놓고 일단 로즈를 부축했다. 등도 토닥여 주었다.

"우선 축하드릴게요. 그런데 결혼이라면, 음, 역시 국왕 전하께도 말씀드려야……."

"그래서 같이 가기로 했어."

"같이 간다고요?"

"우리 아빠한테."

"아하, 네. ……네?"

청혼서를 보내는 것이 아니라 직접 다녀오기로 했다고 한다. 장인의 허락을 위해서라면 먼 길 따위 마다 않겠다는 반테르의 의지가 강하게 느껴지는 대목이었다. 메일은 반테르 경도 참 대단하다고 생각하다가 문득 그것이 곧 남의 일이 아니게 될 수도 있음을 깨달았다.

'아버지!'

황제의 이름으로 메일의 가문에 청혼서를 보낸 지도 시일이 꽤 흘렀다. 답장은 아직 없었다. 진작 확인하고 발송하고도 남았을 시간인데 어째 여태 감감무소식이었다.

문득 불길해졌다.

'아버지, 빨리 보내 주세요. 이러다간……'

"공주님, 꼭 둘만 가셔야 돼요."

"응?"

"누가 같이 가고 싶다고 해도 절대 끼워 주지 마세요."

"……?"

"오붓한 여행길이니까 아무도 끼어들게 하면 안 돼요. 아셨죠?"

"응."

머릿속으로 찾아든 상상을 애써 부인해 본다. 설마 그럴까. 에이, 설마. 거리가 얼만데. 국정을 돌봐야지, 설마.

그러나 설마는 늘 사람을 잡는다.

메일이 그것을 새삼 깨닫게 되는 건 정확히 열흘 뒤의 일이었다.

사흘째를 맞이한 탄신연은 앞으로 나흘이 더 남았다. 남은 연회를 즐길지 말지는 각국의 사절단이 자의로 선택할 수 있었다. 물론 먼 길을 와서 굳이 일찍 돌아가는 사절단은 거의 없다.

사절단을 이끄는 알피어스 왕자의 의견에 따라 라스카비는 오늘도 연회에 참석했다. 간간히 말을 거는 타국의 사람들에게 웃음으로 응수한 그는 자리를 옮겨 연회장 한쪽 테이블 위에 놓인 와인 잔을 집어 들었다. 한 모금 간단하게 맛을 보곤 옅은 한숨을 쉰다.

의지와는 상관없이 눈이 연회장 안을 훑었다. 버릇처럼 누군가를 찾는다. 의식하는 순간 그만두었으나 씁쓸한 웃음이 배어나는 것은 어쩔 수 없었다.

'나도 참……'

찬연한 금발이 눈앞에 아른거렸다. 언제였지. 가을이었나, 봄이었나.

그렇게 춥거나 더운 날씨는 아니었던 것으로 기억한다. 얇은 드레스를 입고 바깥에서 다과를 즐기고 있었으니까.

"반갑습니다. 공주님. 라스카비 알렉시스입니다."
"응. 반가워."
"꺅! 공주님. 케이크!"

케이크가 올라간 접시를 들고 서 있던 리엘라는 어디에 한눈을 팔았는지 마침 라스카비가 제 앞에서 한쪽 무릎을 꿇고 인사를 올리던 와중 들고 있던 접시의 균형을 잃었다. 부드러운 무스 케이크가 금방 라스카비의 어깨로 떨어졌다. 시녀가 작게 비명을 질렀다.

"어? 내 케이크."

남의 어깨에 케이크를 투하해 놓고도 리엘라는 텅 빈 접시를 더 신경 썼다. 상대의 나이가 어리고 신분 차가 난다는 것을 감안해도 당한 입장에선 충분히 화가 날 만한 일인데, 라스카비는 그때 기분이 나쁘기는커녕 이상하게 반대로 웃음이 났다. 그건 리엘라가 딴에는 정말 심각한 표정으로 케이크가 사라진 접시를 쳐다보고 있었기 때문일지도 모른다.

그렇게 만났다.

예상하지 못한 것은 그 황당한 첫 대면 이후 라스카비가 왕성에 불려 가는 일이 늘었다는 것이다. 이야기를 전해 들은 국왕은 라스카비를 불러 툭하면 리엘라를 그에게 맡겼다. 아마 어깨에 케이크를 묻히고도 웃었다는 말에 '이놈이라면 공주가 무슨 짓을 하든 동요 없이 잘 놀아주겠다'고 판단했던 것일지도 모르겠다. 결과적으로 들어맞은 판단이기는 했다.

라스카비는 리엘라와 일 년여를 함께 보냈다. 그리고 5년 전 리엘라가 열세 살일 때 그녀를 떠났다.

그때는 떠나는 것에 일말의 후회가 없었다.

지금은…….

"……없지, 지금도. 후회는."

와인 잔을 전부 비운 라스카비가 중얼거렸다. 그때로 돌아가도 어차피 자신은 같은 선택밖에 하지 못할 것이다. 그러니 후회하지 않는 편이 낫다. 당연히 미련도 버려야 하고.

라스카비는 투명하게 빈 잔을 가만히 응시했다. 곧 남은 몇 방울도 털어서 완전히 없애 버렸다. 잔을 내려놓고 그는 몸을 돌렸다.

그대로 연회장을 벗어나다 라스카비가 멈칫했다. 그의 발이 멈춘 것은 아는 얼굴을 바로 가까이에서 마주했기 때문이다. 잊을 수 없는 풍채. 로즈였다. 옆에는 메일이 함께 있었다.

리엘라는 없었다.

찰나 치민 것이 안도인지 아쉬움인지, 혼란스러워하는 사이 메일이 입을 열었다.

"메일 비제아트입니다. 알렉시스 공자님, 조금 늦게 인사드리네요."

"……아, 비제아트 영애. 반갑습니다. 알렉시스 라스카비입니다."

간단히 인사를 나누고 나니 딱히 더 할 말은 없었다. 라스카비가 목례를 건네고 다시 걸음을 옮기려던 무렵이었다. 메일이 그를 붙잡고 로즈에게 양해를 구했다.

"로즈, 잠깐만……."

"예, 아가씨."

자리를 비켜 달라는 말이다. 로즈는 순순히 멀리 거리를 벌렸다. 라스카비는 예상치 못한 상황에 조금 당황스럽게 상대를 응시했다. 제게 무슨 할 말이?

이내 메일이 입을 열었다.

"저, 알렉시스 공자님."

"예, 영애."

"한 가지 궁금한 것이 있어서요. 실례인 줄은 알지만, 여쭤도 될까요?"

메일은 어젯밤 리엘라에게 라스카비에 대한 이야기를 전해 들었다. 대단한 것은 아니고 그 전날 반테르와 있었던 일을 경청하다 곁다리로 섞여 들어온 정도였다. 하나 그것만으로도 메일이 품고 있던 의심을 확신으로 바꾸기에는 충분했다.

옛날 일이긴 하지만 라스카비와 리엘라는 서로 좋아했다. 그런데 왜 꼭 그렇게 헤어져야 했을까. 유학이 문제였다면 약혼만 해두고 다녀와서 식을 올렸어도 되는 일이다. 어차피 당시엔 둘 다 어렸을 테니까.

역시 국왕의 반대 때문이었을까? 하지만 드러난 정황만 따지면 굳이 그럴 이유도 없어 보였다. 라스카비 알렉시스는 가문을 이어받으면 알렉시스 후작이 된다. 부마로 삼기에 후작 가문은 그리 모자란 배경이 아니었다.

"무엇이 궁금하십니까?"

"5년 전, 공주님은 알렉시스 공자님을 좋아했어요. 공자님도 알고 계셨죠. 그때…… 왜 공주님의 마음을 받아들이지 않고 떠났는지 궁금해요."

아직까지 미련이 남을 정도로 공주님을 좋아했으면서 말이에요. 그 말은 삼켰다. 본인에게 직접 듣지 않은 마음까지 재단할 수는 없었으니까. 메일은 잠자코 대답을 기다렸다.

침묵이 길게 흐르기 전에 라스카비가 입을 열었다. 그는 되레 질문했다.

"제가 몇 살로 보이십니까?"

"네?"

"말 그대롭니다. 어떤 것 같습니까?"

"……글쎄요, 한 스물?"

갑자기 수수께끼 같은 질문을 만난 메일이 나름 추측해서 답을 내놓았다. 라스카비는 그럴 줄 알았다는 듯 부드럽게 웃었다. 고개를 젓는다.

"올해 스물아홉입니다."

"아아…… 네?"

"오 년 전에는 스물넷이었죠. 대답이 되었으리라 생각합니다. 그럼."

고개를 살짝 숙여 작별 인사를 건넨 라스카비가 메일을 스쳐 자리에서 벗어났다. 메일은 그 자리에 우두커니 섰다.

"오 년 전에는 스물넷이었죠."

방금 전에 했던 생각 중에 정정해야 할 것이 생겼다. 어차피 당시엔 둘 다 어렸을 테니까. 이건 틀렸다. 둘 다 어린 게 아니라 한 명만 어렸다. 열세 살과 이십 대 중반이었다.

"……나이가 잘못했네."

리엘라의 첫사랑이 이루어지지 못했던 비밀이 밝혀졌다. 메일은 라스카비가 사라진 방향으로 짤막하게 시선을 주었다. 허무한 듯 얄궂은 듯, 알 수 없는 기분이었다.

✦

해가 눈부셨다. 황제는 반테르가 고백을 무사히 마치면 휴일을 주겠다던 약속을 지켰다. 꽤 오랜만에 얻은 휴가를 반테르는 고민할 것도 없이 리엘라와 함께 보냈다.

오늘 두 사람은 본궁의 정원이 아닌 북쪽 별궁으로 나들이를 나섰다. 북쪽 별궁 앞에는 볕이 잘 드는 화원과 커다란 분수, 그리고 연못이 있었다. 리엘라는 다리 위에서 연못을 내려다보다 가끔 잉어가 튀어 오르면 얼른 반테르의 옷깃을 잡아당겼다. 너도 보라는 뜻이다. 반테르는 그러는 리엘라의 행동이 귀엽다고 서른 번쯤 생각했다.

"춥진 않으십니까?"

"응, 괜찮아."

"햇볕이 따뜻해서 다행이군요."

오늘은 날이 좋았다. 아무리 한낮이래도 이처럼 볕이 강한 날은 드물었다. 찬 공기가 데워지니 바람만 불지 않으면 가을이 아니라 마치 봄 같았다.

봄을 닮은 날씨.

그 가운데 반테르의 마음도 봄이었다.

"오라버니, 솔직히 아직까지 누굴 제대로 좋아해 본 적 없지?"

반테르는 텔리야가 언젠가 했던 말을 다시 떠올렸다. 그리고 인정했다. 텔리야는 천재였다. 인간의 내면을 샅샅이 들여다보는 비범한 통찰력을 지닌 것이 틀림없었다. 이십여 년을 봐 온 여동생이 다시 보였다.

"좋아하긴 좋아했겠지. 그런데 오라버니는 연인을 좋아하면서 동시에 폐하도 좋아하고, 나도 좋아하고, 친구도 좋아하고, 동물도 좋아하고, 빵집에 파는 빵도 좋아하고, 길거리의 잡초도 좋아했잖아."

그때는 그게 무슨 의미인지 몰랐다. 특별함이 무엇인지 모른다고 이어진 말에는 코웃음을 쳤다. 그러나 이제 와 반테르는 그때 그 말이 담고 있던 뜻을 여실히 이해했다.

마침 불어온 미풍에 앞머리가 날리자 리엘라가 성가신 듯 이마 위를 흐트러뜨렸다. 그 별것 아닌 모습에 시선이 사로잡히고 가슴 한쪽이 뿌듯해졌다. 그 무엇으로도 이 순간과 장면을 대신할 수는 없을 것이다. 특별하고 유일해서 절실함마저 들었다. 그동안은 알지 못했던 감정이다.

반테르는 충동적으로 리엘라의 금발을 손에 그러모아 입을 맞췄다. 그래 놓고는 제 행동에 자기가 얼굴을 붉힌다. 리엘라는 난간을 짚고 연못을 구경하다 그런 반테르를 돌아보았다. 말끄러미 쳐다보는 것에 반테르의 홍조가 더 짙어졌다.

"내 머리카락 좋아?"

"……다 좋습니다. 뭐든."

"나도 내 머리카락 좋아. 예쁘잖아."

그야 그렇지. 반테르는 내심 긍정했다. 리엘라에게 예쁘지 않은 구석이라곤 뒤집고 털어 봐도 없을 것이 뻔했다. 머리부터 발끝까지 다 예뻤다.

생각을 읽기라도 한 듯 리엘라가 질문했다.

"나는 다 예뻐. 그렇지?"

"당연한 말씀을."

"어머니도 나만큼 예뻤는데."

반테르는 순간 소리를 죽이고 집중했다. 리엘라가 가족 이야기를 하는 건 처음이었다. 잠자코 경청하는 반테르를 옆에 두고 리엘라가 말을 이었다.

"예뻤는데, 안 예뻐졌어."

"……."

"그래서 아버지가……."

먼 과거의 일을 이야기하는 리엘라의 목소리는 조금 작고 느렸다. 반테르는 이때 최근에 알게 된 사실 한 가지를 떠올렸다.

"어머니를 내쫓았어. 안 예뻐져서 더는 사랑하지 않는대."

리엘라의 생모는 3왕비였다. 벨티에의 국왕은 총 세 명의 부인을 두었는데, 그중 가장 어렸던 세 번째 부인이 막내 공주를 낳았다. 그리고 공주가 다섯 살이던 무렵 폐비되어 궁에서 쫓겨났다.

이유는 단순했다. 부정했기 때문이다.

3왕비는 왕이 아닌 다른 사내와 정을 통했다. 고국에서부터 그녀를 오래 모신 호위 기사였다. 왕은 그녀가 원치 않은 시집을 왔다는 것을 알고 있었기에, 왕비도 호위 기사도 벌하지 않았다. 그러나 대신들의 요청에 따라 궁에서 내보내는 것만은 어쩔 수 없었다.

왕은 그렇게 3왕비를 내쳤다. 다만 궁에 남은 어린 딸에게 그 이유를 사실 그대로 알려 주지는 못 했다. 국왕은 왜 어머니가 밖으로 끌려나갔느냐고 묻는 다섯 살짜리 공주에게 왕비의 부정을 설명하는 대신 다른 핑계를 댔다.

"헤어지는 거란다. 더는 사랑하지 않아서."

"왜요? 왜 안 사랑해?"

"그건…… 그녀가 더 이상 예쁘지 않기 때문이란다."

그건 왕이 별달리 고심해서 생각해낸 핑계는 아니었을 것이다. 그 증거로 국왕은 몇 년이 지나 자기가 했던 말을 까맣게 잊어버렸다. 그 말이 어린 공주에게 어떤 의미가 된 줄도 모르고.

'국왕이…… 그랬군.'

반테르는 해당 비화를 알고 있었다. 최근 지피지기면 백전불태라는 마음가짐으로 벨티에 왕가에 대해 이래저래 알아보았기 때문이다. 그때 리엘라의 가족사에서 의외로 어두운 부분을 발견하고 깜짝 놀랐던 기억이 있다. 물론 국왕이 그런 식으로 어린 리엘라에게 둘러댔으리라고는 전혀 예상하지 못했다.

어머니의 이야기를 하는 리엘라는 특별히 어두운 기색은 아니었다. 표정에도 별반 그늘이 없었다. 그래도 반테르는 공연히 안절부절못했다. 비극적인 가족사를 입에 올린 건 리엘라인데 동요는 반테르가 다 했다.

"공주님, 저는."

무슨 말을 하는 것이 좋을까. 이제 와 국왕의 말이 의미 없는 핑계였을 뿐이라고 설명해 주는 것이 딱히 의미가 있을 것 같진 않았다. 머뭇거리다 그는 자기 마음을 솔직하게 고백했다.

"공주님이 예쁘지 않아도 사랑해요."

리엘라가 눈을 깜박였다. 긴 속눈썹이 움직이는 것이 나비의 날갯짓 같았다. 이내 그녀가 눈을 반달로 접었다.

"알아. 그래도 내가 세상에서 제일 예뻐."

평소처럼 미소 짓는다. 햇살과 만나 눈이 부셨다. 반테르의 가슴이 두근거리며 뛰었다.

이 미소를 평생 지키고 싶다. 전에 없이 간절하고 오래도록 이어질 소망이었다. 벗어날 수 없는 외길에 놓인 반테르가 마주 웃었다.

"그럼요."

1.5
후작과 마법사

텔리야가 샴페인을 들고 황성에 방문했다. 반테르를 만나자마자 뚜껑을 따고 펑 터뜨린다. 반테르는 어안이 벙벙한 채로 눈앞에서 펼쳐지는 샴페인 잔치를 구경했다.

"뭐 하는 거야?"

"전직을 축하해!"

"전직?"

"기사에서 도둑으로 전직했잖아."

"······끄응."

반박할 수 없었다. 반테르는 입을 다물었다. 싱글벙글 웃은 텔리야는 곧 사용인에게 부탁해 유리잔 두 개를 얻어 냈다. 샴페인을 가득 따라 접객용 테이블 위에 올려 두고는 까딱까딱 손짓한다. 한숨을 내쉬면서도 반테르는 어쩔 수 없이 맞은편에 앉았다.

"샴페인의 요정님, 오라버니가 정의로운 도둑이 되는 걸 허락해 주세요."

"놀리려고 온 거냐?"

"축하해 주러 온 거지."

"말이나 못하면."

"아냐, 진짜야. 내가 얼마나 걱정했는데. 오라버니가 정말 누굴 좋아해 보지도 못 하고 삶을 다 보낼까 봐."

샴페인이 든 잔을 옆으로 밀어낸 텔리야가 턱을 괴고 씩 웃었다. 개구쟁이 같은 웃음은 그녀의 어릴 때나 지금이나 변한 것이 없었다. 그에 헛웃음으로 맞받은 반테르가 이내 고개를 내저은 뒤 잔을 기울였다. 어쨌든 지금 반테르의 봄날에는 텔리야의 공헌이 컸으니―검집에 마법을 걸어줘서―말 몇 마디 못 들어줄 것은 아니었다.

"그리고 이제 오라버니에겐 자격이 생겼어."

"자격? 무슨 자격?"

"눈물 없인 듣지 못할 내 진실한 러브 스토리를 들을 자격!"

"허?"

반테르가 대놓고 황당해 해도 딜리아는 굴하지 않았다. 진짜 사랑을 알았으니 이제 진짜 사랑 이야기를 들을 때가 됐다며 그녀는 멋대로 묻지도 않은 자기 얘기를 시작했다.

"내가 어떻게 남편을 보쌈하게 됐는지 알려 줄게."

"안 궁금해."

"바야흐로 4년 전이었지."

"관심 없…… 뭐? 4년?"

시클라민 후작가에서 가문으로 청혼서가 날아왔던 건 3년 전이었다. 3년 전 가을. 그런데 첫 만남이 4년 전이라니, 텔리야의 성격상 만나자마자 상대를 넘어뜨렸을 줄 알았던 반테르는 의외의 기간에 깜짝 놀랐다.

"1년이나 기다렸다고? 네가?"

"너무 눈이 부셔서 요정이나 엘프가 아니라 사람이라는 걸 확인하는 데만 반년 걸렸어."

"미쳤구먼."

반테르의 면박에도 텔리야는 눈 하나 깜짝하지 않았다. 깜짝하면 텔리야가 아니다.

"뭐, 물론 다른 사정도 있었지. 어떻게 된 거냐면……."

그녀는 그렇게 청자가 듣고 싶어 하지 않는 이야기의 나래를 펼쳤다.

오전부터 맞선이 잡혀 있었다. 당사자의 의사는 전혀 반영되지 않은 약속이었다. 열아홉의 텔리야는 선 따위 보지 않겠다는 반항이 아버지에게 더는 통하지 않는다는 것을 깨달았다.

물론 그걸 깨달았다고 그녀가 하루아침에 고분고분해졌을 리 없다. 피할 수 없다면 정면으로 돌파하자는 결론을 내린 텔리야는 그날 기상하자마자 화장에 열중했다. 장신구와 드레스도 손수 고르고, 고심 끝에 택한 향수를 뿌렸다.

"꺄악! 아, 아가씨!"

결과는 텔리야를 모시는 개인 시녀의 비명이었다.

텔리야는 얼굴이 흰색이나 다름없게 되도록 몇 차례에 걸쳐 분을 바른 뒤, 입술에는 가진 것 중 가장 빨간 루주를 칠했다. 눈두덩엔 몹시 반짝이는 파란색 색조 가루를, 볼에는 생기발랄한 분홍색 연지를 펴 발랐다.

드레스는 색색의 프릴과 리본이 걸을 때마다 팔랑이는 것으로 골랐다. 장신구는 큼지막한 진주 목걸이를 목에 두 개 걸고 손가락마다 반지를 꼈다.

화룡점정으로 향수를 샤워하듯 뿌려 주고 나니 마주치는 사용인마다 거품을 물었음은 당연한 일이다. 응접실에서 텔리야를 기다리고 있던 맞선 상대는 그녀를 대면하자마자 기겁하고 도망갔다.

　성공적으로 퇴치를 마친 텔리야는 허리에 양손을 얹고 파하하 웃었다. 그리고 곧 분노한 공작에 의해 저택에서 쫓겨났다.

　"……진짜 그랬다고?"

　"그때 내 시녀였던 아이즈가 갑자기 사흘간 앓아누웠던 거 기억나? 그게 그날의 내 모습을 목격한 후유증이었어."

　"……."

　"아무튼 들어 봐. 이제부터가 중요하니까."

　쫓겨난 텔리야는 배회하다 무작정 저잣거리로 나섰다. 수행원 하나 없이 덩그러니 내쫓긴 신세였지만 그녀는 별반 걱정이 없었다. 텔리야가 탑의 원로 마법사와 비등한 실력을 얻게 된 건 열다섯 살 때의 일이었다.

　근처 보석상에 들어가 끼고 있던 반지를 하나 팔아넘기고 텔리야는 현금을 얻었다. 그리고 그 현금으로 저잣거리를 누비며 이것저것 사거나 구경했다. 마침 축제 기간이라 운이 좋았다. 행색이 괴상해서 자연히 사방의 이목을 끌었지만 원체 철면피라 문제없었다.

　실컷 돌아다닌 텔리야는 양손에 과일 꼬치와 솜사탕을 하나씩 들고 웬 골목을 지났다. 그때였다.

　"이런 시기에 혼자 이곳까지 나오다니, 멍청한 건지 담이 큰 건지."

　"우릴 너무 원망하지 말라구, 응?"

　우연히 맞닥뜨렸다. 뭐였냐면 바로 범죄의 현장이었다. 입으로 솜사탕을 밀어 넣던 텔리야는 심상치 않은 골목 안쪽의 분위기에 저도 모르게 발을 멈췄다.

　"저승에 가서 네 안이함을 탓해라!"

"잠깐!"

텔리야는 일단 외쳤다. 삥이나 뜯는 거면 그냥 지나치려 했는데 아무리 봐도 대사가 심상치 않았다. 방금 저거 살인 예고 아닌가. 그렇다면 당연히 그냥 갈 수가 없었다.

"이 제도에서 함부로 살인 사건이 일어나게 둘 순 없지. 아름다운 폐하께서 가꾸신 아름다운 제도인데."

"……뭐? 뭐야, 이건?"

"행색이…… 미친 여자인가?"

가까이서 확인한 남자 둘은 복면을 쓰고 있었다. 누가 봐도 범죄자의 느낌이 났다. 그 두 범죄자에게 당할 뻔한 피해자는 둘에게 가려서 잘 보이지 않았다.

"어이, 여자. 같이 다치기 싫으면 저리 꺼져. 우리도 무고한 생명은 별로 해치고 싶지 않거든."

"너희가 방금 속삭 하려던 사람은 무고한 생명이 아니고?"

"오래 살고 싶으면 남의 일에 관여하지 않는 게 좋을 텐데…… 어렸을 때 안 배웠나?"

"범죄자를 만나면 족치라고 배웠지."

"말로 해선 안 되겠군."

눈빛을 바꾼 복면인 중 한 명이 몸을 날렸다. 그는 꽤 날렵하게 움직여 텔리야의 목을 움켜쥐려 들었다. 그러나 그보다 텔리야가 빨랐다.

"포박."

"어? 크억!"

"끄악!"

마법으로 생겨난 밧줄이 순식간에 두 사람을 칭칭 동여맸다. 꼼꼼하게 포박당한 둘은 이내 나란히 허공에 대롱대롱 매달렸다. 그야말로 눈 깜짝할 새였다.

"어디서 허접이…… 쯧쯧. 괜찮아요?"

복면인 둘을 간단하게 처리한 텔리야는 들고 있던 과일 꼬치와 솜사탕을 두 놈의 입에 각각 꽂아준 뒤 피해자에게 눈을 돌렸다.

그리고 굳었다.

그곳엔 사람 대신 빛이 있었다.

"시클라민 후작이…… 하긴, 잘생기긴 했지."

"잘생긴 정도가 아니라 아름다웠어."

"어, 그래."

"내가 그때 그를 만나자마자 뭘 했는지 알아?"

"뭘 했는데?"

"세수."

"……뭐?"

"마법으로 물을 만들어서 당장 세수부터 했어. 그때 내 꼴이 좀 그랬잖아. 가려져 있던 내 미모를 보여 줘서 어필하려는 생각이었지."

"……하아……."

"그랬더니……."

상대의 미모에 눈이 멀어 얼이 빠진 와중에도 잘 보여야겠단 자각은 있었다. 급하게 세수를 마치고 우스꽝스러운 진주 목걸이와 반지를 뺀 텔리야는 탈의까지 하려다 그건 아니다 싶어 멈췄다. 그때까지 눈부시게 잘생긴 피해자는 그런 그녀를 멀뚱히 구경하고 있었다.

괴상한 행색을 어느 정도 탈피한 텔리야가 어흠, 헛기침을 했다. 그러곤 말을 걸었다.

"반가워요. 전 텔리야 폰 모하임이에요. 텔리야라고 불러 주셨으면 해요."

"네, 텔리야. 도와주셔서 고마워요."

"정말 고마우면 저랑 교제해 주세요."

"……네?"

"한눈에 반했어요. 제 것이 되어주세요."

텔리야는 저돌적이었다. 지금도 그렇지만 당시엔 더 그랬다. 잘생긴 피해자는 당연히 당황했다. 그는 우수한 찬 눈동자를 깜박이다 곤란한 듯 말했다.

"그건 힘들어요."

"만난 지 얼마 안 돼서 그런 건가요? 앞으로 자주 만나면 되죠. 만나면서 알아 가요."

"그게 아니라……."

"아니라?"

"텔리야는 귀족이잖아요."

"……?"

"저는 평민이에요."

"뭐?"

"정말 그렇게 말했어. 자긴 평민이라고."

"거짓말이잖아."

"응. 새빨간 거짓말이지."

"혹시 그걸 믿었어?"

"믿었어."

"왜?"

"천사님의 말씀이었으니까."

"……."

"여하튼 끝이 아니야."

잘생긴 피해자의 정체는 두말하면 입 아프게도 시클라민 후작이었다. 그러나 텔리야는 그때 그것을 몰랐다. 후작위를 물려받기 직전까지 그가 후작령에서 두문불출했기 때문이다. 후작의 잘생긴 얼굴이 사교계에 알려진 것은 그로부터 반년 뒤의 일이었다.

어쨌든 본인이 평민이라고 하니 그렇게 믿을 수밖에 없다. 하나 상관없었다. 텔리야에게 중요한 것은 상대가 잘생겼다는 것이지 그의 신분 따위가 아니었다. 그녀의 구애는 전혀 주춤하지 않았다.

"제 이상형은 사실 평민이에요."

"네?"

"저 귀족 싫어해요. 취향이 원래 좀 그래요. 평민이라니 더 잘됐네요."

"……."

"교제해 주세요. 잘할게요."

"정말 구차했구나……."

"자존심이 미남 물어다 줘? 아니거든."

"그, 그래."

"그렇게 반년을 쫓아다녔지."

"쫓아다녔다고? 평민인 줄 알았으니 사는 곳도 몰랐을 거 아냐."

"응. 그런데 이상하게 저잣거리에만 나가면 꼭 그가 있더라고. 거의 하루걸러 하루 꼴로 마주쳤어. 아무래도 운명이었던 게 아닐까?"

"……그래서, 후작인 건 언제 알았는데?"

"반년 뒤 왕궁 연회에서. 국왕 전하 탄신연에서 알았지, 뭐. 그도 참석했었으니까."

"그때 기분은?"

"천사님이 나를 속였구나. 설마 가지고 놀았던 걸까?"

"싫어지지는 않던?"

"전혀. 그때는 이미 좋아하고 있었거든."

텔리야는 샴페인 잔을 끌어다 한 모금 마셨다. 추억을 떠올려서 그런가 샴페인 맛이 유난히 달았다. 후후 웃은 그녀가 다시 턱을 괴었다.

"근데 후작인 걸 알게 된 날 나한테 그러더라."

"뭐라고?"

"이제 넘어가 줄 마음이 들어서 정체를 드러낸 거라고."

"……."

"그리고 다음해에 결혼하자더라."

"……충격적이다, 정말."

"그치?"

"네 스토킹의 결실이 놀라워."

"그 말 많이 들어."

텔리야는 마냥 헤실헤실 웃었다. 그때 심장이 터질 뻔했다고 구구절절 심경을 늘어놓는 것도 잊지 않았다.

그러다 어느 순간 그녀는 갑자기 푹 고꾸라졌다.

"……텔리야?"

"……."

"잠깐……. 아니, 이거 술이었어?"

일반적으로 통용되는 샴페인엔 두 가지 종류가 있다. 도수가 있는 것과 도수가 없는 것. 즉 술이거나 술이 아니거나. 텔리야가 축하의 의미라며 들고 온 것은 개중에도 꽤 독한 종류였다.

샴페인이 독해 봤자 샴페인이라고 생각할 법하지만 문제는 텔리야였다. 그녀는 유달리 술에 약했다. 약한 정도가 범인의 수준이 아니라, 알코올이 들어간 것은 한 모금만 마셔도 세상모르게 곯아떨어지곤 했다.

반테르는 테이블에 엎어진 채 미동도 하지 않는 텔리야를 보며 이마를 짚었다. 아, 진짜.

"이런 걸 여동생이라고……."

투덜거리면서도 그는 익숙하게 통신구를 찾았다. 곧 통신구에 반짝이며 불이 들어왔다. 무사히 상대방과 연결된 통신구를 보며 반테르가 입을 열었다.

"오랜만입니다, 시클라민 후작. 여기가 어디냐면……."

"기분 좋은 일이 있었나 보네요. 원래 술은 입에도 대지 않는 사람이."

시클라민 후작은 금세 도착했다. 그는 텔리야처럼 텔레포트를 자유자재로 구사하는 마법사가 아니었으니 아마 천문학적인 액수를 들여 마탑의 고위급 마법사를 샀을 것이다. 물론 후작의 재력을 생각하면 그에겐 푼돈일지도 모르지만.

반테르는 텔리야가 술인 줄 모르고 마셨을 수도 있다는 얘기는 굳이 하지 않았다. 텔리야는 종종 그런 면에서 엉성했다.

"연락 주셔서 감사합니다. 그럼 가 보겠습니다."

"잠깐만, 후작."

"……?"

"한 가지 묻고 싶은 게 있는데……."

"말씀하세요."

"텔리야와 처음 만난 게 4년 전이라고 들었습니다. 혹시 언제부터 좋아했습니까?"

의외의 질문인지 후작이 설핏 놀라는 기색을 보였다. 이내 미미하게 미소 짓는다. 대답은 금방 나왔다.

"처음부터 좋아했습니다. 첫눈에 반했으니까요."

"……."

"그럼 다음에 뵙겠습니다."

인사를 남긴 시클라민 후작이 텔리야를 안아 들고 방을 나섰다. 반테르는 문이 닫힐 때까지 두 사람이 나가는 모습을 가만 쳐다보았다. 조금 전에 들었던 말이 자연스럽게 머릿속에 떠올랐다.

"그런데 이상하게 저잣거리에만 나가면 꼭 그가 있더라고. 거의 하루걸러 하루 꼴로 마주쳤어. 아무래도 운명이었던 게 아닐까?"

"다 아는 척하더니…… 너도 둔했구나, 텔리야."

남의 일엔 세상 제일의 눈치를 자랑하면서 자기 일에만 둔한 유형이 있다더니 딱 그 짝이다. 반테르는 피식 웃었다. 역시 유전자가 어디 갈 리 없었다.

2
축제

    복도를 걷다 발을 삐끗한 하인은 곧 제가 어떤 실수를 저질렀는지 깨달았다. 휘청거리면서 그만 들고 있던 대야의 물을 마주 오던 사람에게 끼얹고 만 것이다. 넘어지지 않으려고 딴에는 팔을 쭉 뻗으며 균형을 잡으려 든 것이 실책이었다.

    그렇다면 그 마주 오던 사람은 대체 누구냐. 그건 상대의 의복에 달린 화려한 백금 휘장만 보아도 답이 나오는 일이다. 하인은 생각했다. 안녕, 엄마. 안녕, 아빠. 안녕, 지난달에 출산한 우리 집 해피.

    "폐, 폐하. 죽을죄를 지었습⋯⋯!"

    "괜찮다."

    빛의 속도로 머리를 조아리던 하인이 멈칫했다. 물론 '죽을죄를 지었으면 죽어야지' 같은 살벌한 반응을 기대했던 건 아니다. 그러나 황제의 목소리는 예상보다 만 배는 부드러웠다.

    목소리에서 느껴지는 살랑거리는 봄기운에 하인이 저도 모르게 슬그머니 고개를 들었다. 허락 없이 용안을 쳐다보는 건 불경이라는 것도 잊고.

이내 하인은 깜짝 놀랐다. 황제는 웃고 있었다.

"물이야 닦으면 그만이고, 옷이야 갈아입으면 그만이지."

"……."

"시원하니 좋구나. 하하!"

그렇게 황제는 아무것도 책잡지 않고 웃으면서 자리를 떠났다. 하인은 그 자리에 우두커니 서 있다 잠시 후 그릇을 떨어뜨리고 자기 볼을 꼬집었다. 아팠다.

초입이긴 하지만 지금은 겨울이었다. 겨울에 물세례를 당해 놓고 황제는 시원하다며 웃었다. 그러고서 바로 자리를 떠나지만 않았어도 비꼬는 건 줄 알고 목을 잘릴 준비를 했을 것이다.

"……엄청 좋은 일이 있으신가?"

하인은 꼬집어서 얼얼해진 볼을 문질렀다. 뭔지는 모르겠지만 잘됐다. 그는 황제의 '좋은 일'에 감사했다.

✳

"입 늘어나시겠습니다."

반테르가 가볍게 타박했다. 저게 무슨 말이냐. 그건 황제가 아침부터 실실 웃느라고 내내 길게 늘인 입매를 유지하고 있어서 그렇다. 황제는 친우의 지적에 가소롭다는 듯 눈썹을 슬쩍 들어 올렸다.

"그러는 경은?"

"크흠."

"경은 뒤통수만 봐도 웃고 있는 게 보여."

"폐하께서도 마찬가지십니다."

로하이덴과 반테르. 이 둘은 대체 왜 이러는가. 이유는 간단했다. 황제고 반테르고 둘 다 결혼을 오래 앞두지 않은 예비 신랑이기 때문이다. 정식으로 혼인이 확정된 이후 둘의 얼굴에선 얼간이처럼 웃음이 떠날 날이 없었다.

황제로 말할 것 같으면 내년 여름 식이 예정되어 있었다. 여름으로 결정하게 된 사연은 다음과 같다.

"메일, 가장 좋아하는 계절이 언제지?"

"글쎄요? 특별히 생각해 본 적이……."

"그럼 가장 싫어하는 계절은?"

"음, 그건 겨울이요. 추워서 정원에 나가는 게 힘들거든요."

"겨울이라. 겨울의 반대는 여름이야. 그렇지?"

"그거야 그렇죠. 그런데 왜요?"

"후후."

뭐, 그랬다고 한다. 참고로 반테르의 예성일도 여름이었다. 황제가 초여름이라면 반테르는 한여름 정도의 차이는 있었다.

"한데, 경."

"예?"

행복감을 감추지 못해 실실 웃으면서도 일과는 착실히 마친 황제가 펜을 놓았다. 펜대가 서명을 끝낸 마지막 서류 위를 굴렀다. 그것을 가만 보며 황제가 턱을 괴었다.

"황후가 되면 말이야, 역시 지금보다는 자유가 덜해지겠지?"

"당연한 말씀을."

"갑갑해하면 어쩌지."

"크게 그러실 분 같지는 않았습니다."

"또 모르잖나."

"무슨 말씀을 하고 싶으신 겁니까?"

황제가 눈을 들었다. 반테르와 시선이 마주쳤다. 곧 툭 던지듯 말한다.

"공작이라 좋겠군."

"아직 아닙니다."

"곧 될 거 아닌가. 모하임 공작이 결혼한 경에게 작위를 물려주고 은퇴할 생각에 벌써 신이 났다는 소식이 여기까지 들려."

"그게 언제 소문이……."

"아무튼 좋겠어."

"뭐가 좋습니까?"

"결혼한다고 갑자기 부인 어깨에 부담이 확 얹어지지는 않잖나."

"뭐…… 그야 상대적으로는."

"바꿀까? 경, 옥좌 탐나지 않나? 황관도 세트야."

"됐습니다. 안 사요."

우스갯소리를 주고받은 황제가 하하 웃었다. 이어 반테르가 그래서 본론이 뭐냐고 물었다. 황제는 여전히 턱을 괸 채 잠시 생각하다가 입을 열었다.

"마음 같아선 여행을 다녀오고 싶지만, 그건 일단은 참기로 하고."

"잘 참으셨습니다."

"축제라도 보여주고 싶은데."

"축제요?"

제도의 사람들은 흥을 알았다. 저잣거리와 광장에선 시민들이 주도하는 축제가 계절마다 열렸다. 그건 추운 겨울이라도 예외는 아니었다. 비록 평민들의 축제였지만 암행으로 섞여 즐기는 귀족들도 없진 않았다.

"무도회 같은 걸 뜻하는 건 아니실 테고…… 거리에서 열리는 것 말씀이시군요."

"그래, 경도 전에 봤지? 어떤 광경인지."

"폐하한테 끌려가서 강제로 구경했었죠."

"그랬었나? 아무튼 어떻던가, 활기차고 자유로웠지?"

"그건 그랬습니다."

황제가 씩 웃었다. 그는 턱을 괸 것을 풀고, 탁자에 팔을 교차해 얹고는 상반신을 앞으로 당겼다. 그러고는 말했다.

"비교적 자유로울 때 더 자유롭게 놀아야지. 나중에 아쉽지 않도록. 그렇게 생각하지 않나?"

"참가하시겠다는 거군요."

그것도 메일과 함께 말이다. 요약하면 황제와 예비 황후가 나란히 정체를 감추고 거리의 축제를 즐길 계획이란 소리였다. 어차피 뭐라고 해도 안 들을 것임을 알기에 반테르는 말리는 시늉도 하지 않았다. 크게 말려야 할 이유도 모르겠고.

"성노 원하면 함께하지."

"음…… 이야기해 보겠습니다."

"좋아. 그리고 마탑에 연락하게."

탑은 왜? 묻기 전에 황제가 말을 덧붙였다.

"겨울의 축제를 아늑하게 즐기기엔 마법만 한 게 없거든."

곧이어 황제는 필요한 주문 제작 물품을 하나씩 읊었다. 처음에는 그러려니 하며 듣던 반테르는 뒤로 갈수록 표정을 바꿨다. 종내에는 켁하는 소리를 냈다.

"탑에서 그것들을 순순히 만들어주겠습니까? 한두 개도 아니고……."

"만들게 해야지."

"마탑주 콧대가 어지간하지 않다고 들었습니다."

"저도 인간인데 필요한 것 하나 없을까?"

거래를 하겠다는 소리다. 황제의 얼굴을 확인한 반테르는 이내 어깨를 으쓱했다. 연인에게 따뜻한 겨울 축제를 보여 주겠다는 작은 목적 하나를 위해 황제는 못 할 짓이 없어 보였다.

물론 반테르야 나쁠 것 없었다. 아니, 생각해 보면 오히려 좋았다. 리엘라가 겨울인데도 춥지 않다고 신기해하며 방방 뛰는 상상만으로도 그의 입꼬리는 쉽게 허물어졌다.

"그럼 바로 연락하겠습니다."

언제 황당해했냐는 듯 반테르는 얼른 통신구를 켰다. 내심 황제를 응원하기도 했다.

일은 그렇게 착착 진행되었다.

"마마, 목욕물 다 됐습니다."

"……아직 아닌걸요. 전처럼 불러 줘요."

메일은 얼마 전 예비 황후가 되었다. 다른 말로 하면 황제의 약혼녀가 됐다. 그건 기어이 반테르와 함께 왕국에 다녀온 황제가 제국으로 귀환하자마자 메일과의 약혼을 대대적으로 공표했기 때문이다. 덕분에 그건 앞선 행적과 어우러져 '황제가 사랑에 맛이 갔다더라' 하는 소문을 낳았다. 물론 틀린 소문은 아니었다.

참고로 공작은 답신을 한 글자씩 쓰던 걸 들켜 결국 메일에게 혼이 났다.

어쨌든 공표는 이제야 되었지만 이후나 전이나 메일과 황제는 연인이고 연인이었다. 메일은 별반 달라질 것이 없다고 생각했다. 공표를 한 다음 날, 수발을 들러 들어온 시녀가 그녀를 아가씨 대신 대뜸 마마라고 부르기 전까지는 말이다.

몇 번을 들어도 메일은 그 호칭이 공연히 쑥스럽기만 했다.

"알겠습니다. 마…… 아가씨께서 그렇게 원하신다면."

"고마워요."

"별말씀을요. 물이 식거나 필요하신 게 생기면 언제든 다시 불러 주세요."

메일은 최근 얼마간 줄기차게 마마, 혹은 황후 마마라고 불렸다. 들을 때마다 메일이 정정하여 고쳐 주긴 했지만 새 사람을 만나면 도돌이표였다. 황궁은 넓은 만큼 인력이 참 많았다.

리엘라는 자꾸 듣더니 정이 든 모양인지 슬쩍 호칭을 따라했다.

"마마, 목욕물 따뜻해?"

"공주님……."

"안 따뜻해?"

"들어가 봐야 알지만 따뜻하겠죠. 그리고 마마라고 부르지 마세요."

"그럼 황후 마마?"

"……자꾸 그러시면 저도 공주님을 공작 부인이라고 부를 거예요."

역지사지를 당한 리엘라가 멈칫했다. 잠깐 고민해 보는 듯하더니 미간을 찌푸린다.

"엥…… 싫어, 별로야. 낯설어."

"저도 마찬가지예요."

"알겠어, 메일."

평화롭게 합의하고 넘어가는 모양새였으나 어차피 내년 여름이 지나면 한 명은 황후가 되고 한 명은 공작 부인이 된다. 의식하고 있는 사실이었지만 메일은 나중 일은 나중 가서 생각해 보기로 했다. 당장은 공주님은 공주님인 것이 어울렸다.

메일은 옷가지를 들고 욕실로 들어가려다 잠시 발을 멈추고 문득 떠올랐다는 듯 말한다.

"그런데요, 공주님."

"응?"

"왕국에 갔을 때 어떠셨어요? 국왕 전하께서 순순히 허락해 주셨어요?"

왕국으로 가는 길, 황제를 따라 메일도 함께했지만 왕국 안에 들어선 이후로는 목적지가 달라 자연스럽게 일행이 갈라졌다. 리엘라가 국왕을 만나 어떤 식으로 허락을 얻어 냈는지 메일은 볼 수 없었단 소리다.

최근 일이라 리엘라는 별반 고민 없이 금방 대답했다.

"어땠냐면, 일단 아버지가 반테르를 보자마자 질문을 했어."

"뭐라고요?"

"내가 왜 좋으냐고."

"어머나. 그래서요?"

대답이 궁금했다. 리엘라는 꽤 선명하게 기억하고 있던 듯 뜸들이거나 머뭇거리지 않았다.

"내가 아름다워서 좋고, 아름답지 않아서 좋고, 공주라서 좋고, 공주가 아니라서 좋고, 금발이라서 좋고, 금발이 아니어서 좋대."

얼핏 수수께끼처럼 들리는 답이었지만 메일은 듣자마자 알았다. 다른 아무것도 필요 없이 그저 리엘라라서 좋다는 말을 길게도 풀어 대답한 것이다. 어쩐지 반테르와 어울린다는 생각이 들었다.

"그랬더니 아버지가 뭐라고 했게?"

"뭐라고 하셨는데요?"

"보는 눈이 있다고 했어."

"네?"

메일은 눈을 동그랗게 떴다가 이내 소리 내 웃었다. 피는 물보다 진하다고, 국왕과 리엘라는 은근히 닮은 면이 있었다. 본인들이 그걸 인정할지는 미지수였지만 말이다. 리엘라는 질문에 대한 답을 마치고 이번엔 제가 물었다.

"넌 어땠는데?"

"저요? 저는……."

메일의 기억도 리엘라의 것처럼 꽤 맑았다. 저절로 생생히 떠오르는 장면을 메일이 입에 담았다.

"전 제가 아버지께 비슷한 질문을 받았어요. 저한테 폐하가 얼마나 좋으냐고 물어보셨거든요."

"얼마나 좋은데?"

과연 뭐라고 답했을까. 곧 메일의 입을 타고 그때의 대답이 고스란히 흘러나왔다.

"폐하와 매리골드가 물에 빠지면 폐하를 먼저 구할 만큼이요."

그리고 그때 비제아트 공작은 자기 귀를 의심했다가 이어 뒷목을 잡았다. 작은 목소리로 소심하게 '이래서 딸자식 키워 봐야……' 하고 중얼거리기도 했다. 그건 메일이 과거 매리골드와 아빠가 동시에 물에 빠지면 누굴 구할 거냐는 질문에 동시에 구하겠다고 대답했기 때문이 맞았다.

리엘라는 공작만큼 충격받진 않았어도 메일의 답이 어떤 의미인지는 대충 알아들은 모양이다. 일단 놀랍게도 매리골드가 꽃 이름이라는 것을 리엘라도-전에 들어서-알고 있었다. 해맑은 어조로 '엄청 많이 좋아하나 보네' 하고 말하는 것에 메일이 웃음으로 대답을 대신했다.

예비 신랑이든, 예비 신부든 남들이 춥든 말든 자기들끼리 봄이었다.

마탑을 혹사시켜 원하는 물품을 얻어 낸 황제는 아침부터 싱글벙글

했다. 꼬박 일주일만의 일이었다. 메일은 정오가 조금 지나 찾아온 연인을 눈을 동그랗게 뜨고 맞이했다.

"축제요?"

"그래."

"놀러 가자는 말이죠?"

"물론이지."

나타난 연인은 사족을 전부 떼고 빠른 본론을 꺼냈다. 축제라는 말에 메일은 잠시 기억을 더듬었다. 그녀는 거리에서 열리는 축제를 구경해 본 적이 한 번 있었다.

아카데미 시절 필요할 물품을 사러 직접 광장에 나갔던 적이 있다. 그때가 마침 축제 시즌이었다. 용무가 우선이었으니 오래 구경할 수는 없었지만 잠깐 둘러본 것만으로도 그때의 인상은 꽤 좋은 기억으로 남아 있었다.

메일은 살그머니 들떴다.

"재밌을까요?"

"즐길 거리가 다양하긴 할 거야."

"반도 같이 가는 거죠?"

"그게 아니면 내가 말을 꺼낸 의미가 없지."

"좋아요."

설령 축제가 지루하고 재미없더라도 야외 데이트는 그 자체로 의의가 있었다. 메일이 흔쾌히 수락하자 황제가 기다렸다는 듯 준비해 온 것을 건넸다. 뚜껑이 없는 함에 담긴 것은 차례로 목걸이, 귀고리, 장갑이었다.

"어? 이게 뭐예요?"

"우선 목걸이."

메일이 함을 받아들자 황제가 그 안에서 목걸이를 꺼내 메일의 목에 걸어주었다. 메일은 영문을 몰라 일단 멀뚱멀뚱 해주는 것을 받았다. 목 뒤로 팔을 둘러 걸어주느라 몸이 가깝게 붙었다가 떨어졌다. 가슴이 기분 좋게 설렜다.

"웬 선물 공세?"

"이 정도는 선물도 아니지. 원하면 드래곤 레어를 털어줄 수도 있어."

"장난치지 말고요, 정말 웬 목걸이예요?"

황제는 씩 웃고는 이어서 설명했다. 목걸이는 언젠가 텔리야가 달아주었던 브로치처럼 마법이 걸려 있는 물품이었다. 몸의 온도를 유지시켜 주는 목걸이라는 말에 메일이 눈을 휘둥그레 떴다.

"이른바 '남들은 추운데 나는 따뜻해' 목걸이."

"이름이 좀…… 아니, 그보다 그런 마법도 있어요?"

"그럼."

"신기하네. 소소해 보여도 엄청 유용하잖아요."

"끝이 아니야."

황제가 이번엔 귀고리를 꺼냈다. 메일은 귀고리를 걸고 나서는 따로 설명을 요구하지 않았다. 그럴 필요가 없었기 때문이다. 귀고리의 효능은 귀에 거는 순간 나타났다.

"헉, 웬 다른 사람?"

귀고리를 걸자마자 메일은 다른 사람이 되었다. 정확히 말하면 생김새가 변했다. 거울에 비치는 이목구비나 머리색이 미묘하게 평범했다.

"가면이나 가발보다는 이편이 편할 테니까. 즉 '옆에 세계 제일의 미녀가 있어도 아무도 몰라' 귀고리."

"이것도 이름이…… 아무튼 그건 그래요. 갑갑하지도 않고. 그럼 반도 이 귀고리를 하나요?"

"그래야지."

"해봐요, 해봐요."

메일이 괜히 기대가 돼서 재촉했다. 황제는 밥을 먹을 때도 숨을 쉴 때도 얼굴에서 빛을 내는 것이 당연한 사람이라 평범해진 모습이 어쩐지 상상이 되질 않았다. 눈을 반짝거리는 메일을 귀엽다는 듯 쳐다본 황제가 제 몫의 귀고리를 순순히 귀에 걸었다.

"……!"

마냥 신기한 기분으로 메일이 눈을 깜박였다. 마법의 효과는 황제에게도 예외가 아니라, 귀고리를 거는 순간 그 또한 메일처럼 묘하게 평범한 외양으로 변했다. 찬연하던 백금발이 볏짚 같은 황색이 된 것을 가만 보다 메일이 문득 파하하 웃었다.

"왜?"

"안 어울려요."

"낯선가?"

"낯설기도 하고. 음, 눈동자는 그대로잖아요. 머리색이랑 얼굴은 평범해졌는데 눈이 너무 예뻐서요. 정말 안 어울린다."

메일은 피식피식 웃었다. 하나하나 따져 보면 이목구비는 참 많이도 변했다. 눈은 작아졌으며 하늘 높은 줄 모르던 콧대는 어중간하게 낮아졌다. 턱은 뼈가 자란 듯 길어지고 조각처럼 근사하던 인중은 어디서 흔히 보던 모양이 되었다. 그런 와중에도 좌우 대칭이 완벽한 것은 그대로라 알 수 없는 호감이 느껴지니 평범하면서도 나름 매력적인 얼굴이었다. 낯설어진 내 남자의 외모에 메일은 배어나는 웃음을 고스란히 흘려보냈다.

"기분 묘하군. 난 원래 태어날 때부터 평범이랑은 거리가 멀던 사람인데."

"어련하시겠어요."

"자, 그럼 다음으로."

황제가 다시 함 안으로 손을 넣었다. 목걸이와 귀고리를 꺼냈으니 함에는 이제 장갑만이 남았다. 씌워 주는 대로 얌전히 장갑을 손에 쓴 메일은 이내 어리둥절한 얼굴로 손을 앞뒤로 뒤집었다. 귀고리와 달리 이번엔 눈에 보이는 신체의 변화는 없었다.

"이건 설명이 필요한 것 같아요."

"안 쓰는 물건 있나?"

"네?"

"뭐든."

"글쎄요? 음, 잠깐만요."

안 쓰는 물건이라 하니 마침 버리려던 것이 거처 안에 있기는 있었다. 메일이 칠이 벗겨진 작은 상자를 들고 나오자 황제가 재차 입을 열었다.

"힘을 줘 보겠나? 부술 수 있을 거야."

"응? 네? 이걸요?"

"해봐."

허부맹랑한 소리였지만 표정을 보니 장난을 하는 것 같지는 않았다. 메일은 고개를 갸웃거렸다. 종이 상자도 아니고 이걸 어떻게 부숴. 어쨌든 해보라니까 해본다. 메일이 속는 셈 치고 손에 힘을 주었다. 그때였다.

와지직.

"헉!"

"어때?"

"뭐야! 내가 부순 거예요? 정말?"

"정확히는 장갑의 힘이지."

"……아하."

이해했다. 메일은 처참한 몰골이 된 상자를 한쪽으로 치우고 자기 손을 내려다보았다. 목걸이도 귀고리도 신기했지만 장갑도 만만치 않았다. 난데없는 괴력을 안겨 주는 장갑이라니.

"이건 뭐라고 불러요?"

"'치한은 살 가치가 없지' 장갑."

"……사람 패라고 준 거예요?"

"그럴 만한 놈을 만나면."

"죽을 것 같은데요?"

"괜찮아, 살살 때리면 절반만 죽으니까."

말인지 말 바퀸지 모르겠다. 그래도 메일은 군이 장갑을 사양하지는 않았다. 과거의 경험으로 세상에는 주먹으로 응징해 주어야 하는 인간이 꽤 많다는 것을 알고 있었기 때문이다. 상식이 안 통할 때는 사실 주먹만 한 것이 없었다.

목걸이에 귀고리, 장갑까지. 삼 종 세트를 몸에 지닌 메일이 재차 슬쩍 거울을 보았다. 낯선 외모의 여인이 거울 속에서 제 행동을 따라했다. 목걸이와 귀고리가 반짝였다.

"있잖아요, 반."

"이야기해."

"저 뭔가 전투력이 높아진 것 같아요."

그런 기분이었다. 실제로 장갑의 효능을 생각하면 틀린 말은 아니긴 했다. 황제는 픽 웃은 뒤 메일의 허리를 끌어당겨 이마에 가볍게 입을 맞췄다. 순간 깜짝 놀라 황제의 어깨를 때릴 뻔했던 메일이 장갑의 존재를 의식하고 겨우 멈췄다.

"갑자기 뭐 하는 거예요?"

"전투력이 높아진 그대가 사랑스러워서."

"나, 나 참. 하마터면 높아진 전투력으로 반을 때릴 뻔했거든요?"

"때려도 난 안 죽어."

"그래도 상자를 부수는 괴력으로 때리고 싶지는 않다고요."

"좋아. 그럼 이번엔 예고하고 하지. 그러니 때리지 마?"

그렇게 말한 황제가 도로 메일을 끌어당겼다. 한 팔은 메일의 허리를 감고, 다른 손으로는 메일의 손목을 휘어잡아 제 목에 걸쳤다. 그러고는 속삭였다.

"키스할 거야."

대답을 하려고 입술을 벌렸으나 메일은 소리를 낼 수 없었다. 상대가 그새를 기다려 주지 않았기 때문이다. 말은커녕 내뱉던 숨까지 빼앗긴 메일은 곧 눈을 감았다.

거리는 북적거렸다. 활기찬 광경이었다. 줄지어 늘어선 노점에 간간이 호객을 하는 소리가 들렸다.

메일과 황제는 각자 편안한 복장을 하고 거리로 나왔다. 특색 없는 차림새에 외모를 감춰 주는 귀고리를 하고 있으니 아무도 두 사람에게 특별히 시선을 주지 않았다.

이만한 인파 속에서 이목으로부터 자유로운 것은 처음이었다. 특히 황제가 그랬다. 사람들 사이를 걸으며 로하이덴이 농을 던졌다.

"신선하군. 무시당하는 기분."

"풋, 저도요."

"어때? 거리의 분위기는 마음에 드나?"

"음, 생기 넘치고 좋은걸요?"

마침 한 행인이 어린아이 몸만 한 솜사탕을 들고 옆을 지나갔다. 솜사탕 자체는 전에도 본 음식이지만 크기가 남달랐다. 혹시 저보다 크게 만들 수도 있을까. 메일은 지나가듯 그런 생각을 했다.

사소하지만 구경거리가 많았다.

"예전에 봤던 건 이것보다는 규모가 작았거든요. 사람도 지금이 훨씬 많고."

당연한 이야기지만 제국의 수도는 크기가 컸다. 그런 만큼 사람도, 재화도 많았다. 넓고 끝이 보이지 않는 길이 각종 볼거리와 사람들로 채워져 있는 것은 꽤나 인상적인 풍경이었다.

"끌리는 게 있으면 뭐든 해봐. 그러려고 나온 거니까."

"알았어요. 반도 그렇게 해요."

그때 호객에 열을 올리던 한 상인이 두 사람을 붙잡았다. 뭔가 하니 잡다한 물건을 파는 노점이었다. 남달리 큰 코에 수염을 두 가닥 기른 그는 장식은 없어도 값비싼 의복을 알아보았는지 매우 열정적으로 두 사람의 앞길을 가로막았다.

"어흠, 어흠! 없는 게 없는 거리 잡화점! 축제날에만 옵니다!"

"잡화? 반, 필요한 거 있어요?"

"있을 리가."

"구경이라도 해보시지요! 정말 없는 게 없습니다. 각종 희귀 물품 총출동!"

메일은 순순히 발을 멈췄다. 그건 없는 게 없다는 상인의 멘트에 혹해서가 아니라 그의 목에 선 핏대가 너무 강렬해서였다. 저러다 넘어갈까 봐. 메일이 멈추자 자연히 황제도 따라 멈춰 섰다. 상인이 함박웃었다.

"탁월한 선택을 하셨습니다. 자자, 한번 둘러보시죠. 날이면 날마다 볼 수 있는 게 아닙니다."

메일에게 미션이 생겼다. 바로 이 중에서 가장 덜 쓸모없는 것 찾기. 이런 가판대에 놓여 있는 물건 중에 황제는 물론이고 메일에게도 당연히 필요한 것이 있을 리가 만무했다.

그래도 나름 구경하는 재미는 있었다. 희귀한 물건이 가득하다는 상인의 말은 아주 허풍은 아닌지 가판대 위에는 한눈에도 독특한 모양의 물품이 제법 늘어서 있었다. 아무래도 사람의 것은 아닌 거대한 손톱, 사람의 것이면 안 되는 거대한 비늘, 어디서 얻은 건지 궁금한 뿔, 가시처럼 뻣뻣한 색색의 깃털, 눈알 모양의 조각상 등. 독특한 건 좋은데 도통 어디 쓰라는 건지 알 수 없는 것이 즐비했다. 이걸 팔려고 가지고 나왔다는 게 슬슬 신기할 정도였다.

대체 이걸 누가 사나 싶은 괴상한 전시품들 사이에서 메일은 문득 개중 유일하게 평범해 보이는 것을 발견했다. 환경이 환경이다 보니 평범한 것이 외려 튀는 이상한 효과가 있었다. 메일이 손을 들어 그것을 짚었다.

"이건 뭔가요?"

"크으, 대단하십니다! 손님의 안목에 감탄을 금할 길이 없군요. 놀랍습니다! 고르셔도 딱 그것을 고르시다니, 과연 남다르시군요!"

'아니, 그래서 뭐냐고.'

메일이 가리킨 것은 웬 구슬이었다. 어른 주먹만 한 크기에 속은 불투명했다. 상인은 쓸데없는 찬사를 그로부터 일 분쯤 더 늘어놓은 후에야 마침내 설명을 꺼냈다.

"이건 마녀의 구슬입니다."

"마녀?"

소개가 거창했다. 메일은 순간 스쳐 지나가는 의심을 거둘 수 없었다. 혹시 일 분 동안 구슬에 대해 지어낸 결과가 저거 아니야?

상인은 일단 겉보기에는 당당했다. 그는 콧수염을 씰룩거리며 물 흐르듯 말을 이었다.

"마녀에 대해 들어보셨습니까? 사악한 족속이지요. 동시에 요망한 종족이기도 합니다. 마녀들은 마법을 쓰지 않습니다. 대신 주술을 사용하죠. 아주 괴이하고, 신비로운 주술을요."

메일은 마녀를 만나 본 적이 있었다. 어릴 적 부친이 어린아이의 소양을 길러야 한다며 강제로 읽어주었던 동화책에서 말이다. 그녀가 아는 마녀는 솥에 갖은 식물 친구들을 던져 넣고 개구리 앞다리와 함께 끓여 버리는 잔악무도한 여자였다.

"마녀는 악마의 선택을 받은 여자들입니다. 그래서 악마처럼 주술을 쓸 수 있지만, 그들과 달리 인간인 만큼 매개가 필요하죠. 그 매개가 바로……."

"이 구슬이다?"

"그렇습니다."

황제가 끼어들었다. 그의 태도는 상인의 열띤 설명에도 별 감응을 받지 못한 듯 심드렁했다. 책에서나 나올 법한 마녀 이야기가 말이 안 되는 것은 둘째 치고, 애초 생일 선물로 말하는 병아리가 진상되는 마당에 마녀의 구슬이 진짜라고 한들 새삼 신기하게 느껴질 리 없었다. 그건 메일도 비슷했다. 메일은 애초 미신이나 환상에 관심이 없는 편이었다.

"음, 이거 만져 봐도 되죠?"

"물론입니다."

상인이 손을 삭삭 비볐다. 메일은 흥미가 생겨서가 아니라 다른 목적으로 구슬을 손에 쥐었다. 들고는 이리저리 살펴보다가 말했다.

"얼만가요?"

"3…… 5골드만 주시면 됩니다! 제가 경매에서 고가로 어렵게 낙찰받아 온 물건이지만, 손님께서 가치를 알아보셨으니 특별히 아주 저렴하게 넘겨드리겠습니다. 말씀드리기 뭐하지만 그 구슬의 경매 낙찰가가 4골드 95실버……."

"1실버면 되죠?"

"예?"

"구슬값, 1실버면 되잖아요. 그렇죠?"

참고로 골드는 금화고 실버는 동이 섞인 은화다. 1골드는 100실버의 가치가 있다. 즉 상인이 부른 5골드와 메일이 입에 올린 1실버는 500배의 차이가 났다. 당연히 상인이 턱이 빠져라 입을 벌렸다.

"무, 무슨 소리십니까? 얼마요? 이, 일 실버?"

"네, 1실버."

"허…… 지금 저랑 장난하자는 겁니까?"

상인이 금방 표정을 바꿔 눈을 사납게 떴다. 그럴 만한 반응이었다. 그가 아무리 바가지를 씌우려 했어도 구슬의 원가가 1실버보단 비쌀 것이다. 재료값만 따져도 그보단 더 된다. 그러나 메일은 날강도 같은 말을 해놓고도 눈 하나 깜짝하지 않았다. 메일이 말했다.

"제가 말 같지도 않은 억지로 행패를 부리는 것 같나요?"

"잘 알면……!"

"그럼 치안대를 불러 주세요."

"뭐, 뭐요?"

"치안대 병사가 보는 앞에서 거래를 한다면 제가 이걸 5골드에 살게요. 그게 아니라면 1실버 이상은 못 드리고요."

"……."

"부를까요?"

상인은 우물쭈물했다. 언제 눈을 치떴냐는 듯 표정도 바꾸고 대번에 소심해진 태도를 보였다. '치안대' 한 마디에 퍽 극적인 변화였다. 사실 상황만 따지고 보면 움츠러들어야 할 건 그가 아니라 메일인데도 말이다.

결국 상인은 1실버만 받고 순순히 구슬을 넘겼다. 구슬은 받아 든 메일은 더 이상 상인에게 볼일이 없었다. 멀어지는 가판대에서 얼핏 구시렁거리는 소리가 들렸다.

그때까지 잠자코 구경만 하던 황제가 물었다.

"왜 그런 거지?"

"왜 구태여 이 구슬을 1실버라는 대폭 할인가를 불러 가며 샀냐고요?"

"그래."

"음…… 일단, 이거 정말 귀한 것 같아요. 육안으로 봐서는 재료가 뭔지 정확히 모르겠는데, 아까 힘껏 힘을 줬는데도 금조차 안 갔거든요."

메일은 지금 황제에게 받은 장갑을 끼고 있었다. 다시 말해 어지간한 광물쯤은 으스러뜨릴 수 있다는 소리다. 성을 나오면서 혹시 몰라 대리석으로 시험해 보기도 했으니 틀림없었다. 구슬의 강도는 유별난 수준이었다.

"마녀 운운한 건 거짓말로 치더라도 꽤 값이 나가는 물건 같은데, 이런 걸 굳이 저런 노점에서 팔 이유가 없잖아요? 한껏 올려 부른 5골드도 사실 구슬의 진짜 값어치에 비하면 턱없이 적은 것 같고요."

"그럼?"

"네, 그래서 장물이 아닌가 싶었어요."

메일이 담담히 말했다. 그리고 그건 치안대가 언급되자 죄 지은 사람처럼 굴던 상인의 자세로 어느 정도 증명이 되었다. 무엇이든 찔리는 구석이 있다는 말이니까. 정말 훔친 것이라면 장물만 취급하는 가게에 넘기면 되지 않느냐 하겠지만, 사실 그런 가게도 아무나 드나들수 있는 건 아니었다. 상인은 꽤 아무나처럼 보였다.

"참고로 1실버는 마녀 이야기를 지어내느라 고생한 값이에요."

메일이 씩 웃으며 덧붙였다. 황제가 픽 마주 웃었다. 그는 손을 뻗어 짐을 건네받듯 구슬을 옮겨 받았다. 슬쩍 힘을 줘보자 메일의 말처럼 꽤 단단했다. 하려고만 하면 돌도 박살 낼 수 있는 황제였으나―전적도 있었다―구슬을 깨뜨리는 건 그보다 쉽지 않을 것 같았다.

"확실히 평범한 구슬은 아닌 것 같군."

"그렇죠?"

"그래서, 굳이 장물을 구입한 이유는?"

단순히 귀해 보여서 산 것은 아닐 것이다. 애초 아무리 귀하고 값비싼 것이든 식물이 아닌 이상 메일의 욕심을 자극할 수는 없었다. 아니나 다를까, 메일은 '탐이 나서' 같은 것과는 한참이나 먼 대답을 내놓았다.

"장물이니까!"

"장물이니까?"

"주인이 있을 거 아녜요? 원래 주인에게 돌려줘야죠."

메일의 주장은 지당하고 정의로웠다. 얼핏 듣기엔 저절로 고개가 끄덕여졌다. 그러나 황제는 묘한 낌새를 감지했다.

"그럼 치안대에 가져다주면 되겠군. 지금 병사를……."

"잠깐!"

"흐음?"

"병사가 꿀꺽하면 어쩌죠?"

"꽤 염세적인걸."

"사실 그건 농담이구요, 직접 찾아주고 싶어요."

"왜?"

메일은 작게 헛기침을 했다. 여기서부턴 개인적인 욕망이었다.

"궁금해서요."

"궁금하다고?"

"그 구슬 말이에요, 그냥 장식품인 것 같지는 않잖아요? 재료도 궁금하지만 그보다는 쓰임새가 더 궁금해요. 주인을 만나면 알 수 있을 테니까……."

메일이 스스럽게 웃었다. 그러니까 감히 괴력 장갑에도 버티는 이 특이한 구슬이 과연 어디에 쓰이는 건지 꼭 봐야겠다는 소리였다. 황제는 메일이 보인 호기심에 잠시 침묵을 지켰다. 그런 걸 궁금해하는 모습이 귀엽다고 생각한 건 비밀이었다.

"한데 어떻게 찾아줄 거지?"

"그건……! 사실 이제부터 생각해 보려던 참이에요."

천연덕스럽게 대답한다. 그리하여 때아닌 구슬 주인 찾기가 막을 올렸다. 과연 성공이 기다리고 있을지는, 아직 미지수였다.

＊

상인은 구슬을 훔치지 않았다. 훔치지는 않고 주웠다. 그러나 상인도 그것이 버린 물건이라기 보단 도둑맞은 물건일 가능성이 높다고 생각해 몸을 사린 것이다. 어쨌든 남의 물건으로 1실버라도 벌긴 벌었으니 그의 입장에선 손해는 아니었다.

메일은 높은 확률로 장물일 구슬을 들곤 꽤 고민했다. 고민하면서 축제를 돌아다녔다. 구슬 주인을 찾는 건 찾는 거고, 일단 놀러 나온 마당이니 축제도 열심히 즐겼다. 메일은 노점에서 산 과일 꼬치를 한 입 베어 물었다가 표정을 샐그러뜨렸다.

"표정이 별론데."

"셔요."

"그래? 어디."

황제가 메일의 손을 부드럽게 감싸 쥐고 제게로 끌어당겼다. 과일 꼬치를 입가로 가져와 끝을 베어 물었다. 곧 그의 표정도 메일과 별반 다를 것이 없게 되었다.

"정말이군. 과일 맞나?"

"푸흐."

"왜 웃지?"

"반의 표정을 보니까 갑자기 예전 생각이 나서요."

"예전?"

"토마토를 억지로 먹었을 때 말이에요."

정체를 모르고 황제를 그저 선배님이라고만 알았을 때 메일은 용감무쌍하게 그를 놀린 적이 있었다. 물론 지금은 황제란 걸 알면서도 놀릴 수 있다. 아무튼 당시 놀림에 넘어가 억지로 토마토를 먹었던 황제는 차마 형언하기 힘든 표정을 지었었다. 같은 추억을 떠올린 황제가 고개를 내저은 뒤 항변했다.

"지금은 잘 먹어, 토마토."

"거짓말하면 손잡은 거 놓을 거예요."

"……못 먹지는 않아. 아마 남들처럼은 먹어."

"정말요?"

"그래, 누구 덕분에."

황제는 그렇게 말하며 메일의 손을 놓고 그녀의 뒷목을 감싸 당겼다. 메일의 입술에 묻은 맛없고 신 과일 조각을 혀로 핥았다.

주장한 대로 황제는 이제 토마토에 거의 거부감이 없었다. 트라우마는 치유될 수 있는 것이다. 그는 그것을 날이 갈수록 배우고 있었다.

메일은 황제의 기습에 꼼짝없이 굳었다가 곧 정신을 차렸다.

"반!"

"왜? 묻었기에 닦아준 건데."

"소, 손은 어디다 두고……."

"한 손은 장물 구슬에, 한 손은 그대에게."

황제가 뻔뻔하게 불가항력이었음을 피력했다. 메일은 기가 차서 입을 벌렸다가 다물었다. 얼굴에 홧홧하게 열이 오르는 것은 장소가 장소라는 이유도 있었다.

"바깥에서 자꾸 기습할 거예요?"

메일이 타박하자 황제는 도리어 억울해했다. 자꾸? 자꾸 아닌데?

"자꾸 해도 되나?"

"이 뻔뻔……."

"괜찮아, 뭘 하든 아무도 신경 안 쓰니까."

"내가 신경 쓰거든요? 에잇, 이거나 먹어라!"

메일이 황제의 입에 강제로 맛없는 과일 꼬치를 넣어주며 투닥거렸다. 아무도 신경 쓰지 않는다는 황제의 주장과 달리 어느 솔로가 그런 둘을 아니꼽게 쳐다보고 지나갔다.

과일 꼬치를 처리하고 나서 메일은 거리에서 열리는 공연도 관람했다. 강풍이라도 불면 날아갈 것 같은 허술한 천막만 쳐 두고 선보이는 연기는 생각보다 훌륭해서 보는 재미가 있었다. 극은 세상천지 저 혼자만 잘난 줄 알고 유아독존으로 굴던 무법자 마탑주가 웬 개털 머리 영애를 만나 사랑에 빠져 얌전한 준법자가 된다는 내용이었다. 메일은 극을 구경하고, 황제는 그런 메일을 구경했다.

공연이 끝날 때쯤 되자 해가 지기 시작했다. 하늘이 붉게 물들었다. 겨울이라 해가 짧은 것을 감안하더라도 성을 벗어난 시각을 생각해 보면 벌써 반나절은 넘게 지났다는 소리였다. 메일은 노을로 물드는 황제의 얼굴을 보며 문득 시간이 퍽 빠르게 간다고 생각했다.

메일이 불쑥 말했다.

"저 안 추워요."

"음?"

"숨을 내쉬면 옅게 입김이 퍼지는데도 하나도 안 춥고, 귀고리 덕분에 귀찮은 일이 생길 걱정도 없고요. 설령 생긴다고 해도 장갑이 있어서 무찌를 자신감이 넘쳐요."

하나하나 나열하다 보니 가슴께에 간질거리는 열꽃이 피었다. 새삼스럽지만 그랬다. 전부 저를 위한 것들이었다. 메일은 몇 시간이나 보았다고 벌써 익숙해지려는 연인의 낯선 얼굴을 물끄러미 쳐다보았다.

배실 웃음이 나왔다.

"축제도 정말 재밌어요."

"……."

"고마워요, 반."

제아무리 마법에 문외한이라도 이런 마법 물품을 만드는 것이 쉽지 않다는 건 안다. 아니, 어렵고 쉽고를 떠나 저를 그만큼 위하고 생각해 주었다는 것이 먼저 감동적이었다. 가슴이 설레고 기분이 몽글몽글했다. 형상화한다면 아마 아까 목격한 솜사탕 같을 것이다.

황제는 그렇게 말하는 메일에게서 눈을 떼지 못했다. 그는 잠시 홀로 머뭇거리다, 이내 뭔가를 결심한 듯 메일을 똑바로 보고 마주 섰다. 그가 입을 열었다.

"메일, 그대가 나와……."

그때였다. 하던 말을 도중에 끊은 황제가 메일을 와락 안아 들고 곧바로 몸을 날렸다. 난데없이 단단한 품에 안기게 된 메일은 이번에도 아까와 같은 장난인 줄 알고 그를 타박하려 했다. 그 순간 두 사람이 원래 있던 자리에 화살이 날아와 박히지만 않았다면 말이다.

"……어?"

메일이 땅에 꽂힌 화살을 황당한 눈으로 응시했다. 공연을 본 이후라 그런지 찰나 소품인가 싶었다. 물론 소품일 리가 없다. 곧이어 먼발치서 소란스러운 외침이 들렸다.

"저기 있다!"

"틀림없어, 잡아!"

목소리는 금방 가까워졌다. 얼핏 인파 사이로 검은 옷을 차려입은 일단의 무리가 이쪽을 향해 달려오는 모습이 보였다. 어떻게 된 일인지 사정은 몰라도 정황상 그들의 목적은 메일 혹은 황제, 아니면 둘 다인 것 같았다.

황제는 메일을 내려 주지 않고 품에 안은 그대로 자리를 박찼다. 메일도 딱히 내릴 생각은 없었다. 영문도 모르고 도망치느라 얼굴을 때리는 바람을 맞으며 메일이 황당해져 물었다.

"저기, 반. 혹시 여기 나와서 원한 산 거 있어요?"

"과연 나일까?"

"설마 나?"

아주 잠깐 구슬을 팔았던 상인이 떠올랐다. 그 정도로 짚이는 것이 없었다. 차라리 얼굴을 드러내고 다녔다면 '아, 황제를 노리는 반란 분자인가 보다' 했겠지만 그런 것도 아니다. 메일은 도통 원인을 파악할 수가 없었다.

"우리를 노리는 게 맞긴 할까요?"

"화살이 우연히 그 자리에 꽂힌 거라고 말하고 싶은 거라면, 뭐, 그대의 말이니까 들어주지."

"취소할게요. 우린 확실히 목표물이 된 것 같네요."

아니, 그런데 왜? 정말 상인인가? 설마하니 저들은 구슬을 반 강제로 1실버에 빼앗긴 것에 대해 앙심을 품은 상인의 친구들?

사실이라면 세상은 참 험난한 곳이었다. 장물에 그만한 소유욕이라니. 장물값보다 친구들 인건비가 더 들겠다. 메일이 그렇게 생각하는 사이 갑자기 앞쪽에서도 검은 옷을 입은 무리가 튀어나왔다. 조금 전에 목격한 것보다 두 배는 되는 숫자였다.

진로가 막히자 황제가 발을 멈췄다. 메일이 깜짝 놀랐다.

"친구가 왜 이렇게 많아?"

"친구?"

"그게, 상인이랑 관계된 사람들은 아닐까 싶어서요."

"아하, 구슬을 되찾으러 왔다?"

"아마도요? 그나마 추정되는 게 그것밖에……."

"여기까지다, 도둑놈들!"

그때 앞길을 막은 무리가 버럭 외쳤다. 어느새 뒤쪽으로도 같은 복장을 한 무리가 모여 황제와 메일을 완전히 에워쌌다. 맞춰 입은 옷이 하필 검은색이라 꽤나 흉흉한 광경이었다.

남들보다 담력이 조금 크긴 하지만 그래도 평범한 범주에 속하는 메일은 이 순간 순전히 황제 덕에 평상시와 다름없는 평정을 유지하고 있었다. 황제가 마음만 먹으면 이보다 더한 숫자라도 단숨에 황천길로 보낼 수 있다는 걸 이미 알고 있었기 때문이다. 그의 무력 신화는 유명했다.

제국에서 가장 강한 남자 친구에게 안겨 메일이 눈썹을 쑥 들어 올렸다. 곧 상대의 외침에 항의한다.

"도둑이라니! 1실버라도 주고 샀으니까 어쨌든 엄연히 손님인데!"

"무슨 헛소리냐? 잔말 말고 대가를 치르…… 커억!"

그 순간 무리의 가장 선봉에 서 있던 남자가 단말마의 비명을 남기고 넘어갔다. 힘없이 쓰러지는 그의 발치로 구슬이 데굴 굴렀다.

"누구 말더러 헛소리래?"

"헉! 반, 지금 뭘 던진 거예요?"

"구슬."

"그걸 던지면 어떡해요!"

"당장 손에 든 게 그것뿐이었는데 어쩌나."

황제가 천연덕스럽게 대답했다. 그러니까 웬 놈이 메일의 말을 헛소리 취급해서 화는 나는데, 마땅히 던질 게 없어 마침 들고 있던 구슬을 내던졌단 소리였다. 구슬이 남자의 두개골을 강타하던 소리는 제법 섬뜩했다. 메일은 기가 차서 입을 뻐끔거리다 이어 질책했다.

"주인 찾아줘야죠!"

"그럴 필요 없어. 생각해 봤는데, 쟤들이 주인인 모양이니까."

"네?"

"무리를 이룬 이들의 수준이 하나같이 높아. 한낱 상인이 친분을 유지하기에도, 돈으로 고용하기에도 급이 맞지 않는단 얘기지."

"어라, 그럼?"

"우리에게 도둑놈 운운한 건 구슬 때문이 맞는 것 같군."

그의 말을 뒷받침해 주듯, 검은 옷의 무리는 자기 일행에게 치명타를 입힌 구슬을 응징하기는커녕 소중하게 들어서 품에 챙겼다. 메일은 단박에 상황을 이해했다.

"아하!"

"목적 달성을 축하하지."

"거저 달성했네요. 아니지, 화살을 피하고 도망쳐야 했으니 거저는 아닌가?"

그렇게 보면 메일의 입장에선 거저인 게 맞았다. 형국은 묘하지만 주인 찾아주기 성공! 그때 구슬을 품에 넣은 무리의 남자가 눈을 사납게 치떴다. 그가 일갈했다.

"남의 물건을 훔쳐 놓고 어찌 그리 뻔뻔하더냐!"

"아차, 그러고 보니 오해를 산 상황이지. ……어, 근데 돌려줬잖아요?"

"변명은 듣지 않겠다. 할 필요도 없어. 응당 죗값을 치러 사죄해라!"

알고 보니 무리의 우두머리인 듯 그의 행동이나 말에 다른 이들이 바짝 집중하고 있는 것이 보였다. 명령이라도 떨어지면 다 같이 한꺼번에 덮치기라도 할 기세였다. 흉흉해지는 분위기에 메일이 난감한 듯 눈을 굴렸다.

"어쩌죠?"

"다 쓰러뜨리거나, 도망치거나."

"그럼 구슬을 어디에 쓰는지는 못 보잖아요."

"아쉽겠지만 포기해야지."

"물어보면 알려 줄까요?"

"과연?"

물론 그럴 가능성은 없어 보였다. 메일도 그냥 해본 말이었다. 흐름을 보아 대화로 오해가 풀릴 만한 판국도 아니다. 메일은 실망했으나 어쩔 수 없다는 것을 납득하고 황제의 목에 더욱 단단히 팔을 둘렀다.

"그럼 도망치는 쪽으로."

"그러지."

검은 옷의 무리는 두 사람을 빈틈없이 둘러싸고 있었다. 누가 보아도 완벽하게 포위당했다 할 것이다. 그러나 그 정도 장애는 황제에게 별달리 난관도 아니었다. 그냥 두서넛 기절시켜 포위망에 틈을 만들고 뛰어넘으면—말로는 참 쉽게 들린다—그만이다. 황제가 저에겐 쉬운 것을 곧바로 실천에 옮기려던 때였다. 누군가가 무리 너머에서 외쳤다.

"야! 찾았어? 어? 찾았냐?!"

목소리가 어찌나 큰지 듣기 싫어도 귀를 때릴 만큼 우렁찼다. 높고 카랑카랑한 것이 여성의 목소리였다. 메일은 이때 목청보다는 말의 내용에 집중했다.

"진짜 주인인 모양인데요?"

'찾았냐'니. 이 많은 인원이 구슬의 공동 소유자일 리는 없으니 아마 저 여자가 구슬을 찾는 것을 의뢰한 것은 아닐까. 하는 김에 훔쳐 간 도둑을 족쳐 달라는 의뢰도 같이 한 모양이고 말이다. 메일의 추측에 황제도 동의했다. 원 소유자라면 누가 구슬을 훔쳐 갔는지도 대충 알 테니 오해를 풀 수 있을지도 몰랐다. 황제는 자리를 벗어나는 것을 일단 잠시 미뤘다.

곧 포위망을 비집고 한 여자가 쑥 모습을 드러냈다. 치렁치렁한 흑발이 허벅지까지 닿았다. 무리 중 누군가가 소리쳤다.

"마녀 에슨다!"

'마녀?'

메일이 일순 귀를 쫑긋했다. 상인이 구슬을 소개하며 마녀 어쩌고 했던 것이 슬쩍 떠올랐다. 물론 '마녀'가 단순히 여성의 별명일 가능성도 배제할 순 없다. 창백한 얼굴에 흑발을 넝쿨처럼 늘어뜨린 여인은 생김새만 보면 정말 마녀 같았으니까.

"에슨다, 약속 장소에서 기다리고 있으면 우리가 얼른히 구슬을 가져갔을 텐데 왜……."

"너희 같은 머저리를 어떻게 믿냐?"

마녀는 입이 험했다. 정말 마녀라면 저건 종족의 특징일까, 아닐까. 메일이 그런 생각을 하는 사이 에슨다라 불린 여인이 버럭 말을 이었다.

"그리고! 어후, 등신들! 내가 이럴 줄 알았다."

"뭐, 왜?"

"범인 아니잖아!"

에슨다가 턱짓으로 메일과 황제를 가리켰다. 누명이 벗겨지는 순간이었다. 무리의 대장이 당황한 듯 버벅거렸다.

"그, 그럴 리가. 분명 저들이 구슬을 가지고 있었다."

"훔쳐 간 놈이 팔았거나 막상 훔치고 나니 후환이 두려워져 버렸거나 했겠지! 너희한테 부탁한 내가 등신이다, 응, 등신이야."

대장을 혼낸 에슨다가 한숨을 푹푹 쉬었다. 메일과 황제를 포위하던 아까의 기세는 어디 가고 금방 주눅이 들어 무리의 대장이 얌전히 입을 다물었다. 메일은 눈에 선히 그려지는 남의 집 서열을 관람객의 기분으로 구경하다, 이쪽으로 휙 고개를 돌린 에슨다와 돌연 눈이 마주쳤다.

호박색 눈동자가 형형했다. 순간 '마녀'라는 단어가 저절로 다시 떠올랐을 만큼.

'……정말?'

여태 미신 같은 걸 믿어 본 경험이 없는 메일이 흔들렸다. 그만큼 에슨다라는 여자에게선 기묘한 분위기가 풍겼다. 에슨다는 시야를 가리는 치렁치렁한 제 머리카락을 한 손으로 대강 쓸어 모아 넘긴 뒤 걸음을 옮겼다. 딴에는 살갑게 웃으며 메일과의 거리를 좁힌다. 오해로 생사람을 잡을 뻔했으니 사과라도 할 요량인 듯했다.

예상대로 그녀는 메일과 황제의 앞에 서서 멋쩍게 고개를 숙였다.

"크흠, 미안합니다. 저 병…… 모자란 아이들이 착각을 해서 폐를 끼쳤습니다. 대신 사과드립니다."

에슨다는 그렇게 말한 뒤 고개를 들었다. 위치상 이번엔 황제와 눈이 마주쳤다. 그때 에슨다의 몸이 갑자기 굳었다.

그녀는 눈을 부릅떴다. 표정만 보면 무슨 큰일이라도 벌어진 것 같았다. 실제로 이 자리에선 아무런 변화도 일어나지 않았는데 말이다. 메일과 무리가 동시에 의아하게 여기는 순간 에슨다가 무릎을 꿇었다. 무릎을 쿵 소리 나게 꿇고 이마를 바닥에 조아리기까지 전부 순식간이었다. 그 상태로 그녀가 외쳤다.

"다들 꿇어!"

"뭐, 뭐?"

"꿇으라고! 꿇고 이마 박아!"

아까 보여 주었던 목청이 어디 갈까. 사위를 쩌렁쩌렁 울리는 에슨다의 목소리는 귀가 막혀 있어도 그걸 뚫고 들려올 것처럼 크고 또렷했다. 이 자리의 모두가 그녀의 외침을 들었다. 그러나 똑똑히 들어 놓고도 바로 이해할 수는 없는 발언이었다. 무리를 이룬 이들이 술렁거렸다.

"에슨다, 방금 뭐라고……."

"세 번 말하게 할래?! 마지막으로 이야기한다. 뒈지고 싶지 않은 놈들, 이승에 미련이 요만큼이라도 남은 놈은 전부 꿇어. 무조건 꿇고 엎드려, 살고 싶으면!"

"……!"

메일은 곧이어 깜짝 놀랐다. 당황한 얼굴로 주춤거리던 무리가 이내 하나둘씩 시키는 대로 무릎을 꿇기 시작한 것이다. 그건 그들이 에슨다를 얼마나 믿고 있는지 단적으로 보여 주는 장면이었다. 여전히 영문을 모르겠다는 낯을 하면서도 검은 옷의 무리가 전부 무릎을 꿇고 바닥에 이마를 대기까지는 그리 오래 걸리지 않았다.

어딘지 장엄하기까지 한 그 광경을 멍하니 응시하다 메일이 퍼뜩 정신을 차렸다.

그녀가 속삭였다.

"반, 무슨 짓을 한 거예요?"

"뭐? 왜 날 추궁하나?"

"반이 협박한 거 아니에요?"

"안 했어."

"살기 가득한 눈빛을 쐈다든가……."

"아니래도."

하지만 그게 아니라면 상대방이 갑자기 왜 저런단 말인가. 그때 에슨다가 입을 열었다. 그녀는 여전히 무릎을 꿇고 상체를 바닥에 엎드리고 있었다.

"진심으로 뉘우치고 죄를 빕니다. 부디 자비를 내려 미천한 목숨들을 살려 주십시오."

"저기……."

갑작스러운 것도 갑작스러운 거지만 납작 엎드려 비는 태도가 과했다. 메일이 당황해서 일단 에슨다를 일으키려고 황제의 품에서 내려섰을 때였다. 에슨다의 말이 이어졌다.

"눈이 멀어 감히 귀하신 분을 알아보지 못했습니다. 목숨으로 갚아도 부족하지 않은 죄이나 염치 불고하고 용서를 바라옵니다. 부디 관용을 베풀어주십시오."

"헉."

메일은 이번에야말로 진짜 놀랐다. 지금에 비교하면 조금 전에 놀랐던 건 애교였다. 메일이 오목눈이처럼 동그래진 눈으로 급히 황제를 돌아보았다. 황제 또한 내심 놀란 낯이었다.

"……어떻게 알았지?"

에슨다는 황제의 정체를 알아본 듯했다. 당사자와 메일을 제외하고 이 자리에서 유일하게 말이다. 제 신분을 시인하는 것이나 다름없는 황제의 물음에 에슨다의 손끝이 미세하게 떨렸다. 그녀는 마른침을 삼켰다.

"귀고리를……."

"귀고리?"

"제가 마탑주와 막역하다면 막역한 사이입니다. 그에게 들었습니다. 그 귀고리, 특히 녹색을 어느 분께서 필요로 하셨는지."

"아아."

납득한 황제가 짧게 고개를 끄덕거렸다. 메일은 덕분에 알게 되었다. 귀고리를 비롯한 마법 물품이 마탑주의 작품이라는걸. 메일이 약하게 기함했다.

"마탑에 맡긴 거였어요? 그것도 탑주에게?"

"마법 물품이니까."

"마탑주는 명령을 듣지 않는다고 들었는데……."

마탑주의 높은 콧대는 이미 유명했다. 제국에 적을 두고 있으면서도 그는 좀처럼 제국의 명을 듣지 않았다. 항간의 평가를 빌리자면 건방진 천재였다.

물론 황제가 너 죽고 나 살자는 식으로 칼을 빼어 들면 어쩔 수 없이 숙이고 들어오긴 하겠지만, 그건 다시 말해 그렇게까지 하지 않는 이상 마탑주의 모가지는 뻣뻣한 상태를 유지할 것이란 뜻도 되었다.

"지금 마탑주의 콧대를 꺾으니 그가 취임하기 전으로 시간을 되돌려 다른 사람을 탑주의 자리에 앉히는 게 더 쉬울 거라는 소문도 들었어요."

"별 소문이 다 도는군."

"전에 왕국에서 동행한 마부가 엄청 수다쟁이였는데, 이 나라 저 나라 모르는 소문이 없더라고요. 아무튼 어떻게 한 거예요?"

권력에 굽힐 줄 모르고, 재물욕이 없어 돈을 탐하지도 않는다고 했다. 그런 이를 대상으로 어떻게 원하는 것을 얻어 냈냐는 질문에 황제가 간단하게 대답했다.

"거래를 했지."

"거래요?"

"여기까지. 이 이상은 비밀이야."

"어? 치사해."

"난 원래 치사하고 쩨쩨하고 뻔뻔해."

"쩨쩨하고 뻔뻔하단 말은 아직 안 했는데, 가로채기 있어요?"

토닥거리는 메일과 황제를 앞에 둔 에슨다가 얌전히 침묵을 지켰다. 동료가 도둑으로 오인해 핍박한 상대가 황제라는 걸 알았을 땐 정말이지 하늘이 무너지는 기분이었다. 과장이 아니라 다 죽을 수도 있겠다는 생각이 들었다.

그런데 어째 두려움과 경외감이 갈수록 점점 옅어지는 듯한 이 느낌은 뭘까. 에슨다는 저도 모르게 고개를 들어 커플의 유치한 말다툼을 구경할 뻔한 것을 참았다.

'흔한 빙구…… 아니, 사랑에 빠진 남자 같군. 어쨌든 정신 차리자. 살고 싶으면.'

에슨다는 말보다 행동이 앞서는 제 동료들이 '안녕하십니까, 범인 선생님. 들고 계신 구슬이 저희 것 같은데 좀 주시겠습니까?' 하고 공손히 굴었을 거라고는 생각하지 않았다. 다짜고짜 칼을 휘두르거나 거리가 멀다면 화살이라도 동원했겠지. 그녀는 자기 동료를 아주 정확하게 파악하고 있었다.

'무조건 빌자. 비는 게 살 길이다. 연인이 옆에 있으니 납작 엎드리면 목은 붙여 주겠지.'

문득 서글퍼졌다. 타고나길 빠른 눈치 덕에 여태 이런 적이 없었다. 저절로 이가 갈렸다.

'어후, 진짜 머저리들. 그렇게 이상한 겉멋에 빠져 단체로 검은색 옷이나 맞춰 입을 때부터 알아봤다. 나중에 다 죽었어.'

속으로 칼을 간 에슨다가 그래도 우선은 동료를 살리기 위해 재차 매달리려던 참이었다. 황제가 그녀에게 말을 거는 것이 그보다 빨랐다.

"마탑주와 막역하다고 했나?"

"……예. 오랜 지기입니다."

"잘됐군. 그럼 이렇게 하지. 내가 마탑주에게 개인적으로 약조한 것이 있다."

"……?"

"그걸 절반만 이행하는 조건으로 이 상황은 그냥 보아 넘기지. 어떤가?"

에슨다의 갈등은 짧았다. 비례해서 결단은 빠르게 따라붙었다. 에슨다는 냉큼 제안을 받아들였다.

"좋습니다, 그렇게 하겠습니다. 하해와 같은 아량에 감사드립니다."

"그만 일어나도록."

"황송합니다."

이마를 든 에슨다가 무릎을 펴고 몸을 바로 세웠다. 바닥에 엎드리느라 엉망이 된 매무새와 달리 눈은 초롱초롱했다. 조금 떨어진 곳에서 부복한 채로 눈치만 보고 있던 무리는 그녀가 몸을 일으키자 자기들도 슬금슬금 자세를 풀었다. 메일은 묘한 기분으로 그것을 바라보다 콧잔등을 살짝 찡긋했다.

"어차피 책임을 물을 마음도 없었잖아요. 나랑 조용히 도망갈 거였으면서."

"쉿."

"그리고 어떤 거래인지 정말 안 알려 줄 거예요?"

"비밀이라니까."

"너무해."

"나중에."

나중에 알려 줄게. 그렇게 속삭이는 사이 옷에 묻은 흙먼지를 대강 턴 에슨다가 무리의 대장으로부터 구슬을 건네받아 품에 안았다. 착각일까, 에슨다의 품으로 옮겨 간 구슬이 찰나 하얗게 빛을 발했다. 그걸 보자 메일은 문득 잊고 있던 것이 떠올랐다.

"참, 구슬!"

그러고 보니 애초 상인에게서 구슬을 구입한 소기의 목적이 있었다. 쉽고 빠르게 경비대에 신고하는 대신 번거롭고 막연한 주인 찾아주기를 선택한 것은 전부 구슬의 실제 용도가 궁금했기 때문이다. 잠깐 깜빡하고 있었으나 떠올리고 나니 다시 궁금해졌다. 메일은 생각이 난 김에 물어보기로 했다.

"저, 에슨다 양?"

"그냥 에슨다라고 불러 주세요."

"그래요, 에슨다. 궁금한 것이 있어서요. 그 구슬, 에슨다가 주인이죠? 혹 구슬의 쓰임새를 알려 줄 수 있을까요?"

"말씀 낮춰 주세요."

"네?"

"제게 말씀 낮춰 주세요. 그럼 알려드릴게요."

"으...... 응."

독특한 요구였다. 원하는 대로 평대를 하자 방긋 웃은 에슨다가 구슬을 양손으로 들었다. 그러곤 말했다.

"제 소개를 다시 드릴게요. 제 이름은 에슨다. 별명은 마녀. 마녀 에슨다라고 불려요."

아, 마녀는 역시 별명이었구나. 메일이 그렇게 생각하기 무섭게 에슨다의 말이 뒤따랐다.

"왜 마녀라고 불리는지 짐작은 되시죠? 하지만 순전히 생김새 때문만은 아니에요. 제겐 특이한 능력이 있거든요."

"능력?"

"제 또 다른 별명은 예언하는 마녀."

에슨다가 한쪽 눈을 찡긋했다.

"전 이 구슬을 통해 사람의 미래를 단편적으로 엿볼 수 있답니다."

"그건……."

"점쟁이 같죠? 맞아요!"

에슨다는 호탕하게 웃었다. 그녀는 이어 점쟁이 에슨다보다는 마녀 에슨다가 더 폼 나는 것 같아 후자를 별명으로 선택했다는 비하인드 스토리도 들려주었다. 메일은 그것까진 별로 궁금하지 않았지만 듣고 있으니 재미있기는 했다.

"그래도 점술가와 제 능력이 완전히 같지는 않답니다. 그들은 앞으로의 운세나 대략적인 운명을 알아낼 수 있지만, 저는 미래의 어느 특정한 장면을 잠깐 엿보는 것뿐이거든요. 그래서 어떤 놈은 이걸 관음구슬이라고도…… 아, 이건 취소."

구슬은 이상한 칭호를 지니고 있었다. 상인에게서 관음 구슬을 구입해 주인까지 찾아준 메일의 눈동자가 흔들렸다.

"큼큼. 아무튼, 이것도 인연인데 원하신다면 구슬로 미래를 봐드릴게요. 저 머저…… 친구들이 결례를 저지른 것도 있으니까요."

메일은 제의에 솔깃했다. 그건 미래에 대한 호기심보다는 구슬이 실제로 사용되는 걸 보고 싶다는 마음이 더 컸다. 황제에게 슬쩍 시선을 주자 그도 고개를 끄덕였다.

"재미있겠군. 어떤 장면일지 궁금하기도 하고."

"그럼 부탁할게, 에슨다."

"후후! 맡겨 주세요!"

에슨다가 마치 저만 믿으라는 듯 소리쳤다. 그런데 주변의 반응이 이상했다. 그녀가 구슬을 단단히 붙잡고 제 이마 어림으로 올리자마자, 지켜보던 검은 옷의 무리가 저마다 수군거렸다.

"시작되는구나."

"시작되네."

"그걸 또……."

"나는 안 볼래. 누구 가장 최근에 손 씻은 사람 내 눈 좀 가려 줘."

'뭐지?'

심상치 않았다. 어디서 읽은 것처럼 단순히 구슬을 몇 번 어루만지면 끝일 거라고 내심 짐작했던 메일에게 그들의 태도는 충분한 혼란을 안겨 주었다. 그때 에슨다가 눈을 질끈 감고 기합을 내뱉었다.

"하앗!"

"어휴, 시작됐네."

"이얍……!"

에슨다의 미간과 이마에 주름이 잡혔다. 얼마나 힘을 주고 있는지 구슬을 쥔 손과 팔이 부들부들 떨렸다. 꼭 감은 눈 아래로 곧게 뻗은 검정색 속눈썹이 파르르 경련했다. 입에선 연신 기합이 터져 나왔다.

"핫! 이얏! 이야압!"

"……."

"하아앗! 야압……!"

메일의 눈동자가 흔들렸다. 에슨다의 이마에선 어느새 구슬땀이 맺혀 흘러내리고 있었다. 얼굴은 새빨갰다. 손등에는 힘줄이 서고 떨림은 몸 전체까지 번졌다.

"이야앗! 하앗!"

"……."

"이이얍……!"

정체불명의 기합은 멈출 줄 몰랐다. 메일의 동공지진이 강해졌다. 주위에서 한숨 섞인 몇 마디가 툭툭 들려왔다.

"애쓴다."

"정말 애쓴다."

"저렇게까지 해서 꼭 미래를 봐야 하나?"

"나였으면 진작 구슬 버렸다."

"헉헉, 닥쳐!"

메일은 오늘 한 가지를 배웠다. 미래는 함부로 엿보는 게 아니다. 에슨다를 보고 있으면 저절로 그녀의 생명력에 대한 걱정이 들었다. 마치 구슬에게 대가로 수명이라도 바치는 것 같았다.

'무서운 관음 구슬……!'

상상을 아득히 뛰어넘는 가혹함에 메일은 점차 망설이기 시작했다. 말려야 하는 거 아닐까. 정말 저대로 계속하게 둬도 되는 건가. 생명은 소중한 건데. 망설임이 걱정과 초조함을 거쳐 결국 말리자는 결심으로 이어졌을 무렵 에슨다의 움직임이 딱 멈췄다. 이어 에슨다가 외쳤다.

"……됐다!"

차마 두 눈뜨고 보기 힘들었던 그녀의 노고가 드디어 결실을 맺었다. 구슬이 변했다. 불투명하고 탁하던 구슬은 언제 그랬냐는 듯 맑고 투명해져 사방으로 은은하게 빛을 내뿜고 있었다. 확연한 변화에 메일이 눈을 깜빡 크게 떴다.

"자, 이제 미래를 보여드릴게요!"

비지땀을 쏟으며 고생한 사람답지 않게 에슨다의 목소리는 밝고 경쾌했다. 무리 중 누군가가 그녀의 비즈니스 정신을 칭찬했다. 에슨다는 이마 높이로 들고 있던 구슬을 명치 어림으로 내려 메일과 황제에게 내밀었다. 두 사람의 시선이 동시에 구슬로 향했다. 구슬 안쪽에 맺힌 상은 시간이 지날수록 조금씩 또렷해졌다.

곧 메일이 먼저 감탄을 뱉었다.

"와……!"

아이가 보였다. 아이랄지, 소년이랄지. 나이를 추정하자면 열 살 전후인 듯했다. 아이는 작은 구슬 속에서도 찬연하게 존재감을 자랑하고 있었다. 미래의 배경이 야외인지 아이의 머리 위로 눈부시게 볕이 쏟아졌다. 잎사귀보다 푸른 녹색 눈동자가 반짝거렸다.

"……반을 닮았어요."

"글쎄, 내가 보기엔 그대를 더 닮은 것 같은데."

백색에 가까운 금발에 선명한 녹안. 아이의 외양이 시사하는 것은 명백했다. 메일은 저도 모르게 구슬로 바짝 얼굴을 붙였다. 구슬 속의 아이는 무얼 찾는지 두리번거리고 있었다. 고갯짓에 따라 부드러워 보이는 머리카락이 가볍게 어깨를 스쳤다.

메일이 중얼거렸다.

"신기해요."

"구슬이, 아니면 아이가?"

"둘 다요."

메일은 내심 생각했다. 외동인 걸까. 나는 훗날 아들만 한 명 낳나. 생각하다가 곧 귀를 빨갛게 물들인다. 먼 듯 멀지 않은 듯한 미래였다.

"아무튼 다시 봐도 판박이야. 반, 솔직히 반 어릴 때랑 똑같죠?"

"그대를 더 닮았대도."

"그럴 리가요? 눈동자는 저와 비슷하기는 하지만, 다른 부분은 누가 봐도 반을 빼닮은걸요."

"이 애는 그대와 가장 큰 공통점이 있어."

"뭔데요?"

"눈부신 점."

"으악!"

"반짝거리는 점도."

"그만해요!"

그때 구슬에 맺힌 상이 조금씩 흐려지기 시작했다. 그러다가 곧 사라져 버렸다. 메일은 눈을 깜박였다. 애초 에슨다가 '잠깐' 엿보는 것이라 설명하긴 했지만, 그래도 예상보다 미래를 구경할 수 있는 시간이 짧았다.

은근히 아쉬운 기분에 메일은 구슬이 도로 불투명해지고도 잠시간 눈을 떼지 않았다. 곧 에슨다가 구슬을 품에 갈무리했다. 능력을 선보인 것이 보람찬 모양인지 그녀는 빙긋 웃고 있었다.

"어떠셨나요?"

"……에슨다."

"말씀하세요."

"대단해요. 정말 신기했어요. 놀랍기도 하고."

"말씀 낮추시라니까요."

"반은 어땠어요?"

"신선하더군."

"크흠, 어흠."

에슨다가 쑥스러운 듯 헛기침을 했다. 그러면서도 입가가 실룩거리며 미소가 짙어지는 것이, 받은 감상평이 나름 마음에 드는 모양이었다. 그녀는 뒷머리를 잠깐 긁적이더니 이내 작은 고백을 꺼내 놓았다.

"사실 저도 좀 기뻐요. 다행이라는 생각도 들고."

"응?"

"구슬에 비치는 미래는 무작위거든요. 그러니까…… 늘 좋은 장면만 나오는 건 아니라는 뜻이죠."

저번에 에슨다가 혼신의 힘을 다해 불러냈던 어떤 사람의 미래는 하필 폐인 같은 몰골로 불법 경매장에서 돈을 탕진하는 비참한 장면이었다. 장밋빛 앞날을 꿈꾸고 있던 그는 길길이 날뛰며 미래의 자신에게 내야 할 화를 눈앞의 에슨다에게 쏟았다.

"복채로 뺨을 맞았었답니다. 웃기죠?"

"그래서 가만 뒀어요?"

"그 손님, 아니, 손놈이요? 당연히 가만 안 뒀죠."

자비롭게 목숨만 붙여 주었다며 에슨다가 덧붙였다. 메일이 짤막하게 평했다. 잘했어요.

"아무튼 그럼…… 이번엔 운이 좋았던 거네요? 구슬에 비친 미래 말예요."

"그렇게 볼 수도 있고요, 아니면."

"……?"

"미래에 어둡거나 불행한 일이 전혀 없는 것일 수도 있죠. 그럼 필연적으로 구슬엔 밝은 장면밖에 나오지 않을 테니까요."

에슨다는 사회를 현명하게 살 줄 알았다. 달리 말하면 듣기 좋은 말을 잘한다는 뜻이다. 아부, 혹은 고객 접대용 멘트 정도라는 걸 알면서도 메일은 풋 웃음이 나왔다. 말마따나 미래가 밝은 장면으로만 가득하다면 그만한 축복도 없을 것이다. 혼자 걸어갈 길이 아니라서 더욱.

"고마워요, 에슨다."

"뭘요. 그럼 짧은 만남이었지만 영광이었습니다. 말씀하셨던 조건은 탑주 자식에게 꼭 전달하도록 할게요. 남은 시간도 모쪼록 즐겁게 보내시길!"

에슨다는 그렇게 인사를 남기고 자리를 떴다. 메일은 가벼운 목례로 멀어지는 상대방을 보냈다. 궁금했던 구슬의 사용법은 충분히 보고 체험했다. 달리 용건이 남은 것도 아니니 구태여 더 붙잡을 이유는 없었다.

마침 바람이 불었다. 강하지 않은 바람에 에슨다의 제멋대로 자란 넝쿨 같은 검은 머리가 흩날렸다. 메일은 문득 그녀의 일행이 온통 검은색으로 옷을 맞춰 입은 이유를 알 수 있을 것 같은 기분이 들었다.

"우리도 갈까요?"

메일이 황제를 돌아보며 물었다. 해가 지기 시작했으니 날이 곧 어두워질 것이다. 벌써 아까보다는 석양이 약해져 있었다.

메일의 말은 꼭 이만 황성으로 돌아가자는 뜻은 아니었다. 오해받아 도망치느라 웬 외진 골목까지 들어왔으니 축제를 마저 즐기려고 해도 일단은 장소를 옮겨야 했다. 그때 황제가 그녀의 손목을 덥석 붙잡았다.

"……메일."

"네?"

의아해하던 메일은 금방 직감했다. 앞서 구슬 도둑으로 오인되어 도망자 신세가 되기 직전, 황제는 그녀에게 어떤 말을 하려고 했었다. 그때 방해받아 하지 못했던 것을 지금 다시 꺼내려는가 보다. 추측한 메일이 잠자코 그의 말을 기다렸다.

어스름한 노을빛이 황제의 얼굴을 물들였다. 그는 입술을 몇 번 달싹이다 이내 고개를 저었다. 그러곤 귀에 걸고 있던 귀고리를 거칠게 잡아 빼 부숴 버렸다. 메일이 깜짝 놀랐다.

"반?"

"할 거면 내 얼굴로 말해야 할 것 같아서."

아니, 그렇다고 부술 것까지야. 그보다 대체 무슨 말이기에? 맴도는 의문은 본래의 이목구비로 돌아와 석양을 받아 내는 연인의 얼굴을 보는 순간 쏙 들어갔다. 그림자마저 근사하게 졌다. 메일의 가슴이 빠르게 박동했다.

"……뭔데요?"

"메일. 알다시피 나는 황제야. 나와 혼인하면 그대는…… 황후가 되겠지."

당연한 이야기였다. 메일은 조용히 이어질 말을 기다렸다. 황제가 말했다.

"할 일이 많아질 거야. 황성의 내실을 그대가 다스리게 된다는 의미니까. 그렇게 되면 지금보다 덜 자유롭고……."

"……."

"원치 않은 책임과 부담이 그대를 무겁게 할지도 몰라."

"……."

"그래도 괜찮다면……."

황제는 한 호흡 쉬었다. 긴장이 되는 것 같았다. 이내 다시 입을 연다.

"함께해 주겠나? 앞으로, 평생을."

메일이 천천히 눈을 깜박였다. 긴 속눈썹 아래 녹색 눈동자가 느릿하게 감추어졌다 드러났다.

화려한 꽃다발이나 반지는 없어도 이건 분명 청혼이었다. 황제는 새삼 그녀에게 고백하고, 구애하고 있었다. 고개를 가로젓는다고 한들 과연 이제 와 놓아줄지는 알 수 없는 노릇이나 어쨌든 그녀의 의사를 묻고 있었다.

메일은 침묵을 지켰다. 말없이 손을 들어 올린다. 양쪽 귀에서 귀걸이를 빼내자 머리색과 얼굴이 원래대로 돌아왔다. 그 상태로 메일이 입을 열었다.

"이제 와서 뭘 물어요?"

"……."

"애도 봐 놓고."

"어감이 좀 이상한데."

"그리고 반이야말로 각오해야 할 거예요. 괜찮겠어요? 내가 황후가 되면……."

메일이 씩 웃었다.

"일 년에 최소 하루는 '나무 심는 날'로 제정해 버릴 텐데. 국고를 열어 제국민이 누구나 이용할 수 있는 넓고 아름다운 정원도 만들 거고요, 황성에 있는 정원도 지금보다 훨씬 풍성해질 거예요. 식물을 막 대하는 사람은 잡다가 처벌도 할 거고."

"……."

"감당할 수 있겠어요?"

메일의 표정이 익살스러웠다. 그러나 꼭 농담은 아닌 것처럼 들리는 이유는 뭘까. 황제는 곧 소리 내 웃었다. 그가 대답했다.

"기대하던 바야."

땅거미가 졌다. 미래를 약속한 연인이 서로를 응시하다 이어 입을 맞췄다. 퍼붓듯 키스하는 두 사람에게서 웃음이 끊이질 않았다.

그때 아까 둘을 아니꼽게 쳐다보고 지나쳤던 행인이 다시 등장했다. 어쩌다 이런 외진 길을 걷게 됐는지, 우연히 두 사람을 발견한 행인은 이번엔 우뚝 멈춰 서 자기 눈을 비볐다. 비벼도 눈에 보이는 광경이 달라지지 않자 충격으로 입술을 부들거리더니 이내 어깨를 축 늘어뜨렸다. 에이, 잘 살아라. 천년만년 행복하고 떨어지지 마. 속으로만 중얼거려 들리지는 않을 축복이었다.

✳

리엘라는 호수에서 물놀이에 열중하고 있었다. 춥지 않게 만들어주는 목걸이를 목에 걸고 나서 그녀는 축제 대신 대뜸 물놀이에 관심을 보였다. 리엘라의 말이 곧 법이라 반테르는 순순히 거리의 축제를 뒤로하고 그녀와 함께 호숫가에 자리를 잡았다.

한참 물장구를 치다 리엘라가 반테르를 불렀다.

"반테르, 너도 이리 와."

"물속으로요?"

"응."

"전 물에 들어가면 춥습니다, 공주님."

재료 부족으로 목걸이는 한 커플당 하나씩밖에 나누어 가지지 못했다. 리엘라는 반테르의 말에 그게 뭔 대수냐는 듯 손짓했다.

"괜찮아. 난 안 추워. 안 추운 내가 껴안아줄 테니까 빨리 와."

"……."

목걸이는 외부의 온도가 착용자의 몸에 영향을 끼치지 못하도록 만드는 역할을 한다. 어디까지나 그뿐, 체온을 평소보다 높이거나 열을 내는 기능은 없었다. 그러니 얼음장 같은 물에서 리엘라가 꼭 껴안아준다고 한들 추위 방지에 별반 효과는 없을 것이다.

"지금 가겠습니다."

'까짓것 감기 한번 앓지, 뭐.'

그러나 반테르는 움직였다. 어쩔 수 있나. 사랑스러운 연인이 껴안아줄 테니 어서 오라고 이야기하는데.

사랑에 빠진 남자는 보통 미련해진다. 그건 반테르도 마찬가지였다. 차디찬 겨울 물에 반신을 담그며 그는 눈가를 살짝 찌푸렸다. 하나 곧 웃음이 그것을 덮었다. 리엘라가 약속한 대로 그를 두 팔로 꼭 껴안아준 것이다.

'착각인가, 왠지 안 추운 것 같은데.'

물론 착각이었다. 반테르는 다음 날 눈을 뜨자마자 몸살에 걸리게 된다. 당장은 미래의 일이었다.

집으로 귀가한 에슨다는 지친 기색으로 구슬을 꺼내 방석 위에 올려두었다. 여전히 왜 자기들이 무릎을 꿇어야 했는지 몰라 궁금해하는 동료이자 친구이자 짐덩이인 머저리들을 구박하느라 심력을 꽤 낭비했다. 소모했으니 충전을 해야지. 달고 짜고 매운 음식을 차례로 섭취해 어느 정도 기력을 회복한 그녀는 이내 바닥에 연체동물처럼 널브러졌다.

그러다 곧 벌떡 몸을 일으킨다. 에슨다는 덥석 구슬을 잡았다.

"아까 구슬에 비친 거, 정황상 분명 2세였지? 그럼 결혼을 한다는 말인데."

에슨다는 구슬로 엿볼 수 있는 미래의 장면이 무작위라고 했다. 그건 반은 맞고 반은 틀린 소리였다. 막연하게 미래를 떠올리려 하면 당연히 무작위로 상이 맺힌다. 그러나 '특정한 장면'을 보겠다고 마음속으로 정하고 미래를 불러일으키면 이야기가 달랐다. 마녀 에슨다는 비교적 높은 정확도로 원하는 장면을 불러낼 수 있었다.

"결혼식이 과연 얼마나 성대할지 궁금하네. 잠깐 봐야겠다."

그녀는 본래 국혼 같은 것에 별반 관심이 없었다. 그러나 오늘 당사자를 만나고 나서 마음이 조금 변했다. 그녀가 본 황제는 단단히 사랑에 빠져 있었다.

사람은 사랑에 푹 빠져 빙구가 되면 종종 무모해지게 마련이다. 에슨다는 그들의 결혼식이 혹 뭔가 대단하지는 않을까 기대했다. 그녀는 구슬을 단단히 쥐었다.

그리고 잠시 후.

땀으로 범벅이 되어 에슨다가 통신구를 켰다. 그녀는 마탑주를 호출했다.

[누구…… 에슨다? 관음증 마녀 에슨다네.]

"누가 관음증 마녀야! 이 자식은 진짜 연락할 때마다 혈압 오르게 하네. 일부러 그러는 거지, 이 새끼야?"

[왜 연락했어?]

"아, 맞다. 야, 네가 준 구슬 말이야."

[관음 구슬?]

"어. 그거 고장 난 것 같은데?"

[그럴 리가.]

"아니, 정말로. 내가 방금 구슬로 황제의 결혼식을 잠깐 봤거든? 근데 무슨 장면이 나온 줄 아냐?"

[말해봐.]

"식을 웬 숲에서 진행해. 숲인지, 정원인지, 암튼 사방에 초록색밖에 없는 데서."

[……그리고?]

"그리고 웬 나이 든 신관이 주례를 서는데…… 뭐라고 하는지 알아? 신랑 신부는 서로 영원히 사랑할 것을 매리골드에게 맹세하느냐고 물어. 야, 내가 아무리 신에 대해 문외한이라도 가정의 여신 이름이 매리골드가 아닌 건 알거든? 사랑의 여신이나 평화의 여신 이름도 아니야."

[…….]

"고장 났지? 어? 안 그러냐?"

에슨다가 확신하는 어투로 말했다. 통신구에선 잠시 동안 말이 없었다. 잠시 후 의아함이 담긴 중얼거림이 흘러나왔다.

[이상하네……. 드래곤 뼈로 만든 거라 내구력이 그렇게 약할 리가 없을 텐데.]

"만드는 사람 솜씨가 엉망이었나 보지."

[헛소리. 내일 구슬 들고 탑으로 와, 에슨다. 정말 고장인지 아닌지 봐줄 테니까.]

"고장이면?"

[새로 만들어줄게. 마침 황제와 거래를 해서 조만간 드래곤을 사냥하러 가기로 했으니.]

"그래? 혼자서는 잡기 힘들다고 징징대더니 잘됐네. 그럼 내일 마탑으로 방문한다!"

[일찍 와.]

"내킬 때 갈 거야."

이내 통신이 끊겼다. 통신구를 한쪽으로 치운 에슨다가 그새 차갑게 식은 땀을 훔쳤다. 구슬을 새것으로 바꿀 수도 있겠단 생각에 희희낙락하다 그녀는 문득 멈칫했다.

"……잠깐."

순간 떠오르는 것이 있었다.

"아까 거기서 분명 황제가……."

"내가 마탑주에게 개인적으로 약조한 것이 있다. 그걸 절반만 이행하는 조건으로 이 상황은 그냥 보아 넘기지."

"……오, 이런."

뒤늦게 생각이 났다. 통신에서 마탑주는 황제와 거래를 해서 함께 드래곤을 잡으러 가게 되었다고 말했다. 말이 함께 가는 거지 거래라는 이름으로 봤을 때 거의 잡아주는 조건일 확률이 높았다.

'반만 이행이면…… 설마하니 반만 잡아주는 건가.'

에슨다는 침묵하다 이내 어색하게 웃었다. 나머지 반 정도는 자기가 알아서 잡을 수 있겠지, 뭐. 응, 그렇겠지.

'……언제 이야기하지…… 반만 잡아줄지도 모른다고.'

에슨다의 시선이 창밖 먼 곳을 응시했다. 그녀도 한 성질 하는 편이었지만 여차할 때 지랄 맞기로는 마탑주가 몇 술 더 떴다. 그놈의 드래곤을 잡겠다고 마탑주가 일 년 전부터 노래를 불러 댔던 것을 떠올린 에슨다의 표정이 뻣뻣해졌다.

아, 망할. 괜히 구슬 찾겠다고 설쳤나. 내일 마탑 가지 말까.

에이, 몰라. 될 대로 되라지. 에슨다는 곧 도로 바닥에 벌렁 드러누웠다. 그 와중에 머리를 찧은 것이 아파 침대를 사야겠다는 생각이 문득 들었다.

3
10년 후

햇볕이 강했다. 아이는 눈가를 잠깐 찡그렸다가 걸음을 옮겼다. 환한 백금발은 빛을 받자 찰나 은색으로도 보였다. 귀찮은 듯 자기 머리카락을 대강 헤집어 흐트러뜨리는 손길이 익숙했다.

먼발치서 어렴풋이 '전하!' 하고 누군가를 찾는 듯한 소리가 들렸다. 아이가 근래 가장 빈번하게 무시하고 다니는 소리였다. 아이는 들려온 목소리를 통해 상대와 저 사이의 거리를 가늠하곤 걷는 속도를 조금 늦췄다. 곧 늘어져라 하품을 한다.

엘피스 크레제 드 헬베른. 이른바 엘피스 황태자 전하. 아이의 이름과 신분이었다.

"아, 따분해."

엘피스는 오늘 수업을 땡땡이쳤다. 이유는 간단했다. 재미가 없었기 때문이다. 책에 쓰인 글은 눈으로 한 번 읽기만 해도 이해가 되었고 검술이나 승마는 너무 쉬웠다. 어제는 활을 배웠는데 달리면서 움직이는 사냥감을 정확히 맞추기까지 반나절도 채 걸리지 않았다. 능숙하게 다

룰 수 있게 되니 곧 시시해졌다.

"아버지는 바쁘다고 나와 대련해 주지 않고, 어머니의 정원 사랑은 나로선 통 이해가 안 되고……."

아홉 살 아이는 심심했다. 심심하니 절로 볼멘소리가 나왔다. 뭔가 쉽게 질리지 않으면서 열중할 만한 것이 나타나 주면 좋겠는데. 그때 누군가가 그런 엘피스를 불러 세웠다.

"저기."

또래의 목소리였다. 그리고 처음 듣는 것이다. 엘피스가 뒤를 돌았다.

"뭐 좀 물어볼게. 백발 친구."

"……백발?"

눈높이는 비슷했다. 아이는 선명한 청색 눈동자로 엘피스를 응시하고 있었다. 엘피스가 한쪽 눈썹을 찡그렸다.

"누가 백발이야?"

"너."

"난 백발 아니거든?"

"아……. 은발 친구."

"은발도 아니야! 너 나 처음 보냐?"

그러자 아이는 순순히 고개를 끄덕였다. 처음 본다는 뜻이다. 엘피스는 살짝 기가 찼다.

"아, 그래. 근데 처음 보는 게 문제가 아니지. 잘 봐. 내 머리는 백금 발이거든?"

아버지인 황제의 것을 그대로 이어받은 눈부신 색이었다. 아닌 척해도 엘피스는 평소 그에 대해 꽤 자부심을 지니고 있었다. 아버지는 그가 아는 한 세상에서 가장 완벽한 사람이었으니까.

아이는 엘피스의 말을 듣곤 고개를 갸웃했다.

"금발은 내 머리 색이 금발 아니야?"

아이의 머리카락은 채도 높은 금색이었다. 벌꿀을 발라 놓은 듯 윤기가 흐르며 반짝였다. 엘피스는 기어이 양쪽 눈썹을 다 찡그렸다.

"그러니까 백금발이라고! '백'금발! 뭐야, 이 멍청한 자식은?"

간만이었다. 대화하던 도중 속이 갑갑해진 건. 남의 속을 갑갑하게 만든 아이는 그런 것이야 아무렴 어떠냐는 듯 대강 수긍하는 모습을 보였다.

"알겠어. 백금발 친구. 그럼 이제 뭐 물어봐도 돼?"

"하아, 뭔데?"

"본궁은 어디로 가면 돼?"

"뭐?"

아이는 이어 자기가 길을 잃은 처지라는 것을 솔직하게 고백했다. 마차를 타고 정문에서 내린 직후 직선으로 쭉 걸었는데 목적지인 본궁은 커녕 점점 알 수 없는 공간만 나왔다는 것이다. 엘피스는 잠깐 상대가 저를 놀리나 했다.

"거기서 본궁까지 가면서 어떻게 길을 잃어? 자면서 걸었냐?"

"아니야."

"이건 뭐 멍청하기만 한 줄 알았더니……."

만난 지 5분도 되지 않은 상대에 대한 평가가 신랄했다. 엘피스는 한숨을 한 번 쉰 뒤 아이를 샅샅이 살폈다. 결 좋은 금발, 청색 눈동자. 나이는 제 또래로 보이고 피부가 희고 깨끗한 것이 척 보기에도 곱게 자랐다. 어쩌다 황성에 혼자 방문하게 됐는지는 모르겠지만 놔두고 갔다가 무슨 사고라도 생기면 성이 시끄러워질 가망이 높았다. 엘피스는 귀찮지만 앞장섰다.

"따라와."

"고마워."

"아, 잠깐."

그때 돌연 무슨 생각이 들었는지 엘피스가 움직임을 멈췄다. 돌아서
는 그는 어느새 악동 같은 미소를 짓고 있었다. 엘피스가 말했다.

"그냥은 안 돼."

"응?"

"너, 나랑 대련하자. 대련에서 이기면 내가 네 목적지까지 직접 데려
다줄게. 어때?"

엘피스는 심심하고 따분한 상태였다. 그러던 와중 재밌는 건수를 찾
아냈으니 그냥 넘어갈 순 없었다. 처음 보는 상대와 대련하는 건 상대
의 실력이 어떻든 한 번 정도는 재밌었다. 물론 주로 얻어맞는 쪽인 상
대 또한 재밌으리라는 보장은 없었지만.

"너도 검 다루지? 손에 굳은살 봤어."

"아빠한테 배우기는 했는데…….."

"잘됐네. 나도 그렇거든."

어지간한 귀족 자제는 체력 단련을 위해서라도 어릴 때부터 검을 배
운다. 부친이 검에 조예가 깊다면 더욱 그랬다. 아이는 엘피스의 제안
에 동그란 눈을 몇 번 깜박이더니 이내 고개를 끄덕였다. 엘피스가 활
짝 웃었다.

"좋아, 따라와!"

오전 회의가 예상보다 일찍 끝나 여유가 생겼다. 황제는 근래 들어
말썽을 부리기 시작한 제 아들이 오늘도 당연한 듯 수업을 빼먹었다는
보고를 듣곤 엘피스를 곧장 알현실로 불렀다. 크게 혼을 내고 싶은 마
음은 없었지만 어쨌든 아비 된 도리로 한 마디 정도는 해주어야 했다.
왜 애한테 무심하냐고 도리어 그가 메일에게 혼나지 않기 위해서라도

그랬다.

"폐하, 엘피스 황태자 전하께서 도착하셨습니다. 한데……."

"왜? 문제라도 있나?"

"그것이."

그런데 불려 온 엘피스의 상태가 이상했다. 일단 이마가 깨져 있었다. 누가 보아도 자기 스스로 박아 깨진 모양은 아니었다.

깜짝 놀란 황제는 직후 묘한 기시감을 느꼈다. 기분 탓인가, 어째 상처의 형태가 어디서 많이 본 것 같았다.

엘피스는 알현실로 들어오자마자 씩씩댔다.

"아버지!"

"……왜 그러느냐, 엘피스?"

"누구죠?"

"뭐?"

"나이는 저랑 비슷하고, 머리는 금발에 눈동자는 파란색, 왼쪽 광대에 작은 점이 있어요. 누군가요, 이 자식?"

황제는 침묵했다. 저건 어떻게 들어도 엘피스가 자기 이마를 깨 놓은 범인이 누구인지 실토한 격이었다. 그리고 묘사를 듣자마자 떠오르는 대상이 있었다. 황제는 우선 상황을 명확히 하기 위해 확인 절차를 거쳤다.

"그 아이와 대련했느냐?"

"어떻게 아셨습니까?"

"네 이마를 보면 안다."

"큭……! 그 자식도 깨졌습니다!"

이런, 맙소사. 황제는 이마를 짚었다. 기분 탓이 아니었다. 엘피스의 이마에 난 상처는 그가 어디서 많이 본 것이 맞다. 약 삼십 년 전 거울을 통해 한동안 자주 보았던 것이다. 기막힌 재현에 황제가 침음을 삼켰다.

"말씀드리지만 진 게 아닙니다. 저보다 그 자식 이마가 더 심하게 깨졌어요. 다시 붙는다면 꼭……."

"엘피스."

"예?"

"모하임 공을 아느냐?"

"당연히…… 압니다."

모하임 공작. 제국을 지탱하는 실세 중 한 사람을 엘피스가 모를 리 없었다. 황제가 천천히 말을 이었다.

"너와 대련한 아이의 이름을 알려 주마. 오스엘다 폰 모하임."

"……!"

"그게 그 애의 이름이다."

"그럼 모하임 공작가의……."

엘피스가 눈을 조금 크게 떴다. 놀란 기색이었다. 그도 그럴 게 모하임 공작가는 현 제국에서 제일 명망 높은 귀족 가문이었다. 대를 이어 황가에 충성한 공신 가문이 아니었다면 황권을 위협하는 가장 큰 적이 되었을 것이다.

생김새를 보고 지체 높은 가문 출신일 거라 짐작은 했지만 설마 그 정도일 줄이야. 굳이 서열을 매긴다면 황태자인 엘피스가 우위긴 했으나 그렇다고 그가 함부로 대해도 되는 대상은 아니었다. 잠깐 당황하는 듯하던 엘피스는 이내 표정을 바꿨다. 놀랐지만 낭패라거나 싫다는 기분은 들지 않았다. 오히려 잘됐다.

"그렇군요. 기억하겠습니다."

원래 라이벌은 뭐든 엇비슷한 법이었다. 외모도, 실력도, 배경도 말이다.

엘피스의 눈에서 불꽃이 튀었다.

"반드시 이겨 보이겠습니다."

"그래…… 뭐?"

"처음입니다. 경쟁자를 만난 건."

엘피스가 주먹을 불끈 쥐었다. 태도가 사뭇 진지했다. 타오르는 열의는 하도 선명해서 눈에 보일 정도였다.

'기다려라, 오스엘다. 다음에 만나는 때가 내가 오늘의 일을 설욕하는 날이다!'

……라고 생각하고 있겠지. 독심술을 배운 적도 없건만 황제는 엘피스의 속내가 훤히 읽히는 것 같았다. 마음의 소리가 저절로 들렸다.

이걸 대체 어쩌면 좋을까. 지금 이 상황엔 엘피스가 모르는 중대한 사실 하나가 있었다. 그것도 매우 중대한 사실. 황제는 그걸 말해주어야 하나 말아야 하나 고민하다 결국 입을 다문 채 엘피스를 내보냈다. 궁의에게 사람을 보내 엘피스가 이마를 치료받도록 하는 건 와중에도 잊지 않았다.

알현실을 빠져나와 집무실로 복귀하고서도 황제는 여전히 고뇌했다. 바로 답이 나오지 않는 고민거리가 생겼다. 오랜만이었다.

✷

반테르는 하나뿐인 자식 덕에 하루에도 몇 번씩 심장이 바깥으로 출타했다가 돌아오곤 했다. 오늘도 마찬가지였다.

"황성에 다녀왔어요."

"엘다, 너 이마가……!"

"치료했어요."

아홉 살 난 아이는 이마에 붕대를 칭칭 감고도 마냥 태연했다. 충격과 경악은 아빠의 몫이었다. 반테르는 잠시간 말도 잇지 못하다가 오스엘다의 말끔한 태도에 겨우겨우 평정을 찾았다. 일단 최소 나쁜 일에 휘말린 것 같지는 않았다.

"엘다, 무슨 일이 있었던 거니? 황성에는 왜 간 거고……."

"대련했어요."

"대련? 황성에서?"

"걔도 이마가 이렇게 됐어요. 나랑 똑같이."

반테르의 혼란은 깊어만 갔다. 영지 시찰을 나간 사이 대체 무슨 일이 있었단 말인가. 그러나 혼란스러운 와중에도 그는 묘한 기시감이 드는 것을 감지하고 있었다. 이상하게 상황이 낯설지 않았다. 오스엘다가 이마를 다친 건 처음이었는데도 말이다.

"황성에는 혼자 간 거니?"

"아뇨. 아빠가 어디 나갈 땐 무조건 린자 아저씨와 함께 가라고 했잖아요."

"……그랬구나. 그건 잘했다."

린자는 모하임가에 소속된 기사로 오스엘다의 호위를 맡고 있었다. 특기는 없는 것처럼 은밀히 숨어서 경호하기. 성인 남성이 눈에 띄게 졸졸 따라다니는 걸 오스엘다가 행여 부담스러워할까 봐 일부러 그를 붙여 주었다. 그는 평소엔 보이지 않게 숨어 있다가 오스엘다가 위험해질 것 같으면 귀신같이 뛰어나오곤 했다.

'린자 경이 나설 만한 일은 아니었다는 거군.'

반테르는 오스엘다를 방으로 잠깐 돌려보내고 린자 경을 불렀다. 어떻게 된 일인지 우선 자초지종을 자세히 들어 봐야겠다는 생각이 들었다. 가문 내에서 기거하는 린자 경은 호출에 금방 달려왔다.

"부르셨습니까?"

"경, 묻고 싶은 게 있어 불렀네. 경도 짐작이 갈 테지?"

"오스엘다 아가씨 일 말씀이십니까?"

여기서 잠깐 짚고 넘어갈 만한 것이 있다.

오스엘다 아가씨.

그렇다. 반테르는 슬하에 딸 하나를 두었다. 오스엘다는 모하임 공작가의 영식이 아니라 영애였다.

그렇다면 엘피스는 맛이 가서 자기 또래의 여자애한테 대련을 신청하고 '이 자식' 운운하고 목검으로 이마를 깨 놓은 것일까? 사실 그렇지 않다. 어릴 때부터 검 좀 쥔 이들이 으레 그렇듯 엘피스 또한 레이디는 보호해야 할 대상이라고 배웠다. 그 가르침 속에서 레이디는 어려도 레이디였다.

결국 결론은 하나다. 엘피스는 오스엘다를 남자애라고 생각했던 것이다. 그리고 오스엘다가 평소 하고 다니는 차림새에서 그 원인을 찾을 수 있었다.

"……그래. 대체 무슨 일이 있었던 건가?"

오스엘다는 움직이기 편한 활동복을 선호했다. 달리 말하면 치마를 싫어하고 바지를 좋아한다는 뜻이다. 머리카락은 귀찮다는 이유로 썩둑 짧게 잘라, 외려 어지간한 남자아이들이 그녀보다 머리 길이가 길었다.

얼굴은 부모님을 닮아 몹시 예뻤으나 그건 엘피스도 마찬가지였다. 옷차림이 아닌 이목구비나 체형, 목소리로 성별을 구별하기에 아홉 살이란 나이는 아직 어렸다. 가뜩이나 그런 쪽으론 둔하게 타고난 엘피스는 오스엘다가 여자애일 거라고는 꿈에도 생각하지 못하고 있었다.

린자 경은 반테르의 물음에 자기가 따라다니며 본 것을 빠짐없이 이야기했다.

"……그렇게 된 거로군."

반테르는 끙, 앓듯이 신음했다. 전부 제 죄였다. 황성에 보다 쉽게 오갈 수 있도록 워프 게이트를 신설해 왕복 시간을 대폭 줄인 것도, 가르치는 족족 물처럼 흡수하는 어린 딸의 재능에 신이 나 앞장서 검술을 가르친 것도 모두 그였으니 말이다.

물론 애초 옷차림을 단속했다면 어떤 환경에서든 또래와 대련으로 치고받게 되는 일은 없었을 테지만, 반테르는 여전히 그런 쪽으론 간섭하고 싶은 마음이 들지 않았다. 그는 딸을 자유롭게 키우고 싶었다. 비록 그로 인해 오늘처럼 심장이 불쑥 출가를 선언하다 해도.

"후우, 안 그래도 엘피스 전하와는 한번 만나게 할 생각이긴 했지만…… 설마하니 이런 식으로 첫 대면이 이루어질 줄이야."

"외람됩니다만."

"응?"

"저는 역시 오스엘다 아가씨께서 각하의 따님이구나, 하는 생각이 들었습니다."

"무슨 뜻인가, 경?"

"기억나지 않으십니까? 각하께서 폐하를 처음 대면하시던 날이."

"……!"

깨달았다. 반테르는 저도 모르게 주먹으로 손바닥을 내려쳤다. 아, 그거였군. 조금 전부터 느껴지던 기시감의 정체를 이제야 찾았다.

삼십 년 전의 어느 날이 이 순간 어제 일처럼 생생하게 떠올랐다. 반테르는 이내 황당한 심경을 담아 웃었다. 아무리 핏줄이라지만 이런 것까지 똑같을 필요는 없지 않은가.

"이거 참."

오스엘다가 남자아이였다면 이걸 계기로 황태자와 친분을 쌓게 될지도 모른다고 생각했을 텐데. 상황은 같으나 성별이 달라 퍽 오묘하게 되었다.

그때 통신구가 울렸다. 반테르는 구체에 떠오른 신호로 발신지를 확인하곤 린자 경을 바깥으로 내보냈다. 연락을 보낸 곳은 황성이었다.

집무실에 홀로 남아 반테르가 통신구를 작동시켰다.

[아, 반테르 공.]

"폐하?"

[지금쯤이면 공의 여식이 귀가했을 것 같아 연락했네.]

"그 말씀은……."

[우선 날이 밝는 대로 신관을 보내 주지. 이마에 흉이 남으면 큰일이
니까.]

역시나. 설마 했던 황제의 용건은 그가 짐작한 그대로였다. 상급 통
신구는 구슬을 통해 상대방의 얼굴도 볼 수 있다. 반테르가 멋쩍게 웃
었다.

"괜찮습니다. 그 정도로 깊은 상처는 아닌 것 같습니다. 여차하면 텔
리야가 나서도 되는 일이고요."

[그런가? 하긴, 우리도 이마에 흉은 안 졌지.]

"전 질 뻔했던 것 같은데요."

세월이 무색하게도 황제와 반테르의 대화는 여전했다. 늘 예전과 같
았다. 한 가지 달라진 점이 있다면 이제 얼굴을 마주하는 일은 전보다
현저히 줄어들었다는 것이다. 작위를 물려준 모하임 공작이 은퇴를 선
언하면서 반테르는 반강제로 영지에 눌러앉게 되었다. 황제의 업무 보
좌는 일 년간 가르친 후임이 대신했다.

구슬 너머에서 황제가 나직하게 웃었다.

[공, 미안하게 됐어.]

"혁, 아닙니다. 말씀 넣어 두시죠. 오스엘다만 일방적으로 얻어맞은
것도 아니고 보아하니 비긴 모양인데."

[그건 그래. 엘피스는 자기가 더 때렸다고 주장하지만 내가 보기엔
제가 더 맞은 것 같더군.]

"이를…… 갈고 계시겠군요."

[안 봐도 보이지?]

"선합니다."

자주는 아니어도 반테르는 몇 번 황성을 오갔다. 엘피스의 성격쯤은 황제만큼은 아니더라도 어느 정도 꿰고 있었다.

[또래에게 이기지 못한 건 처음일 테니.]

"뛰어나신 분이니까요."

[범재는 아니지. 그래, 내 아들이어서가 아니라 확실히 녀석은 노력에 비해 성취가 빨라. 결국 그게 독이 되었지만.]

"……."

[공, 부탁 한 가지 해도 되겠나?]

반테르는 이제부터 나올 말이 본론이라는 것을 눈치챘다. 애초 이 이야기를 하려고 통신을 걸었던 것이다. 반테르가 긍정의 뜻으로 침묵하자 황제가 말을 이었다.

[오스엘다가 괜찮다면, 그 아이가 여자애라는 것을 한동안 엘피스에게 비밀로 해줬으면 좋겠군.]

"예?"

[내가 보기에 오스엘다는 검에 대한 재능으로는 엘피스를 뛰어넘어. 엘피스는 패배를 좀 배울 필요가 있네. 태만함을 버리고 향상심을 기르기 위해서라도 말이야.]

황제는 엘피스가 눈에서 불을 태우며 오스엘다를 라이벌로 지목하던 순간 직감했다. 이건 엘피스에게 기회였다. 그것도 다시없을 기회다. 뛰어난 자질이 독이 되어 태만해진 아이는 어른의 훈계로는 쉽게 바뀌지 않았다. 그보다 효과적인 건 또래에게 지는 경험이었다.

[이번에는 아쉽게도 비긴 듯하지만 몇 차례 더 검을 나누다 보면 결국 제가 패배를 절감하는 날이 올 거야. 엘피스는 현재 답보 상태지만 오스엘다는 금방 발전할 테니까.]

반테르는 황제가 원하는 것이 무엇인지 이해했다. 그리고 그건 반테르에게도 그닥 나쁜 얘기는 아니었다. 엇비슷한 실력끼리는 보통 부딪칠수록 성장한다. 엘피스가 패배를 발판 삼아 자라는 만큼 오스엘다 또한 못지않게 앞으로 나아갈 것이다.

그러나 반테르는 곧바로 알겠다고, 그러겠노라고 대답할 수가 없었다. 그건 다른 합리적인 이유를 떠나 그저 딸 가진 아빠의 마음이었다. 만에 하나 딸이 다치지는 않을까 염려하는 아빠의 하트는 섬세했다.

[하나 오스엘다가 여자애인 걸 알면 엘피스는 더는 대련은커녕 말조차 걸지 않으려 하겠지. 어쩌다 이렇게 컸는지는 몰라도 이성을 성가시다고 생각하는 모양이거든. 황당한 녀석.]

"알 것 같습니다. 보통 그 나이 대 남자아이에게 또래 여자애의 이미지란 보통 비슷하니까요."

[아무튼 부탁 좀 하지, 공.]

"그건……."

반테르의 망설임은 길었다. 이성과 아빠의 마음이 부딪혀 점점 더 길어졌다. 그때였다.

—똑똑.

"아빠, 저예요."

"……엘다?"

"들어가도 되죠?"

오스엘다는 대답을 듣지 않고 문을 열었다. 여태 단 한 번도 안 된다는 답을 들은 적이 없었으니 아이로서는 당연한 행동이었다. 집무실 안으로 들어서서 오스엘다는 아빠에게 다가갔다.

"엘다, 왜……."

"아빠."

"으응?"

"아까 저랑 대련한 백금발 친구 말이에요."

백금발 친구가 누굴 가리키는 호칭인지는 뻔했다. 통신구에서 찰나 웃음이 새어 나왔다. 오스엘다는 연결 중인 통신구의 존재를 눈치채지 못한 듯 그쪽으로는 시선을 주지 않고 말을 이었다.

"걔랑 또 대련하고 싶어요."

"뭐?"

"내일 다시 황성에 가도 돼요?"

반테르는 꼼짝없이 굳었다. 설마하니 오스엘다가 먼저 이런 말을 할 줄은 예상하지 못했다. 더구나 내일이라니. 그건 깨진 이마가 낫기도 전이었다. 반테르가 당황으로 말문이 막힌 사이 통신구에서 호쾌한 목소리가 흘러나왔다.

[잘됐군. 오스엘다가 그리고 싶다니 더 고민할 것도 없겠어. 그렇지 않나, 모하임 공?]

"어? 폐하?"

[오랜만이구나, 오스엘다. 잘 지냈느냐?]

"폐하는 강녕하셨어요?"

[하하, 그래. 나는 잘 지냈다. 황성에 자주 놀러 오거라. 기별을 넣으면 입구에서부터 길을 찾기 쉽도록 안내자도 붙여 주마.]

"알겠어요."

대화는 화기애애하게 이어졌다. 반테르는 아직 닥치지도 않은 미래가 눈앞에 선하게 그려지는 것 같았다. 그는 결국 눈을 질끈 감고 한숨을 내쉬었다.

"폐하."

[이야기하게.]

"말 바꾸겠습니다. 신관 보내 주시죠."

[좋아, 얼마든지.]

황제가 유쾌하게 웃었다. 반테르는 오스엘다의 예상치 못한 승부욕이 누굴 닮은 것인지 잠시 생각해 보다 이내 고개를 젓고 말았다. 삼십 년 전 이마가 깨진 채로 설욕의 의지를 불사르던 제 모습이 떠올랐기 때문이다. 아, 이놈의 핏줄. 어떤 전개가 펼쳐지든 과연 남을 탓할 일이 아니었다.

✺

밤이 깊었다. 기다리던 인영이 방 안으로 들어오자 리엘라가 그제야 졸림을 표현하듯 눈을 비볐다.

"기다렸습니까, 부인?"

"그거 말고."

"……공주님."

리엘라는 고집이 있었다. 그 고집은 호칭에서 발휘되어 반테르는 결혼한 이후로도 그녀를 꼬박꼬박 공주님이라 불렀다. 물론 공식 석상에선 부인이라 칭했으나, 둘만 있는 자리가 되면 어림없었다. 리엘라가 눈을 접어 방긋 웃었다.

"응. 기다렸어."

"먼저 주무시지 않고."

"먼저 자면 너 삐칠 거잖아. 아니야?"

"언제 적 이야기를……."

반테르가 당황해서 낯을 붉혔다. 신혼 초 외로운 늑대가 된 남편을 두고 자꾸만 먼저 잠드는 아내에게 서운함에 투정을 부렸던 일화는 벌써 십 년 가까이 지난 일이었다. 리엘라가 웃으면서 자기 옆자리를 툭툭 두드렸다.

"그냥 기다리고 싶었어, 오늘따라. 이리 와."

반테르는 오란다고 또 순순히 리엘라의 옆자리로 이동했다. 실상 신혼 때나 지금이나 두 사람은 별반 달라진 것이 없었다. 차이가 생겼다면 종종 야심한 시각 오스엘다가 침실로 난입해 뭔가를 훼방 놓는다는 것 정도? 그럴 때마다 반테르는 괴롭지만 괴롭지 않은 척하느라 쓸데없이 연기력만 느는 중이었다.

리엘라는 침대로 올라온 반테르를 꼭 껴안았다. 안은 채로 몸을 눕혀 두 사람이 함께 쓰러졌다. 몸을 포개어 누운 채로 반테르가 입을 열었다.

"공주님."

"응?"

"보셨습니까?"

"뭘?"

"오스엘다의 이마에……."

"상처? 봤어."

처음 붕대를 감은 걸 보고 나서 충격과 경악에 말도 못 했던 반테르에 비해 리엘라의 태도는 꽤 담백했다. 아마 실물을 두고도 같은 반응이었을 것이다. 리엘라가 얕게 하품을 하며 말했다.

"그런 것보다 나 졸려."

"그, 그런 거라니."

"상처는 낫잖아. 치료했으니까."

반테르는 이 순간 낮에 오스엘다가 보여 주었던 태도를 떠올렸다. 붕대를 칭칭 감은 모양새를 보고 기함하는 아빠에게 그녀는 태연히 '치료했어요'라고 응수했다. 왜 그 모습이 겹쳐 보이는 건지.

"……역시 내가 아니라 공주님을 더 닮았어. 난 댈 것도 아니야."

"반테르?"

"아무것도 아니에요. 어서 자요."

밤이 장악한 창밖은 달이 떠 있어도 어두웠다. 불빛이라곤 방 안에 켜져 있는 것이 전부였다. 잠시 후 침소의 등이 꺼졌다. 고요와 어둠이 서로 기다렸다는 듯 어울렸다. 반테르는 눈을 감으며 아무리 그래도 오스엘다가 내일 황성에 가는 건 막아야겠다는 생각을 했다.

✴

"……그렇게 하기로 했어."

메일은 몸을 옆으로 하고 누워 황제의 이야기를 귀담아들었다. 잠자리에 들기 직전 이런 식으로 각자 그날 있었던 일을 공유하는 건 두 사람에게 이미 일상이 된 습관이었다. 이야기를 다 듣고 나서 메일이 입을 열었다.

"잘됐네요."

"그렇지?"

"그보다 오스엘다가 그렇게 검을 잘 다뤘어요?"

"전에 잠깐 봤지. 특출하더군."

"신기해요. 딸인데도 그런 건 아버지를 쏙 닮았구나."

리엘라는 검술은커녕 검을 들지도 못 할 것이 뻔했다. 물론 그건 메일 또한 크게 다르지는 않았지만 말이다. 그래도 이쪽은 들 수나 있지. 메일의 말에 황제가 씩 웃었다.

"오스엘다는 그렇지. 근데 엘피스는 날 닮다 말았어."

"왜요?"

"나를 제대로 닮았으면 오스엘다와 비겼을 리가 없으니까."

"폐하도 처음엔 반테르 경이랑 비겼잖아요?"

"봐줬던 거야."

"에이."

"흐음? 내가 그 뒤 전적을 설명 안 해줬던가? 몇 전 몇 승 몇 패인지."

메일이 키득거렸다. 안다. 자주 들었다. 세월이 흐를수록 메일은 황제에 대해 아는 것이 늘어 갔다. 이젠 모르는 것이 없었다. 그녀가 볼 수 없었던 상대의 유년기, 성장기에 대해서도 말이다. 그리고 그건 황제 또한 마찬가지였다. 곧 십 주년이 되는 부부는 서로가 서로에 대해 누구보다 잘 알았다.

맞은편에 누운 익숙한 얼굴을 물끄러미 바라보던 메일이 대뜸 말했다.

"엘피스는 날 1할 정도 닮았어요. 나머지 9할은 반을 닮았고요."

"음? 납득할 수 없는 비율인데?"

"아니, 봐요. 머리 색, 얼굴, 검 잘 쓰는 거, 그리고……."

"눈동자 색은 그대를 닮았지."

"그것만 날 닮았죠. 뭣보다 성격이 반을 닮았잖아요."

"잠깐, 그건 아니지."

지금까지 중 가장 납득할 수 없는 소리를 들었다는 얼굴로 로하이덴이 반박했다.

"그 건방진 성격이 어딜 봐서?"

"나는 아니니까, 당연히 반이죠."

"나도 아닌데. 혹 그대의 숨은 성격을 물려받은 건 아닌가?"

"전 숨은 성격 같은 거 없는데요? 그보다는 반의 사춘기쯤 성격 아닐까요?"

"난 사춘기 없었어. 다섯 살 때 철이 들었거든."

"저는 네 살 때 철들었으니까 더더욱 전 아니네요."

유치한 공방이 오갔다. 투닥거림은 쭉 이어지다가 황제가 손을 휘저어 마법 램프의 불을 끄는 순간 끝났다.

메일이 물었다.

"피곤해요?"

"아니."

"자려고 불 끈 거 아니에요?"

"아니야."

"그럼?"

"무드 잡으려고."

"웬 무드……."

"이런 무드."

여기서 엘피스와 오스엘다의 차이점이 있다. 엘피스는 야밤에 부모님의 침소를 불쑥 찾는 행동은 하지 않았다. 여태 엘피스가 부부의 긴 밤을 방해한 전적은 0회에 달했다.

"아, 그래. 이런 건 엘피스가 날 닮았군."

"네?"

"나도 독립적이라 밤중에 갑자기 아버지를 찾아가는 일은 없었거든. 지금 생각하니 효자였어."

그게 무슨 효자냐는 메일의 응수는 입 밖으로 나오지 못했다. 황제가 그러도록 놔두지 않았기 때문이다. 한가롭게 잡담이나 나눌 여유는 곧 황제에게서도 사라졌다.

밤이 깊었다.

자기도 모르는 새 효자 칭호를 얻은 엘피스는 같은 시각 꿈속에서 누군가를 멋들어지게 이기곤 박장대소했다. 하하하! 멍청한 자식! 멍청한 길치는 역시 날 이길 수 없다. 라이벌 격파!

물론 꿈은 꿈일 뿐이었다.

4
드래곤 잡으러 산으로 갈까요

세상에 영원한 비밀이란 없다.

황제는 그것을 마탑주와의 거래 내용을 메일에게 들키던 날 깨달았다.

메일은 자리에서 펄쩍 뛰었다.

"왜 그런 거래를 한 거예요!"

드래곤은 전설 속의 동물이었다. 문헌을 통하면 몸집은 태산을 집 삼아야 할 정도로 크고, 이빨과 꼬리는 절벽을 무너뜨릴 수 있을 만큼 단단하며, 지능이 높아 인간보다 훨씬 능숙하게 마법을 사용할 수 있다고 한다. 툭하면 모험소설이나 연극에서 무찔러야 할 최종 보스로 등장시키는 이유가 있었다.

놀라고 분노한 메일에게 등짝을 두들겨 맞으며 황제는 얌전히 침묵을 지켰다. 달리 준비해 둔 변명이 없다 보니 뭐라 할 말도 없었다. 안 들킬 줄 알았는데. 왜 들킨 거지.

"위험하게, 정말!"

"안 위험해."

"그런 허세 안 통해요."

어지간한 상황이었다면 허세가 아니라고 인정해 주었을 것이다. 하지만 상대는 드래곤이었다. 집채만 한 몸으로 하늘을 날고 피부는 도검을 튕겨 내며 입에선 불덩이를 뿜는다는 용. 몇 번을 되짚어도 무모한 거래였다.

황제는 메일이 나무라는 것을 고분고분 듣다 허세라는 말에 잠시 발끈했다. 슬쩍 눈썹을 들어 올린 그가 반박했다.

"허세? 허세가 아니라 이유 있는 자신이지."

"드래곤 잡아 본 적 있어요?"

"……아니."

여기서 드래곤에 대한 사실 한 가지 더. 그들이 전설로 여겨지는 것은 단순히 크고 강하기만 해서는 아니었다. 드래곤은 굉장히 희귀한 종족이었다. 기록이 있으니 실재하긴 할 테지만, 그렇다 한들 실물을 찾아내는 건 하늘의 별 따기나 다름없었다.

이번 거래가 성사된 것은 마탑주가 그 하늘의 별 따기를 해냈기 때문이다. 메일은 이 순간 지나가듯 마탑주가 원망스러웠다. 진짜 완전 쓸데없이 유능하네.

"잡아 본 적도 없으면서 그렇게 덜컥 약조나 하고!"

"조건 조정됐어. 반만 잡아주면 돼."

"지금 그게 문제예요?"

문헌 속 드래곤은 입에서 내뿜는 불덩이만으로 마을 하나를 몰살시키는 것이 당연한 존재였다. 연극이나 소설에서도 걸핏하면 기사나 마법사가 강철 같은 꼬리에 얻어맞고 하늘을 훨훨 날곤 했다. 물론 황제가 그렇게 무력하게 나동그라질 거란 생각은 들지 않았지만, 그래도 걱정이 되는 것은 어쩔 수 없었다.

황제는 헛기침을 하고 다시 얌전히 창밖이나 응시했다. 뭐라고 한들 이미 성사된 거래를 무를 수는 없었다. 약속을 지키지 않았을 때 마탑주가 머리 셋 달린 개처럼 날뛸 것은 둘째 치고, 황제 본인도 말을 번복하는 데에는 취미가 없는 탓이었다.

쌍심지를 켜고 황제를 혼내면서도 메일은 그것을 어느 정도 예상했다. 백번 나무라도 어쨌든 잡으러 갈 것이다. 그러기로 했으니까.

결국 메일은 잠깐 생각하다 말의 방향을 바꿨다.

"이렇게 해요."

"응?"

"저도 갈게요."

"뭐?"

황제가 당황해서 시선을 되돌렸다. 메일이 친절하게 같은 말을 반복했다.

"저도 간다고요. 드래곤 잡으러."

"아, 아니. 그대가 왜?"

"그래야 조금이라도 위험하다 싶으면 도망칠 거 아니에요? 혼자 보냈다간 대상이 어떻든 일단 싸워 보려고 할 것 같아서요."

메일은 황제에 대해 충분히 알고 있었다. 이 땅에서 현재 황제를 단신으로 꺾을 수 있는 사람은 없다. 황실 기사단장을 대련으로 꺾은 것이 벌써 십 년도 더 된 일이니, 제국 최강이라는 그의 자신감은 못해도 십 년은 적립되어 왔을 것이다.

그러니 설사 실제로 대면한 드래곤이 예상 밖으로 위협적이더라도 그 자존심은 물러서는 것을 호락호락 허가해 주지 않을 것이 뻔했다.

메일의 심산을 읽은 황제는 뭐라고 바로 반박할 말을 찾지 못했다. 사실 본인이 생각해도 그럴 것 같았기 때문이다. 사냥감을 앞에 두고 등을 돌리는 것은 그 사냥감이 어떤 놈이든 잘 상상이 되지 않았다.

"그렇지만 메일."

"저 진지해요. 잘 봐요. 이거 엄청 심각한 눈빛이니까."

"……."

황제의 입장을 묻자면 물론 반대였다. 어딜 위험하게 메일을 데려간단 말인가. 하지만 메일이 워낙 강경했다. 표정이든 어조든 절대 물러서지 않겠다는 의지가 읽혔다.

"……하아……."

그리하여 메일은 원정대에 합류하게 되었다. 들키기 전에 진작 드래곤을 잡으러 몰래 다녀왔어야 했다고 황제가 후회했으나, 이미 늦은 일이었다.

✺

"이것 참…… 예상치 못한 구성이군요."

대망의 드래곤 사냥일. 원정대를 마주하자마자 마탑주가 입에 올린 말이었다.

황제가 한숨을 삼켰다.

"그렇게 됐네."

마탑주를 제외하고도 인원은 네 명이나 되었다. 순서대로 황제, 메일, 반테르, 리엘라 순이었다. 어떻게 리엘라가 함께하게 되었는지는 세상에 완벽한 비밀은 없다는 만고불변의 진리로 설명이 가능하다. 반테르는 리엘라에게 딸려온 덤이었다.

황제는 재차 못 박았다.

"경, 공주의 안위는 경이 책임지게. 그것까지 신경 쓸 여유가 없을지도 모르니까."

"걱정하지 마십시오. 여차하면 공주님만 안고 도망칠 겁니다."

"그것참 믿음직하군."

호기심으로 끼어든 리엘라는 이 원정대가 얼마나 살벌한 곳으로 향하는지 몰랐다. 그걸 알면 리엘라가 아니다. 마탑주는 드래곤이 왼쪽, 오른쪽 콧구멍으로 콧김을 뿜어 차례로 죽일 수 있을 것 같은 연약한 여성 둘을 번갈아 쳐다본 뒤 이내 어깨를 으쓱했다. 뭐, 알아서 하겠지.

"그럼 출발하겠습니다."

"어디로 가는 건가요?"

"허마케 산맥이 목적지입니다. 알아본 바에 의하면 산맥 서쪽 끝자락에 드래곤의 동굴이 있거든요. 워프 게이트로 이동할 겁니다."

메일의 질문에 나름 친절하게 답해 주며 마탑주가 앞장섰다. 허마케 산맥은 대륙의 북쪽 끝자락에 위치한 곳이라 아무리 게이트를 이용한다고 한들 시간이 꽤 걸렸다. 다섯 번쯤 워프 게이트로 장소를 옮겼을 때 리엘라가 멀미와 졸음을 동시에 호소했다.

"어지럽고 졸려."

"업어드릴까요?"

"응."

기사의 등은 대체로 널찍해서 업히는 맛이 있다는 것이 정론이다. 체구가 가는 리엘라는 반테르의 넓은 등판에 편하게 업혀 금방 잠이 들었다. 어깨에 얼굴을 기대고 새근새근 잠에 빠진 연인의 사랑스러움에 혼자 감탄하느라 반테르는 조금 늦게 여섯 번째 게이트를 탔다.

그러고서 얼마나 더 이동했을까? 워프 게이트 탑승 횟수가 두 자릿수로 바뀌기 직전 그들은 목적지 근방에 도착했다. 게이트 바깥으로 발을 내딛자 찬바람이 눈을 찔렀다. 이마를 시리게 하는 찬 공기를 느끼자마자 황제와 반테르는 각자 제 연인이 목걸이를 잘 하고 있는지를 확인했다. 메일은 목에 걸고서 옷 안으로 넣어 두었던 목걸이를 꺼내며 방긋 웃었고 리엘라는 여전히 업힌 채로 색색 잘만 잤다.

마탑주는 눈꼴신 커플들의 행태를 가만 응시하다 곧 눈짓했다.

"보이십니까? 저 산입니다."

"설산이군."

"걸어가기엔 멀고 지형이 험준하니 여기선 제 마법으로 이동하겠습니다."

그는 이어 일행끼리 서로 손을 잡게 한 뒤 황제를 붙들고 이동 마법을 펼쳤다. 건방지고 성격 더럽고 인성도 개판이지만 실력만은 발군이라던 그의 평가는 허명이 아니었는지, 넷이나 되는 인원을 한 번에 이동시키면서도 마탑주는 크게 버거워하는 기색이 없었다.

몸을 감싼 흰 빛무리가 옅어지다 사라지자 이내 낯선 풍경이 시야를 점령했다. 보이는 것은 웬 동굴이었다. 정확히는 동굴의 입구가 보였다.

상상을 가뿐히 웃도는 입구의 직경에 메일이 눈을 휘둥그레 떴다.

"여기가……."

드래곤의 크기를 생각하면 그것이 머무는 곳의 규모도 상당할 것이 당연하다. 어느 정도 예상은 했던 것이나 그럼에도 까마득한 입구의 높이는 보는 사람을 질리게 하기에 충분했다. 어지간한 장정 수십을 쌓아 올려도 맨 윗사람이 동굴의 천장을 건드릴 수 없을 것 같았다.

메일이 놀라는 사이 마탑주가 인상을 쓰곤 중얼거렸다.

"안쪽으로 바로 이동하려고 했는데, 끙. 망할 파충류가 결계를 쳐 났네."

"결계?"

"눈에는 안 보여도 마법이 가로막고 있습니다. 투명한 벽처럼."

"어디…… 정말이군요."

반테르가 시험 삼아 입구를 향해 돌맹이를 걷어차 보곤 곧 수긍했다. 육안으로는 아무것도 보이지 않는데, 돌맹이는 동굴 안쪽으로 들어가지 못하고 도중에 무언가에 부딪혀 튕겨 나왔다. 마탑주의 설명처럼 투명한 벽이라도 세워져 있는 것 같았다.

그 꼴을 보며 툴툴거리다 마탑주가 뒤로 몇 걸음 물러섰다.

"저번에는 없었는데…… 어쩔 수 없지. 갈라 주시죠, 폐하."

지목당한 황제가 차분히 검을 뽑았다. 그 뒤에서 마탑주가 작게 중얼댔다. 아, 마나 딸려.

흘러가는 상황에 메일은 문득 궁금한 것이 생겼다.

"저, 결계라는 건 마법인 거죠?"

질문은 마탑주가 받았다. 그가 고개를 끄덕였다.

"네."

"그런데 검으로 벨 수 있는 건가요?"

메일이 생각하는 마법이란 무형의 기운이었다. 힘이 발생하는 자세한 원리까지는 알지 못하지만 어쨌든 물리력은 아니다. 그런 것을 쇳덩어리인 검으로 가른다는 것이 얼핏 생각하기엔 이해가 되지 않았다.

마탑주는 무표정하게 대답했다.

"물론 보통은 못 벱니다. 개나 소나 아무한테나 베일 정도로 마법이 호구에 허접이었으면 마법사들 진작 다 뒈졌겠죠."

메일은 순간적으로 마녀 에슨다를 떠올렸다. 막역한 사이라더니 입이 험한 것이 똑같았다.

마탑주가 설명을 이었다.

"그런데 그런 게 있지 않습니까? 실력에는 등급이 있어요. 견습 애송이와 대마법사처럼, 검사들도 하수부터 고수까지 실력이 천차만별입니다. 그리고 그중 최상위급은……."

마침 황제가 동굴의 입구를 향해 검을 휘둘렀다. 단순한 횡 베기였다.

"검에 마나를 씌워 마법을 무효화시킬 수가 있습니다. 마법이라는 게 결국 마나의 결집인데, 그 결집을 다른 마나로 무너뜨리는 거죠."

동작에 비해 결과는 간단하지 않았다. 눈으로 보기에는 분명 허공을 베는 것인데, 뭔가를 세차게 긁듯 검 끝에서 자잘한 번개 같은 빛이 튀겼다. 타닥거리는 빛의 결정은 눈이 부실 정도였다.

"저렇게 말입니다. 참 쉽죠? 당연하지만 고수한테만 쉽습니다."

서로 부딪히며 튀어 오르던 빛은 베기를 마친 황제가 검을 늘어뜨리자 언제 그랬냐는 듯 사그라졌다. 씻은 듯 말끔하게 사라지자 조금 전까지 목격한 광경이 마치 환상 같았다. 그러나 헛것은 아니었던 모양이다. 마탑주가 냉큼 움직였다.

"뭐 합니까? 결계 박살 났으니까 갑시다."

그는 앞장서 희희낙락 동굴 안으로 들어섰다. 메일은 멀어지는 마탑주의 등판을 멍하니 바라보다 옆으로 다가온 황제 덕에 퍼뜩 정신을 차렸다. 황제는 그새 검을 다시 허리춤에 갈무리하고 있었다.

"메일?"

"허세가……."

"……?"

"허세가 정말 아니었어요?"

"뭐?"

보통 사람에게 마법이란 통상 일종의 초월적인 힘처럼 여겨진다. 언뜻 보기엔 무에서 유를 창조하는 것이 마법이었으니 그럴 만도 했다. 메일은 그런 면에선 보통 사람이었다. 검으로 마법을 무너뜨리다니. 꽤 신선한 충격이었다.

"대단해요, 반."

"……."

"엄청 멋있어요."

"아니, 뭐. 뭘 이 정도로."

메일의 칭찬 세례에 공연히 부끄러워진 황제가 잔기침으로 스스러움을 날렸다. 둘이 그러는 사이 먼저 동굴로 들어간 마탑주가 동굴 벽을 쾅쾅 두들기며 나머지 일행을―정확히는 황제를―불렀다. 이내 황제와 메일을 포함한 네 사람이 전부 동굴 안쪽으로 입장했다.

동굴 내부는 입구를 통해 추정한 것보다 더 광활했다. 군데군데 고드름이 말라붙은 것을 보아 냉기가 꽤 도는 모양인데, 목걸이 덕에 메일은 그것을 느낄 수 없었다. 대신 허공으로 퍼지는 입김과 간혹 발에 밟혀 바스러지는 얼음으로 추위의 정도를 짐작할 뿐이었다.

"동굴이 꽤 밝군요."

일행의 우측에서 걸으면서 반테르가 짤막한 감상을 꺼냈다. 동굴이 얼마나 끝없이 펼쳐져 있는지 메아리가 바로 돌아오지 않았다. 메일이 동조했다.

"그러게요. 생각보다 환해요. 저것들 때문이겠죠?"

동굴 내에는 조명 역할을 하는 은은한 발광석이 사방에 가득했다. 발광석은 그 효능으로 예상할 수 있듯 값어치가 꽤 나가는 물질이었다. 메일은 언뜻 드래곤의 동굴을 보물 창고라고 표현하던 어느 문헌을 떠올렸다. 각종 진귀하고 비싼 보물이 가득한 것이 드래곤 동굴의 일반적인 특징이라더니, 저 발광석들도 그중 하나인가 싶었다.

무수히 많은 발광석 덕분에 동굴은 낮이라기엔 어둡고, 저녁과 밤에 비교하면 환한 적당한 밝기를 유지하고 있었다. 그건 보다 안쪽으로 들어가서도 마찬가지였다. 계속해서 걷다 문득 마탑주가 짜증을 냈다.

"왜 안 나와? 이 덩치만 큰 파충류가 겨울잠을 자나."

그리고 그건 곧 주문이 되었다. 불만 섞인 투덜거림이 끝나고 얼마 안 되어 동굴이 지진이라도 난 듯 흔들리기 시작한 것이다. 일행은 동시에 걸음을 멈췄다. 마탑주의 눈이 반짝 빛났다.

"드디어 기어 나오는구나."

손님맞이가 이렇게 늦어서야 쓰나. 그가 그렇게 중얼거리는 순간 쿵, 쿵 하는 묵직한 소리가 들렸다. 동굴의 진동은 잠시 발생하다 멎었음에도 그 소리 때문에 마치 지축이 흔들리는 것 같았다. 메일이 무의식중에 황제에게 가까이 붙었다. 반테르는 여차하면 리엘라를 업은 채로 동굴을 벗어나기 위해 몸을 미세하게 긴장시켰다. 리엘라는 그 와중에도 잠에서 깨지 않았다.

잠시 후 길게 그림자를 드리우며 동굴의 주인이 등장했다. 몸을 곧추세우면 머리끝이 동굴 천장에 닿지 않을까 싶을 만큼 거대한 몸체였다. 전신을 덮은 비늘, 등의 날개, 끝이 날카로운 긴 꼬리와 형형한 붉은색 눈.

메일은 입을 벌렸다. 드래곤의 모습은 문헌에 그려진 그대로였으나 실제로 보니 박력이 남달랐다. 그저 가만히 존재하는 것만으로도 위압감이 느껴졌다.

황제가 짧게 말했다.

"물러서."

그가 다시 검을 뽑았다. 드래곤이 그에 화답하듯 포효했다. 귀청을 아프게 할 것이 뻔한 굉음에 메일이 표정을 설핏 찌푸렸다가 이내 풀었다. 입을 쩍 벌리고 울부짖는 드래곤의 모습에 비해 들리는 소리가 둔하고 작았다. 메일은 곧 그것이 마탑주 덕분임을 알아차렸다. 저를 비롯해 일행을 감싼 반투명한 막을 발견했기 때문이다.

묻기도 전에 마탑주가 알아서 대답했다.

"결곕니다. 이건 제가 죽기 전엔 안 깨지는 거니까 안심하고 구경하세요."

반투명한 막에서 유일하게 벗어나 있는 황제가 그런 마탑주를 힐끗 응시했다. 이내 무어라 말한다. 드래곤의 포효에 묻혀 들리지는 않아도 마탑주는 입 모양으로 그 말을 알아들었다.

'제대로 못 지키면 죽는다.'

"아, 어차피 내가 죽어야 깨지는 거래도."

마탑주가 투덜거리는 사이 황제가 자리를 박차고 몸을 날렸다. 마탑주의 실드로도 안심이 되지 않아 가능한 한 먼발치서 싸우려는 모양이었다. 드래곤은 상대가 저를 놀리듯 비늘 사이를 가볍게 베고 멀찍이 떨어지자 날개를 퍼덕거리며 성을 냈다.

메일은 그것을 실드 안에서 초조하게 응시했다. 황제가 동굴 입구의 결계를 간단하게 없애 버리는 것을 보고 잠시 마음을 놓았었는데, 막상 드래곤을 마주하고 나니 역시 도로 걱정이 솟았다. 드래곤은 너무 크고 위협적이었다. 책이나 연극에선 등장인물이 꼬리에 얻어맞고 훨훨 날곤 하던데 실제로 보니 그러기 전에 발 같은 것에 깔려 죽을 것 같았다. 더구나 덩치에 비해 드래곤은 움직임도 빨랐다.

그렇게 조마조마하게 지켜보는 와중, 마탑주가 대뜸 웃음을 터뜨렸다.

"푸핫."

"……?"

뭐지. 왜 이 상황에 웃고 난리지. 쟤가 미쳤나. 연인의 안위가 걱정되어 죽겠는 메일의 눈에 당연히 그것이 곱게 보일 리 없었다. 메일의 마뜩잖은 눈빛을 느꼈는지 마탑주가 변명하듯 입을 열었다.

"혹시 드래곤이 하는 말이 들리십니까?"

"네?"

"설명을 드리자면, 드래곤은 파충류치고 지능이 높아 언어를 사용할 수 있습니다. 다만 우리가 쓰는 말과는 다른 자기네들의 언어로 소통하죠. 그리고 전 예전에 배워서 드래곤의 언어를 대충 압니다."

"아……."

"드래곤이 조금 전에 폐하께 던진 말이 우스워서요."

"뭐라고 했는데요?"

"동족이냐고 묻더군요."

빠르고 명확한 이해를 위해 마탑주가 설명을 곁들였다.

"드래곤 중에서는 간혹 인간으로 변신할 수 있는 놈들도 있습니다. 특정 마법에 대한 성취가 특출하면 그렇게 되죠."

이해했다. 메일은 그것도 지나가듯 문헌에서 읽은 기억이 났다. 그리고 그런 식으로 인간으로 변신한 드래곤의 특징은 평범한 인간보다 훨씬 아름답고 강하다는 것이다.

마탑주는 재차 배를 잡았다.

"쯧쯧, 얼마나 안 믿겼으면 드래곤이냐고 물어? 하기야 이해는 된다."

그때 번쩍 빛이 터졌다. 메일이 깜짝 놀라 황제가 있는 곳을 돌아보았다. 빛의 정체는 불길로 이루어진 섬광이었다. 드래곤이 입을 찢어져라 벌리고 토해낸 것을 황제가 막 고개 숙여 피해 내고 있었다.

충격적인 광경에 메일이 빳빳이 굳었다. 그러나 거리가 멀어 그녀의 눈엔 보이지 않았지만 황제의 표정은 시종일관 여유로웠다. 그는 빙글 웃으며 손에 든 검을 가볍게 한 바퀴 돌렸다. 하는 공격마다 실패해 약오른 드래곤이 날뛰는 모습이 아주 볼만했다.

"흠, 끌지 말고 빨리 끝낼까. 메일 놀랄라."

그리 중얼거리는 틈에 드래곤이 세차게 날갯짓을 했다. 보통 사람이었으면 진작 날아가 동굴 벽에 처박혔을 만한 강풍이 불었다. 황제는 가만히 서서 버티다가 이내 오른손으로 벽을 강하게 후려쳤다. 암석이 부분 부서져 내리며 잔해가 바람에 날렸다. 그는 그중 한 조각을 낚아채 상대를 향해 힘껏 던졌다.

퍽!

노린 곳을 정확히 얻어맞은 드래곤이 괴성을 지르며 고개를 마구 휘저었다. 왼쪽 눈에서 피가 흘렀다. 마나를 두른 돌조각은 어지간한 병장기보다 파괴력이 좋았다. 고통에 몸부림치느라 드래곤이 날갯짓을 멈춘 사이 황제가 땅을 박차고 몸을 날렸다.

발등, 다리, 앞발, 차례로 도움닫기를 해서 타고 오른 그가 공중으로 솟구쳐 몸을 한 바퀴 돌렸다. 그러곤 검을 세워 그대로 떨어져 내렸다. 드래곤의 날개가 있는 위치였다.

─크어어어어어!

눈을 당했을 때와는 비교도 되지 않게 큰 비명이 울렸다. 날개 한쪽이 통째로 잘려 나가자 환부에서 분수처럼 피가 솟았다. 고통에 겨운 괴성을 마구 내지른 드래곤이 사방으로 제어 없이 불덩이를 내뿜기 시작했다. 황제는 동굴 벽을 박차며 그것을 피하다가 미끄러지듯 상대의 몸체로 이동해 드래곤의 턱을 아래에서 후려쳤다. 사위로 쏟아지던 불덩이가 순간 멎었다.

그때를 놓치지 않고 황제가 같은 수법으로 드래곤의 다른 쪽 날개를 잘라 냈다. 양 날개를 전부 잃자 드래곤이 눈에 띄게 휘청거렸다. 힘에 부치는지 포효가 전보다 약해졌다.

그 광경을 흥미진진하게 지켜보던 마탑주가 중계했다.

"폐하께서 드래곤을 여유롭게 조지고 계십니다."

메일도 눈이 있으니 보였다. 아무리 전투에 문외한이라도 지금 어느 쪽이 승기를 쥐고 있는지 정도는 손쉽게 알 수 있었다. 그만큼 명확한 양상이었다.

날개를 잃은 드래곤은 이제 꼬리를 미친 듯이 휘둘러 대기 시작했다. 위협적이었으나 황제를 잡기엔 어림없었다. 메일은 황제의 검 끝이 드래곤의 두툼한 꼬리를 조각내는 것을 보통보다 강한 비위로 구경하다 언뜻 물었다.

"드래곤은 마법을 쓸 수 있다고 알려지지 않았나요?"

황제와 대치한 드래곤은 충분히 수세에 몰렸다. 엄청 절박할 테니 가진 모든 수를 내놓는 것이 당연한데, 드래곤은 아까부터 마법은커녕 무식하게 물리적인 공격만 남발하고 있었다. 문헌의 묘사가 무색해지는 일이다.

마탑주가 대답했다.

"모든 드래곤이 그런 건 아니고, 쓸 수 있는 개체가 있고 없는 개체가 있습니다. 쟤는 없나 보군요. 운이 좋았네요."

그는 그렇게 발언해 놓고 잠시 후 고개를 갸웃했다. 걸리는 것이 있는 듯 미간을 슬그머니 좁힌다.

"가만, 그럼 입구의 결계는 어떻게 친 거지?"

그때 바닥이 크게 울렸다. 드래곤의 거대한 몸체가 쓰러지며 만들어 낸 지진이었다. 지축을 흔드는 커다란 소리를 내며 넘어간 드래곤은 절명했는지 그 상태로 움직이지 않았다. 황제는 쓰러진 드래곤의 미간에서 검을 뽑았다. 검이고 옷이고 온통 피투성이였다.

"별것 아니군."

검을 갈무리한 황제가 씩 웃으며 돌아섰다. 싸우는 동안 머리부터 발끝까지 붉은 피를 뒤집어써서 얼핏 보기엔 잘생긴 악귀가 따로 없었다. 메일은 얼른 마탑주에게 눈치를 줬다. 곧 반투명한 막이 사라지고 메일이 당장 달려 나갔다.

"반!"

"잠시, 잠깐만."

제게 곧장 달려드는 메일을 황제가 일단 제지했다. 격투 끝에 괴물을 처치하고 사랑스러운 연인의 품에 안기는 것은 통상 남자의 가슴을 뜨겁게 만드는 일이었지만, 그는 지금 그랬다간 메일의 몸에도 온통 피가 묻으리란 걸 충분히 인지하고 있었다. 승리와 무사함을 환영해 주는 포옹도 좋지만 우선은 몸을 씻는 것이 먼저였다.

황제는 혹시나 싶어 마탑주에게 질문했다.

"마법으로 피를 씻을 수 있나?"

"마법사 중에서 게으른 놈은 평생 욕조에 들어가지도 않습니다."

"가능하단 말이군."

마법은 여러모로 편리한 구석이 있었다. 물 한 방울 없는 곳에서도 깨끗하게 몸을 씻을 수 있다는 것이 그 첫 번째였다. 마탑주는 자잘한 쓸모로 누가 자길 부려먹는 걸 퍽 싫어하는 성미였으나, 드래곤을 절반도 아니고 완전히 처치해 준 황제에게 그 정도 성의쯤은 보일 의향이 있었다. 그는 클린 마법을 펼치기 위해 상대에게 다가갔다. 그때였다.

-키약! 콱킥칵!

"응?"

소리가 들렸다. 다섯 명이 동시에 들었으니 환청은 아니었다. 직후 마탑주가 급하게 손을 뻗었다.

쨍!

"⋯⋯허, 이거 뭐야?"

공중에서 얼어붙은 날카로운 창이 이내 바닥으로 떨어져 산산이 조각났다. 알아채지 못하고 멍청히 있었으면 창에 머리를 꿰뚫릴 뻔했다. 목숨의 위협을 받은 마탑주가 기가 차서 저를 공격한 대상을 응시했다.

"저건⋯⋯."

황제가 눈살을 찌푸렸다. 이제 보니 동굴 벽에 웬 이상한 것이 붙어 있었다. 열 살배기 아이만 한 몸집에 피부는 온통 검고 눈은 기괴하게도 고작 하나였다. 눈 위에는 길고 날카롭게 뿔이 솟았다. 마탑주는 그것을 보자마자 손가락을 튕겼다.

"아하. 사역마를 키우는 놈이었군. 어쩐지."

"사역마?"

"애완 악마요. 드래곤이 기르던 놈일 겁니다. 저기 뒈져 누운 파충류가 마법 대신 소환술을 배웠던 모양이죠."

메일은 여기서 놀라움과 감탄을 금치 못했다. 남들은 애완용으로 보통 개나 고양이를 키우는데 드래곤은 악마를 키우다니. 과연 전설 속의 용. 그 순간 악마가 뭐라고 소리를 질렀다.

─콰오아아악! 키야악!

"뭐라고 하는 거예요?"

"악마어는 안 배웠습니다. 하지만 짐작은 됩니다. 욕이겠죠."

"으음."

"쌍욕일 수도."

그때 벽에 붙어 있던 악마가 공중으로 몸을 띄웠다. 가만 보니 날개가 달려 날 수 있었다. 악마는 그 상태로 양손을 휘저었다. 그러자 어른 머리만 한 불덩이가 생겨나 마탑주를 노리고 날아들었다. 닿지 못하고 도중에 뭔가에 부딪히듯 소멸하긴 했으나, 불덩이의 생성을 고스란히 지켜본 메일이 깜짝 놀랐다.

"어? 설마 마법?"

"악마의 특기는 마법입니다. 사실 딱 보면 답이 나오죠. 저 좁쌀만 한 체구로 검을 휘두르겠습니까, 뭘 하겠습니까?"

메일은 악마가 창을 투척했던 건 굳이 지적하지 않았다.

"동굴 입구의 결계도 저놈이 쳤겠죠. 아, 성가시게 됐네."

─카약! 콱킥키악!

"뭐라고 짖는 거야. 입을 태워 버릴라."

악마가 제게 덤벼든 것이 열 받았는지 마탑주는 쉴 새 없이 손을 움직였다. 그의 손짓에 따라 각종 마법이 발현되어 차례로 악마를 노렸다. 메일은 빛과 불과 번개가 마구 번쩍이는 것을 구경하다 황제의 곁으로 슬금슬금 이동했다.

"반, 갑작스런 얘기지만요. 혹시 우리 나중에 아이가 생기면 마법을 가르쳐 보지 않을래요? 물론 재능이 있다는 전제하에……."

말을 꺼내 놓다 메일이 입을 다물었다. 뭔가 이상했다. 황제는 대답이 없었다. 아니, 그것만이면 문제가 아니다.

"……반?"

황제의 눈엔 초점이 없었다. 동공이 풀려 있다는 것을 메일은 그의 얼굴을 유심히 들여다본 후에야 알았다. 잠시 뒤 황제가 선 자리에서 힘없이 무너져 내렸다.

"반!"

"폐하!"

메일과 반테르가 놀라 동시에 소리쳤다. 그쯤 반테르도 뭔가 이상한 점을 감지했다. 아무리 사람이 깊게 잠들었다고 한들 이런 소란 속에서도 깨지 않는 건 일반적으로 말이 되지 않았다. 둔한 것도 정도가 있는 법이다.

반테르는 얼른 업고 있던 리엘라를 앞으로 돌려 안았다. 그러곤 일어나라고 어깨를 흔들었으나 감긴 눈은 요지부동이었다. 그의 낯빛이 창백하게 질렸다.

"이게 대체……!"

"왜요? 뭡니까?"

ㅡ크어악! 킥캭!

"허어, 이 좁쌀이 더럽게 끈질기네."

아수라장이었다. 마탑주는 악마를 상대하느라, 메일과 반테르는 각각 황제와 리엘라의 상태를 살피느라 저마다 정신이 없었다. 그나마 잠시 후 악마에게 결정타를 먹인 마탑주만이 조금 여유를 되찾았다. 그는 목이 날아간 악마의 시체를 멀리멀리 걷어차 날려 보낸 뒤 뒤를 돌았다.

"무슨 일이라도…… 이런."

"반! 정신 차려 봐요, 반!"

메일은 쓰러진 황제를 붙들고 깨우려 애쓰느라 마탑주가 있는 쪽은 보지도 않았다. 반테르가 잔뜩 굳은 얼굴로 마탑주를 불렀다.

"어떻게 된 건지 혹 이유를 알겠습니까?"

이 중 현 상황에 대해서는 마탑주가 가장 해박할 것이다. 리엘라의 증세도, 황제의 증상도 전부 드래곤이나 동굴과 관련이 있는 듯 보였으니까. 마탑주는 해결책을 찾지 못하면 동굴이고 뭐고 다 박살 낼 기세인 반테르를 보며 한숨을 내쉬었다.

"대충은…… 일단 폐하께서 왜 저렇게 됐는지는 짐작이 됩니다. 드래곤에게 독이 있었겠죠. 혈액에 섞인 것이든, 아니면 피부로 뿜어낸 것이든."

운이 좋다고 했던 건 취소다. 드래곤 중에서도 독을 지닌 건 퍽 소수였다. 운이 더럽다. 마탑주는 고개를 내저으며 황제에게 접근했다.

"혹시 모르니 피를 먼저 씻겠습니다. 그리고 거기 안겨 있는 사람은 동굴을 벗어나면 아마 깨어날 겁니다. 면역력이 약해서 동굴의 기운에 정신을 못 차리는 것 같으니까. 최대한 멀리 벗어나세요."

"……."

마탑주의 설명을 들은 반테르가 주춤했다. 마음 같아선 당장 리엘라를 안고 동굴에서 벗어나고 싶었으나 그러자니 메일과 황제가 남는 것이 걸렸다. 이러지도 저러지도 못하고 새파랗게 죽는 반테르의 낯에 마탑주가 친히 동굴 바깥으로 손가락질을 했다.

"얼른 가시죠. 폐하는 여기서 의식을 찾은 뒤 바깥으로 움직일 겁니다. 어차피 나도 지금은 동시 텔레포트를 못 써요. 먼저 나가는 게 도와주는 겁니다."

"……그럼, 가까운 마을에서 기다리겠습니다."

"워프 게이트 근처에 있으면 되겠네요. 나중에 봅시다."

고개를 묵묵히 끄덕인 반테르가 이내 몸을 돌려 자리를 벗어났다. 메일에게 함께 가자는 권유는 굳이 하지 않았다. 묻나 마나 당연히 움직이지 않을 테니까. 마탑주는 멀어지는 반테르에게서 눈을 떼고 도로 황제를 응시했다.

"문제는 이 양반인데."

"위험, 위험한 건가요? 독이라면 얼마나……."

쓰러진 황제를 곁에 두고 안절부절못하는 메일의 눈엔 이미 눈물이 가득 맺혀 있었다. 마탑주는 고개를 가로저은 뒤 우선 마법으로 황제에게 묻은 피를 말끔히 지워냈다. 핏자국이 사라지자 창백해진 황제의 안색이 선명히 드러났다. 메일이 입술을 잘게 떨었다.

"최악의 가정은 넣어 둬도 됩니다. 폐하의 무력을 생각하면 이 정도로 죽는 게 더 이상하거든요."

물론 그렇대도 치료를 해야 할 필요는 있었다. 자가 회복을 기다리기엔 시간이 얼마나 걸릴지 알 수 없다. 마탑주는 약간 난처한 기색으로 이마를 긁은 뒤 말했다.

"제가 마나가 여유로운 상태였다면 해독 마법을 사용하면 그만입니다만, 하필 조금 전에 악마를 때려잡아서요. 여차할 때 사용할 정도밖에 안 남았습니다."

그리고 그건 정말 여차할 때 사용해야 했다. 예를 들어 재수 없는 일이지만 애완 악마 2호가 튀어나온다거나 하는 경우 말이다. 메일이 그럼 어떻게 하느냐고 묻자 마탑주가 다른 대책을 언급했다.

"무조건은 아니어도 드래곤은 자기 동굴에 금은보화나 희귀한 약초를 쌓아 두는 경우가 많습니다. 희미하지만 물소리가 들리니 그쪽으로 이동해 보죠."

당장은 기댈 만한 것이 그것뿐이었다. 복불복이긴 하겠지만 어쩔 수 있나. 마탑주는 일단 황제의 팔을 제 어깨 위로 둘러멨다.

"후, 무겁네. 이럴 줄 알았으면 마나 좀 아껴 쓸걸."

"저, 제가 업을게요."

"됐습니다. 정신 잃은 사람이 얼마나 무거운데. 내가 마법사치곤 힘이 세서 이나마도 가능한 거예요."

"그럼 부축이라도……."

"정 그러면 거기 팔이나 한쪽 들어주시든가."

메일은 금방이라도 흐르려는 눈물을 꾹 참고 마탑주를 도와 어설프게나마 황제를 부축했다. 목숨에는 지장이 없을 거라는 말을 들으니 그나마 견딜 수 있었다. 그래도 온몸의 피가 식는 듯한 기분에 자꾸만 손끝이 떨렸다.

마탑주가 이끄는 대로 이동하자 희미하던 물소리가 조금씩 선명해졌다. 마탑주는 땀을 뻘뻘 흘리다 슬슬 육체적으로 개고생하는 것이 짜증이 났는지 얼마 남지 않은 마나로 대뜸 황제에게 경량화 마법을 걸어버렸다. 천 근 같던 무게가 가벼워지자 그는 황제를 둘러메고 날듯이 뛰었다. 덕분에 목적한 곳에 금방 도착할 수 있었다.

"후우. 이 드래곤, 취향 참……."

황제를 바닥에 털썩 내려놓은 마탑주가 허리를 펴고 사방을 둘러보았다. 물이 얼지 않고 흐를 정도로 이곳은 바깥보다 추위가 덜했다. 흐르는 연못 양쪽으로 만발한 꽃이며 잘 다듬어진 각종 풀이 장소의 경치를 조성하고 있었다. 방금 드래곤을 잡지만 않았어도 취미 고상한 사람이 사는 곳인 줄 알았을 것이다.

하나 인테리어에 감수성이 묻어나도 역시 드래곤은 드래곤이다. 마탑주는 구석에 굴러다니는 사람 해골 몇 개를 발견하곤 그걸 보이지 않는 곳까지 걷어차 날려 보냈다. 그러는 사이 뒤따라 장소에 도착한 메일이 숨을 몰아쉬었다.

"아, 마침 잘 왔습니다. 혹시 이 중에 해독 약초를 구분할 수 있겠……."

말이 떨어지기도 전이었다. 이를 앙다문 메일이 숨을 다 고르지도 않고 얼른 연못 양옆 풀들을 헤집었다. 식물을 대하는 것치곤 전례 없이 거친 손길이라 만약 황제가 의식이 있어 그걸 목격했다면 화들짝 놀라 자기 눈을 비볐을 것이다. 마탑주는 아는 게 없어 놀라지 않았다.

메일의 평소와 다른 이행은 계속되었다. 꽃과 풀을 이 잡듯 뒤져 독소를 몰아내는 잎을 찾아낸 메일은 즉시 그것을 줄기에서 뜯어 돌멩이로 으깼다. 친구를 짓이기는 손길에 자비와 망설임이라곤 찾아볼 수가 없었다. 그녀는 평상시를 생각하면 믿을 수 없는 냉혹한 작업을 빠르게 마치고 황제의 입안으로 완전히 으깨어진 잎을 밀어 넣었다. 입으로 먹여 주는 것도 서슴지 않자 황제는 해독잎 여러 장을 금세 삼켰다.

마탑주는 그것을 지켜보다 제 뒷머리를 조금 긁적였다. 기분 탓인가. 어째 경건해지는 느낌마저 들었다.

메일은 찾아낸 잎을 황제에게 전부 먹인 뒤 물었다.

"이제…… 어떻게 하면 되죠?"

"별것 없습니다. 이제부턴 가만히 기다려야죠. 원체 회복력이 좋은 몸에 해독초까지 먹였으니 오래지 않아 눈을 뜰 겁니다."

그렇게 말한 뒤 마탑주는 동굴 바닥에 자리를 잡고 앉았다. 꼼짝 않고 쉬면서 체력과 마나를 회복할 심산이었다.

쉴 준비를 마친 그는 잠시 후 깜짝 놀랐다.

"잠깐만요! 지금 뭐 하는 겁니까?"

메일이 자기 목에서 목걸이를 빼내 그걸 황제에게 걸어주고 있었다. 마탑주가 기겁했다.

"미쳤습니까? 여기 기온이 어떤 줄 알고!"

"추, 춥긴, 춥네요."

"그냥 춥습니까? 엄청 추워요. 이건 단련된 기사나 견딜 수 있는 거라고요. 목걸이 다시 안 빼고 뭐 합니까?"

"폐, 폐하는 화, 환자잖아요."

"아이고."

입술을 달달 떨면서도 메일은 목걸이를 도로 회수할 생각은 없는지 요지부동이었다. 마탑주는 매우 진지하게 기가 찼다.

"그러다 죽습니다."

"사, 사람은 보기보다 쉽게 안 죽어요."

"말 잘했습니다. 폐하께선 그런 영애보다 훨씬, 절대 안 죽으니 목걸이 얌전히 다시 하세요."

"……."

메일은 묵묵부답으로 대응했다. 마탑주는 덕분에 뒤로 넘어갈 뻔했다. 아닌 말로 상대가 어떤 상태이든 자기 몸부터 챙기는 것이 당연한 것 아닌가. 추위에 못 이겨 몸을 부들거리면서도 고집을 꺾지 않는 모습이 퍽 경이로웠다.

저게 설마 그건가. 그 사랑 나부랭이인가. 어쨌든 마탑주는 그걸 가만히 두고 볼 수가 없었다. 그건 기사도니 매너니 하는 숭고한 이유가 아니라 순전히 본인의 안위 때문이었다. 메일이 저렇게 오들오들 떨다 잘못되기라도 하면 황제가 눈을 뜨자마자 누구부터 족칠지는 뻔했다. 자기 생명 소중한 줄 아는 마탑주는 결국 인상을 팍 쓰고 제 품으로 손을 넣었다.

"살고 봐야지, 그래. 에슌다가 노파가 될 때까지 괴롭히기 위해서라도 오래 살아야지."

한숨과 함께 중얼거리며 그가 품에서 꺼낸 것은 자그마한 구슬이었다. 갓 태어난 아기의 주먹보다도 약간 작았다. 마탑주가 그것을 던지자 메일이 엉겁결에 양손으로 받아 냈다.

"이게……?"

"한기를 흡수하는 구슬입니다. 엄청 귀한 거예요. 습득 경로를 이야기하자면 삼 일 밤낮이 걸릴 테니 넘어가고, 아무튼 좋은 겁니다. 가지고 있으면 안 추워요."

"어, 정말."

"빌려줄 테니 나중에 목걸이 다시 걸면 돌려줘요. 아, 추워 죽겠네."

메일이 괜찮겠냐고 묻자 마탑주가 손을 휘저었다. 그에게 추위란 짜증 나고 불편한 것이지 크게 위협적인 것은 아니었다. 황제가 그렇듯 어느 정도 경지에 이른 사람들은 다들 그렇게 생명줄이 질겼다.

"고마워요."

"폐하 깨어나시면 그때 실컷 칭찬해 주세요."

마탑주는 그리 대꾸하곤 눈을 감았다. 이만 쉬겠다는 뜻이다. 메일은 공치사를 잊지 않겠다고 약속한 뒤 황제에게로 시선을 돌렸다. 얼핏 보기엔 평온히 누워 있는 모습이었지만 여전히 파리한 안색이 좀처럼 메일을 안심하지 못하게 만들었다.

메일은 말없이 곁을 지키다 어느 순간 꾸벅꾸벅 졸기 시작했다. 심력을 크게 소모한 몸은 구슬의 효과로 추위 대신 온기가 감돌자 기다렸다는 듯 휴식을 원했다. 결국 얼마 안 가 메일은 깜박 잠에 빠지고 말았다.

무겁게 들어 올린 눈꺼풀은 몇 번 깜박이자 금세 가벼워졌다. 흐릿하게 시야에 들어오는 천장의 모습과 등에 닿는 딱딱한 감촉이 장소를 짐작할 수 있게 해주었다. 황제는 우선 뻐근한 몸을 일으켰다. 얼핏 한기가 전혀 느껴지지 않는 것에 의아함이 들었으나, 곧 그보다 훨씬 그를 당황스럽게 만드는 것이 있었다.

"……어?"

그는 눈을 비볐다. 그럴 수밖에 없었다. 그러지 않고 보이는 것을 바로 현실이라 받아들이기엔 그것이 지나치게 허무맹랑했다. 하나 몇 번을 비비고 눈을 깜박여도 눈앞의 광경은 그대로였다. 그는 심지어 도리질까지 쳤다. 그래도 여전했다.

"무슨, 왜 내가⋯⋯."

그는 이어 두 번째 문제를 발견했다. 목소리가 이상했다. 자기 목소리가 아니었다. 수없이 들어 익숙하고 귀에 익은 음성이긴 했으나 절대 제 것은 아니었다.

잠시 후 메일이 눈을 떴다. 그녀는 깨어난 다음 황제의 전철을 고스란히 밟았다. 눈을 비비고 도리질 치고, 한술 더 떠 자기 볼까지 꼬집었다. 그러나 바뀌는 것은 없었다.

곧 두 사람이 동시에 서로를 향해 얼빠진 소리를 냈다.

"어어?"

❀

리엘라를 안고 산을 내려간 반테르는 가까운 마을에 도착하자마자 여관을 잡았다. 깨끗한 침대에 리엘라를 내려놓고 나서야 조금 마음이 놓였다. 그는 동굴에서 벗어나기만 하면 괜찮을 거라던 마탑주의 말이 사실이길 바라며 침대 맡을 지켰다. 그러다 잠깐 잠이 들었다.

얼마나 시간이 흘렀을까. 정신을 차린 그는 희미한 시야에 앞서 등으로 느껴지는 푹신한 감촉에 깜짝 놀랐다. 언제 제가 침대로 올라왔단 말인가. 급하게 들어선 여관은 방이 충분하지 않아 침대가 하나뿐인 객실을 잡을 수밖에 없었다. 의식이 없는 사이 저지른 제 파렴치한 행각에 반테르가 허둥지둥 몸을 일으켰을 때였다.

"⋯⋯응?"

뭔가 이상했다. 그것도 대단히. 우선 침대엔 다른 사람 없이 저 혼자뿐이었다. 그리고 침대 옆 바닥에 어디서 많이 본 사람이 드러누워 잠들어 있었다.

"나잖아."

반테르가 멍하니 중얼거렸다. 그랬다. 바닥에 아무렇게나 뻗어 눈을 감고 있는 인물은 다름 아닌 그 자신이었다. 매일 거울을 통해 마주하던 것과 똑같이 생긴 사람이 제 눈앞에 있다.

"눈이 어떻게 된……."

잠시 인지 부조화에 시달리던 그는 곧 움찔 떨었다. 바닥에 편안히 누워 있던 '자신'이 눈을 떴기 때문이다. 나는 나인데 내가 아닌 그 정체를 알 수 없는 인물은 누운 채로 눈을 몇 차례 깜박이다 늘어져라 기지개를 켰다. 그리고 천천히 상체를 일으켰다. 그러고선 설핏 미간을 찌푸리며 말하길.

"목말라. 물 어딨어?"

그런 다음 시선이 마주쳤다. 반테르는 그때까지 꼼짝도 하지 못했다. 이윽고 저와 똑같이 생긴 상대방이 눈을 동그랗게 뜨고 고개를 갸웃했다.

"으응? 거울?"

"……."

"어? 거울이 왜 날 안 따라 하지?"

설마. 아니, 정말 설마.

반테르는 그제야 깨달았다. 조금 전 제 입을 타고 흘러나온 목소리가 지나치게 미성이었으며 지금 등과 가슴으로 구불거리는 풍성한 머리카락이 느껴진다는 사실을.

'맙소사!'

불가능한 상황에 반테르가 소리 없이 기함했다.

"······메일?"

"······반?"

"······."

"······."

조심스럽게 서로를 부른 두 사람은 이내 침묵했다. 있을 수 없는 일이 일어났다. 도저히 말도 안 되고 믿기지도 않지만, 어쨌든 사태를 파악한 메일이 다시 입을 열었다.

"몸이····· 바뀐 거죠?"

허무맹랑한 이야기였으나 그랬다. 그것밖에 설명할 길이 없었다. 침묵을 길게 흘린 황제가 제 관자놀이를 꾹 눌렀다.

"그런 것 같군."

메일이 황제고 황제가 메일이었다. 즉 둘은 서로 상대의 몸에서 눈을 떴다. 이게 가능한 거냐는 물음은 이 상황에서 하등 도움이 되지 않았다. 불가능하다면 뭐 어쩔 건가. 이미 일어났는데.

메일이 눈동자를 흔들었다.

"어, 어떻게 된 걸까요?"

"글쎄····· 일단 두 가지 경우를 생각해 볼 수 있겠지."

황제는 습관처럼 머리카락을 쓸어 올리다 손을 멈췄다. 아, 이거 메일의 몸이지. 정말이지 적응이 되질 않았다. 익숙하지 않은 감각에 머쓱하게 손을 내린 그가 말을 이었다.

"하나는 지금 서로 굉장히 실감 나는 꿈을 꾸는 중이거나. 아니면······."

"아니면?"

"이 동굴 어딘가에 이상한 능력을 쓸 줄 아는 놈이 숨어 있거나."

메일은 황제의 의견에 동의했다. 그녀가 생각하기에도 그 밖에 다른 가능성은 없을 것 같았다. 물론 굳이 가정하자면 세 번째, 둘이 나란히 미쳤을 가능성도 있기는 했으나 메일은 그렇게까지 비관적으로 생각하고 싶지는 않았다.

그녀는 우선 전자의 경우를 부인했다.

"꿈은 아닐 거예요. 볼을 꼬집었을 때 아팠거든요."

"내 볼?"

"……네."

메일은 깨어난 직후 자기 몸에 들어가 있는 황제를 보자마자 눈을 비빈 뒤 볼도 꼬집었다. 꽤 세게 꼬집었던지 아직도 얼얼했다. 통증은 제가 느꼈다지만 남의 몸을 학대한 것이 슬쩍 미안해서 메일이 볼을 문질렀다.

"……혹시나 해서 말인데, 메일."

"네?"

"그대가 그 몸으로 나를, 그러니까 그대의 몸을 잡거나 건드릴 때는 가능한 조심하도록 해."

"조심하라고요?"

"다칠 수도 있어."

"제가요?"

"더 쉽게 설명해 주지. 장갑 꼈을 때 기억나나? 그때처럼 벽을 힘껏 후려쳐 봐."

메일은 고개를 갸웃하면서도 순순히 따라했다. 주먹을 야무지게 말아 쥐고 가장 가까운 암석을 힘껏 때렸다.

쾅!

"……어?"

무시무시한 소리가 났다. 이내 그녀는 깜짝 놀라 제 손과 벽의 암석을 번갈아 확인했다. 손에는 생채기라고 하기 민망할 정도로 옅은 흔적만 남았는데, 암석은 불쌍하게도 크게 금이 가 일부는 부서져 내렸다.

메일의 동공지진을 확인한 황제가 입을 열었다.

"집중해서 제대로 때리면 자갈로 만들 수도 있어."

"허, 헐."

"그대의 몸은 단련된 기사처럼 강하거나 질기지 못하니까…… 이 상태에서 날 만질 땐 조심해. 적응이 안 되니까 힘 조절도 힘들 거야."

"아, 알겠어요."

메일은 새삼스럽게 실감했다. 드래곤을 잡을 때나, 혹은 그보다 더 거슬러 올라가 침입자를 한 방에 때려잡았을 때부터도 예상은 했지만 역시 그녀의 연인은 평범함과는 거리가 멀었다. 몸만 바뀌었을 뿐인데 무기라도 품은 기분이 되어 메일은 조심조심 굴었다. 태어난 지 20년 만에 처음으로 몸가짐이 조신해지는 순간이었다.

황제는 그런 메일-이 들어간 자기 몸-을 복잡한 눈길로 응시하다 몸을 일으켰다.

"기분이 이상해."

"그, 그건 저도 그래요. 근데 어디 가요?"

"계속 이러고 있을 순 없으니까. 일단 동굴을 뒤져서 뭐라도 찾아봐야지."

메일이 고개를 끄덕였다. 찬성하는 바였다. 그녀는 자기가 부순 암석을 뒤로하고 황제에게 따라붙다가 문득 물었다.

"그러고 보니까, 반. 몸은 괜찮아요?"

"몸?"

"쓰러졌었잖아요. 드래곤 독 때문에."

"아, 독……."

황제는 가뿐하다고 대답하려다 뭔가 아니라는 것을 깨닫고 멈칫했다. 그러니까 지금 그의 '몸'이 괜찮은지 아닌지는 그가 아니라 메일이 알 일이었다. 메일 또한 곧 그것을 알아차리곤 당황해서 입을 다물었다. 이내 멋쩍게 말을 꺼낸다.

"음…… 괜찮네요. 독 기운은 다 몰아냈나 봐요. 다행이에요."

"……미안하군."

"네?"

"드래곤 말이야. 그러려고만 하면 거리를 두고 신중하게 싸울 수도 있었어. 피를 몸에 묻히지 않을 수도 있었고."

실은 평소였다면 그런 식으로 했을 것이다. 그는 본래 그리 무모하고 모험적인 싸움을 즐기는 편은 아니었다. 다만 그때는 그만 공연히 과시하고 싶은 욕구가 들었다. 가지고 놀듯 굴면서도 드래곤을 잡을 수 있다는 것을 메일에게 보여주고 싶었던 걸지도 모른다.

"조심했으면 독에 당하지 않았을 거고, 지금 같은 일도 일어나지 않았을지 몰라. 내가 경망했던 탓이야. 그대에겐 미안해."

"아, 아니에요."

메일은 급히 고개부터 저었다. 물론 화가 나지 않았던 건 아니다. 황제가 쓰러질 때 느꼈던 그 놀람과 두려움, 깨어나길 기다리며 내내 시달렸던 초조함을 생각하면 삼 일 밤낮 그를 혼내더라도 마음이 풀리지 않을 것 같았다.

하나 지금은 몸이 바뀌는 황당한 일이 일어나서 그런지 당시의 원망과 화가 전부 사그라져 버린 상태였다. 더구나 상대는 이미 반성하고 있지 않은가. 지금 그를 책하면 이 황당무계한 사고의 책임마저 그에게로 전가하는 것 같아 내키지 않았다.

게다가 굳이 따지자면 짐만 될 걸 알면서도 따라온 제 과실도 적지 않다. 메일은 말을 돌렸다.

"참, 마탑주 말이에요. 그도 여기로 함께 이동했는데. 그가 뭔가를 알고 있지 않을까요?"

꺼내 놓고 나니 정말 그럴 수도 있겠단 생각이 들었다. 마탑주는 드래곤에 대해 꽤 해박했다. 그들의 언어까지 알아들을 정도니 말 다한 셈이다. 그런 마탑주라면 혹 몸이 바뀌는 현상에 대해서도 뭔가 아는 것이 있을지 모른다.

황제 또한 그에 동의했다. 마침 마탑주는 가까운 곳에 있었다.

가까운 곳에서…… 네발로 기고 있었다.

"……."

"……?"

황제는 순간 메일의 시신경을 생각해서 자기 눈을 가려야 할지 아니면 그녀의 정신 건강을 생각해서 메일의 눈을 가려야 할지 고민했다. 그 정도로 차마 눈 뜨고는 못 봐줄 광경이었다.

생각지도 못한 마탑주의 기행에 당황하던 메일은 곧 무언가를 발견했다.

"앗!"

"메일?"

"여기……."

메일이 가리킨 곳엔 웬 작은 도마뱀이 있었다. 그래, 동굴에 도마뱀이 있을 수도 있지. 하나 특이한 점은 그 도마뱀이 마치 뭐에 굉장히 화가 난 것처럼 앞발로 주먹질을 하듯 동굴 벽을 후려치고 있었다는 점이다.

어딘지 도마뱀은 매우 원통해 보였다. 정말 매우.

"……."

"……."

"……반."

"……그래."

"우리 어서 동굴을 둘러봐요. 빨리. 누가 이런 주술을 걸었는지는 몰라도 얼른 찾아 족치는 게 낫겠어요."

"그러지."

측은지심은 종종 행동의 강한 동기가 된다. 메일은 황제를 끌고 바쁘게 움직였다.

반테르와 리엘라. 이쪽도 둘 다 얼추 상황 파악을 마쳤다.

리엘라는 어떻게 된 일인지 깨닫자마자 손뼉을 치며 웃었다.

"반테르가 나고, 내가 반테르야? 신기하다."

"고, 공주님. 웃으실 일이⋯⋯."

"내가 나한테 공주님이라고 하니까 완전 웃긴데?"

"⋯⋯."

반테르는 별로 웃기지 않았다. 웃기기는커녕 참담했다. 리엘라처럼 행동하는 자기 몸을 보고 있는 건 생각보다 괴로운 일이었다. 리엘라는 사랑스러웠지만 거울로 맨날 보던 제 얼굴은 안 사랑스러웠다.

'대체 어쩌다 이런 일이⋯⋯.'

그나마 짚이는 것이라곤 동굴이 유일했다. 드래곤도 나오고 악마도 나오고, 별별 것이 다 등장하던 곳이었으니 아마 이 현상도 그곳과 관련이 있지 않을까 싶었다. 물론 추측일 뿐이었지만.

그때 협탁 위에 있던 물로 목을 축인 리엘라가 말했다.

"근데 반테르, 옷이 왜 이래? 축축해."

"예? 아."

리엘라를 안고 설산을 내려온 반테르는 그 이후 제대로 씻거나 옷을 갈아입지 못하고 잠들었다. 그때 묻은 눈이 녹아 옷이 젖은 것이다. 찝찝한지 리엘라가 눈살을 찌푸렸다.

"갈아입을래. 아, 그전에 우선 씻고."

"예…… 예?"

"욕실이 어디야?"

"자, 잠깐만요! 공주님, 잠깐!"

허둥지둥 침대에서 구르듯 내려온 반테르가 리엘라의 손목을 잡았다. 움직임을 제지하려던 건데 몸이 바뀐 상태라 생각보다 쉽지 않았다. 어쨌든 상의를 막 벗으려다 저지당한 리엘라가 눈을 동그랗게 떴다.

"왜?"

"씨, 씻으시겠다고요?"

"응."

"그, 그건 제 몸입니다."

"그래도 지금은 내가 들어와 있잖아. 난 찝찝한 거 싫어. 목욕할래."

반테르가 입을 떡 벌리고 굳었다. 그는 급히 도리질 쳤다.

"안 됩니다."

"왜? 씻고 싶으면 너도 씻어."

"그, 그건 더 안 됩니다!"

반테르의 안색은 숫제 사색이 되었다. 무심한 리엘라는 그가 왜 그러는 줄도 모르고 고집을 꺾지 않았다.

"왜 안 돼? 씻을 거야. 이거 놔."

"잠시…… 헉!"

리엘라가 손을 뿌리치자 반테르는 그것을 막을 수가 없었다. 막기는 커녕 균형을 잃고 쓰러져 데굴데굴 굴렀다. 반테르는 바닥에 엎어진 채로 식은땀을 흘렸다.

"고, 공주님…… 체력이…….."

지금 리엘라는 반테르의 몸을 하고 있고, 반테르는 리엘라의 몸을 하고 있다. 리엘라가 평소처럼 행동해도 결과가 사뭇 달랐다. 리엘라는 구르다가 엎어진 자기 몸을 보고서야 뭔가를 알아차린 듯했다.

"어? 나 힘세!"

"그야 제 몸이니까요……."

리엘라가 허약한 체질일 거라 예상은 했지만 직접 몸에 들어와 보니 상상 초월이었다. 반테르는 흰 피부에 멍이라도 들지 않게 하려면 움직임을 가능한 조심해야겠다는 생각을 했다.

반면 리엘라는 신이 났다. 힘도 세고, 왠지 실컷 뛰어다녀도 숨이 차지 않을 것 같았다.

"나랑 엄청 다르네. 이거 봐, 팔도 단단하고."

"다른 게 당연……."

"가슴이랑 배도 단단해."

"헉! 어딜 만지시는 겁니까!"

리엘라의 손길은 서슴없었다. 하긴, 남의 몸일 때도 별반 주저가 없었는데 자기 몸이 되었다고 갑자기 소극적으로 변할 리가 없다. 반테르는 리엘라가 제 몸을 이리저리 더듬는 것을 무력하게 지켜봤다. 뭐라고 말로 표현할 수 없는 기분이었다.

그때 리엘라가 대뜸 말했다.

"내 배랑 가슴은 안 단단해. 말랑한데."

"……."

상상하지 말자. 상상하지 마. 상상 절대 하지 마. 리엘라의 무신경한 발언에 반테르의 머릿속은 터질 지경이 되었다. 물론 리엘라가 그걸 알아줄 리 만무했다.

"만져 볼래?"

"공주님."

"응?"

"나갈까요?"

"뭐?"

"씻고 싶다고 하셨죠. 하지만 지금 여긴 갈아입을 옷이 없습니다. 나가서 옷을 사 오는 것이 어떻습니까?"

말하자면 그의 제안은 임시 대책이었다. 일단은 리엘라가 자기 몸으로 옷을 홀딱 벗고 욕조에 들어가는 것을 잠시 막아 보겠다는 것이다. 추측건대 이게 꿈이 아니라 현실이라면 다른 어떤 곳에서 황제와 메일 또한 비슷한 현상을 겪고 있을 가능성이 높았다. 그렇다면 그들이 어떻게든 이 상황을 되돌릴 방법을 찾아내 주지 않을까. 반테르는 그것에 유일한 희망을 걸고 시간을 끌어 보기로 했다.

다행히 리엘라는 순순히 고개를 끄덕였다. 목욕을 하고 나와 벗어 둔 옷을 다시 입을 순 없으니 당연한 선택이었다.

"알겠어. 나가자."

"……제가 앞장서겠습니다."

"응. 근데 진짜 여기저기 다 단단하다."

끝난 줄 알았더니 리엘라는 아직도 상체를 더듬고 있었다. 특히 배와 팔의 근육이 마음에 든 모양이었다.

반테르는 단련해 두길 잘했다는 생각을 얼핏 했다가 이내 고개를 세차게 흔들었다.

✳

"그런데요, 반."

"음?"

탐험하듯 동굴 안쪽을 누비다 메일이 입을 열었다. 그녀가 나름 진지하게 물었다.

"우리한테 이런 주술을 건 범인을 만나면, 그건 누가 잡죠?"

"……."

"……제가?"

은근히 고민되는 주제였다. 메일은 황제의 몸을 얻어 힘이 넘치지만 컨트롤이 미숙하고, 황제는 컨트롤은 신의 경지지만 몸이 메일의 것이라 힘이 달렸다. 대상에게 역으로 당하지 않으려면 효과적으로 제압해야 할 텐데.

갈등하던 황제가 미간에 주름을 잡은 채 말했다.

"그대의 몸이 상하는 건 안 돼. 이대로 평생 바뀌지 않는다면 모를까, 되돌아갔을 때를 생각해야지."

"그럼 역시 제가?"

"……걱정이……."

"잘 해볼게요. 조금 전엔 암석도 부쉈잖아요."

싸워야 할 대상이 허접이라면 문제가 안 될 텐데. 드래곤 수준까진 아니더라도 사역마와 비슷한 것이 등장할까 봐 황제는 그것이 우려되었다. 잘 잡을 수 있을까. 이것 참, 전투를 앞두고 이렇게 초조하고 갑갑하기도 처음이었다.

그때였다. 동굴 벽을 타고 쭉 걷던 메일이 우뚝 발을 멈췄다. 그녀는 몇 걸음 더 움직여 우측의 벽을 짚었다.

"메일?"

"반, 감이 엄청 예리한가 봐요. 원래였다면 못 느꼈을 텐데."

메일은 짚은 벽을 유심히 응시했다. 달랐다. 이곳만 미묘하게 다른 곳과 다른 위화감이 느껴졌다. 혹 파편이 튈까 봐 황제를 뒤로 물러서게 한 메일이 주먹으로 힘차게 벽을 때렸다.

쾅! 우르르!

"와."

메일이 놀라면서 감탄했다. 가운데를 후려치자 벽은 커다란 문의 형상을 그리며 산산이 무너져 내렸다. 순식간에 벽 너머의 또 다른 공간이 드러났다. 메일은 고양된 기분으로 그것을 응시하다 얼른 손짓했다.

"반, 이리 와요! 왠지 이 안에 있을 것 같아요."

메일의 활약이 눈부셨다. 황제는 그 양상을 구경하다 픽 웃곤 걸음을 뗐다. 퍽 색다른 기분이었다.

벽을 통과하자 나타난 공간은 생각보다 좁았다. 통로처럼 생긴 길은 사람 두엇이 걷기엔 전혀 문제가 없었지만, 드래곤이 들어오기에는 머리만 넣어도 끼일 법한 너비였다. 드래곤의 동굴과는 어울리지 않는 협소한 길을 천천히 걷다 황제가 메일이 동시에 멈춰 섰다.

"……."

침묵이 흘렀다. 통로 끝에는 뭔가가 있었다. 정말로 '뭔가'가 있었다.

"……저게 뭘까요?"

사람이라기엔 크기가 지나치게 작았다. 그렇다고 악마인가 생각하자니 뿔도 없고 날개도 없고, 눈도 두 개였다. 다시 말해 사람의 형상을 하고선 크기만 팔뚝만 했다.

메일과 황제를 마주한 팔뚝만 한 사람은 얌전히 굳어 있다 이내 입에 든 것을 꿀꺽하고 삼켰다. 이제 보니 식사 중이던 모양이었다. 그는 소매-무려 옷을 입고 있었다-로 자기 입을 슥슥 닦고는 조심스레 입을 열었다.

"……저기요."

"……!"

"말을 하는군."

신기하게도 언어가 통했다. 팔뚝만 한 사람이 눈치를 보듯 눈을 굴리며 말을 이었다.

"어, 어떻게 들어오셨어요?"

"어떻게라니……."

"밖엔 드래곤이 살잖아요. 그놈 되게, 되게 흉포한데."

메일은 이 순간 제가 나서야 할 때라고 느꼈다. 왠지 그랬다. 앞으로 한 발 나선 그녀가 입을 열었다.

"내가 잡았어요. 흉포하기는, 한주먹거리도 안 되던데?"

허풍도 좀 떨어준다. 황제는 군이 정정하지 않고 가만히 두었다. 팔뚝만 한 사람이 깜짝 놀랐다.

"헉! 정말요?"

"들통 날 거짓말을 왜 해요. 나가면 시체 있을 거예요. 참고로 드래곤이 키우던 악마도 다져 줬어요."

"어, 어어…… 정말. 마나가 안 느껴지네."

팔뚝만 한 사람은 눈을 깜박거리다 이내 몸을 부르르 떨었다. 순간 싸움을 예고하는 건가 하고 메일이 흠칫 긴장했으나, 상대는 곧 팔을 쭉 뻗고서 예상과는 다른 말을 외쳤다.

"만세!"

"……?"

"드래곤 죽었다! 난 자유다! 난 이제 자유야아! 아싸!"

함박웃음에 기쁨의 눈물이 줄줄 흐르는 것을 보니 연기는 아닌 듯했다. 황제와 메일은 서로 맥이 살짝 풀렸다. 사전에 했던 걱정과는 달리 다행히 싸우지 않아도 될 모양이었다. 특히 메일을 전투로 내모는 것이 달갑지 않았던 황제의 안도가 컸다.

물론 그건 저 팔뚝만 한 사람이 몸이 바뀌는 현상과 관계가 있다는 전제가 필요하긴 했다. 황제가 물었다.

"잠깐 묻고 싶은 게 있는데. 혹 사람끼리……."

말을 하다 황제는 문득 마탑주를 떠올렸다. 그가 말을 정정했다.

"……생명체끼리 육신이 바뀌는 일. 네 능력인가?"

"응? 아, 그거요? 네에, 그거 제 능력 맞아요."

팔뚝만 한 사람이 고개를 끄덕이며 긍정했다. 메일이 즉시 반색했다. 드디어 찾았다. 생각보다 오래 걸리지 않은 일이었다.

"별로, 으응, 장난 같은 능력이에요. 하룻밤의 꿈 같은 거죠."

"하룻밤의 꿈?"

"하루가 지나고 나면 풀린다는 뜻인가?"

"네, 그러니까…… 24시간이 지나면 원래대로 돌아가요."

듣던 중 다행인 말이었다. 하지만 메일은 문득 하루도 길다는 생각이 들었다.

"혹시 지금 당장 되돌릴 수는 없나요?"

마탑주의 측은한 모습이 눈앞에서 아른거렸다. 그에겐 하루는커녕 일 분도 일 년 같을 것이다. 추위를 막는 구슬까지 받아 놓고서 상대의 어려움을 모른 척할 수는 없었다. 팔뚝만 한 사람은 메일의 질문에 입을 우물우물거렸다.

"우음…… 못 하는 건…… 아닌데요."

"부탁할게요."

"힘을 많이 써야 해서요. 웅, 그치만 조건을 건다면 못 할 것도 없긴 한데."

"조건이요?"

"네엥."

사실 그에게 메일은 은인이나 다름없다. 드래곤이 죽은 덕분에 자유를 찾았다고 기뻐했으니 말이다. 그런데도 은인에게 태연히 조건 운운하는 것이 제법 염치없는 모양새였으나, 메일은 딱히 깊게 생각하지 않고 간단히 넘겼다. 몸통이 작으니 속도 좁은가 보지.

"무슨 조건인데요?"

"우훗…… 이힝…… 에헷."

"……?"

팔뚝만 한 사람은 갑자기 몸을 비비 꼬기 시작했다. 그 상태로 메일에게 가까이 다가온 그가 손짓으로 자길 올려 달라고 말했다. 메일이 손바닥으로 그를 들어 올려 주자, 눈높이를 맞춘 팔뚝만 한 사람이 앙증맞게 윙크하며 말했다. 수줍은 목소리였다.

"뽀뽀해 주면요. 뽀뽀해 주면 몸 바뀐 거 바로 돌려놔 줄게요."

✳

거리로 나온 반테르는 머잖아 제 실수를 깨달았다. 이곳은 그가 알지 못하는 북부 어느 나라의 마을이었다. 즉 낯선 곳이며, 반테르와 리엘라를 아는 사람이 아무도 없는 장소란 얘기다.

반테르는 제 앞을 막아선 웬 남자를 보며 한숨을 참았다.

"미치겠네……."

"이 마을 출신인가? 처음 보는데. 수도의 드드보 백작가는 들어봤겠지? 내가 바로 드드보 백작가의 차남 에브리 드드보다."

아까는 정신이 없어 그만 당연한 사실을 잊고 말았다. 리엘라는 너무 예뻤다. 자고로 동서고금을 막론하고 낯선 장소에 나타난 미인이란 으레 풍파를 몰고 다니게 되는 법이다. 반테르는 자길 에브리 드드보라 소개한 남자의 턱주가리를 후려치려다 리엘라의 손이 상하는 것이 싫어 참았다.

"비켜."

대체로 누구에게나 존대를 잊지 않는 반테르였지만 제 연인에게 추근대는 놈팡이한테까지 예의를 갖추고 싶진 않았다. 남자는 반테르의 명확한 거부 의사에도 아랑곳하지 않고 자리를 지켰다. 외려 더 짜릿해하는 모양이었다.

"그래, 그거지. 원래 예쁜 장미에는 가시가 있어야지."

"하아."

반테르는 기어이 한숨을 뱉었다. 간접적으로 지켜보는 것으로도 속이 뒤틀릴 상황을 직접 겪으니 참신하게 역겨웠다. 이 모자란 놈이 누굴 넘봐. 넘보는 방식도 한참 잘못됐다.

"비키라고 했다. 네 이름도 가문도 관심 없으니까 꺼져."

"관심이 없을 리가 있나. 튕기기는."

어딜 가나 가문만 믿고 날뛰는 놈팡이는 비슷한 양상을 보였다. 남자는 실실 웃으며 강제로 반테르의 손목을 잡으려 들었다. 물론 잡힐 반테르가 아니다. 아무리 몸이 바뀐 상태여도 그 정도 반사 신경과 민첩함은 있었다. 종이 한 장 차이로 반테르가 제 손길을 피하자 남자가 놀란 듯 눈을 키웠다.

"호오?"

"……고민되네. 진짜."

"보기보다 잽싸네, 레이디."

남자는 달리 훈련받아 몸을 단련하거나 한 타입은 아니었다. 그냥 대충 먹고 대충 움직여 배에 기름이 낀 흔한 부류였다. 이런 둔한 놈은 사실 리엘라의 몸으로도 처리가 가능하다. 무기가 없는 것이 아쉽지만 맨손으로도 급소인 목젖을 후려갈기거나 가랑이 사이 알을 쥐어 터뜨리는 것 정도는 할 수 있었다.

반테르는 진지하게 갈등하다 결국 고개를 내저었다.

"안 되지. 공주님 손 더러워질라."

할 수 없다. 그는 남자를 처리하기 위해 리엘라를 불렀다.

"공주님!"

"뭐? 공주?"

반테르의 외침에 남자가 대놓고 솔깃해했다. 대단한 미녀가 수행원으로서 모시는 공주라면 과연 얼마나 예쁠지 기대라도 된 모양새였다.

그러나 그런 남자의 기대를 박살 내고 리엘라가 부름에 응했다. 그녀는 마침 근처에서 다른 것을 구경하고 있던 참이었다.

"불렀어?"

용케 듣고 와 줬다. 반테르가 그녀를 반갑게 맞았다. 반면 남자의 표정은 썩어 들어갔다.

"미친! 저게 공주? 설마 미친 여자인가?"

반테르의 몸은 훤칠한 미남이었으나 당연히 공주와는 한참 거리가 멀었다. 반테르는 남자의 반응을 무시하고 자초지종을 설명했다.

"제 몸으로 때리면 한주먹에 기절할 거예요. 잘 때려 주세요."

"알겠어."

대답한 리엘라가 고분고분 주먹을 말아 줬다. 그녀가 아무리 무신경한 성격이래도 제게 강제로 추근대던 놈을 응징하는 것 정도는 할 줄 알았다. 남자는 리엘라가 앞으로 나서자 얼굴을 굳혔다. 속은 리엘라라도 겉은 반테르다. 허리춤의 검이나 단련된 몸만 보더라도 만만치 않은 태가 났다.

"하, 호위라 이거지? 신분을 대라. 어느 가문의 누구냐? 난 드드보 백작가의 에브리 드드보다!"

"난 벨티에 왕국의 리엘라 공주인데."

"……사람을 놀리다니!"

리엘라의 솔직함을 저를 향한 놀림이라고 받아들인 남자가 이를 악물고 주먹을 날렸다. 느릿하고 힘없는 선빵이었다. 그러나 문제는 리엘라가 그 느린 주먹도 피하지 못할 정도로 몸치였다는 것이다.

퍽!

"공주님!"

반테르가 기겁했다. 그의 몸이 지닌 동체 시력을 생각하면 저 느린 주먹이 보이지 않았을 리는 없다. 즉 리엘라는 뻔히 주먹이 날아오는 걸 구경하면서도 못 피했다는 소리였다.

"아야."

왼뺨을 정통으로 얻어맞은 리엘라가 작게 신음을 흘렸다. 워낙 물주먹이라 맞은 것치곤 덜 아프긴 했다.

그 즉시 반테르가 자리에서 몸을 날렸다.

✺

뽀뽀라니? 예상치 못한 발언이라 당황스러우면서도 감히 메일에게 저딴 조건을 내걸었다는 것이 화가 나 황제가 막 나서려던 순간이었다. 그보다 메일이 한발 빨랐다.

꽝!

"꾸에엑!"

제 손바닥 위에 있던 대상을 메일이 주먹으로 내려쳤다. 아주 힘껏 내려쳤는지 소리가 요란했다. 머리를 정통으로 얻어맞은 상대가 크게 비명을 지르며 나동그라졌다.

"……."

갑작스러운 전개에 황제가 시선을 주자 메일이 자기도 당황한 듯 말했다.

"그게, 반한테 뽀뽀를 요구했다고 생각하니 열 받아서……."

정신은 메일이고 몸은 황제였으니 뽀뽀에 대한 분노는 양쪽 다의 몫이었다. 저도 모르게 때리고 말았다고 실토하는 메일의 음성이 기어들어가듯 작았다.

그때 바닥에 누워 꿈틀거리며 팔뚝만 한 사람이 외쳤다.

"어, 어떻게……! 쿨럭! 어떻게 알았지……? 크윽, 방심을 유도하고 기습하려던 내 계획을 알아채다니……! 쿨럭, 어떻게!"

"······."

몰랐다.

그런 속셈이었다니. 메일이 상대를 황당하게 응시했다.

"제····· 길····· 분하다······."

곧 팔뚝만 한 사람의 움직임이 멎었다. 메일은 뭐라 말해야 할지 알수 없어 조용히 시선을 거뒀다.

그때 돌연 빛이 번쩍했다. 찰나 내뿜고 사라진 것이라 순간 잘못 봤나 하는 착각을 불러일으킬 정도였다.

그리고 이후 메일이 깜짝 눈을 크게 떴다.

"어? 반!"

"돌아왔군."

몸이 제대로 돌아왔다. 메일은 평소처럼 도로 낮아진 시야로 황제를 올려다보았다. 되돌아오고 나니 갑자기 몸이 바뀌었던 일이 꿈이나 환상처럼 느껴졌다.

물론 꿈도 환상도 아니다. 메일은 잠시 후 누군가가 분을 못 이겨 동굴을 마구잡이로 박살 내는 소리를 들었다. 중간중간 시동어를 외치는 소리가 들리는 것을 보아 분명 마법이었다.

"······무너지기 전에 나가야겠군."

황제가 메일을 안아 들었다. 익숙한 품에 안긴 메일이 황제를 물끄러미 응시했다. 시선이 마주쳤다.

두 사람이 동시에 웃었다.

✳

빛이 일순 번쩍했으나 반테르는 신경 쓰지 않았다. 그에게 중요한 건 잠깐 터지고 사라진 정체 모를 빛이 아니라 감히 공주님을 때린 잡놈을 조지는 일이었다.

그리고 그는 발길질을 하고 나서야 뭔가 달라진 것을 알았다.

퍼억!

"크어억!"

"어?"

힘이 원하는 대로 들어갔다. 얻어맞은 남자가 볼썽사납게 데굴데굴 굴렀다. 반테르는 이내 자각했다.

'돌아왔구나!'

돌아왔다. 옆을 돌아보니 리엘라가 자기 몸을 되찾은 채로 눈을 멀뚱거리고 있었다. 반테르는 우선 안심한 뒤 하던 것을 계속했다.

"네가 감히 공주님을 때려? 어? 어디서! 공주님을!"

퍽! 퍼억! 퍽!

"우어억! 억! 쿽!"

남자는 골이 흔들리게 맞으면서 생각했다. 자기가 자기 입으로 스스로를 공주님이라 하다니. 정말 미친놈한테 잘못 걸렸구나.

"사, 살려 주…… 꾸엑!"

매타작은 그 뒤로도 그치지 않고 계속되었다. 남자가 이후 한동안 공주님의 '공'자만 들어도 몸을 부들거린 것은 당사자만 아는 후일담이었다.

✳

황성으로 돌아온 황제는 반성문을 한 장 썼다. 그건 다신 드래곤을 잡으러 출타하지 않겠다는 일종의 맹세문이자 계약서였다. 메일은 그 하단에 지장을 받아 내는 것으로 지난 마음고생을 눈감아줬다.

우여곡절이 있었으나 어쨌든 잘 마무리된 마당, 훗날 그때의 드래곤

원정은 황제와 메일에게 하나의 파란만장하고 독특한 추억으로 남았다. 그건 반테르와 리엘라에게도 마찬가지였다.

다만 마탑주의 사정은 조금 달랐다.

그는 동굴에서 나온 이후 한동안 도마뱀만 보이면 급격한 분노를 일으키며 잡아 죽이기 바빴다.

그 탓에 마탑주의 별명은 꽤 오랫동안 '도마뱀 학살자'로 굳어졌는데, 측은지심을 아는 황제와 메일이 그에 대해 함구해 준 덕에 왜 마탑주가 갑자기 도마뱀을 혐오하게 되었는지는 영원히 비밀로 묻힐 수 있었다.

〈외전 완결〉

작가 후기

글을 쓰면서 가장 즐거울 때는 역시 마음에 드는 캐릭터를 만들어냈을 때가 아닌가 생각합니다. 저는 개인적으로 '달려라 메일'에서 가장 마음에 드는 등장인물이 한 캐릭터 있는데, 여러분께선 어떠셨을지 모르겠습니다.

마지막 책장을 덮었을 때 '읽기를 잘했다' 혹은 '재밌었다'는 감상을 남길 수 있는 책이 되었기를 바랍니다.

더 성숙하고 발전된 모습으로 찾아뵐 수 있는 어느 날까지, 늘 행복하세요.

엘리아냥 드림.

P.S

작가의 고백: 저는 사실 벌레가 무서워서 정원엔 보통 얼씬도 못 하는 편입니다.

메일: 헐.

나: 바선생을 손으로 잡는 강인한 네가 부러워……(진심)

메일: 으…… 응.